Patrick Graham

Consultant international dans l'intelligence écono-
mique, Patrick Graham est passionné par l'histoire
des religions. Il vit entre Paris, Rome et New York.
Son thriller, *L'Évangile selon Satan*, a reçu en 2007
le prix des Maisons de la Presse.

L'ÉVANGILE
SELON SATAN

PATRICK GRAHAM

L'ÉVANGILE SELON SATAN

ÉDITIONS ANNE CARRIÈRE

© Éditions Anne Carrière, Paris, 2007

ISBN : 978-2-266-17358-2

À Sabine de Tappie

« Vous êtes menteurs. Vous avez pour père le Diable et vous voulez accomplir les désirs de votre père. Il a été meurtrier dès le commencement. Il ne se tient pas dans la vérité parce qu'il n'y a pas de vérité en lui. Lorsqu'il profère un mensonge, il parle de son propre fonds. Car il est menteur et le père du mensonge. »

Évangile selon saint Jean (8, 44)

« Le septième jour, Dieu livra les hommes aux animaux de la terre pour que les animaux les dévorent. Puis, ayant emprisonné Satan dans les profondeurs, il se détourna de sa création et Satan demeura seul pour tourmenter les hommes. »

Évangile selon Satan, sixième oracle du Livre des Maléfices

« Toutes les grandes vérités commencent par être des blasphèmes. »

George Bernard Shaw, *Annajanska*.

« Dieu vaincu deviendra Satan. Satan vainqueur deviendra Dieu. »

Anatole France, *La Révolte des anges*

PREMIÈRE PARTIE

1

11 février 1348, couvent-forteresse de Bolzano,
au nord de l'Italie.

L'air s'amenuisant dans le réduit où elle achève de
se consumer, la grosse chandelle de cire faiblit. Elle ne
va pas tarder à s'éteindre, et dégage une écœurante
odeur de suif et de corde chaude.

Épuisée par le message qu'elle vient de graver dans
la paroi à l'aide d'un clou de charpentier, la vieille
religieuse emmurée le relit une dernière fois, la pulpe
de ses doigts effleurant les encoches là où ses yeux
fatigués ne parviennent plus à les distinguer. Puis, lorsqu'elle est certaine que ces lignes ont été gravées assez
profondément, elle vérifie d'une main tremblante la
solidité de la cloison qui la retient prisonnière. Un mur
de briques dont l'épaisseur l'isole du monde et
l'étouffe lentement.

L'exiguïté de sa tombe lui interdit de s'accroupir ou
de se tenir droite, et cela fait des heures que la vieille
femme se tord le dos dans ce réduit. Le supplice de
l'emmurement. Elle se souvient d'avoir lu de nom-

breux manuscrits rapportant les souffrances de ces condamnés que les tribunaux de la Très Sainte Inquisition emprisonnaient dans la pierre après leur avoir arraché des aveux. Des avorteuses, des sorcières et des âmes mortes auxquelles les pinces et les tisons faisaient avouer les mille noms du Diable.

Elle se rappelle surtout un parchemin qui relatait au siècle dernier la prise du monastère de Servio par les troupes du pape Innocent IV. Ce jour-là, neuf cents chevaliers avaient encerclé ces murailles où l'on disait que, possédés par les forces du Mal, les moines faisaient dire des messes noires au cours desquelles ils éventraient des femmes pleines pour dévorer leur progéniture. Derrière cette armée, dont l'avant-garde tordait la herse à coups de bélier, des chariots et des carrosses abritaient les trois juges de l'Inquisition et leurs notaires, les bourreaux assermentés et leur attirail de mort. La porte abattue, on avait retrouvé les moines agenouillés dans la chapelle. Ayant inspecté cette assemblée silencieuse et puante, les soudards du pape avaient égorgé les plus faibles, les sourds, les muets, les difformes et les imbéciles, puis ils avaient emporté les autres dans les soubassements de la forteresse, où ils les avaient torturés nuit et jour pendant une semaine. Une semaine de hurlements et de larmes. Et la ronde incessante des baquets d'eau croupie que des serviteurs effrayés jetaient sur les dalles pour diluer les flaques de sang. Enfin, lorsqu'une lune se fut couchée sur ces inavouables déchaînements, ceux qui avaient résisté aux écartèlements et aux pieux, ceux qui avaient hurlé sans mourir tandis que les bourreaux leur perçaient le nombril et déroulaient leurs entrailles, ceux qui n'avaient pas expiré tandis que le fer des Inquisiteurs faisait grésiller leur chair, ceux-là avaient été emmurés, agonisants, dans les profondeurs du monastère. Quatre cents squelettes qui avaient griffé le granit jusqu'au sang.

C'était son tour à présent. À cette différence près que la vieille religieuse n'avait pas subi les tourments de la torture. Pour échapper au tueur démoniaque qui s'était introduit dans son couvent, c'était elle, mère Yseult de Trente, supérieure des Augustines de Bolzano, qui s'était emmurée de ses propres mains. Du mortier et des briques pour combler la brèche dans le mur où elle avait trouvé refuge, quelques chandelles, ses pauvres effets et, roulé dans un pan de toile cirée, l'épouvantable secret qu'elle emportait avec elle. Non pour qu'il se perde, mais pour qu'il ne tombe pas entre les mains de la Bête qui la poursuivait en ces lieux saints : un tueur sans visage qui, nuit après nuit, avait massacré les treize religieuses de sa congrégation... un moine... ou quelque chose d'innommable qui s'était glissé sous la sainte bure. Treize nuits. Treize meurtres rituels. Treize religieuses crucifiées. Depuis ce crépuscule où elle avait pris possession du couvent de Bolzano, la Bête se nourrissait de la chair et de l'âme des servantes du Seigneur.

Mère Yseult est sur le point de s'assoupir lorsqu'elle entend des pas résonner dans l'escalier qui conduit aux fondations. Elle cesse de respirer et tend l'oreille. Une voix lointaine retentit dans les ténèbres, une petite voix d'enfant, pleine de larmes, qui l'appelle du haut des escaliers. La vieille religieuse se met à claquer des dents dans la moiteur du réduit. Cette voix, c'est celle de sœur Bragance, sa plus jeune novice. Elle supplie mère Yseult de lui dire où elle s'est cachée et l'implore de la laisser la rejoindre pour échapper au tueur qui approche. La voix hachée de sanglots, elle répète qu'elle ne veut pas mourir. Sœur Bragance, que mère Yseult a enterrée le matin même dans la terre molle du cimetière, un pauvre sac de toile contenant ce qui restait de son cadavre massacré par la Bête.

Alors, de grosses larmes de terreur et de chagrin glissant le long de ses joues, la vieille religieuse se bouche les oreilles pour ne plus entendre les pleurs de Bragance. Puis elle ferme les yeux et supplie Dieu de la rappeler à lui.

2

Tout avait commencé quelques semaines plus tôt, lorsque la rumeur avait enflé que les eaux montaient à Venise et que des milliers de rats se répandaient dans les canaux de la cité lacustre. On disait que les rongeurs, rendus fous par quelque mal mystérieux, s'en prenaient aux hommes et aux chiens. Une armée de griffes et de crocs qui, de la Giudecca à l'Isola di San Michele, débordait des lagunes et s'engouffrait dans les ruelles.

Les premiers cas de peste ayant été signalés dans les quartiers pauvres, le vieux doge de Venise fit barrer les ponts et éventrer les embarcations qui desservaient le continent. Puis il plaça sa garde aux portes de la ville et dépêcha des cavaliers pour alerter les seigneurs alentour du danger qui couvait dans les lagunes. Hélas, treize jours après la montée des eaux, les premiers feux s'élevèrent dans le ciel de Venise, et l'on vit des gondoles chargées de cadavres sillonner les canaux pour repêcher les enfants morts que des jeunes mères en larmes jetaient par les fenêtres.

À la fin de cette sinistre semaine, les puissants de Venise firent donner leurs gens contre les gardes du doge qui tenaient encore les ponts. La même nuit, un vent mauvais venu de la mer masqua au flair des chiens les fuyards qui s'échappaient à travers champs. Les seigneurs de Mestre et de Padoue dépêchèrent alors des centaines d'archers et d'arbalétriers pour contenir le flot de mourants qui se répandait sur le continent. Mais ni les averses de flèches ni le craquement des arquebuses n'empêchèrent le fléau de se propager à la Vénétie comme un feu de broussailles.

On commença alors à incendier les villages et à jeter les agonisants dans les brasiers. On plaça en quarantaine des villes entières pour tenter d'enrayer l'épidémie. On répandit des poignées de gros sel sur les champs et on combla les puits avec des gravats. On aspergea aussi les granges d'eau bénite et on cloua des milliers de chouettes vivantes sur les portes des maisons. On brûla même quelques sorcières, des becs-de-lièvre et des enfants difformes. Quelques bossus aussi. Hélas, la peste noire commença à se transmettre aux animaux et l'on vit bientôt des meutes de chiens et des nuées de corbeaux attaquer les colonnes de fuyards qui s'étiraient sur les routes.

Sans doute transmis par les pigeons vénitiens qui avaient déserté la cité fantôme, le mal se propagea ensuite aux autres oiseaux de la péninsule. Des palombes, des grives, des engoulevents et des moineaux dont les cadavres pétrifiés rebondissaient sur le sol et le toit des maisons. Puis des milliers de renards, de furets, de mulots et de musaraignes s'échappèrent des bois et rejoignirent les régiments de rats qui montaient à l'assaut des villes. Si bien qu'en l'espace d'un mois, un silence de mort tomba sur le nord de l'Italie : rien d'autre que le mal qui s'étendait plus vite encore que la rumeur qui le précédait, celle-ci s'éteignant peu à peu. Il n'y eut bientôt plus un murmure, plus un écho, plus un pigeon voyageur ni le moindre cavalier pour avertir du fléau qui approchait. Ainsi, en cet hiver funeste qui s'annonçait déjà comme le plus froid du siècle, nul feu de tranchée ne fut allumé pour repousser l'armée des rats qui remontait vers le nord, aucun bataillon de paysans ne fut massé aux abords des villes pour brandir la torche et la faux, et nulle main valide ne fut réquisitionnée à temps pour déménager les sacs de semences dans les granges fortifiées des châteaux.

Avançant à la vitesse du vent sans rencontrer de résistance, la peste déborda alors des Alpes et rejoignit les autres foyers qui ravageaient la Provence. À Toulouse et à Carcassonne, on rapportait que des foules enragées lynchaient les glaireux et les enrhumés. À Arles, on enterrait les malades dans de vastes fosses, dans les mouroirs de Marseille, on les brûlait vifs avec de l'huile et de la poix et à Grasse et à Gardanne, on incendiait les champs de lavande pour débarrasser le ciel de ses mauvaises humeurs.

À Orange puis aux portes de Lyon, les armées du roi firent donner le canon sur l'océan de rats qui approchait. Une marée si furieuse et affamée qu'on l'entendait mordre les pierres et griffer le tronc des arbres.

La chevalerie terrassée à Mâcon, le mal remonta ensuite vers Paris et l'Allemagne où il décima des villes entières. Et il y eut bientôt tant de cadavres et de larmes de part et d'autre du Rhin qu'on aurait dit que le fléau avait atteint le ciel et que Dieu lui-même se mourait de la peste.

3

Suffoquant dans son réduit, mère Yseult se souvient de ce cavalier de mauvais augure qui avait surgi de la brume onze jours après que les régiments romains eurent incendié Venise. L'homme avait soufflé dans son cor à l'approche du couvent et mère Yseult était montée sur les remparts pour écouter ce qu'il avait à dire.

Le cavalier dissimulait son visage sous un pourpoint crasseux. Une toux graillonnante encombrait ses bronches et projetait des postillons de sang sur le gris du tissu. Il avait hurlé entre ses mains pour couvrir le chahut du vent :

— Holà, aux remparts ! Je suis chargé par l'évêque d'alerter les monastères et les couvents du noir malheur qui approche. La peste a atteint Bergame et Milan. Le mal s'étend aussi vers le sud et les bûchers d'alarme ont été allumés à Ravenne, à Pise et à Florence.

— Avez-vous des nouvelles de Parme ?

— Hélas non, ma mère. Mais j'ai vu des océans de torches en route pour incendier Crémone toute proche et des processions s'approcher des murs de Bologne. J'ai ensuite contourné Padoue dont le brasier purificateur illuminait déjà la nuit, ainsi que Vérone où des survivants m'ont rapporté que les malheureux n'ayant pu s'en échapper en sont réduits à disputer aux chiens les cadavres entassés dans les rues. Cela fait des jours que je ne longe plus que des charniers et des fosses pleines que les terrassiers n'ont même pas la force de refermer.

— Et Avignon ? Qu'en est-il d'Avignon et du palais de Sa Sainteté ?

— Avignon ne répond plus. De même qu'Arles et Nîmes. Tout ce que je sais, c'est que partout on incendie les villages, on abat les troupeaux et on fait dire des messes pour disperser les nuages de mouches qui infestent le ciel. Partout on fait brûler des épices et des plantes pour arrêter les miasmes qui volent avec le vent. Partout, hélas, on meurt et des milliers de cadavres foudroyés par le mal et les arquebuses des soldats s'amoncellent sur les routes.

Il y avait eu un silence après lequel les religieuses avaient supplié mère Yseult de laisser entrer le malheureux. Les ayant fait taire d'un geste, la mère supérieure s'était à nouveau penchée au-dessus des remparts.

— Par quel évêque avez-vous dit que vous êtes envoyé ?

— Par Son Excellence monseigneur Benvenuto Torricelli, évêque de Modène, de Ferrare et de Padoue.

Un frisson avait parcouru Yseult dont la voix s'était mise à vibrer dans l'air glacial :

— Hélas, messire, je suis au regret de vous apprendre que monseigneur Torricelli est mort l'été dernier d'un accident de carrosse. Je vais donc vous demander de passer votre chemin. Avant cela, avez-vous besoin qu'on vous lance des vivres et des onguents pour frictionner votre poitrine ?

Des cris de stupeur s'étaient élevés des remparts lorsque, ôtant son pourpoint, le cavalier avait dévoilé son visage boursouflé par la peste.

— Dieu est mort à Bergame, ma mère ! Quels onguents pour ces plaies-là ? Quelles prières ? Ouvre plutôt tes portes, vieille truie, que je répande mon pus dans le ventre de tes novices !

Il y avait eu alors un autre silence à peine troublé par le sifflement du vent. Puis le cavalier avait tourné bride et, éperonnant son cheval jusqu'au sang, il avait disparu, comme avalé par la forêt.

Depuis, se relayant sur les remparts, mère Yseult et ses religieuses n'avaient pas aperçu âme qui vive. Jusqu'à ce jour mille fois maudit où un chariot de provisions s'était présenté à la porte du couvent.

4

C'était Gaspard qui conduisait l'attelage, une carriole tirée par quatre misérables mules dont le pelage trempé de sueur fumait dans l'air glacial. Le brave paysan avait affronté mille morts pour monter aux religieuses les derniers vivres d'automne : des pommes et du raisin de Toscane, des figues du Piémont, des cruches d'huile d'olive et une pile de sacs contenant l'épaisse farine des moulins de l'Ombrie dont les religieuses de Bolzano tireraient ce pain noir et grumeleux qui tenait au corps. Fier comme un meunier, Gaspard avait aussi exhibé deux carafes d'une eau-de-prune distillée par ses soins, une liqueur du diable qui rougissait les joues et faisait dire des blasphèmes. Mère Yseult ne l'avait rudoyé que pour la forme, trop heureuse à l'idée d'en frictionner ses articulations. C'est en se penchant pour attraper un sac de fèves qu'elle avait aperçu la maigre silhouette recroquevillée au fond du chariot : une vieille religieuse, d'un ordre inconnu, que Gaspard avait découverte agonisante à quelques lieues du couvent.

Ses pieds et ses mains étaient recouverts de chiffons et son visage était dissimulé sous un voile de résille. Elle portait un habit blanc abîmé par les ronces et la boue des chemins, ainsi qu'une cape de velours rouge ornée d'un écusson brodé.

Penchée sur elle à l'arrière du chariot, mère Yseult avait essuyé la poussière qui recouvrait l'insigne. Ses doigts s'étaient immobilisés sous le coup de l'effroi : quatre branches brodées d'or et de safran sur fond bleu ! La croix des Recluses du Cervin ! Des religieuses qui vivaient retirées et silencieuses au milieu des sommets dominant le village de Zermatt, dans une forteresse à ce point isolée qu'il fallait utiliser des paniers et des cordes pour l'approvisionner. Les gardiennes du monde.

Personne n'avait jamais vu leurs visages ni entendu le son de leurs voix. Si bien qu'on disait de ces cloîtrées qu'elles étaient plus laides et méchantes que le Diable, qu'elles buvaient du sang humain et qu'elles se nourrissaient de brouets répugnants qui leur conféraient le don des oracles et celui de double vue. D'autres rumeurs prétendaient qu'elles étaient des sorcières et des avorteuses et qu'on les avait condamnées à perpétuité entre ces murs pour avoir commis le très épouvantable crime d'anthropophagie. D'autres affirmaient encore qu'elles étaient mortes depuis des siècles et que, se transformant en vampires à chaque pleine lune, elles planaient au-dessus des Alpes pour dévorer les voyageurs égarés. Des légendes que les montagnards resservaient à la veillée en faisant le signe des cornes pour chasser le mauvais œil. Du Val d'Aoste aux Dolomites, la simple évocation de leur nom suffisait à faire verrouiller les portes et aboyer les chiens.

Personne ne savait comment cet ordre mystérieux renouvelait ses servantes. Tout au plus les habitants de Zermatt avaient-ils fini par remarquer que, lorsque l'une d'elles mourait, les Recluses libéraient une volée de pigeons voyageurs qui prenaient la direction de Rome après avoir tournoyé un moment au-dessus des hautes tours du couvent. Quelques semaines plus tard, un chariot-cellule encadré par douze chevaliers du Vatican apparaissait au loin sur le chemin de montagne qui menait à Zermatt. Un chariot équipé de sonnailles pour alerter les environs de son approche : chaque fois qu'ils entendaient ce son de crécelle, les habitants claquaient leurs volets et soufflaient les bougies. Puis, serrés les uns contre les autres dans la pénombre froide, ils attendaient que le lourd attelage se soit engagé sur les sentiers de mules qui conduisaient au pied du Cervin.

Parvenus au pied des falaises, les chevaliers du Vatican soufflaient dans leur trompe. À ce signal, un cordage descendait dans un couinement de poulies. Au bout, un baudrier de cuir auquel les chevaliers sanglaient la nouvelle Recluse avant de tirer quatre fois sur la corde pour signifier qu'ils étaient prêts. Suspendu à l'autre extrémité du cordage, le cercueil contenant la défunte descendait lentement tandis que la nouvelle Recluse s'élevait le long de la paroi. Si bien que la vivante qui montait au couvent croisait à mi-chemin la morte qui en descendait.

Ayant chargé la défunte dans leur chariot pour l'ensevelir en secret, les chevaliers reprenaient ensuite la route de Zermatt, dont les habitants avaient compris, en écoutant s'éloigner cette armée de fantômes, qu'il n'existait aucun autre moyen de quitter le couvent. Et que les malheureuses qui y entraient n'en sortiraient plus jamais.

5

Soulevant le voile au-dessus de la bouche de la Recluse, mais pas au-delà, pour ne pas profaner son visage, mère Yseult tint un miroir contre ces lèvres tordues par la souffrance. Une auréole de buée se forma à la surface, signe que la religieuse respirait encore. Hélas, aux râles d'agonie qui soulevaient à peine sa poitrine et aux rides qui quadrillaient son cou,

Yseult comprit que la Recluse était beaucoup trop maigre et vieille pour espérer survivre à son épuisement et que, mettant un terme de mauvais augure à des siècles d'une tradition immuable, la malheureuse allait mourir hors des murs de sa congrégation.

Guettant son dernier souffle, la mère supérieure fouilla sa mémoire pour en exhumer ce qu'elle savait encore de cet ordre mystérieux.

Une nuit où les chevaliers du Vatican conduisaient une nouvelle Recluse au Cervin, des adolescents et des mécréants de Zermatt avaient suivi le convoi en cachette pour apercevoir le cercueil qu'on était venu chercher. Aucun n'était revenu de cette expédition nocturne, à l'exception d'un jeune chevrier un peu simple qui habitait les contreforts, et que l'on avait retrouvé au matin bredouillant de terreur et à moitié fou.

Il affirmait que, de loin et à la faveur des torches, il avait vu le cercueil sortir de la brume agité de mouvements au bout des cordages comme si la religieuse qui s'y trouvait n'était pas encore morte. Puis il avait vu s'élever dans les airs la nouvelle Recluse, que les sœurs invisibles hissaient jusqu'au sommet. À cinquante mètres du sol, le chanvre avait craqué, libérant le cercueil dont le couvercle, à l'atterrissage, s'était fendu. Les chevaliers s'étaient alors précipités pour tenter de rattraper l'autre Recluse mais, trop tard, la malheureuse était tombée sans un cri et s'était fracassée sur les rochers. Au même moment, un hurlement de bête s'était élevé du cercueil disloqué et le chevrier avait vu des vieilles mains éraflées et sanguinolentes surgir de la boîte pour en élargir la brèche. Horrifié, il prétendait qu'un des chevaliers avait alors dégainé son épée et que, écrasant ces doigts sous sa botte, il avait plongé la moitié de sa lame dans l'obscurité du cercueil. Le hurlement s'était tu. Puis, tandis que les autres chevaliers reclouaient le couvercle en toute hâte et chargeaient le cercueil sur le chariot avec le cadavre de la nouvelle Recluse, le chevalier avait essuyé sa lame sur le revers de son habit. Le reste de ce que ce pauvre fou avait cru apercevoir se perdait dans une logorrhée bredouillante dont il n'y avait rien eu à tirer, sinon que l'homme qui avait achevé la Recluse avait ôté son casque et que son visage n'avait rien d'humain.

Il n'en avait pas fallu davantage pour que la rumeur commençât à se répandre qu'un pacte obscur liait les Recluses du Cervin aux forces du Mal et que c'était Satan en personne qui venait ainsi chercher son dû. Mais la vérité était ailleurs, et les puissants de Rome laissèrent ces bruits se répandre, la sainte terreur qu'ils inspiraient étant plus efficace qu'une forteresse pour conserver le secret des Recluses.

Hélas, pour ces mêmes puissants, quelques mères supérieures dont Yseult faisait partie savaient que Notre-Dame-du-Cervin abritait en fait la plus grande bibliothèque interdite de la chrétienté : des sous-sols fortifiés et des salles dérobées qui renfermaient des milliers d'ouvrages satanistes et, surtout, les clés de si grands mystères et de si odieux mensonges qu'ils auraient mis l'Église en péril si quiconque les avait révélés. Des évangiles hérétiques récupérés par l'Inquisition dans les citadelles cathares et vaudoises, des recueils apostats volés par les croisés dans les forteresses d'Orient, des parchemins démoniaques et des bibles maudites que ces vieilles religieuses, pétries de renoncement, conservaient en leurs murs pour préserver l'humanité de leur détestable contenu. C'est pour tout cela que cet ordre silencieux vivait retiré au bord du monde. Pour cela aussi qu'un décret punissait de mort lente quiconque dévoilerait une Recluse. Pour cela enfin que mère Yseult foudroya Gaspard du regard en apercevant l'agonisante à l'arrière du chariot. Restait à découvrir ce que cette malheureuse avait fui si loin de sa mystérieuse congrégation. Et comment ses pauvres jambes avaient pu la porter jusqu'ici. Le nez bas, Gaspard se moucha dans ses doigts en marmonnant qu'on n'avait qu'à l'estourbir et la jeter aux loups. Mère Yseult fit semblant de ne pas entendre. D'autant que la nuit venait et qu'il était déjà trop tard pour appliquer une quarantaine à la mourante.

Ayant inspecté l'aine et les aisselles de sa consœur, Yseult constata que la Recluse ne présentait aucun signe de la peste. Elle ordonna alors à ses nonnes de la porter dans une cellule. Tandis que les religieuses soulevaient ce vieux corps qui ne pesait presque rien, une housse de toile cirée et un balluchon de cuir, échappés des poches secrètes de l'habit, tombèrent dans la poussière.

6

Le cercle de ses nonnes s'étant refermé autour de cette découverte, mère Yseult s'agenouilla pour dénouer le cordon qui fermait le balluchon. Il contenait un crâne humain dont l'arrière et les tempes semblaient avoir été fendus à coups de pierre. Mère Yseult éleva les ossements dans la lumière.

C'était un très vieux crâne dont la surface avait commencé à se réduire en poudre. Yseult remarqua aussi qu'une couronne d'épines le ceignait et qu'une pointe avait traversé l'arcade sourcilière du supplicié. La mère supérieure effleura les rameaux séchés. Du *poncirus*. D'après les Écritures, c'est dans l'un de ces buissons épineux que les Romains avaient tressé la couronne dont ils avaient ceint la tête du Christ après l'avoir flagellé. La sainte couronne dont une épine avait transpercé son arcade sourcilière. Mère Yseult sentit une lame de peur transpercer son ventre : le crâne qu'elle tenait entre ses mains présentait tous les détails de la Passion que le Christ avait endurée avant de mourir sur la croix. Les mêmes supplices que dans les Évangiles. À cette différence près que cet ossement-là avait été brisé en plusieurs endroits, alors que les Écritures affirmaient qu'aucune pierre n'avait offensé le visage du Christ.

Mère Yseult s'apprêtait à le reposer lorsqu'elle sentit un étrange picotement à la surface de ses doigts. Dans le brouillard qui troublait sa vue, elle aperçut au loin la septième colline dominant Jérusalem où le Christ avait été mis en croix treize siècles plus tôt. Le lieu-dit du *crâne* que les Évangiles appelaient Golgotha.

Dans sa vision, qui se précisait peu à peu, une foule immense encerclait le sommet de la colline où les légionnaires romains avaient dressé trois croix : la plus grande au centre, et les deux autres légèrement en retrait. Les deux larrons et le Christ, les premiers immobiles sous le soleil, le troisième poussant des hurlements de bête sous le regard terrifié de la foule.

Plissant les yeux pour mieux distinguer la scène, Yseult s'était rendu compte que les larrons étaient morts depuis longtemps et que le Christ qui se tordait sur la croix ressemblait à s'y méprendre à celui des Évangiles. À ceci près que ce Christ-là était plein de haine et de colère.

Tandis que ses novices se précipitaient pour l'aider à se relever, Yseult contempla le crépuscule rouge sang qui illuminait à présent sa vision. C'était aussi cela qui n'allait pas : d'après les Écritures, le Christ avait rendu l'âme à la quinzième heure du jour. Or, dans sa vision, cette chose qui se tordait sur la croix n'était toujours pas morte. Agenouillée dans la poussière, Yseult se mit à grelotter de tous ses membres. Il y avait une explication à cela, une explication si évidente qu'elle faillit faire vaciller la raison de la mère supérieure : cette chose qui tirait sur ses clous en injuriant la foule et le ciel, cette bête pleine de haine et de souffrance que les Romains s'étaient mis à cogner à coups de bâton pour lui briser les membres, cette abomination n'était pas le fils de Dieu, mais celui de Satan.

Les mains agitées de tremblements, Yseult replaça le crâne dans le balluchon. Puis, essuyant ses larmes avec la manche de son habit, elle ramassa la housse de toile qui traînait dans la poussière.

Suffoquant dans la moiteur de son réduit, Yseult se rappelle l'affreuse sensation de convoitise et de haine qui l'a envahie lorsqu'elle a soulevé l'étui. Sans doute les aigreurs provoquées par les potions vinaigrées qu'elle prend pour apaiser ses os. Puis c'est la peur qui l'a fait grimacer tandis qu'elle ouvrait la housse. Une rafale de vent glacé a soufflé ses cheveux sous son voile. L'étui contenait un très vieux livre, épais et lourd comme un missel. Un manuscrit fermé par une serrure d'acier. Nulle inscription sur la tranche ou la couverture, aucun sceau imprimé dans le cuir. Un livre semblable à mille autres. Pourtant, à la chaleur étrange qui semblait émaner de cette reliure, la mère supérieure a immédiatement pressenti qu'un grand malheur venait de s'abattre sur le couvent.

7

Gaspard reparti, mère Yseult venait de refermer les portes lorsque des hurlements d'effroi retentirent brusquement dans l'aile nord où les religieuses venaient de transporter la mourante. Elle gravit aussi vite que possible les marches du grand escalier et, les hurlements gagnant en force à mesure qu'elle se rapprochait, elle courut dans les couloirs jusqu'à la cellule dont la porte bâillait. L'air froid lui brûlant la gorge, elle s'immobilisa dans l'embrasure.

La vieille Recluse était nue sur sa couche, la broussaille de son entrecuisse tranchant sur la chair blafarde de son ventre. Mais ce n'était pas sa pâleur qui effrayait les nonnes. Pas plus que la crasse qui recouvrait ses jambes ou l'effroyable maigreur de sa carcasse. Non, ce qui faisait crier les religieuses et retourna le cœur de mère Yseult à la seconde où elle entra dans la cellule, c'étaient les stigmates du supplice que la mourante avait subi avant de parvenir, sans doute, à s'enfuir du lieu où ses tourmenteurs la retenaient prisonnière. Ça, et ses yeux exorbités qui scrutaient le plafond sous le voile, comme une statue contemple le vide qui l'entoure.

Mère Yseult se pencha au-dessus du corps décharné. À en juger par les striures qui zébraient le torse et le ventre de la malheureuse, ses tortionnaires l'avaient fouettée jusqu'au sang avec des lanières de cuir trempées dans du vinaigre. Des dizaines de coups sur la peau tendue par l'écartèlement, de sorte que chaque claquement l'avait déchirée jusqu'à l'os. Puis ils lui avaient brisé les doigts et arraché les ongles à l'aide de pinces. Ensuite, ils lui avaient enfoncé des clous dans les os des jambes et des bras. De vieux clous dont les têtes rouillées luisaient au milieu des chairs.

Yseult ferma les yeux. Ce n'étaient pas les tourments de l'Inquisition que la vieille religieuse avait subis. En tout cas pas ceux qu'on administre pour faire avouer les sorcières. Non, à en juger par le calvaire que la Recluse avait enduré, cette débauche criminelle ne pouvait être le fait que de quelques âmes monstrueuses qui s'étaient déchaînées sur leur victime, autant pour lui arracher ses secrets que pour la massacrer.

Lorsque l'agonisante poussa un pauvre gémissement, mère Yseult se courba jusqu'à ses lèvres pour recueillir ses dernières paroles. La religieuse s'exprimait dans un vieux patois alpin, un obscur mélange de latin, d'allemand et d'italien qu'Yseult avait déjà entendu dans son enfance. Un dialecte oublié ponctué de claquements de langue et de mouvements d'yeux. Le code des Recluses.

La malheureuse murmurait que le règne de Satan était proche et que les ténèbres se répandaient sur le monde. Elle prétendait que la peste était son œuvre et qu'il avait réveillé ce fléau pour approcher sans être vu. Même si tous les moines et toutes les religieuses de la chrétienté se prosternaient à l'instant pour supplier Dieu de leur venir en aide, aucune prière ne pourrait plus arrêter les chevaliers du Mal qui s'étaient échappés des Enfers.

Il y eut un long silence tandis que la vieille Recluse reprenait son souffle. Puis elle poursuivit son récit.

Elle disait que le village de Zermatt avait été attaqué, une nuit de pleine lune, par des cavaliers errants vêtus de bures et de cagoules qui avaient massacré les habitants et incendié les maisons : Les Voleurs d'Âmes. À l'entendre, la fureur de ces démons était si grande que le vent avait porté jusqu'aux Recluses les hurlements de leurs victimes. Elles avaient alors voulu libérer les pigeons voyageurs pour alerter Rome du danger qui les menaçait mais les volatiles étaient morts dans leur cage, comme empoisonnés par l'air qu'ils avaient respiré.

Dans les lueurs de l'incendie, les Recluses avaient alors vu les Voleurs d'Âmes escalader les falaises du couvent comme si leurs mains et leurs pieds avaient le pouvoir de s'y cramponner. Elles s'étaient réfugiées dans la bibliothèque pour détruire les manuscrits interdits, mais les assaillants avaient enfoncé les portes et les malheureuses étaient tombées entre leurs mains avant d'avoir pu réduire en cendres leur trésor.

La poitrine agitée de sanglots, l'agonisante murmurait que les plus jeunes avaient été profanées avec des fers rouges et que les autres étaient mortes dans d'atroces souffrances. Le corps et l'âme brisés par une nuit de torture, elle-même était parvenue à s'enfuir par un passage secret. Elle avait réussi à emporter les ossements de Dieu ainsi qu'un manuscrit très ancien recouvert d'un cuir noir. Elle répéta qu'il ne fallait pas l'ouvrir, qu'un charme le protégeait et qu'il tuait tous ceux qui tentaient d'en forcer la serrure.

Selon elle, ces pages avaient été écrites avec du sang humain dans une langue faite de maléfices qu'il n'était pas prudent de prononcer à la nuit tombante. Le manuscrit avait été rédigé de la main même de Satan, il était son évangile et racontait ce qui s'était passé le jour où le fils de Dieu était mort sur la croix. Le jour où le Christ avait perdu la foi et où, maudissant son Père, il s'était transformé en quelque chose d'autre : une bête hurlante que les Romains avaient été obligés d'achever à coups de gourdin pour la faire taire.

Penchée au-dessus de la Recluse, Yseult sentit le poids du crâne dans la vaste poche de son habit. C'était cette relique que la vieille appelait les « ossements de Dieu ». Elle disait que cette nuit où la chose était morte sur la croix, des disciples ayant assisté au reniement du Christ avaient décloué son cadavre pour l'emporter avec eux. Ils s'étaient réfugiés dans des cavernes au nord de la Galilée où ils avaient enseveli la chose. C'est tout cela que l'évangile selon Satan racontait : la négation de tout. Le grand mensonge.

Yseult ferma les yeux. Si cette histoire était vraie, cela signifiait que le Christ n'était jamais ressuscité d'entre les morts et qu'il n'y avait aucune vie à espérer après la vie. Aucun au-delà, aucune éternité. Cela signifiait aussi que l'Église avait menti et que tout était faux. Ou que les apôtres s'étaient trompés. Ou alors... qu'ils savaient.

— Seigneur, c'est impossible...

Mère Yseult avait murmuré en serrant les poings et en sentant les larmes envahir ses yeux. Un moment, elle eut envie d'étouffer cette vieille folle qui avait apporté le malheur dans son couvent. Ç'aurait été tellement plus simple qu'elle meure. Il aurait suffi ensuite d'ensevelir son cadavre dans la forêt avec les ossements et l'évangile. Une tombe profonde au milieu des fougères, sans stèle ni croix. Le problème, c'était précisément ce maudit crâne qui pesait dans son habit telle une preuve. Yseult rouvrit les yeux lorsque la Recluse se remit à râler dans l'obscurité.

Cela faisait une lune que les Voleurs d'Âmes la poursuivaient et que leur chef reniflait sa piste au milieu des ravages de la peste. Il s'appelait Caleb et l'évangile selon Satan ne devait en aucun cas tomber entre ses mains. Si un tel malheur arrivait, mille ans de ténèbres s'abattraient sur le monde. Des océans de larmes. Ce sont ces mots qu'elle répéta comme une litanie, de plus en plus faible à mesure que son souffle s'épuisait. Puis son râle s'éteignit et ses yeux devinrent vitreux.

Terrifiée par ce qu'elle venait d'entendre, mère Yseult s'apprêtait à tendre un drap sur ce corps martyrisé lorsque les mains de la morte se refermèrent sur son cou. Une poigne inhumaine qui écrasa sa gorge, chassant en quelques secondes le sang de son cerveau. Elle tenta de desserrer cette tenaille. Elle frappa même la Recluse pour lui faire lâcher prise. Une autre voix s'éleva alors des lèvres immobiles de la morte. Non. Plusieurs voix : des graves et des aiguës, des fortes et d'autres, plus lointaines. Un concert de hurlements et de blasphèmes qui éclata aux oreilles de mère Yseult. Plusieurs langues aussi. Du latin, du grec et de l'égyptien, des dialectes des Barbares du Nord et des mots inconnus qui s'entrechoquaient dans ce déluge de cris. Colère et peur, la langue des Voleurs d'Âmes. Les chevaliers du Très-Bas. Puis un voile noir obscurcit les yeux d'Yseult. Elle était sur le point de s'évanouir lorsqu'elle se souvint qu'elle portait une lame sous son habit, une dague à poignée de cuir et à large tranchant pour défendre ses sœurs contre les rôdeurs de la peste. Alors, à demi morte, Yseult brandit la lame dans la lueur des cierges et la plongea de toutes ses forces dans la gorge de la Recluse.

Ses mains écrasant ses larmes dans le réduit où elle étouffe, mère Yseult se rappelle la répugnante sensation de cette lame pénétrant le cou de la mourante. Elle se souvient de la faible résistance de la peau et des cartilages, des yeux exorbités de la vieille folle et de ses hurlements qui se sont noyés dans un gargouillis. Elle se souvient aussi que les doigts qui l'étranglaient sont restés cramponnés à son cou et qu'il a fallu qu'une nonne entaillât les tendons des poignets pour que l'étreinte se relâchât enfin. Puis le corps de la vieille religieuse s'est raidi une dernière fois avant de retomber, inerte. Mais le plus frappant était le froid glacial qui a envahi la cellule et les traces de pas qui sont apparues sur le sol à la seconde où la morte est retombée sur sa paillasse. Des traces de bottes qui s'éloignaient vers l'obscurité du couloir.

S'agrippant par l'habit, les Augustines ont écouté l'écho de ces pas qui s'estompait. Mère Yseult leur a hurlé de s'agenouiller sur-le-champ et de dire leurs prières. Mais il était déjà trop tard pour invoquer Dieu. Et c'est ainsi qu'en cet hiver de l'an de malheur 1348, les bonnes religieuses du couvent fortifié de Bolzano ont libéré la Bête.

8

Les mystérieuses traces de bottes ne tardèrent pas à sécher, abandonnant sur le sol une mince pellicule de glaise. À les voir ainsi s'effriter dans les courants d'air, on les aurait crues presque rassurantes si cette poudre brune n'avait attesté à la fois de leur réalité et de leur impossible existence. Traçant en leur centre un sillon avec le doigt, mère Yseult fut pourtant obligée de se rendre à l'évidence : ni elle ni ses religieuses ne les avaient inventées. Ce qui signifiait qu'aucune porte de chêne, aussi lourde fût-elle, aucune prière, aucune force au monde ne pourrait empêcher leur invisible auteur d'aller et venir dans les couloirs du couvent. De plus, la neige s'étant mise à tomber dru sur les Dolomites, elles étaient désormais quatorze religieuses prisonnières de l'hiver dans un couvent perdu au milieu des montagnes. Un couvent dont la Bête avait fait son logis, chassant, du même coup, Dieu de ces murs et l'espoir du cœur de ses servantes.

Laissant ses religieuses préparer la défunte, mère Yseult rejoignit sa cellule pour y examiner le manuscrit. Là devait se trouver la clé des avertissements de la vieille folle, ainsi que les obscures raisons qui avaient conduit au massacre des Recluses du Cervin. À moins que cet évangile ne fût à lui seul la cause de ces événements tragiques et que les Voleurs d'Âmes n'aient commis cet épouvantable crime dans le seul but de le récupérer et de détruire les autres manuscrits de la bibliothèque interdite.

Ayant verrouillé la porte derrière elle, mère Yseult rangea le crâne couronné d'épines dans un coffre puis elle déposa le livre sur une écritoire de buis. Fermant les yeux, elle commença par en ausculter la surface du bout des doigts : son noviciat romain l'ayant versée très tôt dans l'art des peausseries, Yseult avait appris à identifier un manuscrit en effleurant d'abord sa couverture : le cuir des taureaux sauvages que les moines tanneurs de Castille écorchaient de leurs mains ; les écorces de chevreau que les relieurs des Pyrénées superposaient en feuilles minces et odorantes pour donner du volume à leurs ouvrages ; les peaux de cabri, blondes et rêches, que les frères d'au-delà des Alpes teintaient avec des pigments avant de les étirer sur des plaques de bois précieux pour en adoucir les couleurs ; la couenne bouillie des monastères de la Loire et les fils d'or que les peaussiers allemands cousaient à chaud dans la chair de leurs ouvrages. Chacune de ces congrégations d'écorcheurs avait reçu l'autorisation d'exercer une seule de ces techniques afin de protéger l'Église de l'odieux trafic des saints écrits en garantissant la conservation des ouvrages dans les monastères où ils avaient vu le jour. Car il était une loi qui punissait d'aveuglement au fer rouge suivi de lente mort quiconque se faisait prendre à transporter un livre sous ses haillons. Or ce manuscrit-ci avait été taillé dans un cuir si étrange qu'Yseult ne se souvenait pas d'en avoir jamais effleuré de semblables.

Plus étonnant encore, la reliure semblait ne respecter aucune des techniques imposées par l'Église. Ou plutôt elle les réunissait toutes, comme un aboutissement des savoir-faire des meilleurs relieurs de la chrétienté. Ce qui laissait à penser que ce manuscrit avait dû être fabriqué, puis amélioré, à des époques différentes, et cela par une succession de mains soigneuses. Il avait donc fallu pour cela qu'il circulât sous le manteau de monastères en couvents, comme on transmet un héritage. Ou une malédiction. Ou plutôt comme si le manuscrit choisissait lui-même l'endroit où il échouait.

Yseult ma fille, tu divagues.

Et pourtant, à mesure qu'elle manipulait cet ouvrage très ancien, la mère supérieure ressentait de nouveau l'étrange chaleur qui s'en dégageait. Comme si sa main, en touchant le cuir, caressait en même temps la bête que l'on avait écorchée pour habiller la reliure : les battements lointains du cœur de l'animal, ses veines et ses artères, ses muscles et sa toison luisante de graisse.

Yseult se pencha pour renifler le fumet qui se dégageait du manuscrit. Une odeur d'étable, de fromage moisi et de crottin. À l'arrière-plan, le nez de la religieuse décela une note de paille trempée ainsi qu'une lointaine puanteur faite de sueur, de crasse et d'urine mêlées. De semence aussi. Une semence tiède, épaisse et bestiale. Yseult frémit tandis que ses doigts identifiaient enfin la couverture qu'ils effleuraient : un bouc noir. Un bouc au cuir doux et chaud comme la peau d'un homme. À ceci près qu'aucun écorcheur digne de ce nom n'aurait songé à une telle enveloppe pour recouvrir un manuscrit.

Peu à peu, la main râpeuse d'Yseult ralentit sa caresse, la rendant plus aérienne et féminine, presque diabolique, comme celle d'une demoiselle effleurant le ventre de son amant. À mesure que sa caresse se précisait, la mère supérieure sentit la chaleur du manuscrit envahir le creux de son ventre et durcir ses mamelons. Yseult, vieille et sèche, qui n'avait connu des plaisirs de la chair que ceux que la main consent à regret, succomba alors à ce trouble qui engourdissait peu à peu son corps. Et, tandis que son âme se rendait, la mère supérieure eut une autre vision.

9

Des odeurs d'abord. Encens et bois mort. Un air chargé d'humus et de pourriture. Une forêt. La caresse d'un lit d'herbe sous son corps. Yseult ouvre les yeux. Elle est nue, allongée au milieu d'une clairière éclairée par la lune. Un grognement sourd. Un souffle de naseaux passe sur son visage tandis que, penchée sur elle, une bête aux muscles épais agrippe ses hanches et enfonce son sexe dans le sien. Une bête, mi-homme mi-bouc, qui pue la sueur et la semence. Folle de peur et de dégoût, Yseult sent ce sexe animal emplir le sien. Elle sent la broussaille qui recouvre le ventre de la bête se mêler à la sienne. Elle sent la peau de ses bras et de ses cuisses frémir sous l'effort. Une peau lisse et chaude comme du cuir. Yseult ferme les yeux. Une autre vision se superpose à la première.

Les sous-sols d'une forteresse. Des chevaliers sauvages des royaumes du Nord et des guerriers au front large et aux yeux bridés gardent les souterrains qui conduisent aux salles de torture. Leurs armures brillent à la lueur des flambeaux. Les premiers portent des écus de cuir et brandissent de larges épées. Les autres sont armés de poignards et de sabres courts : des seigneurs germaniques et des guerriers huns. Yseult gémit : elle marche dans les souterrains d'une forteresse tenue par des Barbares dont le lignage s'est éteint depuis des siècles. Les pillards de la chrétienté.

Des hurlements lointains retentissent dans les entrailles de la terre tandis qu'elle avance le long d'une galerie large et voûtée. Elle aperçoit des statues taillées dans la masse des murs. Des gargouilles et des démons grimaçants. Des cachots ont été taillés dans la roche. Des mains se faufilent entre les barreaux et tentent d'agripper les cheveux de la religieuse qui avance. Il fait chaud. Au bout du couloir, une porte ouverte sur une salle à colonnades, éclairée par des flambeaux. Des hommes nus sont enchaînés sur les tables. Des bourreaux s'affairent au-dessus d'eux avec des pinces et des ciseaux. Les suppliciés hurlent tandis que les ciseaux entaillent les chairs et que les pinces tirent sur la peau pour la décoller des muscles. Derrière les bourreaux, des relieurs wisigoths font sécher les rectangles de peau sur des claies, des peaux rendues noires par les bains de soufre.

Un frisson d'horreur secoua Yseult : le manuscrit qu'elle était en train de caresser dans sa cellule avait d'abord été relié avec de la peau humaine avant d'être recouvert de cuir par d'autres mains qui avaient tenté, au cours des siècles, de masquer cette abomination. Le crime des crimes. La signature des satanistes.

Une dernière vision la submergea alors tandis que la

Bête penchée sur elle poignardait son sexe et dévorait sa gorge : la grande peste. Des océans de rats se répandent sur le monde. Les villes brûlent. Des millions de morts et des charniers à ciel ouvert. Au milieu des ruines, une vieille Recluse avance, le corps mutilé et le visage recouvert d'un voile de résille. Elle serre sous son habit un étui de toile et un balluchon de cuir. Elle est à bout de forces. Elle va bientôt mourir. Ailleurs, un moine sans visage sillonne la campagne dévastée à sa recherche. Il remonte sa piste, la renifle au milieu des colonnes de puanteur. Il massacre les congrégations qui lui ont donné asile. Il approche. Il est là.

Rassemblant ce qui lui restait de volonté, mère Yseult parvint à arracher sa main de la reliure. Un courant d'air souffla les bougies et les yeux de la vieille religieuse s'écarquillèrent d'étonnement dans l'obscurité : des filigranes rouges venaient d'apparaître à la surface du manuscrit, des nervures sanglantes surgies de la couverture dont les lacis s'ordonnaient en lettres phosphorescentes. Du latin. Les mots semblaient danser à la surface du cuir tandis que la religieuse se penchait pour les lire. La bouche tremblante, elle les prononça à voix haute pour mieux les déchiffrer :

ÉVANGILE SELON SATAN DE L'AFFREUX MALHEUR,
DES MORTES PLAIES ET DES GRANDS CATACLYSMES.
ICI COMMENCE LA FIN, ICI S'ACHÈVE LE COMMENCEMENT.
ICI SOMMEILLE LE SECRET DE LA PUISSANCE DE DIEU.
MAUDITS PAR LE FEU SOIENT LES YEUX QUI S'Y POSENT.

Une incantation. Non, un avertissement plutôt. L'ultime mise en garde qu'un relieur effrayé avait mêlée au cuir pour dissuader les curieux et les imprudents d'ouvrir cet évangile. C'était pour cette raison que, faute de se résoudre à le détruire, des générations de mains prévoyantes avaient exercé leur art sur cet ouvrage d'un autre temps. Non pour l'embellir mais pour en marquer l'innommable reliure avec cet avertissement qui ne luisait que dans l'obscurité. Puis elles en avaient verrouillé les pages à l'aide d'une serrure génoise, un épais verrou dont l'acier brillait dans la lueur rouge du manuscrit.

Armée de sa loupe et d'une bougie, Yseult l'examina de plus près. Ainsi qu'elle l'avait deviné, le trou de la serrure n'était qu'un leurre, ce genre de mécanisme qui ne s'ouvre que par effleurement des doigts placés en des endroits précis du boîtier. Une serrure tactile. Yseult en inspecta les rebords, là où les doigts devaient se positionner pour actionner le mécanisme. Sous le verre grossissant, ses yeux repérèrent les encoches pratiquées dans l'acier. Elle appuya sur l'une d'elles avec la pointe d'une plume. *Clac*. Surgie du mécanisme, une aiguille mince et fine se planta dans le biseau taché d'encre, une aiguille dont la pointe acérée avait été enduite d'une substance verdâtre : de l'arsenic. Yseult passa la manche de son habit sur son front trempé de sueur. Ceux qui avaient conçu ce mécanisme étaient prêts à tuer plutôt que de laisser des mains indignes profaner les effroyables secrets que renfermait le manuscrit. C'est pour cela que les Voleurs d'Âmes avaient massacré les Recluses du Cervin. Pour récupérer leur évangile. L'évangile selon Satan.

Yseult ralluma les bougies. À mesure que la lumière repoussait les ténèbres de la cellule, les mystérieux filigranes rouges à la surface du cuir s'estompèrent. La mère supérieure jeta un drap sur l'écritoire, puis elle se tourna vers la fenêtre. Dehors, la neige redoublait et les ombres enveloppaient les montagnes.

Silencieuses et tristes, les Augustines enterrèrent la vieille Recluse dans le cimetière du couvent. Mère Yseult lut une épître de Paul tandis qu'un vent froid gémissait dans les remparts. Puis, accompagnant le glas, les gorges pleines de sanglots entonnèrent un chant funèbre qui s'éleva dans l'air glacial avec la fumée blanche des haleines. Seuls le coassement des corbeaux et le hurlement lointain des loups y répondirent. Le jour déclinait, sa lueur estompée par la brume qui rampait sur le sol. Si bien qu'aucune de ces pieuses femmes courbées de chagrin n'aperçut la forme sombre qui les épiait depuis le cloître. Une forme humaine vêtue d'une bure de moine, dont le visage disparaissait sous une large capuche.

Le premier meurtre eut lieu peu après minuit tandis que mère Yseult procédait à ses ablutions. Enfermée dans la moiteur de la buanderie, elle revêtit une épaisse chemise de laine et enfila un gant de crin pour que ses mains n'entrent pas en contact avec son corps. Ensuite elle entra jusqu'à l'aine dans le baquet de bois, une cuve remplie d'une eau grise et fumante où les suintements des autres femmes de la communauté se mêlaient à la saleté de leurs corps. S'efforçant d'oublier sa gorge enflée, Yseult frotta ses bras et ses cuisses avec un éclat de pierre d'alun et de la poudre de sable, chaque mouvement de sa main ouvrant une traînée blanche dans la pellicule de crasse qui recouvrait sa peau. C'est à cet instant qu'elle entendit les hurlements de sœur Sonia et les appels au secours de ses religieuses qui se précipitaient dans les couloirs.

11

La porte de la cellule était bloquée. Grelottant dans sa chemise trempée, mère Yseult donna des coups d'épaule contre la porte. De l'autre côté, sœur Sonia hurlait toujours. Des cris de bête et des hurlements de terreur entrecoupés par les claquements d'un fouet sur la chair nue.

Poussant de toutes leurs forces, les religieuses parvinrent à entrouvrir le vantail et Yseult aperçut le corps martyrisé de sœur Sonia qu'une force maléfique avait crucifiée contre le mur. Ses pieds battant la pierre à quelques centimètres du sol, la malheureuse était nue, sa panse blanchâtre et ses mamelles gigotant sous les coups de lanière qui zébraient sa peau. Ses mains, transpercées par de larges clous, saignaient abondamment. Au centre de la cellule se tenait un moine qui maniait le fouet – une forme sombre et gigantesque à la lueur des bougies. Il portait une bure noire et une capuche recouvrait entièrement son visage. Un lourd médaillon d'argent battait contre son torse : une étoile à cinq branches encadrant un démon à tête de bouc – l'emblème des adorateurs de Satan.

Lorsque, ses yeux luisant dans l'ombre, le moine tourna son visage vers Yseult, la mère supérieure sentit une force irrépressible refermer la porte. La même force qui maintenait sœur Sonia contre le mur, la force du moine. Elle eut juste le temps d'apercevoir le démon dégainer un poignard d'un fourreau de cuir. Juste le temps de croiser le regard de Sonia tandis que la lame s'enfonçait dans son ventre. Puis de voir les entrailles de la malheureuse se répandre sur le sol. La

porte se referma et un courant d'air glacial fit frissonner les religieuses, le même que celui qu'elles avaient
senti lorsque la Recluse était morte.

Yseult baissa les yeux. Des traces de pas venaient
d'apparaître sur le sol. Des empreintes de pieds nus et
sanglants que la mère supérieure regarda s'éloigner
dans l'obscurité du couloir. Son cœur bondit dans sa
poitrine. Il manquait un orteil à l'empreinte gauche :
quelques semaines plus tôt, sœur Sonia ébranchait un
arbre mort lorsque, ayant mal mesuré le mouvement de
sa hache, elle planta le fer de l'instrument dans sa sandale, ce qui l'amputa du dernier orteil du pied gauche.

La vieille religieuse effleurait encore les empreintes
lorsque la porte de la cellule se débloqua dans un grincement de gonds. Au-delà, ce qui restait de la malheureuse était toujours cloué au mur, le ventre ouvert et
les yeux horrifiés. Un paquet d'entrailles fumait à ses
pieds dans une mare de sang et Yseult, tout en ayant
honte de cette pensée, s'étonna qu'un corps pût contenir autant de liquides et de matières molles.

12

Après avoir enterré sœur Sonia, la mère supérieure
et ses religieuses se barricadèrent dans le réfectoire
avec des vivres et des couvertures. Elles prièrent à la
lueur des bougies en se serrant les unes contre les
autres pour lutter contre le froid et la peur. Puis, tandis
que les cierges faiblissaient, elles s'endormirent.

Tard dans la nuit, les religieuses entendirent des hurlements au loin qu'elles imputèrent au vent sifflant
dans les remparts. À l'aube, sœur Isaure, dont la

couche était froide, fut retrouvée clouée contre la porte basse de la porcherie, éventrée, les yeux grands ouverts.

En dépit des larmes, en dépit des chapelets et des prières d'indulgence que la congrégation récitait sans relâche, il y eut douze nuits telles que celle-ci, douze autres meurtres rituels, douze religieuses massacrées au petit jour, l'âme et le corps martyrisés par la Bête.

À l'aube du treizième jour, Yseult enterra les restes de sœur Bragance, sa plus jeune novice. Puis, après avoir ramassé le crâne et rangé l'évangile selon Satan dans sa housse de toile, elle s'emmura avec des briques et du mortier, dans les fondations du couvent, un ouvrage d'homme qui lui prit le reste du jour.

Au crépuscule, elle scella la dernière pierre et, guettant les signes de l'étouffement, elle grava dans le mur l'avertissement qui était apparu en lettres rouges sur la couverture du manuscrit. En dessous, nommant l'assassin de sa congrégation, elle ajouta :

EN CES SAINTS MURS, L'IGNOBLE VOLEUR D'ÂMES
A FAIT SON LOGIS.
LE SANS-VISAGE. LA BÊTE QUI JAMAIS NE MEURT.
LE CHEVALIER DU TRÈS-BAS.
CALEB LE VOYAGEUR EST SON NOM.

En dessous, elle suppliait celui qui découvrirait ses restes au cours des siècles à venir de remettre l'évangile et les ossements de Dieu aux autorités de l'Église catholique et romaine de son époque, entre les mains de Sa Sainteté régnant en Avignon ou à Rome, à elle et à personne d'autre. Ou de jeter ces vestiges dans un feu de forge s'il advenait que l'Église n'avait pas survécu à la grande peste noire.

Depuis, elle attendait la tombée du jour et le réveil du Voleur d'Âmes.

13

Cela se passait toujours au crépuscule, à l'heure où les ombres du clocher effleuraient le cimetière. Au soir du douzième jour, tandis qu'elle et sœur Bragance avaient trouvé refuge au sommet du donjon, mère Yseult s'était tenue à la fenêtre qui donnait sur les tombes de ses sœurs assassinées.

Au fil de ces nuits meurtrières, les sépultures avaient été profanées les unes après les autres, comme si la morte de la veille était sortie de terre pour assassiner la suivante : une idée folle, qui avait germé dans l'esprit d'Yseult lorsque, traînant un matin le cadavre de sœur Clémence, elle avait découvert la tombe béante de sœur Édith qui avait été assassinée la nuit précédente. De la terre en tas et des empreintes de pieds nus et sanglants de sœur Édith tout autour du cadavre de la malheureuse. Les mêmes traces d'argile dans les couloirs menant jusqu'à la cellule de Clémence. Yseult et Bragance avaient enterré à son tour cette dernière et c'est cette sépulture, à l'écart des autres, que la supérieure avait observée à la tombée du jour. La tombe, éclairée par la lune, avait semblé remuer sous ses yeux. Un éboulis de terre fraîche était apparu, comme si quelque chose creusait de l'intérieur. Dans le clair-obscur, Yseult avait aperçu des doigts, puis des mains et des poignets, un morceau de linceul et la manche d'une robe mortuaire. Un visage enfin, celui de sœur Clémence, la bouche remplie de terre, les cheveux plaqués par l'argile et les yeux grands ouverts.

La chose qui avait été Clémence avait dégagé ses

épaules du linceul qui l'emprisonnait. Un dernier éboulis tandis qu'elle s'extirpait de sa tombe. Elle avait levé les yeux vers Yseult, et la mère supérieure se souvenait avec horreur que, dévoilant ses dents pleines de terre, la chose Clémence lui avait souri avant de disparaître en boitant dans les ténèbres du cloître.

À minuit, sœur Bragance avait gémi dans son sommeil. C'est à ce moment qu'Yseult avait entendu le pas traînant de Clémence gravir les escaliers du donjon.

14

Ses poumons aspirant désormais plus de gaz carbonique que d'oxygène, mère Yseult suffoque. La bougie est si faible que son éclat se réduit à un point orange dans l'obscurité. Puis la flamme vacille et s'éteint, la mèche achevant de se consumer dans un grésillement. Les ténèbres se referment sur la religieuse qui sanglote sans bruit.

Un frottement de l'autre côté de la paroi la fait tressaillir. Étouffée par l'épaisseur du mur, la voix de Bragance retentit à nouveau, beaucoup plus proche. Sa main frôlant le mur, la novice chuchote comme une enfant qui joue à cache-cache dans le noir.

— Cessez de fuir, ma mère. Venez avec nous. Nous sommes toutes là.

D'autres chuchotements répondent à ceux de Bragance. Ses cheveux se dressant sur sa nuque, mère Yseult reconnaît les gloussements de sœur Sonia, le bégaiement de sœur Édith, les grincements de dents si horripilants de sœur Margot et le petit rire nerveux de Clémence dont le sourire terreux hante toujours sa mémoire. Douze paires de mains mortes effleurent les murs en même temps que celles de Bragance.

Lorsque les frottements s'arrêtent à sa hauteur, la vieille religieuse emmurée retient ce qui lui reste de respiration pour ne pas trahir sa présence. Silence. Puis Yseult entend quelque chose renifler de l'autre côté de la paroi, et le chuchotement de sœur Bragance résonne à nouveau dans l'obscurité.

— Je te sens.

Nouveau reniflement, plus appuyé.

— Tu m'entends, vieille truie ? Je sens ton odeur.

Yseult étouffe un gémissement de terreur. Non, la Bête qui s'est emparée du corps de Bragance ne la sent pas. Sinon pourquoi se donnerait-elle la peine de l'appeler ?

La mère supérieure se cramponne de toutes ses forces à cette certitude. Puis, tandis que les mains de ses sœurs mortes recommencent à frôler le mur, elle se rend compte qu'un râle d'asphyxie se fraye un chemin à travers sa poitrine qu'elle ne parviendra pas à contenir. Alors, des larmes de regret traçant des sillons sur ses joues, mère Yseult referme ses doigts autour de son propre cou. Et, pour ne pas risquer de trahir sa présence ni celle de l'évangile selon Satan dont les filigranes rouges luisent faiblement dans les ténèbres, elle s'étrangle de ses propres mains.

DEUXIÈME PARTIE

15

Hattiesburg, Maine, de nos jours.

Minuit. L'agent spécial Marie Parks dort à poings fermés. Elle a pris trois somnifères d'un coup, trois petites pilules roses, avec un gin tonic pour en atténuer l'amertume. C'est le même cérémonial depuis des années : chaque soir, elle avale sa dose de sommeil artificiel en zappant depuis son lit sur les journaux télévisés. Puis, lorsque les images deviennent floues et que son cerveau commence à s'engourdir, elle éteint la lumière et s'efforce de ne pas penser aux visions qui éclaboussent son esprit comme des flashes dans le noir. Surtout ne pas penser. Ne pas penser à cette jeune femme blonde qu'un inconnu est en train d'éventrer sur un parking de New York, à ce clochard gisant au milieu des poubelles ou à cette fillette morte que des mains couvertes de sang viennent d'abandonner dans une décharge de la banlieue de Mexico. Ne pas penser à cette cacophonie de hurlements et de sanglots qui éclate dans son crâne tandis qu'elle serre les poings pour s'endormir. Des meurtres en direct auxquels elle assiste, impuissante, comme s'ils se produisaient sous ses yeux. Ou plutôt *par* ses yeux. C'est ce qui est le plus terrifiant avec ses visions : quand un meurtre est commis au moment où elle s'endort, elle voit la scène à travers les yeux de la victime. Des images si précises qu'elle a l'impression que c'est elle qu'on assassine.

Pour chasser ces embryons de terreur qui l'assaillent chaque fois qu'elle éteint la lumière, Marie Parks fixe son attention sur un point imaginaire situé entre ses sourcils. Les Chinois disent que c'est par ce point que circulent les énergies. Un bon moyen de faire taire ces voix dans son cerveau, comme une radio dont on diminue le volume. Sauf que là, il n'y a pas de bouton sur lequel appuyer, juste un point situé entre les yeux, que Marie fixe intensément jusqu'à perdre conscience sous l'effet des somnifères. Ensuite elle sombre pour quelques heures dans un sommeil de plomb. Quelques heures de répit jusqu'à ce que, l'effet des drogues s'estompant, elle se mette à rêver de haches et de corps en morceaux, de ventres vides et de cadavres d'enfants. Les mêmes rêves toutes les nuits : les crimes des serial-killers que Marie Parks, profileuse au FBI, traque sans relâche. Les fantômes de Marie : les tueurs en série, les mass-murderers et les spree-killers.

Les premiers chassent dans leur groupe ethnique en assassinant leurs victimes selon le principe des séries. Comme Edward Sorrenson, ce père de famille sans histoire qui sculptait des adolescentes. Il les enlevait, les étranglait puis sculptait leurs chairs avec une masse. Ou comme Edmund Stern, ce déménageur qui collectionnait des bébés morts dans des cartons à chaussures. Avec les tueurs en série, c'est toujours le même scénario : une mère abusive, un viol incestueux, des coups et des brimades, des flots de haine accumulés chaque jour. Et le monstre, devenu grand, se met à tuer les reflets de ses frustrations : des blondes, des prostituées, des institutrices à la retraite, des adolescentes, ou des bébés. Des tueurs qui tuent leur propre reflet : les serial-killers sont des briseurs de miroirs.

Les deuxièmes, les mass-murderers, commettent des massacres aussi monstrueux qu'imprévisibles. Une dizaine de morts d'un coup. Tel Herbert Stox qui s'était brusquement mis à éventrer des jeunes femmes brunes et enceintes : douze jeunes femmes, en une seule nuit, et dans le même quartier. Ils obéissent à une pulsion suprême et dévastatrice : les mass-murderers sont des exaltés qui entendent la voix de Dieu.

Les spree-killers, eux, sont des psychotiques désorganisés qui tuent le plus de personnes possible, en des lieux différents, et dans un laps de temps très court. Une journée de folle randonnée et, au crépuscule, une balle dans la tempe.

Voilà ce que renferme le musée des tueurs. Mais comme dans toutes les hiérarchies, il faut un souverain, un roi de la savane des banlieues et de la jungle des villes ; ce tueur parfait, prince des assassins devant lequel les autres tueurs n'auraient qu'à s'incliner, c'est le cross-killer.

Les cross-killers sont des assassins qui voyagent, des prédateurs qui changent de terrain de chasse. Un meurtre à Los Angeles, un autre à Bangkok, l'hiver au soleil des Caraïbes dans ces gigantesques hôtels où s'entassent les touristes.

Au FBI, on prétend que le cross-killer est un tueur en série qui a suffisamment économisé pour s'offrir un tour du monde en avion. C'est faux, car le tueur en série n'est qu'un pulsionnel qui tue pour étancher sa pulsion, un psychopathe qui suit un rituel destiné à le rassurer. Il profane ses victimes, il les immole et les découpe : c'est un gamin terrorisé qui terrorise à son tour, et qui laisse toujours assez d'indices derrière lui pour se faire prendre. Le vertige du châtiment. Et puis, surtout, le serial-killer n'aime pas bouger. C'est un casanier qui tue dans son quartier, un chien galeux qui égorge les agneaux de son troupeau.

Le cross-killer, lui, est un migrateur, un dévoreur de cadavres, un grand requin blanc qui remonte le courant à la recherche de ses proies. Il est au sommet de la chaîne alimentaire. C'est un être froid qui sélectionne ses cibles et contrôle ses pulsions. Il ne se laisse jamais déborder par elles, il n'entend pas de voix, il n'obéit pas à Dieu. Il n'a pas de comptes à régler ni de revanche à prendre. Il était le fils unique ou l'aîné d'une famille heureuse. Son papa ne le violait pas, sa maman ne le soumettait pas à cet inceste affectueux qui vous tord le cerveau. Personne ne le battait. Il est né comme ça : avec des sorcières penchées au-dessus de son berceau.

Comme le tueur en série, le spree-killer ou le mass-murderer, le cross-killer est fou. Mais, à la différence des autres, lui sait qu'il est fou. Et c'est cette conscience aiguë de ce qu'il est qui lui permet de compenser cette folie par un comportement remarquablement stable. L'équilibre dans le déséquilibre. Il peut être votre voisin, votre banquier ou cet homme d'affaires toujours entre deux avions qui passe le dimanche à jouer au tennis avec ses enfants. Il est parfaitement intégré, n'a pas de casier judiciaire. Il a un bon boulot, une jolie maison et une voiture de sport. Il voyage pour brouiller les pistes et frapper là où on ne l'attend pas.

Si vous n'entrez pas dans les caractéristiques de la série qu'un serial-killer poursuit, vous pouvez très bien le croiser sans courir le moindre risque. Vous pouvez même aller boire un café avec lui ou le prendre en stop sur le bord d'une route déserte. Pas un cross-killer. Car le cross est une bête qui mange quand elle a faim. Et ce tueur-là a toujours faim. Telle est la spécialité de Marie. Des milliers de kilomètres parcourus en avion, des centaines de nuits passées dans les hôtels du monde entier, des milliers d'heures à planquer dans les cimetières et les forêts humides. Des dizaines de cadavres et des forêts de fantômes. Voilà le gibier favori de Marie. Marie, qui pleure dans son sommeil, qui hurle et se réveille, le corps en sueur et le visage trempé de larmes, toujours à la même heure : 4 heures. L'heure où, chaque nuit, l'agent spécial Marie Parks renonce à se rendormir.

16

0 h 10. La respiration de Marie est calme, régulière. Les somnifères maintiennent son cerveau dans un sommeil profond, brumeux et incolore où rien ne lui parvient du monde qui l'entoure. Elle ne rêve pas encore. Pourtant, comme une eau sale remontant les canalisations d'un égout, les remous de son subconscient essaient déjà de franchir le barrage chimique des somnifères. Cela se voit aux imperceptibles crispations de ses doigts sur les draps, à ses paupières qui frémissent et à son front qui se plisse : Marie ne va pas tarder à passer du sommeil profond au sommeil paradoxal, cette phase de la nuit où les monstres qui peuplent son inconscient vont se déchaîner.

Quelques images émergent déjà à la surface. Des clichés gris et froids : une jambe qui flotte entre deux eaux, un visage flou, un biberon de lait caillé abandonné près d'un couffin, des dents cassées et des éclaboussures rouge vif sur l'émail d'un lavabo. Peu à peu, elles vont s'assembler et se mettre en mouvement.

Soudain, la gorge de Marie se serre. Quelques gouttes d'adrénaline se répandent dans son sang et dilatent ses artères. Ça y est, sa respiration s'accélère, son pouls grimpe d'un cran, ses narines s'écarquillent et les veines bleues qui sillonnent ses tempes se remplissent. Les images s'articulent et s'animent. Les cauchemars vont pouvoir commencer. Des cauchemars si précis, quand ils commencent, si palpables que même les odeurs y sont retranscrites à la perfection.

Marie respire l'air qui l'entoure. Les effluves du shampooing au tilleul imprimés sur son coussin ont disparu, ceux du bâtonnet d'encens qu'elle allume tous les soirs pour chasser les relents de tabac froid se sont évaporés. À la place, elle capte une odeur de chewing-gum à la fraise et un parfum de pacotille. Vanille et grenadine.

Le toucher, aussi, est très présent dans ses cauchemars. Cette impression vertigineuse que ce que l'on touche existe vraiment. Elle glisse un pied hors du lit et effleure le sol. Le plancher en teck de sa chambre a disparu. À la place, elle sent la caresse râpeuse d'une moquette bon marché.

La sensation de son propre corps, enfin. Cette impression étrange qu'il a rajeuni, que ses cuisses ont maigri, que ses genoux sont plus noueux, son ventre plus rond et sa poitrine plus menue. Que son sexe est plus étroit aussi, encore intact.

Marie passe un doigt sur ce bouton de moustique qui la démange au pli du genou. Elle grimace en ressentant une petite crampe au mollet et un tiraillement à la nuque. Elle éprouve une envie impérieuse de se rendre aux toilettes, une envie réprimée par la peur de se lever. Une peur atroce.

Ça y est, sa gorge s'assèche et son estomac se noue. Elle ouvre les yeux. La chambre n'est plus la même. Elle est plus petite, plus sombre, plus froide. Un léger courant d'air agite des stores en papier qui battent contre les vitres. Les rondeurs d'une tasse de camomille se découpent sur le halo rouge d'un réveil à quartz. Elle perçoit le doux bruit de bulles du régulateur d'air d'un aquarium et le bourdonnement d'une mouche qui rebondit contre les murs.

Sur une étagère, un alignement de poupées de porcelaine contemple Marie. Elle voit leurs paupières se soulever et leurs yeux de verre se mettre à briller dans l'obscurité. Leurs petites mains se tendent vers elle. Leurs dents acérées luisent entre leurs lèvres de cire.

Des frottements sur le sol. Un coffre en osier s'entrouvre et vomit des dizaines d'araignées et de scorpions qui dégoulinent des peluches et rampent vers elle. Elle qui claque des dents et se replie en position fœtale. En passant ses mains dans ses cheveux, elle se fige : les siens sont courts, ceux-là sont longs et épais. Les lourdes boucles odorantes se détachent de son cuir chevelu et glissent entre ses doigts pour retomber sur le coussin. Les poupées chuchotent dans le noir. Les scorpions escaladent le lit en s'agrippant à la couette. Soudain, Marie capte le ronronnement d'un chat tapi dans les ténèbres. Une haleine de sardines et de détritus se répand dans la chambre. Son sang se glace. Ce chat qui ronfle, c'est Poppers, le gros siamois de Jessica Fletcher, une adolescente assassinée douze ans plus tôt avec toute sa famille, la nuit où M. Fletcher est devenu fou.

Les yeux des poupées clignent et s'éteignent. Les araignées retombent mollement sur le sol, les scorpions réintègrent le coffre à jouets qui se referme en grinçant. Ça y est, le cauchemar peut commencer.

17

Marie est entrée dans le corps de Jessica. Elle rêve qu'elle a les yeux ouverts et qu'il faut à tout prix qu'elle se rendorme pour que son cauchemar s'arrête. Le cauchemar de minuit. Le pire. Mais comment se rendormir quand on dort déjà ?

Elle tend l'oreille. Un bébé pleure dans la chambre voisine. La voix de M. Fletcher égrène une berceuse. À travers la cloison de plâtre, Marie entend la musique lancinante d'un mobile de berceau et le grincement régulier du lit à bascule qu'on remue pour rendormir bébé. Mais bébé hurle. Il a des hoquets de colère et de terreur tandis que M. Fletcher chantonne. Si les paroles sont douces, le ton, lui, est glacial. Puis bébé prend son souffle et pousse un hurlement continu qui vrille les tympans de Marie. Alors, tandis que les grincements du berceau s'accélèrent, Marie capte d'autres bruits, sourds et métalliques. Comme des coups de ciseaux dans un coussin. Bébé s'étrangle. Ses hurlements s'éteignent. Les grincements du berceau ralentissent et s'arrêtent. Le silence.

Un frottement de pantoufles sur le parquet du couloir. Comme tous les soirs, M. Fletcher fait le tour des chambres pour vérifier que les enfants dorment. Il ouvre une porte. Un filet de voix apeurée parvient jusqu'aux oreilles de Marie. C'est Kevin, le petit frère de Jessica, que les grincements du berceau ont réveillé. Papa fait « chut ». Il recouche Kevin et lui caresse les joues. Marie, terrorisée, entend les mêmes bruits métalliques. Le silence retombe. M. Fletcher chantonne dans les ténèbres.

Marie s'est réfugiée sous la couette. Elle entend le frou-frou des pantoufles sur le parquet du couloir, le couinement de la poignée qui s'abaisse. À travers la fente de ses yeux entrouverts, elle aperçoit la silhouette de M. Fletcher qui se tient dans l'embrasure de la porte, son beau costume trois-pièces, son visage en sueur et le reflet du couteau à découper qu'il dissimule sous sa manche trempée de sang. Et puis, surtout, elle voit ses yeux morts. Des yeux de poupée de porcelaine.

Il faut à tout prix que Marie se rendorme, qu'elle sorte du corps de Jessica. Elle entend la respiration sifflante de M. Fletcher qui s'approche. Elle respire son odeur tandis qu'il se penche au-dessus de son visage. Elle sent sa grosse main glisser sur la couette, caresser ses jambes et remonter le long de ses hanches. Elle sent la traînée gluante que cette main abandonne sur la couette en remontant le long de son corps. Elle entend la voix de M. Fletcher siffler, une grosse voix méchante et triste.

— Jessica, tu dors ?

Marie fait semblant de dormir. Elle sait que si le papa de Jessica croit qu'elle dort, il la laissera peut-être vivre. Elle sent sa main qui la secoue doucement pour la réveiller, elle perçoit son haleine sur sa joue. Une puanteur aigre de whisky, de pistaches grillées et de vomi. Le papa de Jessica a bu. Le papa de Jessica a réveillé le monstre, le mangeur d'enfants. Sa grosse voix chuchote dans l'obscurité.

— Te fous pas de ma gueule, espèce de petite pute. Je sais très bien que tu fais semblant de dormir.

Marie sent les lèvres glacées de M. Fletcher remuer tout près des siennes. Une larme de terreur brille au coin de ses yeux et grossit sous ses paupières. Elle sait qu'elle ne va pas pouvoir la retenir.

— OK, Jessica chérie, puisque c'est comme ça, je vais te souffler sur les yeux. Et si tes paupières se mettent à bouger, ça voudra dire que tu ne dors pas.

Marie serre les poings de toutes ses forces pour retenir cette larme qui perle entre ses cils. Elle sent le léger courant d'air que le papa de Jessica souffle sur ses paupières. Un tremblement. La larme déborde et glisse le long de sa joue. M. Fletcher sourit dans l'obscurité.

— À présent, nous savons tous les deux que tu fais semblant de dormir. Je vais compter jusqu'à trente pour te laisser le temps de trouver une bonne cachette. Et lorsque j'aurai fini, si je te trouve, je te tue.

Marie ne peut pas bouger. Elle entend la grosse voix de M. Fletcher qui commence à compter dans le noir. À mesure qu'il compte à rebours, elle sent l'effet des somnifères qui se concentrent à nouveau et reprennent peu à peu le contrôle de son cerveau. La voix s'éloigne. Le couteau se lève et brille dans l'obscurité. Sa lueur faiblit. M. Fletcher a fini de compter. Marie tressaille en sentant la lame transpercer sa peau et s'enfoncer dans ses entrailles. Une brûlure lointaine, cotonneuse comme un souvenir. Ça y est, les somnifères recommencent à faire effet. Le cauchemar s'émiette et les images se désagrègent. Marie s'enfonce à nouveau dans les ténèbres. C'était le cauchemar de minuit.

18

Marie avait commencé à avoir des cauchemars à la suite d'un accident de la route. Un choc frontal entre un poids lourd et son camping-car lancé à pleine vitesse. C'est Mark, son compagnon, qui conduisait.

Rebecca, leur petite fille, était sanglée entre eux dans un fauteuil à rehausseur. Mark et Marie se disputaient. Il avait bu quelques coupes de trop à la pendaison de crémaillère des Hanks, qui venaient de s'installer dans la banlieue chic de New York. Une immense maison avec jardin protestant et voisins golfeurs : la sélection par le prix au mètre carré.

Patrick Hanks, un ami d'enfance de Mark, venait d'être muté dans une grande banque de Manhattan. Il avait triplé ainsi son salaire, obtenu une Cadillac de fonction et l'une de ces couvertures sociales qui font de la maladie un placement. Sans oublier une grande maison à bardage de chêne et colonnades qui avoisinait le million de dollars. Amplement de quoi s'engueuler en remontant vers le Maine. Les Hanks avaient demandé à Mark de ranger son camping-car cabossé dans le garage pour que leurs voisins, si convenables, ne s'imaginent pas qu'un campement navajo était sur le point de s'installer dans le quartier. Merde, un camping-car dans un garage qui aurait pu en contenir trois autres ! Mark avait eu l'impression de se garer dans une cathédrale. Ravalant sa fierté, il avait attendu d'être sur le chemin du retour pour passer ses nerfs sur Marie. Il roulait vite, beaucoup trop vite.

L'accident avait eu lieu sur l'Interstate 90 à quelques kilomètres de Boston. Un trente tonnes avait dérapé sur une plaque de verglas et s'était mis en travers, libérant son chargement de troncs d'arbres sur les voies. Mark n'avait même pas eu le temps de freiner.

Marie se souvenait parfaitement des troncs d'arbres dégringolant sur le bitume et de la fraction de seconde qui avait précédé le choc. Une éternité au ralenti dont elle ne conservait que des plans successifs, comme des flashes dans le noir.

Le choc avait été si violent que Marie avait eu l'impression d'être un miroir explosant sous la puissance de l'impact. L'avant du camping-car s'était désintégré contre les troncs d'arbres et la cabine avait éclaté en mille morceaux. Les souvenirs de Marie aussi. Des millions d'éclats de verre qui rebondissent sur l'asphalte, des millions de particules de mémoire qui se dispersent, des odeurs de son enfance, des couleurs et des images. Toute sa vie qui s'enfuit. Les battements de son cœur qui s'espacent. Un froid immense.

19

Plongée dans un coma profond, Marie avait lutté pendant deux mois dans le service de réanimation de l'hôpital Charity de Boston. Deux mois durant lesquels ses cellules cérébrales avaient livré une bataille sans merci pour ne pas sombrer en coma dépassé. Deux mois plongée dans les ténèbres de son propre cerveau. Car si le corps de Marie avait cessé de remplir ses fonctions et si son cerveau avait coupé toutes les connexions qui le reliaient à ce paquet de muscles morts, sa conscience était restée mystérieusement intacte, comme un fusible qui continue de fonctionner alors que tous les autres ont sauté. Ainsi Marie percevait-elle de très loin les bruits assourdis qui l'entouraient, les courants d'air qui effleuraient son visage, les rumeurs de la ville qui entraient par la fenêtre entrouverte et les mouvements des infirmières à son chevet.

On l'avait placée sous assistance respiratoire : un shoot d'air glacial à chaque expiration mécanique de la machine, la pression du piston dilatant ses poumons puis les laissant se vider avant d'insuffler la dose suivante. Le chuintement du soufflet qui monte et redescend dans son logement de verre, le crissement de l'électrocardiographe couplé à la machine. Un univers synthétique dont les bruits parvenaient jusqu'à elle comme au travers d'une couche de béton. Ou d'une dalle de marbre. Comme si Marie, prisonnière d'elle-même, avait été déposée dans le satin d'un cercueil qu'on avait refermé, avant de le descendre dans l'obscurité glaciale d'une tombe. Comme si ayant diagnostiqué le décès de son corps sans se soucier de celui de son cerveau, un médecin épuisé avait signé son permis d'inhumation. Marie, morte-vivante, à jamais condamnée à errer en elle-même sans que personne puisse entendre les hurlements qu'elle poussait dans le noir.

Parfois, lorsque la nuit enveloppait l'hôpital et qu'elle parvenait à s'endormir dans son coma, il lui arrivait d'entendre la pluie qui battait sur le marbre de sa dalle funéraire et les oiseaux qui venaient y picorer des graines abandonnées par le vent. Il lui arrivait même de capter le crissement du gravier sous les souliers des familles en deuil.

D'autres fois, lorsque son cœur épuisé cessait soudain de battre et que ce qui lui restait de conscience vacillait comme une bougie, Marie mourait en rêve. Elle s'abandonnait à ce froid immense qui l'envahissait. Son esprit se raidissait alors comme un enfant affolé au milieu de la nuit et, tandis que les instruments se mettaient à sonner, elle laissait échapper un hurlement de terreur qui ne franchissait jamais la ligne de ses lèvres.

Lorsque les alarmes s'étaient déclenchées, elle avait capté l'écho de voix lointaines comme celles que l'on entend quand on nage sous l'eau. Des voix effrayées qui venaient de nulle part, des voix qui l'enveloppaient et la submergeaient. Chaque fois, elle avait senti des mains arracher sa chemise et masser son cœur, écrasant son sternum pour forcer ce muscle gorgé de sang à battre ; des aiguilles transpercer ses veines. Un picotement d'abord, puis l'insupportable brûlure de l'adrénaline de synthèse qui se répandait dans son organisme. Deux plaques métalliques se posaient ensuite sur ses seins et un sifflement aigu emplissait l'air. Puis, pendant qu'une voix lointaine criait quelque chose que Marie ne comprenait pas, son corps se cabrait violemment sous le flash blanc de la décharge. Le crissement de l'électrocardiographe qui s'emballe, le sifflement du défibrillateur qui remplit ses accus pour la prochaine décharge. Les plaques métalliques grésillent sur la peau de Marie. *Tchac !* Une nouvelle explosion de lumière blanche atteint son cerveau. Son cœur se contracte, s'arrête, se contracte encore, s'arrête à nouveau. Puis il fibrille enfin et se relâche, se contracte et se détend. Et, chaque fois que son cœur était reparti, Marie avait senti le souffle glacé de l'oxygène pénétrer à nouveau sa gorge et dilater ses poumons. Elle avait senti ses artères se gonfler et ses tempes battre sous la pression du sang qui revenait. Son pouls s'était remis à cogner comme un marteau dans le silence. Enfin, les voix autour d'elle s'étaient apaisées et une main froide avait essuyé ses cheveux trempés. Marie, prisonnière d'elle-même, recommençait alors à flotter entre deux eaux. Marie, terrifiée, ne parvenait pas à mourir.

À son réveil, elle avait appris la mort de Mark et de Rebecca. Le premier avait agonisé plusieurs jours durant dans une chambre proche de la sienne. La petite Rebecca, elle, avait été éjectée si loin sous le choc que les secouristes n'avaient retrouvé de son corps que quelques morceaux de chairs carbonisées. Marie ne se souvenait même pas de leur visage. Ni du sien. En se levant pour la première fois de son lit d'hôpital, elle n'avait pas reconnu son reflet dans le miroir de la salle de bains. Ces longs cheveux noirs, cette peau de porcelaine et ces grands yeux gris qui la contemplaient, ce ventre plat, ce sexe et ces cuisses que ses doigts avaient effleurés pour les reconnaître, ces bras aux muscles endoloris et ces mains de poupée qu'elle avait tournées et retournées devant ses yeux, ce n'étaient pas les siens. Comme si ce corps tout entier n'avait été qu'un manteau de peau et de muscles enfilé par-dessus son véritable corps. Une combinaison de chair qui le recouvrait totalement et que Marie avait cherché à arracher avec ses ongles.

Trente mois de rééducation. Trente mois à réapprendre à marcher, à parler, à penser. Trente mois à chercher des raisons de survivre. Puis Marie avait réintégré son unité de la police fédérale.

20

À sa sortie d'hôpital, elle avait été affectée au département *Missing* du FBI à Boston : les portés disparus. Des mômes pleins de vie qui s'évaporent en bas de chez eux sans que personne n'ait rien vu, pas un voisin, pas un clodo, pas même le facteur ou le livreur de lait. Un dernier goûter sur la table de la cuisine, un dernier verre de soda puis l'enfant grimpe sur son vélo, un VTT flambant neuf équipé d'un dérailleur Shimano dix-huit vitesses. Il a vissé sa plus belle casquette de base-ball sur son crâne, il a glissé ses cartes des Yankees ou des Dodgers dans sa poche-revolver. Maman a mis dans son sac à dos une canette de Coca light et un sandwich au beurre de cacahuètes enveloppé de cellophane. Il dévale la rue, s'arrête au stop, tourne à gauche. Puis il disparaît comme avalé par le bitume. Ou agrippé par les mains d'un monstre.

C'est ce qui était arrivé à Benny Madigan, dossier 2412 au département *Missing* du FBI, un gosse de la banlieue de Portland qui avait quitté sa maison pour aller dormir chez un ami. Quatre kilomètres de porte à porte et un seul itinéraire possible : descendre Stutton Avenue sur quatre cents mètres, prendre Union Street à gauche, continuer en laissant le supermarché *Wal-Mart* sur la droite puis, après le café *Starbucks*, prendre encore à gauche dans Tekillan jusqu'au croisement de Northridge, une rue bordée de platanes où le copain de Benny habite une maison coloniale, au 3125. Un itinéraire de lignes droites et de carrefours que les enquêteurs avaient refait des centaines de fois.

Il est 18 h 07 lorsque Benny Madigan enfourche son vélo et part de chez lui. On le sait grâce à la vieille Marge qui promène ses chiens à la même heure et qui se souvient de l'avoir aperçu dévaler Stutton Avenue en hurlant comme un Apache. Marge n'aime pas les enfants, elle préfère les chiens. C'est pour ça qu'elle se souvient de Benny, de son blouson rouge et de son sac à dos Nike.

18 h 10. Benny s'est arrêté au feu rouge qui régule le croisement de Stutton et d'Union Street. On le sait car à cette heure-là, Brett Mitchell, un ami des Madigan, baisse la vitre de son 4 × 4 pour saluer Benny. Le garçon lui rend la politesse et ils échangent quelques mots. Puis le feu passe au vert et Benny tend le bras à gauche pour s'engager sur Union Street. Un dernier coup de klaxon. Brett Mitchell, qui continue tout droit sur Stutton, regarde l'enfant s'éloigner dans la rue commerçante. C'est la dernière fois qu'il le voit.

18 h 33. Benny ressort du *Wal-Mart* d'Union Street où il s'est arrêté pour acheter des bonbons et des pétards. Les bandes vidéo du supermarché sont formelles. On y voit le garçon piocher ses friandises dans les rayons. On le voit aussi chiper un illustré qu'il glisse sous son manteau. Ensuite il se dirige vers les caisses, tend un billet de cinq dollars à l'employée, empoche sa monnaie et ressort du magasin.

18 h 42. Benny Madigan passe devant le café *Starbucks* d'Union Street. Rachel Porter, une amie de sa maman, est en train de siroter un capuccino en terrasse. Elle lève la tête pile au moment où Benny passe car un des plateaux de son dérailleur grince. Elle lui fait un signe de la main mais Benny ne la voit pas : il est concentré sur son levier de vitesse. Il enclenche la cinquième. La chaîne quitte le quatrième plateau du dérailleur. Le couinement s'arrête. Benny se redresse sur ses pédales et accélère comme un beau diable.

Rachel Porter se souvient que ce jour-là l'adolescent portait un jean baggy d'où dépassait un caleçon blanc. Elle se souvient aussi qu'un antivol métallique à combinaison battait contre son guidon. Puis Benny tourne à gauche dans Tekillan. Il est 18 h 43. Il lui reste un kilomètre à parcourir. Un kilomètre qui conduit au néant, un tunnel invisible, hors du temps, qui va dévorer Benny Madigan.

À 19 h 30, la maman de Benny appelle le 3125 Northridge Road pour s'assurer que son fils est bien arrivé. Les parents du copain ne comprennent pas : à 18 h 50, le relevé de l'opérateur téléphonique le confirme, Benny a appelé chez eux avec son téléphone portable pour leur dire qu'il avait crevé un pneu à l'embranchement de Tekillan et de Northridge. Le père lui a alors demandé s'il voulait qu'il vienne le chercher mais Benny a répondu qu'il avait une bombe anticrevaison et qu'il allait se débrouiller. Puis il leur a dit au revoir et la communication s'est interrompue. Rien d'autre. Ah, si ! Juste avant que Benny ne raccroche, le père a entendu une voiture freiner à sa hauteur. Le bruit d'une vitre électrique qui s'abaisse, une voix d'homme, à peine audible dans le flot de la circulation. Le conducteur demande son chemin à Benny. Le garçon répond quelque chose puis il s'interrompt, dit au revoir au père de son copain et raccroche, sans doute pour indiquer la direction à l'automobiliste. C'est tout.

Après Rachel Porter qui l'a aperçu à la terrasse du *Starbucks* d'Union Street, personne n'a jamais revu Benny. Personne ne sait ce qui s'est passé entre les quatre cents mètres qui séparent cet embranchement et le 3125 Northridge Road. Aucun témoin de sa disparition alors que tant de gens l'avaient aperçu juste avant. Rien, pas même à la station-service qui fait l'angle.

Quatre heures plus tard, la police avait retrouvé le vélo de Benny Madigan dans une impasse perpendiculaire à Northridge Road, une ruelle située à plus de deux cents mètres après le 3125. Aucun cadavre, aucun vêtement, aucune trace des friandises achetées chez *Wal-Mart* ou du sac à dos Nike.

On avait installé des barrages sur les routes dans l'espoir de retrouver le mystérieux conducteur qui avait demandé son chemin à Benny. On avait fouillé les forêts, les étangs et le lit des rivières. Sans résultat. On avait alors transmis le dossier Madigan au département *Missing* du FBI, où il avait atterri sur le bureau de Parks avec une pile d'autres dossiers non résolus. Entre le signalement d'Amanda Scott, huit ans, disparue dans les environs de Dallas alors qu'elle allait chercher un caddie sur le parking d'un supermarché, et celui de Joan Kaprisky, treize ans, évaporée à Kendall, Alabama, au beau milieu d'une séance de cinéma. Des vieux dossiers, classés sans suite au terme du délai fatidique de quinze jours au-delà duquel les chances de retrouver l'enfant s'effondraient.

Depuis son bureau de Boston, Marie Parks passait en revue les nouveaux fichiers *Missing* lorsqu'elle était tombée par hasard sur le dossier d'une petite fille qui venait tout juste de dépasser ce délai des quinze jours. C'est à cette occasion qu'elle avait eu sa première vision.

21

La première vision de Marie s'appelait Meredith. Meredith Johnson. Une enfant de huit ans qui avait disparu quinze jours plus tôt sur le chemin de l'école. Quinze jours de battue à fouiller la forêt et à draguer les étangs. Une gamine disparue parmi les centaines d'autres dont on perdait soudainement la trace.

Meredith habitait Bennington, Vermont, une bourgade paumée dans les Green Mountains. C'était une fillette blonde dont le visage potelé et la silhouette un peu lourde trahissaient un goût prononcé pour les milkshakes et les hamburgers.

Le jour de sa disparition, Meredith portait des baskets Adidas de couleur jaune et un anorak orange, le même qu'elle arborait sur les clichés qui dévoilaient aussi les armatures métalliques de son appareil dentaire. Mais plus encore que cet accoutrement, c'était l'absence totale de témoignages qui avait attiré l'attention de Marie. Comme si une petite fille avec des baskets jaunes et un anorak orange pouvait disparaître d'un seul coup sans que personne l'ait aperçue à un moment ou à un autre. C'était ce qui ne collait pas dans l'affaire Meredith. Qu'on le veuille ou non, quand on a huit ans et qu'on marche seule dans la rue, quand on porte un anorak orange et qu'on habite la même ville depuis sa naissance, on apparaît toujours au moins une fraction de seconde dans le champ de vision de quelqu'un, dans la glace d'un rétroviseur ou à travers les rideaux d'une cuisine. Qu'on le veuille ou non, comme pour Benny Madigan, il y a toujours une vieille dame qui promène son chien, un employé municipal qui chasse les feuilles mortes avec sa souffleuse, un démarcheur en bibles ou un réparateur de machines à laver qui vous aperçoit et garde votre image imprimée dans un coin de sa mémoire. Toujours. Sauf dans l'affaire Meredith Johnson. Et c'est précisément cette absence de signalements qui ne collait pas. Comme si cette disparition avait été préméditée durant des semaines par un tueur en série. Un proche, ou, du moins, un habitant de Bennington. Le genre de prédateur qui avait dû passer des journées entières à épier les allées et venues de la fillette. Mais, même dans ce cas précis, quelqu'un aurait dû apercevoir quelque chose. Or là, rien. Comme si une tornade avait brusquement emporté la fillette, ou que des sables mouvants s'étaient refermés sur elle.

Marie avait pris un vol intérieur pour le Vermont puis elle avait rejoint Bennington dans une voiture de location. Là, elle avait interrogé les passants et refait mille fois le trajet entre l'école et la maison de Meredith. Pas la moindre trace, pas le plus petit indice, pas une seule image, même floue, plus le moindre souvenir de l'existence de Meredith Johnson. Comme si cette gamine en anorak orange et baskets jaunes n'avait jamais habité Bennington.

Épuisée et déçue, Marie avait réservé une chambre dans un motel à la sortie de la ville. Et c'est cette nuit-là qu'elle avait rêvé de Meredith.

22

Marie Parks s'était endormie devant le talk-show de Larry King et s'était réveillée quelques heures plus tard au milieu d'un champ de blé sous la lune.

Il fait froid. Le blé a été récolté depuis quelques semaines et on a mis le feu aux tiges sèches et rases que la lame de la moissonneuse a épargnées. Écarquillant les narines dans son sommeil, Marie aspire l'haleine de pain brûlé qui s'échappe de la terre. Puis elle ouvre les yeux et distingue une silhouette au bord de l'horizon : une gamine en anorak orange qui marche à la lisière d'une forêt d'où ne filtrent ni lumière ni sons. Meredith. Marie est sur le point de l'appeler lorsqu'elle entend des bruits derrière elle. Des claquements de pattes sur la terre carbonisée. Elle se retourne et aperçoit un grand chien noir qui se dirige vers elle. C'est un vieux rotweiller qui galope en faisant claquer ses mâchoires dans le vide. Sa gueule dégouline de bave. Dégainant son arme, Marie s'accroupit et vide un chargeur sur le chien qui passe à sa hauteur. Les projectiles de 9 mm ouvrent de larges plaies dans le pelage de l'animal, mais aucun impact ne parvient à l'arrêter. Le rotweiller dépasse Marie et allonge sa foulée pour rattraper Meredith, qui vient de l'apercevoir.

Le vent étouffant ses cris, Marie hurle à Meredith de ne surtout pas entrer dans la forêt, que c'est la forêt qui a engendré ce monstre pour la forcer à s'enfoncer sous les arbres, que ce chien n'existe pas et qu'il lui suffit de fermer les yeux pour le faire disparaître.

Marie essaie de courir mais ses jambes sont lourdes, lentes, difficiles à soulever. La mélasse des rêves. Elle voit les branches s'écarter pour laisser passer la fillette terrorisée qui s'enfonce dans la forêt. Puis le rotweiller disparaît à son tour entre les arbres et les branches se referment sur lui comme des bras. Un hurlement au loin. Marie sent la terreur de Meredith. Elle vient juste d'atteindre la lisière et tente d'écarter les ronciers qui lui barrent la route. Meredith appelle à l'aide. Elle se débat. Elle n'en peut plus. Elle hurle une dernière fois. Un cri de mourante. Puis le silence retombe. Le vent fait frissonner les feuilles.

C'était la première vision de Marie.

23

Les jours suivants, Marie avait encore rêvé de la fillette. Des rêves de plus en plus précis, comme si elle commençait peu à peu à sentir les choses à travers elle. Le parfum des fleurs, le souffle du vent, l'haleine de la forêt.

Puis, une nuit, Marie était entrée dans la peau de Meredith, comme ça, d'un seul coup. Elle n'avait pas rêvé d'elle-même regardant la fillette. Elle n'avait pas non plus rêvé qu'elle la poursuivait dans une forêt obscure, non. Elle était devenue Meredith. Les pensées de Meredith, ses peurs et ses joies de gamine, son petit ventre rond, sa verrue plantaire qui la faisait boitiller depuis des semaines, ses préoccupations et ses secrets de fillette appartenaient aussi à Marie. Marie-Meredith. Meredith-Marie.

Ce jour où elle s'était enfoncée dans la forêt, Meredith venait d'avoir huit ans, elle portait un anorak orange, elle avait un rhume qui lui bouchait le nez, elle avait des vieux bonbons à la menthe collés au fond de sa poche et mal aux genoux à cause de Jenny, sa meilleure amie qui venait de la faire tomber dans la cour de récréation. Ce jour-là, elle était en colère.

Telle était la première véritable vision de Marie. Plus du tout un rêve flou ni des images superposées sur des mauvais souvenirs. C'était une osmose totale, éveillée, somnambulique, l'impression terrifiante de se dissoudre dans le corps de l'autre. Oui, c'était bien à cet instant que, le temps d'une nuit, Marie était devenue Meredith.

Des sons et des odeurs d'abord. Les bruits assourdissants d'une cour de récréation. Meredith vient de tomber. Elle a les yeux fermés, pleins de larmes contenues. Des petites larmes de colère et de honte à cause de Jenny qui vient de la pousser dans le dos en jouant à chat perché. Elle est tombée sur les genoux et sur les mains, comme une cruche. Les garçons ont sûrement vu sa culotte. Meredith entend leurs rires dans son dos. Elle a mal aux paumes. Ses genoux la brûlent. Elle saigne. Maman va la gronder à cause des graviers qui ont fait un accroc à son collant.

Elle voudrait être morte. Ou salement blessée. Une bonne fracture, un genou cabossé ou une plaie qui saigne énormément. Tout plutôt que de tomber comme une gourde dans la cour et de montrer sa culotte aux garçons. Saleté de Jenny. Ravalant bravement sa colère et ses larmes, Meredith écoute les rires de ses camarades attroupés autour d'elle. Elle n'ose pas ouvrir les yeux. Elle écoute le claquement des cordes à sauter, le galop des semelles, les cris des enfants qui se poursuivent.

Les cloches de l'église de Bennington retentissent dans le lointain. 16 heures. Meredith ouvre enfin les yeux. La lumière illumine la vision de Marie. Elle voit à travers les yeux de Meredith. Elle voit les visages hilares, les doigts tendus et les garçons qui grimacent et se tordent de rire. Un torrent de sons discordants qui font presque déborder ses larmes. Il ne faut surtout pas qu'elle pleure. Plutôt mourir que pleurer. Le coup de sifflet de la maîtresse la sauve. Les enfants se dispersent. Plus personne ne se préoccupe de cette gamine un peu ronde qui se tortille dans son anorak orange.

Meredith se relève, ramasse son cartable et se dirige vers le portail où des parents pressés récupèrent leurs enfants. Bientôt, il ne reste plus que le concierge de l'école qui balaie les feuilles mortes. Et elle, qui attend.

Elle lève les yeux vers le clocher. 16 h 10. Maman est en retard, comme toujours. Elle regarde ses mains sales et ses genoux écorchés. En se penchant, elle aperçoit deux petites taches de sang prises dans les mailles déchirées de son collant. Elle voudrait que sa mère arrive. Maman et ses bras tout chauds dans lesquels Meredith aurait volontiers enfoui sa tête pour y cacher ses larmes.

16 h 15. Furieuse et triste, elle remonte la fermeture Éclair de son anorak et se met en route. Elle traverse la rue, contourne l'église et coupe à travers champs. Elle va longer la lisière de la forêt jusqu'à la ferme des Hanson. Puis elle remontera par le chemin qui serpente jusque chez elle. Un quart d'heure de marche à petits pas. Juste le temps de ruminer sa revanche contre cette garce de Jenny.

Ça y est, elle a atteint la lisière de la forêt. Un bois sombre et humide. Un bois hanté qui mange les enfants, c'est ce que les grandes personnes racontent pour que les écoliers rentrent chez eux sans faire de détour. Meredith n'en croit pas un mot : elle a huit ans maintenant. N'empêche, elle frôle la lisière sans s'engager plus loin et en prenant garde aux racines qui affleurent. Elle évite même de marcher sur l'ombre des arbres qui la regardent passer et jette des coups d'œil à travers les branches basses. Ce sont de vieux pins noirs aux troncs rongés de lichen, qui sentent la mousse et les feuilles mortes. Des plaques de lichen se détachent comme des lambeaux de peau morte. On dirait des arbres lépreux qui étranglent les enfants. Malgré ses huit ans, Meredith a peur. Elle presse le pas. Soudain, un grondement sourd retentit derrière elle. Elle se fige.

En se retournant, elle aperçoit une forme noire tapie dans les herbes. Une giclée acide se répand dans l'estomac de Marie. C'est Égorgeur, le chien des Hanson, un vieux rotweiller à moitié aveugle, méchant comme une teigne – les gamins du village l'ont appelé comme ça à force de se faire pincer les mollets en chipant des champignons dans les champs des Hanson.

Quelque chose ne va pas dans le comportement d'Égorgeur. On dirait qu'il ne reconnaît pas Meredith. On dirait qu'il est devenu... fou ? Est-ce qu'un chien peut devenir fou ? Meredith l'ignore. Elle plonge son regard dans la gueule d'Égorgeur. Elle a envie de faire pipi. Elle serre les cuisses. Sa voix tremble.

— Gentil, Égorgeur. Gentil, le chien. C'est moi, Meredith Johnson.

Mais Égorgeur n'entend pas. Il gronde. Ses gros muscles roulent et se tendent. Ses pattes arrière tremblent de colère. Son pelage noir se hérisse sur son échine. Un nuage de bave déborde de sa gueule. Alors Meredith comprend.

— Au secours, maman, Égorgeur a la rage ! Il s'est fait mordre par une chauve-souris et maintenant il veut me manger.

Marie gémit dans son sommeil. Égorgeur va charger. Meredith plonge dans les fourrés et écarte les branches en hurlant, sans prendre garde aux tiges de sumac qui brûlent ses mollets ni aux branches qui giflent son visage. Elle n'écoute que le monstre qui galope sur ses talons. Elle sent son souffle sur sa peau, et ses mâchoires se refermer sur son pied. Elle trébuche et abandonne une de ses baskets dans la gueule d'Égorgeur. Puis elle se relève et se remet à courir droit devant elle. Les mains brandies devant les yeux pour écarter les branches basses, elle court sans se retourner. C'est à peine si elle sent les ronces qui entaillent son pied nu. Sa culotte est trempée. Elle court en pleurant. Sa gorge est sèche, brûlante. Elle a peur. Elle est triste. Elle est en colère.

24

Meredith a couru longtemps. Trop longtemps. La forêt est à présent si épaisse que la lumière du soleil n'en perce presque plus le toit de branches. Même les sons semblent avoir disparu. Meredith ralentit, se retourne. Personne. Égorgeur a dû faire demi-tour. Ou bien il s'est embusqué quelque part pour l'attendre. À bout de souffle, la fillette s'agenouille sur un tapis de mousse et laisse couler ses larmes. Elle pleure long-temps, se vide de toute cette peur qui la paralyse. Puis elle essuie ses joues et tend l'oreille. Un bruit d'eau. Elle lève les yeux et aperçoit un ruisseau et un petit pont de pierre. Elle a dû s'enfoncer loin au cœur de la forêt. Elle ne connaît pas cet endroit, n'en a jamais entendu parler. Elle est perdue. Mais pour le moment elle s'en fiche : la peur de la forêt n'a pas encore remplacé celle des crocs d'Égorgeur.

Agenouillée sur la mousse, Meredith tente d'apercevoir le ciel au-dessus des arbres. La lumière du jour est devenue grise, le soleil décline. Elle s'apprête à se relever lorsqu'elle entend des pas qui approchent dans les fougères. Marie sursaute dans son sommeil. Le cœur de Meredith s'emballe. Un nuage de condensation s'échappe de ses lèvres entrouvertes. Marie sent la caresse râpeuse de la mousse sous les paumes de la fillette et la brûlure des épines dans son pied. Elle écoute, ce sont des pas d'homme. Marie s'agite. *Cours, Meredith ! Ne reste pas là ! Relève-toi et cours !*

Mais Meredith est beaucoup trop fatiguée. Elle tourne les yeux vers l'homme qui s'approche. Son cœur qui s'était remis à tambouriner se calme d'un seul coup. Elle le connaît. Elle ne l'aime pas, mais elle n'a pas peur de lui.

L'homme ne fait plus de bruit à présent, il marche sur la mousse. Tandis que Meredith le regarde, Marie plisse les yeux pour essayer de distinguer ses traits. Il est grand, costaud. Il porte une veste écossaise avec des poches à revers. Un poignard bat à sa ceinture, un couteau de chasseur, tranchant comme un rasoir. Meredith, elle, regarde les mains de l'homme. De grosses mains calleuses qui tremblent d'excitation, se crispent et se relâchent. Le grand méchant loup. *Nom de Dieu, Meredith, lève-toi et fous le camp !*

Curieusement, Marie, qui remue dans son sommeil, parvient à sentir sa propre peur s'insinuer dans le cerveau de Meredith. Une pointe d'angoisse raccourcit le souffle de la fillette, le bout de ses doigts est glacé.

Son sternum se bloque, sa vessie se contracte. Ça y est, Meredith recommence à avoir peur. Ses jambes tremblent de fatigue. Elle essaie de se relever mais une crampe lui mord les cuisses et la fait trébucher. Elle va tomber. L'homme est sur elle à présent, il la retient par le bras. Meredith hurle et se débat. L'inconnu l'agrippe par la nuque et la serre contre lui. Sa grosse voix chantonne :

— Pas peur, Meredith Johnson, ma fille. Papa est là.

Le nez de la fillette s'écrase contre le pull que l'homme porte sous sa veste de chasse. Il pue la sueur et le sang, l'odeur qu'avait le père de Jessica Fletcher le soir où il était devenu fou. Une odeur d'enfant mort. Alors Meredith comprend qu'elle va mourir. Elle mord le pull et éclate en sanglots en sentant l'odeur se transformer en goût. Puis elle frappe, donne des coups de pied et crie. Et, à mesure qu'elle se débat, les bras de l'homme se referment sur elle.

— Fais câlin Papa, sale méchante petite fille.

Marie sent la main de l'homme se refermer autour du cou de Meredith. La fillette étouffe. Elle griffe cette main qui la tue, essaye de parler. Elle veut dire au monsieur qu'elle s'excuse, qu'elle sera sage, qu'elle ne fera plus jamais de bêtises. Puis l'éclair d'un poignard scintille au-dessus de sa tête et elle sent la douleur exploser le long de sa colonne vertébrale. Une lame glaciale la transperce, une décharge électrique gagne ses jambes et ses bras, un torrent de souffrance. La lame entre et ressort, plonge dans son dos, casse ses vertèbres, tranche ses artères et déchire ses organes. Elle perçoit le souffle de l'ogre contre sa joue tandis qu'il la serre contre lui pour mieux la poignarder. Elle sent la bouche de l'ogre embrasser son visage, sa langue terreuse et froide sur ses lèvres. Puis un froid glacial l'engourdit et la douleur s'éloigne. Le couteau frappe toujours mais elle n'éprouve presque plus la morsure de la lame. Elle entend des oiseaux chanter dans les arbres, elle voit le ruisseau et le petit pont de pierre. La lumière du soleil s'estompe. Meredith ferme les yeux. Elle n'a plus mal.

25

0 h 20. Marie dort toujours. Un sommeil lourd, sans souvenirs, comme une vitre épaisse posée sur une fosse où hurlent les victimes des tueurs en série, une vitre blindée qui étouffe les cris, mais pas les images. Elle voit Jessica Fletcher étendue sous sa couette gorgée de sang. Elle voit Meredith allongée dans l'eau sous le petit pont de pierre où le FBI avait retrouvé son cadavre profané. Meredith la regarde et tend vers elle ses bras pleins de vase. À travers la vitre blindée des somnifères, Marie contemple la fillette. Sa bouche est ouverte et ses cheveux recouverts de mousse. Mais elle ne l'entend pas hurler. Elle n'a plus qu'à fermer les yeux et à espérer qu'elle parviendra à se réveiller avant que l'effet des médicaments s'estompe.

Marie avait arrêté l'assassin de Meredith un soir d'automne. Elle se souvenait des couleurs – du jaune et du rouge –, de la boue argileuse qui alourdissait les chemins et des flaques que les dernières pluies avaient formées dans les ornières, des odeurs d'écorce et de terre mouillée aussi. Une pluie de feuilles mortes dans la lueur ocre du crépuscule.

Cela faisait deux jours que les agents du FBI planquaient près du petit pont de pierre. Deux jours à se ronger les ongles et à compter les minutes. Puis, le deuxième soir, ils avaient entendu des pas. Le même pas lourd que dans la vision de Marie.

Le gardien d'école s'était arrêté au bord du ruisseau pour humer l'air, immobile, comme s'il sentait une présence ou s'il savait que l'aventure s'arrêtait là. Le bout de la route. Il avait assassiné trois autres enfants en l'espace d'une semaine. L'accélération de la série. C'est toujours comme ça quand la pulsion ne s'éteint plus, s'empare de la personnalité du tueur et déborde de lui telles les eaux noires d'un égout. Une frénésie qui ne s'étanche que dans le sang. Toujours plus de sang.

C'est à ce moment que le tueur commet des erreurs : ses meurtres sont moins soignés, moins cérémonieux. Comme le rite d'un croyant qui ne se rend plus à l'office que par habitude ou par ennui. Sauf que là, l'urgence de tuer devient impossible à contenir. Un shoot d'héroïne bon marché dans les veines d'un vieux drogué : au début, le tueur en série tue pour se faire du bien. Ensuite, il tue pour ne pas avoir mal, pour ne pas souffrir du manque. C'est toujours à ce stade qu'il revient sur les lieux de ses crimes pour tenter d'y retrouver un peu de la jouissance qu'il avait ressentie lorsque tuer signifiait encore quelque chose. Et qu'il se laisse attraper. Fin de la série.

Les agents du FBI, l'assassin de Meredith dans leur lunette, avaient hurlé les sommations d'usage. Un pauvre sourire aux lèvres, l'homme s'était retourné et Marie avait repéré l'éclair d'un 357 à canon court pointé en direction des snipers. Quatre coups de feu avaient claqué dans l'air froid. Le visage emporté par les impacts, le tueur était tombé à genoux dans le ruisseau. Marie avait fermé les yeux. Le rituel suicide du tueur en série. Si par chance le FBI parvenait à piéger l'animal avant qu'il ne se tue, il finissait alors dans les quartiers de haute sécurité d'un pénitencier psychiatrique, sanglé le restant de sa vie à une chaise de contention derrière une vitre pare-balles où des sommités en blouses blanches défilaient pour tenter de percer les secrets de son cerveau. Quelle énigme pousse un livreur de journaux, un ancien flic ou un pasteur à massacrer des enfants et des vieilles dames ? À découper des cadavres comme on tranche une viande pour la faire cuire ? Le chaînon manquant qui relie l'homme à la bête – juste un plomb qui saute, un court-circuit, un neurone qui débloque et expédie un signal anormal aux autres neurones. L'amorce de la série. Des dizaines de cadavres en charpie. Des champs de pierres tombales.

26

Au fil des mois, les visions nocturnes de Marie avaient commencé à contaminer ses journées. Ces cris et ces images qu'elle n'avait pas encore appris à maîtriser constituaient un viol mental. Marie avait mis du temps à comprendre qu'il s'agissait, pour la plupart, de crimes passés ou de meurtres classés sans suite. Une autre caractéristique des tueurs en série, sans doute la plus pénible pour ceux qui les poursuivent, est que, parfois, alors que leur appétit enfle démesurément et que les cadavres s'accumulent, les pulsions de mort qui animent ces prédateurs s'éteignent, d'un seul coup. Un autre court-circuit dans une autre région du cerveau, et la série aléatoire qu'ils ont entamée s'interrompt aussi brutalement qu'elle avait commencé. Le prédateur réintègre le cours de sa vie normale et redevient ce qu'il n'a jamais vraiment cessé d'être : un homme sans ombre. Il n'y a plus qu'à attendre que le neurone malade renvoie une nouvelle décharge dans la mauvaise région du cerveau et que les meurtres reprennent dans un autre État ou un autre pays. On peut alors rouvrir le dossier et tenter d'attraper la bête avant qu'elle ne se rendorme.

C'est dans l'un de ces services-sentinelles que Marie avait été mutée après le meurtre de Meredith. Une trentaine d'agents et de psychologues y demeuraient en contact permanent avec les commissariats et les morgues du monde entier afin de guetter la reprise des séries. Chaque fois qu'un crime inhabituel était commis, c'est à ce service qu'étaient expédiés les rapports d'autopsie dans le but de comparer le mode opératoire du meurtrier avec les crimes consignés dans les dossiers : rituels, techniques de découpage, scarifications, écorchages, profanations corporelles. La patte des tueurs en série. Avec ce petit plus, cette dispersion géographique et cette précision chirurgicale qui font la signature des cross-killers, cette absence totale d'indices qui les caractérise aussi – le reflet de leurs pulsions contrôlées.

C'est ainsi que Marie avait retrouvé la trace de Harry Dwain, un serial-killer qui interchangeait les bras et les jambes de ses victimes. Des bras de femme recousus sur des torses velus. Des cuisses d'homme encadrant un sexe de femme. L'ignoble manie de Dwain.

Les meurtres avaient repris à Saint-Pétersbourg deux ans après l'arrêt brutal de la série dans la banlieue de Chicago. Ce silence était tellement long qu'on avait fini par croire que Dwain était mort. À ce détail près que, à force de comparer les informations qui lui arrivaient, Marie avait retrouvé d'autres cadavres découpés dans d'autres pays. La bête s'était réveillée. Quatre victimes dans les ruelles humides de Venise, deux dans un bateau de croisière au large de la Turquie, cinq dans le golfe Arabo-Persique, une encore à Moscou, la dernière à Saint-Pétersbourg, chacune amputée puis recousue avec d'autres bras et d'autres jambes. Ce qui signifiait que Harry Dwain avait évolué du stade de tueur en série à celui de cross-killer : il voyageait. La pulsion démentielle et archaïque du serial-killer couplée à la retenue étudiée du cross. C'était un cas extrêmement rare, et particulièrement dangereux, de mutation mentale.

Marie avait faxé le profil complet de Dwain aux autorités russes qui avaient répercuté l'alerte maximale à tous leurs services. Puis elle s'était envolée pour Saint-Pétersbourg où ses visions l'avaient rattrapée dans un vieux hangar à bateaux qui puait la résine et la colle à bois des bords de la Neva. C'est là que la police russe avait retrouvé la dernière victime de Dwain et que Marie avait revécu les dernières secondes de la vie d'Irina, une prostituée anonyme venue tenter sa chance sur les boulevards glacés de la cité des tsars. La morsure de la scie qui découpe ses membres. Les râles de Dwain. La scie qui racle le sol et la pression des sangles qui se relâche. Un torrent de douleur. Et Marie qui ne parvient pas à mourir. Marie qui vit encore quand Irina a cessé de vivre.

Dwain avait été abattu deux jours plus tard par la police russe dans un train de nuit à destination de Berlin. Après cela, Marie avait demandé un congé. Elle avait fait semblant de partir se reposer en Californie. C'était ça ou une dépression carabinée et un suicide hors de prix aux anxiolytiques. Santa Monica, ses producteurs de cinéma, ses requins blancs et ses neuropsychiatres de renom. On lui avait fait passer une batterie d'examens : scanner, IRM, Pet-Scan. Aucune tumeur. Pas même une toute petite.

27

C'est dans une clinique de Carmel que le verdict était tombé. De la bouche du docteur Hans Zimmer, un vieil Allemand siphonné qui avait étudié la psychiatrie pour se soigner lui-même. Ce spécialiste des régions inconnues du cerveau avait expliqué à Marie que les visions dont elle souffrait s'apparentaient à un syndrome médiumnique réactionnel – un mal rare que l'on ne rencontrait que chez certains polytraumatisés crâniens, résultant des séquelles d'un choc suffisamment terrible pour bouleverser la structure mentale profonde. Comme si le choc en question activait une région du cerveau qui n'aurait jamais dû se mettre à fonctionner, une de ces aires enfouies que l'évolution humaine avait délaissée pour des raisons mystérieuses, ou plutôt une de ces zones mortes qu'elle n'avait pas prévu d'utiliser avant des milliers d'années. Des aires cérébrales vierges. Des neurones non reliés, inactifs, comme des milliards de petites piles toutes neuves qui attendent qu'on les joigne à l'aide d'un fil pour libérer le courant qu'elles contiennent. Le syndrome médiumnique réactionnel.

Zimmer avait expliqué à Marie comment les choses avaient dû se passer sous ses beaux cheveux noirs. Bouleversé par le traumatisme, son cerveau avait plongé en coma profond pour tenter de se reconstruire.

84

Il avait réactivé une à une les connexions cérébrales interrompues. Des milliers de pylônes et des kilomètres de câbles. Un neurone pour la couleur verte, un neurone pour la couleur marron, un neurone pour le mot *feuille*, un autre pour le mot *branche*, un dernier pour le mot *tronc*. Cinq neurones qui se reconnectent lentement pour stocker à nouveau l'image d'un arbre aperçu dans une forêt. Des millions d'images à retrouver. Des milliards de souvenirs à reconstruire.

Ainsi, peu à peu, dans ce sommeil profond où rien ne filtre, les régions cérébrales de la parole, de la compréhension et de la mémoire rétablissent le courant. Puis elles se reconnectent entre elles pour réalimenter le cerveau en images et en souvenirs.

Mais il arrive aussi que ces connexions toutes neuves se branchent par erreur sur les zones interdites du cerveau – celles qui tordent les petites cuillères sans aucun contact manuel, qui captent les pensées d'autrui, qui font tourner les tables et qui communiquent avec les morts. Ou, plus bizarre encore, les régions cérébrales en friche qui vous font prendre la place d'une petite fille assassinée par un tueur en série, ou d'une prostituée découpée à vif par Harry Dwain dans un vieux hangar des bords de la Neva. Le syndrome médiumnique réactionnel. Pas de bol.

Marie avait mis six mois à apprendre à contrôler ses visions. À les accepter et à les comprendre. À discerner celles qui appartenaient au passé lointain de celles décrivant des crimes récents. Ou en cours – les pires. Puis elle avait mis ce don maudit au service de ses missions. Résultat : douze tueurs en série et quatre cross-killers arrêtés en cinq années de visions insupportables et de cauchemars à répétition. Soixante victimes massacrées et deux gamines sauvées *in extremis*. Des petites mômes toutes cabossées, murées à vie dans leur silence. C'est pour ça que Marie Parks se faisait prescrire des somnifères. Pour ça aussi qu'elle les faisait passer avec un verre de gin.

28

0 h 30. La sonnerie du téléphone déchire le silence. Quatre coups stridents. Marie sursaute. Sa bouche est sèche, pâteuse. Un mauvais goût d'alcool et de cigarettes emplit sa gorge. Elle décroche sans parler. La voix de Bannerman retentit dans l'écouteur. C'est le shérif de Hattiesburg, dans le Maine, un gros bonhomme perpétuellement essoufflé.

— Parks ?

— Je ne suis pas là pour le moment mais vous pouvez laisser un message...

— Arrête tes conneries, Parks. Nous avons un problème.

Marie capte immédiatement les vibrations qui font trembler la voix de Bannerman. Il a peur. Elle tend le bras pour attraper ses cigarettes sur la table de nuit, en allume une et contemple le cercle incandescent que son extrémité dessine dans l'obscurité.

— Parks ?

La peur de Bannerman essaie d'entrer en elle. Pour la chasser, Marie aspire une gorgée de fumée. Un parfum de paille et de terre mouillée envahit ses poumons. Pas une menthol, une blondasse ou une fausse brune, non, du Old Brown, une bonne vieille fumée de cowboy, âcre et brûlante.

— Parks, t'es là ?

Pas là, Parks. Crevée, Parks. Une clope au milieu de la nuit pour enfumer les morts et hop, dodo.

— Putain Parks, ne me dis pas que tu as encore pris tes saloperies qui font ronfler !

Les mêmes vibrations dans la voix du shérif, beaucoup plus fortes.

— De quoi as-tu peur, Bannerman ?

— Rachel a disparu.

Une crampe à l'estomac. Une pointe de nausée. Ça y est, la peur de Bannerman est parvenue à entrer. Marie la sent se répandre dans ses artères.

— Quand ?

— Il y a une demi-heure. On a perdu sa trace sur une des routes qui traversent la forêt d'Oxborne. Au carrefour forestier de Hastings. Une voiture arrive. Saute dedans et rejoins-moi.

Un silence.

— Nom de Dieu, Parks, ne te rendors pas !

Marie raccroche et reste quelques secondes dans le noir à écouter la pluie taper contre les vitres. Le vent mugit dans les saules pleureurs qui bordent la rue. Elle se concentre. Rachel, une jeune flic d'une vingtaine d'années, blonde et jolie, le genre casse-cou. Exactement comme Marie au même âge.

Rachel s'était portée volontaire pour enquêter sur des profanations qui avaient commencé à se multiplier de façon inquiétante dans les cimetières de la région : des tombes éventrées, des cercueils fendus et vidés de leur contenu ; des dizaines de corps plus ou moins décomposés que l'on n'avait jamais retrouvés. Le bruit avait alors couru qu'une secte satanique s'était installée dans la région et qu'elle avait besoin de cadavres pour alimenter ses messes noires. L'ennui c'est que, hormis

87

les tombes retournées et les cercueils ouverts, la police du comté n'avait retrouvé aucune inscription kabbalistique, pas de pentagramme ni de graffitis en latin. Pas le moindre indice, en fait. Pas même une trace de pas dans la terre molle. Puis les profanations avaient cessé, aussi brusquement qu'elles avaient commencé. Et, quelques semaines plus tard, c'étaient les vivants qui s'étaient mis à disparaître dans les environs de Hattiesburg. Quatre jeunes femmes qui n'étaient pas de la région s'étaient volatilisées d'un seul coup, des jeunes célibataires, sans amour ni attaches. Et c'est Rachel qui avait hérité de l'enquête.

La première disparition, une certaine Mary-Jane Barko, n'avait pas fait grand bruit. On avait d'abord cru que, fuyant une peine de cœur, elle avait quitté le comté pour aller à l'autre bout du pays. Une semaine plus tard, Patricia Gray disparaissait à son tour. Puis Dorothy Braxton et enfin Sandy Clarks. Toutes quatre s'étaient évaporées sans laisser le moindre mot d'adieu.

Et puis, il y a trois jours, des chasseurs avaient retrouvé des vêtements déchirés et couverts de sang à la lisière de la forêt d'Oxborne. Des vêtements de femme, un jean, un pull, une culotte et un soutien-gorge, ceux que Mary-Jane Barko portait juste avant de disparaître. Il n'en avait pas fallu plus pour que la rumeur commençât à se répandre qu'un prédateur hantait les forêts du comté de Hattiesburg et que c'était lui qui avait volé les morts dans les cimetières. La panique s'était alors propagée comme un feu de brousse et Rachel s'était jetée sur la piste du tueur avant de disparaître à son tour.

Marie écrase sa cigarette et gagne la salle de bains. Elle règle la douche sur brûlant. Puis elle se déshabille et frissonne sous le jet qui cuit sa peau. Elle ferme les yeux et tente de rassembler ses souvenirs. Saleté de somnifères...

29

L'agent spécial Marie Parks avait acheté une petite maison à Hattiesburg, la ville qui l'avait vue naître. Elle n'y revenait que pour les vacances. C'est comme ça qu'elle avait entendu parler du tueur, par un article publié en petits caractères dans la feuille de chou locale. Elle avait alors appelé Aloïs Bannerman pour lui proposer ses services. Le gros Bannerman...

Ils avaient fréquenté la même école, les mêmes squares et la même église. Ils avaient même flirté ensemble à l'arrière d'une vieille Buick qui sentait le crottin et le tabac froid. Une étreinte collante et pleine de sueur, la langue de Bannerman s'enroulant autour de la sienne après une assiette de chili avalée au comptoir d'un bar tex-mex du centre-ville. Puis Bannerman avait glissé une main entre les cuisses de Marie pour caresser son sexe à travers la toile de son jean. La jeune fille avait alors poussé un cri perçant qui avait résonné dans la bouche de Bannerman. Pas question de se faire dépuceler dans une voiture d'occasion, pas comme ça ! Pas comme ces filles du pays qui ferment les yeux pour ne pas vieillir seules ! Bannerman avait fait la gueule. C'est toujours comme ça avec les hommes.

Les années avaient passé et Marie avait quitté Hattiesburg pour les gratte-ciel de Boston. Elle avait fait son droit à Yale et une maîtrise de psychologie à Stanford. Puis elle était entrée au FBI, division des profils, un bureau spécialisé dans l'identification et la traque des tueurs en série.

Deux cent soixante-dix millions d'Américains, quatre cents millions d'armes à feu en circulation, des champs de bidonvilles, des McDo et des ghettos. À côté de ça, des immeubles de banques, des villas de millionnaires et des clubs de golf derrière des murs en brique pour masquer l'océan grisâtre des quartiers pauvres. Un million de tueurs en puissance. Elle avait choisi un bon job, plein d'avenir. C'est à cette époque qu'elle s'était spécialisée dans la chasse aux cross-killers.

Bannerman, lui, était resté à Hattiesburg pour garder la boutique. Il avait continué à se gaver de chili et à essayer d'embrasser les filles à l'arrière de sa vieille Buick. Il avait réussi son coup au moins une fois puisqu'il avait fini par épouser une certaine Abigaïl Webster, une fille de la campagne sans attraits dont il était tombé éperdument amoureux. Depuis, ils formaient un couple triste et ennuyeux, c'en était presque touchant. À leur table, il y avait toujours un couvert dressé pour Marie quand elle revenait passer des vacances dans le coin.

Pendant qu'elle faisait ses classes au centre d'entraînement du FBI à Quantico, Bannerman était devenu shérif. C'était ça ou postier, cantonnier, ou routier. Shérif, finalement c'était bien, et pas trop fatigant : quelques vols de semences dans les granges du comté, une ou deux bandes de jeunes poursuivis pour flagrant délit d'ennui, quelques empoignades de poivrots dans les bars sordides de Hattiesburg.

Quatre shérifs adjoints officiaient sous ses ordres, des alcooliques anonymes qui lui étaient dévoués comme de vieux chiens de chasse. Et puis il y avait Rachel, une môme du pays belle comme une mésange qui rêvait d'entrer dans la police fédérale. Rachel, qui ne tenait plus en place depuis qu'on lui avait confié le dossier des quatre disparues de Hattiesburg. Ou plutôt des quatre assassinées, puisqu'on avait découvert les vêtements de la première victime dans les bois humides d'Oxborne.

30

Rachel avait hurlé à la mort quand Bannerman avait fait mine de lui retirer l'enquête et de la confier à un inspecteur plus aguerri. Mais le shérif devait en pincer pour elle car la môme avait obtenu quarante-huit heures de répit avant d'être dessaisie du dossier. C'est sans doute à ce moment-là qu'elle avait eu l'idée de servir d'appât au grand méchant loup. Le coup du Petit Chaperon rouge. Une idée à la con.

Il faut dire qu'un vrai criminel à Hattiesburg, c'était aussi inespéré que l'atterrissage d'une soucoupe volante. Alors un tueur – mieux, un tueur en série – c'était le coup du siècle, l'occasion rêvée pour Bannerman d'étaler ses rondeurs dans les journaux, et, pour Rachel, de gagner son billet pour la grande ville et le bureau de recrutement du FBI. Mais il fallait faire vite parce que, même pour un prédateur, Hattiesburg reste Hattiesburg : un poulailler trop peu rempli pour un renard affamé. Sans compter que le tueur n'était visiblement pas du coin et qu'il allait fatalement se remettre à bouger. Il fallait donc l'attraper avant que le shérif d'un autre comté récolte les lauriers à la place de Bannerman. C'est pour cela que Rachel s'était jetée à l'eau comme un plongeur saute en pleine nuit au milieu des requins.

C'est ce que Marie avait pressenti la veille en lisant le quotidien de Hattiesburg. Quatre lignes coincées entre une publicité pour un shampooing aux œufs et une offre d'emploi de pompiste à la station-service *Texaco* à la sortie de la ville. Le journaliste y annonçait qu'on venait de retrouver d'autres vêtements féminins dans une poubelle de la forêt d'Oxborne, ceux de Patricia Gray, la deuxième disparue : des sous-vêtements tachés de sang et des lambeaux de robe, des morceaux d'ongles aussi, comme ceux que l'on retrouve au fond des crevasses, incrustés dans la roche, à force d'essayer d'escalader la paroi. Une terreur animale qui vous pousse à l'extrémité de vous-même. Pour éprouver une telle panique, Patricia Gray avait dû croiser la route d'un cross-killer. Marie l'avait senti à la chair de poule qui envahissait ses bras. Un sale coup pour Bannerman dont la voix vibrait de colère contenue lorsqu'elle l'avait appelé pour lui proposer son aide.

— Qu'est-ce que tu viens m'emmerder, Marie chérie ? C'est une enquête locale sur un tueur local. Un violeur et un assassin. Un type qui entend des voix et qui se laisse balader par sa queue. On va donc lui tendre un piège à queue et on va attendre qu'il la glisse dedans.

— Tu te trompes, Bannerman : ton tueur a la bougeotte. C'est un grand Blanc. Il se balade le long des côtes pour trouver à bouffer. Quand il trouve un coin poissonneux, il en fait son terrain de chasse et il bouffe tout ce qu'il y a. Puis, quand il n'y a plus rien à bouffer, il se remet en route pour trouver un autre coin plein de poissons. C'est un affamé. Il s'est installé dans ton patelin et il n'en bougera pas sans une excellente raison. C'est ça aussi mon job : donner une excellente raison aux cross-killers pour qu'ils se remettent à bouger.

— Peut-être. Mais cette ordure a commis l'erreur de poser ses valises dans mon comté. C'est donc un local.

— Tu déconnes, Bannerman : si ce tueur voyage, ça veut dire qu'il est déjà parvenu à échapper à des flics autrement plus intelligents que toi. Renseigne-toi auprès des shérifs des autres comtés : un gars comme ça, ça laisse autant de traces à la morgue qu'un carambolage un jour de grand départ.

— Parks, c'est mon enquête.

— Ton enquête, ton comté, ton tueur. Tu me fais penser à un gamin débile qui retourne une tondeuse à gazon allumée pour voir si ça coupe aussi les ongles.

Un silence.

— Toujours pas de cadavres ?

— On cherche.

— Je te laisse trois jours.

— Ensuite ?

— Ensuite je serai obligée d'alerter les fédéraux.

— Va te faire foutre, agent spécial Marie Megan Parks.

Premier échange avec Bannerman. Un coup d'épée dans l'eau. Hier soir, Marie dînait chez lui. Elle était arrivée en avance, juste le temps de cuisiner discrètement Abigaïl avant le retour du shérif. Pas grand-chose à apprendre sinon que Patricia Gray, la deuxième victime, était serveuse au *Twister*, une boîte de nuit des environs. Tilt. Mary-Jane Barko : serveuse au *Campana*, un bar de Hattiesburg. Dorothy Braxton et Sandy Clarks, respectivement victimes numéros trois et quatre, respectivement serveuses au *Big Luna Drive* et au *Sergeant Halliwell*. Quatre jeunes femmes travaillant dans quatre bars nocturnes du comté de Hattiesburg. Alors quoi ? Un tueur de serveuses ? Et pourquoi pas, après tout ? Et merde ! Avec le nombre de restaurants, de bars et de boîtes de nuit référencés dans la région, si on avait vraiment affaire à un égorgeur de serveuses, il allait falloir creuser un cimetière de la taille d'un terrain de base-ball.

31

Le dîner expédié, Parks avait remercié les Bannerman. Puis elle avait fait un crochet par le bar où Mary-Jane Barko travaillait, dans le quartier sud : des hangars en tôle ondulée, des terrains vagues et une vieille scierie où les clodos dorment entre les tas de planches. Au *Campana*, le parking était encombré de camions et de pick-up cabossés, la clientèle se composait essentiellement de routiers et de voyageurs de commerce. Des guirlandes d'ampoules clignotantes gigotaient dans le vent glacial. À l'intérieur, ambiance tamisée, papier tue-mouches et musique country en sourdine.

Marie s'était installée au bar et avait commandé une bouteille de tequila, un peu de sel et des quartiers de citron vert. L'accompagnant, saupoudrant sa paume et mordant dans les quartiers de citron entre deux gorgées d'alcool, le barman avait commencé à bavarder au quatrième verre.

Mary-Jane Barko était une fille sans histoires, pas coureuse pour un sou, plutôt effarouchée. Le genre de renseignements qui prenait toute sa valeur dans la bouche d'un mec qui considérait les femmes comme des préservatifs géants. Elle travaillait au *Campana* depuis un mois. Elle avait débarqué d'un car Greyhound avec une valise et un fichu rouge sur les cheveux. À ce qu'elle disait, elle arrivait de Birmingham, Alabama. Pas d'amoureux, pas d'amis, pas de passé. Une de ces vies qui servent souvent de couvercle aux secrets les plus effrayants. Elle avait loué une chambre chez la vieille Norma, au bout de Donovan Street, une bicoque sur les hauteurs. Rien d'autre.

Au huitième verre, le barman avait demandé à Parks si elle voulait aller manger des ailes de poulet au *Kentucky Fried Chicken* de Hattiesburg après son service. Elle lui avait demandé ce qu'il avait comme voiture. Un vieux pick-up Chevrolet. Parks l'avait regardé en passant un bout de langue sur les cristaux de sel qui collaient à ses doigts. Le gars avait cru que ça voulait dire oui. Mais ça voulait dire non.

Au même moment, sans que personne soupçonne quoi que ce soit, Rachel s'enfonçait dans les ténèbres. Elle avait laissé un message sur le portable de Bannerman avec son cellulaire depuis le carrefour forestier de Hastings. Elle avait trouvé une piste, un chemin sombre menant au cœur de la forêt d'Oxborne. Elle disait qu'elle laissait son portable connecté sur la messagerie de Bannerman pour qu'on puisse l'entendre. Rachel et son petit pot de beurre.

C'est à tout cela que Marie Parks songe en essayant de se réveiller sous l'eau brûlante de la douche. Elle tend l'oreille. Quelqu'un cogne à la porte. Elle aperçoit les lueurs d'un gyrophare à travers la fenêtre dépolie de la salle de bains.

Elle se sèche et enfile un jean, un pull en laine et un ciré. Avant de sortir, elle interroge la pendule du salon. 0 h 50. Cela fait presque deux heures que Rachel a disparu. Marie tente de se concentrer sur elle. En vain : la forêt a mangé Rachel.

Gyrophare allumé, la Chevrolet Caprice roule à tombeau ouvert dans les rues désertes de Hattiesburg, soulevant des flaques d'eau de part et d'autre de sa trajectoire. L'asphalte luit sous les trombes de pluie et la lueur blafarde des lampadaires. Quelques ombres courbées sur des poubelles s'enfuient en entendant approcher le grondement du V8. Le grésillement lancinant de la radio, le bruit régulier des essuie-glaces, les gifles de la pluie sur le capot... Marie se mord les lèvres pour ne pas se rendormir. Puis les lumières de Hattiesburg disparaissent d'un seul coup. Un dernier lampadaire, un dernier panneau : HATTIESBURG VOUS SALUE. Marie remarque qu'on a barré le dernier mot pour le remplacer par un autre. HATTIESBURG VOUS EMMERDE. Pas faux.

Les phares de la Caprice éclairent encore quelques fermes endormies avant que la voiture plonge dans la nuit. Lorsque ses yeux se sont habitués à l'obscurité, Marie distingue une ligne encore plus sombre qui se découpe au loin : la forêt d'Oxborne.

Le chauffeur lève le pied et engage la Caprice dans un chemin de terre. Rebondissant dans les nids-de-poule, les pneus soulèvent des gerbes d'eau boueuse. Marie se renverse contre l'appuie-tête et contemple la lune qui vient d'apparaître entre les nuages, une petite lune triste et sale, comme un reflet d'elle-même dans une flaque.

Songeuse, elle passe en revue ce qu'elle sait du tueur de Hattiesburg. Peu de chose en fait. C'est un homme en tout cas : les tueuses en série tuent rarement d'autres femmes. Elles tuent le plus souvent des petits garçons, des vieillards, des hommes puissants ou violents, mais pratiquement jamais de femmes. Parfois des vieilles dames malades mais c'est alors plus un meurtre par pitié qu'un crime haineux.

Un tueur donc, de type caucasien. Un Blanc qui chasse dans son propre groupe ethnique. Rien d'autre pour le moment, faute de cadavres à autopsier, hormis le fait établi que le tueur déshabille ses proies et délimite son territoire en abandonnant leurs vêtements à la lisière de la forêt. Il arrache leur enveloppe, leur apparence distinctive. Il leur enlève leur statut d'être humain en les ramenant au stade premier de la nudité. Oui, c'est ça : il les déshabille pour mieux les anéantir.

Aux yeux de ce genre de tueur, l'enveloppe est une souillure, un mensonge. C'est un écorcheur. Il va à la chair, à l'os. Mais le vêtement n'est que le premier stade du dépeçage. Vient ensuite l'épiderme que le tueur arrache par lambeaux. Ou bien il racle la peau à l'aide d'une lame ou d'un acide. La viande qui recouvre les corps, le derme ensuite, la peau profonde, les tendons et les ligaments qu'il ébouillante et creuse jusqu'à l'os. Le visage aussi, les yeux qu'il prélève avant de coudre les paupières, les pommettes qu'il râpe et qu'il ponce en gommant les rides et en désagrégeant les traits. C'est un frustré. Il a besoin de toucher, de posséder, de s'approprier. Il est animé d'une haine dévastatrice, si grande qu'il ne la ressent presque plus. Mais, au-delà de cette haine, c'est l'apparence de ses proies qui l'effraie, son propre reflet qu'il aperçoit dans leurs yeux : ses victimes sont des miroirs qu'il veut noircir. Il cherche à se dissoudre dans l'anonymat de visages aveugles. Un musée de cire. Puis, lorsque ses mortes n'ont plus d'apparence, il leur en donne une autre, moins effrayante à ses yeux : une perruque, une robe, des dessous. Il leur parle. Il les punit, les viole ou les récompense. Il est tout-puissant. C'est un collectionneur de cadavres. La maison des poupées mortes. Première hypothèse de travail. Reste à retrouver la poupée Rachel. Marie, qui connaît bien ce genre de tueur, ne se fait pas beaucoup d'illusions : on ne survit jamais longtemps aux caprices du maître des poupées.

Un coup de sirène retentit dans la nuit. La voiture ralentit. Marie se redresse et aperçoit une ligne de gyrophares au loin : le carrefour forestier de Hastings.

33

La Caprice se range sur le bord de la route à côté du 4 × 4 de Rachel, un vieux pick-up Ford à pneus lisses que la môme a laissé là avant de s'enfoncer dans la forêt. Illuminé par les phares des autres voitures de police, Bannerman attend sous la pluie. Marie le rejoint et accepte le gobelet de café qu'il lui tend. Elle remarque qu'un filet de plastique recouvre le chapeau du shérif et que, chaque fois qu'il remue la tête, l'eau qui en remplit les bords ruisselle jusqu'à ses bottes. Quelques gouttes glissent aussi sur son visage, comme des larmes.

Marie grimace en avalant une gorgée de café. Elle ôte le couvercle cartonné et renifle le breuvage. Ça sent la pisse chaude. Elle verse le reste du gobelet dans une flaque et demande une cigarette à Bannerman qui lui en colle une entre les lèvres.

— T'as pas plutôt une brune ?

— Les brunes, je les fume pas. Je les saute.

Marie allume sa cigarette au briquet que Bannerman lui tend. Puis elle en abrite le bout dans le creux de sa paume et laisse échapper un soupir de fumée dans l'air glacial.

— Des indices ?

— Pas grand-chose. Rachel a découvert une piste qu'elle a voulu suivre seule. Elle avait rendez-vous ici. Elle m'a laissé un message au moment où le mec arrivait. Son portable est resté branché jusqu'au bout sur ma messagerie.

— Et alors ?

— Alors le type en question, c'est notre tueur. Tu veux entendre ?

Marie n'en a aucune envie. Pourtant elle colle le portable de Bannerman contre son oreille. Puis elle ferme les yeux et se concentre.

Un craquement. La pluie crépite sur les feuilles mortes. Des pas crissent sur le gravier. Le silence. Puis la voix de Rachel retentit dans l'appareil. Elle dit qu'elle a rendez-vous avec un informateur. Elle a froid. Elle claque sa portière et marche dans l'herbe au bord de la route. Marie entend le couvercle d'un Zippo claquer contre l'écouteur. Rachel froisse son paquet vide et le jette.

Entendant le bruit de l'emballage qui rebondit sur l'asphalte, Marie braque sa lampe torche à quelques mètres sur la route. Une boulette de carton rouge apparaît dans le pinceau lumineux. Marlboro. Le portable à l'oreille, Marie s'éloigne de Bannerman et colle ses bottes dans les traces que Rachel a laissées dans la boue, faisant les cent pas dans l'attente de son rendez-vous.

La voix de Rachel retentit à nouveau. Elle dit que des phares blancs approchent. Marie sent un frisson lui parcourir le dos, le même frisson que Rachel a ressenti en regardant la voiture approcher. Rachel dit qu'elle planque son portable dans sa poche poitrine. Quelques bips retentissent à l'oreille de Marie : Rachel pousse le volume à fond. Le frottement de l'appareil contre le tissu. Le zip de la poche qui se referme. Le crépitement de la pluie sur son imperméable. À présent, Marie capte les battements du cœur de Rachel. Un cœur de môme qui cogne à cent à l'heure. Le grondement d'un vieux V8 mal réglé grossit dans l'écouteur. La voiture dépasse la jeune femme et s'arrête quelques mètres plus loin.

Marie braque sa torche sur les traces que l'inconnu a creusées en se rangeant sur le bas-côté. Un gros 4 × 4, type Chevrolet ou Cadillac. Rachel annonce que c'est un Dodge. Un vieux modèle de couleur bleue. Elle dit aussi que la plaque minéralogique est couverte de boue et qu'elle n'en distingue que quelques lettres.

Une portière claque. Le cœur de Rachel se met à cogner plus fort : l'inconnu approche. Elle décrit un long manteau de cuir noir et une sorte de capuche qui dissimule son visage. Comme ce truc que portent les moines.

Rachel a peur. Elle ne sait pas pourquoi mais elle a peur. Puis, brusquement, elle comprend : l'homme marche sur la bande de graviers qui borde la route, et pourtant ses bottes ne font aucun bruit, comme s'il effleurait les graviers en marchant. Oui, c'est ça : Rachel dit que les bottes de l'homme ne font aucun bruit sur le gravier. Puis elle souffle qu'elle ne peut plus parler : le type est tout près. Comme Rachel a dû le faire, Marie braque sa torche vers l'inconnu qui approche. Grésillements. Rachel chuchote en baissant la tête pour rapprocher ses lèvres de la poche où elle a rangé son portable. Elle est effrayée.

— Mon Dieu. La lumière de ma lampe n'éclaire pas son visage. Je vois ses yeux mais il n'a pas de visage.

Une voix caverneuse comme une toux. L'inconnu prononce quelque chose que Marie n'entend pas. Puis Rachel pousse un cri perçant et se met à courir. Des bruits de branches cassées retentissent dans le portable de Bannerman. La jeune femme s'enfonce dans la forêt, court droit devant elle. Le sifflement de sa respiration couvre presque le bruit de ses pas qui tapent dans les feuilles mortes. Elle est terrorisée. Elle crie que l'homme a un couteau, qu'il la poursuit. Oubliant qu'elle s'adresse à une messagerie, elle demande à Bannerman d'envoyer des renforts de toute urgence.

Marie braque le faisceau de sa lampe sur la lisière de la forêt. Des taillis éventrés et des branches cassées : c'est par là que Rachel s'est enfoncée dans les ténèbres. Par là que Marie s'enfonce à son tour sous les lourdes branches dégouttant de pluie. Sa torche éclaire la piste que Rachel a ouverte dans les fougères. Rachel qui hurle dans le portable. Elle tombe lourdement sur les feuilles mortes, se relève et se remet à courir en criant. Elle se retourne et hurle que l'homme est derrière elle. Elle hurle qu'il marche, qu'il ne court même pas et que, pourtant, il est là juste derrière elle.

— Oh mon Dieu, Bannerman, je vais mourir ! Tu m'entends, Bannerman ? Putain de merde, je suis sûre que je vais mourir !

Le cœur de Rachel cogne à l'oreille de Marie. Sa respiration siffle à travers ses sanglots. Elle essaye de se calmer : elle sait qu'elle est foutue si elle continue à paniquer. Sa foulée s'allonge. Elle souffle par la bouche comme une sprinteuse. Marie ferme les yeux. Ce n'est pas un sprint, Rachel. C'est une course d'endurance. La gagnante ira se reposer sur une plage de sable blanc à Hawaii. Jus d'ananas, cocktails, surf. Pas de deuxième place sur le podium. Juste un coup de poignard dans le ventre et une pelletée de cailloux sur le couvercle d'un cercueil.

Rachel se fatigue. Elle tombe encore. Elle a mal. Elle n'en peut plus. Ses cheveux sont trempés. Des mèches collées de boue dansent devant ses yeux. Elle se retourne et pousse un long hurlement de terreur.

— Bannerman ! Ce salaud marche et je n'arrive pas à le distancer ! Oh mon Dieu, je vous en supplie, Pourquoi je n'arrive pas à le distancer ?

Rachel dégaine son automatique et tire quatre coups de feu à l'aveuglette. Elle dit « Merde ». Elle tâtonne dans la boue pour retrouver son arme. Elle hurle. L'homme est sur elle. Il la cogne au visage. Il la cogne au ventre. Il la cogne au sexe à coups de botte. Il ne la poignarde pas encore. Il veut jouer.

Rachel essaie de se défendre. Elle tend les bras et les mains pour protéger son visage. Marie entend ses os craquer sous les coups de bottes du tueur. Le bruit du cuir contre la peau, le claquement des articulations et des ligaments qui lâchent. Il est en train de l'estropier pour s'assurer qu'elle ne lui échappera pas.

Rachel laisse échapper un râle de souffrance. L'homme lui parle tout en la frappant. Il ne crie pas. Il n'est pas en colère. Il parle même d'une voix douce, presque chaleureuse. Marie tend l'oreille pour entendre ce qu'il dit. Elle capte quelques mots, un mélange de latin et de dialectes oubliés. Une langue morte.

Rachel ne crie plus à présent. Pourtant l'homme la bat toujours, au ventre, au visage et dans les côtes. Il lui brise le corps mais il ne veut pas la tuer. Pas tout de suite. Il a tout son temps. Un de ses coups atteint la jeune femme à la poitrine. Le portable se brise dans un bruit de plastique fendu. Un signal sonore retentit dans l'oreillette de Marie. Enregistrement terminé.

34

Marie a fermé les yeux. Elle entend encore les cris de Rachel au milieu des bourrasques de pluie qui giflent son ciré. Elle se tourne vers Bannerman et lui demande un émetteur qu'elle glisse dans la poche de son imperméable. Puis elle enfonce une oreillette à infrarouge dans son conduit auditif. De cette façon, si elle est obligée de se séparer de son émetteur, elle entendra toujours les messages du shérif.

— Tu vas nous faire un de tes trucs à la con ?

Marie toise les yeux bleus de Bannerman.

— C'est ce que tu veux que je fasse ?

— Si tu peux vraiment voir des choses en effleurant les troncs d'arbres ou en reniflant les courants d'air, c'est notre seule chance de retrouver Rachel. Alors oui, c'est ça que je veux.

— OK. Il me faut vingt minutes d'avance pour ne pas brouiller la piste. Vous vous mettrez en route à mon signal. Ne cherchez pas à me rattraper avant que je vous le dise.

— Tu déconnes ?

— J'ai l'air ?

— Et si le tueur est encore là ?

— Il est encore là.

Tandis qu'elle s'enfonce dans la forêt, Marie règle le volume de son émetteur au minimum pour garder la voix de Bannerman en sourdine dans son oreillette. Il la presse de ne pas commettre d'imprudences et de baliser son itinéraire avec les brins de laine rouge qu'il vient de lui donner. Il y a de l'émotion dans cette grosse voix chargée de tabac. Du chagrin et des remords. Bannerman se racle la gorge. Il cherche ses mots. Il ajoute qu'il ne veut pas qu'elle se perde. Marie non plus. Elle allonge le pas.

35

Au cœur de la forêt, l'agent spécial Marie Parks ferme les yeux et écoute les gouttes de pluie tomber sur le caoutchouc de sa capuche. Elles dégoulinent le long de son manteau et s'insinuent dans ses bottes. Un vent glacial courbe la cime des arbres et soulève des tourbillons de feuilles mortes. Marie lève les yeux vers les bouts de ciel qui apparaissent entre les branches. Une armée de nuages noirs monte à l'assaut de la lune.

Marie se concentre. Le craquement des troncs sous les rafales de vent. Le claquement sourd de la pluie. Le bruissement des fougères. Rien d'autre. Elle soupire. Cela fait une demi-heure qu'elle tâtonne dans le froid et l'obscurité. Une demi-heure à baliser son itinéraire avec des brins de laine et à suivre une piste qui ne mène plus nulle part.

Une trouée de ciel gris dans le noir de la forêt. Marie vient de déboucher dans une clairière encombrée de chênes abattus que les forestiers ont écorcés avant de les empiler. Une odeur de sciure et de sève, le sang des arbres. Marie essaye de capter les odeurs plus anciennes : le cuir des arbres, des millions de troncs noirs et noueux, des milliards de branches, des relents de mousse et de pourriture, l'haleine de la terre molle qui digère les cadavres et les arbres morts. La nuit. Le silence assourdissant de la forêt.

Elle distingue les contours d'une table de pique-nique en bois grossier et rugueux, à peine raboté. Elle s'y installe. Sous la pulpe de ses doigts, elle repère des encoches et des inscriptions gravées à la pointe du couteau. Une date et un prénom. Marie sent un picotement parcourir ses bras et ses jambes. Son rythme cardiaque grimpe à cent vingt pulsations par minute. Une vision. Elle ferme les yeux.

Flash.

Il fait beau, presque chaud. Le soleil brille. De gros nuages blancs flottent dans le ciel. Ça sent le pollen et l'herbe fraîche. L'ortie, la menthe et les buissons de ronces chargés de mûres. Marie est assise à la table. Une brise tiède chatouille ses narines. Des abeilles bourdonnent dans l'air immobile. Ça sent aussi la sève de pin et la pierre chaude. Des voix d'enfants dans le lointain. Marie ouvre les yeux. La clairière a disparu. Entre les arbres qui n'ont plus que quelques saisons à vivre, une nappe rouge est étendue sur l'herbe. Une famille pique-nique, un couple et deux enfants. Leurs visages sont flous, comme recouverts par une couche de plastique transparent qui estompe leurs traits. Leurs silhouettes s'évaporent. Marie effleure la table. Le prénom et le cœur ont disparu. Ses doigts se crispent.

Flash.

L'hiver. De la neige. L'air est vif, le ciel turquoise, profond. Les odeurs chaudes se sont évaporées : seuls subsistent le froid, la glace et le vent, des odeurs bleues. Des aboiements retentissent dans les sous-bois. Des voix leur répondent. Marie ouvre les yeux et voit des chasseurs émerger des fourrés, deux colosses vêtus de canadiennes et de cagoules. Ils répondent aux cris des rabatteurs qui retentissent au loin. Craquements de branches. Un cerf déboule d'un taillis. Deux coups de feu claquent dans l'air glacé. L'animal s'écroule, blessé. Ses sabots raclent le sol. Son pelage se gorge de sang.

À travers la buée blanche qui s'échappe de ses naseaux, le cerf regarde Marie. Il sait qu'elle est là. Les chasseurs approchent. L'un d'eux pose sa botte sur le flanc de l'animal et lui colle le canon de son arme derrière l'oreille. Une pluie de sang gicle sur la neige. Les yeux de l'animal se figent. Les ongles de Marie s'enfoncent dans le bois.

Flash.

Les saisons se succèdent. Les arbres poussent et les branches s'allongent. Marie voit leurs feuilles jaunir et tomber, poussées par les bourgeons qui éclatent et libèrent d'autres feuilles. Marie lève les yeux. Les nuages glissent à toute vitesse dans le ciel. Les jours et les nuits défilent. Le rouge du crépuscule et le bleu foncé qui suit. Puis, comme un cœur qui s'arrête, le temps ralentit. Encore un battement, un cil, quelques jours qui s'écoulent, quelques heures, des minutes puis des secondes. Des gouttes se mettent à claquer sur le ciré de Marie. La pluie. La clairière. Les fondrières. Sous ses doigts, les inscriptions sont revenues. Il reste une demi-heure avant le coup de fil de Bannerman. Il n'y a plus qu'à attendre.

36

Un craquement de branches mortes. Un jet de peur, brûlant comme de l'acide. Marie se tourne et voit une silhouette, pâle, se faufiler entre les arbres. Une silhouette nue, titubante, à bout de forces : Rachel. Elle est terrorisée. Marie sent sa terreur se répandre en elle. La silhouette se découpe à la lueur de la lune. Rachel approche. Elle s'arrête tout près de Marie et pose ses mains sur la table. Elle ne crie plus, elle n'en a plus la force. Elle se penche pour reprendre son souffle. La pluie tombe sur ses épaules. Ses bras et ses jambes tremblent de fatigue. Ses cheveux trempés masquent son visage. Les yeux remplis de larmes, Marie contemple les mains de Rachel, ses doigts tordus et brisés par les coups de bottes, la chair de ses ongles à vif.

Un bruit au loin. Rachel se redresse et scrute l'obscurité. Son visage est en sang, ses lèvres tuméfiées s'entrouvrent. Marie tend la main pour effleurer son bras. Elle sent sa peau glacée sous ses doigts.

Flash.

Ça y est, Marie est entrée dans la peau de Rachel. Elle est nue comme elle. Comme elle, elle a froid. Elle sent les aiguilles de pin sous ses pieds. Elle gémit en sentant les blessures de Rachel s'ouvrir une à une dans sa peau. Sa bouche et son sexe lui font mal. Une douleur atroce qui lui vrille les entrailles.

Flash.

Le monstre a rattrapé Rachel deux cents mètres avant la clairière. Il a fini de la cogner. Il se couche sur elle et déchire ses vêtements. Le dos nu de la jeune femme s'enfonce dans la terre molle. De la boue entre en elle avec le sexe du monstre. Le tueur la possède, tapant de toutes ses forces contre ses reins qui s'enfoncent dans la boue. Il la viole et lui casse les dents à coups de poing. Puis il jouit en elle et la laisse s'enfuir. C'est un chat : il veut jouer.

Flash.

Rachel s'est relevée. Elle a trouvé la force de se

remettre à courir. Elle hurle en courant dans la boue et les ronces. Le sang qui souille son visage l'aveugle. Elle aperçoit la clairière au loin. Derrière elle, le tueur marche. Il la laisse prendre un peu d'avance. Il a le temps. La chasse ne fait que commencer.

Un autre bruit, beaucoup plus proche. Marie sursaute. Ses doigts s'éloignent de la peau de Rachel. Le contact est rompu. Elle réintègre son propre corps. Ses dents brisées se reconstruisent, ses lèvres tuméfiées dégonflent et les plaies qui brûlent son sexe se résorbent. La caresse des vêtements sur sa peau. Marie regarde Rachel dont les yeux s'arrondissent de terreur et qui gémit tout bas, comme si elle parlait à Marie :

— Mon Dieu, je n'arrive pas à m'enfuir.

Rachel s'éloigne. Sa silhouette s'estompe entre les arbres. Le crépitement de la pluie. Le silence. Quelqu'un marche dans les feuilles mortes. Marie se retourne. Une autre silhouette se découpe dans le noir, une silhouette si grande et si sombre que la nuit autour d'elle semble moins obscure. C'est la nuit tout entière qui s'avance vers elle. Le maître des poupées. Marie sent le mal absolu de son âme. Il est calme. Il sait que sa proie n'a aucune chance de lui échapper. Il approche. Il est là.

Le tueur porte un manteau de cuir et des gants. Une large capuche de moine dissimule son visage. Soudain, alors qu'il allait poursuivre sa route, il s'arrête près de la table où Marie, assise, le regarde. Il hésite. Il a senti quelque chose. Il renifle. Non. Il hume. C'est un prédateur. Marie veut fermer les yeux pour interrompre la vision. Trop tard. Sans cesser de humer, l'homme se tourne vers elle. Ses épaules s'agitent. Un filet de souffle s'échappe de ses lèvres. *Non, c'est un rire. Fous le camp, Marie !*

L'homme la regarde. Elle sent la noirceur de son

âme, elle la sent s'insinuer dans son esprit. Il essaie d'entrer en elle pour savoir qui elle est. Une voix s'échappe de la capuche, une voix morte qui s'exprime dans une langue inconnue. D'innombrables questions résonnent comme des aboiements dans l'esprit de Marie, s'entrechoquent et s'emmêlent. L'homme est furieux. Mais Marie sent autre chose poindre sous cette colère : un sentiment que le tueur tente de dissimuler. Puis, brusquement, elle comprend : l'homme a peur. Juste une petite goutte de peur au milieu de l'océan de sa colère. Un sentiment si étrange au cœur de toute cette noirceur qu'il glace l'esprit de Marie. La colère et la peur, les deux carburants de la haine. Alors, comprenant qu'il n'y a rien à espérer d'un tueur de cette espèce, Marie se concentre de toutes ses forces pour l'empêcher de violer son esprit. Mais l'homme est beaucoup plus puissant qu'elle. Les résistances mentales de Marie sont sur le point de lâcher lorsqu'un hurlement lointain déchire le silence. Rachel est tombée. Rachel s'est blessée.

Le tueur se remet en route. Il a faim. Les doigts de Marie se crispent sur le bois de la table. La vision s'arrête. La dernière image explose comme une vitre. Le claquement de la pluie. Le grondement du vent.

37

Marie se courbe en deux et vomit. C'est toujours comme ça après une vision. Un coup de poignard. L'estomac qui se contracte et expulse la terreur accumulée par les images. Puis la douleur s'estompe. Restent la migraine et la peur.

Rachel est passée par là où elle se trouve actuellement. Elle a traversé la clairière puis elle a disparu de l'autre côté des arbres. Marie se lève et se met à courir. Les bras ramenés sur son visage pour se protéger des branches, elle court dans le noir. Rachel a frôlé cet arbre qui porte encore la trace de son souvenir. Elle a touché cet autre tronc. Elle s'est arrêtée contre celui-là. Marie s'y appuie un instant et ferme les yeux.

Flash.

Rachel n'en peut plus. La fatigue fait siffler ses poumons. Elle a mal. Elle a envie de mourir. Elle essaie d'arrêter les battements de son cœur. Les fourmis font ça quand elles ne peuvent pas échapper au prédateur qui les poursuit. Mais Rachel n'y arrive pas. Foutu cœur qui bat ! Un bruit derrière elle. Elle étouffe un sanglot et se remet à courir. Sa peau trempée luit faiblement entre les arbres.

Comme Rachel, Marie a repris sa course aveugle à travers le sous-bois. Elle sent la terreur lui couper les jambes et le souffle. Un grésillement. La voix de Bannerman retentit dans son oreillette :

— Marie, est-ce que tu me reçois ?

Elle ne répond pas. Elle court. Elle suit un sentier sablonneux que les pieds de Rachel ont trouvé, sur lequel elle peut courir plus vite. Elle distingue les empreintes des pieds nus de la jeune femme. Elle court aussi vite qu'elle le peut. Ses chevilles se tordent dans le sable mou. Soudain, Marie trébuche sur une racine de sapin et tombe à plat ventre en étouffant le cri qui éclate dans sa poitrine. C'est là que Rachel est tombée. Là qu'elle s'est cassé le pied et qu'elle a hurlé de douleur. Les doigts de Marie se crispent sur le sable.

Flash.

Rachel ne peut plus courir. Elle a perdu. Elle se

retourne et aperçoit la silhouette du prédateur qui avance sur le chemin. Elle voit la lueur blanche du poignard qu'il tient dans sa main gantée. Alors elle sanglote en creusant le sable, elle essaie de s'y enfouir. Elle appelle son père. Elle le supplie de venir la sauver. Elle se souvient d'un jour où elle était restée coincée dans la cave, sans lumière, et des monstres qui rampaient vers elle, de ces doigts morts qui attrapaient ses chevilles et de ces araignées qui s'agrippaient à ses cheveux. C'est son père qui avait rallumé la lumière et l'avait prise dans ses bras. Les bras musclés de son père, sa bonne odeur d'eau de Cologne. C'est lui que Rachel appelle à l'aide tandis que la botte du tueur écrase son visage dans le sable. Elle le supplie. Elle ne veut pas mourir. Mais le tueur ne l'écoute pas. Il ne joue plus.

Étendue sur le sable, Marie a fermé les yeux. C'est ici que la trace de Rachel se perd. Comme si la forêt avait digéré sa présence. La voix essoufflée de Bannerman résonne à nouveau dans son oreillette :

— Merde, Marie, dis-moi ce qui se passe !

Elle ouvre les yeux. Il ne pleut plus. Une aube brumeuse blanchit la forêt. Elle aperçoit une tache rouge sur le sable. Elle l'effleure et porte son doigt à ses lèvres. Du sang. Elle prend son micro :

— C'est OK, Bannerman. Vous restez en arrière : je suis toujours sur la piste.

38

Marie grimace en sentant la douleur exploser dans sa cheville. Elle desserre ses lacets et noue un foulard autour de son articulation. Puis elle bascule lentement le poids de son corps et, constatant que la douleur a cédé du terrain, elle reporte son attention sur les flaques de sang. C'est ici que les traces de Rachel s'arrêtent. Ici qu'elle s'est évaporée. Marie examine la marque que le corps de la jeune femme a imprimée en tombant à plat ventre dans le sable. Elle effleure la trace que son visage a creusée tandis que le tueur lui écrasait la tête avec sa botte. Du sang et des larmes.

Elle avance de quelques pas sur le sentier et se penche pour examiner les empreintes profondes et régulières que les bottes du tueur ont laissées sur le sol après avoir rattrapé Rachel. Elle les ausculte du bout des doigts : le talon d'abord, large et net, puis la semelle qui se déroule et la pointe qui s'enfonce et projette une pluie de sable sur le reste de l'empreinte. L'homme marche à solides enjambées. Il sait où il va.

Elle remarque que les empreintes du pied droit sont plus profondes que celles imprimées par le pied gauche. Elle remonte les traces. Des gouttes de sang apparaissent çà et là. Marie ferme les yeux : le tueur porte Rachel. Elle n'est pas encore morte. Il l'emmène dans son antre.

Un faisan jaillit des broussailles et disparaît dans le ciel bas. L'appel d'un coucou résonne dans le lointain. Le tac-tac d'un pivert attaquant un tronc creux. La forêt s'éveille. Marie suit le sentier jusqu'au pied d'un vieux chêne où les empreintes s'arrêtent. C'est là que le tueur a quitté le chemin. Elle aperçoit à travers les arbres une église en ruine. Quelques croix de pierre rongées par la mousse émergent de la brume. Elle dégaine son arme et ôte le chargeur pour vérifier qu'il est plein. Rangées dans leur logement, les balles luisent faiblement dans la pénombre. Marie ôte le cran de sécurité. Elle ne peut plus courir mais elle peut encore tirer. Une petite voix lui murmure qu'une arme ne peut rien contre un tueur de cette espèce. Elle refuse de l'écouter. Nouant un brin de laine rouge à une branche, elle quitte le sentier et s'aventure sous les arbres.

39

La brume s'enroule autour de Marie. Un bruit de ferraille. Son pied vient d'agripper une ligne de barbelés. Elle écarte l'obstacle d'un coup de talon, contourne une haie de ronciers et débouche sur une allée qui serpente entre les ruines. De vieilles pierres plates recouvertes de mousse. Les pas de Marie résonnent sur les dalles. Elle vient d'atteindre le parvis de l'église et franchit l'éboulis qui marque l'endroit où se dressait le porche. Un vieux christ rongé par la rouille la regarde passer.

À l'intérieur, un reste de charpente noircie laisse passer la lueur des étoiles. Le sol est jonché de bancs carbonisés et de prie-Dieu vermoulus. Ça sent le moisi et le charbon de bois. Marie ferme les yeux et capte l'écho lointain des hurlements qui emplissent encore les lieux. Elle se souvient d'un vieil article de journal qu'elle avait retrouvé dans le grenier de ses parents. Noël 1926. La nuit où la charpente s'était effondrée sur l'assistance pendant la grand-messe, trois cents fidèles entonnaient l'*Ave Maria* au moment où la vieille chaudière de l'église avait explosé. Les flammes s'étaient propagées aux tentures de velours qui recouvraient les murs, puis le brasier avait dévoré la charpente avant de fondre sur la foule. Des hommes en redingote et des femmes poudrées avaient escaladé des vieillards pour se ruer sur les lourdes portes de chêne que le gardien du cimetière avait verrouillées afin d'empêcher les enfants d'aller chahuter sur le parvis. Le hurlement des âmes calcinées.

Marie rouvre les yeux. Les hurlements se sont tus. Elle écoute le vent siffler à travers la charpente. Une brassée de feuilles mortes tourbillonne entre les prie-Dieu renversés. Le silence.

Elle avance parmi les décombres de l'église. Le pinceau de sa torche balaie le sol recouvert de suie, des morceaux de ferraille, des cadavres de chauves-souris et des éclats de vitraux. Soudain, des gouttes de sang frais sur la pierre. Marie se concentre et capte un bruit d'eau lointain – de l'eau de pluie qui s'écoule dans les profondeurs. Elle contourne le chœur et se dirige vers une sorte de rectangle sombre qui se découpe au fond de l'église. Une tenture – c'est là que les gouttes de sang s'arrêtent. Marie l'écarte du bout des doigts et braque sa lampe de l'autre côté, mais les ténèbres sont si denses que le pinceau de la torche peine à les éclairer. Marie distingue tout de même un escalier qui descend dans l'obscurité. Elle se penche et reçoit, comme un coup de poing, le souffle moisi qui s'échappe des profondeurs. Encens et chairs mortes, l'haleine des vieilles tombes. Une puanteur sucrée qui lui tord l'estomac. Elle lutte un instant contre la terreur qui s'empare de son esprit. Surtout, ne pas céder à cette peur-là. Son oreillette crachote. La voix de Bannerman retentit en sourdine, lointaine et hachée.

— Marie... on a atteint la clairière... Où sont tes autres balises ?

Grésillements. Interférences.

— Putain, Marie, tu es partie dans quelle direction ?
Marie chuchote dans son émetteur.

— J'ai trouvé un escalier.

— Quoi ? Je te reçois deux sur cinq. Tu me dis que
tu as trouvé quoi ?

— Un escalier dans les ruines d'une église.

— Mais nom de Dieu, Marie, où sont tes autres balises ? Il faut que tu t'arrêtes et que tu nous attendes. Il
y a quelque chose qui ne va pas ! C'est trop simple !

Bannerman s'est mis à courir. Il cherche une trace
du passage de Marie, ne la trouve pas. À bout de
souffle, il hurle dans son émetteur.

— Merde, Marie, c'est un piège ! Tu m'entends ?
Je suis sûr que c'est un putain de piège !

Mais elle n'entend plus. La vieille tenture poussiéreuse s'est refermée derrière elle.

40

Marie descend les marches en prenant garde à ne pas
déraper. Autour d'elle, l'air, immobile, si épais qu'elle
a l'impression de respirer à travers un sac en plastique,
est saturé par la puanteur des chairs mortes. Il fait
chaud. Des gouttes d'eau claquent dans le silence.

Marie entend grouiller dans l'obscurité des choses
qui remuent, se rassemblent et se rapprochent. Ses
doigts frôlent les murs. Elle frémit en effleurant des
toiles d'araignée. Elle ferme les yeux et fredonne une
comptine pour ne pas céder à la panique. Un bruit au-
dessus d'elle, un frou-frou. Le grattement d'innombrables petites pattes articulées qui galopent au pla-

fond. Elle lève la tête au moment où une chose velue atterrit sur son visage et s'y cramponne. Des pattes dures et soyeuses frétillent sur ses lèvres, entament sa joue. Marie ravale un hurlement et gifle la bestiole qui se décroche. Puis elle pose la pointe du pied sur la marche suivante et sent sa semelle s'enfoncer dans quelque chose de mou. Ça se tortille sous son pied avant d'éclater comme un fruit mûr. Son sang se glace. Quelque chose grouille au plafond et sous ses pieds : des corps mous et gluants qui cherchent à agripper ses cheveux, des petites pattes musclées qui galopent sur les murs pour mordre ses mains. Un nid de tarentules. Elle avance sur les araignées qui pullulent sur les marches et pousse des jappements de terreur en moulinant des bras pour décrocher celles qui s'accrochent à ses poignets. Des dévoreuses de cadavres. Surtout, ne pas tomber.

À mesure que Marie descend, l'odeur de charnier s'épaissit. Les murs semblent bouger sous ses doigts. Des grappes de vermine dégoulinent le long de ses manches. Elle a atteint les entrailles de la terre. La terre qui mange les hommes. Elle a l'impression d'avancer depuis des heures, ne sait même plus si elle monte ou si elle descend. Mais comment pourrait-on se perdre dans un escalier ?

Sous ses pieds, le sol redevient plat. Marie vient de déboucher dans une sorte de galerie souterraine. Le sol est lisse et pavé. Elle presse le pas pour s'éloigner le plus vite possible de la gueule sombre de l'escalier. Au loin, elle aperçoit la lueur jaune d'un flambeau.

Guidée par cette lumière comme un papillon dans les ténèbres, elle progresse à tâtons le long de la galerie. L'odeur de charnier devient étouffante. Marie a l'impression de progresser au milieu d'un épais brouillard qui imprègne ses vêtements et dégouline au fond de sa gorge.

À mesure qu'elle s'approche du halo de la torche, elle commence à distinguer le sol luisant d'humidité et la grisaille des murs. Elle distingue aussi la chevelure des racines qui se sont frayé un passage à travers les pierres du plafond. En baissant les yeux, elle aperçoit des gouttelettes de sang frais sur les pavés. Voilà pourquoi les araignées étaient déchaînées : elles ont senti tout ce sang qui s'échappait de Rachel tandis que le tueur la portait dans l'escalier ; elles ont senti cette odeur de chair fraîche, se sont ruées dessus pour le boire. Marie tremble. Elle sait que les araignées ne la laisseront pas ressortir.

Ça y est, elle est enfin dans la lumière. Au bout de la galerie, une porte de cachot garnie de lourds barreaux en fonte, que Marie pousse. La porte grince sur ses gonds. Et la torche vacille dans le courant d'air tiède qui s'échappe de l'embrasure.

41

Marie vient de déboucher dans une vaste crypte. La lueur vacillante de centaines de cierges à demi fondus projette des ombres immenses qui semblent flotter sur les murs.

Aveugles dans l'obscurité de l'escalier, les yeux de Marie commencent à s'habituer à la pénombre mouvante de la crypte. Face à elle, une allée carrelée de mosaïques avec, de part et d'autre, deux rangées de bancs en bois. Plissant les yeux, Marie distingue des formes qui encombrent les prie-Dieu. Elle sent son cœur rater un battement : des gens sont agenouillés dans la crypte, des gens courbés, les mains jointes, effondrés les uns sur les autres. Ce sont des cadavres décomposés aux cheveux longs et aux ongles griffus, des notables en redingote et des vieilles dames desséchées, arborant sacs à main, chapelets et missels poussiéreux. La messe des morts. Voilà d'où venait l'abominable puanteur.

Marie remonte l'allée centrale. Ses pas résonnent dans le silence, ses mains tremblent. Elle s'est trompée : ce tueur n'est pas un maître des poupées, c'est un religieux, un assassin mystique. La voix de Dieu. Elle relève la détente de son arme et marche à reculons pour mieux scruter la pénombre. À mesure qu'elle remonte l'allée, elle remarque que les cadavres qu'elle croise sont mieux conservés. Des chairs noires arrachées au silence des sépultures.

Des nuées d'insectes bourdonnent dans la clarté vacillante des bougies. Elle lève les yeux et se fige. Des grappes de mouches endormies recouvrent les voûtes de la crypte, tandis que d'autres butinent les cadavres. Mais ce n'est pas tout, il y a aussi cinq croix géantes scellées aux murs qui surplombent l'autel. Une, vide et illuminée par des torches, au milieu. Deux de chaque côté, envahies par les mouches.

Marie s'est immobilisée au pied de l'autel, sans parvenir à détacher son regard des quatre formes humaines clouées sur les croix. Les torches éclairent leurs visages : Mary-Jane Barko, Patricia Gray, Sandy Clarks et Dorothy Braxton, les quatre disparues de Hattiesburg. À en juger par leur état de décomposition, elles ont été tuées le jour même de leur disparition.

Un gémissement dans les ténèbres. Marie se retourne et aperçoit une forme nue agenouillée sur le premier banc, qui, à cette exception près, est vide. Les autres bancs sont déjà remplis de morts qui se serrent pour écouter le silence.

Marie s'approche. C'est Rachel, le front posé sur les mains, à plat sur le montant en bois du prie-Dieu. Elle s'approche encore, effleure les cheveux de Rachel. Les boucles blondes s'enroulent autour de ses doigts et tombent sans bruit, comme des cheveux de poupée. Rachel a eu tellement peur qu'elle perd ses cheveux. Ses épaules remuent. Elle relève la tête. Marie se mord les lèvres. Les orbites sont vides, deux trous sanglants qui contemplent le noir. Sa petite voix terrifiée résonne dans l'obscurité.

— Papa, c'est toi ?

— Rachel, c'est moi. Marie.

— Marie ? Oh, Marie, je ne te vois pas.

Sans cesser de balayer les ténèbres avec son automatique, Marie fait « Chut » à l'oreille de Rachel. Puis elle lui passe le bras autour des épaules et tente de la relever. Rachel laisse échapper un sanglot de douleur. Alors Marie comprend. Elle voit les clous enfoncés dans les poignets et les coudes de Rachel, les clous rouillés qui traversent ses tibias et retiennent ses jambes au prie-Dieu. Des clous à large tête enfoncés dans le bois.

— Mon Dieu, Rachel... Qui t'a fait ça ?

— C'est Caleb.

— Caleb ? C'est comme ça qu'il s'appelle ?

Un silence. Marie chuchote.

— Rachel, où est Caleb à présent ?

Les orbites vides scrutent Marie. Rachel veut articuler quelque chose, et Marie voit ses dents cassées entre ses lèvres. Rachel pleure. Non, elle glousse, un ricanement qui glace le sang de Marie. Rachel a perdu la raison.

— Il va te tuer, Marie. Il va t'attraper et il va te tuer. Mais d'abord il va te clouer à côté de moi. Il va te clouer et nous prierons ensemble. Nous prierons pour lui éternellement. Il arrive, Marie. Il est là.

Marie a juste le temps de tourner la tête et d'apercevoir la silhouette immense qui surgit des ténèbres. Puis un choc à la nuque lui coupe les jambes. Un éclair blanc. Rachel ricane. Elle a reposé son front sur ses mains. Ses lèvres remuent, on dirait qu'elle prie. L'oreillette de Marie grésille. Hachée par les interférences, la voix de Bannerman retentit une dernière fois. Marie a juste le temps d'activer le localiseur dissimulé dans sa poche, puis la lueur dansante des cierges s'estompe.

42

Le silence. Marie a l'impression de flotter dans les profondeurs d'un océan. Loin, très loin au-dessus d'elle, les eaux bleues scintillent. La surface avec le soleil, au-dessus, comme un point brillant à travers une vitre. Si loin.

Elle s'enfonce dans les profondeurs immobiles. Elle a froid. La lueur bleutée s'estompe, les ténèbres l'enveloppent. Ses terminaisons nerveuses se déconnectent les unes après les autres. Plus aucune sensation ne vient troubler son esprit. Des gorgées d'eau noire s'engouffrent dans sa bouche et noient ses poumons. Son cœur ne bat presque plus. Plus un bruit, plus un souffle. Marie est en train de mourir.

43

L'aube. Hors d'haleine, les hommes du shérif viennent d'atteindre les ruines. Lorsqu'ils ont compris que Marie se dirigeait tout droit dans la gueule du loup, ils se sont mis à courir pour la rattraper. Ils ont laissé les chiens de meute ouvrir la piste, de grands saint-hubert de chasse à courre qui ont hurlé à la mort en reniflant l'odeur de la jeune femme. Comme lorsqu'ils chassent le cerf, Bannerman et ses hommes ont sprinté derrière eux en les encourageant de la voix et en laissant filer les laisses à dérouleur. Ils n'ont pas ménagé leur peine, suant et soufflant dans les ronciers et les fougères.

Parvenue au milieu de la clairière, la meute a marqué un arrêt près de la table où la jeune femme s'était assise. Bannerman a cherché en vain les balises que Marie aurait dû laisser derrière elle. La queue basse et l'échine tremblante, un des chiens a flairé la trace du tueur. Puis la meute s'est élancée sur une piste plus fraîche que le chien de tête venait de relever entre les arbres. Un sentier sablonneux, une balise de laine rouge, des ruines au loin. Jamais Bannerman et ses hommes n'ont couru autant, mais ils sont arrivés trop tard. Ils le sentent aux murmures de la forêt, à l'épaisseur du silence et aux plaintes du vent dans les cimes. Marie n'est plus là.

À bout de souffle, le shérif s'appuie contre un muret et lève une nouvelle fois son talkie-walkie.

— Marie, est-ce que tu m'entends ?

Bannerman relâche le bouton d'émission. Interférences. Grésillements. Et toujours le silence. Il consulte sa montre. Cela fait trop longtemps qu'elle ne répond plus. Tout ce gâchis pour des conneries de médium.

Lorsque Rachel avait disparu, Bannerman avait pété les plombs. Il avait espéré que la petite était encore en vie et que Marie allait pouvoir la sauver. Alors, il l'avait laissée s'enfoncer dans la forêt, prendre une demi-heure d'avance, puis il s'était mis en route à son tour, un peu comme s'il l'avait conduite lui-même à l'abattoir, ou s'il lui avait tiré une balle dans la tempe. Il allait devoir vivre avec ça. Comme ces automobilistes insouciants qui se prennent un môme sur un passage protégé et qui se réveillent toutes les nuits en hurlant. Lui, c'est Marie qu'il reverrait sans cesse dans ses rêves, Marie qui s'enfonce dans la forêt, sa silhouette mouvante qui s'estompe entre les arbres, sa voix qui se dilue dans les ténèbres.

Bannerman ramène la pompe de son fusil en arrière et engage une douzaine de balles à sanglier dans le magasin. La charge de la cavalerie au petit jour. Marie mérite bien ça. Au pire, il pourra toujours accrocher la tête du tueur au-dessus de sa cheminée.

Il va donner l'ordre de mouvement lorsque la sonnerie de son portable rompt le silence. C'est Barney, son suppléant. Le bureau du FBI à Boston vient d'appeler. Une équipe de fédéraux rapplique en renfort avec un hélicoptère et des snipers. Ils se rabattent directement sur les ruines.

— Merde, Barney, pourquoi tu leur as dit où on était ?

— Je crois que vous ne comprenez pas, chef : ils sont parvenus à repérer Marie grâce à un localiseur qu'elle porte sur elle en permanence.

— Un quoi ?

— Une balise de détresse que les agents en mission n'activent que quand ils sont en danger de mort. Marie venait juste de l'allumer quand ils m'ont appelé.

— Où ça ? Elle l'a allumé où ?

— Vu la faiblesse de l'émission, elle a dû s'enfoncer à plusieurs dizaines de mètres sous terre.

— Mais où, nom de Dieu ?

— À la verticale des ruines. Il doit sûrement s'agir des catacombes qui serpentent sous les décombres de la vieille église.

Un silence. La voix de Barney grésille dans le portable.

— Autre chose, chef. Les gars du FBI m'ont dit qu'ils savaient à présent à quel genre de tueur on avait affaire.

— Et alors ?

— Alors il vaudrait mieux que vous restiez en arrière avec vos hommes.

Un bruit au loin. Bannerman lève les yeux vers l'hélico qui approche en rasant les arbres. Il tente de déglutir la boule d'angoisse qui lui serre la gorge. Puis il change de fréquence et règle la puissance de son talkie-walkie au maximum.

— Marie, c'est moi, Bannerman. Je sais que tu es quelque part sous la terre et que tu dois crever de peur. Je ne sais même pas si tu m'entends, mais bordel de Dieu, je m'en fous. Alors je vais te parler jusqu'au bout, pour que tu entendes ma voix, pour que tu t'y accroches le temps que tes petits copains du FBI te sortent de là. Je t'en supplie, Marie, essaie de tenir le coup.

44

Plic Plac.

Des gouttes claquent contre le ciment. Marie tressaille. Une petite étincelle vient de s'allumer quelque part dans son esprit. Telle une pièce sombre dont les néons grésillent les uns après les autres en repoussant les ténèbres, son cerveau se réveille. Elle capte de très loin le son des gouttes qui se propage. Lentement, elle remonte vers la surface des choses, reprend conscience de son corps, de ses bras et de ses jambes. Du tiraillement étrange et douloureux qui parcourt ses muscles.

Bam.

Un autre son, beaucoup plus fort. Comme des coups de marteau contre un mur. Non, contre du bois. La plainte creuse du bois que le charpentier cogne de toutes ses forces. Le claquement du métal contre le bois et le grincement des clous qui s'enfoncent dans le cœur d'une poutre. Marie sent la peur grandir en elle. C'est juste une sensation, un filet d'encre dans une eau transparente. Mais son esprit, qui reprend peu à peu conscience, tente désespérément de se rendormir pour échapper à ce picotement qui se répand dans ses chairs.

Bam.

Marie sursaute. À présent, le bruit fait vibrer son corps tout entier. Elle éprouve une brûlure, légère d'abord puis de plus en plus chaude, comme le bout incandescent d'une cigarette qui se rapproche : une crampe mord ses mollets, remonte vers ses cuisses et son ventre.

Bam.

À chaque bruit, l'onde de choc éclate dans les épaules de Marie, dans ses vertèbres, ses hanches et ses chevilles. Son cerveau est parfaitement éveillé à présent, et ce qu'il découvre le glace d'horreur.

Bam.

Elle a les bras et les cuisses écartés. Elle est nue. Elle sent le contact rugueux du bois contre son dos, la brûlure des échardes que chaque coup enfonce plus profondément dans sa peau. La peur explose dans son ventre. L'acide de la peur que les organes affolés sécrètent en abondance, que les veines récupèrent et propulsent vers les autres organes, vers les bras et les jambes qui ne répondent toujours pas. Marie tente de serrer les poings. Elle n'y parvient pas.

Bam.

Ce bruit, si fort à présent. Les sens engourdis par la puanteur qui l'enveloppe, elle se souvient : le clapotis de la pluie sur les feuilles mortes et la silhouette de Rachel qui se faufile entre les arbres. Elle se souvient de la crypte, des morts effondrés sur les prie-Dieu et des cadavres crucifiés. Et puis, elle se souvient de la cinquième croix.

Bam.

Le cœur de Marie s'emballe. Elle sent la pointe d'un clou s'enfoncer dans la poutre à travers elle. Un clou en acier qui s'enfonce dans le bois à travers la chair et les tendons de son poignet. Un liquide coule le long de ses bras et de ses aisselles. Ses seins sont trempés de ce liquide poisseux qui glisse sur son ventre jusqu'à la rigole de son sexe, d'où il s'échappe à grosses gouttes. De grosses gouttes qui claquent sur le sol.

Plic, plac.

Marie ouvre les yeux et aperçoit l'épaisse sangle de cuir qui retient son bras. Elle voit sa main ouverte contre la poutre, et la main qui retient la sienne contre le bois. La tête d'un clou dépasse de son poignet enflé. Elle aperçoit le marteau qui se lève à nouveau puis s'abat à toute vitesse.

Bam.

Marie sent la fente de la poutre s'élargir sous le choc. Elle sent le clou qui progresse dans ses chairs. Un hurlement animal explose dans sa gorge. Elle se tourne et aperçoit Caleb dont le visage sans vie la contemple. Il est tout près d'elle. Ses yeux luisent dans l'ombre de sa capuche. Puis elle sent la main glacée du tueur emprisonner son poignet tandis que son autre main lève encore une fois le marteau.

Bam.

Le clou disparaît dans les chairs. Sa tête claque en butée contre les ligaments. C'est étrange ce clou qui s'enfonce sans qu'aucune douleur ne jaillisse de la plaie. Comme si son corps ne répondait pas, comme si ce n'étaient pas ses bras ni ses jambes que le tueur était en train de clouer sur la croix. Pourtant, la douleur n'est pas loin. Marie la sent débouler. Elle se fraye un passage à travers ses nerfs engourdis. Elle approche.

45

Absorbé par son ouvrage, le tueur se tient si près que son souffle fait trembler les mèches de Marie. Son cœur bat lentement. Il ne ressent rien. Puis le souffle s'éloigne et elle l'entend descendre de l'échelle qu'il a placée contre la croix. Elle entend ses bottes sur le sol de la crypte. Elle perçoit les sanglots de Rachel. Et c'est en se penchant en avant pour l'apercevoir qu'elle prend soudain conscience des clous qui mordent ses bras et ses jambes. À cet instant, elle se rend compte que son corps suspendu dans le vide ne tient que par ses poignets et ses chevilles cloués contre le bois de la croix. Des petits bouts d'elle-même qui se distendent et se déchirent autour des clous.

Brusquement, la douleur déferle. Elle arrive de si loin que Marie a l'impression que cela n'arrêtera jamais. Elle gicle de ses poignets et fait claquer la peau de ses bras contre la poutre. Elle explose dans ses genoux, ses coudes, son ventre et ses chevilles. Marie ferme les yeux et laisse échapper un hurlement de bête. Un éclair de douleur remonte vers ses épaules et bloque son plexus. Elle tente de remuer les bras et de serrer les cuisses, sent les tendons de ses poignets frotter contre les clous. Elle éprouve la morsure de l'acier dans la chair de ses mollets – des gros clous plantés en biais de part et d'autre de ses tibias.

Le supplice de la croix. Marie lutte contre la tension qui raidit ses muscles, contre cette contraction qu'elle s'inflige à elle-même pour ne pas laisser le poids de son corps tirer sur les clous. C'est un intolérable raidissement qui fait trembler ses muscles, qui l'épuise et l'étouffe. Alors, à bout de forces, elle essaie de relâcher la tension dans ses bras et dans ses jambes mais la morsure des clous la fait hurler et se raidir à nouveau, chaque fibre de son corps tirant sur ces pointes qui la transpercent.

Au bord de l'asphyxie, Marie se relâche. Puis elle se raidit et se relâche encore, jusqu'à ne plus pouvoir se contracter ni se relâcher : quoi qu'elle fasse à présent, quel que soit le mouvement que son esprit ordonne à son corps pour échapper à cette souffrance qui la submerge, elle sent ses chairs qui s'épuisent, ses muscles et sa peau qui s'étirent autour des clous, qui se déchirent lentement, qui s'écartent et se rompent. Vaincue, elle renonce et éclate en sanglots. De grosses larmes lourdes, des cris de bête à l'agonie, des hurlements rauques qui retentissent dans les ténèbres de la crypte.

Crucifiées à ses côtés, les quatre disparues de Hattiesburg la regardent. Leurs chairs putréfiées se desserrant autour des clous, Caleb a sanglé leurs carcasses pour qu'elles ne risquent pas de se détacher.

À travers ses larmes, Marie contemple ces orbites creuses qui la regardent, ces visages gercés et ces lèvres aplaties que la souffrance a retroussées dans la mort. Leurs mains se sont finalement décrochées des clous. Elles pendent au bout des avant-bras retenus par les sangles. Depuis combien de temps sont-elles ainsi suspendues dans le vide ? Pendant combien d'heures se sont-elles raidies et relâchées pour échapper à la morsure des clous ? Combien de jours se sont écoulés dans cette puanteur de charnier avant que la mort ne les délivre ?

Le désespoir la submergeant plus encore que la souffrance, Marie tente de retenir sa respiration pour mourir plus vite. Elle tient quelques secondes mais la pression qui enfle dans ses poumons contracte à nouveau ses muscles et fait exploser la douleur. Alors elle retombe et sanglote. Puis elle lève les yeux. À travers ses larmes, elle aperçoit Caleb qui se tient au pied de la croix. Il la contemple, ne perd pas un seul de ses gestes. Il semble troublé par la formidable énergie qu'elle dépense à repousser l'inéluctable. Derrière lui, les gémissements de Rachel se sont tus. Sa tête est renversée sur ses mains. Elle est morte.

46

Les bras écartés, les paumes tournées vers le ciel, comme s'il communiait, Caleb se tient immobile au pied de l'autel. Marie scrute l'obscurité qui emplit sa cagoule. Elle aperçoit la lueur froide de ses yeux, deux éclats de verre qui flamboient à la lueur des cierges.

Son manteau de cuir est ouvert. En dessous, il porte une bure noire – un habit de moine rehaussé d'un lourd médaillon d'argent, qui brille dans l'obscurité et est orné d'une étoile à cinq branches encadrant un démon à tête de bouc : le symbole des adorateurs de Satan.

Marie regarde les bras levés de Caleb, la peau de ses avant-bras qui dépassent des manches de sa bure. Il a les mains larges et les ongles noirs. Des mains pleines d'échardes. Des scarifications parcourent sa chair depuis le poignet jusqu'à la saignée du bras. Ce sont des entailles, pratiquées à la pointe du couteau, dont les sillons gorgés d'encre forment une sorte de dessin : des flammes entourant une croix rouge sang. Vers la saignée du bras, là où leurs pointes se rejoignent pour encercler la croix, les flammes s'enroulent pour former un mot que Marie ne parvient pas à lire. Puis elle croise à nouveau le regard de Caleb, le gouffre de son regard. Elle sait qu'il n'y a aucune compassion à attendre d'un assassin de cette espèce et comprend qu'elle va mourir. Alors, elle ferme les yeux et tire sur ses plaies pour essayer de mourir plus vite.

— Marie ? Est-ce... m'entends, Marie ?

Elle sursaute en entendant la voix lointaine et hachée de Bannerman dans son oreillette. Elle sursaute si fort que le mouvement lui arrache un sanglot de douleur. Bannerman. Elle tourne la tête vers ses vêtements que le tueur a abandonnés sur le sol. L'émetteur fonctionne toujours et l'oreillette à infrarouge relaie la voix du shérif. Elle se concentre pour l'entendre.

— Marie ? Tiens... coup, Marie... BI arrive.

Des craquements sur la bande. La voix de Bannerman s'éloigne. Le silence retombe. Marie ferme les yeux. *Qu'est-ce que tu as dit, Bannerman ? Oh mon Dieu, qu'est-ce que tu as dit ?*

Elle suffoque. Ses forces l'abandonnent. Il faut qu'elle gagne du temps. Elle cherche ses mots, les soupèse et tente d'analyser les informations qui se bousculent dans son esprit pour tirer le meilleur profil possible de Caleb. Elle a absolument besoin de comprendre comment il fonctionne pour trouver une faille dans son raisonnement. Mais elle a mal. Des lames de douleur transpercent ses muscles. À chaque sursaut, ses articulations menacent de se rompre. Il faut qu'elle fasse vite avant de perdre connaissance. Alors, elle se jette à l'eau. La voix brouillée de larmes, elle décline d'abord son identité dans l'espoir que le tueur cessera de ne voir en elle qu'un paquet de viande sans âme.

— Je m'appelle Marie. Marie Megan Parks. Je suis née le 12 septembre 1975 à Hattiesburg, Maine. Mes parents s'appelaient Janet Cowl et Paul Parks. Ils habitaient une maison à colombages au 12, Milwaukee Drive. J'allais à l'école du comté, dans la classe de Mlle Frederiks. J'avais de bonnes notes. Sauf en mathématiques car je n'arrivais pas à distinguer les chiffres. Vous savez, les chiffres qui dansent devant vos yeux quand votre cerveau a achevé une addition.

Une bonne idée, cette allusion à ses parents et à ses racines dans le Maine. Au concept abstrait des chiffres aussi. Le tueur ayant lui-même été un enfant, ça peut marcher. Une flèche de douleur tord les lèvres de Marie. Ne pas laisser trop de blancs ni de silences. Elle reprend :

— Mon frère Allan est mort d'une leucémie à l'âge de neuf ans. Le docteur s'était rendu compte qu'il était malade en passant le dos d'une fourchette sur la peau de son mollet. Le lendemain, là où le docteur avait frotté la fourchette, la peau d'Allan était toute bleue. Vous imaginez le truc ? Toute bleue !

Un silence. Marie se mord les lèvres pour étouffer

ses sanglots. Ne pas passer pour une victime : les tueurs adorent massacrer les victimes.

— Allan est enterré dans le cimetière de Grand Rapids, Ohio. C'est là que vit ma grand-mère, Alberta Cowl. C'est elle qui l'a recueilli quand il est entré en agonie. La nuit précédant son départ, je suis entrée dans sa chambre. Allan était assis sur son lit. Il était tout maigre et chauve. Je me souviens qu'il lisait un catalogue de Noël où il avait encerclé des jouets avec un feutre rouge. J'ai toujours cru que c'était moi qui avais empoisonné son sang en glissant des pelures de taille-crayon dans son jus d'orange. Je ne l'ai jamais dit à maman mais je suis sûre que c'est moi qui ai tué Allan.

Oh mon Dieu, j'ai si mal...

Un silence. La voix de Marie se brise.

— J'ai aussi un chien qui s'appelle Barnes. Enfin, *j'avais* un chien, un vieux labrador aveugle qui s'est fait écraser l'été dernier. Je l'ai enterré dans mon jardin. Il me manque terriblement.

Soudain Marie sent une rage folle embraser sa poitrine. Elle tente de la contenir, n'y parvient pas.

— Je suis démocrate et protestante. J'ai un compte à la Bangor Bank et je fais mes courses chez ces fumiers de *Wal-Mart*. Ah oui j'oubliais, je fume aussi des Old Brown, je milite pour l'avortement, j'ai été dépucelée à l'âge de seize ans et depuis je baise tous les mecs qui bougent. Les filles aussi ! J'adore les jolies filles. J'adore le grain de leur peau et le goût de leur sexe sur mes lèvres. Et surtout, je m'appelle Marie. Marie Megan Parks. *Est-ce que tu entends ça, espèce de saloperie de bouffeur de cadavres ?* Je m'appelle Marie Megan Parks et je t'emmerde !

— Je vous salue Marie.

47

Marie a sursauté si fort qu'elle sent ses articulations craquer contre le bois de la croix. La douleur vibre dans ses tendons et dans ses os. Le contact est établi. Il faut le maintenir à tout prix.

— Je vous en supplie. Parlez-moi encore.

Caleb la regarde. Ses bras sont levés en adoration. Sa chair luit dans l'obscurité. Marie sent l'engourdissement se répandre dans ses membres. La nausée tord son ventre. Elle est en train de se vider. Un grésillement emplit à nouveau son oreillette. La voix de Bannerman descend le long de son conduit auditif.

— Marie, on est là... m'entends ?

Sacré gros imbécile de Bannerman. Le FBI est là. Les derniers mots du shérif arrachent des larmes de bonheur à Marie.

La voix de Caleb retentit à nouveau dans l'obscurité. On dirait qu'il cherche ses mots. On dirait qu'il joue avec. Qu'il s'en émerveille. Non... d'autres voix parlent à travers lui. Des dizaines de voix qui se rapprochent comme les aboiements d'une meute de chiens dans le lointain. *Oh mon Dieu, il parle mais ses lèvres ne bougent pas.*

Les voix se rejoignent et explosent. Elles surgissent de la gueule ouverte de Caleb, enveloppent Marie comme une bourrasque, la submergent et la noient. Elles sont si fortes que Marie a l'impression que mille gorges hurlent en même temps que Caleb. Elle discerne des hurlements de détresse qui surnagent à la surface de cette cacophonie. Des cris de haine et des appels au secours : les innombrables victimes de Caleb, des femmes, des enfants et des vieillards. Et puis, soudain, la voix de Caleb retentit comme un cor dans la tourmente.

— Je suis la balance et le poids. Je suis le fléau qui pèse les âmes. Je suis le contremaître du chantier de la Création. Le levier qui soulève le monde. Je suis l'Autre, le contraire de tout, le néant et le vide, le chevalier du Très-Bas. Je suis le Voyageur.

Les hurlements s'estompent et le vent des voix retombe. Le grésillement des cierges. Le bourdonnement des mouches. Caleb a fermé les yeux. Il est en transe. Une lame en acier recouverte d'inscriptions sataniques luit faiblement dans sa main. C'est un poignard rituel. La cérémonie va commencer. Marie claque des dents, un claquement continu qui s'interrompt un instant lorsqu'elle croit apercevoir des formes sombres se glisser au fond de la crypte.

Elle plisse les yeux et distingue une trentaine de formes mouvantes qui progressent au milieu des cadavres. Reportant son attention sur Caleb, elle frissonne d'horreur en s'apercevant qu'il la regarde aussi. Un sourire illumine ses yeux. Alors, tandis que le sifflement des viseurs laser envahit la crypte, Marie comprend. Caleb sait qu'ils sont là. Il les a sentis dès l'instant où ils se sont engagés dans les escaliers. Non, c'est encore pire que ça : il savait qu'ils allaient venir. Il a tout fait pour ça, tout organisé, tout planifié. C'est un manipulateur. Il a laissé juste ce qu'il fallait de traces derrière lui pour attirer Marie dans ses filets. En enlevant Rachel, il savait que c'était elle qui allait se lancer à sa poursuite. Il la connaît, il sait qu'elle voit des choses que les autres ne voient pas.

Les points rouges des lasers se sont immobilisés sur la bure de Caleb. Comme à l'entraînement, chaque tireur a sélectionné un organe vital et ralenti sa respiration. Ils portent des casques à visée infrarouge et des détecteurs de chaleur. Ils ne peuvent pas le rater. Ils vont le découper, le scier en deux au premier mouvement. Une voix éclate dans les ténèbres.

— FBI ! Plus un geste !

Marie regarde Caleb. Il a prévu de mourir ici. Il faut qu'il meure maintenant. Ça fait partie de son plan. Marie tente d'en avertir les snipers qui ont Caleb dans leur viseur mais aucun son ne sort de sa gorge serrée. Alors, lentement, le tueur lève les bras et la lame qu'il brandit scintille à la lueur des cierges.

Caleb vient de faire le geste que les gars du FBI attendaient. Le prétexte légal pour abattre le fumier qui a osé clouer une des leurs sur une croix. Le doigt des snipers s'incurve sur la détente. Ils retiennent leur respiration pour ne pas bouger d'un millimètre. Caleb semble ouvrir la bouche. Il dit au revoir à Marie... Marie qui secoue la tête de droite à gauche pour arrêter les snipers. Trop tard. Plusieurs rafales éclatent. Comme au ralenti, elle aperçoit les flammèches qui s'échappent des canons, les douilles fumantes éjectées par les culasses. Elle voit les impacts qui secouent le corps de Caleb, les flaques rouges qui éclaboussent sa bure. Ses bras sont toujours levés en prière. Il regarde Marie, il sourit. Puis ses doigts s'écartent et lâchent le couteau qui rebondit sur le sol. Une dernière rafale le casse en deux et le force à s'agenouiller. Sa tête se courbe, son menton s'affaisse contre sa poitrine, ses bras retombent sur ses genoux. Il a gagné.

Le tonnerre des rafales s'éloigne. Marie a fermé les yeux. Elle entend la voix de Bannerman au loin, les coups de grâce que les agents du FBI tirent à bout portant dans le crâne et la nuque de Caleb. Puis ses forces l'abandonnent. Elle ne sent même plus les clous qui tirent sur ses plaies. Elle se raccroche un moment aux bribes de réalité qui lui parviennent encore, avant de lâcher prise et de s'enfoncer dans les ténèbres.

TROISIÈME PARTIE

48

Liberty Hall Hospital, Boston, huit jours plus tard.

Grelottant dans le souffle glacial des climatiseurs, l'agent spécial Marie Parks aspire les relents de formol et de désinfectant qui emplissent la morgue du Liberty Hall Hospital de Boston. Les locaux occupent la totalité des sous-sols et s'étendent sur deux mille mètres carrés cloisonnés en chambres froides, laboratoires de dissection et salles d'autopsie. C'est là que se croisent la plupart des cadavres de Boston et de ses environs. Les suicidés, les accidentés du week-end ainsi que les morts suspectes pour lesquelles le procureur général de l'État du Massachusetts a ordonné un examen *post mortem*.

Les dernières salles de la morgue, les plus vastes et les mieux éclairées, sont réservées au service médico-légal du Liberty Hall, accès restreint aux hommes de la police scientifique. Les cadavres y arrivent empaquetés dans des housses en caoutchouc noires ou grises : grises pour les assassinés, noires pour les assassins.

À l'abri de ces gigantesques salles tout en béton et

carrelage blanc, une armée de légistes blasés scie les cages thoraciques et ouvre les ventres morts pour rechercher les preuves de crimes : le liseré bleu que l'arsenic abandonne sur les lobes du foie, les caillots noirs et visqueux des rates explosées par les chocs, les cervicales délogées par les strangulations, les poumons perforés et les cœurs transpercés par des balles de gros calibre. Examen visuel que les légistes complètent en fouillant la bouche et les orifices naturels : un peu de salive, une goutte de sang, la signature génétique d'un cheveu ou d'un peu de semence imprudemment répandue dans les entrailles d'une femme violée.

Au-dessus de ce magma de corps en décomposition, le Liberty Hall Hospital dresse ses quatorze étages de verre et d'acier où malades et mourants se répartissent entre onze services de médecine générale et un centre de réanimation et de soins intensifs. C'est là, au dernier étage, que l'agent spécial Marie Parks avait été admise en urgence. Là que les chirurgiens s'étaient relayés pour nettoyer et suturer ses plaies.

Elle avait passé les sept jours suivants allongée sur son lit pendant que les infirmières changeaient ses pansements et alimentaient sa perfusion avec des antibiotiques. Sept jours durant lesquels Parks s'était endormie dans la chaleur réconfortante de sa chambre pour se réveiller crucifiée au milieu des ténèbres de la crypte. Sept jours à reprendre des forces dans le bruit si familier de l'électrocardiographe et des chariots des lingères passant dans le couloir. Sept nuits à se débattre sur la croix et à hurler sous la morsure des clous.

Parks avait refusé les neuroleptiques que les médecins avaient prescrits pour réduire l'intensité de ses visions. Rien de pire qu'un flash sous l'effet de ces médicaments : une vision au ralenti où chaque détail est amplifié, un cauchemar interminable où la souffrance s'étire à l'infini.

À l'aube du huitième jour, Parks s'était réveillée calme et reposée. La vision s'était estompée, ne restaient que les yeux de Caleb brillant dans l'obscurité de la crypte. Un souvenir de plus dans la décharge de ses autres souvenirs. À cette différence près que, Caleb ayant été abattu par le FBI, les images de ses meurtres allaient sans doute s'atténuer avec le temps.

Sauf si Caleb n'est pas mort.

Marie tente de réprimer cette pensée. Toujours la même petite voix qui retentit dans son cerveau chaque fois qu'elle a peur. La voix de Marie, enfant, qui parle à ses poupées.

49

Rome, la cité du Vatican, 6 heures.

Le cardinal Oscar Camano aime cet instant du jour où le liseré rouge de l'aube dilue peu à peu le bleu de la nuit. Chaque matin, après avoir dépassé le Colisée où tant de chrétiens illustres ont versé leur sang pour la plus grande gloire de Dieu, il ordonne à son chauffeur d'arrêter la limousine sur la Piazza della Chiesa Nuova puis s'enfonce seul dans les ruelles de Rome en direction du pont Saint-Ange.

Il pourrait se laisser conduire jusqu'à Saint-Pierre, comme d'autres éminences pourtant plus jeunes que lui ont l'habitude de le faire. Il pourrait aussi couper tout droit en direction du fleuve et redescendre par Borgo Santo Spirito. Mais non, qu'il pleuve, qu'il vente ou que son arthrose au genou lui fasse endurer un calvaire, le cardinal Camano fait toujours le détour par le pont

Saint-Ange. Puis il oblique à gauche, Via della Conciliazione, qu'il remonte jusqu'aux dômes du Vatican, comme on achève un pèlerinage. Ces flâneries solitaires servent avant tout de préambule au brouhaha épuisant de ses journées : chef de l'ordre très secret de la Légion du Christ, le cardinal Oscar Camano est le patron redouté de la congrégation des Miracles, un des dicastères les plus puissants du Vatican. Si puissant, en fait, que même le cardinal secrétaire d'État, pourtant premier ministre de l'Église, n'est jamais parvenu à fourrer son nez dans les dossiers de Camano.

D'autres cardinaux, non moins puissants, auraient bradé leur âme pour avoir accès aux archives des Miracles. Car ces vieillards rongés d'ambition le savaient : c'était bien le caractère exceptionnellement secret de sa mission qui faisait de cette congrégation un des organes les plus redoutés au Vatican.

Avant de prononcer leurs vœux, tous les serviteurs de la congrégation des Miracles effectuaient treize ans d'études dans les séminaires de la Légion du Christ. Puis, après avoir sélectionné la crème de chaque promotion, leur ordre les envoyait dans les meilleures universités où ils collectionnaient les doctorats. Une formation longue et éprouvante qui faisait des hommes de Camano des spécialistes dévoués corps et âmes à l'authentification des miracles et à la recherche des preuves de l'existence de Dieu, la mission première de la congrégation : l'auscultation des signes visibles et invisibles.

Dès qu'un miracle ou une manifestation satanique était signalé, Camano expédiait ses légionnaires pour vérifier si ces phénomènes étaient bien surnaturels et s'ils ne risquaient pas de remettre en cause les vérités enseignées par le dogme. Car il se pouvait qu'un miracle entrât en conflit avec l'intérêt supérieur de l'Église. Et Camano devait s'assurer discrètement que ces manifestations divines allaient dans le sens des Saintes Écritures, quitte à les étouffer dans l'œuf si elles présentaient un danger pour la stabilité du Vatican.

Ces premières vérifications effectuées, les docteurs de la Légion du Christ établissaient un rapport qui transitait jusqu'à Rome par les canaux les plus opaques de l'Église. Les soutanes de Camano entraient alors ces données dans leurs ordinateurs et cherchaient si un même miracle ne s'était pas déjà produit en d'autres lieux ou à une autre époque. Le plus souvent, ces recoupements ne donnaient rien. On laissait donc le phénomène sous surveillance et on passait au suivant.

Mais il arrivait parfois que les ordinateurs exhument un miracle ou un maléfice identique qui se reproduisait depuis des siècles à intervalles réguliers. Partant du principe qu'un oracle de l'Église était en cours d'accomplissement et que c'était peut-être Dieu qui se rappelait au bon souvenir des hommes, la Légion du Christ entrait en alerte et le dossier était immédiatement verrouillé par le pape, qui y apposait sa signature apostolique.

Camano avait aussi ce souci-là : obtenir le classement d'un miracle ou d'un maléfice avant que les autres congrégations – ou pire, les journalistes – ne viennent y fourrer leur nez. Dans le doute, il faisait sceller par le pape tous les phénomènes que la congrégation des Miracles instruisait en première instance. Ensuite, quand un dossier ne présentait finalement aucun intérêt, il demandait son retour dans le domaine commun. C'est pour cela que Camano était surmené. Pour cela aussi qu'il avait beaucoup d'ennemis.

Mais la mission de la congrégation ne s'arrêtait pas à l'examen des preuves de l'existence de Dieu : cette tâche sans fin en dissimulait en fait une autre, si obscure et dangereuse que même les ennemis du cardinal n'en avaient jamais soupçonné la portée. Car, lorsqu'un même miracle se répétait à travers les siècles et, surtout, que ce miracle répondait chaque fois à une manifestation satanique – comme si ces deux opposés cherchaient à se vaincre –, cela signifiait qu'une ancienne prophétie était peut-être sur le point de se réaliser et que le monde était en danger. Les légionnaires du Christ fouillaient alors les archives où se trouvaient rassemblés les écrits et les signes annonciateurs des grands cataclysmes : le Déluge, la chute de Sodome, les grandes plaies d'Égypte et les sept sceaux de l'Apocalypse de saint Jean, mais aussi les prédictions à venir de Nostradamus, de Malachie, de Léonard de Pise et des grands saints de la chrétienté. Autant d'oracles de la colère de Dieu que les hommes de Camano étaient chargés de surveiller en marge de leur mission officielle. Ces mêmes signes que plusieurs légionnaires du Christ venaient de repérer, quelques mois plus tôt, en Asie, en Europe et aux États-Unis : des stigmates de la Passion, des guérisons mystérieuses, des statues qui saignent et des possessions collectives, ainsi que des profanations de cimetières et des immolations. Des meurtres rituels, aussi. Des crimes en série qui présentaient tous le même mode opératoire. Des assassinats d'autant plus inquiétants aux yeux de Camano qu'ils visaient exclusivement des religieuses. Et pas n'importe lesquelles. C'est cet ultime détail qui avait déclenché l'alerte générale : depuis quelques semaines, des rapports secrets en provenance des bases avancées de la Légion signalaient qu'une trentaine de religieuses avaient été massacrées dans plusieurs couvents du saint ordre des Recluses. Plus préoccupant encore, les nonnes en question avaient toutes été retrouvées crucifiées et profanées, le corps brisé par une force monstrueuse. Le tueur avait marqué leur torse au fer rouge pour y graver quatre lettres : INRI, abréviation latine que les Romains avaient clouée au-dessus du Christ. À cette différence près que, sur le torse des suppliciées, ces quatre lettres étaient accompagnées d'un pentagramme encadrant un démon à tête de bouc : le signe de Baphomet, le plus puissant des chevaliers du Mal, l'archange de Satan.

Jusque-là, ces meurtres rituels ayant eu lieu dans l'enceinte de ses couvents les plus secrets, le Vatican avait réussi à étouffer l'affaire. Cela ne durerait pas. Camano le savait, le mode opératoire de ces meurtres était un des indices prophétiques décrits par les archives de la congrégation des Miracles, le signe que les Voleurs d'Âmes étaient de retour.

Camano avait alors dépêché ses légionnaires là où, selon ses services de renseignements, les meurtres de Recluses se multipliaient dans des proportions inquiétantes. Depuis, rongeant son frein, il attendait.

C'est à tout cela que le cardinal Camano songe en s'engageant sur le pont Saint-Ange. Il s'arrête pour contempler les eaux du Tibre lorsque son téléphone portable bourdonne. C'est monseigneur Giuseppe, son protonotaire apostolique. Le vieux bonhomme, pourtant solide, a la voix haut perchée de ceux qui viennent d'apercevoir le Diable.

Affrontant sans ciller le regard des anges de pierre qui gardent le pont, Camano écoute. Le FBI vient de retrouver quatre jeunes femmes assassinées dans les environs de Hattiesburg, dans le Maine : Mary-Jane Barko, Patricia Gray, Sandy Clarks et Dorothy Braxton, quatre religieuses de la congrégation des Miracles que Camano avait envoyées investiguer quelques semaines plus tôt sur des assassinats de Recluses aux États-Unis.

— C'est tout ?

— Non, Votre Éminence. Le FBI est parvenu à abattre le tueur. C'est un moine.

Les yeux clos, Camano demande à son protonotaire de lui détailler le mode opératoire des crimes. Son cœur se met à cogner dans sa poitrine. Comme les Recluses sur le sort desquelles elles étaient chargées d'enquêter, les jeunes religieuses avaient été torturées et crucifiées, les quatre lettres INRI gravées au fer rouge dans la chair de leur torse.

Un goût de sang dans la bouche, le cardinal raccroche. À présent, il n'a plus le choix. Il doit alerter de toute urgence Sa Sainteté qu'une des pires prophéties de l'Église est sur le point de s'accomplir. Et tout ça quelques heures avant le début du troisième concile du Vatican ! Des centaines de cardinaux et d'évêques sont convoqués depuis des semaines pour l'une des plus grandes assemblées de la chrétienté, chargée de statuer sur le dogme et l'avenir de l'Église. Des centaines de prélats en robe rouge ont commencé à arriver du monde entier et se répandent peu à peu sur la place Saint-Pierre et dans les interminables couloirs du Vatican.

Camano adresse un signe discret à la limousine qui le suit à distance. Juste avant de monter à l'arrière, il se tourne vers la statue de l'archange saint Michel qui garde la forteresse des papes. Dans les lueurs de l'aube, la lance que brandit le premier chevalier de Dieu a l'air d'avoir été trempée dans une cuve de sang frais. Pour le cardinal, le doute n'est plus permis.

50

Soutenue par Bannerman, Parks cligne des yeux dans la lueur blafarde des néons. Dissimulé sous un drap, le corps de Caleb est allongé sur une table de dissection où s'apprêtent à officier les docteurs Mancuzo et Stanton, les deux meilleurs coroners du FBI. Marie a déjà travaillé avec eux sur plusieurs affaires où les légistes n'étaient pas parvenus à faire parler les cadavres. Grâce à Mancuzo et Stanton, une dizaine de tueurs en série dormaient à présent en prison ou dans un cercueil plombé. Tout cela rien qu'en disséquant des organes et en analysant des prélèvements de sang. Le mystère des hormones et des débris cellulaires...

Tandis que Mancuzo enfile sa combinaison, son masque de chirurgie et ses lunettes en plexiglas, Stanton découvre la dépouille de Caleb. Parks se raidit en voyant le visage de celui qui a failli la tuer – ou plutôt ce qui reste de son visage ravagé par les balles des snipers. Un orifice de sortie a crevé l'œil droit, un autre a fait exploser l'os temporal. Un impact de gros calibre dans l'occipital a enfoncé et décollé la boîte crânienne. Les deux dernières balles, tirées à bout portant au-dessus de l'oreille, ont fracassé la mâchoire de Caleb, si bien qu'on ne distingue plus de ses traits qu'un œil bleu, un pan de front, une joue et la moitié du nez, le reste du visage se résumant à un magma de chairs à vif d'où émergent des fragments d'os et de dents.

Caleb est moins grand que Marie ne l'avait imaginé. Plus costaud aussi. Des muscles épais comme des cordages, des cuisses de bûcheron, des bras de terrassier et un torse de forgeron. Seules des années de travaux pénibles avaient pu forger un homme d'une force aussi monstrueuse.

Le regard de Marie glisse le long du corps de Caleb. Son sexe repose sur la broussaille noire de son ventre. Un morceau de chair d'une telle épaisseur que Marie en a le souffle coupé : même dans la mort, Caleb transpire la brutalité. Mais ce n'est pas seulement cette charpente d'ogre ni ce sexe de violeur qui terrifient Parks.

147

Il y a autre chose qui ne colle pas. Quelque chose de si évident que Marie peine à l'apercevoir. Et ce n'est que lorsque ses yeux se concentrent sur la peau du tueur qu'elle comprend que Caleb est en train de vieillir. *Ça y est, Marie, tu recommences à déconner.*

Et pourtant... À première vue, on pourrait croire que le cadavre de Caleb se putréfie plus rapidement que les autres. À bien y regarder, au lieu de se décomposer, sa peau se flétrit et commence à sécher comme un cuir mal entretenu.

Elle contemple les mains de Caleb, ces mains qu'elle connaît si bien pour les avoir vues de près tandis qu'elles la clouaient sur la croix. Les ongles du tueur semblent avoir poussé, à l'image de ceux de ces défunts dont on rouvre le cercueil quelques mois après leur mise en terre. Elle tressaille et se mord les lèvres : elle est certaine que la poitrine du mort a bougé. Un mouvement presque imperceptible. Elle se fige tandis que la main du tueur se met à remuer.

— Ça va, Marie ?

Elle sursaute en sentant les doigts de Bannerman se refermer sur son épaule. Elle rouvre les yeux. La main de Caleb est retombée sur la table en fer. Sa poitrine semble inerte.

Mon Dieu, Caleb n'est pas mort...

51

Débouchant dans les couloirs d'honneur du palais pontifical, le cardinal Camano serre la main molle que monseigneur Dominici, le secrétaire particulier du pape, son confesseur aussi, lui tend. Dominici grimace tandis que la poigne du cardinal lui broie les doigts. Camano plonge son regard dans les yeux jaunes du confesseur. L'homme le plus haï du Vatican n'est ni le pape ni aucun cardinal de la toute-puissante curie, mais ce nabot grassouillet qui reçoit les confidences les plus secrètes du chef suprême de l'Église.

Camano relâche la pression de sa main et adresse un sourire sans joie à Dominici.

— Alors, monseigneur, comment Sa Sainteté se porte-t-elle ce matin ?

— Le pape est préoccupé, Votre Éminence. Je vous demanderai d'être bref car c'est un vieillard malade et fatigué.

— Dieu aussi. Et pourtant il règne.

— Il n'empêche que je crains pour sa santé et que je vais recommander que l'on allège son emploi du temps.

— En plein concile et avec les soucis que nous traversons actuellement ? Autant demander au commandant d'un navire d'aller se reposer pendant que l'eau envahit les cales.

— Votre Éminence, vous semblez ne pas comprendre. Sa Sainteté est âgée et ne peut plus supporter la même charge de travail qu'au début de son pontificat.

Camano étouffe un bâillement.

— Vous m'ennuyez, Dominici. Il en va des papes comme des vieilles bagnoles : vous tirez dessus autant que vous pouvez et vous attendez que ça lâche pour en racheter une autre. Alors soulagez son âme autant que vous le jugerez utile et laissez donc à Dieu et aux cardinaux de la curie le soin de disposer du reste.

Camano plante là le confesseur et adresse un hochement de tête aux gardes suisses qui décroisent leur hallebarde. Refermant derrière lui les portes des appartements du pape, il est immédiatement saisi par le silence et l'obscurité des lieux. Le soleil qui se lève sur la place Saint-Pierre diffuse une lumière rouge sang à travers les lourdes tentures de velours. Debout à contre-jour derrière la fenêtre, Sa Sainteté contemple l'aube qui blanchit les dômes du Vatican. Dominici a au moins raison sur un point : le pape a l'air à bout de forces.

Camano s'immobilise dans un craquement de parquet. Les épaules du pape tressaillent légèrement comme s'il venait juste de détecter sa présence. Camano le voit humer l'air, puis la voix éraillée du vieillard s'élève dans la pénombre.

— Alors, mon cher Oscar, toujours amateur de ce tabac blond de Virginie ?

— Quel dommage que ce ne soit pas en plus un péché, Votre Sainteté.

Un silence. Le pape se retourne lentement. Son visage est si grave et ridé que Camano a l'impression qu'il a pris dix ans en une seule nuit.

— Alors, mon ami, quelles sont les nouvelles ce matin ?

— Dites-moi d'abord comment vous allez.

Sa Sainteté laisse échapper un profond soupir.

— Que dire sinon que je suis vieux, que je vais bientôt mourir et qu'il me tarde de savoir enfin si Dieu existe.

— Comment pourriez-vous en douter, Votre Sainteté ?

— Aussi facilement que j'y crois. Car Dieu est le seul être qui n'a pas besoin d'exister pour régner.

— Saint Augustin ?

— Non. Baudelaire.

Un silence. Camano se racle discrètement la gorge.

— Les nouvelles ne sont pas bonnes, Votre Sainteté. Des miracles et des manifestations sataniques se multiplient à travers le monde.

150

— Des signes prophétiques ?

— Plusieurs religieuses de l'ordre des Recluses ont été assassinées ces derniers mois et les quatre agents de la congrégation des Miracles que nous avions expédiés aux États-Unis pour enquêter sur ces crimes ont été massacrés à leur tour.

— Et... ?

— Le FBI est parvenu à abattre le tueur. Il s'agit d'un moine présentant des signes sataniques gravés sur les avant-bras. Les flammes de l'Enfer encadrant quatre lettres INRI. Le symbole des Voleurs d'Âmes.

— Seigneur, qu'est-ce que vous dites ?

Camano se précipite pour soutenir le Saint-Père que la nouvelle vient de faire vaciller. S'appuyant sur le bras du cardinal, le vieillard marche jusqu'à son lit et parvient péniblement à s'asseoir.

— Votre Sainteté, est-ce que vous savez pourquoi les Voleurs d'Âmes assassinent les Recluses ?

— Ils... ils veulent récupérer un évangile que l'Église a perdu il y a plus de sept cents ans.

— Qu'y avait-il dans cet évangile ?

Une ombre passe sur le visage du pape.

— Votre Sainteté, j'ai absolument besoin de savoir à quel ennemi j'ai affaire, sinon je n'aurai aucun moyen de le combattre.

— C'est une très vieille histoire.

— Je vous écoute.

52

Le coroner Mancuzo souffle dans le micro-casque relié à l'enregistreur qu'il vient de fixer à sa ceinture. Un voyant vert s'allume sur l'appareil. Il passera au rouge lorsqu'il n'y aura plus assez de place sur la bande. Tandis que Stanton prépare les microscopes et les centrifugeuses, la voix de Mancuzo retentit dans l'atmosphère réfrigérée.

— Examen *post mortem* du tueur de Hattiesburg. Liberty Hall Hospital de Boston. L'autopsie sera effectuée par les coroners Bart Mancuzo et Patrick Stanton pour le compte du shérif du comté de Hattiesburg et du procureur général de l'État du Massachusetts. À noter que Stuart Crossman, directeur du FBI, a expressément ordonné le classement de ce dossier au secret fédéral. Il conviendra donc que cet enregistrement soit retranscrit par un greffier habilité à ce niveau de confidentialité.

Mancuzo se racle la gorge tandis que la voix grave et appliquée de Stanton prend le relais.

— Le propos de cet examen *post mortem* n'est pas de définir les causes de la mort dans la mesure où celles-ci ne font aucun doute, mais de réunir tous les éléments utiles à l'identification de l'individu ainsi qu'à la compréhension des motivations auxquelles il obéissait en assassinant ses victimes.

Le grésillement du flash et le sifflement des batteries ponctuant ses mots, Stanton effectue plusieurs clichés des orifices de sortie ouverts par les rafales que les hommes du FBI avaient tirées dans la crypte.

— Le suspect présente soixante-sept impacts entrants et soixante-trois orifices de sortie inégalement répartis sur l'ensemble du corps. La plupart de ces impacts ont été provoqués par des projectiles subsoniques calibre 9 mm pleine charge et par des balles de guerre calibre 5.56 en tir tendu de trente-cinq mètres. Les autres, concentrés sur les hémisphères cérébraux et le tronc médullaire, ont été provoqués par des calibres 45 Magnum et 9 mm Parabellum en tirs rapprochés, courts et touchants.

— Balles blindées, maugrée Mancuzo en enfonçant la longueur d'un doigt dans les deux derniers orifices crâniens. Hé, Parks ! Pourquoi tes cow-boys n'y sont pas allés carrément au bazooka pendant qu'ils y étaient ?

Parks ferme les yeux en entendant le bruit que font les doigts de Mancuzo à l'intérieur du crâne de Caleb. Le coroner fouille les orifices tandis que Stanton déballe le matériel de découpe. Les doigts de Mancuzo ressortant bredouilles de la plaie, il s'arme d'une pince pour progresser plus avant dans le conduit. Lorsque l'instrument reparaît à l'air libre, Parks voit briller le fragment de balle blindée que le coroner est parvenu à extraire.

— OK, les docteurs Mancuzo et Stanton sont d'accord pour suspendre ici l'examen des causes de la mort et se concentrer sur les investigations *post mortem* étendues.

Mancuzo et Stanton allument les écrans lumineux sur lesquels leurs assistants ont disposé un alignement de clichés radio du squelette et de ce qui reste de la mâchoire de Caleb. Un des tubes qui l'alimentent refusant de fonctionner, l'écran de gauche clignote. Mancuzo tapote sur la surface vitrée. Le tube grésille puis s'allume. Voix de Stanton :

— Examen des clichés radio effectués à H + 4 après la mort. Clichés maxillaires et dentaires. Dans les zones épargnées par les impacts, nous notons des déchaussements importants ainsi qu'une absence significative de soins. Les dents observables ne présentent ni amalgames ni plombages. Ce qui laisse penser que le sujet n'a jamais poussé la porte d'un dentiste. Notons aussi l'absence d'arrondis et d'ébréchures que l'on retrouve chez les mangeurs d'aliments durs, ainsi qu'une musculature maxillaire plutôt faible pour un sujet de cette corpulence. Ce qui tend à démontrer que le sujet était essentiellement végétarien.

Manipulant le crochet et la pince à l'intérieur de la bouche du cadavre, Mancuzo complète le topo de Stanton :

— L'émail est terni et fendillé. La dentine est molle. Les collets sont à nu et la gencive s'est rétractée. Notons aussi la présence d'importantes ulcérations buccales caractéristiques d'un déficit prolongé en vitamine C.

Incrédule, Stanton braque le pinceau lumineux de sa torche vers l'endroit que lui désigne le doigt de Mancuzo, recouvert d'une double épaisseur de latex. Il reprend :

— Le coroner Stanton confirme que le sujet présente les tuméfactions caractéristiques du scorbut. Un syndrome que l'on ne retrouve de nos jours que dans les pays frappés par des famines particulièrement longues et sévères. Le sujet devait se nourrir essentiellement de tubercules, de racines et de légumes bouillis. Peu ou pas de fruits. Peu ou pas de viande.

Une main posée sur son micro pour arrêter l'enregistrement, Mancuzo demande à voix basse :

— Le scorbut ? Et pourquoi pas la lèpre pendant qu'on y est ? À quand remonte le dernier cas que tu as identifié sur un cadavre américain ?

— C'est le premier que je vois.

53

La porte des appartements du pape s'entrouvre. Le plancher grince. Se penchant dans un froissement de soutane, le secrétaire particulier murmure à l'oreille de

Sa Sainteté que les derniers cardinaux viennent d'arriver et que les cérémonies d'ouverture du concile Vatican III débuteront comme prévu à 16 heures. Le pape hoche la tête et agite une main molle. Après avoir disposé une carafe d'eau sur un plateau d'argent, le secrétaire s'éloigne. Les portes se referment sur lui.

L'angélus sonne au clocher de la basilique. Lorsque les cloches cessent de battre, le lointain brouhaha des touristes sur la place Saint-Pierre se glisse à nouveau jusque dans les appartements du pape, où Camano et Sa Sainteté ont pris place dans des fauteuils de cuir. Le pape se penche vers le cardinal.

— Ce que je vais vous révéler à présent ne doit en aucun cas sortir de cette pièce. *A fortiori* en plein concile où tant d'oreilles indiscrètes traînent dans les couloirs du Vatican. M'avez-vous bien compris ?

— Oui, Votre Sainteté.

Le pape soulève la carafe d'eau, remplit deux verres de cristal, en tend un à Camano, qui le pose sur la table basse.

— L'affaire la plus secrète de l'Église a commencé le jour de la mort du Christ. Les Écritures affirment que, juste avant de rendre l'âme, Jésus agonisant a perdu sa vision béatifique. Jusque-là, il lui suffisait de fermer les yeux pour apercevoir le Paradis et les anges du Ciel. Mais, en perdant ce don au moment de mourir, on pense qu'il a dû percevoir l'humanité telle qu'elle était : la foule hurlante à ses pieds, le cordon des Romains qui encadraient la croix, les insultes et les crachats, et qu'il s'est rendu compte alors que c'était pour cette humanité-là qu'il mourait. Les Écritures disent que le Christ a levé les yeux vers le ciel et qu'il s'est mis à hurler : « *Eloï, Eloï, lema sabachthani ?* »

— « Père, pourquoi m'as-tu abandonné ? »

— Ce sont ses toutes dernières paroles. Ensuite, le Christ rend l'âme. Voilà pour la version officielle.

Un silence.

— Où est le problème ?

— Le problème, mon cher Oscar, c'est que, hormis cette version officielle, personne ne sait exactement ce qu'est devenu le Christ après sa mort.

— Je ne vous suis pas.

— Les Évangiles affirment que les Romains ont remis sa dépouille à ses disciples afin que ceux-ci puissent l'enterrer selon le rite juif dans un tombeau fermé par une lourde pierre. Toujours selon la version officielle, trois jours après la mort du Christ, son cadavre a disparu de ce tombeau sans que quiconque ait fait rouler la pierre qui en bloquait l'entrée. Ensuite le Christ ressuscité est apparu aux apôtres. Il leur a transmis l'Esprit-Saint et les a envoyés évangéliser les nations.

— Et alors ?

— Alors il existe un blanc dans les Écritures entre le moment où le Christ meurt sur la croix et celui où ses disciples retrouvent son tombeau ouvert. Trois jours de vide dont personne ne peut témoigner. Tout le reste, la vie publique du Christ, son arrestation, son procès, la Passion et sa mise à mort sont consignés dans des registres ou ont été constatés par des milliers de témoins. Tout est vérifiable. À l'exception de ces trois jours. Or toute notre foi repose précisément sur ce qui s'est passé pendant ces trois jours : si le Christ est bien ressuscité, cela signifie que nous ressusciterons nous aussi. Mais admettons à présent que le Christ ne soit jamais revenu d'entre les morts...

— Qu'est-ce que vous dites ?

— Admettons qu'il soit définitivement mort sur la croix et que les trois jours suivants aient été inventés par les apôtres pour que son œuvre ne s'arrête pas là et que son message se répande à travers le monde.

— C'est cette histoire que raconte l'évangile selon Satan ?

— Ça et autre chose.

Un silence.

— Quoi d'autre ?

— Cet évangile ne prétend pas seulement que le Christ ne serait pas ressuscité. Il dit aussi que, après avoir perdu sa vision béatifique, Jésus aurait renié Dieu sur la croix et que, ce faisant, il se serait transformé en Janus, une bête hurlante que les Romains auraient achevée en lui brisant les membres. Jésus, le fils de Dieu, et Janus, le fils de Satan.

— Vous voulez dire que, ce jour-là, c'est Satan qui aurait gagné ?

Le regard du pape s'embrume.

— Allons, Votre Sainteté, ce n'est pas la première fois que nous sommes confrontés à ce genre d'hérésie. Des évangiles pareils, il y en a eu des centaines et il y en aura d'autres. Il nous suffira de tout nier en bloc et de dépêcher un bataillon de scientifiques ralliés à notre cause. Le peuple des croyants croit d'abord en vous, et ensuite en Dieu. Si le pape dit que quelque chose est vrai, alors cette chose est vraie. Cela s'est toujours passé de cette façon et il n'y a aucune raison que cela change.

— Non, Oscar, cette fois-ci c'est plus grave.

54

Guidés par les clichés radio, les coroners Mancuzo et Stanton passent à l'examen approfondi du squelette de Caleb. La voix lente de Mancuzo résume ce que les deux légistes pensent tout bas :

— Le sujet présente de nombreuses séquelles de traumatismes osseux ayant fait l'objet de soins rudimentaires, comme en attestent les cals épais et irréguliers qui se sont formés autour des fractures. Nous sommes sans doute en présence d'un individu d'une quarantaine d'années biologiques, dont l'absence de soins a précocement vieilli l'aspect et épuisé l'organisme. Il peut s'agir d'un vagabond qui aurait rompu depuis longtemps les ponts avec la société moderne. Il conviendra donc d'orienter l'enquête vers les milieux marginaux des grandes villes et les rôdeurs recensés dans les secteurs ruraux des États du Maine et du Massachusetts. Rien à ajouter ?

— Si. Caleb vieillit.

Mancuzo et Stanton sursautent légèrement en entendant la voix de Parks. Mancuzo coupe l'enregistrement.

— Tu dis, Parks ?

— Quand j'étais avec lui dans la crypte, Caleb avait l'aspect d'un gars de trente ans à tout casser.

— Je croyais que tu n'avais pas pu voir son visage ?

— J'ai vu ses mains.

— Tu veux dire quoi ? Qu'il aurait pris dix ans pendant son séjour en chambre froide ?

— Oui, c'est ce que je veux dire.

Mancuzo passe son bras autour des épaules de Parks.

— OK, ma grande, tu t'es fait clouer sur une croix, tu as passé huit jours en soins intensifs et maintenant tu es persuadée que le monde est moche, que le nucléaire va tous nous tuer et que les Giants ne joueront pas le prochain Superbowl. C'est normal. Alors voilà ce que je te propose : je vais poursuivre l'autopsie selon les règles scientifiques de l'observation et de l'analyse. Et si ton mec vieillit vraiment, je te paie un dîner hors de prix sans même chercher à te sauter après t'avoir raccompagnée chez toi.

Se tournant vers Stanton, il ajoute :

— Hé, Stanton, ça te va si on autopsie un putain de fantôme aujourd'hui ?

— Merde, un cadavre qui va mourir de vieillesse si on ne fait rien, tu m'étonnes que ça me va !

Puis la voix de Stanton retrouve son sérieux tandis qu'il déclenche la suite de l'enregistrement :

— Examen radiologique terminé. Continuons.

Armés chacun d'une loupe lumineuse, les deux coroners examinent la peau de Caleb. Voix de Mancuzo :

— Le sujet présente les pathologies cutanées caractéristiques des vagabonds : gale, teigne, impétigo, cicatrices de varicelle et de variole mal soignée. L'épiderme est abîmé. Notons aussi la présence de scarifications rituelles sur les avant-bras : des rigoles ouvertes dans la peau à l'aide d'une lame tranchante puis comblées avec de l'encre indélébile. Le dessin représente des flammes entourant une croix rouge dressée au milieu d'un brasier. Vers la saignée du bras, là où elles se rejoignent et encerclent la croix, les flammes s'enroulent pour former un mot. Ou plutôt une abréviation. I... N... R... I.

— C'est un *titulus*.

— Un quoi ?

Lorsqu'il se retourne vers Parks, il semble à Mancuzo que les yeux de la jeune femme se sont agrandis, comme hypnotisés par le cadavre qu'elle fixe intensément. Lorsque la voix de Marie retentit à nouveau, chaque mot qui s'échappe de ses lèvres dessine un rond de brouillard dans l'air glacé.

— Un *titulus*. Une sorte de tablette que l'on accrochait au cou des esclaves sur les marchés de Rome, ou que l'on clouait au-dessus des crucifiés de l'Antiquité afin que le peuple sache ce qu'ils avaient fait pour mériter un tel supplice.

— Et INRI ?

— C'est le *titulus* que Ponce Pilate avait fait placer au-dessus de la tête du Christ, en latin, en grec et en hébreu pour être sûr que tout le monde pourrait le lire. INRI était l'abréviation du message rédigé en latin. La lettre J n'existant pas dans cette langue, ce *titulus* signifie « *Iesus Nazarenus Rex Iudœorum* » : « Celui-ci est Jésus de Nazareth, le Roi des Juifs ».

— Tu as appris tout ça au catéchisme ?

— Non, en licence d'histoire des religions.

— Et le feu qui encercle la croix rouge sang, c'est quoi à ton avis ?

— Les flammes de l'Enfer.

— Pardon ?

— Une telle inscription sur une tombe araméenne signifiait que le cadavre qu'elle abritait était damné et qu'il ne fallait ouvrir sa sépulture sous aucun prétexte, au risque que cette âme morte s'en échappe pour tourmenter le monde.

— Donc, si je te suis bien, les scarifications que présente ce cadavre signifieraient que...

— ... Jésus-Christ est en Enfer.

55

— Grave à quel point, Votre Sainteté ?

Le pape reste un moment absorbé dans ses pensées tandis que le fléau de la pendule bat le silence. Puis il se met à murmurer si bas que Camano est obligé de se pencher pour l'entendre.

— L'évangile selon Satan rapporte que, après sa

mort, des disciples qui avaient assisté au reniement du Christ massacrèrent les Romains chargés de surveiller la croix. Puis ils emportèrent le cadavre de Janus pour l'ensevelir dans une grotte au nord de la Galilée. Pour ce que nous en savons, ils creusèrent la roche de la caverne où ils s'étaient réfugiés et déposèrent la dépouille de Janus dans une alcôve dont ils murèrent l'accès. Sur la paroi de cette tombe, ils gravèrent une croix rouge sang cernée de flammes et surmontée du sigle sacré INRI.

— Pourquoi le *titulus* du Christ alors qu'ils enterraient Janus ?

— Pour les Romains « *Iesus Nazarenus Rex Iudœorum* » signifiait : « Celui-ci est Jésus de Nazareth, le Roi des Juifs. » Mais pour les disciples du reniement, le même *titulus* devenait « *Ianus Nazarenus Rex Infernorum* ». Ce qu'il convient de traduire par « celui-ci est Janus, le Roi des Enfers ».

Pris de vertige, Camano a l'impression que la voix du pape flotte dans la pièce.

— C'est dans ces grottes que les disciples de Janus ont écrit leur évangile en racontant à tour de rôle ce qu'ils avaient vu ce jour-là. Puis, pourchassés par les Romains, ils sont remontés vers l'Asie Mineure où ils se sont installés dans un monastère souterrain perdu dans les montagnes de Cappadoce. De là, ils ont expédié des missionnaires dans toutes les directions pour propager l'hérésie. Ensuite on sait que cette secte a fini par disparaître, sans doute frappée par une épidémie.

— Et l'évangile ?

Le pape se lève péniblement de son fauteuil et marche jusqu'aux lourdes tentures qui occultent la fenêtre. Il en écarte un pan et contemple un instant l'agitation des touristes sur la place.

— En l'an 452, tandis que les Huns menaçaient

Rome, le pape Léon le Grand rencontra Attila sur les hauteurs de Mantoue. Il lui proposa douze chariots d'or en échange de la paix. Attila accepta et, en signe de respect, il remit au pape un chargement de manuscrits et de parchemins que ses cavaliers avaient récupérés en pillant les monastères d'Asie Mineure. Rentré à Rome avec cette étrange cargaison, Léon le Grand s'enferma dans ses appartements et n'en ressortit qu'une semaine plus tard, pâle et amaigri. Il avait fini par tomber sur un ouvrage très ancien, et d'une grande malice, dont les peaussiers avaient frappé la couverture d'une étoile à cinq branches encadrant un démon à tête de bouc. Nous savons à présent que cet ouvrage n'était autre que l'évangile selon Satan, que les Huns avaient dû retrouver au milieu des cadavres de la secte en Cappadoce. Un manuscrit si plein de noirceur et de maléfices que, pris d'une grande terreur, Léon le Grand décida de le cacher le plus loin possible de la connaissance des hommes.

Un silence.

— Il créa alors deux ordres très secrets dont les descendants survivent encore de nos jours : l'ordre des Chevaliers Archivistes, auquel il confia la mission de parcourir l'Empire pour rapatrier les parchemins et les manuscrits en lieu sûr, et l'ordre invisible des Recluses, qu'il installa dans des couvents perdus au sommet des montagnes et auquel il confia la tâche de conserver ces ouvrages et de les étudier dans le plus grand secret. Puis il fit convoyer l'évangile selon Satan jusqu'au milieu du grand désert de Syrie pour le mettre hors de la portée des Barbares. Quelques années plus tard, les Archivistes envoyés pour cette mission sans retour furent décimés par le même mal étrange qui avait eu raison des disciples de Janus, et l'évangile retomba dans l'oubli.

Le pape regagne péniblement son fauteuil. Lorsqu'il se remet à parler, le cardinal s'aperçoit que Sa Sainteté est épuisée.

— Sept cents ans s'écoulèrent durant lesquels l'ordre des Archivistes parcourut inlassablement l'Europe pour sauver les trésors de la pensée humaine des hordes barbares qui déferlaient sur la chrétienté. Des manuscrits inestimables furent retrouvés dans les décombres des monastères, des parchemins éparpillés dans les villes en ruine et des papyrus arrachés aux incendies. Autant de chefs-d'œuvre qui voyageaient de nuit vers les couvents-forteresses perchés au sommet des montagnes, où les Recluses se chargeaient de recoudre les reliures déchirées et de recopier à la bougie les précieuses enluminures roussies par le feu avant de les dissimuler dans leurs bibliothèques.

Après un silence, il reprend :

— Pendant tout ce temps, l'évangile selon Satan, qui était sorti de la mémoire des hommes, sommeillait sous le sable brûlant du grand désert de Syrie. Il fut retrouvé en 1104 par l'avant-garde de la première croisade qui l'escorta jusqu'à Saint-Jean-d'Acre, où il fut enfermé dans une cache de pierre. Hélas, Acre retomba entre les mains de l'ennemi et il fallut attendre la troisième croisade de Richard Cœur de Lion pour que l'étendard du Christ flotte à nouveau sur les remparts de la ville. Nous sommes alors en 1191. Acre vient de tomber au terme d'un siège qui aura duré des mois. Pressé de marcher sur Jaffa et Ascalon, Cœur de Lion abandonne la ville aux Templiers qui la fouillent de fond en comble. C'est Robert de Sablé, grand maître de l'ordre, qui retrouve par hasard l'évangile dans les soubassements de la forteresse.

Ses dents heurtant légèrement le verre, le pape avale une gorgée d'eau. Il grimace. L'eau a un goût terreux.

Il la sent descendre le long de son œsophage. Une pointe de nausée tord son estomac. Il repose le verre et reprend son exposé.

— Nous savons que Sablé a ouvert l'évangile et qu'il y a découvert quelque chose dont il s'est servi pour enrichir son ordre en commerçant avec le Démon. C'est en partie grâce au contenu de ce manuscrit que le Temple est devenu plus puissant que les rois et plus riche que l'Église. Mais en 1291, la chute définitive d'Acre signa la fin des croisades et la perte de la Terre sainte.

Un silence.

— Durant les années qui suivirent, les Templiers qui avaient trouvé refuge en France infiltrèrent le Vatican en soudoyant des cardinaux dans l'entourage du pape. Leur objectif était de prendre le contrôle des conclaves pour élire un pape dévoué au culte de Janus qui aurait révélé au monde le reniement de Jésus sur la croix. Un tel cataclysme aurait plongé l'Occident dans le chaos et aurait signifié à terme la mort de l'Église et le démantèlement des royaumes. Alertés par ce danger mortel contre la foi, des émissaires de Rome rencontrèrent alors ceux du roi de France dans des châteaux perdus en Suisse. L'arrangement qui découla de ces rencontres stipulait que le roi s'engageait à remettre au pape l'évangile selon Satan. En échange, Sa Sainteté renonçait à récupérer le fabuleux trésor du Temple. Cet accord conclu, à l'aube du 13 octobre 1307, tous les Templiers de France furent arrêtés et jetés en prison. La même nuit, les espions du roi de France infiltrés au Vatican firent égorger les cardinaux qui s'étaient convertis à la règle maudite de l'ordre, à l'exception d'une poignée dont l'appartenance au Temple était demeurée inconnue. Basculant dans la clandestinité, ces cardinaux parmi les plus puissants fondèrent alors une confrérie secrète qu'ils baptisèrent la Fumée Noire de Satan.

56

— Ça va, Parks ?

S'arrachant péniblement à la contemplation du cadavre, Parks lève ses yeux cernés sur Mancuzo.

— Pardon ?

— Je te demande si ça va. Tu es toute pâle.

— Ça va, Mancuzo, je vais bien.

— Va te chercher un sandwich si tu veux.

— Viande froide et mayonnaise pour moi.

— Ta gueule, Stanton !

— Eh, c'est pas moi qui lui propose d'aller chercher un truc à bouffer pendant qu'on s'apprête à découper son amoureux.

Reprenant l'enregistrement, la voix de Stanton s'élève dans l'air glacé :

— OK, nous passons à présent aux investigations internes.

À l'aide d'un feutre noir, Mancuzo dessine sur la poitrine de Caleb un repère dont Stanton se sert pour planter une aiguille longue et biseautée entre la quatrième et la cinquième côte. Fascinée, Marie regarde l'aiguille forcer la plèvre et disparaître lentement dans le thorax du cadavre. Lorsqu'elle s'y est enfoncée aux trois quarts, Stanton annonce qu'il vient de franchir l'enveloppe du cœur.

— Nous procédons à une ponction de soixante centimètres cubes de sang ventriculaire intracardiaque.

La main du coroner suspend la progression de l'instrument et ramène fermement le piston de la seringue en arrière pour compenser l'absence de pression sanguine. La seringue se remplit d'un liquide brunâtre, que Stanton verse dans quatre tubes additionnés de sulfure de sodium destiné à neutraliser la formation d'alcool de décomposition. Dans le même temps, Mancuzo effectue plusieurs prélèvements de liquide dans l'aorte, la veine cave et le bras, afin de comparer les concentrations sanguines des différents échantillons.

Tandis que Stanton déclenche la centrifugeuse, Mancuzo enfile des gants en caoutchouc qui recouvrent jusqu'à ses avant-bras. Ayant tracé une ligne rouge sur la poitrine de Caleb, il enfonce ensuite son bistouri dans les chairs et dénude le thorax jusqu'à l'os. Puis, brandissant une scie circulaire dont le criaillement emplit l'air glacé, il tronçonne avec application la plaque osseuse qui retient la cage thoracique de Caleb. De minuscules esquilles d'os rebondissent sur ses lunettes tandis que la lame attaque le dernier nœud de résistance. Un craquement sourd. La lame patine brutalement dans le vide. La cage thoracique de Caleb se relâche, libérant une forte odeur d'organes putréfiés qui se répand dans la salle.

Le cœur au bord des lèvres, Mancuzo étale une couche de pommade mentholée sous ses narines et se penche au-dessus de la brèche thoracique. Adressant un regard incrédule à Marie qui ne perd rien de la scène, il poursuit l'enregistrement d'une voix moins assurée.

— OK, le coroner Mancuzo a pris le relais. Nous constatons une forte dégradation tissulaire avec décomposition organique avancée. Les organes principaux sont encore entiers mais les viscères semblent se décomposer à un rythme accéléré. Comme si le cadavre était en présence d'un environnement inhabituel et que ses cellules se dégradaient au contact de l'oxygène. Un examen à vue de l'épiderme du sujet montre que sa peau se relâche et se flétrit. Nous notons aussi une production importante de cheveux et une pousse anormale des ongles. Le tableau clinique rappelle le processus de momification que l'on retrouve chez les cadavres décomposés à l'abri de la pourriture dans un environnement chaud et sec : une dégradation rapide des tissus mous suivie d'une évaporation des liquides corporels et d'un assèchement des organes. En conclusion, si je devais dater la mort du sujet sur la seule base de son état de décomposition interne, je dirais que nous sommes en présence d'un homme décédé depuis plus de... six mois.

Entendant ces mots, Parks sent un vertige l'envahir. À ses côtés, Bannerman a l'œil vitreux de ceux qui luttent contre la nausée.

Tandis que Mancuzo essuie la scie et la range dans son étui, Stanton place deux écarteurs dont les mâchoires d'acier élargissent la brèche ouverte dans la cage thoracique de Caleb. Les côtes du cadavre craquent en s'écartant à chacune des pressions exercées par Stanton. Lorsqu'il juge que l'ouverture est suffisante, ce dernier verrouille les écarteurs et laisse la place à Mancuzo dont les doigts incisent les chairs pour extraire les poumons qu'il dépose sur la table métallique. Les ayant fendus d'un coup de scalpel, il en sépare les lobes avec précaution. Sa voix s'élève à nouveau dans son micro.

— Examen à vue de la surface pulmonaire du sujet. Les organes respiratoires sont partiellement décomposés. Les alvéoles encore visibles sont relativement propres et larges, mais la base antérieure est atrophiée, signe d'une détresse respiratoire chronique confirmée par les clichés radio. Le sujet était sans doute asthmatique. Notons l'absence totale de polluants chimiques modernes et de goudrons issus des gaz d'échappement confirmée par les mêmes clichés radiographiques. L'examen des parois démontre que le sujet n'a jamais fumé et n'a jamais été exposé au tabac. On note pourtant la présence d'importants dépôts carbonés ainsi que de suies résiduelles qui semblent indiquer que le sujet a inhalé des fumées de feu de bois durant de longues années. Des séquelles caractéristiques que l'on ne retrouve plus actuellement qu'au sein des tribus isolées d'Amazonie et de Bornéo, ainsi que dans les derniers endroits coupés du monde où le bois demeure le seul combustible connu. Notre sujet est donc très certainement un primitif. Hypothèse confirmée par les nombreuses cicatrices internes que présentent ses poumons. Sans doute des séquelles de pathologies mal soignées comme si, encore une fois, le sujet n'avait jamais eu accès aux soins médicaux modernes. La thèse du vagabond semble donc s'éloigner dans la mesure où l'on ne naît pas vagabond.

Son topo terminé, Mancuzo referme soigneusement les lobes pulmonaires et rejoint Stanton qui est en train d'inciser l'œil intact de Caleb. Marie a un haut-le-cœur en voyant le globe oculaire s'aplatir tandis que la lame du bistouri transperce le cristallin. Stanton prélève un lambeau de cornée qu'il dispose sous un microscope dont il règle la molette sur le grossissement maximal. Un léger sifflement s'échappe de ses lèvres. Il fait signe à Mancuzo qui colle à son tour ses yeux contre la lentille.

— Tu vois ce que je vois ?

Sans prendre le temps de répondre, Mancuzo souffle dans son micro pour déclencher la suite de l'enregistrement. Il essuie une goutte de sueur sur son front.

— Nous poursuivons par l'examen de la cornée du tueur de Hattiesburg. L'échantillon présente une concentration anormale de cellules en bâtonnets spécialisées dans la vision nocturne. Les cellules cônes, cellules de la vision de jour, sont peu nombreuses et mal développées. Ce qui laisse penser que notre sujet a passé la plus grande partie de sa vie dans les ténèbres. À tel point que son œil s'est adapté à cette absence de lumière. On peut même conclure que le sujet était quasiment aveugle à la lumière du jour et qu'il ne devait s'y aventurer qu'en cas d'absolue nécessité.

La voix hésitante de Bannerman interrompt le coroner.

— Vous voulez dire que ce tueur était une sorte de... de vampire ?

— Non, shérif, plutôt un type qui vivait caché sous terre et ne sortait que la nuit. Un type qui ne commençait à distinguer le monde qu'au crépuscule. Un peu comme les Indiens Chiacahuas dans le bassin de l'Orénoque. Une tribu perdue au fin fond de la jungle que des explorateurs ont découverte dans les années 1930. Les Chiacahuas vivaient dans une partie si profonde de la forêt que les arbres ne laissaient passer qu'une vague lueur à travers les branches. On a noté que la plupart des membres de cette tribu perdaient l'usage de leurs yeux et que leur cristallin s'opacifiait jusqu'à devenir translucide. Une caractéristique transmise aux enfants dont la plupart naissaient avec des yeux blancs. Des yeux de nuit.

57

— Et ensuite, Votre Sainteté, que s'est-il passé ?

Le pape demeure un long moment silencieux. Cela fait déjà plus d'une heure qu'il a commencé son récit et Camano craint qu'il ne trouve pas la force de l'achever. Puis, les yeux fixes, le vieillard reprend le fil de son histoire.

— Le lendemain de l'arrestation des Templiers et de la mise à mort des cardinaux qui s'étaient convertis au culte de Janus, l'évangile selon Satan fut convoyé sous bonne garde jusqu'au couvent de Notre-Dame-du-Cervin. C'est là que les Recluses l'étudièrent durant plus de quarante ans, jusqu'en 1348, l'année de la grande peste noire. Dans la nuit du 13 au 14 janvier de cet an de malheur, profitant du chaos dans lequel le fléau avait plongé les campagnes, des moines sans ordre ni Dieu attaquèrent le couvent et massacrèrent les Recluses. On sait à présent que c'est l'évangile selon Satan qu'ils venaient récupérer.

— Les Voleurs d'Âmes, c'étaient eux ?

— Oui. Ils sont le bras armé des cardinaux de la Fumée Noire. Sans doute des descendants du Temple qui avaient survécu au démantèlement de leur ordre.

Un silence.

— Et l'évangile ?

— La nuit où la congrégation du Cervin fut massacrée, on sait qu'une vieille Recluse est parvenue à s'enfuir en emportant le manuscrit avec elle. On sait aussi qu'elle a traversé une partie des Alpes et qu'elle a réussi à atteindre un couvent d'Augustines perdu dans les Dolomites. C'est là que sa trace se perd, en même temps que celle de l'évangile. Personne n'en a plus jamais entendu parler.

— C'est pour cette raison que les meurtres de Recluses ont continué à travers les siècles ?

— Oui. Les cardinaux de la Fumée Noire ont sans doute pensé que l'Église avait récupéré l'évangile et que le pape l'avait à nouveau confié aux Recluses. À l'époque où elles en avaient encore la garde, ces religieuses étaient parvenues à recopier quelques extraits du manuscrit que mes lointains prédécesseurs avaient fait disperser dans les différents couvents de l'ordre, en Europe puis en Afrique et en Amérique, à mesure que les explorateurs découvraient de nouveaux continents. Mais les distances et les océans n'ont jamais arrêté les Voleurs d'Âmes et les meurtres ont continué. Jusqu'à aujourd'hui.

— Vous voulez dire que la Fumée Noire de Satan existe toujours et qu'elle continue à grandir au sein du Vatican ?

Le pape hoche lentement la tête.

— Les derniers meurtres remontent aux années 1900. Nous avions pensé que ça s'arrêterait là. Mais la prophétie recommence. La peste et les meurtres. On croit que c'est mort mais ça revient. Ça revient toujours.

Un silence.

— Une chose m'échappe encore, Votre Sainteté.

— Laquelle ?

— Comment expliquer un tel acharnement de la part de la Fumée Noire pour retrouver un vieux livre qui, à lui seul, ne prouve rien ?

Le pape se lève péniblement et se dirige vers le lourd coffre-fort où il conserve ses documents les plus secrets.

— Après avoir lu l'évangile dans les soubassements de Saint-Jean-d'Acre, Robert de Sablé a envoyé ses Templiers au nord de la Galilée, où le manuscrit prétendait que mille ans plus tôt les disciples du reniement avaient enseveli la dépouille de Janus.

— Et... ?

Camano entend la lourde porte d'acier grincer sur ses gonds. Puis le pape revient en tenant un étui de velours qu'il lui tend. Les doigts du cardinal dénouent le cordon. L'étui contient un ossement noirci par le feu, un morceau de tibia. Le cardinal sent son cœur se serrer tandis que le pape reprend son récit.

— Cet ossement provient d'un squelette que les Templiers ont effectivement retrouvé dans les grottes en question, qui présentait tous les stigmates de la Passion du Christ ainsi que les multiples fractures que les bâtons des Romains avaient infligées aux bras et aux jambes de Janus pour accélérer son trépas. Un squelette parfaitement conservé par l'atmosphère sèche de la caverne et dont le crâne était entouré d'une couronne d'épines.

— Seigneur...

— Je ne vous le fais pas dire.

— Et c'est tout ce qui reste de ce... Janus ?

— C'est tout ce que nous avons pu sauver après le massacre des Recluses du Cervin qui en avaient la garde, avec celle de l'évangile. C'est un Inquisiteur général chargé d'enquêter à l'époque sur ce crime qui a récupéré l'ossement dans une cheminée du couvent. On pense que les Recluses ont juste eu le temps de détruire le reste pour que ces reliques ne tombent pas entre les mains des Voleurs d'Âmes. À l'exclusion du crâne de Janus, que la supérieure de cette malheureuse congrégation est parvenue à emporter dans sa fuite avec l'évangile selon Satan.

— J'imagine que vous avez fait dater cet ossement.

— À de nombreuses reprises.

— Et alors ?

— Alors ça ne fait aucun doute : l'individu auquel il appartient est effectivement mort à la même époque que le Christ.

— Ça ne prouve pas forcément que c'est lui.

Le pape courbe la tête et reste un moment silencieux. Ses mains tremblent.

— Votre Sainteté, est-ce que cela prouve que ce squelette est bien celui du Christ ?

Le pape relève lentement la tête. Des larmes scintillent au coin de ses yeux.

— Votre Sainteté, quelle que soit la gravité de ce que vous avez à me révéler, j'ai besoin de savoir.

58

Penché au-dessus du cadavre, Stanton incise la paroi de l'estomac et plonge les doigts dans le brouet verdâtre qui emplit la poche. Il en mesure le pH à l'aide d'une languette-test et prélève quelques grammes de matières décomposées qu'il étale sur une lamelle de microscope.

— Nous procédons à présent à l'examen de la poche stomacale du sujet. Notons la présence de baies et de racines ainsi que de débris de viande maigre et de tubercules cuits au feu. Signe d'une alimentation sommaire et primitive. Notons aussi la présence de filaments de tubercules et de fèves. Ainsi que des débris de féculents et de...

Le visage de Stanton devient cireux tandis que la molette du microscope s'immobilise entre ses doigts.

— Nom de Dieu, Mancuzo, viens voir ça !

Le remplaçant au microscope, Mancuzo examine l'agrandissement sélectionné par son collègue. Sa voix s'intensifie dans l'enregistreur :

— J'aperçois des filaments de protéines dégradées et des débris d'ADN caractéristiques. Je confirme : présence de muscles et d'abats humains dans l'estomac du sujet.

— Et merde, notre végétarien était une saloperie de cannibale...

— Il y a autre chose.

— Quoi ?

Mancuzo attrape une paire de pinces et retourne fouiller dans l'estomac ouvert de Caleb. Bredouille, le coroner entreprend d'inciser l'estomac jusqu'à l'entrée de l'œsophage et insère une caméra à fibre optique dans le conduit alimentaire. Toujours rien. Le bistouri électrique de Mancuzo pratique alors une nouvelle incision jusqu'au duodénum et ce qui reste de l'entrée du gros intestin. Une puanteur d'égout s'élève entre ses doigts tandis que les pinces accrochent enfin quelque chose de dur. L'ustensile ressort et scintille faiblement lorsque les doigts de Mancuzo élèvent leur prise dans la lumière des néons : c'est un tubercule ovale et filandreux dont la tête est recouverte d'une chevelure de racines.

— Et merde...

— Qu'est-ce que c'est ?

— *Tuberculis perenis*, une sorte de racine des bois que l'on cultivait dans des grottes à l'abri de la lumière et que l'on cuisait lentement dans du vinaigre et de l'eau pour la ramollir. Les Romains et les druides prétendaient que ce tubercule guérissait les blessures invisibles et chassait la peste.

— Et alors, où est le problème ?

— Le problème est qu'on ne cultive plus cet aliment depuis le XVe siècle et que les seuls spécimens desséchés dont on dispose encore se trouvent dans les musées et les laboratoires de botanique. Or ce tubercule est presque vert. Si on ajoute à ça l'absence de soin que présente le cadavre, les traces de suie dans les poumons et la vision nocturne, on fonce droit dans une impasse.

174

— C'est-à-dire ?

— Eh bien, si je me contente de mettre bout à bout les éléments scientifiques que j'ai sous les yeux, je suis forcé de conclure que nous sommes en présence d'un sujet qui a vécu la plus grande partie de sa vie entre le milieu et la fin du Moyen Âge.

Stanton coupe l'enregistrement et arrache ses écouteurs.

— Il commence à me faire chier, ce cadavre à la con.

— Moi aussi.

Un signal sonore. La centrifugeuse vient de terminer le cycle de séparation du sang de Caleb. Stanton attrape un tube dans le bac de la machine et en agite le contenu. Puis il étale de petites quantités de liquide sur des lames en verre qu'il place l'une après l'autre sous les optiques d'une batterie de microscopes à photons. Un silence de mort tombe sur la salle d'autopsie tandis que les lentilles avancent et reculent dans leur logement. Le vrombissement des flux à photons emplit la pièce et les engins commencent à bombarder le sang de Caleb pour en identifier les éléments constitutifs. Lorsque c'est fini, Mancuzo et Stanton versent sur chaque lamelle un composé chimique destiné à isoler les éléments sanguins en les faisant réagir par coloration.

Un signal sonore. Une imprimante crache un mètre de listing que Mancuzo lit pensivement. Son microcasque grésille tandis qu'il dicte les résultats à son enregistreur :

— Objet : analyse sanguine du tueur de Hattiesburg. Le liquide hématique est fortement décomposé. Pas ou peu de sucres, débris de globules rouges très en dessous de la moyenne, débris de globules blancs en nombre élevé. Les prélèvements effectués ne comportent aucune trace de médicaments usuels type aspirine ou anti-inflammatoires, aucune trace de tranquillisants ni de sédatifs centraux, aucune molécule utilisée dans les traitements psychiatriques. Ainsi que le laissaient supposer les examens précédents, le sang du sujet ne présente pas la moindre trace d'anticorps consécutifs aux vaccins habituels. Ce qui signifie que le sujet n'est immunisé contre aucune maladie moderne. Nous détectons par contre une présence d'antigènes de type F1.

Stanton regarde Mancuzo comme si celui-ci venait d'annoncer que le sujet était un lointain cousin de la créature de Roswell. Il place une main sur son micro pour que la suite échappe aux enregistreurs :

— Tu déconnes ou quoi ?

Absorbé dans ses pensées, Mancuzo sursaute légèrement.

— Hum ? Tu dis ?

— Tu annonces une présence d'antigène F1. Tu as bu ou tu commences une dépression ?

— Ni l'un ni l'autre. Antigène F1. Je confirme.

Stanton attrape la feuille que Mancuzo lui tend. Il la lit attentivement puis enregistre la suite :

— Le coroner Stanton confirme : aucune trace de polluants chimiques modernes, aucun résidu de médicaments, aucune présence d'anticorps consécutifs à une quelconque vaccination. À l'exception d'antigènes F1 caractéristiques d'une exposition prolongée au bacille de Yersin.

— Autrement dit au bacille de la peste.

Fébrile à présent, Stanton prépare un autre échantillon sanguin auquel il ajoute une goutte de précipitant chimique. Nouveau silence tandis que les deux coroners examinent le résultat. Voix de Stanton :

— Présence du bacille de Yersin confirmé. Bacille actif. Le sujet est déclaré porteur sain : immunisé, mais très contagieux.

Tandis que Mancuzo centrifuge d'autres échantillons, Stanton vérifie l'étanchéité de son masque de protection et prépare une autre lamelle sur laquelle il ajoute quelques gouttes de glycérine pure. Puis il demeure un moment silencieux à scruter le résultat, ses yeux s'arrondissant au-dessus du microscope à mesure que le phénomène qu'il observe prend de l'ampleur.

— Réaction à H + 30 secondes. Nous sommes donc en présence d'une variété de bacille *Yersinia pestis* provoquant une fermentation accélérée du glycérol. Je conclus : peste de souche continentale, bacille originaire de l'Asie centrale.

Les yeux collés à son microscope, Mancuzo, qui vient d'ajouter quelques gouttes d'une solution de nitrate à un autre échantillon, annonce d'une voix blanche :

— Forte réaction du nitrate en présence du bacille étudié. Nous constatons une dégradation rapide du nitrate en nitrite avec émission d'acide nitreux accompagnant la respiration du bacille actif. Je conclus : peste à bacille continental de souche *Antiqua*. Ce qui signifie que nous sommes en présence de la peste bubonique romaine qui décima le Bassin méditerranéen au VIe siècle après Jésus-Christ.

— La quoi ?

— La première grande épidémie de l'Histoire, ma chère Parks. Le fléau de Justinien dont Procope disait qu'il faillit ravager le genre humain.

Penché sur un dernier échantillon, Stanton interrompt Mancuzo d'une voix tremblante d'excitation :

— Présence d'un deuxième type de bacille confirmé. Putain de merde, Mancuzo, c'est un Yersin 2 ! Bacille continental avec apparition de fermentation au glycérol. Aucune dégradation du nitrate ni aucune réaction en présence d'une solution concentrée de mélibiose. Je confirme : deuxième espèce bacillaire. Bacille continental de type *Medievalis*.

— Mon Dieu, la grande peste noire...

Prise de vertige tandis que Mancuzo dégaine son portable pour alerter le directeur du FBI, Parks contemple Caleb dont le visage ravagé semble sourire sous la lueur artificielle des néons.

59

Le pape lève son verre et avale une gorgée d'eau. Le goût de terre a disparu. Lorsqu'il se remet à parler, sa voix semble brisée de fatigue.

— Quelques heures après que les disciples de Janus eurent volé le cadavre du Christ, un homme appelé Joseph d'Arimathie a retrouvé au pied de la croix un des clous qui avait servi au supplice. Un clou plein de sang qu'il a enveloppé dans un linge avant de le glisser dans sa tunique.

Un silence.

— Nous savons que Joseph d'Arimathie a remis ce linge à Pierre, le chef des apôtres, qui avait reçu du Christ le titre de premier pape de la chrétienté. C'est comme ça que le clou a rejoint Rome et qu'il a traversé les siècles, de pape en pape.

— Mon Dieu, vous voulez dire que ce clou est encore en votre possession ?

— Il est en lieu sûr avec d'autres reliques secrètes récupérées par Marie et l'apôtre Jean, qui se tenaient au pied de la croix au moment de l'agonie du Christ. Nous avons fait analyser dans le plus grand secret l'ADN qui se trouvait sur ce clou. Quelques fibres de chair solidifiée et du sang très ancien. Puis nous avons comparé ces résultats à l'ADN du squelette de Janus.

— Alors ?

— Alors, c'est bien le Christ que les disciples du reniement ont enterré dans les grottes au nord de la Galilée.

— Seigneur... Et le saint suaire de Turin ? Et les fragments de la vraie Croix ? Toutes ces reliques que nous avons prétendu avoir découvertes et que nous avons exposées dans les églises et dans les cathédrales !

— Et le Saint-Graal aussi ?

— Pardon ?

— Au point où nous en sommes, je vous ferai visiter un jour les salles dérobées du Vatican. Vous seriez étonné du nombre de reliques vraies et fausses qui y sommeillent. Des reliques et des vestiges archéologiques.

— Des vestiges archéologiques ?

— Dès les premiers temps de l'évangélisation de l'Asie, nous avons retrouvé des traces du passage des missionnaires de Janus en Chine et en Asie centrale. Jusqu'en Sibérie, en fait, où leur piste se perd brutalement.

— Quel genre de traces ?

— Des tablettes d'argile, des autels sacrés, des fresques et des temples à la gloire de Janus. On sait qu'à l'époque ces missionnaires ont eu le temps d'évangéliser de nombreux peuples nomades comme les Mongols, et que ceux-ci ont eux-mêmes répandu le message du reniement comme une épidémie mortelle.

Nouveau silence.

— Durant les siècles qui ont suivi, les Archivistes n'ont cessé de parcourir les contrées les plus reculées pour effacer ces traces. Ils ont abattu les temples, détruit les fresques sur les murs, brisé les autels et rapporté tous les objets de culte qui étaient transportables pour les enfermer dans les salles secrètes du Vatican. Ce fut un travail long et pénible, mais nous pensons pouvoir affirmer qu'il ne subsiste plus un seul vestige du culte de Janus dans cette partie du monde. Rien d'identifiable en tout cas.

— Mais... ?

— Mais, au XVᵉ siècle, tandis que les conquistadores du Nouveau Monde s'enfonçaient dans les vastes territoires tenus par les Aztèques et les Incas, ils ont retrouvé... des choses. Des choses étranges.

— Quelles choses, Votre Sainteté ?

— Des croix en marbre, des temples souterrains et des fresques à la gloire de Janus.

— Seigneur tout-puissant miséricordieux, êtes-vous en train de me dire que les missionnaires de Janus auraient traversé l'Atlantique ?

— Non. Nous pensons qu'ils ont fait comme les peuplades de Mongolie quelques dizaines de siècles plus tôt, avant de devenir les Indiens d'Amérique. Nous pensons qu'ils sont passés par les glaces du détroit de Béring puis qu'ils sont redescendus le long des côtes du Pacifique jusqu'au Mexique. C'est comme une épidémie. Ça se répand.

« Lorsque le pape et les Inquisiteurs de Salamanque ont appris que les missionnaires du reniement avaient atteint le Nouveau Monde bien avant les caravelles de Colomb et de Vespucci, les trônes d'Espagne et du Portugal ont expédié toujours plus de conquistadores, et leur ont donné carte blanche pour s'enfoncer dans les terres et récupérer les preuves du culte de Janus. En échange de ces services, ces derniers ont reçu le droit de réduire en esclavage les peuples vaincus et de conserver tous les trésors qu'ils trouveraient. C'est ainsi que, au fil des années, des dizaines de navires ont fait le voyage du Nouveau Monde vers Rome et l'Espagne pour rapporter les vestiges de Janus. Pendant ce temps, les conquistadores ont continué à détruire les restes qu'ils ne pouvaient pas transporter et, après les Aztèques et les Incas, ils ont massacré toutes les tribus qui avaient été évangélisées par les missionnaires du reniement.

— Est-ce que toutes ces traces ont disparu ?

— Nous restons vigilants et nous finançons aujourd'hui encore de nombreuses fouilles archéologiques à travers la planète pour nous assurer qu'il ne subsiste rien du culte de Janus. Il n'y a eu aucun signalement depuis près de trois siècles. Mais les dernières grandes forêts vierges reculent, et qui sait ce que les bulldozers pourraient un jour exhumer en abattant les vieux arbres ?

Un silence.

— Pardonnez-moi, Votre Sainteté, mais tout ceci ne prouve pas que le Christ ne soit pas ressuscité d'entre les morts. Ça ne prouve pas non plus qu'il ait renié Dieu sur la croix.

— Avec un évangile daté et authentifié qui prétend le contraire et un crâne couronné d'épines retrouvé à l'endroit même que ce manuscrit désigne ? C'est cela que vous allez expliquer à nos fidèles ? Bon sang, Camano, réveillez-vous ! Écoutez-les dehors ! Que croyez-vous qu'il va se passer si les cardinaux de la Fumée Noire mettent la main sur ces reliques et qu'ils révèlent aux fidèles du monde entier que l'Église leur a peut-être menti depuis plus de vingt siècles ?

— Pourquoi feraient-ils une chose pareille ?

— Parce que ce sont des fanatiques et qu'ils ont décidé de s'emparer de l'Église, non pour s'en approprier le pouvoir mais pour l'abattre de l'intérieur.

Cependant, ils savent qu'ils ne peuvent y parvenir qu'après avoir pris le contrôle du Vatican et élu un des leurs sur le trône de saint Pierre. À cet instant, ils pourront tout révéler. Et pour cela, ils ont d'abord besoin de récupérer l'évangile selon Satan car il renferme toutes les preuves dont ils ont besoin.

— Personne ne les croira.

— Vous en êtes sûr ? N'est-ce pas vous qui disiez tout à l'heure que, si le pape dit que quelque chose est vrai, alors cette chose est vraie ?

— Oui, si cette chose va dans le sens des Écritures.

— Détrompez-vous, Oscar, les Écritures ne sont que de l'encre et du papier. Si un pape de la Fumée Noire ouvrait l'évangile selon Satan en pleine célébration de l'eucharistie et s'il en révélait le contenu à la masse des fidèles, je vous jure que ceux-ci se mettraient à le croire et que leur foi s'évaporerait en quelques secondes.

Le pape a fermé les yeux. Sa poitrine se soulève si faiblement que Camano a l'impression qu'il est en train de s'éteindre. Puis le vieillard se remet à chuchoter :

— Alors, Oscar, que proposez-vous ?

— Concernant les meurtres de Recluses, la nouvelle devrait bientôt se répandre et nous n'y pouvons rien. Quant aux miracles et aux manifestations sataniques, nous maîtrisons pour le moment les médias qui nous pressent de questions sur la position officielle de l'Église. Nous allons organiser une conférence de presse pour gagner du temps en expliquant que le concile étudiera ces mystères afin de savoir s'ils émanent de Dieu ou de mécanismes extérieurs à notre domaine de compétence.

— Vous avez raison : jusqu'à plus ample informé, Notre Seigneur ne nous veut aucun mal. C'est donc sur les manifestations sataniques que nous devons nous concentrer. Car, s'il s'agit bien de possessions collectives et non de crises d'hystérie, il doit exister un foyer principal à partir duquel le mal se propage.

— Une possession suprême ?

— Fasse le Ciel que ce ne soit pas ça.

Après une pause, Camano reprend :

— Et pour l'évangile et le crâne de Janus, que décidez-vous ?

— Il faut reprendre l'enquête à zéro. Nous devons tout mettre en œuvre pour récupérer ces reliques avant les Voleurs d'Âmes et détruire les preuves du mensonge. Mettez sans tarder vos meilleurs légionnaires sur ce dossier.

— C'est déjà fait, Votre Sainteté.

— Vous avez fait appel à qui ?

— Au meilleur d'entre eux. Le père Alfonso Carzo. Un exorciste que j'ai moi-même formé. Il sait distinguer l'odeur des saints de la puanteur de Satan. Si quelqu'un peut trouver la source du mal qui se répand, c'est lui.

QUATRIÈME PARTIE

60

Territoire des Indiens Yanomani, au cœur de la forêt amazonienne.

Quatorze heures plus tôt, le père Alfonso Carzo avait atteint la mission catholique de São Joachim de Pernambouc, perdue au fin fond de la jungle amazonienne. Là, sans se dévêtir ni prononcer un seul mot, il s'était effondré sur un hamac, dans lequel il dormait toujours d'un sommeil proche de la mort. Autour de lui, la forêt vierge avait sombré dans un profond silence.

Cela faisait trois semaines que la congrégation des Miracles expédiait le père Carzo d'un bout à l'autre de la planète pour expertiser les cas de possessions sataniques, qui se multipliaient. Trois semaines durant lesquelles il avait accumulé les nuits blanches dans des long-courriers et des hôtels sordides. Trois semaines à interroger les signes et à traquer des légions de démons dont la puissance inhabituelle augurait que les forces du Mal étaient en train de se réveiller.

Cela avait commencé, presque silencieusement, par les stigmates de la Passion du Christ qui étaient apparus sur les corps de moines et de religieuses sans âge. Puis, un peu partout à travers le monde, des statues de la Vierge s'étaient mises à verser des larmes de sang dans les églises et les crucifix avaient commencé à s'embraser durant les messes. Ensuite des miracles, des apparitions et des guérisons inexpliquées avaient eu lieu. Le compteur des manifestations sataniques explosant à son tour et les cas de possession se multipliant dans des proportions inquiétantes, une main anonyme avait composé le numéro de Notre-Dame-du-Sinaï, un couvent de Cisterciennes perché sur les hauteurs de San Francisco où le père Alfonso Carzo avait établi ses quartiers de grand voyageur.

Notre-Dame-du-Sinaï n'était pas un couvent comme les autres et ses murs, que nul visiteur ne franchissait jamais, servaient en fait de maison de repos à une cinquantaine d'exorcistes à la retraite dont le sacerdoce contre les forces du Mal avait précocement épuisé l'organisme et l'esprit. Ces pensionnaires avaient pour point commun d'avoir combattu les archanges de l'Enfer et d'avoir été eux-mêmes possédés au moins une fois au cours de leur ministère. La contamination par contact : le bras du possédé échappait brusquement à la morsure des sangles et vous agrippait à la gorge. C'était toujours à la fin de l'exorcisme que cette contamination risquait de se produire, au moment où le démon devenait vraiment dangereux. Une tempête de hurlements s'élevait alors de la chambre où le soldat de Dieu officiait contre la Bête, et ses assistants le retrouvaient le plus souvent inanimé, le cheveu blanchi et le visage ridé par ce qu'il avait vu. C'est ce qui était arrivé à chacun des pensionnaires de Notre-Dame-du-Sinaï. Depuis, ces vieillards tremblants gardaient au fond des yeux le souvenir terrifiant de cette intimité forcée avec le Démon – âmes mortes dont on confiait l'enveloppe aux bons soins des religieuses de Notre-Dame-du-Sinaï.

La congrégation des Miracles faisait appel au père Carzo lorsqu'un cas de possession échappait à tout contrôle. Cela s'était passé trois semaines plus tôt, tandis qu'il respirait sur un banc l'air salé qui soufflait de la baie. Il rentrait à peine d'un déplacement au Paraguay où il avait exorcisé un esprit prétendant être le grand démon Astaroth, sixième archange de l'Enfer et grand prince des ouragans. Onze nuits de lutte acharnée au terme desquelles Astaroth avait brusquement lâché prise. Trop facilement, en fait, comme s'il avait obéi à un signal et que cette possession n'avait eu pour but que d'attirer Carzo à l'autre bout de la terre. Une diversion, c'est le sentiment que le prêtre avait eu en remballant sa panoplie d'exorciste. Il avait sauté dans le premier avion à destination de San Francisco, où il avait retrouvé ses vieillards et ses pigeons. Puis le téléphone avait sonné.

61

Il était assis dans le parc, entouré d'une dizaine de vieux exorcistes endormis sur leur banc, lorsqu'il avait reçu l'appel du cardinal Camano. Il faisait presque frais et la lumière du crépuscule qui perçait entre les nuages ressemblait à une pluie de sang.

Jetant une dernière poignée de riz aux pigeons qui roucoulaient à ses pieds, Carzo avait levé les yeux vers la vieille religieuse qui approchait. Elle lui avait tendu un téléphone sans fil. Laissant échapper un soupir d'agacement, il avait choisi le ton le plus neutre possible pour saluer son interlocuteur.

— Alors, Votre Éminence, nos légionnaires se laissent encore effrayer par des volets qui claquent et des portes qui grincent ?

— Non, Alfonso. Cette fois-ci, c'est plus grave. Il faut que tu te mettes en route aussi vite que possible.

Carzo s'était raidi.

— Je vous écoute.

— Nous avons recensé une cinquantaine de possessions sataniques résistant au rituel exorciste de Vatican II.

— Seigneur ! cinquante ?

— Pour le moment.

— Quels sont les symptômes ?

— Les possédés présentent tous les stigmates des puissances maléfiques supérieures. Ils sont doués du charisme des langues, ils parlent avec des voix qui ne sont pas les leurs et ils déplacent des objets.

— Est-ce que leur visage et leur corps se transforment ?

— Oui. Ils semblent aussi animés d'une force surhumaine. Et puis, surtout...

— Surtout ?

— Ils savent des choses qu'ils ne devraient pas savoir. Des choses sur l'après et l'au-delà.

— Quelles choses ?

— Les révélations de la Vierge à Medjurgorge, à Fatima, à Lourdes et à Salem. Celles que nous n'avons jamais rendues publiques. Ils savent, Alfonso. Ils savent pour l'Enfer et ils savent pour le Paradis.

— Allons, Votre Éminence, les démons ne savent rien du Paradis.

— Tu en es sûr ?

Il y avait eu un long silence. Puis la voix de Camano s'était élevée à nouveau dans l'écouteur :

— Il y a plus grave. Les possédés présentent tous les mêmes symptômes et répètent exactement les mêmes phrases dans la même langue. Pourtant, ils ne se connaissent pas, ils n'ont jamais communiqué entre eux et ils habitent des régions du monde différentes. Ou plutôt ils habitaient des régions différentes.

— Comment ça ?

— Ce sont des morts, Alfonso. Ils sont tous morts quelques heures avant que ne débute leur possession. Leurs proches étaient en train de les veiller lorsque les premiers signes sont apparus.

— Enfin, Votre Éminence, vous savez bien que c'est impossible ! Les puissances du Mal n'ont pas le pouvoir de ressusciter ni de posséder les morts !

— Alors pourquoi disent-ils qu'ils te connaissent, Alfonso ? Pourquoi est-ce que c'est à toi qu'ils veulent parler ? À toi et à personne d'autre ? Il faut que tu rentres de toute urgence. Tu m'entends ? Il faut que... reviennes...

— Allô ? Votre Éminence ? Votre Éminence, vous m'entendez ?

Le téléphone s'était mis à grésiller si fort que Carzo avait été obligé de l'éloigner de son oreille. Puis le bruit s'était dissipé aussi soudainement qu'il était apparu et un silence de mort avait envahi la ligne. Au même moment, un vent glacé avait courbé la cime des arbres et une odeur de violette avait pénétré dans la gorge de l'exorciste. Une odeur que Carzo connaissait mieux que quiconque.

— Votre Éminence ?

— Reste en dehors de ça, Carzo. Continue à nourrir tes pigeons ou je mangerai ton âme.

Carzo avait senti ses cheveux se dresser sur sa tête en entendant la voix morte qui venait de retentir dans l'écouteur.

191

— Qui êtes-vous ?

— Tu le sais, Carzo.

— Je veux vous entendre le dire.

Un concert de rugissements avait alors répondu à l'exorciste pétrifié. Les hurlements des possédés de Camano sanglés sur leur lit qui aboyaient son nom pour l'attirer à eux. Au milieu de cet océan de cris, l'exorciste avait capté des voix qui invoquaient en latin, en hébreu et en arabe les noms des démons des trois religions du Livre. Puis les vieux exorcistes endormis sur les bancs du parc avaient relevé la tête, et d'autres voix que Carzo connaissait bien s'étaient échappées de leurs lèvres immobiles :

— Mon nom est Ganesh.

— Je suis le Voyageur.

— Loki, Mastema, Abrahel et Alrinach.

— Je suis Adramelech, grand chancelier des Enfers.

— Adag narod abbadon ! Je suis le Destructeur !

— Moi, je suis Astaroth, tu te souviens de moi, Carzo ?

— Belial, je suis Belial.

— Mon nom est Légion.

— Nous sommes Âlu, Mûtu et Humtaba.

— Nous nous sommes Seth, Lucifer, Mamon, Belzébuth et Léviathan.

— Azazel, Asmoug, Arhimane, Durgâ, Tiamat et Kingû. Nous sommes là. Nous sommes tous là.

Puis leur menton retombant sur leur poitrine, les vieux prêtres avaient semblé se rendormir. Il y avait eu un *clic* sur la ligne. Carzo allait raccrocher lorsqu'il avait remarqué que le ciel se couvrait d'étranges nuages noirs et que les pigeons qu'il nourrissait quelques minutes plus tôt étaient à présent des centaines, disséminés sur l'herbe et les arbres du parc. Une armée de volatiles silencieux qui fientaient et battaient furieusement des ailes, l'encerclant peu à peu.

— Fuyez, mon père ! Fuyez !

Le hurlement de la vieille religieuse avait arraché Carzo à sa torpeur. L'exorciste avait levé les yeux et avait compris que ce qu'il avait pris pour une ligne d'orage était en fait un nuage compact d'étourneaux dont l'avant-garde piquait sur le parc et le couvent. Alors, tandis que la sainte femme lui faisait un rempart de son corps, il avait gravi les marches du perron.

Au même instant, l'armée de pigeons s'était jetée sur les vieillards endormis et la nonne qui moulinait des bras. Abrité derrière les vitres du couvent, Carzo avait vu cette masse tournoyante de plumes et de becs fondre sur sa proie et entendu les hurlements que la malheureuse avait poussés tandis que les volatiles lui crevaient les yeux. La gorge remplie de plumes, la religieuse était tombée à genoux et ses hurlements s'étaient éteints.

Carzo allait lui porter secours lorsqu'une pluie de projectiles s'était abattue sur les vitres du couvent, un roulement de claquements sourds qu'il avait d'abord pris pour de la grêle. Puis son regard s'était figé tandis que le parc se noircissait de cadavres d'étourneaux, grêlons qui se jetaient sur les vitres, faisant jaillir une pluie de sang à chaque impact. Alors, une écœurante odeur de violette emplissant à nouveau sa gorge, Carzo avait compris que les portes de l'Enfer étaient en train de s'ouvrir.

62

La mission de São Joachim faisait un minuscule point noir au milieu de l'immensité de la forêt vierge. C'est là que le père Carzo avait fini par échouer après avoir suivi la piste des possédés de Camano, dans ce bout du monde qu'ils avaient tous désigné comme le lieu de la possession suprême.

Carzo avait atterri dans la nuit humide de Manaus où l'attendait une pirogue qui avait remonté le cours du rio Negro. De ce périple, l'exorciste ne conservait que des souvenirs confus : la brume suffocante qui rampait sur le fleuve, le clapotis des pagaies, les hordes de moustiques, la fièvre et la peur qui faisaient grelotter sa carcasse... Les cris aussi. Des hurlements presque humains qui s'étaient élevés de la berge. Puis le silence s'était abattu sur la forêt à mesure qu'ils approchaient du territoire de la mission. Comme si tous les animaux étaient morts, ou qu'ils avaient fui une menace invisible.

Au crépuscule, Carzo avait aperçu une poignée d'Indiens Yanomani qui guettaient son approche depuis un ponton jeté sur les eaux boueuses du rio Negro. C'était donc là que ses pas l'avaient finalement conduit, des gratte-ciel de San Francisco jusqu'à ce débarcadère où l'attendait la Bête.

Ce n'était pas la première fois que Carzo rendait visite aux Yanomani, ni qu'il consultait les chamans de la tribu au sujet des démons de la forêt et des cours d'eau. Des drogues, aussi, que l'on mastiquait pour voir les âmes mortes déambuler dans les ténèbres. Des pouvoirs diaboliques du dieu Jaguar, des araignées venimeuses et des oiseaux de nuit. Des forces maléfiques similaires à celles que l'exorciste traquait dans le « monde sans arbres » – tellement similaires qu'il arrivait à Carzo d'utiliser les incantations et les potions des Yanomani pour chasser ses propres démons.

C'étaient les chamans qui avaient signalé à la mission de Pernambouc qu'une adolescente de la tribu présentait les signes de la possession suprême. Il s'agissait d'une princesse Yanomani qui s'appelait Maluna et dont la voix et le corps avaient commencé à se transformer au déclin de la lune.

Quelques jours auparavant, un mal étrange s'était abattu sur la forêt, qui corrompait les sources et tuait les animaux. Des guerriers qui revenaient des confins du territoire Yanomani avaient rapporté qu'une pourriture grisâtre était apparue sur le tronc des grands arbres : une lèpre nauséabonde qui rongeait l'écorce et empoisonnait la sève des géants.

Le mal s'était ensuite répandu aux singes et aux oiseaux, dont les cadavres pétrifiés dégringolaient des arbres. Puis les femmes enceintes de la tribu s'étaient mises à saigner et les chamans avaient dû enterrer les petits cadavres déformés que ces ventres malades avaient expulsés avant terme. C'est à ce moment que la princesse Maluna avait commencé à se transformer et à hurler des abominations dans la langue des missionnaires. Alors, les chamans s'étaient mis en route pour alerter les pères blancs que des démons inconnus étaient entrés dans la forêt et qu'ils avaient apporté avec eux le grand mal qui rongeait le monde sans arbres.

63

— Réveillez-vous, mon père.

Trempé de sueur, le père Alfonso Carzo ouvre les yeux et aperçoit le visage rougeaud du père Alameda, le supérieur de la mission, penché au-dessus de lui. Carzo grimace en sentant l'haleine du bonhomme : Alameda a encore bu du vin de palme pour étancher sa frousse. L'exorciste referme les yeux et laisse échapper un soupir d'épuisement. Chaque atome de son corps le supplie de rester allongé et de se rendormir jusqu'à la mort. Il est sur le point de succomber à cette délicieuse tentation lorsque les grosses mains du père Alameda le secouent à nouveau.

— Mon père, vous devez lutter. C'est la Bête qui veut que vous dormiez.

Rouvrant douloureusement les yeux, le père Carzo se tourne vers la paroi disjointe de la cahute. Dehors, les ténèbres s'éclaircissent. La brume échappée du rio Negro a envahi la clairière où se dressent les installations de la mission : une chapelle en rondins et un alignement de cabanes en torchis. Pas de dispensaire, pas de médecin, pas de groupe électrogène ni même une moustiquaire. C'est ça, la mission de São Joachim : le roncier du jardin d'Éden.

Le père Carzo se redresse péniblement dans son hamac et écoute le silence. D'ordinaire, à l'approche de l'aube, les perroquets et les singes hurleurs se réveillent, donnant le coup d'envoi du grand concert de la forêt profonde. Mais le père Carzo a beau tendre l'oreille, la forêt reste silencieuse.

L'exorciste se lève et plonge les mains dans le baquet d'eau tiède qu'Alameda a déposé à son attention. Une eau sèche. C'est l'impression qui s'empare de Carzo tandis qu'il s'en asperge le visage : la caresse de cette eau autrefois si réconfortante ne parvient même plus à chasser la moiteur qui engourdit son esprit.

S'étant séché au revers de sa bure, le père Carzo examine la corbeille de fruits qu'Alameda lui tend. Des quartiers de papaye et d'ananas sauvage dont le missionnaire a raclé l'écorce jusqu'à la chair pour la débarrasser de cette couche de pourriture grisâtre qui envahit tout. Carzo croque une bouchée filandreuse et mâche sans plaisir cette pulpe sans goût. Comme l'eau, ces aliments d'ordinaire si juteux semblent à présent vidés de leur substance. La forêt est en train de mourir.

64

Le père Carzo passe en revue les pauvres armes liturgiques qu'il a retenues en vue du combat qui approche : un chapelet, une gourde d'eau de Fatima et son livre d'exorciste. Puis il suit le père Alameda à travers les installations désertes de la mission. Au pied des grands arbres, dans ce gigantesque cimetière de branchages et de mousse, l'air chargé d'humus et de pourriture demeure sombre et immobile. Pas un souffle n'agite les branches. Même le craquement des sandales sur les feuilles semble à peine troubler l'imposant silence des lieux.

Dans la plupart des cabanes que les deux hommes dépassent, des cadavres boursouflés sont effondrés sur les hamacs dans des positions qui démontrent le caractère foudroyant de leur trépas. Alcoolique et à moitié fou, Alameda est le seul survivant.

La forêt semble soudain se racornir sous les yeux de Carzo. L'épaisse lèpre grise qui a envahi son cœur atteint désormais les abords de la mission et les lianes, jadis chargées de fruits, pendent à présent comme des bouts de corde. Le sol aussi a changé de couleur. Comme si les deux religieux venaient de franchir une frontière invisible, la lumière qui filtrait au travers des branchages perd d'un seul coup de son éclat. Carzo lève les mains devant les yeux. Tout, autour de lui, a pris la même couleur cendre qui enveloppe la forêt, de la peau de ses doigts au vert pâle des buissons.

— C'est là.

Les yeux braqués dans la direction qu'Alameda désigne, le père Carzo constate que le chemin prend fin sur la falaise. Au pied de la paroi, une ouverture marque l'entrée d'un temple précolombien dont le porche, englouti par la végétation, a échappé à des générations d'explorateurs. Les arbres autour de l'édifice semblent avoir été brûlés jusqu'au cœur et la terre réduite en poudre comme si un gigantesque incendie l'avait consumé durant des jours.

Carzo plisse les yeux et remarque que l'entrée du temple est rehaussée d'un muret de pierres dont on a assemblé les blocs avec un mortier fait de boue séchée et de paille. Les deux colonnes qui soutiennent le porche ont été taillées à l'effigie de divinités très anciennes, le dieu de la forêt, Quetzalcóatl, et Tlaloc, le prince des pluies, respectivement huitième maître des jours et neuvième seigneur des nuits. Carzo sent son cœur cogner. Un temple aztèque.

— Qu'est-ce qu'il y a là, père Alameda ?

Évitant de croiser le regard de l'exorciste, Alameda contemple les rouleaux de brume qui s'échappent de la gueule de l'édifice. Lorsque la voix douce de Carzo s'adresse de nouveau à lui, le missionnaire se met à trembler de tout son être.

— Père Alameda, à quand remonte la dernière fois où vous avez vu la possédée ?

— Une semaine.

— Est-ce qu'elle avait déjà commencé à se transformer ?

Le rire qui s'échappe des lèvres du missionnaire glace le sang de Carzo.

— À se transformer ? Putain de Dieu, mon père, il

y a une semaine ses jambes s'étaient repliées comme des pattes et son visage ressemblait à...

— À quoi, Alameda ? À quoi ressemblait son visage ?

— À une chauve-souris, père Carzo. Vous imaginez ça ? Une saloperie de chauve-souris !

— Calmez-vous, Alameda.

— Que je me calme ?

Il serre si fort les épaules de Carzo que l'exorciste grimace de douleur.

— Nous verrons si vous parviendrez à rester calme quand vous entrerez dans le temple. Moi, je me suis pissé dessus comme une gamine et j'ai senti mes couilles me remonter dans le ventre quand j'ai vu la chose.

— Est-ce qu'elle vous a parlé ?

Alameda semble pétrifié de terreur. Carzo répète :

— Est-ce que cette chose vous a parlé ?

— Elle m'a demandé ce que je venais chercher dans ces lieux. Seigneur, si seulement vous aviez entendu sa voix quand elle m'a demandé ça...

— Que lui avez-vous répondu ?

— Je... je ne me souviens pas... Je crois que... Non, je ne me souviens plus.

— Est-ce que cette chose vous a touché ?

— Je ne sais pas...

Carzo agrippe le missionnaire par le col de sa soutane.

— Bon sang, Alameda, oui ou non, est-ce qu'elle vous a touché ?

Alameda ouvre la bouche pour répondre lorsqu'un hurlement sort des entrailles de la terre. Sous les yeux de Carzo, les cheveux du missionnaire se mettent à blanchir tandis que son visage se décompose.

— Vous entendez ? C'est votre nom que la chose hurle. Elle a faim. Oh, mon Dieu ! elle crève de faim.

— Alameda, est-ce que la chose vous a touché ?

— Elle a aspiré mon âme, Carzo. Elle m'a montré ce que je n'aurais jamais dû voir et elle a éteint la flamme qui brûlait en moi.

— Qu'est-ce qu'elle vous a montré ?

— Vous le saurez bientôt, mon père. Oh ! oui, la chose va dévorer votre âme, et alors vous saurez.

Lâchant la soutane d'Alameda, Carzo allume un flambeau et franchit le porche du temple. À l'intérieur, il fait si froid que l'haleine de l'exorciste se condense instantanément. Soufflant sur ses doigts pour les réchauffer, Carzo emprunte un couloir de pierre qui descend en pente douce dans les ténèbres. Alors qu'il s'est éloigné de quelques mètres, un courant d'air glacial porte jusqu'à lui le hurlement d'Alameda qui se tient telle une ombre dans l'embrasure du souterrain :

— Dieu est en Enfer, Carzo ! Il commande aux démons, il commande aux âmes damnées, il commande aux spectres qui errent dans les ténèbres ! Voilà ce que j'ai vu quand la chose m'a touché ! Tout est faux. Tout ce qu'on nous a dit est faux. Ils nous ont menti, Carzo ! À vous comme à moi !

L'écho de la voix éraillée d'Alameda retentit longuement dans les entrailles de la terre. Puis le silence retombe sur le père Carzo, qui avance en brandissant sa torche.

65

Parks regarde les rues de Boston défiler derrière les vitres fumées de la limousine du FBI. Sur les trottoirs grisâtres, la foule se presse pour échapper à la pluie glaciale qui crépite sur le pare-brise.

— Où est-ce qu'on va ?

Pas de réponse. Parks se retourne pour apercevoir le visage de Stuart Crossman à la lueur du plafonnier. Le directeur du FBI a le teint pâle et les traits tirés de ceux qui voient rarement le jour. Il est de taille moyenne, il a les mains fines et le visage délicat. Pas du tout le genre d'athlète que l'on recrute habituellement chez les fédéraux. Mais il suffit de croiser une seule fois son regard pour oublier sa stature : des yeux très noirs et ronds qui vous glacent le sang. Un magnétophone miniature collé à l'oreille, Crossman est en train d'écouter le rapport audio de l'autopsie de Caleb. Lorsqu'il se décide à répondre, sa voix est si basse que Parks a l'impression qu'il se parle à lui-même.

— À l'aéroport. Un vol United décolle pour Denver dans vingt minutes.

— Qu'est-ce que vous voulez que j'aille faire dans le Colorado en cette saison ? Des photos d'avalanches ?

Stuart Crossman ouvre un dossier dont il parcourt quelques lignes. Puis il pose son regard froid sur Parks.

— Les quatre jeunes femmes assassinées par le tueur de Hattiesburg étaient des religieuses d'une des congrégations les plus secrètes du Vatican. Les autorités de Rome les avaient expédiées pour enquêter sur une série de meurtres perpétrés dans des couvents aux États-Unis.

— Vous plaisantez ?

— J'en ai l'air ?

— C'étaient quoi ces agents du Vatican ? Des religieuses en civil avec lacets d'étranglement camouflés en chapelets et flingues dans le sac à main ?

— Quelque chose comme ça.

Après un silence, Crossman reprend :

— J'ai téléphoné ce matin au cardinal-archevêque

de Boston pour lui demander des explications. Il m'a dit que le Vatican disposait de ses propres services de police et que le Saint-Siège n'avait de comptes à rendre à personne.

— Et les meurtres sur lesquels ces religieuses étaient chargées d'enquêter ?

— Pendant que vous preniez du bon temps à l'hôpital, nous sommes allés fouiller les chambres de motel et les appartements sordides que les quatre disparues avaient loués en débarquant à Hattiesburg. Nous y avons découvert des ordinateurs dernier cri, des montagnes de cartes du monde entier et des coupures de presse. Nous avons appris, en analysant les disques durs, que les quatre religieuses poursuivaient Caleb depuis des mois et qu'elles demeuraient en contact permanent *via* des annonces diffusées dans les journaux – des grands quotidiens nationaux ou des gazettes locales, en fonction de l'endroit où elles se trouvaient. C'est comme ça qu'elles se suivaient de pays en pays et qu'elles se rejoignaient chaque fois que nécessaire.

— Pourquoi des annonces dans les journaux alors qu'elles disposaient d'ordinateurs dernier cri et d'Internet ?

— Allez savoir...

Nouveau silence.

— Un des derniers messages que nous avons retrouvé a été publié il y a plusieurs semaines par Mary-Jane Barko dans le *Boston Herald*. Quelques lignes coincées entre les annonces de rencontres et les offres d'emploi.

— Quel genre de message ?

Crossman prend un feuillet dans le dossier et le lit à voix haute :

— *Chères toutes. Pense avoir retrouvé la trace de Grand-Père à Hattiesburg, Maine. Venez vite.*

— Grand-père ?

— Un code pour désigner Caleb. C'est ce message qui a fait rappliquer les autres.

— Et ensuite ?

— Quand ses consœurs ont débarqué à Hattiesburg, Mary-Jane Barko avait déjà disparu. Elles ont dû reprendre son enquête là où elle l'avait laissée. Comme elle, elles ont trouvé un emploi de serveuse et elles ont attendu que le tueur se manifeste. Un dernier message paru dans le *Hattiesburg News* en date du 11 juillet, soit le lendemain de la disparition de Patricia Gray, annonce : *Chère Sandy. Aucune nouvelle de notre cousine Patricia. Pourrais-tu me retrouver ce soir à l'endroit habituel ?* Ce message est signé Dorothy Braxton et s'adresse à Sandy Clarks, la dernière religieuse arrivée à Hattiesburg. On pense que les deux survivantes se sont retrouvées le soir même à la lisière de la forêt d'Oxborne et que c'est là qu'elles ont disparu à leur tour.

— Comme Rachel.

Crossman hoche la tête en tournant les pages de son dossier.

— Vingt-quatre heures avant sa mort, Rachel a elle aussi passé une annonce dans le *Hattiesburg News*. Elle avait dû tomber sur celles des religieuses en enquêtant sur leur disparition. Elle en a copié le style et l'a signée de son prénom. Elle y fixait un rendez-vous à ses cousines disparues.

— Elle n'aurait jamais dû faire ça.

— Vous en auriez fait autant.

— Quoi d'autre ?

— Nos agents ont continué à retourner les matelas et à éplucher leurs affaires. Ils ont découvert un épais dossier dont chaque disparue disposait d'une copie. Des rapports d'enquête avec clichés et fiches de signalement qu'elles mettaient à jour au fur et à mesure de leurs investigations. C'est comme ça que nous avons découvert que les meurtres sur lesquels elles enquêtaient avaient tous été commis dans des couvents de l'ordre très secret des Recluses. Il s'agit de petites vieilles qui vivent totalement coupées du monde dans des cloîtres fortifiés au milieu des montagnes. Elles ne voient jamais personne et ont fait vœu de silence. Officieusement, en plus de prier pour le salut de nos âmes, elles sont chargées de restaurer des vieux manuscrits de l'Église, le genre bible en arabe et traités moyenâgeux sur la torture.

— Et alors ?

— Alors, les meurtres présentent le même mode opératoire que celui employé par Caleb à Hattiesburg.

— Et merde...

— Le dernier meurtre, sur lequel les quatre disparues enquêtaient juste avant de se faire clouer à leur tour, s'est produit dans un couvent perdu dans les montagnes Rocheuses, du côté de Denver, Colorado. D'où le vol United qui n'attend que vous pour décoller.

— Je vois. Rien d'autre ?

— Si. On sait que les quatre disparues de Hattiesburg avaient fini par découvrir le trait d'union entre tous ces meurtres.

— Une vengeance ?

— Une malédiction plutôt.

— C'est-à-dire ?

— Les Recluses assassinées étaient toutes des bibliothécaires versées dans la restauration des manuscrits interdits de l'Église, ceux que le Vatican dissimule depuis des siècles dans les salles dérobées de ses couvents et de ses monastères. Nous savons que c'est un de ces ouvrages que le tueur recherchait.

— Vous voulez dire que ces femmes sont mortes à cause d'un livre ?

— Pas n'importe quel livre, Parks. Un manuscrit très ancien qui contiendrait des révélations dangereuses pour la stabilité de l'Église.

— Et il porte un nom, ce bouquin ?

— Évangile selon Satan.

— Bigre, je comprends que le Vatican ne veuille pas que ça s'ébruite.

Slalomant entre les flaques d'eau, la limousine s'immobilise devant le terminal des départs de l'aéroport de Boston. Parks descend et attrape le sac de voyage que le chauffeur de Crossman lui tend.

— Une dernière chose. La Maison Blanche m'a téléphoné ce matin sur ma ligne directe.

— Qui ça ?

— Bancroft, ce petit merdeux de conseiller de la Présidence. Il m'a dit que l'enquête sur le tueur de Hattiesburg revenait en priorité aux autorités locales du Maine puisque les meurtres des quatre religieuses avaient eu lieu dans leur circonscription. Je pense que le Vatican fait pression sur le Président pour étouffer l'affaire.

— Qu'est-ce que vous lui avez répondu ?

— D'aller se faire foutre.

— Mais encore ?

— J'ai dit à ce bas-du-cul que non seulement les meurtres dépassaient les limites du Maine, mais qu'en plus ils avaient déjà largement franchi les frontières des États-Unis.

— C'est-à-dire ?

Crossman tend à Parks un double du dossier découvert chez les disparues de Hattiesburg.

— Pendant que les infirmières du Liberty Hall recousaient vos bobos, nous avons eu l'idée de fouiller les archives des principaux quotidiens du monde entier. Nous avons retrouvé plusieurs annonces similaires laissées par nos religieuses dans une quinzaine de parutions à travers le monde. Nous avons ensuite interrogé les services de police des pays concernés pour savoir s'il n'y avait pas eu d'autres cas de disparitions ou d'autres meurtres rituels signalés chez eux.

— Et alors ?

— Au cours des six derniers mois, il y a eu au moins treize assassinats identiques.

— Des religieuses ?

— Des Recluses, Parks. Treize vieilles Recluses clouées et éventrées.

La vitre teintée se relève sur le visage cireux de Crossman. La pluie crépitant sur ses épaules, Parks regarde la limousine s'éloigner dans le flot de la circulation.

66

Avançant dans l'obscurité, le père Carzo lève les yeux vers la flaque de lumière que sa torche projette au plafond. Il s'immobilise. Les parois et la voûte du souterrain sont recouvertes de fresques et de bas-reliefs que les Aztèques ont exécutés pour laisser une trace de leur passage dans le bassin de l'Amazone. Sans doute une tribu exploratrice qui avait dû quitter les hauts plateaux du Yucatán pour fuir les conquistadores. Un trésor inestimable qui avait traversé les siècles dans les ténèbres immobiles de la montagne.

Carzo lève sa torche jusqu'à ce que la flamme lèche la voûte. Ses yeux s'écarquillent. La première fresque représente une sorte de jardin perdu au milieu de la forêt vierge, un lieu paradisiaque où un rideau de végétation abrite un lac alimenté par des cascades d'eau claire. Partout, des arbres chargés de fruits étendent leur ombre sur le paysage. Sur la plage qui s'étire au bord du lac, un homme et une femme à la nudité troublante jettent leurs filets. Ce sont des Olmèques, les ancêtres des Aztèques, une civilisation mystérieusement disparue au tout début de notre ère. Carzo sent sa gorge s'assécher. Ces fresques avaient dû être gravées par les Aztèques pour raconter ce qui était arrivé à leurs aïeux. Il avait devant lui le testament des Olmèques.

D'après le dessin, les deux Indiens qui jettent leurs filets dans le lac s'appellent Kal et Kella. À bien les regarder, Carzo se rend compte que quelque chose ne colle pas. Quelque chose que l'exorciste n'a pas encore identifié, mais qui a immédiatement allumé un signal d'alarme dans son cerveau. Il plisse les yeux et se concentre sur l'Indienne. Et ce qu'il voit enfin le glace jusqu'aux os.

L'eau du lac atteint les genoux de l'homme et les cuisses de la femme. Au-dessus du sexe chauve de l'Indienne, son ventre lisse et plat ne comporte aucune encoche ni le moindre coup de burin à l'endroit où l'artiste aurait dû indiquer la présence du nombril. Carzo examine le ventre de l'homme. Une peau lisse et ferme qui s'étend du pubis au sternum sans la moindre trace d'ombilic. Carzo essuie la sueur qui vient d'apparaître sur son front. Comme dans les représentations chrétiennes d'Adam et Ève au jardin d'Éden, l'absence de nombril sur le corps des deux Olmèques signifie qu'ils n'ont pas été conçus par un ventre humain, ni nourris par le placenta d'une mère. Ce sont des premiers-nés créés par Dieu. Ce qui implique que ce paysage aux couleurs fanées que Carzo est en train de contempler ne peut être que le paradis perdu des Olmèques.

Avançant à pas lents, l'exorciste passe aux fresques suivantes. Sur un bas-relief dont le temps a gommé les rondeurs, une divinité lumineuse désigne à la femme olmèque le fruit d'un arbre qu'elle ne doit pas manger. Mais, troublée par le dieu Jaguar venu la visiter en songe, la jeune Indienne a désobéi à la Lumière, et la Lumière s'est éteinte à jamais. Il y a eu alors un cataclysme, un ouragan ou un tremblement de terre. Le ciel est devenu noir et, sur la fresque suivante, les cascades qui alimentent le lac se sont mises à cracher du sang. Privés de lumière, les arbres ont dépéri et une couche de pourriture est apparue sur leur tronc. La même lèpre grise qui est en train d'envahir le territoire des Yanomani.

Carzo écarquille les yeux. Sur la fresque suivante, la jeune Olmèque hurle en silence tandis que le dieu Jaguar la viole au milieu des décombres du paradis. Carzo ne parvient pas à détacher les yeux de cette scène. Il est le dieu Jaguar. Il sent presque son sexe déflorer celui de la jeune Olmèque, il sent cette bestialité entrer en lui. Le mal absolu – comme si la fresque avait été imprégnée par le sacrilège qu'elle décrivait.

Carzo avance toujours. Le fruit du dieu Jaguar a arrondi le ventre de la femme. Chassés du paradis, les deux Olmèques errent dans la jungle. Ils viennent d'atteindre l'océan et Carzo remarque que leur faciès a changé, que leur échine s'est courbée et que leurs mains pendent à présent jusqu'au sol.

Les siècles défilent sous le flambeau de Carzo. L'aube de l'humanité. Des volcans, des îles englouties. Des oiseaux gigantesques parcourent le ciel. Carzo voit les immensités étoilées, les alignements planétaires et les comètes qui zèbrent la nuit. Il voit aussi la descendance du dieu Jaguar qui se terre dans les marécages.

L'exorciste s'immobilise : la fresque suivante représente des guerriers olmèques agenouillés sur le sol d'une grotte. Un messager céleste, dont le visage est enveloppé par une nuée ardente, flotte au-dessus d'eux. Carzo lève son flambeau. Des éclairs s'échappant de ses mains, le messager révèle aux Olmèques le secret du feu. Ses yeux s'arrondissant à mesure que la flamme se rapproche du plafond, l'exorciste se dresse sur la pointe des pieds pour apercevoir le visage du messager.

Mon Dieu, c'est impossible.

Cet envoyé du ciel que Carzo vient de reconnaître à la lueur de la torche, c'est le même qui a été chargé par Dieu d'annoncer la naissance de Jésus à la Vierge Marie. Le même qui a inspiré, six cents ans plus tard, les versets du Coran à Mahomet : l'archange Gabriel.

67

Rome, cité du Vatican.

Trois heures. D'après la pendule, cela fait exactement trois heures que Sa Sainteté ne peut plus bouger ni prononcer un seul mot. C'est arrivé d'un seul coup, alors que le vieil homme tendait le bras pour attraper la clochette sur sa table de nuit. Au début, ce simple geste s'était déroulé sans incident, la vieille main avançant vers l'objet tandis que le coude se dépliait et que les muscles de l'épaule s'étiraient douloureusement. Puis, au moment où les doigts de Sa Sainteté entrèrent en contact avec la surface métallique de la clochette, la sensation de froid s'interrompit brusquement. Pourtant, elle était toujours bien là, cette fichue clochette, mais c'était la sensation de sa présence qui avait disparu. Comme si les molécules qui la composaient s'étaient soudain décrochées en une pluie invisible et silencieuse. Ensuite, l'engourdissement s'était propagé à son bras et à son épaule, et Sa Sainteté avait compris que quelque chose n'allait pas. Il avait alors entendu comme un claquement dans les profondeurs de son cerveau. Une veine qui gonfle et qui éclate à la surface des méninges, le sang qui s'échappe et remplit la cavité crânienne en comprimant les aires de la parole et du mouvement. C'est comme ça que le vieil homme s'était retrouvé enfermé dans un recoin de lui-même. Depuis, les yeux grands ouverts sur un monde dont les lueurs lui parvenaient comme celle d'une autre galaxie, Sa Sainteté écoutait la pendule battre les secondes.

Un bruit. Le pape tend l'oreille. Au loin, les cloches de Saint-Pierre sonnent l'angélus de midi. Brusquement, il se souvient... Il se souvient de l'entretien qu'il avait eu, à l'aube, avec le cardinal Camano. Il se souvient de son secrétaire particulier disposant une carafe d'eau sur la table basse. Il se souvient du goût terreux qui avait envahi sa gorge et de cette nausée qui avait contracté son estomac. Camano reparti, Sa Sainteté s'était allongée pour reprendre des forces avant le début du concile. Le pape s'était endormi. Il avait rêvé de la Fumée Noire et des Voleurs d'Âmes, de Janus hurlant sur sa croix et du ciel vide au-dessus. Il s'était réveillé en sursaut, la gorge sèche et la tête lourde. Son cœur battait faiblement et sa vue semblait avoir baissé. C'est pour cela qu'il avait voulu attraper la clochette sur la table basse. Pour un goût de terre dans la bouche. *Oh mon Dieu, ayez pitié de moi...*

Fou de terreur à présent, le pape tente de remuer les bras et les jambes. Un bruit de pas interrompt ses efforts. Il essaie de tourner son regard vers celui qui approche mais ses yeux restent désespérément fixés au plafond. Un courant d'air effleure son visage. Des murmures. Des gens se penchent au-dessus de lui tandis qu'une main tâte son pouls. Il reconnaît le visage de son médecin personnel, le front ridé de sa servante, ainsi que les traits tirés de deux protonotaires apostoliques dont les yeux embués laissent augurer le pire.

Durant quelques secondes, cette nuée de murmures et de visages lointains s'agite au-dessus de lui, puis le médecin sort son stéthoscope et pose l'embout métallique sur sa poitrine, cherchant son cœur. Il ne le trouve pas. Il secoue lentement la tête et range son instrument. Pris de panique, le pape tente alors d'adresser un signe à cette assemblée d'idiots qui le croient mort. Il suffirait d'un frémissement, d'un imperceptible battement de paupières. Ou alors d'une modification infime dans l'intensité de son regard. Oui, c'est ça la solution ! Un sentiment, juste une émotion, rien qu'une toute petite flamme à la surface éteinte de son cristallin.

Le vieillard tente de percer la couche vitreuse qui recouvre ses yeux lorsqu'une lumière aveuglante traverse sa cornée et illumine l'intérieur du réduit mental où sa conscience s'est réfugiée. Armé d'une lampe, le praticien observe ses pupilles. Elles ne se contractent pas sous l'effet de la lumière. Alors le vieillard entend le soupir que le médecin laisse échapper en annonçant que Sa Sainteté n'est plus.

Le pape se débat de toutes ses forces pour tenter d'attirer une dernière fois son attention lorsqu'il entend grincer la porte de ses appartements. Des bruits de pas. Les murmures s'estompent et les individus penchés sur Sa Sainteté se redressent pour laisser la place à l'homme qui vient d'entrer. Les traits du cardinal camerlingue grossissent dans le champ de vision du vieillard ; c'est lui qui est chargé de constater officiellement son décès. Ce cher vieux Campini. Lui va se rendre compte que Sa Sainteté n'est pas encore morte. Il va déclencher l'alerte. Ensuite on transportera le pape à la clinique Gemelli pour le placer sous assistance respiratoire et, un peu partout à travers le monde, un milliard et demi de fidèles se mettront à prier pour son rétablissement. Oui, c'est ce qui va se passer. Aussi, lorsque Campini approche un miroir de ses lèvres, le vieillard mobilise à nouveau toutes ses forces pour expirer ce filet d'haleine qui attestera qu'un souffle de vie habite encore sa dépouille. Il sent sa gorge se contracter et, tandis que le camerlingue écarte le miroir pour en interroger la surface, Sa Sainteté aperçoit la mince buée qui s'y est formée. Campini va bien se rendre compte que quelque chose ne va pas. Il ne peut pas rater cette trace de condensation qui se résorbe déjà sous l'effet de la tiédeur de la pièce. Ça y est ! Le pape vient de lire dans les yeux du camerlingue que celui-ci a repéré la buée. Mais alors, qu'attend-il pour en avertir le médecin et déclencher l'évacuation ?

À travers la fente de ses yeux mi-clos, Sa Sainteté analyse la lueur qui brille dans les yeux de son camerlingue : de l'espoir et du bonheur ? Son sang se fige dans ses veines. Non, cette flammèche qui vient de s'allumer dans la pupille du premier prélat du Vatican, c'est autre chose. De la jouissance. De la jouissance et de la haine. *Mon Dieu, il fait semblant de ne rien voir...*

Ayant essuyé le miroir avant de le ranger dans la poche de sa soutane, le camerlingue scrute les yeux morts qui le fixent. Puis il se penche et murmure à l'oreille du pape :

— Votre Sainteté, je sais que vous m'entendez. Sachez qu'en des temps pas si lointains où l'on ne vidait pas les papes avant de les enterrer, nombre de vos illustres prédécesseurs ont péri étouffés dans leur tombeau. Vous, vous allez avoir la chance de recevoir la visite des embaumeurs qui vont vous éventrer pour aspirer vos entrailles. Remerciez Dieu et cessez de vous débattre inutilement. Car l'heure approche où la Fumée Noire de Satan se répandra à nouveau sur le monde.

Voyant la main de Campini s'approcher de son visage, Sa Sainteté comprend que tout est fini. Et pendant que ses paupières se referment comme une tombe sous les doigts du camerlingue, le vieillard laisse échapper un long hurlement silencieux qui meurt à la lisière de ses lèvres.

68

Progressant lentement dans les souterrains du temple aztèque, le père Carzo parcourt les dernières représentation que sa torche arrache aux ténèbres. Les tribus qui n'ont pas reçu le feu sacré l'ont volé aux Olmèques. Puis elles ont réduit ces derniers en esclavage et les ont déportés au-delà du grand fleuve pour ériger des temples et des villes immenses à la gloire des dieux de la forêt. Plus loin, des armées poursuivent les élus qui sont parvenus à s'échapper. Son cœur martelant sa poitrine, Carzo voit les eaux d'un fleuve s'ouvrir pour laisser passer les Olmèques. Les flots se referment derrière eux et engloutissent leurs poursuivants.

Fresque suivante. Guidés par les étoiles, les Olmèques errent dans la jungle en direction de leur terre perdue. En chemin, le chaman qui commande la tribu gravit un volcan. À son sommet, la même

Lumière qui avait révélé le feu à ses ancêtres lui remet des plaques de terre cuite recouvertes de signes fort anciens que Carzo ne parvient pas à déchiffrer. Derrière le prêtre qui s'avance, l'entrée du temple n'est plus qu'un lointain rectangle blanc dans les ténèbres.

La flamme de la torche lèche la fresque suivante. Les Olmèques ont atteint la terre perdue. Ils ont bâti des cités merveilleuses à la gloire de la Lumière. Plusieurs siècles se sont écoulés. Ivres de richesses et d'orgueil, ils se sont mis à bâtir une gigantesque pyramide pour crever les nuages et atteindre le soleil. Ils se sont à nouveau détournés de la Lumière qui les a engendrés et la Lumière s'est éteinte. Quelque chose s'est produit, quelque chose que les Olmèques ont réveillé et qui a surgi de la jungle. C'est cela que les dernières fresques décrivent : le grand mal qui s'est brusquement abattu sur les cités olmèques bâties à la gloire de la Lumière. Des villes de pierre et d'or dont les pyramides se sont chargées de cadavres. Un grand mal contre lequel les flèches et le courage ne peuvent rien. Aussi des colonnes de femmes et d'enfants ont-elles commencé à fuir les cités pour gagner le couvert de la jungle. Mais la jungle s'est mise à dépérir et une moisissure grisâtre a contaminé les arbres. Sous le flambeau du père Carzo, la civilisation olmèque est en train de s'éteindre. Il n'en reste rien, que de la mousse et des lianes recouvrant peu à peu les cités fantômes.

Carzo s'immobilise sous le dernier tableau, une fresque rouge sang représentant une gigantesque pyramide dans les feux du couchant. Au sommet de l'édifice, on a dressé trois lourdes croix de bois sur lesquelles trois crucifiés, atrocement brûlés par le soleil, attendent la mort. Sur la croix centrale, un homme au visage déformé par la haine contemple la foule qui l'injurie. C'est un homme barbu et très maigre dont la peau blanche tranche sur le teint mat des autres suppliciés. Il est couronné d'un rameau de ronces, dont une épine acérée lui a crevé un œil. *Seigneur Jésus tout-puissant miséricordieux.*

C'est le visage du Christ en croix au sommet d'une pyramide olmèque que la lueur de la torche révèle aux yeux de l'exorciste. Un Christ que la foule livre à la mort. Mais pas le Christ des Évangiles, pas le bon pasteur, pas le Messie plein de compassion pour les hommes égarés qui l'assassinent, non. Ce Christ-là, cette bête hurlante qui se tord sur la croix en injuriant le Ciel, c'est le Diable en personne. Le fléau des Olmèques.

La torche commence à faiblir. Carzo a juste le temps de lire les signes que les Aztèques ont ajoutés au-dessus de la croix pour alerter l'humanité de ce qui s'était passé, comme un avertissement aux générations futures. Le feu, le sang et la mort, symboles de la malédiction éternelle.

En dessous, une date : le seizième jour de la quatre-vingt-deuxième année du septième cycle solaire. Carzo sent un souffle glacial s'emparer de son âme. Chaque cycle du calendrier solaire aztèque correspondant à quatre cents années terrestres, le fléau des Olmèques serait mort le 3 avril de l'an 33 de la datation catholique. Le même jour que le Christ.

Carzo s'apprête à effleurer le visage du crucifié lorsque le même hurlement qui a blanchi les cheveux d'Alameda retentit à nouveau dans l'obscurité. La Bête l'appelle, elle est toute proche.

Carzo se remet en route. Quelques mètres plus loin, il débouche dans une caverne creusée au cœur de la montagne. Sa torche vient de s'éteindre. Il distingue au loin un cercle de bougies dont la lueur tremble dans l'obscurité. Dressée au centre de cet alignement lumineux, la chose qui a été Maluna le regarde approcher de ses yeux luisants de haine.

69

Fouetté par les trombes d'eau qui s'abattent du ciel, le vol United 554 à destination de Denver s'arrache lourdement de la piste et disparaît dans l'épaisse couche de nuages qui surplombe le Massachusetts. Les bourrasques giflent les hublots et font gémir la carlingue tandis que l'appareil prend de l'altitude. Cramponnée aux accoudoirs, Parks sursaute lorsque les lumières de la cabine s'éteignent, plongeant dans la pénombre les visages blêmes des passagers. Les réacteurs hurlent dans la tempête. Un éclair zèbre l'obscurité à droite de l'appareil. Parks ferme les yeux et tente de se détendre en inspirant lentement par le nez. Une odeur étrange flotte dans la cabine, une lointaine odeur de pourriture. Non, une odeur qui se rapproche d'elle. Parks va rouvrir les yeux lorsque l'odeur explose dans ses narines. Un mouvement sur sa gauche. Elle se fige. Quelque chose vient de s'asseoir à côté d'elle, quelque chose qui pue la mort. Elle voudrait ouvrir les yeux mais ses paupières refusent de bouger. Elle serre les poings de toutes ses forces. *Je ne veux pas savoir ce qui est là à côté de moi. Oh, mon Dieu, faites que cette chose s'en aille...*

Parks sent les cheveux de la chose effleurer son épaule. Elle se retourne et sent son cœur bondir dans sa poitrine en apercevant le cadavre de Rachel assis à son côté. Elle a la tête baissée, ses cheveux collés par la boue masquent son visage. Un éclair déchire le ciel au moment où Rachel relève la tête et contemple Parks de ses yeux crevés. Une voix d'ogre s'échappe de ses lèvres.

— Où vas-tu comme ça, Marie ?

Parks ferme à nouveau les yeux et se concentre de toutes ses forces pour mettre un terme à la vision. Elle sent la main de Rachel se poser sur son bras, ses doigts terreux se refermer sur son poignet. Puis l'odeur de pourriture enveloppe son visage tandis que Rachel se penche vers elle. Ses lèvres putréfiées s'agitent à quelques centimètres de celles de Marie.

— Tu crois vraiment que je vais te laisser faire, Marie chérie ?

Parks va se mettre à hurler lorsque la lumière du jour éclabousse brusquement les hublots. Le Boeing 737 émerge des nuages. Elle ouvre les yeux et sursaute en apercevant le regard bleu d'une ravissante hôtesse penchée au-dessus d'elle.

— Tout va bien, mademoiselle ?

— Pardon ?

— Vous avez crié.

Le parfum qui s'échappe du chemisier de l'hôtesse achève de chasser l'odeur de charogne qui traîne encore dans la mémoire de Parks. Elle en respire quelques bouffées et esquisse un sourire.

— C'était juste un mauvais rêve.

— Un mauvais rêve ? Dis plutôt que c'était un sacré putain de cauchemar, Marie chérie.

Parks se raidit de peur en voyant le sourire de l'hôtesse s'élargir sur une rangée de crocs. Elle ferme à nouveau les yeux et repousse la vision. Lorsqu'elle les rouvre, les dents de l'hôtesse sont redevenues normales. Sa voix aussi.

— Dites, vous êtes sûre que tout va bien ?

Marie fait oui de la tête. Puis elle regarde l'hôtesse s'éloigner et aspire une gorgée d'air pressurisé pour tenter de calmer les battements de son cœur. Jamais ses visions n'ont été aussi fortes – comme si la zone qui les produisait était en train de coloniser d'autres régions cérébrales en friche.

À force de l'imaginer palpiter dans sa boîte crânienne, Parks avait fini par visualiser son cerveau sous la forme d'une immense planète désertique avec des oasis de verdure représentant les zones où les neurones sont actifs dès la naissance. L'aire de la parole, de la compréhension, l'aire de la coordination et celle de l'équilibre. Des taches minuscules perdues au milieu de milliards de kilomètres carrés de sable cérébral inerte. La foudre au milieu du désert : c'est ce qui s'était passé le jour où Marie avait eu son accident. Le fracas du tonnerre accompagnant le pare-brise qui explose contre son visage. Une décharge de lumière dans le ciel, puis le néant.

Rapporté à l'échelle de l'univers, le petit arc électrique qui avait activé la zone morte de Parks était un éclair de plusieurs dizaines de kilomètres de long, une énergie considérable qui avait frappé les régions désertiques de son cerveau. Depuis, Parks était persuadée que cette énergie se propageait toujours sous la peau de son crâne, ses neurones inertes s'allumant les uns après les autres comme des milliards de lampadaires dans le désert. C'est pour cela que ses visions devenaient de plus en plus difficiles à contrôler.

La région cérébrale interdite qui commande les visions... La jeune femme essaie de déglutir la boule d'angoisse qui obstrue sa gorge. Qu'est-ce qu'il y avait à côté de cette première zone morte ? Celle qui lit dans les pensées des gens, celle qui résout les équations à mille inconnues ou celle qui déplace des immeubles ? Une pointe de migraine lui vrille les tempes.

Elle se tourne vers le hublot. Le nez du 737 s'abaisse légèrement pour passer en vol de croisière. Le pilote réduit les gaz, résumant le bruit des réacteurs à un chuintement. Marie cligne des yeux en contemplant l'azur bleu foncé et le soleil dont les rayons rebondissent sur les ailes de l'appareil. En dessous, les nuages sont si compacts qu'elle a l'impression que le monde a disparu sous une épaisse couche de neige.

70

Refusant le plateau que l'hôtesse lui tend, Marie Parks choisit une pomme et une bouteille d'eau minérale sur le chariot puis se plonge dans le dossier que le directeur du FBI lui a remis à l'aéroport. Deux cents pages couvertes de notes et de Post-it. Elle soupire : Crossman ne prend jamais le temps de faire court.

Les premières pages du dossier sont consacrées à l'assaut que le FBI a lancé contre la crypte. C'est l'agent spécial Browman qui commandait la section. Pas un tendre, en tout cas pas le genre à sacrifier une collègue pour des sommations.

Les pages suivantes du rapport présentent une série de clichés pris juste après l'assaut. Sur une des photos, l'agent spécial Browman crâne. Il a posé un pied sur le cadavre de Caleb et regarde l'objectif en tenant son fusil d'assaut sur l'épaule. Un sale con finalement, ce Browman.

Pages suivantes. Le cœur de Parks se serre en découvrant les photos de Rachel clouée sur son banc. Les clous ont été enfoncés si profondément qu'il a fallu scier le bois autour de ses membres pour la libérer.

Marie ferme les yeux et entend les hurlements de Rachel, le bruit de ses pieds nus dans les fougères, ses sanglots de terreur et ses appels au secours. Un reste de souvenir qui se désagrège comme un banc de brume au soleil.

Elle passe aux clichés suivants sur lesquels elle se découvre immortalisée sur la croix. Elle venait juste de s'évanouir et, tandis que l'équipe la déclouait, l'expert médico-légal l'avait photographiée sous toutes les coutures. Nauséeuse, Parks se contemple un instant nue et désarticulée contre la poutre, des rigoles de sang s'échappant de ses poignets et de ses chevilles. Elle a la désagréable impression qu'elle est en train d'examiner les clichés de quelqu'un d'autre. Une victime aussi anonyme que celles des tueurs en série qu'elle avait croisés au cours de sa carrière.

À ses côtés, sur les autres croix, les quatre disparues de Hattiesburg semblent contempler les ténèbres. Leur visage putréfié paraît plus blanc sous la lumière crue des flashes. Quatre fantômes décharnés et mutilés. Et elle, au milieu, nue et trempée de sang.

Parks tourne les feuillets du dossier. La dernière partie est consacrée à l'enquête préliminaire que les agents de Crossman avaient menée pendant qu'elle se faisait rafistoler à l'hôpital. Le petit appartement poussiéreux que Mary-Jane Barko avait loué à Hattiesburg en débarquant avec sa valise et son fichu rouge sur les cheveux. La chambre que Sandy Clarks avait payée d'avance dans un motel crasseux à la sortie de la ville. Le mobile home et le pick-up cabossé avec lequel Patricia Gray se rendait chaque soir au travail. La grange aménagée que le vieux Clarence Biggs avait fait visiter à Dorothy Braxton en lui reluquant sûrement les fesses à travers les verres fumés de ses lunettes.

En débarquant successivement à Hattiesburg, les

quatre disparues étaient sur les traces de Caleb. Elles resserraient l'étau autour de lui, sachant qu'il avait posé ses valises dans le Maine. Mais pourquoi à Hattiesburg ? Pour sa station *Texaco* ? Pour son *Kentucky Fried Chicken* grouillant de cafards ou son usine de pâte à papier ? Ça ne tenait pas debout. À moins que Caleb ait précisément choisi ce désert de forêts et d'étangs pour tendre un piège à ses poursuivantes ? Oui. C'était cela : en déterrant les morts dans les cimetières, il avait laissé derrière lui ce qu'il fallait d'indices pour les attirer ici. Puis il les avait massacrées, les unes après les autres. Ensuite il avait tué Rachel. Marie ferme les yeux. La piste Hattiesburg s'arrêtait au milieu de la forêt avec celle de Caleb et des quatre crucifiées. Rideau. C'est donc du côté des Recluses qu'il fallait à présent chercher. Poser ses pas dans les pas du tueur, entrer dans sa peau et trouver ce que les victimes avaient bien pu découvrir avant d'arriver à Hattiesburg. Quelque chose qui avait signé leur arrêt de mort.

71

Un signal sonore s'échappe des haut-parleurs de la cabine. La voix métallique du commandant annonce que le 737 survole à présent la région des Grands Lacs. Levant les yeux de son dossier, Parks croque dans sa pomme en collant son nez contre le hublot. L'épaisse couche de nuages a disparu. Loin au-dessous de l'appareil, elle distingue à présent la rive sud du lac Michigan et les gratte-ciel de Chicago. Elle avale une gorgée d'eau minérale pour chasser le goût farineux de la pomme sous cellophane puis elle passe aux pages où Crossman a agrafé les rapports découverts dans les chambres des disparues : une cinquantaine de feuillets sur l'enquête interne que le Vatican avait déclenchée après la vague de meurtres ayant frappé les Recluses en Afrique, en Argentine, au Brésil et au Mexique. Des couvents perdus au bout du monde où l'Église avait dispersé ses manuscrits les plus secrets. Pas des forteresses comme en Europe ou aux États-Unis, non, de simples couvents de torchis perdus au fin fond de la jungle ou de la savane. Treize vieilles femmes massacrées et crucifiées. *Caleb le Voyageur*, c'est ainsi que les quatre disparues de Hattiesburg surnommaient celui qu'elles poursuivaient. Il avait commis treize meurtres en six mois – un véritable emploi du temps de tueur en série. À cette différence près que Caleb ne choisissait pas ses victimes au hasard. Il cherchait un manuscrit que les Recluses conservaient à l'abri de leurs couvents, un manuscrit qu'il devait récupérer à tout prix. L'évangile selon Satan.

Marie parcourt les messages que les quatre disparues ont échangés au cours de leur chasse à l'homme. La première annonce était parue six mois plus tôt dans le *Liberia Post* de Monrovia. Un encadré au milieu des avis de décès et des faire-part de naissance.

Chères cousines.
Grand-mère décédée tragiquement dans sa maison de Buchanan.
Présence requise pour les obsèques.
Tendrement.
Dorothy.

Si Braxton avait choisi de faire paraître son message dans une publication africaine, cela signifiait que les autres religieuses enquêtaient sur le même continent. À l'exception de Mary-Jane Barko, que Sandy Clarks avait alertée en relayant l'annonce dans le *Daily Telegraph*. Barko y avait répondu dans les colonnes du lendemain :

> *Arriverai à Buchanan par le vol de 13 heures en provenance de Londres.*
> *Votre cousine Mary-Jane.*

Parks parcourt le rapport de la police libérienne que le patron du FBI a agrafé un peu plus loin : on venait de retrouver une vieille religieuse assassinée dans son couvent de Buchanan, une Recluse, la prétendue grand-mère du message publié par Dorothy Braxton dans le quotidien de Monrovia. La chasse à l'homme avait pu reprendre. Ce qui impliquait que le meurtre de Buchanan n'était pas le premier de la série et que les quatre disparues étaient déjà sur la piste de Caleb avant de débarquer au Liberia.

Marie feuillette le dossier à la recherche d'un meurtre antérieur à celui de la Recluse de Buchanan. Rien. Comme si finalement tout avait commencé là, sur les plages blanches du Liberia. Puis son regard se fige sur une annonce publiée deux mois plus tôt dans un quotidien de Cairns, une petite ville australienne perdue entre le golfe de Carpentarie et les récifs de la Grande Barrière de corail.

> *Chères toutes,*
> *Grand-Père est de retour.*
> *Venez vite.*
> *Mary-Jane.*

« Grand-père est de retour. » Le premier meurtre, celui qu'elle recherchait. Le coup d'envoi de la chasse à l'homme. Fébrile à présent, Parks ouvre un carnet à spirale retrouvé par le FBI dans la chambre de Barko : « Le Voyageur est de retour... »

En tombant sur cette phrase que la religieuse a griffonnée sur la première page de son carnet, la jeune femme sent l'angoisse lui brûler la gorge. L'écriture de Mary-Jane est toute cabossée, presque illisible, comme si elle avait tracé ces lignes sous le coup d'une terreur indicible. Mais, au-delà de la peur qu'ils reflètent, ces mots signifient surtout que les tout premiers meurtres ont été commis bien avant ceux de Cairns ou de Buchanan. Et que, comme Marie pourchassant ses cross-killers à travers la planète, les quatre disparues guettaient depuis des années la reprise de la série.

Parks fait défiler les feuilles du carnet où Mary-Jane Barko a gribouillé d'autres mots sans suite. Des dates, des noms et des adresses situées dans les différentes villes que la chasse à l'homme lui avait fait traverser. Sa respiration s'accélère. Les pages suivantes sont recouvertes de dessins sanglants. Des vieilles femmes crucifiées, des tombes éventrées et des forêts de croix. Mary-Jane Barko n'allait pas bien – un peu comme ces agents du FBI qui pètent les plombs en tombant sur la réserve à cadavres d'un tueur en série.

Marie tourne les dernières pages et tombe sur une phrase que Mary-Jane Barko avait écrite en lettres majuscules :

ÇA REVIENT.
ÇA REVIENT TOUJOURS.
ON CROIT QUE C'EST MORT MAIS ÇA REVIENT.

Parks ferme les yeux. Oui, c'est bien ça : au moment où elle avait écrit cette phrase, les nerfs de la religieuse étaient en train de lâcher.

72

Après le Liberia, les quatre disparues n'avaient plus donné signe de vie pendant près de trois semaines. Vingt jours de silence durant lesquels elles étaient descendues chacune de leur côté vers le sud en suivant le golfe de Guinée. Elles étaient toutes sur la piste de Caleb.

L'annonce suivante avait été publiée le 7 août par Sandy Clarks dans les colonnes du quotidien national de la République démocratique du Congo. Le texte codé annonçait qu'une vieille Recluse noire venait d'être massacrée dans son couvent de Kinshasa. Les trois autres disparues l'avaient rejointe le lendemain et avaient fouillé la cellule de la défunte. À en croire le dossier, Caleb était parvenu à récupérer un extrait de l'évangile selon Satan que des Recluses du Moyen Âge avaient recopié avant que le manuscrit ne se perde. Ce fragment contenait assez de secrets pour justifier la mise à mort de celles qui en assuraient la garde depuis des siècles.

Parks tourne la page et tombe sur le message que Sandy Clarks avait publié un mois plus tard dans le quotidien sud-africain *Mail & Guardian*. Elle venait d'atteindre les rivages du Pacifique et le port de Durban où elle enquêtait dans les bas-quartiers jouxtant les docks. Elle avait trouvé quelque chose. L'annonce, très courte, disait ceci :

> *Chères cousines.*
> *Tante Jenny gravement malade.*
> *Addington Hospital de Durban.*
> *Venez vite.*

Marie examine le rapport du lieutenant Mike Douwey, de la police criminelle du comté de Durban. Le fonctionnaire y détaillait l'hospitalisation en urgence d'une vieille religieuse, une Recluse, retrouvée crucifiée dans la cellule de son couvent de la province du Kwazulu-Natal. C'était une jeune femme prétendant être sa nièce qui avait découvert la malheureuse. Ses cousines l'avaient rejointe le lendemain et s'étaient relayées dans la chambre de la mourante. Puis, la vieille dame ayant rendu l'âme peu avant l'aube, les quatre jeunes femmes s'étaient volatilisées. Dossier classé sans suite faute de piste. Parks laisse échapper un soupir. Les trois autres religieuses n'avaient même pas pris le temps de répondre au message pressant de Sandy Clarks. Elles avaient rappliqué du Botswana, de la Namibie et du Mozambique pour voler au secours de leur consœur qui avait failli coincer Caleb. Elle était arrivée quelques secondes trop tard, quelques secondes qui avaient coûté la vie à une nouvelle Recluse.

D'après les notes retrouvées dans les appartements des disparues à Hattiesburg, la vieille crucifiée avait repris connaissance peu avant l'aube. Elle avait juste eu le temps d'articuler que c'était un moine qui l'avait crucifiée et que ce moine portait aux avant-bras les scarifications des Voleurs d'Âmes. Elle avait aussi ajouté que les portes de l'Enfer étaient ouvertes et que les armées de la Bête se répandaient sur le monde. Mary-Jane Barko s'était alors penchée vers elle pour lui demander si Caleb était parvenu à récupérer quelque chose dans sa cellule. C'est à ce moment que la vieille femme avait tenté de l'étrangler. Les trois autres femmes s'étaient jetées sur elle pour la ceinturer, mais la pauvre folle s'était tellement débattue que les religieuses avaient senti ses bras et ses jambes se fracturer sous leurs mains. Après avoir poussé un hurlement d'une voix qui n'était pas la sienne, la Recluse était morte.

Parks ferme les yeux. Des conneries, tout ça. La Recluse devait être une de ces vieilles siphonnées dont on remplit les asiles. Elle n'avait certainement pas vu les armées de Satan. Non. Elle ne *pouvait pas* avoir vu ça.

Marie se replonge dans sa lecture. Après Durban, les quatre disparues avaient poursuivi Caleb le long des côtes de l'Afrique du Sud. Mille six cents kilomètres jusqu'au Cap à traquer un fantôme dont la trace se dissipait peu à peu comme des empreintes sur le sable.

Le 16 octobre, les religieuses avaient atteint les falaises de Cape Point, à l'extrémité du continent africain. Quatre jeunes femmes silencieuses et épuisées qui avaient plongé leur regard dans les eaux sombres du cap de Bonne-Espérance où un cargo porte-conteneurs, qui venait de quitter la baie de False, luttait âprement contre les courants.

C'est là que la piste de Caleb s'arrêtait, tout au bout du continent noir, à l'endroit précis où l'écume de l'Atlantique rejoint celle de l'océan Indien pour ne former qu'un seul et immense désert froid et mouvant. Là aussi que les quatre religieuses avaient compris qu'elles avaient perdu la bataille.

À quatre mille kilomètres vers le sud, l'Antarctique et ses glaces éternelles. Rien entre les deux, pas même un îlot, un rocher affleurant des eaux froides. À l'ouest, huit mille kilomètres d'océan séparaient l'Afrique du continent sud-américain. À l'est, le même abîme jusqu'aux côtes de l'Australie. Ce jour-là, Mary-Jane Barko avait écrit dans son carnet :

Que Dieu nous pardonne
et qu'il nous protège à présent
du grand mal qui se répand.

73

Les haut-parleurs de la cabine annoncent que l'appareil vient de franchir la frontière du Nebraska et que la température est en train de dégringoler, signe qu'une tempête de neige se prépare au-dessus des montagnes Rocheuses. Parks relève les yeux de ses dossiers et colle à nouveau son nez contre le hublot. L'océan vert des grandes plaines remplit à présent l'horizon. Elle contemple la fine pellicule de givre qui se forme à la surface du Plexiglas et gomme peu à peu le paysage. Un épais panache de condensation s'échappe des turbines et les ailes se mettent à luire dans l'air glacial. Marie tend l'oreille. Le chuintement des réacteurs est en train de changer à mesure que le pilote force les gaz pour compenser le poids du gel qui se forme sur la carlingue. La jeune femme maudit Crossman en songeant au froid qu'elle va devoir affronter avant d'atteindre ce satané couvent perdu au milieu des Rocheuses. Elle se replonge dans sa lecture.

Plus aucun signe de vie dans les grands quotidiens de la planète depuis Durban. Et, dans le carnet de Mary-Jane Barko, la chasse à l'homme semblait s'arrêter là, à la pointe de l'Afrique. Les yeux de Parks s'arrondissent en tombant, quelques pages plus loin, sur un rapport de la police maritime sud-africaine. Très décousu, le document détaille plusieurs phénomènes étranges qui se sont déroulés au large des îles de Tristan da Cunha, un archipel perdu au milieu de l'Atlantique, à plus de deux mille cinq cents kilomètres des côtes sud-africaines, la nuit du 27 au 28 octobre, soit une semaine et demie après que les religieuses avaient perdu la trace de Caleb.

Ayant capté un message de détresse en provenance du *Melchior*, un porte-conteneurs qui faisait route vers l'Argentine après une escale au Cap, le paquebot *Sea Star* s'était rabattu en pleine nuit sur le signal. Le rapport précise que le *Sea Star* avait stoppé les machines en vue du *Melchior*, dont la proue tapant les vagues semblait indiquer que le cargo était à la dérive.

Les marins du *Sea Star* étaient montés à bord et avaient parcouru les ponts déserts. Puis une voix blanche avait annoncé à la radio que les moquettes des coursives étaient trempées de sang et qu'il y avait de nombreuses traces de lutte, des décharges de chevrotine dans les parois et des balles perdues dans les portes des cabines. Plus loin, les marins du *Sea Star* étaient tombés sur quatre cadavres affreusement mutilés, les corps déchiquetés de manière incompréhensible. Puis ils avaient poussé jusqu'à la passerelle où les survivants du *Melchior* avaient trouvé refuge avant d'être rattrapés par la chose.

Un canot de sauvetage ayant été signalé manquant, le capitaine du *Sea Star* avait fait balayer l'océan à l'aide de ses puissants projecteurs. En vain. Aussi, après avoir alerté la police maritime sud-africaine, le *Sea Star* avait repris sa route vers l'ouest.

Fébrile, Parks fait défiler les pages du rapport Crossman pour recouper les dates. Deux mois de silence s'étaient écoulés depuis Durban lorsque Patricia Gray avait publié une nouvelle annonce dans le quotidien *La Nación*, de Buenos Aires. La chasse à l'homme avait repris. Marie revient quelques pages en arrière et lit la destination du *Sea Star :* Punta Arenas, un port de la Terre de Feu situé à la pointe du continent sud-américain. Elle ferme les yeux pour lutter contre le vertige qui envahit son esprit. Caleb avait quitté Le Cap à bord du cargo *Melchior*, le même porte-conteneurs que les religieuses avaient vu se débattre dans les courants tandis qu'elles contemplaient les eaux sombres à la pointe sud de l'Afrique. Il avait dû se cacher dans les cales du navire. Puis, tandis que le cargo approchait de l'archipel de Tristan da Cunha, un marin avait dû le repérer et Caleb avait massacré l'équipage. Il avait alors aperçu les feux du *Sea Star* à travers les vitres crasseuses de la passerelle où il venait de rattraper les survivants du *Melchior*. Il avait libéré une chaloupe et s'était jeté à la mer en nageant de toutes ses forces pour échapper à l'étrave du paquebot qui approchait. Il s'était hissé à bord du *Sea Star*, où il s'était terré jusqu'à ce que le navire arrive à destination.

Des centaines de vacanciers endormis au-dessus de Caleb. Parks ressent une vague nausée en imaginant ce qui se serait passé si un marin du *Sea Star* avait réveillé la Bête.

74

Après avoir entendu parler du massacre qui avait eu lieu sur le *Melchior*, les quatre religieuses s'étaient envolées pour la pointe sud du Chili. Elles avaient atterri à l'aéroport Carlos Ibanez de Punta Arenas quelques heures avant l'arrivée du *Sea Star*. Puis elles s'étaient rabattues sur le port et avaient guetté au loin les fumées du paquebot. C'est Dorothy Braxton qui les avait aperçues la première, tandis que le navire remontait lentement les eaux blanches du détroit de Magellan.

Les religieuses avaient braqué leurs jumelles sur les

ponts extérieurs où des centaines de passagers se pressaient. Elles les avaient longuement détaillés, puis elles les avaient observés pendant qu'ils descendaient les passerelles que les marins venaient de déployer. Pas la moindre trace de Caleb.

Les quatre bonnes sœurs avaient attendu la nuit pour se glisser à bord du *Sea Star* dont elles avaient fouillé les cales à la lueur de leurs lampes-torches. Elles avaient retrouvé la cache de Caleb dans un conduit de climatisation sous la ligne de flottaison. C'est comme ça qu'elles procédaient depuis des mois : en se fiant aux signes de mort et de désolation qu'il abandonnait derrière lui. Des cadavres de rats, des insectes morts et des mouches. Mais, cette fois-ci, un autre indice avait attiré leur attention : coincé dans les ténèbres durant les seize jours de la traversée, Caleb avait gravé sur la cloison du conduit une forêt de croix et un océan de visages hurlant dans la tourmente. Le chœur des âmes damnées. Au-dessous de cette fresque, il avait ajouté une inscription latine que les religieuses avaient photographiée : *Ad Majorem Satanae Gloriam*. Pour la plus grande gloire de Satan.

Les religieuses avaient ensuite fouillé le dédale des conduits de ventilation jusqu'à la salle des machines. En vain. Caleb avait dû sauter du paquebot à distance de la côte, mais il avait abandonné derrière lui suffisamment d'indices pour relancer la chasse à l'homme.

Parks revient à l'annonce que Patricia Gray a publiée le 16 novembre dans le quotidien *La Nación* de Buenos Aires, soit quelques jours après l'accostage du *Sea Star* :

> *Chères toutes,*
> *Tante Marthe décédée.*
> *Rejoignez-moi le plus vite possible.*

Une Recluse de plus crucifiée dans son couvent. Et toujours pas la moindre indication sur le contenu de cet évangile que Caleb recherchait en massacrant ces femmes.

Les annonces suivantes étaient parues à intervalles réguliers dans plusieurs quotidiens sud-américains : *Globo*, de São Paulo, au Brésil, *Última Hora*, d'Asunción, au Paraguay, et *La Razón*, de Santa Cruz, en Bolivie. Puis le tueur était remonté plein nord vers l'équateur, ainsi que l'attestait une nouvelle annonce parue au mois de novembre dans le quotidien *La República* de Lima, au Pérou. Une autre encore dans *La Patria* de Carthagène.

Parks épluche les rapports de la police colombienne sur le meurtre particulièrement insoutenable de mère Esperanza, supérieure des Recluses de Carthagène. Elle sent sa bouche s'assécher en découvrant les photos de la scène de crime. Caleb s'était déchaîné à tel point que seuls quelques tendons rattachaient encore la malheureuse à sa croix. La vieille religieuse n'avait pas seulement été crucifiée et profanée, elle avait aussi été torturée à mort. Comme si le tueur voulait lui arracher des renseignements qu'elle seule possédait. Quelque chose que les autres Recluses assassinées auraient ignoré.

Marie parcourt les notes prises par Crossman sur ce dernier meurtre. Comme toutes les autres Recluses, mère Esperanza était la bibliothécaire de son couvent. C'est elle qui détenait les clés des salles fortes où l'ordre enfermait ses manuscrits les plus dangereux : les bibliothèques interdites.

Parks poursuit sa lecture. Après Carthagène, les meurtres avaient repris au Mexique puis aux États-Unis. La congrégation de Corpus Christi au Texas, celle de Phœnix dans l'Arizona. Le dernier meurtre s'était produit au Colorado, dans un couvent-forteresse perdu au milieu des Rocheuses. C'était là que les quatre disparues avaient failli rattraper Caleb.

Quelques jours plus tard, elles avaient retrouvé sa trace à Hattiesburg, où elles avaient débarqué l'une après l'autre pour mettre un terme définitif à la folle randonnée du tueur. Aucun couvent de Recluses dans les parages, juste des étangs poissonneux et des forêts à perte de vue.

Pour attirer les quatre disparues dans une région aussi peu fréquentée, Caleb s'était mis à déterrer les morts dans des cimetières isolés et avait entassé ces cadavres dans la crypte au milieu de la forêt d'Ox-borne. Ces profanations avaient fait la une des journaux locaux puis des quotidiens des grandes villes. Jusqu'à ce que les religieuses tombent dessus en feuilletant la presse. Parks appuie sa tête contre le dossier de son siège. Oui, c'est comme ça que les quatre disparues de Hattiesburg s'étaient jetées dans la gueule du loup.

On avait ensuite retrouvé leurs vêtements à la lisière de la forêt. Voilà ce qui ne collait pas : pourquoi Caleb avait-il pris ce risque ? Pourquoi ne s'était-il pas tout simplement volatilisé après avoir massacré ses poursuivantes ? Pourquoi ? Sinon pour l'attirer, elle, pour qu'elle se jette sur la trace de Rachel et qu'elle découvre les morts dans la crypte. Certes, mais dans quel but ? Marie n'en sait rien. Épuisée, elle ferme les yeux et écoute le chuintement des réacteurs. Les haut-parleurs grésillent. Elle entend à peine la voix du commandant annoncer une zone de turbulence, et sombre dans un sommeil sans rêve.

CINQUIÈME PARTIE

75

Igarape do Jamanacari, affluent du rio Negro, forêt amazonienne.

Le dormeur sent que la lointaine lueur du soleil effleure ses paupières. La pirogue avance sous un épais toit de branchages qui laisse filtrer les rayons. Des flaques lumineuses alternent avec de vastes pans d'ombre. L'embarcation progresse sur la surface limoneuse d'un *igarape*, un lent cours d'eau qui serpente sous l'épaisseur des arbres.

Le dormeur perçoit l'odeur des rameurs qui s'activent à ses côtés. Des bouffées de sueur rance s'échappent de leurs aisselles et se mêlent aux parfums d'humus et d'eau verte. Hormis le clapotis des pagaies et le souffle régulier des rameurs, la jungle est silencieuse. Pas un cri de singe ni un chant d'oiseau. Mais les insectes, eux, sont revenus et leur masse bourdonnante emplit à nouveau la forêt.

Abrité derrière le mur de ses paupières, le dormeur sent des nuées de moustiques se poser sur ses jambes et ses bras nus. Il a faim. Une soif intolérable consume sa gorge. Des milliards de gouttelettes s'échappent de son corps et dégoulinent sur sa peau. Il écoute le murmure de la rivière sous le fond de la pirogue, le raclement des branches contre la coque et le tourbillon des pagaies qui brassent l'eau tiède. Il tente de remuer les bras et prend soudain conscience de sa fatigue, de cet épuisement qui engourdit son corps et des ténèbres qui se sont emparées de son âme.

Il a l'impression d'être resté inconscient durant des siècles. Il cherche à rassembler ses souvenirs mais sa mémoire est vide. Ou plutôt les bribes qu'elle contient ne sont plus accessibles, comme obscurcies par autre chose. Une réminiscence noire et épaisse, sans images, sans odeurs ni sons, comme une bouteille d'encre renversée sur un livre. Ou une couche de ciment frais sur une fresque ancienne. Le dormeur sursaute. *Une fresque ancienne...*

Fébrile, il se met à gratter la couche qui recouvre ses souvenirs. Comme un archéologue, il tape sur la dalle de ciment, la fend et l'éparpille et finit par apercevoir en dessous des fresques rouges et bleues sur la voûte d'un souterrain, éclairées à la torche. Ça y est, le dormeur se souvient. Ses paupières tremblent. Ses mains se crispent et ses ongles raclent le fond de la pirogue. Les premiers-nés olmèques, le paradis perdu et l'archange Gabriel remettant le feu à la tribu des élus. Il remonte le temps et s'immobilise sous la dernière fresque. Les trois croix au sommet de la pyramide olmèque. Il sent la peur l'envahir. Il fixe le souvenir de ce Christ qui regarde la foule, qui se tord sur la croix en hurlant à la foule. Le fléau des Olmèques.

— Oh, Seigneur, je me souviens...

Le clapotis des pagaies s'estompe, la pirogue ralentit. Un visage barbu et épuisé se penche au-dessus du dormeur. Il parle avec un épouvantable accent, un sabir de portugais, d'allemand et de dialectes indiens du bassin de l'Orénoque.

— Bienvenue chez les vivants, père Carzo. Nous avons beaucoup prié pour le salut de votre âme pendant que vous luttiez contre les ténèbres.

— Qui êtes-vous ?

— Pasteur Gerhard Steiner. Je dirige la mission protestante de San José de Constenza. Des chasseurs vous ont retrouvé errant dans la jungle et un hélicoptère de l'armée brésilienne vous a déposé chez moi.

— Où sommes-nous ?

— Nous descendons actuellement l'igarape de Jamanacari vers le rio Negro. Nous sommes tout proches de Manaus.

Carzo agrippe la manche de Steiner.

— Les Yanomani. Il faut leur porter secours.

Le visage du pasteur pâlit sous son bronzage.

— L'armée a expédié une patrouille vers São Joachim. J'ai intercepté leur rapport radio. Il ne reste que des cadavres. Le grand mal... il a tout emporté. Et maintenant il se répand au cœur de la forêt, il avance vers le delta de l'Amazone.

— Et le père Alameda ?

Une ombre glisse sur le visage du pasteur.

— Vous devez vous reposer maintenant.

— Steiner, dites-moi ce qu'est devenu Alameda !

— Nous avons retrouvé son cadavre pendu à un arbre Les fourmis rouges avaient dévoré son visage.

— Seigneur...

— Que s'est-il passé, père Carzo ? Qu'est-ce que les Yaromani ont réveillé au cœur de la forêt ?

Carzo ferme les yeux. Il cherche d'autres souvenirs parmi les décombres de sa mémoire. La fresque... Le Christ aux yeux plein de haine... La torche qui grésille et s'éteint. Il avance dans l'obscurité jusqu'à une caverne ouverte dans le ventre de la montagne... Un cercle de bougies. Quelque chose se tient debout au milieu des cierges. Quelque chose qui...

— Père Carzo, vous vous souvenez de ce qui s'est passé ?

— Je ne sais pas... je ne sais plus...

— Essayez, mon père. Je vous en conjure.

Carzo se concentre. La lueur tremblante des bougies. Une odeur de charogne et de soufre. La chose qui avait été Maluna se tient debout au centre de la lumière. Carzo frissonne en sentant la noirceur de cette force maléfique aspirer son âme. L'agonie de l'âme et la mort de Dieu. Carzo comprend alors que sa foi ne peut rien contre une telle noirceur. Il entre dans le cercle de lumière, se tient devant la créature et respire l'abominable puanteur qui s'échappe de sa gueule. La dernière chose dont il se souvient, c'est cette étrange torpeur qui s'empare de son esprit. Puis ses jambes se dérobent et il tombe à genoux au pied de la créature. Tout ce qui s'est passé ensuite a disparu à jamais de sa mémoire. Ne restent que des fragments d'images, quelques sons et des odeurs.

Carzo sent l'eau s'agiter sous le fond de la pirogue. Un courant vif, rapide, capricieux. Il ouvre les yeux. Au-dessus de lui, le ciel de branchages se déchire au fur et à mesure que les rives du fleuve s'éloignent. La pirogue vient de quitter les eaux lentes et boueuses de l'igarape pour les rapides du rio Negro. Un cri retentit à l'avant. Épuisé, Carzo se redresse et regarde dans la direction que l'indigène Maturacas désigne. À travers la brume qui se dissipe, il aperçoit des quais en bois et des taudis sur pilotis. Au-delà, un port où des vieux cargos aux flancs rouillés attendent leur cargaison de caoutchouc. Plus loin encore, les dômes du centre-ville et la flèche de la cathédrale jésuite de Nossa Senhora da Imaculada Conceiçao.

— Manaus ! Manaus ! hurle l'indigène en tapant dans ses mains.

Carzo se rallonge dans la pirogue et ferme les yeux.

76

Denver, aéroport international Stapelton.

De la buée s'échappe des lèvres de Parks lorsqu'elle franchit la porte de l'appareil. Le froid mord son visage. Les premiers flocons flottent dans l'air glacé.

Au comptoir *Avis* du terminal, Parks dégaine la carte de crédit de Crossman et loue une Cadillac Escalade, un monstre de trois tonnes équipé de pneus larges. Idéal pour attaquer les routes enneigées du Colorado. Puis elle franchit le sas vitré de l'aéroport et rejoint le parking où sont alignés des dizaines de limousines et de 4 × 4.

Une fois qu'elle est installée à bord de la Cadillac, elle met le contact. Un vrombissement emplit l'habitacle tandis que l'électronique règle automatiquement la hauteur des pédales, la position du siège et des rétroviseurs. Elle boucle alors sa ceinture et démarre le 6 litres V8. Manœuvrant pour sortir la Cadillac du parking, elle quitte l'aéroport par Pena Boulevard puis s'engage sur l'Interstate 70 en direction de Denver.

Marie adresse un sourire à une gamine qui lui fait un pied de nez à travers la lunette arrière d'une Toyota. Puis elle se rabat sur la voie de droite et cale son limiteur de vitesse sur 50 miles. Les sommets du Colorado se découpent dans le lointain. Elle étouffe un bâillement et allume la radio. Le sélectionneur de stations est réglé sur KOA, une chaîne d'info en continu. La voix nasillarde du présentateur météo envahit l'habitacle :

« Nous venons tout juste de recevoir un message d'alerte de la station KFBC basée à Cheyenne. On nous signale que la tempête vient de s'abattre sur le nord du Wyoming et qu'on compte déjà quarante centimètres de poudreuse dans le parc de Yellowstone et au pied des Bighorn Mountains. Compte tenu de la force et de l'intensité des vents, la dépression devrait mettre un peu moins de quatre heures à atteindre les monts Laramie et la frontière du Colorado. Elle s'abattra ensuite sur Boulder et Denver, bloquant la route des cols et les itinéraires dans les vallées. »

Le présentateur achève son bulletin par les recommandations d'usage. Marie coupe la radio. Quatre heures de répit. Ça lui laisse juste le temps de faire un crochet par le bureau du FBI et d'atteindre le couvent des Recluses de Sainte-Croix. Mais pas assez pour en repartir. Ce qui signifie qu'elle devra attendre là-bas la fin de la tempête, et qu'elle risque de se retrouver coincée à deux mille cinq cents mètres au milieu d'une congrégation qui vit en plein Moyen Âge et dont la préoccupation principale est d'étudier des ouvrages satanistes. De là à ce que ces vieilles sorcières aient pété les plombs à force de lire ces horreurs, il n'y a pas loin. Avec une pointe d'angoisse, Parks imagine la une du *Holy Cross News* :

Massacre au couvent : après la tempête spectaculaire qui s'est abattue sur la région pendant plusieurs jours, la police de Sainte-Croix a retrouvé les restes de Marie Megan Parks, agent profiler au FBI spécialisé dans la chasse aux tueurs en série. Les premiers résultats de l'enquête laissent penser que, après avoir demandé asile aux religieuses de Sainte-Croix, la jeune femme aurait été dévorée vivante au cours d'une séance d'exorcisme qui se serait mal terminée.

— Arrête tes conneries, Marie...

Pour se rassurer, Parks a prononcé ces mots à voix haute, mais son timbre rauque la fait sursauter. Elle jette un coup d'œil dans le rétroviseur intérieur pour s'assurer que les sièges arrière sont vides. Puis elle se détend et se concentre à nouveau sur la route.

À bien y réfléchir, ce ne sont pas les Recluses qui l'inquiètent. Pas plus que l'idée de passer une ou deux nuits en montagne. Non, ce qui la terrifie, c'est cette certitude que Caleb n'est pas mort et que son esprit la poursuit. Un peu comme cette sensation que tout le monde a ressentie un jour en marchant la nuit dans un parking désert, cette terreur qui s'empare soudain de vous alors que vous ne pensiez à rien. Vous vous retournez mais il n'y a personne. Une peur inexplicable glace votre cœur, c'est le souffle des morts en colère, le déplacement d'air qu'ils provoquent en vous frôlant dans les ténèbres. C'est cela que Parks éprouve depuis son départ de Boston : le souffle de Caleb. Hormis les flashes qui lui font prendre la place des victimes de tueurs en série, elle a parfois des visions encore plus insoutenables – des visions dont elle n'a jamais parlé à personne, pas même au médecin qui avait diagnostiqué son syndrome médiumnique réactionnel, en Californie. Car, depuis qu'elle est sortie du coma, il lui arrive d'apercevoir des morts.

243

77

Manaus. La pirogue a quitté les eaux du rio Negro pour l'un de ses bras qui s'enfonce dans la ville. Elle accoste à un quai flottant où les coques des bateaux-hamacs côtoient les barques à fond plat des pêcheurs de piranhas. Le père Carzo lève les yeux vers le débarcadère. D'étranges rouleaux de brume sont en train d'envahir la ville.

— Le mal se répand.

Il se retourne vers le pasteur qui se tient debout au milieu de l'embarcation. Avec son chapeau de paille et son visage mangé par la barbe, Steiner a l'air d'un fou évadé d'un bagne. Ayant accepté l'amulette qu'un des Indiens Maturacas lui passe autour du cou, l'exorciste s'éloigne en direction de la cathédrale Nossa Senhora da Imaculada Conceiçao dont les clochers se découpent au loin. Là, il trouvera conseil auprès du père Jacomino, un fin connaisseur du Malin et des ténèbres de l'âme humaine.

Dans la vieille ville où l'haleine brûlante de la forêt se mêle à la brume du rio Negro, la touffeur est si collante que les sandales du père Carzo impriment le bitume. Sa bure est trempée de sueur et des lucioles dansent devant ses yeux. À mesure qu'il approche de la cathédrale, il a l'impression que la lumière est en train de changer. Dans un ciel laiteux, le soleil semble avoir perdu de son éclat. Un soleil froid.

Carzo hâte le pas. Face à lui, la silhouette de la cathédrale grossit. Il prend soudain conscience du silence qui s'est emparé de la ville, un silence fait de courants d'air et ponctué par les aboiements des chiens et les claquements de volets, comme si le cœur de la cité amazonienne avait cessé de battre. Puis il se rend compte que l'avenue qu'il remonte s'est vidée de ses passants et que les échoppes ont tiré leur rideau. Sur les trottoirs, les chariots des marchands d'épices semblent abandonnés. Seules quelques vieilles métisses en guenilles passent encore devant le prêtre en tirant derrière elles des enfants à moitié nus. Carzo en retient une par la manche et lui demande ce qui se passe.

La vieille désigne le ciel et répond dans un chuintement que la tempête approche. Puis, apercevant la croix qui dépasse de la bure de Carzo, elle tombe à genoux et embrasse sa main. Le prêtre sent les larmes de la métisse glisser sur sa peau. Elle a l'air terrorisée.

— *O Diabo ! O Diabo entrou na igreja !*

« Le diable est entré dans l'église. » C'est ce que la métisse répète en embrassant la main du prêtre de ses lèvres tremblantes. Carzo suit des yeux la direction qu'elle indique et sent ses cheveux se dresser sur sa tête. Les escaliers et le parvis de la cathédrale ont disparu sous une marée d'oiseaux. Cette armée de becs et de plumes multicolores semble garder l'entrée de l'édifice. Des colibris et des perroquets innombrables rasent le bitume et remontent l'avenue en tourbillonnant dans les courants d'air, comme s'ils obéissaient à une voix qui leur ordonne de barrer l'accès à la cathédrale. Un vent glacé fige les gouttes de sueur sur le front de Carzo.

Il s'apprête à poursuivre son chemin lorsqu'il sent la main de la vieille se resserrer autour de ses doigts avec une force surprenante. Il grimace et tente de s'arracher à cette poigne, et n'y parvenant pas, il agrippe les cheveux de la vieille qui relève la tête. Ses yeux sont blancs et la peau de son visage s'est relâchée comme un masque de cire exposé à une flamme. Une voix morte s'échappe de ses lèvres immobiles :

— N'entre pas ici, Carzo. Je t'avais dit de rester en dehors de ça. Je t'avais dit de ne pas te mettre sur ma route. Mais tu ne m'as pas écouté.

Carzo tressaille en reconnaissant la voix qui avait retenti dans le téléphone à San Francisco. La tête de la métisse retombe. Elle lâche la main du prêtre et reste à genoux au beau milieu de l'avenue.

Serrant son amulette pour invoquer les dieux de la forêt, l'exorciste avance vers les oiseaux dont la masse grouillante se resserre en piaillant furieusement. Les perroquets tourbillonnent à quelques centimètres de son visage. Lorsqu'il pose le pied sur la première marche, les piaillements retombent d'un seul coup. Le ciel au-dessus de l'édifice est devenu noir et le vent qui balaie à présent la place soulève des tourbillons de poussière.

L'exorciste examine la façade de la cathédrale. Battant furieusement des ailes pour rester en équilibre, les volatiles ont envahi les tours et les margelles, investi les toits et laissent échapper une pluie de fiente sur leurs congénères restés sur le parvis. Il s'apprête à poser le pied sur la deuxième marche de l'escalier lorsque le glas de la cathédrale soulève une nuée de pigeons qui s'envolent du clocher.

Carzo gravit lentement les dernières marches. À mesure qu'il avance, les oiseaux s'écartent puis se referment sur son passage. Le prêtre s'engage sur ce sentier mouvant, de grosses gouttes de fiente claquent sur ses épaules, ses cheveux et son visage tandis qu'il progresse en direction du porche. Il s'essuie à plusieurs reprises avec la manche de sa bure.

78

Marie Parks avait commencé à voir des morts quelques jours après avoir émergé de son coma. Cela avait débuté par la vieille Hazel, qui occupait la chambre 789 au bout du couloir. Parks s'était arrêtée devant sa porte et avait jeté un coup d'œil par l'embrasure. La vieille femme était sanglée sur son lit, des tuyaux reliés à ses bras et à son torse décharné. À côté, une machine l'aidait à respirer, expédiant dans ses poumons encrassés par quarante ans de tabac quelques centilitres d'oxygène, dont le contact brûlant lui arrachait d'effroyables quintes de toux. Elle était atteinte d'un carcinome épidermoïde, un drôle de nom pour une saloperie de tumeur qui avait atteint la taille d'une balle de golf et expédiait des métastases dans tout son corps, déclenchant d'autres cancers. La vieille Hazel était en phase terminale.

Les yeux grands ouverts, pleins de souffrance et de tristesse, Hazel lui avait fait un signe de la main et Parks était entrée sur la pointe des pieds. La chambre sentait le formol. Sur un lit, au bout de la pièce, une autre agonisante gémissait tandis qu'un tuyau enfoncé dans sa gorge aspirait les sécrétions qui encombraient ses bronches. Marie s'était approchée de la vieille Hazel. Elle avait des yeux si bons et généreux que la jeune femme s'était assise au bord du lit et qu'elle avait laissé les mains de la mourante se refermer sur les siennes. Elle avait alors senti ses articulations craquer sous la pression et un rictus de haine avait tordu les lèvres de Hazel tandis qu'une voix métallique s'échappait de la canule fixée dans sa gorge.

— Qui t'es, sale pute, et comment ça se fait que tu me voies ? Tu ne devrais pas me voir ! Tu m'entends ? Tu ne peux pas me voir !

Parks avait lutté de toutes ses forces pour échapper à la poigne de la folle. Puis, d'un seul coup, Hazel avait lâché prise et Parks s'était enfuie.

Dans le couloir, elle s'était jetée dans les bras d'une infirmière et s'était mise à sangloter que la vieille folle de la chambre 789 avait voulu la tuer.

— Quelle vieille folle ?

— Hazel. C'est ce qui était écrit au-dessus de sa courbe de température.

Il y avait eu un silence durant lequel Marie avait senti le rythme cardiaque de l'infirmière accélérer d'un cran.

— La Martha Hazel de la chambre 789 ?

— Oui.

— Je vais appeler un médecin pour qu'il vous prescrive un calmant, ma chérie. En attendant, il faut vous reposer.

Parks s'était arrachée à l'étreinte de la femme.

— Mais nom de Dieu, je vous dis qu'elle a essayé de me tuer !

— C'est impossible.

— Pourquoi ?

— Parce qu'elle est morte il y a plus d'une semaine, mon petit.

Marie avait secoué la tête. Puis elle avait agrippé la main de l'infirmière et l'avait entraînée jusqu'à la chambre.

Lorsque Parks était entrée, la vieille Hazel était assise en tailleur sur son lit, nue, les seins flétris et la broussaille de son ventre apparaissant entre ses cuisses décharnées. Elle tenait une cigarette entre ses doigts tachés de nicotine et un filet de fumée s'échappait de sa canule chaque fois qu'elle tirait sur son mégot. Horrifiée, Marie s'était immobilisée en la désignant du doigt.

— Alors, qu'est-ce que je vous disais ! C'est elle qui a essayé de me tuer !

Mais l'infirmière avait beau regarder dans la direction indiquée par le doigt de la jeune femme, le lit que Martha Hazel avait occupé était vide, la machine qui l'avait aidée à respirer avait rejoint la réserve de l'hôpital et on avait recouvert le matelas d'une épaisse housse en plastique. L'infirmière avait posé sa main sur l'épaule de Parks.

— Hé, chérie, il faut arrêter de vous faire du mal. Il n'y a personne dans ce lit. Morte et enterrée, je vous dis. Il y a une semaine.

Entendant à peine la voix de l'infirmière, Marie avait caché les marques violacées sur ses poignets. Puis elle avait fixé les yeux sur ceux de Martha Hazel qui la contemplait à travers la fumée de sa cigarette. La voix métallique s'était à nouveau élevée de son laryngophone.

— Te fatigue pas, Marie chérie, cette grosse vache ne peut pas me voir ni m'entendre. Toi, tu reviens de chez les morts. T'as laissé des bouts de toi là-bas. C'est pour ça que tu me vois. Mais je te vois aussi, sale petite pute. Je te vois floue mais je te vois quand même.

Une quinte de toux avait courbé en deux la vieille et un filet de sang avait dégouliné sur son menton et sa gorge.

— Putain, c'est désolant, mes clopes n'ont plus aucun goût mais je continue à tousser alors que je suis morte. Tu y crois, toi ?

Alors, devant le sourire de Martha Hazel qui s'élargissait sur une rangée de dents tranchantes, Parks s'était évanouie dans les bras de l'infirmière.

Écrasant la pédale de frein pour laisser un pick-up se rabattre devant elle, Marie tremble en repensant à la vieille Hazel : sa première morte. Depuis, elle en avait croisé tellement d'autres ! Des morts déambulant dans les rues, des morts immobiles aux terrasses des cafés, des enfants putréfiés jouant à la corde à sauter dans les cours d'école, des vieillards errant dans les cimetières et des femmes décomposées dans leur robe d'antan qui sirotaient des coupes poussiéreuses au milieu de convives des grands restaurants. Des morts sans repos qui n'avaient pas trouvé le passage vers l'au-delà.

La jeune femme quitte l'Interstate 70 et s'engage sur Colfax Avenue jusqu'au zoo de Denver alors que les flocons commencent déjà à poudrer les pelouses. Puis elle tourne dans Stout Street, qu'elle remonte jusqu'à l'embranchement de Brighton où un pick-up a la délicieuse inspiration de lui laisser une double place de stationnement pile en face des bureaux du FBI. Elle coupe le contact et interroge sa montre : 17 heures.

79

En repoussant la lourde porte de la cathédrale, le père Carzo est saisi à la gorge par une forte odeur de résine et de viande brûlée. Un brouillard d'encens flotte dans l'atmosphère et une multitude de cierges de toutes tailles luit dans la brume odorante. Hormis ces flammes jaunes, la cathédrale est plongée dans une obscurité quasi totale que seule perce à travers les vitraux la lointaine lueur du jour.

L'exorciste se fige. Un parfum de violette sucré et écœurant vient de se frayer un passage jusqu'à ses narines. L'odeur du Diable. Carzo reste un moment immobile sur le pas de la porte. Pour un simple fidèle, ces parfums de Moyen Âge n'ont aucune signification, mais pour un exorciste, si. L'encens de Dieu contre la puanteur sucrée du Diable. Père Jacomino et ses Jésuites ont laissé pénétrer quelque chose dans la cathédrale.

Carzo aspire une dernière bouffée de parfum, qu'il analyse soigneusement. Il laisse échapper un soupir de soulagement. L'encens et l'odeur graisseuse des cierges ont presque terrassé la violette et le fumet de viande, mais pas complètement. Les jésuites ont remporté la première manche. Hélas, si les odeurs maléfiques résistent à celle de la sainte résine, cela signifie aussi que la Bête est encore là, blessée mais pas défaite.

Carzo avance lentement vers le chœur en écoutant ses pas résonner sous la voûte. De part et d'autre de la travée centrale, les bancs et les prie-Dieu ont été brisés. Le fatras de bois et de coussins de velours atteste qu'ils ont été projetés d'une grande hauteur avant de se fracasser en retombant sur le sol.

Entendant un froissement de papier sous sa semelle, le prêtre baisse les yeux. Des images pieuses et des pages de missels ont volé un peu partout sur le sol. Il remarque aussi que des centaines de boules de buis se sont éparpillées sur le marbre comme les perles d'un gigantesque collier. Il en ramasse une et l'examine dans le creux de sa main : des grains de chapelet. Carzo ferme les yeux. Les fidèles étaient en train de prier quand la Bête est entrée et les chapelets entortillés autour de leurs doigts ont brusquement cédé sous la puissance maléfique qui prenait possession de la cathédrale.

L'exorciste progresse jusqu'à un bénitier scellé dans un pilier. Une forte odeur de soufre le fait reculer tandis qu'il se penche pour respirer l'eau croupie qui remue encore au fond de la vasque. Pinçant les narines, il l'effleure et retire brusquement ses doigts en étouffant un juron de douleur : l'eau autrefois bénite est brûlante.

Poursuivant sa progression vers le chœur, il constate que, de part et d'autre de la cathédrale, les confessionnaux en bois massif ont été fendus et que les rideaux semblent s'être consumés sous le coup d'une formidable chaleur. Il lève les yeux. Au-dessus, les anges de plâtre qui tendent l'oreille pour écouter les péchés ont explosé sur leur socle. Plus loin, des statues ont été tendues de noir. Carzo arrache le drap qui recouvre celle de la Vierge. Il se fige. Dans la lueur mouvante des bougies, il vient d'apercevoir les minces filets de sang qui s'échappent des yeux de la statue, des sillons rouges qui serpentent le long des rigoles de marbre et ruissellent sur le sol.

Parvenu au bout de la travée, il s'immobilise. Un dernier signe vient d'alerter ses sens. De chaque côté de l'autel, les lumignons rouges de la présence divine sont éteints. Les yeux de Carzo fouillent l'obscurité. Il manque une odeur à ce déchaînement de parfums qui assaillent ses narines, une odeur qui devrait surpasser toutes les autres, si belle et si généreuse que quiconque la détecte sent son âme s'épanouir comme une fleur qui s'ouvre : l'odeur des roses qui accompagne toujours la Sainte Présence. Ici, rien, pas la moindre trace des roses de Dieu et du fumet ambré des archanges. Pas même la plus légère senteur de muguet des saints ou la lointaine fragrance de lys de la Vierge. Alors il comprend que, livrant les jésuites à la Bête, Dieu et sa cour céleste ont déserté la cathédrale. Il est sur le point de se laisser submerger par la tristesse lorsqu'un hurlement lointain retentit depuis les fondations de la cathédrale. Carzo baisse les yeux et constate qu'il se tient sur une bouche d'aération dont la grille dessine des arabesques de fer forgé sous ses sandales. Il se penche et renifle la forte odeur d'encens et de violette qui s'échappe des entrailles de l'édifice. Un nouveau hurlement, assourdi par la distance, se fraye un passage à travers la grille : le combat se poursuit dans les sous-sols.

80

Les bureaux du FBI sont déserts. Parks s'approche de la vitre blindée qui abrite la réceptionniste. Elle lui présente sa carte et dépose son arme de service dans le tiroir métallique qui s'ouvre devant elle. La préposée ramène le tiroir de son côté et récupère l'arme, qu'elle boucle dans une armoire. Sans son Glock 9 mm dont elle ne s'est servie qu'une centaine de fois en onze ans de carrière, Marie se sent nue. La femme derrière la vitre lui tend un formulaire à signer.

— Où est l'équipe de jour ?

— On a quatre agents de permanence dans les étages. Les autres enquêtent sur une série de profanations qui ont eu lieu ces derniers temps. Comme si tous les adorateurs de Satan du Colorado jusqu'au Wyoming s'étaient passé le mot pour déterrer les morts et égorger des boucs dans les cimetières.

— Vous avez beaucoup de satanistes dans la région ?

— On a une grosse congrégation à Boulder. Des gars en robe noire qui dessinent des étoiles à cinq branches sur les murs et boivent de la bière en rotant des citations latines à l'envers. M'est avis que si Satan existe, il n'en a rien à foutre de ce genre d'adorateurs. Et vous, vous venez pourquoi ?

— Un adorateur de Satan.

— Non ?

— Si. Mais le mien est en plus un tueur en série, et je suis persuadé que Satan le prend tout à fait au sérieux.

— Drôle de gibier. Pire que des assassins d'enfants, je me trompe ?

— J'ai besoin d'un ordinateur et d'une connexion Internet à haut débit.

Vexée par la réponse un peu sèche de Parks, la préposée lui indique la salle des recherches informatiques, au bout du couloir, bureau 1119.

Marie écoute le bruit étouffé que font ses chaussures sur la moquette. Dans les bureaux qu'elle dépasse, des écrans d'ordinateurs sont restés allumés et des talkies-walkies crachotent sur leur socle. Un peu partout, des téléphones sonnent dans le vide.

Parks referme la porte du bureau 1119 et allume l'ordinateur qui trône au milieu d'un monceau de documents et de gobelets en carton. Épinglés aux murs, les portraits des criminels les plus dangereux du Colorado et du Wyoming côtoient des avis de recherche de mômes disparus depuis des années. Au centre, sous le portrait du Président, la Constitution américaine trône dans un cadre poussiéreux. À droite, un poster en papier glacé dresse la liste des *ten most wanted*, les dix criminels les plus recherchés à travers le monde. Les primes s'échelonnent de cent mille dollars, pour un exterminateur des cartels nommé Pablo Tomas de Limassol, à un million de dollars, pour un trafiquant de composants atomiques répondant au nom de Robert S. Dennings. Parks siffle entre ses lèvres. Si elle s'était spécialisée dans ce genre de gibier, elle aurait pu s'offrir un casino à Vegas. Hélas, elle traque des cross-killers pour lesquels, étrangement, le gouvernement américain ne donne ni primes ni interviews.

Elle se connecte sur la base de données des laboratoires-sentinelles que le FBI a installés aux États-Unis, au Mexique et en Europe. C'est là que convergent les signalements des crimes particulièrement violents que les polices de la planète ne parviennent pas à résoudre, des meurtres de tueurs en série sordides et répétitifs contre lesquels les flics conventionnels ne peuvent pas grand-chose, sinon compter les morts. Surtout quand le criminel en question est un cross-killer, car, pour avoir une petite chance de serrer un adversaire de cette trempe, il faut entrer dans son labyrinthe mental et trouver la sortie avant lui. Au risque de s'y perdre à jamais.

C'est ce qui avait failli arriver à Parks en enquêtant sur Gillian Ray, un étudiant new-yorkais qui s'était payé deux mois de vacances en Australie. Deux mois de stop sur ces routes interminables qui serpentent au milieu des déserts les plus arides de la planète. Deux mille trois cents kilomètres de sable brûlant, de caillasses et de plateaux désolés entre Darwin et Cape Nelson... Onze morts en deux mois, leurs cadavres abandonnés aux charognards et aux serpents.

81

Le père Carzo actionne le levier dissimulé sous l'autel et regarde la statue de saint François d'Assise glisser sur son socle. Une étroite ouverture se découpe dans le mur, passage secret menant aux souterrains dont seuls les Jésuites de Manaus et lui-même connaissent l'existence. C'est le père Jacomino qui l'avait mis dans la confidence quelques mois plus tôt, comme s'il redoutait quelque chose.

Le prêtre s'engouffre dans l'ouverture et actionne un autre levier pour refermer le passage. Il entend la statue pivoter sur son socle, un claquement sourd, puis le silence. Pendant qu'il s'engage dans l'escalier, les hurlements au loin se précisent : des cris de terreur et de souffrance. Du portugais et du latin. Un ouragan de voix qui se répondent, s'interpellent et retombent. À en juger par la fureur des propos qui se répercutent dans les souterrains, il doit s'agir d'une séance d'exorcisme collective, une cérémonie interdite qui ne se pratique plus depuis les heures les plus sombres du Moyen Âge.

Parvenu au pied de l'escalier, le père Carzo débouche sur un dédale de couloirs taillés dans les fondations de la cathédrale. Se guidant aux hurlements, il emprunte le passage le plus large et le plus ancien. Un souterrain éclairé par des flambeaux dont la lueur éclabousse les murs.

Le prêtre renifle l'air autour de lui. L'odeur du mal surpasse à présent largement celle de la sainte résine. Les Jésuites ont acculé la Bête au fond de ce tunnel, mais la Bête n'a pas dit son dernier mot.

Carzo sent un souffle tiède envelopper ses chevilles. Il baisse les yeux. Des bouches de pierre ouvertes au ras du sol expulsent un jet continu d'air provenant de puits d'aération. Le quartier des cachots. C'est là que les explorateurs portugais enfermaient les indigènes et les pirates de l'Amazone. À l'intérieur des cellules, le prêtre distingue des chaînes rouillées et les anneaux de contention que les geôliers fixaient au cou des détenus. Il passe une torche à travers les barreaux. Des rats galopent le long des murs en laissant échapper des piaillements effrayés. Tendant le bras le plus loin possible, le prêtre distingue les inscriptions gravées sur les murs : des injures, des mots d'adieu et des rangées de bâtons que les condamnés à mort avaient barrés avant de mourir étranglés au bout d'une corde. Le père Carzo s'apprête à retirer son bras lorsque la lueur du flambeau éclaire une forme étendue contre le mur du fond. Il pousse alors la grille et entre dans le cachot. Sur le sol sablonneux, le cadavre d'un jésuite en robe noire contemple l'obscurité de ses yeux vides. À en juger par sa position, l'homme a eu la nuque brisée et le corps disloqué par une force surhumaine. Le prêtre a toutes les peines du monde à identifier ce visage crispé par la peur. Il reconnaît enfin le frère Ignacio Constenza, un Jésuite de grande valeur qui pratiquait l'exorcisme et l'art de sentir les démons. Comme ceux du père Alameda à l'entrée du temple aztèque, les cheveux du malheureux ont blanchi sous le coup d'une terreur sans nom. Carzo passe ses doigts sur les paupières d'Ignacio et récite la prière des morts. Puis, il quitte le cachot et reprend sa progression.

Pour ne pas laisser la peur s'emparer de son esprit, l'exorciste compte les mètres qui le séparent de l'extrémité du tunnel. Au douzième pas, un hurlement d'agonie remonte le long de la galerie. Il s'immobilise et respire les bouffées de violette qui envahissent le souterrain. L'odeur d'encens a disparu. Les Jésuites ont perdu.

Un bruit de bottes. Carzo aperçoit au loin une forme gigantesque qui avance. Jamais pire noirceur n'a envahi son cœur, le même anéantissement de l'âme que celui qu'il avait ressenti dans le temple aztèque. La chose qui approche est le Mal absolu. Elle avance en soufflant un à un les flambeaux, buvant leur lumière. Le prêtre reste pétrifié. C'est la nuit qui avance à sa rencontre. Puis, à mesure que l'odeur de violette devient irrespirable, l'exorciste parvient à se libérer de sa torpeur, recule jusqu'au cachot où gît le frère Ignacio, se blottit au fond de la cellule et couvre son visage de ses mains.

Un bruissement se répand dans la galerie, des couinements et de petits cris perçants qui accompagnent la course de petites pattes sur le sol sablonneux. À travers ses yeux mi-clos, le prêtre voit passer un flot de rats dont les pattes griffent le sol pour fuir la menace qui approche. Quelques-uns se faufilent dans le cachot et mordent le cadavre du Jésuite. Carzo donne des coups de talon pour les chasser. Ils disparaissent entre les barreaux et rejoignent la meute dont la rumeur s'éloigne. Le silence.

Un crissement de bottes. Un courant d'air glacial s'engouffre dans le couloir. Le parfum de violette se concentre et explose dans les narines du prêtre. Les mains plaquées sur son visage, Carzo écarte les doigts pour regarder la chose qui vient d'entrer dans son champ de vision. Elle porte une bure de moine noire surmontée d'une cagoule et de lourdes bottes de pèlerin. Il se raidit. Un Voleur d'Âmes. C'est ça que les Jésuites ont laissé entrer dans la cathédrale.

Son cœur martelant sa poitrine, l'exorciste laisse s'écouler plusieurs minutes, puis se redresse et sort du cachot. Il renifle l'air. La Bête est partie. Il hâte le pas. Au bout du couloir, une porte entrouverte. Il se dégage une odeur de bois ciré et de poussière, une odeur d'archives.

Ses yeux s'accommodant peu à peu à l'obscurité, Carzo pénètre dans une vaste bibliothèque à colonnades, encombrée de rayonnages et de pupitres renversés. Taillés en diagonale dans l'épaisseur du plafond, des sortes de hublots en verre dépoli captent la lointaine lueur du soleil qu'ils projettent sur le sol en larges pinceaux poussiéreux. L'exorciste en déduit que la salle doit se trouver quelque part sous les fondations de la ville.

Sur le sol carrelé de marbre, il aperçoit des losanges de mosaïque dont les lacis bleutés forment une inscription en latin : *Ad Majorem Dei Gloriam*. Pour la plus

grande gloire de Dieu. Surmontant cette première inscription, un soleil flamboyant encercle d'autres lettres
d'un noir de suie. IHS, pour *Iesus Hominum Salvator*.
Jésus Sauveur des Hommes. La devise des Jésuites.

Carzo avance au milieu des bibliothèques renversées. Des parchemins et des manuscrits encombrent le
sol. Immobile au milieu de cet amoncellement d'archives, le prêtre écoute le silence. Un claquement régulier attire son attention. Il vient du milieu de la salle,
là où les pinceaux de lumière découpent l'obscurité.
Au centre, l'exorciste distingue une écritoire et un
grand livre ouvert. Une extraordinaire quantité de sang
recouvre les pages du manuscrit. Quelques gouttes
échappées du pupitre tombent même sur le sol.

Carzo entre dans le faisceau lumineux et examine
l'ouvrage : le *Traité des Enfers*, un manuel exorciste
inestimable, qui date du XIᵉ siècle et qu'une main
fébrile a ouvert à la page du rite des Ténèbres. Un
cérémonial plein de dangers et de mystères que l'on
n'emploie pour combattre les démons les plus puissants
qu'en dernière extrémité.

Le prêtre tend la main au-dessus du manuscrit. *Ploc.*
Une goutte de sang atterrit sur sa paume où elle dessine
une arabesque rouge vif. Il lève les yeux et sursaute
d'horreur en apercevant le père Ganz dont le visage
blafard luit dans la pénombre. On l'a suspendu tête en
bas à une poutre, avant de l'égorger. Carzo examine le
regard vitreux du supplicié – la même expression de
terreur absolue que celle qu'il a lue dans les yeux morts
du frère Ignacio. Le Voleur d'Âmes.

Il s'apprête à décrocher le père Ganz lorsqu'un
gémissement s'élève dans le silence. Il se retourne et
aperçoit une forme humaine debout contre le mur du
fond. Suspendu, les bras en croix à un mètre du sol, le
père Jacomino semble le contempler dans les ténèbres.

82

Gillian Ray procédait toujours de la même façon : avec sa gueule d'ange et sa musculature de surfeur, il se faisait prendre en stop par des paysans du bush qui le ramenaient dans leur ferme isolée. Alors, tout heureux, Ray mangeait et buvait, félicitait la fermière et chahutait avec les enfants, puis il allait se coucher et, au petit matin, il massacrait tout le monde à la hache avant de reprendre la route. À ce détail près que, pour brouiller les pistes, il coupait en moto à travers le bush jusqu'à la prochaine route où il recommençait à faire du stop. Si bien que les autorités australiennes avaient eu beau déclencher une véritable chasse à l'homme, l'assassin courait toujours, massacrant ses victimes dans des lieux si éloignés les uns des autres que les limiers de la criminelle n'y comprenaient rien.

Alerté par un rapport expédié au laboratoire-sentinelle de Boston, Marie Parks avait reconnu la patte de celui qu'elle recherchait depuis des mois : un tueur particulièrement inquiétant dont elle ignorait le visage et le nom, et qui semblait profiter de ses vacances à l'étranger pour évacuer ses pulsions en massacrant ses victimes selon un cérémonial remarquablement constant. Signe que Ray avait atteint son rythme de croisière et que le mode opératoire qu'il avait mis au point le comblait. C'est grâce à cela que Parks était parvenue à le pister en remontant la trace de ses meurtres en Turquie, au Brésil, en Thaïlande et en Australie. Cependant, depuis le dernier meurtre commis dans les environs de Woomera, Gillian Ray avait ajouté un détail à son mode opératoire, un élément que les enquêteurs de la police australienne avaient noté dans un coin de leur rapport sans y attacher d'importance : alors que, d'ordinaire, Ray abandonnait ses proies dans la position où il les avait tuées, Marie avait remarqué que le tueur les avait installées, cette fois-ci, sur le canapé et les fauteuils du salon, puis qu'il avait allumé la télévision avant de reprendre sa route. Signe que Ray commençait à s'ennuyer et qu'il cherchait à apporter des variantes à son scénario. C'est à ce moment-là que le cross-killer est le plus dangereux : lorsque son comportement se modifie et que l'idée lui vient de tenter de nouvelles expériences. Et c'est aussi au moment où son mode opératoire commence à changer qu'on risque de perdre sa trace. Voilà pourquoi Parks avait sauté dans le premier avion en partance pour l'Australie.

En débarquant à Alice Springs, elle avait chaussé ses baskets et commencé à faire du stop dès la sortie de l'aéroport. Elle avait tenu à faire ça pour remonter la piste de Gillian Ray : pour sentir le vent tiède dans ses cheveux et la brûlure de l'asphalte sous ses semelles, pour ressentir l'acide de la fatigue se répandre dans ses muscles, les crampes raidir ses mollets et les courroies du sac à dos scier ses épaules. Pour partager avec Gillian Ray ce qu'il avait éprouvé chaque fois qu'il entendait une voiture approcher dans son dos. Cette délicieuse brûlure qui envahit votre ventre et fait gicler l'adrénaline dans vos artères. Cette soif de vampire qui dessèche votre gorge, et cette tension sexuelle délicieusement intolérable. C'est cela qu'un cross-killer comme Gillian Ray ressent quand il croise sa future victime.

Parks avait marché pendant des jours à sa poursuite. Elle avait senti leurs deux âmes fusionner à mesure qu'elle se rapprochait de lui. Il se dirigeait vers l'océan en laissant derrière lui des scènes de crime de plus en plus sanglantes. Gillian ne comprenait pas le changement qui s'opérait en lui et ses pulsions commençaient à lui échapper. Il était en colère. C'est ce que la jeune femme avait découvert sur la dernière scène de crime. De la frustration et de la colère. Gillian était en train de se métamorphoser en autre chose. C'est à cet instant qu'elle avait réussi à entrer dans la peau du tueur.

Cela s'était produit au crépuscule, alors que le soleil effleurait la savane épineuse du bush. Parks venait de monter dans la camionnette d'une étudiante qui rendait visite à sa tante, qui habitait Perth. Elle était jeune et belle, bronzée sous le foulard qu'elle avait noué autour de ses cheveux. Elle portait un short qui dévoilait la naissance de ses cuisses ainsi qu'un chemisier de coton dont l'échancrure laissait apercevoir ses seins. En la regardant à la dérobée, Parks avait soudainement ressenti une violente excitation dont l'intensité avait desséché ses lèvres. Son esprit s'était rempli d'images de mort : des cadavres nus et des chairs pleines de sang. Elle s'était alors rendu compte que le cœur qui cognait dans sa poitrine n'était pas le sien mais celui de Gillian et que son âme avait rattrapé celle du tueur. Réprimant de justesse la pulsion qui l'envahissait, elle avait compris qu'elle était en train de se perdre. Elle avait alors forcé le pas pour rattraper Gillian avant la côte.

Au bout de quinze jours de chasse à l'homme durant lesquels il avait encore commis trois meurtres, La jeune femme l'avait finalement retrouvé sur une plage déserte près de Cape Nelson. Cela aurait pu être juste un dernier crime dans la nuit noire, un dernier viol sur le sable froid, un dernier coup de poignard dans un dernier ventre, puis le retour à New York par le vol du lendemain, où il aurait retrouvé les bras de sa fiancée, Nancy, pour une année de fac sans histoire. Jusqu'aux prochaines folles vacances de Gillian Ray.

Le tueur était en train de brosser les cheveux de sa victime lorsque Parks s'était approchée dans son dos. Elle lui avait collé le canon de son flingue derrière l'oreille en murmurant « FBI ». Pas trop fort, juste ce qu'il fallait pour couvrir le ressac. Ainsi qu'elle l'avait espéré, il avait dégainé un poignard dont la lame avait brillé sous la lune. Parks avait alors fermé les yeux et vidé un chargeur à bout portant. Elle avait entendu le craquement du crâne de Gillian fendu par les impacts et vu son sang gicler sur le sable. Elle avait respiré l'odeur de sa cervelle brûlée. Puis elle s'était forcée à ouvrir les yeux et à contempler le corps, à le toucher pour sentir la vie qui s'en échappait. Et c'est grâce aux larmes qui avaient jailli de ses yeux que Marie avait enfin trouvé la sortie du labyrinthe.

83

À mesure qu'il avance vers le vieux Jésuite, Carzo distingue mieux la scène. Le Voleur d'Âmes a hissé le père Jacomino à demi mort jusqu'à une poutre contre laquelle il lui a cloué les épaules, les coudes et les mains. Six clous de charpentier dont les pointes se sont frayé un passage à travers les articulations avant de s'enfoncer dans le bois noueux.

Le prêtre s'immobilise à quelques centimètres du corps suspendu dans le vide. Débordant des plaies, des rigoles de sang serpentent sur le cou et le torse du vieillard. L'exorciste se penche au-dessus du Jésuite. Une forte odeur d'ammoniaque envahit ses narines. Il écarte la tunique de Jacomino et constate que le Voleur d'Âmes l'a éventré sur quelques centimètres à partir du nombril, dénudant ses boyaux qui se pressent contre la plaie sans parvenir à s'en échapper. La mort lente.

Carzo remarque soudain que les coulées de sang sont en train de s'élargir, comme si le cœur du vieillard accélérait ses battements.

— Père Jacomino, est-ce que vous m'entendez ?

La tête du supplicié se redresse lentement et Carzo plonge son regard dans les yeux crevés du Jésuite.

— Père Jacomino, c'est moi, Alfonso.

Un souffle rauque. La voix éraillée du vieil homme retentit dans la salle.

— Oh, mon Dieu, Alfonso. Il arrive. Il revient me chercher. Tue-moi avant qu'il ne prenne mon âme.

— Qui arrive ?

— Lui. Il revient chercher mon âme et va l'emporter avec lui. C'est comme ça qu'ils font. Ça étrangle votre âme et ça l'emporte. Ne le laisse pas faire, Alfonso. Tue-moi maintenant avant que je ne perde la foi et que ça m'emmène avec lui.

— Je ne peux pas faire ça, père Jacomino. Vous savez bien que je ne peux pas.

Le vieillard crucifié se raidit et laisse échapper un long hurlement de désespoir :

— Seigneur tout-puissant, je ne crois plus en Dieu, Alfonso ! Tu m'entends ? Ma foi est en train de s'éteindre et je vais griller en Enfer si tu ne me tues pas tout de suite !

Puis le corps de Jacomino retombe de tout son poids. Le sang qui s'échappe de ses plaies goutte sur le sol. Les yeux pleins de larmes, Carzo se penche et murmure.

— Père, c'est vous qui assassinez votre âme en me demandant de vous ôter la vie. Souvenez-vous que Dieu vous regarde et que c'est en votre agonie qu'il jugera votre foi. Souvenez-vous aussi qu'il n'est pas une faute, pas un crime que Notre Seigneur ne puisse pardonner. Désirez-vous que je vous entende en confession avant que vous ne comparaissiez devant votre Créateur ?

Jacomino relève la tête. Ses yeux crevés semblent fouiller les ténèbres.

— Nous n'avons plus le temps pour ces choses. Les Voleurs d'Âmes sont de retour et le grand mal se répand à nouveau. Mon salut contre ce que je vais te révéler. Tu prieras pour moi. Tu feras dire des messes pour le repos de mon âme.

— Mon père, ce sont vos regrets qui vous sauveront, pas vos remords.

— Tais-toi, pauvre fou, tu n'as aucune idée de ce qui approche.

Carzo se raidit. La voix du vieillard est en train de changer.

— Je vous écoute.

— La mission jésuite de Manaus, ainsi que de nombreuses autres missions à travers le monde, sert de relais à des courriers secrets que nous avons ordre de transmettre au Vatican. Ces courriers codés sont expédiés par un cardinal de l'entourage du pape, qui est parvenu à infiltrer, il y a des années, une confrérie secrète ayant contaminé le Vatican, juste après les croisades, et qui grandit depuis en son sein comme une tumeur.

— Un complot contre l'Église ? Comment s'appelle cette confrérie ?

— La Fumée Noire de Satan. Une secte descendant de l'ordre du Temple. Ils cherchent à s'emparer du trône de saint Pierre. Les Voleurs d'Âmes sont leur bras armé.

— Ces membres de la Fumée Noire, vous les connaissez ?

— Personne n'a jamais vu leurs visages. Pas même ce cardinal infiltré dont j'ignore l'identité. La seule chose que nous savons, c'est qu'ils occupent la plupart des postes-clés au Vatican et qu'ils ont tissé des liens étroits avec les sectes sataniques du monde entier. Ils suivent un plan vieux de plusieurs siècles et sont une trentaine de cardinaux, dispersés de par le monde, désormais assez puissants pour diriger les conclaves. Ils savent que l'Église a menti et ils veulent prendre le contrôle du Vatican pour révéler ce mensonge au monde.

— Quel mensonge ?

— Tout... Tout est dans la Chambre des Mystères. Une pièce dérobée que l'on atteint par un passage secret dans la grande salle des archives du Vatican. Cette pièce ne figure sur aucun plan. C'est là que sont entreposés les courriers interdits des papes et les preuves du complot. On ouvre la Chambre en déplaçant des livres dans une bibliothèque... Sept livres à extraire des rayonnages selon une combinaison de citations latines se rapportant à chacun de ces ouvrages. Le cardinal de la Fumée Noire m'a transmis un double de cette liste. Pour plus de sécurité, j'ai fait expédier ce document dans un lieu secret aux États-Unis. C'est là que tu vas devoir la récupérer.

— Mon père...

— Tais-toi, Alfonso, nous n'avons plus le temps.

Carzo éponge le front de Jacomino. Le vieillard n'en peut plus.

— La semaine dernière, j'ai reçu un dernier courrier par le canal d'urgence. Le cardinal venait de découvrir

266

quelque chose de grave qu'il a eu le temps de me transmettre.

— Quoi donc ?

— Tout est réuni dans un dossier que j'ai fait déposer dans une consigne de l'aéroport de Manaus. C'est par les consignes des aéroports que les courriers secrets circulent. Tu y trouveras aussi un billet d'avion pour les États-Unis. J'avais prévu de prendre le vol de ce soir pour récupérer la liste des citations avant de rejoindre le concile qui s'ouvre au Vatican. Mais il est trop tard, maintenant.

Carzo est sur le point de répondre lorsqu'il sent un souffle glacial sur ses chevilles. Le vieillard se raidit. Tout au bout de la salle, la porte de la bibliothèque vient de s'ouvrir.

— Seigneur, c'est lui, il arrive !

— Père Jacomino, est-ce que ce mensonge dont la Fumée Noire se sert a un rapport avec le fléau des Olmèques ?

Le vieux Jésuite sursaute.

— Qu'est-ce que tu viens de dire ?

— J'ai découvert des fresques très anciennes dans un temple perdu au milieu de la jungle. Des fresques représentant les premiers-nés du monde et l'archange Gabriel remettant le feu aux tribus amérindiennes. La plus grande de ces fresques racontait la venue et la mort d'un Christ plein de haine et de ressentiment. Quelque chose qui aurait libéré le grand mal. Est-ce que les documents enfermés dans la Chambre des Mystères ont un rapport avec ça ?

— Seigneur, c'est encore plus grave que je ne l'imaginais...

Des pas résonnent sur le marbre de la bibliothèque. Carzo se retourne et voit les pinceaux lumineux clignoter et s'éteindre l'un après l'autre. Ses narines hument l'air. Accompagnant le tourbillon qui soulève les brassées d'archives répandues sur le sol, une forte odeur de violette envahit la salle.

— Pars maintenant, Carzo. Pars sans te retourner. C'est son esprit qui est là, pas son enveloppe. Il ne peut rien contre toi si tu te hâtes.

— Mon père, vous ne m'avez pas dit pour les Olmèques. Que s'est-il passé dans la forêt ? Père ? Père !

Jacomino laisse échapper un râle puis sa tête retombe. Carzo pose une main sur les cheveux du supplicié et récite à voix basse le sacrement des morts. Il vient à peine d'en prononcer les derniers mots que la tête du vieillard se redresse en souriant. Sa voix a changé :

— Qui est là ?

L'exorciste recule de quelques pas tandis que la chose qui s'est emparée du vieillard renifle son odeur.

— C'est toi, Carzo ? Qu'est-ce que ce vieux fou t'a raconté ?

— Demande-le-lui toi-même.

Un rire clair s'échappe de la gorge du vieillard.

— Ton ami est mort, Carzo, et je n'ai pas le pouvoir de lire dans le cœur des morts.

— Alors libère son âme et je te répondrai.

— Trop tard.

— Tu mens. Je sais qu'elle est encore là.

— Comment le saurais-tu, pauvre fou ?

Carzo lève les yeux et contemple les mains du crucifié qui se crispent autour des clous.

— Ses paumes saignent encore : son cœur bat toujours.

Un nouveau rire agite la gorge du vieillard.

— Oui, mais il va bientôt crever. Et je dévorerai son âme avec la tienne.

Sans quitter des yeux la créature qui cherche à repérer sa position, le prêtre recule lentement vers l'écritoire où trône le *Traité des Enfers*.

— Où est-ce que tu vas comme ça, Carzo ?

La voix de la Bête trahit un voile d'inquiétude. L'exorciste contourne l'écritoire et essuie le sang qui recouvre le manuscrit. Le rite des Ténèbres. Le texte est écrit dans une langue si ancienne qu'elle se perd dans la nuit des temps. Carzo cherche la formule dont il a besoin. Lorsqu'il l'a trouvée, il se concentre pour chasser la peur qui se répand dans son esprit. Puis il lève la main vers la chose et s'exclame d'une voix forte :

— *Amenach tah ! Enla amalach nerod !*

À ces mots le corps de Jacomino se tord de douleur.

— Ah ! Ça brûle ! Qu'est-ce que tu fais, Carzo ?

— Pourquoi lui as-tu crevé les yeux ?

— Ce n'est pas moi ! C'est lui ! Il se l'est fait lui-même avec un morceau de bois avant que je ne dévore son âme !

— Tu sais pourquoi il a fait ça ?

— Ça brûle, Carzo !

— Il a fait ça pour que son corps devienne ta prison. Car nul esprit ne peut s'échapper d'un corps aveugle avant que ce corps ne trépasse. C'est dans le rite des Ténèbres.

Les lèvres de la chose se retroussent.

— Il va mourir, Carzo. Il va mourir bientôt et je m'échapperai de son enveloppe pour m'emparer de la tienne.

— Son âme ne t'appartient plus. Il s'est confessé de ses péchés et il a reçu le sacrement des morts.

— Et alors, Carzo !

— Alors tu as commis le crime de possession sur une âme rachetée par le Seigneur. Sa mort ne te libérera pas. *Amenach tah. Enla amalach nerod.* Par ces mots je te condamne à l'enfermement perpétuel.

Un râle d'agonie s'échappe des lèvres de Jacomino.

— Quelqu'un viendra me libérer, Carzo. Quelqu'un découvrira les corps de tes amis et on me libérera.

— Hormis les Jésuites que tu as assassinés, nul ne connaît le passage qui conduit jusqu'ici. Je le scellerai en partant et tu hurleras jusqu'à la fin des temps.

Sa sentence prononcée, Carzo s'éloigne de la créature qui gesticule pour tenter de s'arracher des clous. Il a atteint le milieu de la bibliothèque lorsqu'un hurlement de haine le rattrape dans l'obscurité :

— Ce n'est pas terminé, Carzo ! Tu m'entends ? Ça ne fait que commencer !

L'exorciste claque la porte de la bibliothèque. La voix de la Bête le poursuit jusqu'au bout du souterrain, puis les hurlements s'estompent à mesure qu'il gravit les escaliers remontant vers le chœur de la cathédrale. Juste avant de franchir le passage, il en sabote le mécanisme. Le socle de ciment gronde sur son axe et la statue s'immobilise dans un claquement de vérins, condamnant à jamais l'entrée du tombeau des Jésuites.

84

Un signal sonore avertit Parks que la connexion est établie avec le laboratoire-sentinelle de Quantico. Ses doigts galopant sur le clavier, elle entre son mot de passe et se connecte sur le service des identifications morphologiques. Dans le formulaire qui s'affiche, elle coche les options correspondant au profil de Caleb : mâle, entre trente-cinq et quarante ans, de type caucasien, peau claire, cheveux bruns, yeux bleus. Les empreintes digitales de Caleb n'étant fichées nulle part, la jeune femme saute le champ correspondant et entre directement les caractéristiques des empreintes dentaires. Elle renseigne aussi les champs d'ossature et de musculature et précise les spécifications morphologiques du tueur : le nez, le menton, l'écart entre les yeux, l'implantation des sourcils.

Lorsque tous les champs sont remplis, Marie ouvre le dossier Crossman et récupère une photo du visage de Caleb ravagé par les impacts. Un gros plan qu'elle scanne et expédie à la banque de données. Puis elle déclenche le logiciel morphologique qui se fonde sur le cliché et sur les indications du formulaire pour reconstruire la moitié manquante du visage.

La partie basse d'abord : l'arrondi du menton, le trait des lèvres et les creux maxillaires. Les mâchoires ensuite qui se redessinent lentement sous les yeux de Parks. Enfin les dents, qui se reconstituent, et les gencives éclatées par les coups de feu dont la chair se referme progressivement autour de l'émail.

Le logiciel émet quelques bips puis passe à la partie supérieure du visage, remodelant le nez, les tempes, les orbites et le front en fonction de la position des yeux et de l'implantation des cheveux. Sous le regard de Parks, les plaies ouvertes du cuir chevelu se résorbent et la boîte crânienne se ressoude. Le logiciel reconstitue peu à peu la peau qui enveloppe le visage décharné. Enfin, il compile le tout et projette le résultat définitif sur l'écran.

Marie sent sa gorge se serrer en découvrant le vrai

visage de Caleb. Elle détaille l'épaisseur des orbites et le buisson des sourcils qui surmontent le regard froid du tueur de Hattiesburg. Un visage grêlé de furoncles et de cicatrices, que Parks entre sans grand espoir dans les modules de recherches. Le système commence à balayer les archives des polices du monde entier. Quatre portraits s'affichent à droite de l'écran puis disparaissent tandis que le système affine sa recherche. Puis la réponse « *No match found* » clignote. Comme prévu, Caleb n'est fiché nulle part.

Parks entre alors le relevé ADN du tueur et déclenche une nouvelle recherche sur les archives informatisées de la police scientifique. Le système fait défiler les centaines de milliers de brins génétiques contenus dans ses mémoires. Il hésite un moment sur un échantillon de dix prélèvements qui présentent une similarité dans les premières séquences. Puis il parcourt rapidement les derniers brins de la collection et affiche l'échec de cette nouvelle requête. Parks se frotte les tempes et allume une cigarette en contemplant le ciel bas par la fenêtre du bureau. Elle recrache un soupir de fumée et ses doigts se remettent à galoper sur le clavier. Elle abandonne la recherche par assassin et se concentre sur le mode opératoire du crime en demandant au système une analyse des différents tueurs enregistrés dans la base de données sous la rubrique « Assassins mystiques » mais elle restreint les recherches aux profanateurs de cimetières et aux psychopathes dont les meurtres suivent le rite religieux de la crucifixion. Un tueur scarifié de préférence, un moine. Craignant de réduire à l'excès le champ d'investigation, elle se ravise et efface ces derniers critères. Puis elle entre « dix ans » dans le champ « Période concernée par la recherche », et appuie sur la touche fléchée.

Le système balaie les données en mémoire et affiche dix-huit requêtes que Parks fait défiler. Des crimes satanistes qui avaient défrayé la chronique lors du passage à l'an 2000. Cette nuit-là, les illuminés de tout bord s'étaient réunis dans les forêts et les catacombes des grandes villes pour invoquer les forces du Mal. Des cérémonies sacrificielles au cours desquelles on avait crucifié des vierges et des clodos pour attirer les faveurs de Satan.

Parks entre une période de trente ans dans le champ de recherche. Quatorze résultats clignotent au milieu d'une cinquantaine de requêtes approchantes. 1969-1972 : les quatorze meurtres du révérend Parkus Merry, un fou de Dieu qui s'était mis en tête que le Christ était de retour et qu'il fallait se dépêcher de le crucifier à nouveau pour annoncer la bonne nouvelle au reste du monde. À cette nuance près que, pour le révérend Merry, le Christ avait fait son coming out dans la communauté homosexuelle de l'Ouest américain. D'où les quatorze meurtres commis sur des prostitués des milieux gay underground, depuis San Francisco jusqu'aux Grandes Plaines. Toujours le même mode opératoire : Merry accostait sa victime sur les trottoirs ou les bars gay puis il la droguait et la traînait dans un coin désertique pour la crucifier et réciter des prières en la regardant se tordre sur la croix.

Le 17 novembre 1972 a eu lieu le quatorzième et dernier assassinat de Parkus Merry, près de Boise, dans l'Idaho. Pris la main dans le sac tandis qu'il clouait sa victime, le bon révérend a moisi onze ans dans le couloir de la mort. Puis un matin, à l'aube, on l'a sanglé sur la chaise électrique.

85

Assis à l'arrière d'un vieux taxi aux suspensions grinçantes, le père Carzo lutte de toutes ses forces pour ne pas s'endormir. Ses tempes bourdonnent. Il a un goût de métal dans la bouche et la tête qui enfle comme si elle allait exploser. C'était toujours comme ça après une rencontre avec le Démon. Comme si votre métabolisme se transformait en haut-fourneau et brûlait d'un seul coup toutes les calories et vitamines de votre corps, vous laissant une soif et une faim dévorantes. Et l'âme vide. Cette sensation de se retrouver seul au milieu d'un désert immense, seul et nu.

À travers la vitre crasseuse dont la poignée bringuebale au gré des cahots, le père Carzo essaie de se concentrer sur le flot de la circulation qui remonte l'Avenida Constantino Nery en direction de l'aéroport. Depuis que le taxi a quitté le centre-ville de Manaus, les quartiers coloniaux aux belles maisons délabrées ont laissé place à la terre brune et poussiéreuse des bidonvilles. Un fatras de bicoques en tôle ondulée si serrées les unes contre les autres qu'on dirait que le mur de l'une soutient le toit de l'autre. Pas d'antenne parabolique ni de climatiseurs, pas de rideaux ni de fenêtres. Tout juste quelques rangs de fausses perles devant les portes et des empilements de palettes en guise d'escaliers. Plus de rues non plus. Rien qu'un grand caniveau boueux qui serpente entre les milliers de cahutes accrochées aux collines. C'est là que les enfants de Manaus jouent pieds nus au ballon et au bandit, au milieu des rats de la forêt, des clous rouillés et des aiguilles.

Le prêtre cligne des yeux. Perdu dans un enchevêtrement d'enseignes aux couleurs criardes, un panneau dilué par les averses indique huit kilomètres avant l'aéroport. Le taxi se fraie un passage à coup de klaxon au milieu des pick-up cabossés et des vieilles Fiat pétaradantes. Une épaisse fumée noire s'élève des pots d'échappement.

Le prêtre cale sa nuque contre l'appuie-tête et se concentre sur les odeurs qui flottent dans le taxi. Des odeurs lointaines de sexe sale et de cuisses humides. C'est ainsi que les taxis de Manaus arrondissent leurs fins de mois, en louant leur voiture aux prostituées des quartiers pauvres qui se relaient la nuit sur la banquette arrière. La moitié de chaque passe va au chauffeur qui dort à l'avant pendant que les étreintes font grincer les suspensions.

Le père Carzo ferme les yeux. D'autres odeurs flottent dans l'habitacle, beaucoup plus lointaines, légères comme des souvenirs. Des odeurs de rose et d'hibiscus. Le parfum des belles âmes qui ont imprimé leur souvenir sur la banquette. Comme celle de Maria, cette jeune prostituée des favelas aux grands yeux bruns qui offrait son corps pour quelques morceaux de sucre et des médicaments périmés. Maria qui, le jour, distribuait la soupe dans les bidonvilles et soignait les pieds nus des enfants en les badigeonnant de teinture d'iode. Carzo sursaute en voyant le visage de cette jeune inconnue flotter dans son esprit. Il ouvre les yeux. Jamais jusqu'alors sa capacité à sentir les odeurs ne lui avait permis de visualiser le visage et le prénom de la personne à qui cette odeur appartenait. On dirait que son don était en train de se renforcer, de devenir autre chose. Ou, plutôt, que si quelque chose était entré en lui et que cette chose avait ajouté son propre pouvoir à celui de Carzo. L'exorciste secoue la tête pour se réveiller. Le visage de Maria se dilue. Un coup de frein. Le chauffeur lâche un coup de klaxon et accélère de nouveau. Les cahots de la route. Le zonzon des arbres qui défilent à travers la vitre crasseuse. Les paupières de Carzo sont si lourdes.

86

Parks écrase sa cigarette et décide d'élargir la recherche à la totalité du XXᵉ siècle. Le système met quelques secondes à explorer la requête puis la liste des résultats s'affiche à l'écran. Cent soixante-douze entrées à explorer. Des satanistes, des mormons serial-killers et des prêcheurs. Des cadavres aussi, plein de cadavres. La jeune femme fait défiler la liste en accéléré et lit à la volée quelques-unes des requêtes qui traversent l'écran.

19 avril 1993 : massacre de la secte des Davidiens à Waco, Texas. Soixante-quatorze disciples de David Koresh se suicident pendant l'assaut du FBI.

12 juin 1974 : treize squelettes retrouvés éparpillés dans les caves de la secte anthropophage de Wilmington, Arkansas.

23 septembre 1928 : suicide collectif de la secte adventiste de Greensboro, Alabama. Une soixantaine d'illuminés qui avaient découvert la porte du Ciel. Ils avaient crucifié leur gourou et s'étaient ensuite donné la mort en se clouant le menton à des crocs de boucher.

Marie siffle entre ses dents en examinant la photo en noir et blanc prise à l'époque par la police de Greensboro. Soixante cadavres alignés comme des carcasses de vaches dans les entrepôts d'un abattoir.

Elle sent son cœur bondir dans sa poitrine lorsque son œil accroche le titre d'une autre requête. Elle arrête le défilement et donne un coup de souris pour remonter la liste. La requête s'immobilise au milieu de l'écran.

26 août 1913 : une vieille religieuse retrouvée crucifiée dans un couvent de Kanab, Utah.

Parks clique sur cette entrée. Une coupure du *Kanab Daily News* en date du 27 août s'affiche à l'écran. La une annonce qu'on vient de retrouver une vieille religieuse clouée et éventrée dans le parc de son couvent. Il s'agit de sœur Angelina, une Recluse.

La gorge sèche, Parks entre le plus possible de renseignements dans le formulaire pour affiner la recherche : des religieuses de l'ordre des Recluses assassinées par crucifixion pour les années 1912-1913-1914 ; un tueur scarifié ; un moine ; signe distinctif INRI. Le système compile la demande et affiche quatre points rouges clignotants sur une carte couvrant la côte Ouest du Canada et des États-Unis.

Avril 1913 : premier meurtre dans le couvent de Recluses de Mount Waddington en Colombie-Britannique. 11 juin de la même année : une Recluse massacrée dans son couvent du mont Rainier, près de Seattle. 13 août : un autre meurtre au couvent de Lassen Peak, près de Sacramento. Puis l'assassinat, deux semaines plus tard, de sœur Angelina, à Kanab.

Parks fouille les archives du *Kanab Daily News*. Le 28 août 1913, soit le lendemain du meurtre, la une annonce que les hommes du shérif ont arrêté l'assassin de sœur Angelina alors qu'il s'apprêtait à franchir les frontières de l'État. Marie examine la photo en noir et blanc qui accompagne l'article. Des policiers à cheval traînent un moine au bout d'une chaîne et la foule des notables de Kanab ôtent leurs hauts-de-forme pour l'injurier et lui cracher au visage.

Sur la photo suivante, on a jeté une corde autour d'une branche. Hissé sur un cheval, le moine a les mains attachées dans le dos et un adjoint du shérif lui passe la corde autour du cou. Le cliché est flou et sali par le temps, mais Parks remarque que l'assassin présumé sourit à l'objectif. Un sourire qui semble s'adresser au photographe derrière son trépied, ou plutôt à ceux qui allaient contempler cette photo dans les années à venir. La jeune femme commande au système d'effectuer un agrandissement du cliché.

Tandis que le système ajoute un poil de pixels et accentue le contraste pour réduire l'effet de flou, Parks revient à la photo du visage de Caleb qu'elle vient de retoucher à l'aide du logiciel morphologique. Elle déclenche ensuite un autre programme auquel elle commande de rajeunir les traits de Caleb. Sous ses yeux, le visage du tueur s'éclaircit peu à peu tandis que les furoncles et les cicatrices s'estompent. Puis le logiciel annonce qu'il vient d'achever un rajeunissement d'une quinzaine d'années en se basant sur les caractéristiques morphologiques de départ. La photo modifiée s'affiche alors sur l'écran à côté du cliché en noir et blanc qui avait été pris lors de l'été 1913. Marie plonge son regard dans les yeux noirs du tueur. Caleb et l'assassin de Kanab ne font qu'un.

87

Debout face aux baies vitrées du terminal des départs de l'aéroport de Manaus, le père Carzo contemple les appareils qui manœuvrent sur les pistes. De vieux coucous rouillés affectés aux lignes transamazoniennes, juste du fret et quelques passagers à destination des villes reculées du bassin de l'Amazone. Plus loin, il distingue le rideau d'arbres qui délimite la forêt vierge. Les haut-parleurs du terminal annoncent le Delta 8340 en provenance de Quito. Carzo consulte sa montre. Il est temps. Un dernier coup d'œil en direction du Boeing 767 qui émerge de la brume et s'aligne, puis le prêtre s'éloigne de la baie vitrée et se dirige vers les rangées de coffres à l'autre bout du terminal. Sa main serre la clé qu'il a récupérée dans les affaires du père Jacomino – une vieille clé recouverte d'un capuchon de caoutchouc rouge et mâchonné. Caisson numéro 38.

Le prêtre se fraie un passage à travers la foule des voyageurs. Les panneaux d'affichage annoncent le décollage imminent de quatre transamazoniens à destination de Belém, Iquitos, Santa Fe de Bogotá et Guayaquil. Une cohue odorante encombrée de cages à poules et de cartons ficelés se presse aux portes d'embarquement. Plus loin, les salles luxueuses des vols réguliers internationaux se découpent derrière les vitres blindées.

À mesure qu'il s'approche des consignes, le père Carzo sent les odeurs de la foule envahir son esprit. Des milliers de senteurs qui s'entremêlent pour n'en former plus qu'une, parfum monstrueux où se mélangent les relents de crasse et la noirceur des âmes. Suffoquant au milieu de ce maelström de puanteurs, Carzo ne distingue plus que des nuques sales et des bouches grimaçantes, une forêt de lèvres qui remuent et mêlent leurs sons au brouhaha de la foule.

Caisson 38. Le visage luisant de sueur, le prêtre tourne la clé dans la serrure. Un claquement. À l'intérieur, il trouve une épaisse chemise rembourrée et une enveloppe blanche, qu'il glisse dans sa sacoche. Un courant d'air glacial effleure sa nuque. Il se retourne et aperçoit une vieille métisse assise, seule, au milieu d'une rangée de fauteuils. Il sent sa gorge s'assécher.

Il vient de reconnaître la clocharde de Manaus qui avait failli lui écraser la main sur le chemin de la cathédrale. Ses yeux sont blancs et opaques. Des yeux d'aveugle. Les lèvres de la vieille s'écartent. Elle sourit. *Seigneur, elle me voit...*

Carzo se dirige vers la vieille. Une foule de voyageurs lui barre le passage et lui bouche la vue. Il joue des coudes pour se frayer un passage à travers cette masse de corps et de bagages mais lorsque la foule s'écarte, les fauteuils sont vides. La clocharde a disparu.

L'exorciste se dirige en titubant vers les toilettes. Il s'enferme dans une cabine et déchire l'enveloppe. Un billet open à destination des États-Unis et cent dollars américains en petites coupures. Il sursaute en entendant la porte des toilettes claquer sur son montant. Quelqu'un vient d'entrer, un pas traînant. Une forte odeur d'urine emplit les narines du prêtre. Des pieds nus s'immobilisent derrière la porte de la cabine, deux vieux pieds de femme aux orteils recourbés et crasseux. Des mains effleurent la porte. Carzo sent ses cheveux se hérisser en entendant le chuintement de colère qui s'échappe des lèvres de la vieille.

— Tu vas où, Carzo ?

Le prêtre s'apprête à se boucher les oreilles lorsque la porte des toilettes laisse à nouveau entrer les rumeurs du terminal. Des rires. La porte se referme. Carzo entend une voix de femme et des gloussements d'enfant. Il ouvre les yeux. Les pieds nus de la clocharde ont disparu mais pas les empreintes qu'ils ont laissées sur le sol.

Il sort de la cabine. Une jeune femme lui sourit tandis qu'il s'approche des lavabos où une fillette éclabousse le sol avec le jet du robinet. Le prêtre passe ses mains sous l'eau fraîche et s'asperge le visage. Le bruit d'une porte de cabine le fait sursauter. Il se redresse et regarde dans le miroir. À travers les gouttes d'eau qui perlent sur ses paupières, il aperçoit la fillette en train de se sécher les mains. Dans la cabine où elle vient d'entrer, sa maman chantonne. Carzo se détend. Il faut qu'il arrête de penser. Il ferme le robinet puis il lève à nouveau les yeux vers le miroir. La fillette s'est retournée et le scrute de ses petits yeux blancs et opaques. Ses lèvres se retroussent sur une rangée de dents noirâtres.

— Alors, Carzo, tu vas où ?

SIXIÈME PARTIE

88

Lorsque Parks quitte Denver en direction des montagnes, la neige qui tourbillonnait dans l'air glacé s'est mise à tomber à gros flocons. À Bakerville, la couche de poudreuse atteint déjà près de trois centimètres et, courbés sous les assauts du vent qui vient de se lever, les habitants ont chaussé leurs bottes fourrées pour rentrer les dernières provisions.

Marie poursuit sa route sur l'Interstate 70 dont le tracé sinueux s'estompe peu à peu sous le déluge de flocons. À Bighorn, où elle oblique vers le sud en suivant la voie ferrée, les caniveaux et les trottoirs ont entièrement disparu. Les derniers barrages de police qu'elle vient de franchir annoncent aux usagers que la tempête a débordé les monts Laramie et que l'agglomération de Boulder est enfouie sous trente centimètres de poudreuse.

Parks roule à présent en direction du sud sur un épais manteau blanc. Elle ne s'est arrêtée qu'une seule fois pour avaler une tasse de café et fumer une cigarette. La nuit tombe lorsqu'elle atteint enfin les lumières de Holy Cross City. Depuis que la lueur du jour a disparu, les phares du 4 × 4 éclairent un véritable mur de flocons que les essuie-glaces peinent à rabattre sur les côtés.

Réglant la climatisation au maximum pour désembuer le pare-brise, Parks aperçoit au loin les gyrophares d'une colonne de chasse-neige qui dégagent les rues en repoussant d'énormes congères sur les trottoirs. Parvenus à un croisement, trois engins se détachent de la colonne et obliquent à droite sur la route qui mène au couvent de Sainte-Croix. Dernier passage des pelleteuses avant le gros de la tempête. Avec leurs trente tonnes de ferraille montées sur chenilles et leurs pare-chocs renforcés, mieux vaut attendre qu'elles redescendent avant d'attaquer la montée.

La jeune femme avise un bar de routiers dont les néons clignotent dans l'air glacial. Elle se range en épi entre deux voitures recouvertes de neige. Laissant le moteur et les essuie-glaces en marche, elle pose sa nuque contre l'appuie-tête et contemple les chiffres bleus de la pendule sur le tableau de bord. 20 : 00 : 07. Il faudrait qu'elle dorme un peu avant de monter au couvent, juste quelques minutes. Elle lutte un moment contre cette délicieuse tentation, essaie de se concentrer sur le souffle tiède de la climatisation qui effleure son visage, se raccroche au bruit d'une voiture qui passe dans un cliquetis de chaînes. Puis elle lâche prise et sombre dans un profond sommeil.

89

Un sursaut. Parks rouvre les yeux et interroge les chiffres lumineux du tableau de bord. 20 : 00 : 32. Elle n'a dormi que quelques secondes mais sa gorge est si sèche qu'elle a l'impression d'avoir sombré durant des heures. Elle boucle son manteau et enfile ses gants. Puis elle ouvre la portière et grimace sous la morsure du froid qui s'engouffre dans l'habitacle.

Parks se dirige vers le bar en écoutant ses bottes crisser dans la poudreuse. L'air sent le menthol et l'écorce gelée. L'odeur du froid. Elle pousse la porte du bar. À l'intérieur, ça empeste la friture et le café. C'est un de ces établissements tout en longueur avec un comptoir en plastique dur où s'empilent des présentoirs de sandwichs et des distributeurs de sauces. Contre les baies vitrées, s'aligne une rangée de banquettes en skaï et des tables au formica usé par le cul brûlant des cafetières. Quelques clients épuisés mâchent des hamburgers graisseux en sirotant du café dans des gobelets en carton. Au bout du bar, un vieux juke-box égrène un morceau de country-gospel. Ben Harper et les Blind Boys of Alabama si tant est que les oreilles de Marie n'aient pas gelé dans le blizzard.

Parks s'installe sur une banquette et cherche des yeux la serveuse. Un courant d'air effleure sa nuque, un sillage de parfum... Marie tourne la tête vers la jeune femme qui vient de s'asseoir à sa table. Des cheveux bruns, de jolis yeux gris, une peau très blanche et des dents éclatantes entre des lèvres d'un beau rose pâle.

— Vous désirez ?

— Dîner avec vous. Je déteste dîner seule.

La voix de la jeune femme colle avec le charme mouvant de son corps. Douce et volontaire. Sans y avoir été invitée, elle ôte son anorak et dévoile un pull de laine qui épouse ses formes. Un mince collier d'or et une croix scintillent à son cou.

— Je m'appelle Marie. Marie Parks.

La jeune femme lui serre la main et Parks grimace

légèrement à ce contact : la peau de l'inconnue est glaciale, comme si elle avait marché sans gants dans le blizzard.

— Et vous ?

— Je suis religieuse. Je travaille pour la congrégation des Miracles au Vatican. J'enquête sur les meurtres de Recluses et je vous suis depuis Boston pour vous protéger.

La main de Parks se crispe sur celle de la jeune religieuse.

— Me protéger de quoi ?

— De vous-même d'abord. Des Recluses ensuite. Vous n'en savez rien mais vous êtes en danger, Marie Parks.

— Qu'est-ce que vous attendez de moi exactement ?

— Vous avez très peu de chances d'entrer dans le couvent des Recluses de Sainte-Croix si vous n'êtes pas vous-même religieuse et si vous ne connaissez pas les codes qui régissent ce genre d'endroits.

— C'est-à-dire ?

— Les Recluses ne sont pas des religieuses comme les autres. C'est un ordre très ancien qui a été fondé en Europe au tout début du Moyen Âge et qui en a importé les usages lorsqu'il s'est s'installé aux États-Unis au milieu du XIXe siècle. Ces gardiennes des manuscrits interdits de l'Église ont un culte du secret qui vous dépasse largement. Depuis la nuit des temps, elles ont appris à se méfier de tout le monde et elles détestent qu'on vienne fouiner dans leurs affaires.

— Vous voulez dire que les Recluses seraient prêtes à tuer pour préserver leur secret ?

— Disons plutôt que, pendant votre séjour parmi elles, vous allez dépendre entièrement de leur communauté. Ce sont elles qui vous soigneront si vous avez un accident, elles qui appelleront les secours si vous êtes en danger de mort. Vous devez comprendre que les couvents des Recluses sont des vieux cloîtres aux fondations profondes et obscures. Des couvents sans électricité ni eau courante où elles vivent aussi retirées qu'elles le faisaient au Moyen Âge. Pour elles, le monde extérieur et ses lois n'ont aucune signification. Elles ne connaissent pas la télévision, les journaux ou Internet. Croyez-moi, Marie Parks, tout peut arriver dans de tels endroits.

— Que me conseillez-vous ?

— Ne vous aventurez jamais hors de votre cellule après le coucher du soleil car les Recluses ne dorment jamais. Attendez les offices pour pénétrer dans la bibliothèque interdite et recherchez les ouvrages que la Recluse assassinée étudiait juste avant de mourir. Ils se trouvent dans une salle secrète qu'on appelle l'Enfer. C'est dans ces manuscrits que vous trouverez la clé de l'énigme.

— Quelle énigme ?

— Au terme d'une longue et pénible enquête, nous sommes arrivés à la conclusion que l'Église tente à tout prix d'étouffer un mensonge depuis des siècles. Quelque chose qui s'est produit pendant la troisième croisade. Un mensonge si énorme que le christianisme en serait anéanti s'il venait à être découvert. C'est là la véritable mission des Recluses : étouffer le grand mensonge et empêcher les Voleurs d'Âmes de s'en emparer.

— Les Voleurs d'Âmes ?

— Lorsque nous avons enquêté, il y a quelques semaines, dans le couvent de Sainte-Croix, mes consœurs et moi-même avons découvert plusieurs passages de l'évangile selon Satan sur lesquels la Recluse aujourd'hui morte travaillait. Des parchemins datant du

Moyen Âge que cet ordre très secret étudie depuis des siècles pour tenter de retrouver le manuscrit original. C'est pour ça que la chose qui nous a assassinées à Hattiesburg massacrait les Recluses.

Parks est saisie d'une peur violente.

— Qu'est-ce que vous venez de dire ?

— Pardon ?

— Vous venez de dire que cette chose vous avait assassinée à Hattiesburg.

— Allons, Marie, vous n'avez toujours pas compris ?

Parks se tourne vers la baie vitrée et voit son propre reflet qui la contemple. En face d'elle, la banquette est vide. La gorge sèche, la jeune femme se retourne vers l'inconnue qui lui sourit toujours. Et puis, soudain, elle se souvient de ce visage brun qu'elle a aperçu en feuilletant le dossier des disparues de Hattiesburg... et de ce même visage rongé et putréfié sur la croix dans les ténèbres de la crypte... le visage de sœur Mary-Jane Barko.

— Mon Dieu, c'est impossible...

Le sourire de la jeune religieuse commence à se racornir tandis que son visage et ses lèvres se couvrent de gerçures. Lorsqu'elle parle à nouveau, Marie remarque que sa voix est en train de changer.

— Impossible ? Agent spécial Marie Parks, vous n'avez pas la faculté de voir des choses qui n'existent pas. Vous avez la faculté de voir des choses que les autres ne peuvent pas voir. Vous saisissez la différence ?

— Arrêtez vos conneries, Barko ou qui que vous soyez. J'ai tapé un pare-brise à cent quarante à l'heure et depuis j'ai des visions. Je vois des morts et des gamines éventrées dans des caves. Alors ne venez pas m'emmerder avec vos théories sur le visible et l'invisible. Vous n'êtes qu'une vision de plus, et dès que la décharge électrique qui vous a fait naître se dissipera dans mon cerveau, vous disparaîtrez.

— Juste une question, Marie : d'où vient, à votre avis, le courant d'air qui chatouille votre visage pendant que nous parlons ?

— Pardon ?

— Ce léger courant d'air qui agite vos jolies boucles brunes, d'où vient-il, selon vous ?

Parks prend soudain conscience du filet d'air chaud qui enveloppe son visage. Elle cherche des yeux le climatiseur. Il n'y en a pas. Lorsque la religieuse se remet à parler, Marie a l'impression que sa voix provient de l'intérieur de son crâne.

— À présent, regardez en direction du parking. Vous venez juste d'arriver.

Parks se tourne à nouveau vers la baie vitrée et plisse les yeux pour apercevoir son 4 × 4 à travers le rideau de flocons. Un panache de fumée blanche s'élève du pot d'échappement. À travers les essuie-glaces qui balayent le pare-brise, Marie se voit assoupie contre l'appuie-tête, son visage éclairé par la lueur blanche du plafonnier.

— Vous êtes en train de dormir, Marie. Et le courant d'air que vous ressentez, c'est la climatisation de votre voiture qui vous souffle dans les cheveux. À présent, il faut vous réveiller et ne plus perdre un instant. Car la tempête approche.

La nuque calée contre l'appuie-tête, Parks se réveille en sursaut et agrippe le volant de son 4 × 4. Dehors la neige continue à tomber en silence. À travers les baies vitrées du bar, elle aperçoit les serveuses qui s'affairent et les clients qui terminent de dîner. Elle étouffe un sanglot de terreur en reniflant la légère odeur de rose qui flotte dans l'habitacle. Elle jette un coup d'œil dans son rétroviseur intérieur. Personne.

Seigneur, qu'est-ce qui m'arrive ?

291

90

La montée vers le couvent de Sainte-Croix est lente et difficile. Cramponnée à son volant pour contrer les bourrasques de vent qui font trembler le véhicule, Parks interroge son GPS dont l'écran dispense une lueur rassurante au milieu de tout ce blanc. D'après la console, elle n'est plus qu'à trois kilomètres du couvent. Encore quelques virages à flanc de ravin et elle sera arrivée.

Sans quitter des yeux la route, Parks allume une cigarette et se repasse mentalement ce qu'elle sait des Recluses. Leur journée commence à 3 heures du matin par l'office des matines, suivi d'un long temps d'étude et de réflexion avant l'office des laudes. Elles ont alors droit à un bol de soupe et à un morceau de pain rassis. Ensuite, elles se plongent dans la lecture et la restauration des manuscrits interdits de l'Église, exercices entrecoupés par les offices de prime et de tierce qui marquent la première et la troisième heure après l'aube. Vers 10 heures, elles retournent à leurs études et ne s'en distraient plus que pour sexte, none, vêpres et complies, autant d'offices épuisants qui accompagnent le déclin du soleil et les ténèbres de la nuit. Le même cérémonial trois cent soixante-cinq jours par an, sans repos ni relâche, sans vacances ni espoir d'un jour différent. Les Recluses ont fait vœu de silence absolu. Elles ne parlent jamais entre elles, ne se regardent pas, n'échangent aucun sentiment ni aucune marque d'affection. Des fantômes allant et venant en silence dans des couvents vieux comme le monde. À ce régime, il n'est pas rare que certaines d'entre elles deviennent folles à force d'entendre le vent hurler dans leur cellule. D'après la rumeur, on les transporte alors dans les profondeurs du couvent et on les enferme dans des cellules capitonnées où leurs cris sont étouffés par des murs épais.

D'autres Recluses, ayant fait en plus vœu de ténèbres, vivent dans les souterrains où nulle lumière ne parvient jamais. Quarante ans dans le noir sans apercevoir la lueur d'une bougie. On dit que, à force d'être privés de lumière, leurs yeux de confinées sont devenus aussi blancs que leur peau. Des vieilles femmes maigres et crasseuses attendant patiemment leur dernier souffle dans l'obscurité d'un réduit. Parks sent une pointe d'angoisse tordre son estomac : c'est là-bas qu'elle va.

91

Le GPS émet quelques bips pour lui indiquer qu'elle est arrivée à destination. Parks constate que la route s'achève en cul-de-sac. Elle range sa Cadillac et contemple le portail qui se découpe dans la lueur des phares : un lourd portail en bois, encadré par un porche de pierre qui semble avoir été taillé à même la paroi. La jeune femme lève les yeux vers le sommet de la falaise et distingue des murailles à travers les bourrasques de neige. Le portail doit donner sur un escalier qu'il faut gravir pour atteindre le couvent. Une porte munie d'un guichet grillagé, seule ouverture sur un monde auquel les Recluses ont renoncé. Au-delà commence le Moyen Âge.

Parks éteint les phares. L'obscurité enveloppe la voiture. Le silence de la neige, le sifflement du vent... Elle allume la radio et fait défiler les stations à la recherche d'une voix. Quelques crachotements s'élèvent des haut-parleurs à mesure que le scanner parcourt les ondes. Pas une seule station ne répond, pas même les gros émetteurs de Denver ou de Fort Collins. Comme si les grandes villes étaient mortes étouffées sous le déluge de neige.

Marie saisit son téléphone portable et interroge l'écran. La dernière barre d'émission clignote et s'éteint. Le réseau ne passe pas – l'altitude et la tempête sans doute. Elle coupe la radio et vérifie le chargeur de son arme, qu'elle range dans son sac. Chose faite, elle boucle son manteau et sort dans le blizzard.

Il y a quarante mètres jusqu'au porche. Tandis qu'elle progresse dans la neige, Parks a la désagréable impression que les Recluses la contemplent à travers le judas. Non, elle a plutôt la certitude que c'est le couvent tout entier qui la regarde approcher, puissance maléfique que la lueur de ses phares a réveillée et qui va tout faire pour l'empêcher d'entrer. Ou de ressortir.

Arrête de déconner, Marie. Si ça se trouve, ce ne sont que de gentilles vieilles dames qui font de la broderie en grignotant des cookies et en sirotant de la camomille.

À présent, Parks a atteint le porche. Elle ne peut plus reculer. Le portail est muni d'un lourd anneau à tête de bronze qui repose sur un socle en métal. Elle grimace en sentant la morsure du froid dans sa paume, cogne quatre fois le heurtoir puis colle son oreille à la porte pour écouter les coups se perdre dans les profondeurs du couvent. Elle attend quelques secondes avant de frapper à nouveau. Au troisième coup, le volet de bois s'ouvre avec un bruit sec, laissant filtrer la lumière dansante d'un flambeau. Deux yeux noirs contemplent Parks, qui colle sa carte du FBI contre le grillage et force sa voix pour couvrir le tumulte du vent :

— Agent spécial Marie Parks, ma sœur. Je suis chargée d'enquêter sur le meurtre qui a eu lieu dans votre congrégation. J'arrive de Boston.

La religieuse considère un moment la carte de Parks comme s'il s'agissait d'un document écrit dans une langue inconnue. Puis ses yeux disparaissent et laissent place à une bouche ridée.

— Ces choses n'ont pas cours ici, mon enfant. Passez votre chemin et laissez-nous en paix.

— Pardonnez-moi d'insister, ma sœur, mais si vous n'ouvrez pas immédiatement cette porte, je serai obligée de revenir demain matin avec une centaine d'agents armés comme des cow-boys qui se feront un plaisir de perquisitionner votre couvent jusqu'aux fondations. C'est ce que vous voulez ?

— Ce couvent jouit du statut diplomatique de terre consacrée du Vatican et nul ne peut y pénétrer sans l'autorisation de Rome ou de mère Abigaïl, notre supérieure. Je vous souhaite bonne route et que Jésus vous protège où que vos pas vous conduisent.

La vieille religieuse referme le guichet lorsque Parks décide d'abattre ses cartes.

— Allez dire à mère Abigaïl que la chose qui a massacré votre Recluse est morte à Hattiesburg.

Le volet s'immobilise à mi-course et revient en arrière. La vieille bouche apparaît de nouveau.

— Qu'est-ce que vous venez de dire ?

— Caleb est mort, ma sœur. Mais j'ai bien peur que son esprit ne soit toujours parmi nous.

À travers les ruades du vent, Parks entend quelqu'un agiter fiévreusement un trousseau de clés qui s'entrechoquent. Puis les verrous claquent les uns après les autres et la lourde porte s'ouvre en grinçant sur ses gonds. Marie contemple la vieille religieuse qui se tient courbée dans l'embrasure. *Seigneur, quel âge peut-elle bien avoir ?*

Au-delà, un vaste escalier monte dans l'obscurité. Un escalier aussi vieux et sombre que celui qui conduisait à la crypte où Caleb avait crucifié les disparues de Hattiesburg. Parks ferme les yeux et inspire une bouffée d'air glacé. Puis elle passe le porche et pose le pied sur le sol sablonneux du couvent. Ce faisant elle ressent une impression de chute libre, comme si chaque cellule de son corps s'était brusquement mise à remonter le temps.

À l'intérieur, les ténèbres sont plus profondes encore que la nuit. L'air semble plus transparent aussi et la flamme de la torche plus claire et plus vive. Ça sent le soufre, le potager et le purin. L'haleine du Moyen Âge. Pendant que la porte du couvent se referme en grinçant, la jeune femme sent la panique la submerger. Elle vient d'entrer dans une tombe.

92

— Suivez-moi et surtout ne me perdez pas de vue.

Son flambeau crépitant dans l'obscurité, la Recluse s'engage dans l'escalier. Des centaines de marches taillées dans le ventre de la montagne. Parks économise sa respiration pour caler son allure sur celle de la religieuse qui grimpe avec une agilité surprenante. Elle a l'impression en fait que si la vieille femme ne tenait pas son flambeau, elle se mettrait à quatre pattes pour galoper dans l'escalier. *Arrête de déconner, Marie...*

Parks commence à perdre la notion du temps. Ses cuisses et ses genoux la brûlent. À quelques mètres devant elle, la torche projette des ombres gigantesques sur les murs. Pourtant sa lueur semble s'éloigner, comme si la Recluse s'était mise à accélérer. La jeune femme force le pas. Elle a peur, elle étouffe. Comme ce jour de ses huit ans où elle avait creusé un tunnel dans les dunes. Un tunnel si long et étroit que seuls ses pieds dépassaient encore lorsque la dune s'était effondrée. C'est cette même impression d'étouffement qui serre la gorge de Marie tandis qu'elle suit la Recluse.

La dernière marche de l'escalier. L'ascension se poursuit à présent le long d'un couloir en pente. Parks le sent à la brûlure de ses chevilles et à l'inclinaison de ses semelles. Elle presse le pas sans détourner son regard de la flamme que des courants d'air glacé agitent, dévoilant de lourdes portes de cellules que la lumière arrache fugitivement aux ténèbres. Son cœur bondit et ses cheveux se hérissent. Elle vient d'apercevoir des mains griffues accrochées aux barreaux. Des visages cireux la regardent passer. Des chuchotements. Marie hâte le pas pour rattraper la torche qui s'éloigne. Mais le couloir s'achève sur un nouvel escalier et la religieuse se trouve en fait à quelques mètres au-dessus d'elle. Parks rate la première marche et étouffe un juron en se rattrapant *in extremis* aux barreaux d'une cellule contre lesquels elle s'adosse. Un mouvement derrière elle, un frôlement de vêtement. Se rendant compte de son erreur, elle va se redresser lorsqu'elle sent quelque chose de froid se refermer autour de son cou. Un bras, un bras maigre dont les os saillants écrasent sa gorge avec une force surprenante. À bout de souffle, Parks cherche à ouvrir son sac pour récupérer son arme. *Pauvre imbécile, pourquoi tu n'as pas laissé aussi ton chargeur dans la voiture pendant que tu y étais ?*

Une haleine fétide enveloppe le visage de Marie tandis que la chose qui l'étrangle colle sa tête entre les barreaux :

— Qui t'es, sale petite fouineuse ?

Un doigt triturant la fermeture Éclair de son sac qui vient de se coincer, Marie tente d'articuler une réponse :

— M... Marie Parks. FBI.

— Ça parle ? Oh, Seigneur, ça parle !

La chose se met à hurler dans les ténèbres :

— Mes sœurs, j'ai attrapé Satan ! J'ai attrapé Satan et Satan m'a parlé !

Un concert de gloussements s'élève sur toute la longueur du couloir et la jeune femme voit une rangée de bras blancs émerger des autres cellules, un alignement de visages collés aux barreaux dont les lèvres grimaçantes laissent échapper un long cri de haine.

— Arrachez-lui la gorge, ma sœur ! Ne le laissez pas s'échapper !

Un quartier de haute sécurité dans les sous-sols d'un hôpital psychiatrique : c'est à cela que Marie songe tandis que sa vue se brouille et que ses genoux se dérobent. Enfin elle parvient à glisser une main dans son sac et à la refermer sur la crosse de son automatique. Coup d'œil à gauche. Le flambeau sautille au loin dans le noir : la Recluse dévale les escaliers aussi vite que possible. Parks dégaine son arme et vide un chargeur vers le plafond. Dans la lueur blanche des détonations, elle se rend compte avec horreur que les barreaux grouillent à présent de visages et de bras tendus. Les coups de feu n'ont pas relâché la pression du bras qui l'étrangle. Alors, au bord de l'évanouissement, elle tâtonne pour enclencher un autre chargeur et fait claquer la culasse en collant le canon de son arme contre le visage de la chose.

— Je... je te donne trois secondes pour lâcher prise ensuite je te fais sauter le dentier à bout portant.

Marie sent un souffle effleurer sa joue.

— Tu ne peux pas me tuer, Parks. Personne ne le peut.

Coup d'œil vers la gauche. À mesure que le flambeau de la Recluse se rapproche, les visages plaqués contre les barreaux reculent en feulant comme des chats. Marie est sur le point d'appuyer sur la détente lorsqu'elle entend la voix de la chose murmurer.

— Cette fois-ci tu t'en tires, mais tu ne ressortiras jamais vivante de ce couvent. Tu m'entends, Parks ? Tu es entrée mais tu n'en sortiras jamais.

Puis la pression du bras se relâche d'un seul coup et la chose s'éloigne dans un bruissement. La jeune femme s'affale le long des barreaux en reprenant son souffle. Elle ferme les yeux et écoute les pas de la Recluse qui approche. La vieille religieuse se penche vers elle et lui dit dans un sifflement de colère.

— Avez-vous perdu la raison ? Pourquoi avez-vous fait usage de votre arme ?

Parks rouvre les yeux et considère la Recluse qui postillonne de rage sous son voile.

— À vous de m'expliquer, ma sœur, ce que ces religieuses font dans ces cachots et quels crimes elles ont commis pour mériter un traitement aussi inhumain ?

— Quelles religieuses ? De quoi parlez-vous ? Ces cellules sont désaffectées depuis plus d'un siècle.

— Alors, pourquoi une de vos Recluses vient-elle d'essayer de me tuer pendant que toutes les autres hurlaient comme des démentes ?

— Les autres ? Quelles autres ?

Intriguée, la vieille religieuse approche sa torche des barreaux du cachot. La pièce est poussiéreuse et vide. Cinq mètres carrés sans meubles ni recoin. La Recluse reprend dans le silence du souterrain :

— Ces cachots servaient de cellules de repos à celles de nos religieuses dont la raison vacillait à cause de l'isolement. On les enfermait là pour que le reste de la communauté ne les entende pas hurler. Mais c'était il y a plus d'un siècle. De nos jours, on les descend à l'asile Sainte-Croix quand leurs nerfs flanchent. Vous êtes sûre que tout va bien ?

Marie Parks manque de vaciller. Elle est en train de devenir folle.

93

Le couloir s'éclaircit à mesure que les deux femmes approchent du sommet. Tache grise dans l'obscurité, la sortie du passage s'élargit et Parks distingue à nouveau les flocons qui dansent à l'air libre.

Un vent glacial enveloppe les marcheuses. Clignant des yeux, Marie distingue les bâtiments qui encadrent le cloître où elles viennent de déboucher. Des statues en ciment disparaissent sous une épaisse couche de neige. Crucifié au centre de la cour, un gigantesque Christ aux yeux grands ouverts les regarde passer. L'examinant à la dérobée, Parks se demande ce que les Recluses doivent ressentir en arpentant les pavés du cloître trois cent soixante-cinq jours par an sous l'œil glacial de cette figure de bronze.

La religieuse s'engage sous les colonnes du cloître. Marie constate aux traces qu'elle laisse sur la neige que la vieille femme ne porte que des sandales de cuir usées jusqu'à la corde. La Recluse tape ses semelles sur le sol pour en faire tomber la croûte de poudreuse. Puis elle franchit un porche de pierre qui marque l'entrée du bâtiment principal. Parks cogne à son tour le bout de ses chaussures contre le perron du couvent. Le regard du Christ dans son dos, elle s'engage dans un vaste couloir qui sent la poussière et la cire. Aux murs, des portraits des grands saints côtoient des bustes en plâtre et des scènes de la Passion. Elle croise à nouveau le regard du crucifié sur les innombrables tableaux qu'elle frôle dans la pénombre : de la colère et du désespoir, voilà ce qu'elle peut lire dans le reflet que l'artiste a capturé au fond des yeux du Christ. Elle se tourne et se retourne : où que se porte le regard des Recluses, l'œil de Dieu les observe.

— Mère Abigaïl va vous recevoir.

Parks sursaute en entendant la Recluse à l'autre bout du couloir. Elle a posé son flambeau et pousse une lourde porte dont l'entrebâillement laisse entrevoir un bureau aux murs recouverts de tapisseries anciennes.

La jeune femme entre et aspire la forte odeur de cire qui flotte dans la pièce. Un feu crépite dans la cheminée. Tandis que la porte se referme, elle s'avance, en faisant craquer le parquet, vers un bureau en chêne sur lequel on a disposé des vieux chandeliers dont les bougies laissent échapper une odeur de miel. Raide sur son fauteuil, mère Abigaïl la regarde approcher. Une petite vieille à la laideur surprenante et aux traits si durs qu'ils semblent taillés dans de la glace. Ses joues sont striées de fines cicatrices verticales qui rappellent ces plaies que les folles s'infligent avec leurs ongles.

— Qui êtes-vous et que voulez-vous ?

— Agent spécial Marie Parks, ma mère. Je suis chargée d'enquêter sur le meurtre qui a été commis dans votre couvent.

Abigaïl chasse cette réponse d'un geste agacé.

— Avez-vous dit à la religieuse qui vous a conduite jusqu'ici que la chose qui a massacré notre sœur est morte à Hattiesburg ?

— Oui, ma mère. Il a été abattu par les agents du FBI. Il s'appelait Caleb. C'était un moine.

— C'est beaucoup plus qu'un moine.

Mère Abigaïl laisse échapper un soupir inquiet.

— Et comment pouvez-vous être sûre que c'est bien lui qui a assassiné notre sœur ?

— Grâce à celles qui le poursuivaient. Des religieuses lancées sur ses traces par le Vatican.

— Vous voulez dire que Mary-Jane Barko et ses consœurs ont fini par le retrouver ?

— Non, ma mère. Caleb les a enlevées l'une après l'autre et il les a crucifiées.

— Où est-il à présent ?

— À la morgue du Liberty Hall Hospital de Boston.

Mère Abigaïl se raidit sur son fauteuil comme si son corps avait été traversé par une brusque décharge électrique.

— Seigneur, êtes-vous en train de me dire que vous ne l'avez pas incinéré ?

— Nous aurions dû ?

— Oui. Sinon ça revient. Ça revient toujours. On croit que c'est mort mais ça revient.

— Qu'est-ce qui revient, ma mère ?

La vieille religieuse est prise d'une quinte de toux qu'elle étouffe dans le creux de sa main. Lorsqu'elle reprend la parole, Parks note qu'un filet rauque fait siffler ses bronches : mère Abigaïl souffre d'emphysème.

— Agent spécial Marie Parks, si vous m'expliquiez la raison exacte de votre présence parmi nous.

— Il faut que j'examine les ouvrages sur lesquels votre Recluse travaillait juste avant d'être assassinée. Je suis persuadée que la clé de ces crimes se trouve quelque part dans la bibliothèque de votre couvent.

— Vous n'avez apparemment aucune idée du danger qui vous menace.

— Ça veut dire non ?

— Ça veut dire qu'il vous faudrait au moins trente ans d'études pour comprendre quelque chose à ces ouvrages.

— Avez-vous entendu parler des Voleurs d'Âmes ?

Mère Abigaïl se tasse dans son fauteuil et Parks capte sur-le-champ les vibrations de terreur dans sa voix.

— Mon enfant, il est des mots qu'il n'est pas prudent de prononcer en pleine nuit.

— Et si on arrêtait les conneries, ma mère ? Nous ne sommes plus au Moyen Âge et tout le monde sait que Dieu est mort à la seconde où Neil Armstrong a posé le pied sur la Lune.

— Qui ça ?

— Laissez tomber. C'est ma faute, je me suis mal fait comprendre. Je ne suis pas venue jusqu'ici pour fêter Halloween ou pour apprendre à voler avec un balai, mais pour enquêter sur le meurtre d'une religieuse de votre congrégation. Un meurtre de plus sur la longue liste d'un tueur qui, si l'on en croit les conclusions des quatre disparues de Hattiesburg, traverse les siècles pour massacrer des Recluses comme on enfile des perles. Alors, de deux choses l'une : ou vous m'ouvrez votre bibliothèque ou je serai obligée de revenir avec un mandat de perquisition et des camions de déménagement pour transférer la totalité de vos ouvrages satanistes dans les locaux du FBI à Denver.

Un silence. Parks perçoit la flamme de haine qui vient de s'allumer dans le regard de la mère supérieure. Si les Recluses sont aussi folles qu'on le dit, elle vient de signer son arrêt de mort.

— Agent spécial Marie Parks, seule la charité m'oblige à vous offrir l'hospitalité de mon ordre tant que durera la tempête. La religieuse qui vous a guidée jusqu'ici va vous conduire à la cellule qu'occupait notre sœur assassinée. C'est la seule qui soit libre pour le moment. Je ne peux rien faire de plus pour faciliter votre enquête et je ne saurais trop vous conseiller d'y demeurer enfermée jusqu'à ce que le vent se taise et que la neige cesse de tomber. Car ces lieux ne sont pas sûrs pour ceux qui ne croient pas en Dieu.

— C'est une menace ?

— Non, une recommandation. Dès que la tempête sera calmée, vous devrez quitter les lieux sans délai. D'ici là, je vous prierai de ne pas troubler le recueillement de mes Recluses.

— Ma mère, personne n'est à l'abri du tueur qui a massacré votre religieuse. S'il s'agit d'une secte et que cette secte vous menace, vous pouvez être sûre qu'ils reviendront et ce ne sont pas vos prières qui les arrêteront.

— Et vous pensez sérieusement que c'est votre arme ou votre insigne qui s'en chargera ?

— Je n'ai pas dit ça.

La bouche tordue par la colère, la vieille religieuse se redresse sur son fauteuil. Sa voix enfle dans l'obscurité.

— Agent spécial Parks, l'Église est une très vieille institution pleine de secrets et de mystères. Cela fait plus de vingt siècles que nous guidons l'humanité à travers les ténèbres de son destin. Nous avons survécu aux hérésies et à l'agonie des empires. Des saints prient à genoux depuis l'aube des temps dans nos abbayes et nos couvents pour repousser la Bête. Nous avons vu s'éteindre des milliards d'âmes, nous avons connu la peste, le choléra, les croisades et mille ans de guerre. Et vous pensez sincèrement pouvoir arrêter à vous seule la menace qui approche ?

— Je peux vous aider, ma mère.

— Nul autre que Dieu ne le peut, mon enfant.

Sans s'en rendre compte, Marie a reculé de plusieurs pas sous les cris de mère Abigaïl. La porte du bureau s'ouvre en grinçant. Elle s'apprête à suivre la Recluse lorsque la supérieure du couvent ajoute :

— Est-ce que vous croyez aux auras ?

Parks se retourne lentement.

— Aux quoi ?

— Les auras. Les couleurs de l'âme qui débordent du corps et l'enveloppent comme une lueur spectrale. Autour de vous, je ne distingue que du bleu et du noir.

— Et ça signifie quoi ?

— Ça signifie que vous allez bientôt mourir, agent spécial Marie Parks.

94

— Je vous laisse le flambeau ainsi qu'une poignée de bougies. Économisez-les soigneusement en remettant les coulées de cire dans le foyer car vous n'aurez aucune autre lumière.

S'immobilisant sur le pas de la porte, Parks respire l'air vicié de la cellule. Puis elle se retourne vers la religieuse.

— Et vous ?

— Quoi moi ?

— Comment allez-vous retrouver votre chemin ?

— Ne vous en faites pas pour ça. Dormez à présent. Je reviendrai après l'aube.

Ayant prononcé ces mots, la vieille religieuse referme la porte et fait claquer la serrure à double tour.

Lorsque le frottement de ses sandales s'est éloigné, Parks se raidit en entendant une plainte lointaine se faufiler à travers les murs. Des hurlements humains. Elle ferme les yeux. Ne pas céder à la panique, pas en pleine nuit. Et pas dans un couvent de vieilles folles perché à deux mille cinq cents mètres d'altitude au milieu de nulle part. Marie esquisse un sourire. Le bruit du vent qui se déchaîne au-dehors. C'est cela qu'elle a pris pour des hurlements. Depuis le bureau de mère Abigaïl au rez-de-chaussée, elle a gravi soixante-douze marches en colimaçon sur les pas de la religieuse. Elle doit donc se trouver quelque part entre le deuxième et le quatrième étage du bâtiment dans sa face exposée à la tempête. Des rafales de vent qu'aucun obstacle n'arrête et qui se ruent à toute force sur le couvent comme sur le pont d'un navire. À écouter les éléments se déchaîner, Parks se sent presque aussi seule que lorsqu'elle était prisonnière de son coma. Le silence au-dedans et les mugissements lointains du monde au-dehors.

Une bulle de cire éclate à la surface du flambeau, projetant des éclats enflammés qui grésillent sur le sol. Marie les écrase sous sa semelle. Puis elle lève la torche à bout de bras et passe en revue ce qui sera son refuge jusqu'à la fin de la tempête.

Les murs sont composés de blocs de granit blanchis à la chaux dans lesquels on a vissé une rangée de porte-manteaux en fer. Une croix potencée usée par d'innombrables semelles est peinte sur le sol. Une croix safran et or, symbole des Recluses. Parks s'immobilise en son centre. Au fond de la cellule, un calendrier surplombe une paillasse et une table de nuit sur laquelle se trouvent empilés plusieurs ouvrages poussiéreux. À gauche, un bloc de pierre scellé au mur et un tabouret de bois servent de table d'étude. Dans le coin droit, une vasque à l'émail craquelé et un vieux pichet à eau tiennent lieu de salle de bains. Au-dessus, une glace piquetée de rouille reflète un crucifix cloué sur le mur d'en face. Une armoire métallique grise et froide complète le tableau.

Parks dispose une dizaine de bougies sur les chandeliers qui ornent la table en pierre. Elle craque une allumette et contemple la petite boule de soufre qui s'enflamme entre ses doigts. Puis elle allume une à une les bougies en grimaçant de douleur tandis que l'allumette se racornit. Les ténèbres tremblotent et un délicieux parfum de cire chaude se répand dans la cellule. Marie achève son inspection. Pas de toilettes ni d'eau courante. Pas de photos ni le moindre portrait en noir et blanc de l'ancienne vie de la Recluse. Aucun souvenir de ce qu'elle avait été avant de prendre l'habit, comme si sa mémoire avait été effacée lorsque les portes du couvent s'étaient refermées sur elle.

La jeune femme examine le calendrier punaisé au mur, un de ceux dont on déchire les pages pour passer aux jours suivants : samedi 16 décembre, date de la mort de la Recluse. Personne n'avait eu le courage d'arracher les feuillets ensuite. Par superstition, sans doute. Marie fait défiler les feuilles entre ses doigts jusqu'à la date d'aujourd'hui. Un paquet de feuilles qu'elle détache soigneusement avant de les compter : soixante-trois jours se sont écoulés depuis la mort de la Recluse. Marie ouvre le tiroir de la table de nuit et y fait tomber les feuillets d'un revers de la main. Puis elle s'assied sur la paillasse et s'intéresse aux livres que la vieille religieuse consultait quelques heures avant sa mort, des ouvrages sur les mythes fondateurs des religions. Parks allume une cigarette et en ouvre un au hasard.

95

C'est un manuscrit anglais du XIXe siècle. L'auteur y décrit l'exhumation de milliers de tablettes d'argile lors des fouilles de l'antique cité mésopotamienne de Ninive. Sur la onzième tablette, les archéologues avaient découvert l'épopée du roi sumérien Gilgamesh. Selon la légende, Gilgamesh était parti à la recherche du seul survivant d'un gigantesque cataclysme qui aurait ravagé la terre en 7500 avant Jésus-Christ. Des pluies torrentielles qui avaient fait déborder les mers et les océans.

Toujours d'après les tablettes de Ninive, juste avant la catastrophe, un personnage légendaire nommé Utnapishtim avait été averti en songe par le dieu sumérien Ea du cataclysme à venir. Alors, ainsi qu'Ea le lui avait ordonné, Utnapishtim avait construit un immense navire dans lequel il avait enfermé un couple de chaque espèce animale ainsi qu'une graine de toutes les plantes et de toutes les fleurs qui recouvraient la terre. Parks sent sa gorge se serrer. C'est le Déluge de l'Ancien Testament qu'elle est en train de lire, l'Arche de Noé sauvant les animaux de la colère de Dieu, le récit de l'aube du monde.

Fébrile à présent, la jeune femme feuillette l'ouvrage suivant : une traduction du *Satapatha Brâhmana*, un des neuf livres sacrés des hindous, datant du VIIe siècle avant Jésus-Christ. Dans ce recueil, que la Recluse avait largement annoté, Noé s'appelait Manu et c'est la déesse Vishnu déguisée en poisson qui l'avertissait de l'imminence du Déluge en lui ordonnant de construire un bateau. Pas de colère de Dieu dans cet anéantissement mais plutôt ce que les hindous appellent le souffle de Brahmâ, celui qui crée en expirant puis qui détruit sa création en inspirant l'air qui lui servira pour sa prochaine création.

N'empêche, souffle de Brahmâ ou pas, le ciel s'était embrasé et, après que sept soleils brûlants eurent asséché la terre et les océans, il avait plu des cataractes pendant sept longues années. Encore et toujours le chiffre sept.

Parks allume une autre cigarette au mégot de la première. Dans le livre suivant, le Noé des Perses s'appelle Yima et c'est le dieu Ahura Mazdâ qui l'avertit de l'imminence du danger. Yima se réfugie alors dans une forteresse avec les meilleurs hommes, les plus beaux animaux et les plantes les plus généreuses. Suit un terrible hiver au terme duquel toute la neige accumulée se met à fondre pour recouvrir le monde d'une épaisse couche d'eau gelée.

Marie pose l'ouvrage sur la paillasse et passe au suivant : un recueil écrit par un collège d'ethnologues résumant un siècle d'exploration parmi les peuplades les plus reculées de la planète. Partout, des grands déserts australiens jusqu'aux forêts les plus épaisses du continent sud-américain, on avait retrouvé le récit d'un déluge remontant à plusieurs siècles avant la naissance du Christ. Comme si les cultures les plus archaïques avaient été touchées par une catastrophe devenue légendaire, mais qui s'était réellement produite en des temps immémoriaux.

Tout cela constituait les lectures de chevet de la religieuse. Parks s'apprête à refermer le dernier ouvrage lorsqu'une phrase ajoutée dans la marge par la Recluse attire son attention :

Le Sans Nom revient.
Le Sans Nom revient toujours.
On croit que c'est mort mais ça revient.

On croit que c'est mort mais ça revient... c'est ce que mère Abigaïl avait marmonné quand Parks lui avait parlé de Caleb.

96

Marie écrase sa cigarette dans un bol de terre cuite et se dirige vers l'armoire dont la porte bâille. À l'intérieur, elle découvre une liasse de feuilles sur lesquelles la Recluse a gribouillé des scènes de cauchemar : des vieilles femmes crucifiées, des tombes éventrées et des forêts de croix. Les mêmes dessins que dans le carnet de Mary-Jane Barko.

Sur chaque croquis, la religieuse a ajouté une croix rouge enveloppée de flammes dont les extrémités forment un alignement de lettres : INRI, le *titulus* du Christ. Au-dessus de ce sigle, la Recluse en a griffonné la signification et la traduction :

IANUS NAZARENUS REX INFERNORUM
Celui-ci est Janus, le Roi des Enfers

Parks sent l'angoisse mordre son cœur. C'est cela que signifiaient les tatouages de Caleb. Non pas Jésus le fils de Dieu, mais Janus, son double, commandant les Enfers. Le Sans Nom.

La jeune femme s'apprête à refermer l'armoire lorsqu'elle remarque sur le sol des traces d'usure, qui partent des pieds de l'armoire et qui y reviennent. Comme si le meuble avait été déplacé à de nombreuses reprises avant d'être repoussé exactement à la même place – toujours le même mouvement, sans cesse répété.

310

S'arc-boutant contre le mur, Parks pousse l'armoire jusqu'à ce que les pieds atteignent l'extrémité des traces. Puis elle inspecte le pan de mur qu'elle vient de dévoiler. C'est du granit, dont les aspérités accrochent la surface de ses paumes. Soudain, ses mains détectent une surface différente. Elle va chercher une bougie et reprend son inspection. Là le granit est dur et froid ; ici, il devient brusquement plus lisse et presque tiède. Marie tape dessus. Ça sonne creux. Sans doute une plaque de bois recouverte de chaux. Elle l'arrache du bout des doigts et découvre une niche creusée dans le mur, d'une taille équivalente à celle d'une grosse brique, que la vieille Recluse avait dû patiemment briser en morceaux avant de se débarrasser discrètement des éclats dans la cour du couvent. Cela avait dû lui prendre des nuits de travail silencieux.

Fouillant l'alcôve, Parks sent ses doigts entrer en contact avec le cuir poussiéreux d'une vieille reliure, fermée par une lanière en tissu, qu'elle ramène à la lumière. À l'intérieur, une liasse de parchemins dont le temps a usé la trame et effrité les bords. La jeune femme les dispose sur la table de pierre et approche le chandelier pour les éclairer sans risquer d'en roussir la surface. Puis elle s'installe sur le tabouret et se met à lire à voix basse ces lignes dont les mots calligraphiés à la plume semblent danser devant ses yeux.

97

Le premier parchemin est daté du 11 juillet de l'an de malheur 1348, l'année de la grande peste noire. Un rapport secret expédié en Avignon par l'Inquisiteur général Thomas Landegaard. Ce dernier a été désigné par Sa Sainteté le pape Clément VI pour enquêter sur un massacre de Recluses survenu en pleine épidémie dans la forteresse de Notre-Dame-du-Cervin, un couvent dominant le village suisse de Zermatt.

D'après le rapport de Landegaard, dans la nuit du 14 au 15 janvier 1348, des cavaliers errants ont attaqué cette congrégation perdue au milieu des montagnes et les malheureuses ont toutes été torturées et éventrées, à l'exception d'une seule, une vieille Recluse qui est parvenue à prendre la fuite en emportant avec elle un manuscrit très ancien. L'évangile selon Satan. Les yeux de Parks s'arrondissent. À en croire l'Inquisiteur, c'est pour retrouver ce manuscrit que les cavaliers ont massacré les religieuses du Cervin. Ce même évangile que Caleb a cherché à récupérer en assassinant les Recluses lors de sa folle randonnée à travers l'Afrique et les États-Unis. Les mêmes crimes à sept siècles d'intervalle.

Marie achève la lecture du document. Cette nuit de janvier 1348, la Recluse survivante a disparu. Sans doute a-t-elle franchi la frontière italienne en suivant la ligne des crêtes car l'Inquisiteur affirme que sa trace se perd dans cette direction et que nul ne sait ce qu'il est advenu du mystérieux évangile qu'elle transportait.

Le deuxième parchemin, toujours signé de la main de Landegaard, date du 15 août 1348. Il a été expédié par cavalier depuis la ville de Bolzano. Cela fait à présent quatre semaines que l'Inquisiteur remonte la piste de la Recluse en suivant la route des crêtes. Une piste vieille de six mois. Comment a-t-elle pu survivre aux épouvantables rigueurs de cet hiver 1348 dont les vents glacés charriaient les miasmes de la grande peste noire ? Landegaard l'ignore.

La réponse se trouve un peu plus loin : Landegaard explique que la Recluse a trouvé asile dans d'autres congrégations, disséminées de l'autre côté des Alpes : la forteresse des Mariales de Ponte Leone, les Trappistes du monastère de Maccagno Superiore dont les murs surplombent les eaux glaciales du lac Majeur, Santa Madonna di Carvagna au-dessus du lac de Côme, la communauté carmélite de Pia San Giacomo puis celles de Cima di Rosso et de Matinsbrück à la frontière tyrolienne. Ces couvents et ces monastères ont été attaqués à leur tour peu après le départ de leur protégée, leurs membres torturés et crucifiés. Telles sont les macabres découvertes que Landegaard a faites au cours de ces interminables semaines où il a suivi la trace de la Recluse. Ce qui signifie que les cavaliers errants ont remonté cette piste avant lui. Non. À lire les effrayants récits de l'Inquisiteur, on comprend que c'est autre chose qui s'est lancé six mois plus tôt sur les traces de la vieille religieuse. Un tueur solitaire, un prédateur qui s'est introduit en catimini dans ces murs et qui a massacré nuit après nuit les membres de ces congrégations. Un moine – ou plutôt quelque chose d'innommable qui s'est glissé sous la sainte bure. Parks remonte quelques lignes pour s'assurer que ce qu'elle vient de lire ne lui a pas été dicté par son imagination. Un moine.

98

Les derniers fragments du rapport Landegaard se perdent dans la trame du papier. D'après ce que Marie parvient à en déchiffrer, l'Inquisiteur annonce à Sa

Sainteté que la trace de la Recluse se perd à présent dans le massif des Dolomites, au milieu d'une vaste forêt de pins noirs bordant un vieux couvent occupé par une congrégation d'Augustines. C'est là qu'il se rend. Parks repose le parchemin et passe au suivant.

Le 3 septembre 1348. Rapport numéro trois de l'Inquisiteur Thomas Landegaard. L'écriture est serrée et anxieuse. Parks lit le document à voix basse.

Hélas, Votre Sainteté, tant de jours se sont écoulés depuis mon départ d'Avignon et il reste déjà si peu de soleils et encore moins de lunes avant le crépuscule de cette année de tourments.

Que vous dire sans larmes des lieux de désolation que nous traversons ? Partout la grande peste noire étend ses ténèbres sur nos cités de pierres et de silence en répandant dans son sillage une puanteur si abominable que les marins prétendent en renifler l'haleine jusqu'au Pirée.

On dit que, gagnant à présent le nord de l'Europe, le fléau aurait ravagé Paris et qu'il serait en train de remonter vers Hambourg et les remparts de Nimègue.

Seigneur tout-puissant, que sont alors devenus Avignon et Rome, si proches des points où éclatèrent cette épidémie dont on disait la veille de mon départ qu'elle ne résisterait pas aux onguents des vieilles femmes et aux brûlots d'épices ?

Votre Sainteté, le phare de votre sagesse illumine-t-il encore le Saint Palais ou les pigeons chargés de vous remettre mes messages ne survolent-ils désormais plus que des ruines ?

Un froissement de papier. Parks passe au parchemin suivant.

Pour ce qui est de l'enquête que nous instruisons en votre nom, je puis vous annoncer que la piste de la Recluse s'arrête dans le couvent des Augustines dont parlait mon dernier rapport expédié de Bolzano.

Pour atteindre ces lieux reculés, nous avons chevauché des heures dans le silence d'une forêt si épaisse que les sabots de nos montures ne produisaient aucun bruit. C'est en nous guidant aux hurlements des loups et aux coassements lointains des corbeaux que nous avons finalement débouché sur une vaste clairière au centre de laquelle se dressaient les remparts du couvent.

Nous avons tout de suite compris, aux nuées de charognards qui en survolaient les pignons, que la mort avait élu domicile en ces murs.

Nous avons donné du cor dans le silence pour alerter d'éventuels survivants puis nous avons fait rompre les poutres et forcer les portes. Il nous a fallu ensuite frapper l'éperon contre le flanc de nos chevaux qui piaffaient et renâclaient comme s'ils sentaient quelque présence maléfique.

Ainsi que nous le redoutions, nulle âme ne s'est portée à notre rencontre en ces murs déserts. Nous avons alors fouillé les lieux, remontant les couloirs obscurs en criant votre nom en latin.

Poussant la porte de chaque cellule, nous avons trouvé d'anciennes flaques de sang et des débris humains.

Nous avons ensuite débouché dans le cimetière du couvent où nous avons découvert quatorze tombes récentes dont treize semblaient avoir été profanées.

Nous avons fait ouvrir la quatorzième tombe qui était demeurée intacte, et c'est à l'intérieur de cette fosse que nous avons enfin retrouvé la Recluse du Cervin. Mais de l'évangile maudit qu'elle avait emporté avec elle, point de trace. Nous avons donc fait fouiller l'édifice et retourner la bibliothèque. En vain.

Sur le document suivant, le haut du parchemin semble avoir été roussi par le feu. La chaleur ayant effrité l'encre, les deux premières phrases sont presque illisibles. Elle parvient tout de même à déchiffrer les mots *chagrin* et *effroi*. Puis le récit reprend.

Délaissant le cimetière nous avons ensuite poussé notre inspection jusqu'aux soubassements de la forteresse. Et c'est là que nous avons retrouvé les treize corps des treize tombes. Treize dépouilles d'Augustines qui semblaient avoir erré dans les ténèbres avant de retomber d'épuisement.

J'emploie le terme « retomber » à dessein car les religieuses étaient toutes revêtues de linceuls comme si on les avait d'abord mises en terre dans les treize tombes du cimetière et qu'elles s'étaient ensuite relevées d'entre les morts pour hanter ces lieux sans lumière.

Un autre point me ronge : la plupart des cadavres étaient agenouillés contre les murs des fondations, les mains agrippées aux aspérités de la pierre comme si les non-mortes avaient épuisé leurs dernières forces à effleurer les parois à la recherche de quelque chose.

Comme le veut le rite, nous avons alors transporté les dépouilles hors des murs du couvent pour les enterrer dans la forêt afin que leur âme tourmentée ne vienne point troubler celles qui reposent dans la terre consacrée du cimetière.

Nous sommes, hélas, sans nouvelles de la supérieure de ces malheureuses, une certaine mère Yseult de Trente dont nous n'avons trouvé trace de décès ni au cimetière ni dans les registres de la congrégation. A-t-elle quitté précipitamment le couvent après le massacre de ses religieuses ? S'est-elle enfuie en emportant à son tour l'évangile dans ses hardes ? À l'heure où j'écris ces lignes, ce point demeure aussi mystérieux que le reste.

En conclusion, Votre Sainteté, si je ne dispose pour l'heure d'aucune clé pour résoudre ces énigmes, force est de constater au trouble qui s'est emparé de nos âmes que ce mystère est sans nul doute l'œuvre du Diable et que sa présence rôde encore en ces lieux.

Votre Sainteté, je confie à un cavalier ces lignes que vous

lirez bientôt si votre palais a réchappé au fléau. Les autres messages, s'il m'en reste à vous porter avant de rentrer en Avignon, partiront sous les ailes de mon dernier pigeon voyageur.

Les hommes de mon escorte étant trop épuisés pour faire route dans la lueur mourante du jour, nous allons demeurer en ces lieux pour la nuit en nous relayant devant un feu de veille afin de repousser de nos cœurs la peur qui s'y installe.

Je n'aime pas cette idée car la présence maléfique qui a massacré les Augustines n'attend sans doute que la tombée du jour pour se réveiller. Mais j'en aurai ainsi le cœur net et ferai surveiller le cimetière pour m'assurer que les derniers morts qu'il abrite ne s'en échappent pas à la lune pleine.

Votre Sainteté, j'embrasse vos mains et que celles de Dieu nous guident, vous dans votre lutte contre les ténèbres qui recouvrent le monde et moi dans la quête plus obscure encore qui a conduit mes pas en ce cimetière des âmes.

Parks passe au dernier rapport. Soignée jusque-là, l'écriture de l'Inquisiteur est à présent défaite et inclinée, comme s'il avait été sous l'emprise d'une grande terreur. Ce message a été rédigé quelques heures après celui que la jeune femme vient de lire.

Votre Sainteté,

La lune vient de se lever sur les entrailles de l'Enfer que sont devenus ces lieux abandonnés de Dieu. Malgré le feu que nous avions allumé dans le refuge consacré du cimetière, quelque chose est parvenu à massacrer les derniers hommes de mon escorte. Je garde en mémoire les hurlements déchirants qu'ils ont poussés tandis que la chose les éventrait. C'est un moine qui les a tués. Un moine sans visage et sans âme.

Je me trouve à présent réfugié dans la plus haute salle du donjon et, en même temps que je vous écris ces dernières lignes, j'aperçois mes frères morts qui errent à ma recherche.

Je vous conjure de croire, Votre Sainteté, que ces mots pourtant inspirés par la terreur ne sont pas ceux d'un fou. J'entends à présent les pas de mes frères grimper les marches en hurlant mon nom. Je suppose qu'ils ont aperçu mon visage tandis que je les contemplais par la fenêtre. Ils m'appellent. Ils arrivent. Votre Sainteté, le Diable est en ces murs. Ma route s'arrête ici et c'est ici que je vais mourir. Avant que la porte ne cède, je confie ces derniers mots au pigeon voyageur que je m'apprête à libérer. Si ce message vous parvient, je vous conjure d'envoyer votre noble garde raser ce couvent et en combler les fondations avec de la chaux trempée d'eau bénite.

Oh mon Dieu, voici que la porte est sur le point de céder ! Oh, Seigneur, ils arrivent !

Marie relit les derniers mots de l'Inquisiteur. C'est donc là que la quête de cet homme de Dieu s'était achevée, dans ce couvent où la vieille Recluse avait trouvé refuge pour mourir !

Épuisée, elle s'étend sur la paillasse et contemple le plafond. Elle tend l'oreille pour écouter les hurlements lointains du vent. La tempête redouble. Une étrange torpeur l'envahit. Elle lutte un moment. Puis, sans s'en rendre compte, elle sombre dans un sommeil agité.

99

Le grésillement d'une torche dans le noir. Le père Carzo avance dans les souterrains du temple aztèque. Il fait froid. Les fresques que la flamme dévoile sont couvertes de givre. Les premiers-nés, la dévastation du paradis, le messager préhistorique, les pyramides et les villes immenses que les Olmèques avaient élevées à la gloire de la Lumière. Tout au bout du couloir, le prêtre débouche dans une vaste grotte. Une forme se tient au centre d'un cercle de bougies. Il s'approche. La chose le regarde.

Le père Carzo s'agite dans son sommeil. Une autre vision : un ciel crépusculaire recouvre la jungle, rouge avec un croissant de soleil figé au bord de l'horizon. Leur lit encombré de carcasses d'animaux et de mouches mortes, les rivières ont tari. Les arbres ont séché sur pied et une épaisse couche de cendres recouvre à présent le sol. Pas un chant d'oiseau, pas le moindre bourdonnement d'insecte. Le grand mal a gagné.

Le prêtre marche au milieu des arbres morts. Les branches se cassent lorsqu'il les écarte pour se frayer un chemin. Les couleurs ont disparu, aspirées avec la vie qu'elles reflétaient.

Ses sandales soulevant des nuages de cendre, l'exorciste avance. Il fait si chaud, pourtant son front et son dos sont secs. Il sent à peine les courroies du sac qui lui scient les épaules. Il marche en regardant le sommet de l'immense pyramide qui se découpe à travers les arbres morts. Oumaxaya, la cité perdue que le grand mal avait dévorée quand les Olmèques s'étaient détournés de la Lumière.

Sous les semelles du père Carzo, la couche de cendre durcit. Il vient d'atteindre la base de la pyramide. Il lève les yeux et contemple au loin les trois croix au sommet de l'édifice. Le soleil au bord de l'horizon illumine la scène d'une lumière écarlate.

À mesure que le prêtre gravit les marches, l'air devient de plus en plus chaud. Carzo domine à présent la jungle, qu'il embrasse d'un regard circulaire. Des arbres morts et de la cendre à perte de vue. Il n'est plus qu'à une vingtaine de marches du sommet. Il distingue les visages des crucifiés qui le regardent avancer. Les deux Olmèques suppliciés ont le corps atrocement brûlé par le soleil. Leurs paupières se sont effritées et leurs yeux ont fondu dans leurs orbites. Pourtant, ils ne sont pas encore morts, ils sourient.

Carzo contemple le Christ cloué au centre. Le même visage et les mêmes yeux que le Sauveur des Évangiles. La même barbe et les mêmes longs cheveux sales. Seul le regard est différent. C'est un regard plein de haine et de malice. Le prêtre se raidit tandis qu'une voix atone s'échappe des lèvres du crucifié :

— Ce n'est pas terminé, Carzo ! Tu m'entends ? Ça ne fait que commencer !

Le prêtre sursaute et se redresse dans son fauteuil. Le chuintement des réacteurs, le léger frémissement de la carlingue sous l'effet des turbulences. La cabine du 767 est plongée dans l'ombre mais une étrange lueur grise filtre à travers les volets en plastique qui masquent les hublots.

Carzo interroge les indications de vol sur les panneaux lumineux de la cabine. Cela fait un peu plus de huit heures que le 767 a quitté Manaus et l'appareil survole actuellement les eaux tièdes du golfe du Mexique. D'ici à quelques minutes, il passera au-dessus de La Havane. Carzo soulève un volet et distingue les lumières de la capitale cubaine dans le lointain. Il consulte sa montre. Encore trois heures de vol et il n'a déjà plus sommeil. Il tend le bras et appuie sur un bouton situé au-dessus de lui. La lueur blanche du plafonnier éclabousse son visage. Sur sa tablette, un sandwich sous cellophane, une bouteille d'eau minérale et le dossier qu'il a récupéré dans la consigne de l'aéroport de Manaus, c'est-à-dire une trentaine de pages et de photos floues prises dans des petits hôtels perdus au fin fond de l'Australie et aux États-Unis ou dans les salons feutrés des grands palaces de la planète : le *Sultan of Doha* au Qatar, le *Manama Palace* de Bahreïn, le *Bello Horizonte* de Los Angeles et le *Karbov* de Saint-Pétersbourg.

D'après le dossier, c'est dans ces endroits éloignés de Rome qu'avaient eu lieu les dernières réunions secrètes de la Fumée Noire, rassemblant une poignée de cardinaux en civil que les objectifs avaient tenté de surprendre alors qu'ils descendaient de leurs limousines. Carzo laisse échapper un soupir en examinant à nouveau la liasse de photos agrafées au dossier. Rien d'autre que des ombres floues et des silhouettes mal cadrées.

Pensivement, l'exorciste retourne l'épaisse enveloppe renforcée de film bulles qui contenait les photos. Elle semble vide. Pourtant, il a l'impression qu'elle contient encore quelque chose. Il en examine la surface en appuyant dessus en plusieurs endroits. Ses doigts s'immobilisent soudain. Il vient de repérer une partie plus dure, comme si les bulles d'air étaient comprimées par quelque chose d'emprisonné à l'intérieur du rembourrage.

Carzo déchire l'emballage et en extrait une seconde enveloppe, grise et légère, dont il décolle les bords. Elle contient deux photos et une feuille vierge, au grain épais, que le prêtre déplie sur sa tablette.

Passant la main sur le papier, le prêtre sent sous la pulpe de ses doigts des traits et des creux, comme des marques invisibles gravées avec une pointe sèche. Il passe dessus délicatement la mine d'un crayon pour les faire apparaître par contraste. Une forme se précise : un sceau ancien à croix pattée, avec un lys en bas à gauche. Il continue à crayonner la feuille vers le bas. Un vide, puis d'autres signes apparaissent : neuf lignes en tout, un code dont les symboles lui sont familiers.

La mine, qui s'est immobilisée à la fin de la dernière ligne, reprend sa progression vers le bas. Encore un blanc, puis ce qui ressemble au sommet d'une figure géométrique se précise peu à peu sous les yeux de Carzo. Quatre branches en V, composées de deux triangles entrecroisés et surmontées d'un point. Le triangle d'en haut à droite est plein. Une croix pattée au centre, la même que celle du sceau. Carzo élargit le geste de sa main pour révéler les parties latérales de la figure, mais il resserre ses coups de crayon en approchant du bas de la feuille. Les mêmes triangles entrecroisés apparaissent à l'extrémité des quatre branches de la croix potencée qui figure sur le sceau. Carzo élève le document à la lueur du plafonnier et considère l'ensemble du message.

Si sa mémoire ne lui fait pas défaut, le sceau en question est un emblème templier datant de la fin des croisades et de l'installation de l'ordre en France, quelques années avant la disgrâce et la mise à mort de ses membres.

La figure géométrique au-dessous des lignes est sans aucun doute une des croix des huit Béatitudes, le symbole templier du Sermon sur la Montagne. Chaque extrémité de chaque triangle représente une des huit béatitudes que le Seigneur a enseignées à ses disciples. Mais l'origine de cette mystérieuse croix se perd en réalité dans la nuit des temps et on en a retrouvé la trace la plus ancienne sur des tablettes mexicaines datant de plusieurs millénaires avant Jésus-Christ. Il s'agissait de croix dites pyramidales car, d'après les légendes, elles sont censées représenter les quatre faces des anciennes pyramides. Curieusement, on a également découvert cette croix sur les rives du lac Titicaca, en Bolivie, ainsi que dans certains temples aztèques où elle symbolisait le dieu précolombien Quetzalcóatl.

Jusqu'à l'arrestation des Templiers en 1307, huit de ces croix étaient en circulation à travers les différentes commanderies de l'ordre, soit une croix par béatitude. La croix des Pauvres, la croix des Doux et celle des Affligés, la croix des Justes, celle des Miséricordieux et des Cœurs Purs, la croix des Artisans de Paix et la croix des Persécutés. Huit croix, que les plus hauts dignitaires du Temple portaient sous leur tunique, en signe de reconnaissance, mais pas seulement... Car ces bijoux sertis d'or et de rubis servaient avant tout à échanger des courriers secrets en usant d'un code basé sur les figures géométriques de la croix en question. C'est pour cette raison que les croix templières des Béatitudes présentaient différentes parties géométriques séparées par des traits plus ou moins pleins. L'assemblage complexe de triangles entrecroisés incrustés de rubis et d'un losange d'or orienté vers l'Occident renfermait le secret du code.

Curieusement, les archers du roi de France n'avaient pas retrouvé une seule de ces croix dans les innombrables commanderies de l'ordre qu'ils avaient perquisitionnées simultanément à l'aube du 13 octobre 1307. Comme si elles s'étaient soudain évaporées avec le fabuleux trésor du Temple juste avant le déclenchement de la plus grande opération de police de l'histoire. Cependant, les Inquisiteurs avaient tout de même fini par récupérer quelques documents comptables et un parchemin représentant la croix des Pauvres, dont seul le triangle droit de la branche supérieure était plein.

La première des huit Béatitudes. C'est donc bien une reproduction de ce dessin retrouvé en 1307 que Carzo a sous les yeux : la face visible de la première croix, celle qui commande toutes les autres.

Malgré ce croquis, le code du Temple avait résisté durant des siècles aux meilleurs cryptologues de la chrétienté. Puis, à force de recouper les hypothèses et de les comparer aux inscriptions que les Templiers prisonniers avaient gravées dans les cachots de Gisors et de Paris en attendant la mort, la partie visible du code avait fini par livrer son secret sous la loupe des mathématiciens et des théologiens du Vatican. Il s'agissait d'un code alphabétique. Mais en l'absence de tout chiffre, on avait déduit que c'était sans doute le verso des croix qui commandait la partie chiffrée du code templier. C'est pour cela qu'on n'avait jamais pu comprendre le sens des messages laissés par les membres de l'ordre dans la roche des cachots. Pour cela aussi qu'on n'avait jamais retrouvé l'endroit où ils avaient caché leur trésor avant de quitter la Terre sainte – une cache dont l'emplacement ne pouvait être révélé que par l'assemblage des huit codes géométriques gravés sur les huit croix perdues. La carte au trésor des templiers.

Depuis que les spécialistes du Vatican avaient percé le code alphabétique de la croix des Pauvres, seuls quelques initiés dont Carzo faisait partie, en maîtrisaient le secret, les autres grilles en circulation dans les manuels ésotériques et les loges maçonniques n'en étant que de pâles copies dont il manquait l'essentiel. L'ennui, c'est que cette gravure, après avoir été retrouvée en 1307, avait été soigneusement découpée en quatre parties que l'on avait dispersées dans des coffres-forts de banque en Suisse, à Malte, à Monaco et à San Marin. La question était donc de savoir comment une reproduction aussi fidèle de la croix des Pauvres pouvait se retrouver sous les yeux de Carzo à onze mille mètres d'altitude au-dessus du golfe du Mexique. À moins que celui qui avait tracé ce code ne soit l'heureux possesseur de cette croix perdue depuis des siècles. Ce qui impliquait alors qu'il descendait en droite ligne des dignitaires du Temple.

100

Le père Carzo abaisse la tablette du siège voisin sur laquelle il dispose une partie des documents. Puis il ouvre un carnet et reproduit à main levée les vingt-quatre figures géométriques qui composent la croix des Pauvres. Chacune représentant une des lettres de l'alphabet, il les extrait l'une après l'autre en notant en face la lettre à laquelle elle correspond. Ensuite, il commence à déchiffrer les lignes de code en prenant soin de tourner pour chaque symbole la croix afin d'orienter le losange d'or et le point supérieur dans la bonne direction.

Comme tous les codes complexes, celui du Temple a été étudié pour être indéchiffrable sans la grille mais facile à reproduire lorsqu'on dispose de la bonne clé. Si bien qu'il faut à peine dix minutes au prêtre pour traduire les deux premières lignes. Du latin.

NOVUS ORDO MUNDI
VENIT

Le nouvel ordre mondial approche. On dirait un avertissement. Ou la devise d'une société secrète très ancienne.

Les quatre lignes suivantes sont plus difficiles à percer. Les premières tentatives de Carzo ne donnent qu'un amas de lettres et de mots sans signification dont il ne parvient même pas à identifier la langue d'origine. Puis, à force de recoupements, les deux premiers mots font sauter d'un seul coup le verrou géométrique qui commande la totalité des quatre lignes. Curieusement, le texte est en anglais, une langue que l'Église romaine n'a jamais utilisée. C'est pourquoi le prêtre a tant peiné à traduire ces lignes, dans la mesure où il s'attendait à un texte en latin.

EDINBURGH
NEWS
CATHAY
PACIFIC

Carzo fronce les sourcils. Qu'est-ce que les noms d'un quotidien écossais et d'une compagnie aérienne viennent faire dans un code templier ? Sans doute un indice laissé par le cardinal de la Fumée Noire.

L'exorciste passe aux trois dernières lignes de code. Du français, cette fois-ci. La langue de la fille aînée de l'Église. Le prêtre vient facilement à bout du déchiffrage des derniers symboles et élève la totalité du texte à la lumière pour le lire :

NOVUS ORDO MUNDI
VENIT
EDINBURGH
NEWS
CATHAY
PACIFIC
LA FUMÉE NOIRE GOUVERNE
LE MONDE

Oui, c'est bien un avertissement. Quelque chose va se passer. Ou s'est déjà passé. Quelque chose en tout cas, si l'on suit la logique du code, va déclencher le nouvel ordre mondial et faire basculer le monde entre les mains de la Fumée Noire. C'est ce danger imminent que le cardinal infiltré au sein de la confrérie annonce par ce message que Jacomino était chargé de transmettre de toute urgence au Vatican. Il était tombé sur une information suffisamment grave pour justifier l'utilisation du code templier et le déclenchement de l'alerte maximale, une information sans doute mentionnée sur les deux photos glissées dans l'enveloppe avec la feuille contenant les symboles.

Carzo examine le premier cliché. Le Fenimore Harbour Castle, un petit cottage à toit de chaume, perdu dans une lande caillouteuse à la pointe nord de l'Écosse. D'après le dossier découvert dans la consigne de Manaus, c'est là que s'était tenue la dernière réunion de la Fumée Noire avant l'ouverture du concile Vatican III. Cliché des salons. Un vieil homme lit un journal assis dans un fauteuil de cuir tourné vers une cheminée. La photo est prise de côté et on ne distingue que la silhouette du vieillard ainsi qu'une touffe de cheveux gris et un mocassin Berluti. Le visage de l'homme est dissimulé par l'appuie-tête du fauteuil. Carzo va passer à la seconde photo lorsque son œil est attiré par le journal que l'inconnu est en train de lire. Il se sert de sa loupe et lit : *Edinburgh Evening News*, lundi 22 janvier. Il y a une semaine, jour pour jour. Un titre en gros caractères remplit la moitié de la une :

Dramatic air crash in northern Atlantic. Flight Cathay Pacific 7890 from Baltimore to Roma disappeared early in the morning above the ocean. Destroyer USS Sherman *arrived on location. Found no survivor.*

Le prêtre sent ses cheveux se dresser sur sa nuque à mesure qu'il traduit :

— Dramatique accident aérien au-dessus de l'Atlantique nord. Le vol Cathay Pacific 7890 en provenance de Baltimore et à destination de Rome s'est abîmé cette nuit au milieu de l'océan. Le destroyer américain *USS Sherman* qui évoluait dans les parages n'a retrouvé aucun survivant.

L'exorciste ferme les yeux. Il se souvient à présent. Le crash avait eu lieu dans la nuit de dimanche à lundi et défrayait toujours la chronique. D'abord parce que les raisons de l'accident demeuraient un mystère, malgré les boîtes noires que les plongeurs de la marine américaine avaient retrouvées par quatre mille mètres de fond. Ensuite parce qu'à bord de ce Boeing de la Cathay Pacific se trouvaient onze évêques et cardinaux en route pour le concile qui allait s'ouvrir à Rome. Pas n'importe quels cardinaux : des fidèles, des purs et durs dans l'entourage immédiat du pape. Ils revenaient d'une tournée d'inspection dans les évêchés du continent américain, officiellement pour sonder les responsables avant le concile. Mais Carzo pressentait qu'ils étaient en fait chargés d'enquêter sur autre chose.

Parmi eux, le cardinal Palatine était le patron de la chancellerie des Lettres apostoliques, numéro deux de la secrétairerie d'État du Vatican. Autre victime, le cardinal écossais Jonathan Galway avait la haute main sur les finances de l'Église. Une autre encore, Son Excellence monseigneur Carlos Esteban de Almaguer, qui présidait la toute-puissante organisation de l'Opus Dei, dont l'armée de prêtres et de laïcs avait peu à peu envahi toutes les sphères de la société pour promouvoir le message divin et ramener les âmes perdues dans le droit chemin. Un dernier personnage, autrement plus important, avait trouvé la mort dans le crash du vol 7890 de la Cathay Pacific : Son Éminence le cardinal

Miguel Luis Centenario, archevêque de Córdoba et successeur pressenti de Sa Sainteté. Centenario ne manquait pas d'ennemis au sein de la curie, ni de puissants soutiens. C'est lui qui avait la faveur des conclavistes au nom de la nécessaire ouverture de l'Église au continent sud-américain, lequel concentrait à lui seul un tiers du milliard et demi de chrétiens disséminés à travers la planète. Comment aurait-il pu en être autrement à une époque où la foi désertait le Vieux Continent et où des millions de fidèles envahissaient les églises de l'autre côté de l'Atlantique ? Tel était le plan du pape actuel : préparer la passation de pouvoir entre les mains d'un pontife sud-américain. Une option que la Fumée Noire ne pouvait accepter.

Le père Carzo passe la main sur son front en nage. La dernière photo dans l'enveloppe présente la même vue quelques instants plus tard. Le vieillard, dont on ne distingue toujours pas le visage, a décroisé les jambes et plié son journal. Dans la lueur de la flambée, il tient un verre de whisky où flottent des glaçons. Carzo fixe la main qui tient le verre. Une bague scintille à l'annulaire, une chevalière à améthyste que l'exorciste croit reconnaître. Il oriente la lueur du plafonnier et lève le cliché à quelques centimètres de ses yeux pour observer le blason : un lion d'or rugissant sur fond bleu. Les armes du cardinal camerlingue Campini, le deuxième homme le plus puissant du Vatican.

101

Les narines de Marie Parks frémissent. L'odeur de la cellule a changé. À travers les vapeurs de cire qui saturent l'atmosphère, elle détecte à présent une odeur de crasse et de chairs à l'abandon. La jeune femme se raidit. Ce fumet répugnant semble s'élever de partout et remonte en volutes compactes.

Parks s'éveille lentement, inspire. Un sifflement. Une quinte de toux. Elle ouvre les yeux dans la pénombre. Les murs sont flous, on dirait que sa vue a baissé.

Elle tourne le regard en direction de la table et constate avec effroi que les parchemins de Landegaard ne sont plus là. La gorge sèche, elle tend l'oreille pour capter les hurlements lointains du vent. Rien. La tempête est tombée. *Non, elle ne s'est pas encore levée.*

La jeune femme secoue la tête pour faire taire la petite voix dans son cerveau. Elle s'efforce de se lever mais elle retombe lourdement sur la paillasse et prend soudain conscience des transformations que son corps a subies pendant qu'elle dormait, de la circonférence de ses cuisses et de ses mollets, des chairs épaisses et flasques de son abdomen et des excroissances molles de ses seins. De son odeur aussi, une odeur de tourbe, d'urine et de sexe sale. Cette même odeur qui vient de la réveiller et qui s'élève de ses aisselles et des plis de son ventre.

— Mon Dieu, qu'est-ce qui se passe ?

Elle sursaute en entendant le coassement rauque qui vient de s'échapper de ses lèvres. Ce ne sont pas ses jambes qu'elle essaie de soulever hors du lit. Ce ne sont pas ses cuisses ni ses hanches, et encore moins son ventre. Ce ne sont pas non plus ses dents que sa langue effleure dans sa bouche. Mais, surtout, ce n'est pas sa voix qu'elle vient d'entendre.

Marie lève les yeux vers le calendrier : samedi 16 décembre. Le jour de la mort de la Recluse. Tendant le bras vers la table basse où elle a rangé les feuillets qu'elle avait déchirés en arrivant dans la cellule, elle contemple avec horreur la vieille main sale qui s'avance à la place de la sienne. Une main pleine de cals. Elle inspecte l'intérieur du tiroir. Les feuilles ont disparu.

Parks s'arc-boute et parvient à se lever. Fébrile, elle craque une allumette, approche son visage du miroir et se fige en apercevant le reflet dans la glace. Des cheveux gris, des traits flasques et creusés de rides, des lèvres épaisses et des petits yeux noirs enfouis sous des arcades sourcilières broussailleuses. Puis, à mesure que l'allumette grésille et s'éteint, Parks sent sa mémoire s'emplir de souvenirs qui ne sont pas les siens.

Le 16 décembre. Deux mois plus tôt. Ce jour-là, la Recluse s'est réveillée en sursaut. Elle s'est levée de son lit et s'est approchée du miroir. Comme Marie, elle a effleuré son reflet dans la glace et elle a murmuré :

— Oh Seigneur, je me suis endormie et à présent il est là. Il est entré dans le couvent. Il est venu pour moi. Oh, mon Dieu, donnez-moi la force de lui échapper.

Parks se rend soudain compte de la tiédeur qui règne dans la cellule. Il a fait doux ce jour-là. Elle prend aussi conscience de la terreur qui broie le cœur de la religieuse. La Recluse sait qu'elle va mourir. Elle a découvert quelque chose dans la bibliothèque du couvent, un secret inavouable que les mères supérieures de sa congrégation se transmettent au fil des siècles. Mais, avant de mourir, la Recluse a encore quelque chose à faire. Un serment à tenir.

La religieuse tâtonne au sommet de son armoire pour y attraper une clé qu'elle introduit dans la serrure en prenant garde de ne pas faire claquer le verrou. Exactement les mêmes gestes que ceux que Parks est en train de reproduire en rêve.

La porte s'ouvre sur la fraîcheur du couloir. Se saisissant d'un flambeau au mur, la Recluse se faufile dans les escaliers. Les marches craquent sous son poids, la panique lui coupe le souffle. Parvenue au premier étage, elle s'arrête devant une fenêtre ouverte et aspire une gorgée d'air frais. La nuit est calme, étrangement claire. À travers les yeux de la religieuse, Parks contemple le Christ de bronze au centre de la cour. Le visage de la statue se tourne vers elle et la regarde en souriant. Un mouvement. Les yeux de la Recluse s'écarquillent : une forme revêtue d'une bure noire et d'une large cagoule vient de surgir dans la cour, une forme qui semble avancer en glissant sur les dalles. La terreur explose dans les veines de la religieuse. S'arrachant à sa torpeur, elle dévale les marches jusqu'au rez-de-chaussée et passe devant le bureau de mère Abigaïl. Elle se retourne. La chose est entrée dans le couvent et remonte le couloir dans sa direction.

La Recluse dévale un escalier en colimaçon qui descend vers les profondeurs de la forteresse. Un raccourci vers la bibliothèque. Au pied de l'escalier, une galerie étroite. La religieuse pousse un glapissement de douleur. Sa main vient d'accrocher une pointe rouillée. Les sandales du moine claquent sur les marches. La Recluse essuie le sang sur sa robe et continue à courir en tâtonnant fébrilement le long des parois de la galerie.

Hors d'haleine, elle débouche dans une vaste pièce qui sent le bois et l'alcool à brûler. S'emparant d'une lampe à pétrole dont la flamme réglée en veilleuse luit derrière le globe de verre, elle s'avance en marmonnant dans le noir. La lueur éclaire des alignements d'écritoires et des rayonnages chargés de livres anciens. Parvenue au fond de la salle, elle tourne la molette de la lampe. À mesure que la mèche s'allonge, la lumière embrase les ténèbres odorantes de la bibliothèque. Puis la religieuse lève le globe de verre et éclaire une reproduction de la *Pietà* de Michel-Ange où la Vierge agenouillée serre le cadavre du Christ dans ses bras. Parks voit les doigts de la Recluse s'immobiliser sur les yeux de la statue. Un chuchotement rauque :

— C'est ici que vous devez appuyer. Vous m'entendez ? C'est ici que vous devez appuyer pour ouvrir le passage qui conduit vers l'Enfer.

La jeune femme sursaute. La Recluse a murmuré cette indication comme si elle savait que Marie était là. Soudain la flamme vacille. Un mouvement derrière elle. Le frou-frou d'un tissu léger comme un soupir. Une main glaciale se pose sur ses lèvres. Elle sent la puanteur du moine l'envelopper. Elle comprend que tout est perdu. Un flash blanc devant ses yeux estompe la vision de la *Pietà* et le visage triste de la Vierge. Puis ses doigts s'écartent et laissent tomber la lampe dont le globe de verre se brise sur le sol. Un râle d'agonie. Tandis que les coups de poignard la transpercent, la vieille femme tombe à genoux. Ses yeux se ferment. Penché au-dessus d'elle, le moine chantonne en achevant sa victime. Parks a une décharge d'adrénaline. Elle vient de reconnaître la voix de Caleb.

102

Émergeant peu à peu de son sommeil, Marie interroge mentalement les contours de son corps. Elle soupire. La vision est terminée. Seule la position dans laquelle elle se trouve semble poser problème : si elle se fie aux informations que son cerveau est en train de décortiquer, elle a dû glisser de la paillasse pendant son sommeil.

Elle aspire les odeurs qui flottent autour d'elle. La puanteur de la Recluse et les relents de cire chaude qui saturaient la cellule ont disparu. À la place, Parks détecte une étrange odeur de pétrole et de bois, la même que dans son rêve. L'air sec de la cellule a laissé place à une atmosphère beaucoup plus fraîche. Beaucoup plus vaste aussi. Elle tend l'oreille. Un carillon sonne dans le lointain. Ses mains tâtent le sol. Le ciment de la cellule a disparu.

Ouvrant les yeux, Parks parvient de justesse à étouffer un cri de frayeur en constatant qu'elle est agenouillée sur le parquet poussiéreux de la bibliothèque. Elle contemple la lampe à pétrole dont la flamme brille sous le globe de verre. Elle se redresse. Dehors, la tempête continue à se déchaîner. Les odeurs, la fraîcheur des lieux, tout est identique à son rêve. La jeune femme se mord les lèvres. Elle a dû être victime d'une crise de somnambulisme au cours de laquelle elle a répété chacun des gestes que la Recluse avait faits cette nuit-là. Marie se raccroche à cette certitude. Preuve que sa théorie tient la route, elle sent un poids dans la poche de son jean. La clé que la Recluse avait prise sur le sommet de l'armoire. Parks a dû la récupérer dans son sommeil. Oui, c'est ça, ça ne peut être que ça. Elle en est presque persuadée lorsqu'une douleur la fait grimacer tandis qu'elle retire la main de sa poche : une douleur cuisante qui irradie à la jointure de son index et de son majeur. Parks regarde la vilaine éraflure que la Recluse s'était infligée cette nuit-là. La blessure saigne encore. Elle l'enveloppe dans un mouchoir et s'efforce de se calmer. Elle a répété à ce point les gestes de la défunte qu'elle s'est écorchée à son tour en courant dans la galerie qui conduit à la bibliothèque. Oui, c'est ça l'explication.

Mon cul, Marie chérie, l'explication est ailleurs et tu le sais très bien.

Elle ramasse la lampe et tourne la molette au maximum. Une forte odeur de pétrole se répand. Brandissant le globe à bout de bras, elle contemple les ombres qui vacillent à la lisière du halo et se fige en apercevant la reproduction de la *Pietà* de Michel-Ange. Elle sent ses doigts entrer en contact avec la surface lisse du marbre. Le visage de la Vierge. Michel-Ange l'a représenté juvénile, presque enfantin pour préserver au personnage son caractère pur et immortel. Elle a l'air si triste que Parks parvient presque à ressentir son chagrin. Sa colère aussi. Effleurant les lèvres froides de la Vierge, elle remonte jusqu'aux yeux de marbre.

« C'est ici que vous devez appuyer pour ouvrir le passage qui conduit vers l'Enfer. »

Alors elle appuie. Les yeux de la Vierge s'enfoncent dans le marbre. Un claquement. Une trappe vient d'apparaître dans le parquet. Le passage vers la partie interdite de la bibliothèque, ce lieu tenu secret que les Recluses appellent l'Enfer.

Marie éclaire l'intérieur de la trappe et voit un escalier de granit. Elle demeure un instant immobile à respirer les odeurs de moisissure et de salpêtre qui s'en échappent, puis, brandissant la lampe au-dessus de sa tête, elle pose le pied sur la première marche et s'enfonce dans les ténèbres.

Parks a atteint la dixième marche lorsqu'un bruit la fait sursauter. Elle vient de poser le pied sur un mécanisme à ressort. Un grincement au-dessus de sa tête. La lourde trappe se rabat et retombe bruyamment sur son socle. Marie laisse échapper un ricanement inquiet.

103

Parvenue au pied de l'escalier, Parks tombe sur une lourde grille en fonte qui ferme l'entrée de l'Enfer. Elle remarque que les fondeurs du Moyen Âge ont ajouté un caractère gothique soudé à chaud à chacun des quatorze barreaux de la porte. Quatorze lettres qui s'entrelacent pour former une phrase latine.

LIBÉRA NOS A MALO

Délivrez-nous du mal. Le couvent de Sainte-Croix n'ayant été construit que vers le milieu du XIXe siècle, les religieuses avaient dû demander à l'une de leurs maisons mères en Europe de leur expédier cette porte. Même chose pour la bibliothèque interdite ; celle-ci avait dû être ajoutée en secret après l'inauguration du couvent.

La jeune femme s'arc-boute contre la grille qui s'ouvre dans un interminable grincement, dévoilant une gigantesque grotte circulaire que les terrassiers ont ouverte à coups de pioche. Un travail de titan qui a dû exiger des années de labeur.

Elle avance en brandissant sa lampe dans l'obscurité. Les murs sont recouverts d'une seule et immense bibliothèque dont l'armature de chêne fait le tour complet de la grotte. Des amoncellements de manuscrits encombrent les rayonnages. Parks s'efforce de lire les titres qui émergent de l'obscurité. Des traités philosophiques anciens sur les forces mystérieuses à l'œuvre dans l'univers. Des ouvrages en latin traitant de médecine, d'avortement et d'alchimie. Des manuscrits frappés d'une étoile à cinq branches, dont les titres ont été raclés pour en masquer l'ignoble contenu. Des manuels d'exorcisme sur les puissances ténébreuses. Des grimoires de sorcières, ainsi que des bibles maudites et des évangiles interdits.

Sur chaque rayonnage, des chiffres romains gravés sur des panneaux de buis indiquent les siècles au cours desquels ces manuscrits ont été récupérés par l'Église. Un second système de classement, plus obscur, semble consister en une série d'entailles pratiquées sous chaque ouvrage dans la chair du bois. Sans doute un code mystérieux que les Recluses effleurent du bout des doigts pour retrouver facilement les livres dans l'obscurité et les étudier, bien qu'ils soient frappés de la marque infamante du Démon. Mille cinq cents ans d'une lecture silencieuse et terrifiée. Comment ces malheureuses femmes auraient-elles pu ne pas devenir folles après une vie de renoncement passée à lire de telles horreurs dans les entrailles de la terre ?

Parks remarque que les derniers rayonnages abritent un alignement de fioles et de bocaux poussiéreux. Elle laisse échapper un hoquet de terreur en découvrant des fœtus dont les visages grimaçants et les chairs effilochées flottent dans une solution de formol et de camphre. Sous chaque bocal, un nom et une date, que Marie lit à mesure qu'ils émergent du noir : sœur Harriet, 13 juillet 1891 ; sœur Mary Sarah, 7 août 1897 ; sœur Prudence, 11 novembre 1913... Des noms et des dates qui se succèdent en guise d'épitaphes à ce macabre alignement de cadavres en suspension.

Parks remarque qu'une troisième ligne a été ajoutée sous certaines inscriptions. Une croix en signe de deuil et ces quelques mots : « Morte en couches ». Elle revient en arrière pour compter les écriteaux à trois lignes. Il y en a trente en tout.

Au bout du dernier rayonnage, Parks remarque sept volumes rangés les uns au-dessus des autres. Elle en prend un au hasard et souffle sur la couverture pour en chasser la poussière. Les feuilles craquent entre ses doigts. C'est un registre des naissances couvrant la période 1870-1900. Page après page, Marie déchiffre les lignes qu'une plume trempée dans l'encre rouge a tracées avec application. Des noms et des dates, des courriers aussi, des dizaines de lettres frappées du sceau de riches familles anglaises ou américaines, qui avaient envoyé leurs filles au couvent de Sainte-Croix et qui laissaient à la mère supérieure le soin de les cloîtrer de force.

Sœur Jenny, 21 mai 1892, morte en couches.
Sœur Rebecca, 15 janvier 1893, morte en couches.
Sœur Margaret, 17 septembre 1900, morte en couches.

— Seigneur Jésus...
Parks vient de comprendre qui sont ces petits êtres sans vie dont le corps décomposé flotte depuis plus d'un siècle dans le formol. Des avorteuses. C'est ainsi que les Recluses renouvelaient les effectifs de leur ordre. Des filles mères reniées par leur famille que ces vieilles folles avortaient avec des épingles et des potions sur la paillasse de leur cellule, les rendant stériles avant de les laisser enfiler l'habit. Voilà pourquoi les Recluses ne sortaient jamais de leur couvent. Et par crainte que l'on découvre un jour les restes enfouis, on conservait leur progéniture honteuse dans la bibliothèque interdite. Une congrégation de vieilles folles mutilées qui mutilaient à leur tour.

OK, Marie, maintenant il faut que tu foutes le camp d'ici ! Si ces vieilles sadiques se rendent compte que tu es tombée sur leur musée des horreurs, elles vont

allumer un feu de joie et elles vont te charcuter toute
la nuit avec du fil de fer et des aiguilles à tricoter.
Ensuite elles te plongeront dans le formol et tu flotteras
dans les ténèbres jusqu'à la fin des temps. Merde,
Marie, c'est ça que tu veux ?

Parks avise une lourde table de monastère qui trône au milieu de la bibliothèque. C'est là que les Recluses étudient en silence sous le regard éteint des fœtus. Page 71 du registre des avortements pour la période 1940-1960. Bocal 701. Sœur Marguerite-Marie, la Recluse assassinée, entrée au couvent le 16 novembre 1957. Comment ne pas devenir folle à lier quand le cadavre de votre propre enfant vous regarde, les yeux vitreux et la gorge remplie de formol ?

La jeune femme s'approche de la table où trônent une dizaine de chandeliers dont elle allume les mèches les unes après les autres.

Mais nom de Dieu, Marie, qu'est-ce que tu fabriques ? Il faut que tu te tires d'ici tout de suite et que tu retournes à Denver pour alerter le FBI !

Dans la lueur des bougies, Parks aperçoit d'autres ouvrages que la vieille Recluse n'a pas eu le temps de ranger avant de mourir. Elle s'assied à sa place sur le banc et touche la table là où les ongles de la malheureuse ont creusé de profondes éraflures à mesure qu'elle découvrait l'épouvantable secret qui avait signé son arrêt de mort. Partout où se porte à présent le regard de Marie, des griffures similaires ont entamé le bois, certaines récentes, d'autres beaucoup plus anciennes, comme si des générations de Recluses avaient éprouvé la même terreur en étudiant les ouvrages interdits de la chrétienté. Parks ferme les yeux. À présent, elle sait qu'elle est en danger.

104

Parks passe en revue les ouvrages poussiéreux que la Recluse a annotés quelques heures avant de mourir, des phrases illisibles qui semblent obéir à un code complexe composé de hiéroglyphes et de phonèmes. Elle fait défiler les pages entre ses doigts. Dans chacun de ces ouvrages, la religieuse a entouré des mots qui reviennent sans cesse, chacun de ces cercles étant relié à une note dans la marge. C'est un gigantesque rébus de plusieurs milliers de pages. Parks laisse échapper un soupir de découragement. À force d'étudier les manuscrits de la bibliothèque interdite, la Recluse a dû tomber sur un détail qui a attiré son attention et l'a peu à peu détournée de ses autres travaux. Un fil conducteur, quelque chose de suffisamment inquiétant pour déclencher des mois de recherches.

À mesure qu'elle feuillette les manuscrits, Marie commence à éprouver la fébrilité qui a dû gagner la vieille femme tandis qu'elle approchait de la solution de l'énigme. Elle devait se relever la nuit pour poursuivre ses recherches tandis que ses sœurs dormaient. C'est sûrement ainsi qu'elle a fini par tomber sur le secret qui lui a coûté la vie.

Parks s'apprête à reposer le dernier ouvrage lorsqu'une liasse de feuillets s'en échappe et se répand sur la table. Elle les ramasse et examine des feuillets transparents que la Recluse a recouverts de symboles et de figures inachevées. Le genre de signes qu'il suffit de coller sur d'autres symboles incomplets pour pouvoir déchiffrer l'assemblage. Un code puzzle. Posant un feuillet sur une page prise au hasard dans un des manuscrits, Parks constate que les symboles s'imbriquent à la perfection et qu'elle peut lire à présent les annotations de la Recluse. Elle se replonge alors dans les ouvrages et se rend rapidement compte que les mots encerclés par la religieuse désignent en fait un seul et même être maléfique : Gaal-Ham-Gaal. Un seigneur noir échappé des Enfers, le grand mal. C'est lui que tous les autres noms désignent, lui qui a engendré tous les autres démons. Chuchotant dans l'obscurité, Parks égrène comme une litanie le nom de ces esprits du Mal dont la Recluse a esquissé le portrait dans la marge.

— Abbadon le destructeur, l'ange exterminateur de l'Apocalypse, prince des démons de la septième hiérarchie et souverain du Puits des Âmes. Adramelech le Chancelier des Enfers. Azazel, général en chef des armées infernales. Belial, Loki, Mastema, Astaroth, Abrahel et Alrinach, les seigneurs des ouragans, des tremblements de terre et des inondations.

Marie continue à faire défiler les pages en collant les feuillets transparents sur les marges. Elle lit :

— Léviathan, Grand Amiral des Enfers. Magoa et Maimon, les puissants rois de l'Occident. Samaël, le serpent qui fit chuter Ève. Âlu, Mûtu, Humtaba, Lamastu, Pazuzus, Hallulaya et Attuku, les sept chevaliers des tempêtes qui tourmentèrent Babylone. Tiamat et Kingu. Seth, prince des démons tourmenteurs de l'ancienne Égypte. Arhiman et Asmoug pour les Perses, Hutgin et Ascik Pacha pour les Turcs, Tchen'-Houang et YenVang pour les Chinois, Durgâ, Kâli, Rakshasa et Sittim pour les Indiens.

Elle termine sa litanie par Huitzilopochtli, le dieu Soleil auquel les Aztèques sacrifièrent des millions de prisonniers en leur arrachant le cœur pour que sa lumière ne s'éteigne pas. Autant de noms qui désignent, sous la plume de la Recluse, une seule et même matrice du Mal, un fléau qui s'était échappé des Enfers pour tourmenter le monde : Gaal-Ham-Gaal.

Parks se frotte les yeux. Un dernier livre trône sur la table, épais et lourd comme une bible. Elle l'ouvre à la page que la Recluse a marquée à l'aide d'une image pieuse. Le début de la Genèse. Le testament de la naissance du monde.

— Au commencement, Satan créa le Ciel et la Terre...

Elle sursaute en entendant sa propre voix prononcer ces mots. Ses yeux reviennent au début de la phrase et remarquent un défaut sous le nom de Satan. Elle passe l'ongle de son pouce sur les lettres et sent des grumeaux dans la chair du papier, comme si le texte avait été gratté et qu'une main soigneuse avait inscrit Satan à la place de Dieu en imitant à la perfection les caractères originaux. En face de ce verset fondateur des religions du Livre, la main de la Recluse a tracé une suite de caractères cunéiformes, un langage si ancien que l'on ne pouvait le retranscrire que sous forme de symboles, chacun de ces signes désignant un son ou l'outil servant à créer ce son. La langue de l'antique royaume de Sumer, une civilisation qui avait brutalement disparu plus de mille cinq cents ans avant Jésus-Christ.

Parks lit le titre de l'ouvrage : *Récit des Enfants de Caïn, extrait des Écoles de Mystères*. À en croire les annotations de la religieuse, ce manuscrit s'était transmis à travers les siècles de sectes hérétiques en confréries secrètes. Puis il avait été récupéré par l'Église lors de la prise d'une citadelle cathare par les croisés d'Innocent III. Les Enfants de Caïn.

Les recherches entreprises par la religieuse lui avaient fait remonter le temps jusqu'en l'an 8300 avant Jésus-Christ, à l'aube de l'humanité. C'est à cette époque oubliée que, d'après la légende, la descendance maudite de Caïn avait trouvé refuge près des bords de l'actuelle mer Noire, dans un lieu triste et obscur appelé Achéron. Là, ils avaient creusé le ventre de la terre et ils y avaient fondé un sombre royaume sur lequel le soleil ne se levait jamais.

Mais, à force de creuser, les Enfants de Caïn étaient tombés sur la porte des Abîmes qui gardait l'entrée du monde d'en bas. Ce sont eux qui avaient libéré Gaal-Ham-Gaal, dont la puissance s'était répandue à la surface de la terre.

Marie passe plusieurs pages rongées par le temps. Les annotations de la Recluse reprennent plus loin. Voyant que les démons s'étaient échappés des Enfers par les grottes du royaume d'Achéron, Dieu décida d'anéantir son œuvre avant que le Mal ne l'emporte. Il fit alors pleuvoir durant des jours. Une pluie glaciale dont le flot incessant fit déborder les océans, gonflant les eaux de la Méditerranée et de la mer de Marmara, qui percèrent le lit du Bosphore et se déversèrent dans l'actuelle mer Noire. Le Déluge de la Bible engloutissant le monde et les grottes d'Achéron où il est dit que les Enfants de Caïn périrent noyés, la porte des Abîmes se refermant peu à peu sous la poussée des eaux.

À l'aube du dernier jour, la terre avait disparu sous les eaux de Dieu, et seules les plus hautes montagnes en crevaient encore la surface. Mais le démon que les Enfants de Caïn avaient libéré des Enfers survécut au Déluge et, lorsque les eaux refluèrent, cette chose se répandit dans les profondeurs du monde.

Des histoires de vieilles folles. C'est du moins ce dont Parks tente de se persuader, jusqu'à ce qu'elle découvre d'autres feuillets que la Recluse a soigneusement archivés sous des chemises transparentes : des études scientifiques menées au xxᵉ siècle par des équipes américaines sur une gigantesque inondation qui se serait produite au mésolithique dans la région de la mer Noire. Parks parcourt les textes à toute vitesse.

Pour les scientifiques américains, le cataclysme ne faisait aucun doute : ce jour où la barrière rocheuse du Bosphore avait cédé sous la pression du déluge, des cataractes d'eau salée s'étaient brusquement déversées dans les eaux douces de la future mer Noire qui n'était à l'époque qu'un lac. Un torrent équivalent à quatre cents fois la puissance des chutes du Niagara et qui avait fait monter le niveau des eaux de cent trente mètres en deux ans. Cent mille kilomètres carrés de terres dévastées par le cataclysme.

Pour prouver ce qu'ils avançaient, les archéologues avaient effectué plusieurs prélèvements dans les couches sédimentaires de la mer Noire. Au-delà d'une profondeur de deux cent cinquante mètres correspondant à la période allant de – 7500 à – 7200 avant Jésus-Christ, les sédiments étaient constitués de coquillages d'eau douce. Au-dessus, jusqu'à une profondeur correspondant à la période allant de – 7000 à – 6500, les sédiments étaient exclusivement constitués de coquillages d'eau de mer. Preuve que la mer de Marmara s'était bien déversée dans le lac entre – 7200 et – 7000 avant Jésus-Christ.

Ces mêmes archéologues avaient également découvert des paléo-rivages de graviers et d'argile engloutis à une profondeur de cent vingt-cinq mètres. C'étaient les berges de l'antique lac d'eau douce qui avait débordé pour donner naissance à la mer Noire vers – 7100 avant Jésus-Christ. Selon les travaux de la Recluse, c'est cette année-là que les Enfants de Caïn avaient libéré le démon Gaal-Ham-Gaal.

Parks passe au rapport scientifique suivant. Douze ans plus tard, une expédition russe avait découvert un réseau de grottes à cent mètres sous la surface de la mer Noire. Des grottes englouties dont les galeries semblaient descendre si loin dans les profondeurs de la terre qu'aucun projecteur n'était parvenu à en percer l'obscurité. On avait envoyé des robots sous-marins qu'on n'avait jamais revus. On avait aussi expédié des scaphandriers autonomes équipés de lourdes ceintures de plomb et de projecteurs halogènes, en partant du principe qu'un tel gouffre devait automatiquement recéler des poches d'air qui permettraient aux explorateurs de refaire le plein d'oxygène. Aucun d'entre eux n'en était revenu, sauf un qui avait refait surface à moitié fou, du sang giclant de sa bouche et de ses narines sur la vitre de son casque. Le malheureux avait juste eu le temps de dire qu'il avait aperçu tout au fond du gouffre une lueur bleutée où évoluaient les formes gigantesques de quelques monstres marins prisonniers des profondeurs. Puis, pris de convulsions, le plongeur était mort. Parks ferme les yeux. Les archéologues russes avaient découvert les grottes d'Achéron.

106

Marie Parks étouffe un juron en ramassant la Bible des Enfants de Caïn qui vient de lui échapper des mains. Reposant l'ouvrage sur la table, elle constate que plusieurs coutures de la reliure ont cédé sous le choc. Elle glisse les doigts entre les feuilles de cuir et sent les bords irréguliers d'autres parchemins que la Recluse a dû dissimuler là pour que personne ne les découvre. Une cachette qu'elle décousait chaque soir afin de récupérer ses mystérieux trésors et qu'elle recousait à l'aube à l'aide d'un fil d'or identique à l'original.

D'étranges lignes rouges luisent à la surface des parchemins. Ou plutôt à l'intérieur, comme si la plume qui les avait tracées était parvenue à atteindre la chair du papier sans laisser la moindre trace sur la feuille.

À mesure que Parks extrait les documents de leur cache, les lignes rouges s'estompent. Sans doute une illusion d'optique : à présent qu'elle les examine de près, elle constate que les parchemins sont vierges, aucune trace d'encre n'est visible entre les craquelures du papier. Parks en élève un devant la flamme d'une bougie. La lumière en franchit à peine la trame. À en juger par l'épaisseur du grain, il doit s'agir d'un parchemin de Pérouse taillé dans la fleur du plus beau papier. Le genre de support qu'on réservait habituellement aux textes sacrés, ou aux secrets qu'on ne voulait pas voir s'estomper sous les assauts du temps. Pourtant, ce parchemin-là était demeuré vierge, sans aucune trace de plume ni la moindre esquisse au fusain.

À force de rapprocher la feuille de la bougie, Parks sent une odeur de roussi se propager entre ses doigts. Maugréant, elle retourne le parchemin. Pas la moindre trace de brûlé. Pourtant, elle est sûre que le feu a léché le papier pendant plusieurs secondes. Elle passe le doigt dessus et l'écarte vivement : là où la flamme l'a effleuré, le parchemin est brûlant.

À mesure que la jeune femme éloigne le document de la bougie, ses yeux s'arrondissent de stupeur en constatant que les lignes rouges sont en train de réapparaître. Comme si l'encre qui avait servi à les tracer craignait la lumière, ou plutôt comme si elle avait été conçu pour cela : n'être visible que dans l'obscurité.

Parks souffle les bougies les plus proches et regarde briller les lignes rouges. Puis elle pose les mains de part et d'autre du document pour accentuer encore l'obscurité et lit à voix haute le message qui scintille dans les ténèbres.

Le 17 octobre de l'an de grâce 1307
Nous, Mahaud de Blois, supérieure des Recluses de Notre-Dame-du-Cervin, entamons ce jour la traduction et la copie de l'évangile le plus infâme et le plus terrible qu'il nous ait été donné d'entreposer en ces lieux sanctifiés.
Cet ouvrage, dont on murmure qu'il fut écrit de la main même du Diable, a été retrouvé par les archers du roi de France dans les forteresses de l'ordre du Temple frappé de disgrâce. Ces hérétiques n'ayant rien livré des secrets de ce manuscrit, il nous revient d'en explorer le funeste contenu.
Notre tâche achevée pour ce que nous pourrons en lire sans y abandonner notre raison, cet ouvrage maudit sera ensuite conduit sous bonne escorte en les murs de la confrérie trappiste de Maccagno Superiore, où il sera recouvert de plusieurs feuilles de cuir avant d'être scellé par une serrure florentine empoisonnée afin qu'une mort certaine foudroie celui qui tenterait d'en profaner le contenu.
Nous, mère Mahaud de Blois, avec l'assentiment du pape Clément et de monseigneur l'évêque d'Aoste, prendrons ensuite la décision d'enfouir cet évangile dans les profondeurs les plus inaccessibles de notre forteresse du Cervin. Que Dieu guide nos yeux et nos mains en cette périlleuse entreprise et que, sous peine d'écartèlement jusqu'à rupture complète de nos membres, il scelle à jamais nos lèvres afin qu'aucun des sacrilèges contenus dans ces pages ne parvienne jamais aux oreilles du monde.

Parks passe au second parchemin. Elle se raidit en se rendant compte que ce document est un des fragments de l'évangile que les Recluses du Cervin ont recopié au Moyen Âge. Un extrait qui commence par un avertissement.

ÉVANGILE SELON SATAN DE L'AFFREUX MALHEUR,
DES MORTES PLAIES ET DES GRANDS CATACLYSMES.
ICI COMMENCE LA FIN,
ICI S'ACHÈVE LE COMMENCEMENT.
ICI SOMMEILLE LE SECRET DE LA PUISSANCE DE DIEU.
MAUDITS PAR LE FEU SOIENT LES YEUX QUI S'Y POSENT.

Au commencement, l'Abîme éternel, le Dieu des dieux, le gouffre d'où avait surgi toute chose, créa six milliards d'univers pour repousser le néant. Puis, à ces six milliards d'univers, il donna des systèmes, des soleils et des planètes, des touts et des riens, du plein et du vide, de la lumière et des ténèbres. Ensuite il leur insuffla l'équilibre suprême selon lequel une chose ne peut exister que si sa non-chose coexiste avec elle.

Ainsi, toutes choses sortirent du néant de l'Abîme éternel. Et chaque chose s'articulant avec sa non-chose, les six milliards d'univers entrèrent en harmonie.

Mais, pour que ces innombrables choses engendrent à leur tour les multitudes de choses qui allaient donner la vie, il leur fallait un vecteur d'équilibre absolu, le contraire des contraires, la matrice de toutes choses et de toutes non-choses, le Bien et le Mal.

L'Abîme éternel créa alors l'ultra-chose, le Bien suprême, et l'ultra-non-chose, le Mal absolu. À l'ultra-chose il donna le nom de Dieu. À l'ultra-non-chose il donna le nom de Satan. Et il donna à ces esprits des grands contraires la volonté de se combattre éternellement pour maintenir les six milliards d'univers à l'équilibre.

Puis lorsque toutes choses s'articulèrent enfin sans que le déséquilibre ne vienne plus jamais rompre l'équilibre qui

349

le soutenait, l'Abîme éternel vit que cela était bon et il se referma. Mille siècles s'écoulèrent alors dans le silence des univers qui grandissaient.

Vint hélas un jour où, demeurés seuls à orchestrer ces six milliards d'univers, Dieu et Satan parvinrent à un niveau si élevé de connaissance et d'ennui qu'au mépris de ce que l'Abîme éternel leur avait interdit, le premier entreprit de créer un univers de plus en son nom propre. Un univers imparfait que le second s'évertua à détruire par tous les moyens pour que ce six milliard et unième univers ne vienne pas, par l'absence de son contraire, détruire l'ordonnancement de tous les autres.

Alors, la lutte entre Dieu et Satan ne s'exerçant plus qu'à l'intérieur de cet univers que l'Abîme éternel n'avait pas prévu, l'équilibre des autres univers commença à se rompre.

107

Un froissement de papier. Parks passe au dernier parchemin écrit à l'encre luminescente. Un extrait de la genèse du monde. Comme si ceux qui avaient rédigé cet évangile avaient suivi le fil de la Bible officielle en racontant ce qui s'était réellement passé.

Le premier jour, lorsque Dieu créa le ciel et la terre ainsi que le soleil pour illuminer son univers, Satan créa le vide entre la terre et les étoiles puis il plongea le monde dans les ténèbres. Le deuxième jour, lorsque Dieu créa les océans et les rivières, Satan leur donna le pouvoir de se soulever pour engloutir la création de Dieu.

Le troisième jour, lorsque Dieu créa les arbres et les forêts, Satan créa le vent pour les abattre et lorsque Dieu créa les plantes qui guérissent et qui apaisent, Satan en créa d'autres, vénéneuses et armées de piquants.

Le quatrième jour, Dieu créa l'oiseau et Satan créa le serpent. Puis Dieu créa l'abeille et Satan le frelon. Et pour chaque espèce que Dieu créa, Satan créa un prédateur pour anéantir cette espèce. Puis, lorsque Dieu dispersa ses animaux à la surface du ciel et de la terre pour qu'ils s'y multiplient, Satan donna des griffes et des dents à ses créatures et il leur ordonna de tuer les animaux de Dieu.

Le sixième jour, lorsque Dieu décida que son univers était prêt à engendrer la vie, il créa deux esprits à l'image du sien qu'il appela homme et femme.

En réponse à ce crime des crimes contre l'ordonnancement des univers, Satan jeta alors un sortilège sur ces âmes immortelles. Puis il sema le doute et le désespoir dans leur cœur et, volant à Dieu la destinée de sa création, il condamna à mort l'humanité qui allait naître de leur union.

Alors, comprenant que la lutte contre son contraire était vaine, le septième jour Dieu livra les hommes aux animaux de la terre pour que les animaux les dévorent. Puis ayant emprisonné Satan dans les profondeurs de cet univers chaotique que l'Abîme éternel n'avait pas prévu, il se détourna de sa création et Satan demeura seul pour tourmenter les hommes.

Évangile selon Satan.
L'emprisonnement de Gaal-Ham-Gaal.
Sixième oracle du Livre des Maléfices.

À mesure qu'elle relit les deux dernières phrases du parchemin, Parks se met à grelotter dans la fraîcheur de la bibliothèque. Le démon Gaal-Ham-Gaal, ce seigneur des Enfers que les Enfants de Caïn avaient laissé s'échapper des profondeurs du monde, cet être invincible à l'égal de Dieu, c'était Satan.

108

Parks replace les parchemins à l'encre luminescente dans la reliure puis elle reprend le récit des Enfants de Caïn. Une fois Gaal-Ham-Gaal libéré de ses chaînes, son esprit maléfique s'était répandu à travers le monde pour tourmenter les hommes. Elle suit le démon à la trace dans les civilisations les plus reculées, où son passage sous la forme de grands cataclysmes et d'épidémies mortelles avait laissé des cicatrices indélébiles dans la mémoire des hommes. De l'Australie où l'on avait retrouvé des représentations de Gaal-Ham-Gaal sur les parois des cavernes jusqu'aux grandes plaines de l'Amérique du Nord, en passant par l'Afrique et les hauts plateaux de la cordillère des Andes, des expéditions archéologiques avaient déterré d'autres vestiges de ces cataclysmes qui avaient bouleversé les premiers âges de l'humanité : des raz de marée, des tremblements de terre et des éruptions volcaniques. Tel un grand mal étrange, une sorte de lèpre des arbres qui empoisonnait les forêts et tuait les hommes.

Ainsi le noir démon aux mille noms dévasta-t-il peu à peu la mémoire des hommes en laissant dans les religions et les esprits une empreinte plus profonde encore que celle de Dieu. Jusqu'à ce que, lassé par ses agissements, Dieu décidât de précipiter à nouveau Gaal-Ham-Gaal dans les abîmes.

Plusieurs siècles s'écoulèrent alors sans que plus personne n'entende parler de lui. Si bien que, peu à peu, l'empreinte qu'il avait laissée dans les religions commença à s'estomper en même temps que le souvenir de la terreur qu'il avait fait naître dans le cœur des hommes.

D'après les recherches entreprises par la Recluse, Gaal-Ham-Gaal avait à nouveau été libéré au cours du règne du pharaon Touthmôsis III, le créateur des Écoles de Mystères qui réunissaient en secret tout ce que l'Égypte et le monde grec comptaient de scientifiques, de philosophes et d'alchimistes. C'est dans une salle obscure de la grande pyramide de Saqqarah que Touthmôsis les avait rassemblés pour invoquer les puissances invisibles afin que celles-ci leur révèlent les secrets de l'univers. Il n'avait pas choisi la pyramide de Saqqarah par hasard : selon les croyances les plus anciennes, cet édifice symbolisait la colline primordiale à partir de laquelle le grand dieu égyptien Atoum avait créé l'univers. En outre, d'après les calculs astraux du grand prêtre Imhotep, qui avait érigé la pyramide, Saqqarah se trouvait au centre exact de l'œuvre créatrice du dieu Atoum, à laquelle elle avait servi de fondation. En cela, la pyramide d'Imhotep faisait office de porte secrète entre le visible et l'invisible. Un passage reliant deux dimensions qui ne devaient en aucun cas coexister, au risque de déclencher le chaos destructeur des mondes.

C'est cette porte que les disciples de Touthmôsis III avaient vue apparaître dans les soubassements de la pyramide à mesure que leurs incantations scandaient les ténèbres. Ainsi le passage vers les Enfers s'était-il rouvert, libérant Gaal-Ham-Gaal qui avait ravagé l'Égypte en faisant déborder le Nil pendant plus d'un an et en faisant pleuvoir des myriades de scorpions sur les champs inondés.

Parks parcourt fébrilement les dernières notes de la Recluse en recoupant le récit des Enfants de Caïn avec ce qu'elle savait de l'évangile selon Satan. D'après elle, Gaal-Ham-Gaal s'était manifesté pour la dernière fois au tout début de notre ère, lorsque son fils avait pris la place du Christ sur la croix – Jésus, le fils de Dieu, et Janus, le fils de Satan. C'est ce récit des Enfants de Caïn qui avait traversé les siècles, passant de confréries secrètes en sectes sataniques, le culte de Janus et de Gaal-Ham-Gaal entretenant le brasier des grandes hérésies qui allaient secouer la chrétienté. Une histoire pour laquelle les Recluses du Cervin avaient été massacrées une nuit de janvier 1348, une piste vieille de sept cents ans dont la trace se perdait à travers les Alpes jusque dans l'obscure forteresse des Dolomites où l'évangile selon Satan était sorti de la mémoire des hommes.

Dans une mince chemise de cuir, la jeune femme retrouve une série de fusains et de gravures datant du Moyen Âge, exécutés par des notaires de l'Inquisition lors de sombres procès à huis clos où l'on jugeait chaque fois des tueurs de religieuses.

La première gravure datait de 1412, extraite du procès d'un moine errant qui avait été attrapé en Calabre après avoir massacré la congrégation des Recluses de Cervione. La deuxième datait de 1511, année du massacre de la congrégation des Recluses de Saragosse en Espagne. 1591, encore un autre massacre, celui de la congrégation des Recluses de Saint-Domingue, dossier instruit par l'Inquisition espagnole. Chaque fois, le meurtrier avait été condamné aux pires sévices et à la mort la plus lente : on l'avait roué, écartelé, pendu et carbonisé dans de l'huile bouillante. Puis on lui avait tranché la tête pour qu'il ne puisse pas trouver la sortie de sa tombe. Et, chaque fois, les mêmes meurtres avaient repris quelques années plus tard, dans une autre partie du monde.

Armée d'une loupe, Parks compare les visages des

condamnés tels qu'ils avaient été immortalisés par les notaires de l'Inquisition à l'énoncé de la sentence. Toujours le même visage : celui de Caleb.

109

Absorbée par sa lecture, Parks n'a pas vu le temps passer. Lorsqu'elle relève les yeux, elle constate que les bougies ont à moitié fondu et que de larges spirales de cire se sont solidifiées sur les branches des chandeliers. Elle interroge sa montre : 4 h 30. Elle doit à présent se dépêcher si elle ne veut pas se faire surprendre par les Recluses.

Elle referme le récit des Enfants de Caïn et le range à sa place dans les rayonnages de la bibliothèque. Un nuage de vapeur blanche s'échappe de ses lèvres. La température a brusquement chuté. Parks constate qu'une mince pellicule de givre recouvre à présent les manuscrits. Un sanglot dans les ténèbres. Faisant volte-face, Marie aperçoit une forme assise à la place qu'elle occupait quelques instants plus tôt.

La vieille Recluse assassinée effleure les encoches que ses ongles ont creusées dans le bois. Sa main agitée de tremblements glissant vers la crosse de son arme, Parks contemple la malheureuse dont la voix chuchote des mots inaudibles entre deux sanglots. Elle dégaine son arme qu'elle garde plaquée contre sa cuisse. La vieille femme relève lentement la tête. Son visage n'est plus qu'un amas de chairs noirâtres, pourtant, Parks lit tant de tristesse et de douleur dans ses yeux morts que sa peur cède d'un seul coup. Elle va ouvrir la bouche lorsque les yeux de la religieuse se figent. Une voix éraillée et pleine de gargouillis s'échappe de ses lèvres.

— Vous pouvez me voir ?

Marie fait oui de la tête. La Recluse ferme les yeux :

— Qu'allez-vous faire à présent ?

— Je vais alerter les autorités.

— Vous n'en aurez pas le temps, ma pauvre enfant.

— Pardon ?

Marie sursaute. Loin au-dessus d'elle, quelque chose vient de claquer dans les ténèbres. La trappe de la bibliothèque. Parks se met à trembler de tous ses membres en entendant le rire dément qui s'échappe des lèvres de la Recluse.

— Il arrive.

Marie lève son arme vers le plafond.

— Qui arrive ?

— Cessez de lutter, mon enfant, et videz donc cette arme dans votre bouche que je vous emmène avec moi en Enfer. Car contre celui qui vient, vous ne pouvez rien.

Des pas lointains résonnent dans le silence : quelqu'un vient de s'engager dans l'escalier qui mène à la bibliothèque interdite. Se déplaçant comme un chat, Parks dirige le canon de son arme vers les pas qui approchent.

— Nom de Dieu, ma sœur, dites-moi qui arrive !

La jeune femme se retourne vers la table. La religieuse a disparu. Entendant la grille grincer sur ses gonds, elle s'accroupit dans le noir et braque son arme vers l'entrée de la grotte.

Son ombre immense faisant vaciller la flamme des bougies, la chose entre dans la bibliothèque. Elle porte une bure noire et des sandales. Son visage disparaît totalement sous une cagoule de moine. Ses yeux semblent briller tandis qu'ils inspectent les rayonnages.

Parks plaque sa main sur ses lèvres. *Seigneur, c'est impossible...*

Ses doigts effleurant la tranche des manuscrits, le moine avance lentement le long de la bibliothèque. Puis il s'immobilise. Il a trouvé ce qu'il cherchait. Il extrait des rayonnages un épais volume qu'il dépose sur la table. Dans la lueur tremblotante des bougies, Parks le voit découdre la reliure de l'ouvrage et en sortir une enveloppe. S'efforçant de retenir sa respiration, elle se demande combien de documents secrets les Recluses ont ainsi dissimulés au cours des siècles. Des milliers sans doute.

Le moine déchire l'enveloppe, en extrait une feuille qu'il commence à déchiffrer à la lueur des bougies puis relève la tête. Ses yeux luisants fouillent les ténèbres. Parks se raidit. La chose vient de détecter sa présence. Alors elle relève le chien de son arme et sort de l'ombre.

Le moine ne sursaute même pas en voyant l'arme braquée dans sa direction. Ayant calé dans son viseur l'espace invisible qu'elle devine entre les yeux brillants du tueur, la jeune femme le voit lever lentement les bras comme s'il s'apprêtait à prier.

— Fais-moi plaisir, connard, bouge encore les mains sans que je te le demande et je te fais sauter la cagoule à bout portant.

Un reniflement. Une respiration rauque.

— Cette arme ne vous serait d'aucune utilité si j'étais réellement celui que vous croyez.

Cette voix... Marie sent ses mains devenir moites contre la crosse de son automatique.

— Qui êtes-vous ?

L'homme ôte lentement sa cagoule sur un visage épuisé et souriant. Le doigt de Parks se relâche sur la détente.

— Je suis le père Alfonso Carzo, exorciste pour le compte de la congrégation des Miracles au Vatican. J'arrive de Manaus et je suis là pour vous aider, agent spécial Marie Parks.

— Comment savez-vous qui je suis ?

— Je sais beaucoup de choses sur vous, Marie. Je sais que vous avez le don de voir des choses que les autres ne voient pas. Je sais que vous avez découvert un secret que vous n'auriez jamais dû découvrir. Et je sais qu'à présent vous courez un grand danger.

— Et ce serait trop vous demander de me montrer ce que vous venez de récupérer dans la bibliothèque ?

— Une liste de citations grecques et latines. Un document qui va nous être d'une grande utilité pour la suite de notre enquête.

— Notre enquête ?

— Je répondrai à vos autres questions plus tard, Marie. Car à présent nous devons faire vite.

Parks s'apprête à ajouter quelque chose lorsque, étouffées par l'épaisseur de la roche, les cloches du couvent se mettent à sonner à la volée. Le visage du père Carzo se crispe.

— Qu'est-ce que c'est, mon père ? Le premier office de l'aube ?

— Non c'est autre chose.

L'exorciste lève les yeux vers le plafond et écoute les notes qui parviennent jusqu'à eux.

— Seigneur, c'est un tocsin.

— Un quoi ?

— Un signal d'alarme.

Un bruit loin au-dessus d'eux. La trappe de la bibliothèque s'ouvre. Des frottements. Quelque chose dévale l'escalier. Parks sent la main du prêtre agripper son bras avec une force surprenante.

— Suivez-moi si vous voulez vivre.

Alors, tandis que le prêtre l'entraîne par un passage dérobé derrière la bibliothèque, Parks comprend enfin ce qui est en train de se passer : ce grouillement et ces éclats de voix au-dessus d'eux, c'est la meute des Recluses qui dévalent l'escalier en poussant des glapissements de haine.

110

Elle court de toutes ses forces dans les souterrains. Elle dérape à plusieurs reprises sur le sol trempé et ne doit de rester debout qu'à la poigne du prêtre qui se resserre autour de son bras. Ils ont parcouru plus de quatre cents mètres dans les ténèbres et la jeune femme est à présent persuadée que les religieuses ont renoncé à les poursuivre. Hors d'haleine, elle essaie de ralentir en se laissant tirer à bout de bras mais le père Carzo l'oblige à conserver le même rythme.

— Surtout ne vous arrêtez pas.

Au même moment Parks entend un lointain claquement de sandales. Le prêtre force encore la cadence.

— Courez ! Courez de toutes vos forces !

Tendant l'oreille à travers les sifflements de sa respiration, Parks capte la rumeur qui accompagne le bruit des sandales. Des cris et des grognements. Les Recluses se rapprochent. Comment des vieilles religieuses peuvent-elles courir aussi vite ? *Elles ne courent pas. Elles galopent.*

La voix de Carzo retentit à nouveau dans les ténèbres.

— Non, Marie ! Surtout ne vous retournez pas !

Trop tard. Comme une gamine poursuivie par un

monstre, elle n'a pas pu s'en empêcher. Et ce qu'elle voit manque de lui couper les jambes. Des flambeaux. Des vieilles choses au corps tordu qui galopent à quatre pattes à une vitesse phénoménale en poussant des grognements de bête. À la tête de cette meute, mère Abigaïl bondit en poussant des aboiements de colère. Ce spectacle arrache à Marie un sanglot de terreur.

Elle distingue une lueur grise au loin. Son cœur s'emballe. La sortie du souterrain se découpe dans la blancheur de l'aube. Alors elle se met à courir de toutes ses forces en se concentrant pour ne pas entendre les glapissements des Recluses qui se rapprochent. Mais les choses qui galopent dans le souterrain se taisent, d'un seul coup. Leurs sandales claquent toujours mais elles n'aboient plus, elles économisent leur souffle pour rattraper leurs proies avant la sortie du tunnel.

Accélérant soudain, Abigaïl s'est détachée de la meute. Parks entend ses mâchoires qui claquent, à quelques mètres derrière elle. Alors, comme une môme épuisée, elle sent ses forces l'abandonner. Elle a envie de s'arrêter de courir et de s'agenouiller sur le sol. Le père Carzo la force à avancer.

— Tenez le coup, Marie, nous y sommes presque.

La sortie n'est plus qu'à trente mètres. La jeune femme ne sent plus la morsure des crampes qui raidissent ses jambes, ni l'acide qui gorge ses muscles. Elle court en calant sa foulée sur celle du prêtre et en soufflant par la bouche comme une sprinteuse.

À mesure que les ténèbres s'éclaircissent, les grognements de la mère supérieure se transforment en glapissements de rage puis en couinements de terreur. Les claquements de sandales s'espacent, laissant place à une clameur dont l'écho emplit le souterrain tandis que Parks et le père Carzo débouchent enfin à l'air libre.

L'aube rougit les montagnes chargées de neige. La

tempête est passée. Des aboiements rageurs et des hurlements de souffrance retentissent dans le tunnel. Ses bottes s'enfonçant dans la poudreuse tandis qu'elle dévale avec le prêtre la pente qui conduit au parking, Parks a l'impression que les Recluses sont en train de s'entre-dévorer.

Septième partie

111

Interstate 70. Le front appuyé contre la vitre de la limousine du FBI, Marie Parks contemple les Rocheuses dont le crépuscule embrase les sommets enneigés. Installés à l'arrière, Crossman et le père Carzo écoutent les grésillements qui s'échappent des haut-parleurs.

Au petit matin, après avoir échappé de justesse aux Recluses, Parks et Carzo avaient roulé à travers les congères jusqu'à Holy Cross City. Là, ils avaient alerté l'antenne du FBI à Denver. Crossman était déjà sur place. On les avait rapatriés puis, en fin d'après-midi, une équipe héliportée avait été expédiée en direction du couvent. C'est cette opération que la jeune femme et le prêtre sont en train de suivre en direct à travers les crachotements de la radio. Le zonzon des hélicos qui se posent. Des ordres retentissent dans les casques. Les bottes crissent dans la neige tandis que les agents d'élite du FBI encerclent le couvent. Dans l'habitacle on entend la voix du chef de section.

— Bleu, ici Bleu 2. Effectif déployé.

Le front posé contre la vitre, Marie entend Crossman appuyer sur le bouton de son talkie-walkie.

— Ici Bleu. Assaut.

Une explosion. Un craquement. Les fédéraux viennent de faire sauter le porche à l'aide de charges creuses. Des chuchotements, des bruits de pas. Les respirations sifflent dans les micros. Tandis qu'une section passe par le souterrain qui conduit à la bibliothèque, le gros du détachement grimpe quatre à quatre les marches du couvent.

Parks se guide au bruit des semelles pour estimer l'avancée de la section. Ils viennent de quitter la première portion de l'escalier et galopent à présent sur le faux plat qui longe les cachots où la chose avait tenté de l'étrangler. Parks ferme les yeux. À l'arrière, Crossman et Carzo écoutent. Les claquements de semelles ont repris. La section attaque la deuxième partie de l'ascension.

— ... de ce putain d'escalier, Parks ?

Marie sursaute en entendant la voix glacée du directeur du FBI.

— Pardon ?

— Je vous demande ce qu'il y a en haut de ce putain d'escalier qui n'en finit pas.

— Un putain de cloître.

Parks contemple fixement les sommets enneigés qui défilent à travers la vitre. Elle ne veut pas cesser de les regarder. Sinon, elle risque de se faire aspirer par les bruits qui s'échappent des haut-parleurs. Des sons qui emplissent ses oreilles et qui peuvent déclencher à tout moment une vision qui la ramènerait là-bas. Tout mais pas ça. Elle entend Crossman appuyer une nouvelle fois sur le bouton de son émetteur.

— Ici Bleu. D'après mes renseignements, l'escalier débouche sur un cloître.

Les agents ont à présent atteint le haut des marches. Le bruit du vent. De nouveau, la voix du chef de section :

— Et ensuite ?

Crossman relâche le bouton de son talkie-walkie.

— Et ensuite, Parks ?

— Il y a un Christ en bronze, un porche et un long couloir. Les escaliers desservent les cellules des Recluses mais ce n'est pas là qu'ils les trouveront.

— Alors ?

— Il faut qu'ils descendent directement vers la bibliothèque et qu'ils effectuent la jonction avec l'autre section.

Crossman relaie ces informations à l'équipe de l'escalier puis il contacte le chef du détachement qui progresse dans les souterrains.

— Bleu 3, ici Bleu. Rapport contact.

Grésillements. On peut capter le chuchotement de l'agent spécial Woomak.

— Ici Bleu 3. Nous sommes à quatre cents mètres à l'intérieur du tunnel. Contact négatif.

— Mon cul, Woomak. Votre voix tremble. Que se passe-t-il ?

— Faudrait que vous voyiez ça, chef.

— Quoi donc, Woomak ?

— Le sang, chef. Nom de Dieu, il y a tellement de sang ici qu'on se croirait dans un abattoir...

L'autre équipe vient de déboucher dans la bibliothèque du couvent.

— Bleu, ici Bleu 2. Une trappe ouverte dans le plancher de la bibliothèque. Un escalier.

Agacé, Crossman relâche le bouton de son émetteur.

— Merde, Parks c'est quoi encore cet escalier à la con ?

— C'est le passage qui descend vers l'Enfer.

— Sans déconner ? Vous voulez vraiment que je leur dise ça ?

— C'est comme ça que les Recluses appellent leur bibliothèque interdite.

Crossman lève à nouveau son talkie-walkie.

— Bleu 2, ici Bleu. Enquillez l'escalier et effectuez une jonction avec l'équipe de Woomak. Magnez-vous le train, ça urge.

— Bien reçu, Bleu.

Les semelles des agents claquent dans l'escalier. Grésillements. La voix de Woomak provient à nouveau des souterrains :

— Seigneur Jésus...

— Bordel de merde, Woomak, dites-moi ce que vous voyez !

Marie contemple les sommets. La vision approche. Déjà les lueurs s'estompent. Déjà elle sent sous ses doigts le plastique de la portière se transformer en quelque chose de plus dur et de plus rugueux, comme de la pierre. Ses yeux se ferment.

Flash.

L'obscurité. Woomak vient d'entrer dans la bibliothèque interdite. Parks gémit. Derrière lui, plusieurs agents ôtent leur cagoule de protection et vomissent contre les parois de la grotte. Voix bredouillante de Woomak :

— Bleu, ici Bleu 3. Contact positif. Les Recluses sont là, chef.

— Et alors ?

La grille grince sur ses gonds. L'autre équipe vient d'atteindre l'Enfer. Marie rouvre les yeux et serre les poings de toutes ses forces pour chasser la vision. Elle se bouche les oreilles pour ne pas entendre la voix de Woomak. Les images des cadavres atrocement mutilés se désagrègent. Elle s'oblige à regarder les sommets enneigés qui défilent à travers la vitre.

112

Les grésillements se sont tus. La limousine fonce en silence sur l'Interstate 70. Un panneau indique l'aéroport de Denver à onze miles. Parks jette un coup d'œil dans le rétroviseur intérieur. Les traits tirés et les yeux dans le vague, Crossman n'a pas desserré les lèvres depuis que la communication avec le couvent de Denver s'est interrompue. La sonnerie du téléphone déchire le silence. Crossman décroche. Il ne prononce pas un seul mot. Puis il raccroche et se racle la gorge pour s'éclaircir la voix :

— Une dizaine de coroners sont sur place pour ramasser ce qui reste des corps et essayer de comprendre ce qui a bien pu se passer. Ils ont déjà retrouvé l'équivalent de quatorze cadavres. Je dis l'équivalent parce que voyez-vous, mon père, mes coroners ne parviennent pas à reconstituer des cadavres entiers. Ils ont des bouts de bras, des mains, des doigts et des putains de morceaux de jambes déchiquetées, mais ils ne parviennent pas à savoir à quel corps ces bouts de viande appartiennent. D'où cette question que vous me pardonnerez de vous poser aussi directement : que s'est-il passé là-haut ?

Un silence. Le père Carzo plonge son regard dans celui du directeur du FBI.

— Monsieur Crossman, est-ce que vous croyez en Dieu ?

— Le dimanche seulement. Pourquoi ?

— Parce qu'il y a des forces à l'œuvre qui dépassent

notre entendement quand nous tentons de les expliquer par la raison.

Un sourire glacial courbe les lèvres de Crossman. Il sort une enveloppe de sa poche et la pose sur la tablette du prêtre.

— OK, mon père, puisque vous voulez la jouer comme ça, voici les deux billets de première que vous m'avez demandé de réserver à destination de Genève. Un vol Lufthansa décolle de Stampelton à 18 heures. Ce qui vous laisse juste assez de temps pour me convaincre de vous laisser partir avec mon agent. Passé ce délai, soit vous embarquez tranquillement dans cet avion, soit c'est moi qui vous embarque pour entrave à une enquête fédérale.

Un silence. Voix de Carzo :

— Nous assistons depuis plusieurs mois à une recrudescence spectaculaire des cas de possessions sataniques qui nous font craindre qu'une des plus vieilles prophéties de la chrétienté ne soit sur le point de se réaliser.

— Si vous voulez parler du retour de Satan, je peux vous donner son adresse : il travaille à Wall Street et il surfe tous les étés en Californie.

— Ne plaisantez pas avec ces choses-là, monsieur Crossman. La Bête existe et vos agents viennent d'en faire l'expérience. Mais Satan peut revêtir de nombreux visages et, comme Dieu, il aime par-dessus tout se servir des hommes pour parvenir à ses fins.

— Cette prophétie a-t-elle un rapport avec cet évangile que l'Église a perdu au Moyen Âge ?

— Nous savons qu'une confrérie secrète de cardinaux a infiltré le Vatican. Cette loge se fait appeler la Fumée Noire de Satan. Cet évangile leur appartient et ils vont tout faire pour le récupérer.

— Qu'est-ce qu'il y a dans ce manuscrit ?

— Un mensonge. Quelque chose que les papes dissimulent depuis des siècles et que la Fumée Noire cherche à faire éclater au grand jour pour renverser la chrétienté. Ce sont des fanatiques, des cardinaux satanistes. Le pouvoir ne les intéresse pas. Seul le chaos les motive. Nous pensons qu'ils vont chercher à profiter du concile pour prendre le contrôle de l'Église.

— Vous avez un nom à me donner ?

— Vous me jurez que cette information ne sortira pas de cette limousine ?

— Vous voulez rire ? Vous pensez peut-être que j'ai le droit de garder un truc pareil pour moi ? Je vous garantis en tout cas que cette information ne sera jamais rendue publique.

Carzo sort de la poche de sa soutane l'enveloppe contenant le code templier. Il hésite un moment puis la tend à Crossman. Le directeur du FBI déplie la feuille qu'il parcourt quelques secondes. Puis il consulte les clichés avant de lever des yeux interrogateurs vers le prêtre.

— Ce message date d'une semaine. Il émane d'un cardinal infiltré par le Vatican au sein de la Fumée Noire. Il utilise un code de cryptage à base de symboles géométriques.

— Et alors ?

— Alors dans ce message, le cardinal en question parle du crash du vol Cathay Pacific 7890.

— Le Baltimore-Rome ?

— Oui. Il donne aussi le nom d'un journal écossais. *Edinburgh Evening News*. C'est ce journal que lit le vieillard sur la photo. L'édition est datée du lendemain de l'accident.

— Je ne vous suis pas.

— L'endroit où ont été pris ces clichés s'appelle le Fenimore Harbour Castle, un petit cottage à la pointe nord de l'Écosse. D'après nos informations, c'est là qu'a eu lieu la dernière réunion de la Fumée Noire avant le concile. Le lendemain de l'accident.

— Je ne vous suis toujours pas.

— Bien sûr que si, monsieur Crossman.

Les doigts du directeur tapent sur le clavier de l'ordinateur portable qu'il vient d'ouvrir. Il se connecte sur la base de données du FBI et ressort la liste des passagers disparus dans le crash. Il lève à nouveau les yeux vers Carzo.

— Vous plaisantez ?

— J'en ai l'air ?

— Vous êtes en train de me dire que votre Fumée Noire se serait payé le luxe d'un attentat en plein ciel pour effacer quelques cardinaux en route pour le concile ?

— Pas n'importe quels cardinaux, monsieur Crossman. C'est la crème du Vatican qui a disparu dans cet accident. Des fidèles au pape et, croyez-moi, il y en a peu. Mais c'est surtout la présence du cardinal Miguel Luis Centenario, qui a retenu mon attention, dans la mesure où il avait la faveur des conclavistes et qu'à ce titre il était pressenti pour succéder au pape.

— Ce qui signifie que la Fumée Noire aurait organisé cet attentat pour se débarrasser du seul prétendant au trône de saint Pierre qui aurait pu emporter l'élection ?

— Et que le candidat de la Fumée Noire est désormais seul en lice en cas de conclave.

Un silence.

— Et le vieillard sur la photo, c'est qui ?

— Le cardinal camerlingue Campini.

— Celui qui détient les pleins pouvoirs au Vatican lorsqu'un pape meurt ? Vous vous rendez compte de ce que ça signifie ?

— Encore faudrait-il que Sa Sainteté disparaisse et que le Saint-Siège soit vacant.

— Dans ce cas, mon père je suis au regret de vous annoncer que le pape est décédé hier à midi, heure de Rome. Si votre histoire de confrérie est vraie et s'ils ont effectivement fait sauter le vol Cathay Pacific qui transportait son successeur potentiel, cela signifie que la Fumée Noire a désormais les mains libres pour élire un de ses membres à la tête de l'Église. Et comme les cardinaux de la chrétienté sont déjà réunis pour le concile, les faire entrer en conclave ne sera qu'une formalité.

Tandis que Carzo ferme les yeux pour lutter contre le vertige, Crossman décroche le téléphone d'urgence. Plusieurs tonalités dans le vide. Une voix décroche enfin.

— Quartier général de Langley, j'écoute.

— Ici Stuart Crossman, passez-moi le directeur de la CIA.

— Monsieur Woodward est actuellement en train de pêcher quelque part en Arizona.

— Pardon ?

— C'est son jour de repos, monsieur Crossman.

— Alors dites-lui de balancer sa canne à la flotte et de rappliquer au plus vite. Nous avons un problème.

— Ne quittez pas, je relaie la communication sur son portable.

Un grésillement. La voix lointaine de Stanley Woodward :

— Alors, Stuart, que se passe-t-il ?

— Nous avons un code H sur les bras.

— Une alerte coup d'État ? Où ça ? Afrique ? Amérique du Sud ?

— Rome, la cité du Vatican.

373

Un silence.

— Tu te fous de moi ?

— Magne-toi de rentrer, Stan. C'est urgent.

113

Cité du Vatican, 1 heure.

Monseigneur Ricardo Ballestra se réveille en sursaut et se redresse sur son lit. Il vient de rêver qu'un fléau mortel se répandait à travers le monde et décimait des villes entières. Un cauchemar si épouvantable que l'ecclésiastique a l'impression qu'il se poursuit dans la réalité.

Ainsi que son cardiologue le lui a recommandé, le prélat inspire doucement par le nez pour faire retomber la pression dans ses artères. Des lambeaux de cauchemar s'agrippent à sa mémoire.

Le fléau avait d'abord atteint les oiseaux migrateurs, des milliers de cigognes et d'oies cendrées qui avaient quitté l'Afrique pour infecter les régions tempérées. Certains avaient succombé durant le voyage, foudroyés au-dessus des océans par le mal qu'ils transportaient. D'autres s'étaient étouffés dans les gigantesques filets aériens que les autorités de l'hémisphère nord avaient tendus pour enrayer l'invasion. Mais le gros de cette armée avait atteint les côtes et le fléau s'était rapidement propagé aux campagnes et aux villes.

Les hôpitaux avaient très vite été débordés et on avait dû délimiter en urgence des zones de quarantaine pour contenir l'épidémie. Puis l'armée avait été appelée en renfort pour encercler les villes et tirer à vue sur les fuyards qui tentaient de franchir les barrages. Les derniers jours du grand malheur, on avait même vu des avions de chasse larguer des missiles et des bombes à carburant solide sur Paris, New York et Londres, afin de raser les quartiers décimés par le mal. On prétendait aussi que les gouvernements asiatiques avaient fait évacuer leurs capitales avant de les rayer de la carte à l'aide de charges nucléaires. Puis tout s'était tu, d'un seul coup, et un silence de mort s'était alors abattu sur le monde.

Ballestra se souvient qu'à la fin de son rêve, Rome n'était plus qu'un gigantesque charnier silencieux où planaient des milliers de busards. La place Saint-Pierre et les coupoles de la basilique recouvertes de fientes, les avenues de la Ville éternelle submergées de cadavres putréfiés. C'est à ce moment que la Bête était apparue : un moine survolé par une nuée de corbeaux qui avait descendu la Via della Conciliazione en direction du palais pontifical.

Monseigneur Ballestra l'avait regardé approcher depuis les fenêtres de son bureau. Lorsque la Bête avait franchi les chaînes qui gardaient la sainte place, un vent glacial s'était abattu sur le Vatican et Ballestra avait vu déborder au loin les eaux du Tibre. Des eaux rouges dont le flot poisseux avait convergé vers la basilique, s'infiltrant entre les colonnes et recouvrant les pavés. Comme si la ville entière s'était mise à saigner. Puis le moine s'était immobilisé au centre de la place et les cloches de Saint-Pierre avaient retenti à la volée.

Ballestra interroge son réveil : 1 h 02. Cela fait un peu moins de treize heures que Sa Sainteté a été retrouvée morte dans son lit, les yeux grands ouverts et le souffle éteint. Une journée pleine de tristesse qui explique sans doute le cauchemar dont il vient d'être la victime.

Aspirant à pleines bouffées pour chasser la terreur qui lui serre encore la gorge, Ballestra se souvient de l'agitation qui s'était emparée du Vatican lorsque l'angélus de midi avait retenti. Peu à peu le silence de marbre qui régnait habituellement sur la cité s'était empli du murmure des prélats et du froissement des soutanes. Des robes avaient traversé la place en tous sens pour répandre discrètement la nouvelle. Seuls les initiés avaient compris ce qui se passait. Confinés dans la salle de presse à écouter le cardinal Camano leur conter ses fadaises sur les ectoplasmes et les manifestations paranormales, les journalistes, eux, n'avaient rien vu, rien entendu. Et il avait fallu que la foule romaine commence à se rassembler sur la place Saint-Pierre pour que les télex se mettent à crépiter dans les agences de presse du monde entier.

Monseigneur Ballestra s'était glissé dans la file des prélats qui piétinaient dans les couloirs du palais apostolique pour rendre hommage au défunt. Embrassant le front du mort, il s'était étonné de la tiédeur de sa peau. Sans doute les chauffages qu'on avait rallumés et qui retardaient l'apparition de la rigidité cadavérique. Puis, tandis qu'il allait se redresser, il avait senti un filet d'air effleurer son cou à l'endroit où les lèvres du mort se tenaient immobiles et entrouvertes. Il avait contemplé un moment la bouche du défunt, guettant un signe qui n'était pas venu. Un courant d'air sans doute. Et, pourtant, si Sa Sainteté avait effectivement l'air mort, Ballestra avait eu l'impression que son enveloppe n'était pas... vide. Les dernières secondes de la présence de l'âme. Ce contraste subtil entre les corps qui viennent tout juste de mourir et les cadavres que l'on porte en terre. C'est ce que Ballestra avait ressenti en embrassant le front du vieillard. Comme si le pape était toujours vivant. Ou, plutôt, comme s'il ne parvenait pas à mourir.

Se redressant lentement, il avait remarqué qu'une étrange couche de cendre tapissait les narines de Sa Sainteté. La même que celle que l'on utilise pour tracer un signe de croix sur le front des fidèles au début du carême. Puis, sentant la main du camerlingue se refermer sur son épaule, Ballestra s'était éloigné en se demandant si ce qu'il avait vu n'avait pas été le fruit de son imagination. Il avait quitté les appartements du pape au moment où les embaumeurs arrivaient. Ils allaient vider Sa Sainteté avant d'exposer sa dépouille sur un catafalque de velours dressé au centre de la basilique. Car, que Ballestra le veuille ou non, le pape était mort et une nouvelle page était en train de se tourner dans le grand livre de l'Église. Une page sombre en ces heures où les forces du Mal se déchaînaient.

C'est à tout cela que le prélat songe en tentant de chasser les restes de son cauchemar. Il s'apprête à se rallonger pour grappiller quelques heures de sommeil lorsque la sonnerie du téléphone déchire le silence. Ballestra tâtonne sur sa table de nuit et décroche en maugréant.

— Préfecture des Archives du Vatican, monseigneur Ballestra à l'appareil.

Un grésillement. Une voix hachée et lointaine.

— Monseigneur, c'est le père Alfonso Carzo.

114

Monseigneur Ballestra allume sa lampe de chevet et chausse ses lunettes.

— Alfonso ? Où diable étais-tu passé ? Le cardinal

Camano te cherche partout. Nous étions morts d'inquiétude.

— Je vous appelle de l'aéroport international de Denver. Je m'apprête à décoller pour l'Europe.

— Le Saint-Siège est vacant, Alfonso. Sa Sainteté nous a quittés hier au terme d'une courte agonie.

— Je suis au courant et c'est une nouvelle pis encore que ce que vous semblez imaginer.

— Comment pourrait-elle être pire ?

— Écoutez-moi attentivement, monseigneur. Les Jésuites de Manaus ont été assassinés. Juste avant de mourir, leur supérieur a eu le temps de me révéler l'existence d'une conspiration au sein du Vatican. Une confrérie secrète qui se ferait appeler la Fumée Noire de Satan.

Silence de Ballestra.

— C'est une très vieille histoire, Alfonso. Et je ne pense pas que ce soit le moment ni l'heure de la ressusciter.

— Je pense au contraire que nulle heure ne serait plus judicieuse, monseigneur. Mais j'ai d'abord besoin que vous ouvriez les archives secrètes des papes. Je dois absolument savoir ce que les Recluses du Moyen Âge avaient découvert juste avant le massacre de leur communauté du Cervin.

— Alfonso, ces archives relèvent du secret absolu au même titre que les révélations de la Vierge ou les sept sceaux de la fin des temps. Nul ne peut y avoir accès, hormis Sa Sainteté. Et de toute façon personne ne sait où elles sont entreposées.

— Dans la Chambre des Mystères, monseigneur, c'est là qu'il faut chercher.

— Mon enfant, cette chambre n'est qu'une fable de vieillard. Tout le monde en parle mais personne ne sait si elle a jamais existé.

— Elle existe. Le supérieur des Jésuites de Manaus m'a indiqué l'endroit où elle se trouve et la combinaison pour l'ouvrir.

— La combinaison ?

— Je suis en train de vous l'expédier par fax.

Ballestra se lève de son lit et marche jusqu'à son bureau. Le télécopieur s'enclenche. L'imprimante crache une feuille que l'Archiviste parcourt en diagonale.

— Des citations en grec et en latin ?

— Chacune correspond à un ouvrage à déplacer sur les rayonnages de la grande bibliothèque des Archives pour actionner le mécanisme de la Chambre.

Ballestra laisse échapper un soupir.

— Alfonso, si cette chambre existe et qu'elle contient vraiment les archives secrètes des papes, elles seront scellées par un cachet de cire frappé de l'anneau de Sa Sainteté. Quiconque rompt ce sceau est immédiatement frappé d'excommunication. *A fortiori* en ces temps douloureux où le Siège est vacant.

— Monseigneur, j'ai impérativement besoin de ces informations. C'est une question de vie ou de mort.

— Tu ne comprends pas : si on me surprend à lire ces secrets, je risque ma carrière.

— Sauf votre respect, c'est vous qui ne comprenez pas : si ce que je redoute est vrai et si la Fumée Noire de Satan se répand à nouveau sur le monde, nous risquons tous beaucoup plus que notre carrière.

Monseigneur Ballestra contemple le cadran lumineux de son réveil.

— Je vais voir ce que je peux faire. Où puis-je te joindre ?

— C'est moi qui vous appellerai. Faites vite, monseigneur, car le temps presse et je...

Un long grésillement recouvre la voix de Carzo. Ballestra grimace.

— Alfonso ?

— ... une dernière chose importante : méfiez-vous du cardinal... c'est sans doute lui qui... est-ce que... m'entendez ?

— Allô ? Père Carzo ?

La communication vient de s'interrompre. Perplexe, Ballestra considère un instant le téléphone en se demandant contre qui Carzo a cherché à le mettre en garde. Puis il revoit les nuées de corbeaux survoler le Vatican et le sang du Tibre se déverser dans les ruelles. Inutile d'espérer se rendormir cette nuit.

115

Cité du Vatican, 1 h 30.

Monseigneur Ballestra traverse les immenses salles à colonnades de la bibliothèque du Vatican où des générations d'Archivistes ont entreposé la mémoire écrite de l'humanité. À perte de vue, des rayonnages supportent des alignements d'ouvrages que les copistes des siècles passés ont exécutés pour sauver leur contenu des désastres du temps. Des milliers d'œuvres d'art dont les originaux reposent en paix dans les salles souterraines.

Au bout de la dernière salle, une sarrasine en acier marque l'entrée du périmètre réservé aux Archivistes assermentés. À l'approche de Ballestra, deux colosses en pourpoint bleu et casque tricorne décroisent leurs hallebardes et relèvent la herse. Au-delà, un escalier aux marches rabotées par des millions de semelles conduit aux Archives secrètes. C'est là, dans ce dédale de souterrains et de salles obscures, que les Archivistes entreposent depuis des siècles les dossiers les plus secrets de l'Église.

Parvenu au pied de l'escalier, monseigneur Ballestra pousse une porte de fer qui s'ouvre sur une gigantesque salle garnie de bibliothèques et de coffres-forts. Déserts en ces heures où les équipes de jour n'ont pas encore pris leur service, les lieux embaument la poussière et le parquet ciré. Le prélat s'arrête au centre de la salle. À en croire les confidences du Jésuite de Manaus, c'est ici que devait se trouver l'entrée de la Chambre des Mystères.

D'après la légende, cette salle dérobée avait été construite au Moyen Âge pour y entreposer les trésors des croisades. Les gardes y avaient emmuré l'architecte pour que le secret n'en ressorte jamais. Un secret qui se transmettait depuis de pape en pape selon la procédure du sceau pontifical : chaque fois qu'un pape mourait, le cardinal camerlingue prononçait le *sede vacantis*, la vacance du Saint-Siège, une période de deuil et de conclave durant laquelle aucune décision importante ne pouvait être prise. Les cardinaux se bornant à expédier les affaires courantes, le camerlingue se rendait ensuite dans les appartements du pape et condamnait le coffre-fort qui contenait les lettres et les secrets que seul son successeur aurait le droit de lire.

Chacun de ces documents était scellé par un cachet de cire frappé de l'anneau pontifical. Ce même anneau étant systématiquement brisé par le camerlingue au moment où celui-ci constatait le décès du pape, nul ne pouvait donc sceller ou desceller les documents secrets durant la vacance du Saint-Siège.

À la seconde où le successeur était élu, les orfèvres du Vatican fondaient un nouvel anneau à l'effigie du nouveau pontife. Accompagné du camerlingue, ce dernier se rendait alors dans ses appartements et assistait à l'ouverture du coffre pour s'assurer qu'aucun sceau n'avait été rompu durant le conclave. Il déchirait ensuite ceux des documents qu'il souhaitait consulter puis il les refermait à l'aide de son propre sceau. De cette façon, non seulement le nouveau pape était certain que nul autre que lui n'avait eu accès à ces documents, mais il savait aussi quand et par quel pape un document avait été consulté en dernier. Une empreinte caractéristique qu'il lui suffisait de rechercher dans le grand livre des sceaux pontificaux pour savoir à quel pape celui-là correspondait.

C'est grâce à cet ingénieux procédé que, siècle après siècle, les papes avaient pu transmettre à leurs successeurs les secrets qui ne devaient êtres lus par personne d'autre qu'eux : la révélation des douze grands mystères, les mises en garde de la Vierge, le code secret de la Bible, les sept sceaux de la fin des temps et les rapports confidentiels sur les complots du Vatican. De cette façon, si par exemple un pape craignait pour sa vie et voulait avertir un autre pape d'un danger qui risquait de le menacer à son tour, c'est par la procédure du sceau pontifical que le message traversait les siècles.

Mais il arrivait que le coffre-fort se mette à déborder tant les pontifes aimaient à se transmettre des secrets. D'après la légende, Sa Sainteté empruntait alors un passage dérobé qui reliait ses appartements à la Chambre des Mystères où il rangeait une partie de ces documents dans les alcôves de ses prédécesseurs. D'où les mythes entourant cette salle mystérieuse que des générations de prélats avaient située tantôt sous le tombeau de saint Pierre, tantôt dans les catacombes ou dans les égouts de Rome. Cette même salle que Ballestra est sur le point de découvrir. Une idée qui le plonge dans un grand trouble tandis qu'il se dirige vers l'immense bibliothèque qui tapisse le mur du fond. C'est là que sont conservés la plupart des originaux des manuscrits de l'Église. La banque de données des Archivistes.

S'immobilisant devant les rayonnages, Ballestra se concentre. Les cloches de Sainte-Marie-Majeure sonnent dans le lointain. Celles de Saint-Laurent-hors-les-Murs leur répondent. Armé de la liste des citations expédiée par le père Carzo, l'Archiviste grimpe sur une des échelles de buis qui équipent la bibliothèque et repère facilement les ouvrages auxquels elles correspondent. Sept livres poussiéreux que sa main tire l'un après l'autre sur quelques centimètres, le poids de leur tranche libérant à chaque fois le déclic caractéristique des vieux mécanismes à rouages.

Descendu de son échelle, Ballestra vient de libérer le septième livre rangé à hauteur d'homme lorsqu'un craquement sourd se répercute à l'ensemble des rayonnages. Suit un interminable grincement de poulies et de moyeux sortant des profondeurs du mur. Reculant de quelques pas, l'Archiviste voit la lourde bibliothèque se séparer en deux dans un nuage de poussière, libérant le passage vers la Chambre des Mystères dont l'air vicié s'échappe comme le soupir d'un géant.

116

Retenant sa respiration comme s'il craignait que la Chambre renfermât quelque poison en suspension dans son atmosphère raréfiée, monseigneur Ballestra avance entre les pans béants de la bibliothèque. Ce faisant, il a la désagréable impression de franchir une frontière invisible entre deux mondes que tout oppose.

Il vient à peine de poser le pied de l'autre côté qu'il entend les sept ouvrages réintégrer un à un leur logement dans un frottement de cuir. Puis une série de claquements sourds retentit, tandis que la bibliothèque se referme en grinçant. La gorge sèche, Ballestra se retourne. Les lumières de la salle des Archives disparaissent. Un dernier claquement tandis que les pans de la bibliothèque se rejoignent, un dernier grincement tandis que les rouages s'immobilisent et que les cales métalliques retombent pour condamner le mécanisme : un verrouillage automatique qui accrédite la thèse d'un autre passage, celui de la bibliothèque ne servant qu'à accéder à la Chambre, en aucun cas à en ressortir. C'est du moins ce que monseigneur Ballestra se surprend à espérer en allumant sa torche électrique.

Contrairement à ce qu'il avait imaginé, le passage secret ne dessert pas directement la Chambre, mais une galerie étroite qui semble serpenter sous le Vatican, un tunnel à hauteur d'homme que les architectes du Moyen Âge ont renforcé à l'aide de lourdes poutres.

Avançant dans le souterrain, monseigneur Ballestra compte deux cents pas en direction de la basilique. Puis l'écho de ses sandales semble s'amplifier et les ténèbres commencent à s'élargir autour de lui, l'air est plus frais : la Chambre des Mystères. Ballestra s'immobilise et exécute un tour complet sur lui-même en balayant la salle avec sa lampe.

La Chambre est plus vaste qu'il ne l'aurait cru. Quarante mètres en longueur, une vingtaine en largeur. Une salle basse et voûtée dont les arcs se rejoignent en deux alignements de piliers assez puissants pour supporter plusieurs milliers de tonnes de poussée. Ce qui tend à démontrer que la Chambre a été creusée à l'époque dans les fondations d'un monument qui existait déjà – en l'occurrence la basilique Saint-Pierre –, et que les architectes ont pris la précaution de l'étayer solidement afin de ne pas risquer de voir apparaître sur le sol de l'édifice en question des fissures qui auraient fini par trahir l'existence de cette salle enfouie.

Tandis que Ballestra déambule dans les ténèbres, sa lampe illumine d'innombrables fresques ornant les murs de granit blanc : des scènes d'un autre siècle qui décrivent le combat des archanges contre les forces du Mal. Plus loin, de gigantesques tableaux aux couleurs craquelées relatent les grands procès de l'Inquisition et les séances de tortures infligées aux hérétiques : le banc d'élongation où l'on déchirait les tendons, le pressoir à os, le masque de fer rougi à blanc et le gril où l'on faisait rôtir le bras du suspect en enduisant ses chairs brûlées avec la graisse qui s'en écoulait.

Ballestra braque sa lampe entre les piliers de la salle. Des alcôves de marbre abritent de lourdes écritoires en bois massif et des rayonnages tendus de pourpre. C'est là que sont rangées les archives secrètes de chaque pape, depuis Léon le Grand jusqu'à Jean-Paul II. Ballestra remarque qu'une trentaine de ces alcôves ont été bâties en marbre noir et qu'elles semblent servir à l'archivage des documents transmis par les antipapes et les pontifes maudits : ceux qui avaient été sacrés indûment tandis qu'un autre pape régnait déjà sur le trône de Pierre, et ceux qui avaient trahi la dignité de leur charge. Les prévaricateurs, les empoisonneurs, les fornicateurs et les apostats.

De stèles blanches en stèles noires, Ballestra remonte les siècles jusqu'à l'alcôve du pape Léon le Grand, à qui l'on devait la création des deux ordres les plus secrets de l'Église : celui des Archivistes, dont Ballestra faisait partie, et celui des Recluses. C'est à cette époque que tout avait commencé.

117

Ballestra se fend d'une génuflexion avant d'écarter le rideau de velours qui protège la correspondance secrète de Léon le Grand. Rouleaux et parchemins apparaissent dans le faisceau de sa lampe. L'Archiviste les exhume l'un après l'autre et les dépose sur l'écritoire. Le papier craque entre ses doigts tandis qu'il les déroule avec précaution. Les documents sont si anciens que l'encre ayant servi à les rédiger se résume à présent à quelques reflets bleutés.

L'Archiviste commence par éplucher les courriers secrets que Léon a adressés à Attila en l'an 452, alors que les Huns menaçaient Rome. De courtes missives détaillant les préparatifs de leur future rencontre sur les collines de Mantoue.

Le message suivant date du 4 octobre 452, le lendemain de la rencontre. Léon le Grand vient de rentrer à Rome avec deux chariots remplis de parchemins qu'Attila lui a remis en gage de respect. La cargaison de papier a été razziée par les Huns dans les monastères d'Orient. Léon s'enferme dans ses appartements dont il ne ressort qu'une semaine plus tard, épuisé et amaigri.

Fouillant l'alcôve, Ballestra retrouve plusieurs autres rouleaux dont il brise les sceaux. Léon le Grand y a consigné des pages entières de notes prises à la lecture d'un manuscrit maudit retrouvé dans les chariots d'Attila, un texte si plein de noirceur que le pape a décidé de l'expédier le plus loin possible de Rome. Il l'a alors confié au jeune ordre des Archivistes, qu'il venait de créer et dont les premiers membres ont escorté l'ouvrage jusqu'à un vieux monastère près d'Alep où il est retourné à l'oubli.

Avant de refermer l'alcôve, Ballestra déroule un dernier parchemin, dont le papier craquelé par le temps renferme une sorte de testament. Non, un avertissement, plutôt, que Sa Sainteté adresse à ses successeurs sous le sceau du secret absolu.

La lettre date du 7 novembre 461, soit trois jours seulement avant la mort de Léon le Grand. Les lignes en sont presque estompées et les rigoles creusées par la plume ne renferment plus par endroits que de la poussière d'encre. D'après ce que Ballestra parvient à en lire, Sa Sainteté décrit à ses futurs successeurs l'effroyable contenu du manuscrit découvert dans les chariots d'Attila. À l'en croire, il s'agirait d'un témoignage de la mort du Christ, un évangile qui injurie gravement le Créateur en substituant une autre histoire à celle du Messie. Selon ce texte, le Christ aurait renié Dieu sur la croix et se serait transformé en une bête hurlante et blasphématoire que les Romains auraient été obligés d'achever à coups de bâton. Des signes seraient alors apparus dans le ciel et une épaisse fumée noire se serait élevée de la croix pour rejoindre les nuées : la fumée noire de Satan.

Les yeux de l'Archiviste s'écarquillent en découvrant une gravure au stylet que le pape a exécutée sur une feuille de cuivre. C'est une reproduction du portrait ornant la page de garde du manuscrit, et représentant un christ dont la bouche tordue par la haine et la souffrance maudit la foule et le Ciel. Sous cette gravure, Léon a aussi recopié une signification détournée du *titulus* que les Romains auraient cloué au-dessus du visage de la chose : *Ianus Nazarenus Rex Infernorum*. Celui-ci est Janus, le Roi des Enfers. Ballestra sursaute en lisant le titre que Léon le Grand a donné à ce manuscrit qui n'en avait pas : l'évangile selon Satan. L'Archiviste ferme les yeux. Ainsi donc, ce que tous avaient pris pour une légende funeste, ce messie des ténèbres hurlant sur la croix et cet évangile matrice du Mal qui témoignait de son histoire, ainsi, tout cela était avéré.

118

Ballestra revient sur ses pas en fouillant une à une les alcôves des successeurs de Léon le Grand. Une multitude de parchemins qu'il déroule sur les écritoires pour les lire à la lueur de sa torche. C'est dans l'alcôve de Pascal II qu'il finit par retrouver la trace du manuscrit.

Précieusement conservé dans le monastère proche d'Alep où Léon l'avait expédié avec son escorte, l'évangile selon Satan est resté dans l'oubli durant près de sept siècles. Jusqu'en l'an 1104, lors de la première croisade. Un certain Guillaume de Sarkopi, capitaine commandant l'arrière-garde de l'armée du prince normand Bohémond, le retrouve alors à demi enfoui sous le sable au milieu des squelettes de ses gardiens. Sarkopi expédie une lettre à Rome pour en alerter le pape. C'est ce courrier, daté du 15 septembre de l'an de grâce 1104, que Ballestra lit à haute voix.

Votre Sainteté,
Nous avons découvert ce jour près d'Alep un monastère fait de torchis dont la congrégation restreinte à onze âmes semble avoir été décimée par quelque mal étrange. Je reproduis ici le blason de cette confrérie afin que vous puissiez en retrouver les origines. Mais, pour ce qu'en

388

savent les moines qui m'accompagnent, cet écu ne ressemble à nul autre. Comme si cet ordre n'avait jamais existé ou qu'il était né en secret des vœux de quelques puissants prélats.

Plus étrange encore, il semble que cette congrégation n'ait eu lieu d'être que dans la préservation de manuscrits anciens dont nous avons découvert la réserve dans les grottes du monastère.

Parmi ces ouvrages portant signes de l'Orient et marque de la Bête, il en est un plus malicieux encore autour duquel les cadavres étaient répartis en cercle comme s'ils avaient voulu le préserver jusqu'à leur dernier souffle.

Avant de mourir, le supérieur de cette confrérie a eu le temps de tracer un avertissement dans le sable, l'os de son doigt étant resté figé à l'extrémité de la dernière lettre qu'il avait trouvé la force d'écrire. Ces traces sont demeurées intactes grâce à l'immobilité et à la grande sécheresse de l'air qui règne dans ces grottes. Voici ce que j'ai pu en lire après qu'un de mes lanciers italiens m'en a traduit le contenu puisqu'il semble que ces lettres de sable ont été écrites dans la langue des mercenaires de Gênes.

Un craquement de papier. Ballestra parcourt les lignes que Sarkopi avait recopiées à partir des inscriptions tracées un siècle plus tôt dans le sable.

« Le 13 août 1061. Nous, frère Guccio Lega de Palissandre, Chevalier-Archiviste aux ordres du Saint-Siège, avertissons qu'un inguérissable mal a frappé notre communauté et que seul survivant de tous les miens, je me meure ce jour en ordonnant à celui qui découvrira ma dépouille de manipuler avec précautions le manuscrit que j'ai placé au centre de nos cadavres. Car celui-ci est œuvre du Malin et doit être transporté sans délai jusqu'à la première forteresse de la chrétienté dont les murailles sauront le préserver des yeux impies. De là, il devra être convoyé sous bonne garde jusqu'à Rome où seul Sa Sainteté saura décider de ce qu'il convient d'en faire. Je formule ici le vœu que nul ne commette l'irréparable sacrilège d'ouvrir ce maudit ouvrage sous peine que ses yeux se consument et que son âme se flétrisse à jamais. »

Ballestra laisse tomber le parchemin sur le sol et parcourt fébrilement le suivant, troisième feuillet du courrier expédié à Rome par Sarkopi.

Votre Sainteté, ainsi donc que le recommandait cet avertissement, j'ai fait enfouir le manuscrit dans un carcan de toile et le conduit à présent sous bonne garde en la forteresse de Saint-Jean-d'Acre que le roi Baudoin vient d'arracher aux mains des Arabes. C'est là que j'attendrai vos ordres concernant le destin à réserver à cet ouvrage, lequel semble renfermer si plein de noirceurs et de maléfices que je crois pouvoir affirmer que c'est lui qui a tué ses gardiens.

119

Poursuivant ses recherches dans l'alcôve de Pascal II, Ballestra exhume un rouleau fermé par un ruban. C'est un message de la main même du pape. Novembre 1104. Après avoir pris connaissance du courrier expédié par Sarkopi, Sa Sainteté ordonne au commandant de la garnison d'Acre de faire étrangler ce dernier et d'expédier son détachement en première ligne pour que ses mercenaires trouvent au combat une fin digne des serviteurs de Dieu. Le manuscrit devra ensuite être muré dans les soubassements de la forteresse jusqu'à ce qu'on vienne l'y chercher.

Reposant le document, Ballestra entend presque le lacet de cuir se refermer en sifflant autour de la gorge du jeune chevalier dont le seul crime a été de déterrer ce qui aurait dû rester enfoui à jamais. Il voit aussi les flèches sarrasines transpercer la cuirasse des hommes livrés à l'ennemi au cours d'un assaut dont ils n'avaient aucune chance de réchapper.

Dans les alcôves suivantes, l'Archiviste ne trouve plus aucune nouvelle de l'évangile pendant près de quatre-vingts ans. Mais la prise d'Acre, en 1187, par les armées de Saladin n'allait pas tarder à en raviver le souvenir.

C'est dans l'alcôve réservée à la correspondance secrète du pape Célestin III que Ballestra retrouve le fil qu'il a perdu. Juillet 1191. La troisième croisade menée par Richard Cœur de Lion vient de reprendre Saint-Jean-d'Acre au terme d'un siège qui aura duré près d'un an. Les armées de Saladin en fuite, les croisés pénètrent dans la forteresse et, parmi eux, les chevaliers de l'ordre du Temple menés par leur grand maître, Robert de Sablé.

Jour après jour, les Templiers inspectent la ville à la recherche de reliques perdues et de joyaux oubliés. Ce sont des spécialistes des caches secrètes et des salles dérobées, et ils connaissent toutes les techniques employées par les Arabes et les chrétiens pour dissimuler un trésor. C'est ainsi qu'ils finissent par tomber sur l'évangile, que le défunt commandant de la garnison avait fait emmurer dans les soubassements de la forteresse.

Quelques heures après cette découverte et, tandis que des colonnes de fumée noire s'élèvent des brasiers allumés par les croisés pour brûler les cadavres, Robert de Sablé libère un pigeon voyageur porteur d'un message à destination de Rome, celui-là même que Ballestra vient de retrouver dans l'alcôve de Célestin.

Votre Sainteté,

Acre est tombée et nous avons découvert en ses murs un manuscrit à la reliure étrange qui nous fait à présent souvenir d'un autre ouvrage dont on dit qu'il fut escorté ici par la première croisade de Bohémond. Légende ou réalité, il n'en demeure pas moins vrai que ce manuscrit fut emmuré dans les soubassements avec de telles précautions que les maçons en charge de cet ouvrage n'en auraient pas moins pris pour dissimuler un trésor ou une malédiction. Cette découverte ni d'or ni d'argent débordant le cadre de ma mission, je prends la liberté de vous en informer afin que vous puissiez expédier une escorte de vos Archivistes qui sauront sans doute en faire bon usage.

Ayant encore à fouiller l'aile l'ouest de la forteresse avant de rejoindre les armées de Cœur de Lion, je demeurerai en Acre le temps qu'il faudra à Votre Sainteté pour organiser le retour de ce manuscrit en des lieux moins exposés aux profanateurs et aux sans-âme.

Ce 13 juillet de l'an de Croisade 1191.
Robert de Sablé,
Grand Maître du Temple.

120

Nouvelle brassée de parchemins que Ballestra vient de prélever dans l'alcôve de Célestin III. La réponse au message de Sablé arrive en Acre les 21, 22 et 23 juillet suivants sous la forme d'une multitude de copies de la même lettre portées par tant de pigeons voyageurs que le Templier comprend aussitôt l'importance de sa découverte. Le pape l'avertit que l'ouvrage ne doit être ouvert sous aucun prétexte. Il le prévient aussi qu'un détachement d'Archivistes a déjà pris la mer pour en organiser le rapatriement. Sa Sainteté remercie enfin Sablé pour son dévouement et lui accorde mille indulgences en récompense de sa peine.

En ayant pris bonne note, Robert de Sablé se livre à un calcul rapide : la distance qui sépare Acre de Rome ne pouvant être couverte en moins d'un mois de mer et les pigeons voyageurs ayant déjà mordu ce délai de quatre jours et trois nuits pour arriver jusqu'ici, il lui reste un peu plus de trois semaines pour s'assurer que les secrets contenus dans ce manuscrit ne pourraient pas servir sa propre cause avant de rejoindre à jamais les oubliettes du Vatican. Il fait donc expédier à Sa Sainteté bonne réception de ses messages, puis il s'enferme avec ses meilleurs Templiers dans les fondations de la forteresse pour étudier l'évangile.

Le pinceau de sa torche balayant l'alcôve de Célestin III, Ballestra découvre d'autres documents rangés dans une lourde enveloppe cachetée de cire : une cinquantaine de parchemins recouverts de notes prises par Sablé à mesure que ses yeux défloraient le manuscrit dans les soubassements de Saint-Jean-d'Acre.

Orgueilleuse au début, l'écriture du Templier se réduit au fil des pages à une sorte de gribouillis qui laisse penser que Sablé les a rédigées sous le coup d'une abominable frayeur. Il prétend que cet évangile est maudit et qu'il témoigne dans ces sombres lignes d'une bête monstrueuse qui aurait pris la place du Christ sur la Croix. Jésus, le fils de Dieu, et Janus, le fils de Satan. Sablé prétend aussi que, après avoir égorgé le détachement romain chargé de la crucifixion, des disciples ayant assisté au reniement du Christ se sont emparés du cadavre de Janus et qu'ils l'ont emporté avec eux dans leur fuite. Enfin, Sablé affirme que l'heure de la Bête approche et qu'aucune montagne n'est assez haute pour arrêter le vent qui se lève.

Ballestra constate que les derniers parchemins rédigés par Sablé sont entièrement recouverts de caractères minuscules sans espace ni retour à la ligne. Un empilement continu de lettres microscopiques sans points ni virgules dans lequel le Grand Maître du Temple explique qu'il a découvert dans les dernières pages de l'évangile un secret si terrifiant qu'il ne peut se résoudre à le retranscrire. Puis il annonce qu'il expédie ce jour un détachement de Templiers vers un lieu obscur, au nord de la Terre sainte, où se trouve selon lui la preuve de ses propos. Les derniers mots de Sablé reflètent un tel cri de désespoir que Ballestra comprend en les prononçant à voix basse que le Templier a perdu la raison :

— Dieu est en Enfer. Il commande aux démons. Il commande aux âmes damnées. Il commande aux spectres qui errent dans les ténèbres. Tout est faux. Oh, Seigneur ! Tout ce qu'on nous a dit est faux !

L'Archiviste se penche pour fouiller le reste de l'alcôve du pape Célestin III. Il ne reste plus qu'un seul parchemin, dont il dénoue fébrilement le ruban. Il s'agit d'une lettre adressée au Vatican quelques heures avant sa mort par Umberto di Brescia, capitaine Archiviste commandant le détachement expédié en Acre pour rapatrier l'évangile.

Ballestra s'assied en tailleur sur le sol et écoute sa propre voix s'élever dans l'obscurité comme si, traversant les siècles, c'était Brescia lui-même qui relisait cette lettre avant de l'expédier vers Rome.

121

Votre Sainteté,

Après avoir essuyé une forte tempête en mer Égée, nos voiles ont enfin atteint les côtes de la Terre sainte au déclin du trente-troisième jour de traversée. Doublant la pointe d'Haïfa, nous avons vu des colonnes de fumée noire s'échapper de Saint-Jean-d'Acre et, tandis que des nuées de cendres s'abattaient sur nos voiles, nous avons compris à l'affreuse puanteur qui accompagnait le vent que c'était de la graisse humaine qui alimentait ces brasiers.

À une lieue de la passe, d'étranges bruits ont retenti contre la coque. Nous penchant par-dessus le bastingage, nous avons constaté avec horreur que notre proue se frayait un passage dans un océan de cadavres si serrés les uns contre les autres qu'on ne distinguait presque plus la surface de l'eau entre les corps.

Nous sommes finalement parvenus à entrer dans le port d'Acre dont les eaux fumaient. Cernée par cette brume de cendre, la forteresse ressemblait à quelque infernale place forte d'où des démons en armure projetaient encore des cadavres par-dessus les remparts. Un déchaînement de cruauté qui nous fit murmurer que le Diable s'était emparé d'Acre.

Parvenus aux murailles, nous avons demandé à être reçus par le Grand Maître du Temple que votre missive avait alerté de notre arrivée. Un cavalier s'éloignant au galop vers la partie sud de la ville où le Temple avait établi ses quartiers, il nous fallut patienter une heure, le temps qu'un message en revienne nous donnant rendez-vous au pied de la forteresse. C'est sur un promontoire à l'abri des regards que Robert de Sablé nous a rejoints. Je le connaissais pour l'avoir croisé à de nombreuses reprises à Rome et à Venise. C'est pour cette raison que je fus troublé en constatant à quel point il semblait avoir vieilli. Je mis d'abord cet état sur le compte des combats et des odieuses mises à mort dont le Temple avait été le témoin. Mais étreignant Sablé et l'embrassant sans prêter attention à l'odeur de chair brûlée qui s'échappait de sa tunique, je vis à ses yeux rougis qu'il avait peut-être commis quelque chose de plus irréparable encore que les crimes perpétrés dans cette antichambre de l'Enfer. Voici donc reproduits ici, pour ce que je puis en jurer, quelques fragments de nos échanges à l'ombre des murailles. Je commençai par lui dire :

— Au nom du Christ, Robert, je vous conjure de répondre sans détour à la question que je vais vous poser. Avez-vous commis le forfait d'ouvrir l'évangile que je suis chargé de rapporter à Rome ? Et si oui, est-ce cette imprudence qui est la cause de ce déchaînement de haine et de folie ? Si c'est le cas, Robert, si vous avez effectivement parcouru ces pages que nul œil ne peut lire sans se consumer, il est à craindre que vous ayez ce faisant libéré des forces qui vous dépassent. Je vous écoute. Avez-vous commis l'irréparable ?

Je frissonnai en entendant la voix qui s'échappait des lèvres du Templier.

— Fuyez, pauvre fou, car Dieu est mort à l'ombre de ces remparts.

— Qu'avez-vous dit, malheureuse créature ?

— J'ai dit que Dieu est mort et qu'ici commence le règne de la Bête. Allez dire à votre pape que tout est faux. On nous a menti, Umberto. Les âmes brûlent éternellement, et c'est Dieu qui entretient le feu qui les consume.

Alors, mes Archivistes se voilant la face tandis que la chose écartait les bras pour injurier le Ciel, je le sommai de me remettre l'évangile et le menaçai de commander la venue de l'Inquisition pour extirper le Diable des murailles d'Acre. Il eut l'air troublé et regrettant sans doute ses paroles, il me promit que le manuscrit serait porté sur notre navire avant la nuit. Je n'en ai rien cru et revenu à bord après cette entrevue, je vous écris cette lettre pour vous faire part de mes craintes.

Craquement de papier. Ballestra déroule le dernier parchemin du courrier de Brescia.

Votre Sainteté, il reste quelques heures avant la nuit et nous allons attendre, en renforçant la garde sur les ponts, que Sablé tienne sa promesse. Ou qu'il envoie, comme je le crains, quelques tueurs de son ordre pour nous éventrer et jeter nos cadavres dans les bûchers de corps qui illuminent la brume.

Refusant d'abandonner l'évangile maudit en des mains qui périront à le détenir, je confie notre destin à Dieu et ce courrier à mon meilleur pigeon voyageur afin que, si nous venions à disparaître, vous puissiez prendre les dispositions qui s'imposent pour ramener l'ordre en Acre et extirper de ses saintes murailles le très épouvantable démon qui en fait sa demeure.

Ce 20 août de l'an de Croisade 1191,
dit sous la plume d'Umberto di Brescia,
Chevalier-Archiviste aux seuls ordres de Rome.

Ici s'achève le courrier du capitaine. D'après un rapport émanant la même nuit du chef de la garnison d'Haïfa, on avait repéré, dérivant au large, une goélette en flammes qui avait sombré corps et biens avant que les chaloupes lancées à sa rescousse ne soient parvenues à l'atteindre. Fermant les yeux, Ballestra n'a aucune peine à envisager ce qui s'était passé cette nuit-là. Sablé avait effectivement perdu la raison et les Templiers avaient basculé à sa suite dans l'adoration des forces du Mal.

122

Ballestra consulte sa montre dont les aiguilles luisent faiblement dans le noir. Cela fait déjà plus de quatre heures qu'il inspecte la Chambre et il lui reste encore une dizaine d'alcôves à fouiller. Il déroule à la volée plusieurs brassées de parchemins et les étudie fébrilement à la lueur de sa lampe.

Durant le siècle qui suit le massacre des Archivistes par les Templiers de Saint-Jean-d'Acre, nul n'entend plus parler de l'évangile selon Satan. C'est une période de grands tourments et de chagrins immenses au cours duquel les croisés perdent peu à peu les dernières places fortes de la chrétienté. Mais c'est aussi celle où les Templiers s'enrichissent au-delà de toute espérance, accumulant un trésor fabuleux qui attise bientôt la rancœur et la convoitise de leurs puissants débiteurs.

Au cours de ce même siècle, le Temple infiltre le Vatican en convertissant à sa cause des évêques et des cardinaux, à qui est révélé l'odieux mensonge que Sablé a découvert à la lecture de l'évangile selon Satan. Gardant le secret de leur conversion, ces prélats se mettent alors à intriguer pour prendre le contrôle de l'Église.

Déroulant d'autres parchemins, Ballestra retient son souffle en découvrant le sombre complot qui a finalement eu raison de la toute-puissance du Temple.

Le 16 juin 1291, soit presque cent ans jour pour jour après la conquête d'Acre par la croisade de Cœur de Lion, les armées du sultan égyptien Al-Ashraf reprennent définitivement la forteresse. La bataille a duré des semaines et on a vu les Templiers, les Hospitaliers et les Chevaliers teutoniques mettre de côté leurs querelles pour tenir à vingt contre mille les brèches que les musulmans ouvraient dans les murailles.

Acre vaincue, suivie par Sidon et Beyrouth, la Terre sainte est perdue et les croisades sont terminées. Les Templiers commettent alors l'erreur de s'installer en France où réside leur plus farouche ennemi, le roi Philippe IV le Bel, qui leur doit énormément d'argent.

5 juin 1305. Clément V est élu pape et s'installe en Avignon. Il est l'ami du roi de France. Le piège se

referme alors sur les Templiers. Par une lettre datée du 11 août 1305, le pape déclenche plusieurs enquêtes de l'Inquisition contre le Temple pour suspicion de commerce avec le Démon.

Le 12 octobre. Un premier rapport de l'Inquisiteur Adhémar de Monteil prétend que les Templiers ont renié Dieu et qu'ils adorent à sa place le Baphomet à tête de bouc dont l'effigie orne un médaillon qu'ils portent secrètement sous leur tunique. Monteil affirme aussi que l'ordre a infiltré le Vatican et que ses dignitaires se réunissent dans les salles dérobées de leurs châteaux pour préparer un coup d'État contre l'Église. Plus grave encore, le rapport déclare que leur Grand Maître Jacques de Molay posséderait un évangile étrange et maudit découvert durant les croisades, duquel l'ordre aurait tiré sa formidable puissance et ses invraisemblables richesses. Les Inquisiteurs retournent alors les archives de cette époque et finissent par retrouver le courrier expédié depuis Acre par le capitaine Umberto di Brescia quelques heures avant le massacre de ses hommes par les Templiers de Sablé.

Le sort du Temple scellé par ces révélations, les hommes du pape et ceux du roi de France se rencontrent secrètement en Suisse pour organiser la mise à mort de l'ordre. L'accord prévoit que le roi conservera le trésor des Templiers en échange de l'évangile. Cet arrangement conclu, le vendredi 13 octobre 1307 à l'aube, tous les Templiers de France sont arrêtés et jetés en prison.

Ballestra braque sa lampe dans l'alcôve de Clément V. Il reste quatre parchemins. Il en prélève un au hasard dont il dénoue le ruban.

Le 15 octobre 1307, soit deux jours après l'arrestation des Templiers, au crépuscule, les espions du roi de France remettent l'évangile aux émissaires de Sa Sainteté dans un château situé près d'Annecy. Le soir même, le manuscrit prend la route des crêtes jusqu'au couvent des Recluses de Notre-Dame-du-Cervin.

Le parchemin suivant est un courrier secret expédié en urgence par les Recluses cinq jours après l'arrivée de l'évangile dans leurs murs, le 21 octobre 1307. Tracée en toute hâte, la lettre annonce que l'on vient de retrouver les corps de quatre religieuses pendues dans leurs cellules, le cadavre d'une cinquième ayant été découvert au pied des remparts. Il s'agissait des cinq Recluses chargées d'ouvrir l'évangile. La cinquième est Mahaud de Blois, la mère supérieure. Avant de se précipiter dans l'abîme, la Recluse s'est défigurée avec ses ongles. Puis elle s'est servie de ses doigts trempés de sang pour écrire sur la paroi de sa cellule ces mots que le Christ avait hurlés juste avant de mourir : « Mon Dieu, mon Dieu, pourquoi m'as-tu abandonnée ? » Ensuite elle s'est crevé les yeux avec une plume souillée d'encre avant de se défenestrer.

Ballestra essuie la sueur sur son front. Qu'est-ce que cette servante du Seigneur avait pu lire qui avait à ce point troublé son âme qu'elle en avait perdu la foi et l'envie de vivre ? La réponse se trouve dans l'avant-dernier document contenu dans l'alcôve de Clément V. Un parchemin datant de la croisade de Cœur de Lion, que les Inquisiteurs avaient retrouvé dans les archives secrètes du Temple.

123

Le document date du 27 juillet 1191, soit quatre jours après que Sablé eut profané le manuscrit. Ballestra sent sa gorge se serrer : c'est ce parchemin qui contient la clé du mystère.

Après avoir fui en emportant avec eux le cadavre de Janus, les disciples qui avaient assisté au reniement du Christ ont atteint les contreforts du mont Hermon, où ils ont découvert une grotte à fleur de cime. C'est là, dans les profondeurs de la roche, qu'ils ont rédigé l'évangile selon Satan. Cette même grotte que les Templiers envoyés par Sablé au nord de la Galilée viennent de retrouver après avoir galopé jusqu'à l'aube à en crever leurs montures.

Le parchemin que Ballestra est en train de lire a été rédigé par le sergent templier Hubertin de Clairvaux. Il annonce à Robert de Sablé que lui et ses hommes se sont enfoncés dans les profondeurs de la montagne et qu'ils sont tombés sur une large caverne circulaire dont les parois ont été recouvertes d'inscriptions maléfiques. Au fond, ils ont découvert un mur de torchis sur lequel a été reproduit en lettres de sang le *titulus* du Christ dans sa version détournée par les adorateurs de Janus. Clairvaux raconte qu'il a fait rompre le mur et que, sitôt la brèche ouverte, un souffle brûlant et corrosif s'en est échappé et a défiguré quatre de ses hommes.

Une fois le poison dissipé, les survivants sont entrés dans la portion de grotte murée par les disciples du reniement et y ont trouvé un tombeau de granit au centre duquel on avait dressé une couche de branchages. Une forme humaine y reposait, protégée par un linceul dont la trame laissait entrevoir un amas d'ossements humains. Clairvaux relate que les Templiers ont décousu le suaire pour libérer le squelette qu'il renfermait. Entre les os des poignets et des chevilles, de larges clous, rouillés par l'atmosphère acide de la caverne, luisaient faiblement. Les articulations et les os du cadavre avaient été brisés en plusieurs endroits. Autour du crâne, dont l'enveloppe avait été fracassée à coups de pierre, les Templiers horrifiés ont aperçu une couronne d'épines fanée dont une pointe avait traversé l'arcade sourcilière du supplicié. Le cadavre de Janus. Voilà ce que les Templiers de Clairvaux avaient découvert dans la caverne : la preuve irréfutable qui confirmait ce que Sablé avait lu dans l'évangile. La même preuve que la Recluse Mahaud de Blois avait exhumée des archives du Temple. Ballestra ferme les yeux. Qu'est-ce que cette pauvre religieuse du Moyen Âge, pétrie de superstitions et de saintes terreurs, aurait pu ressentir de plus abominable ? En lisant ces lignes, sa foi tout entière avait dû se rompre. Un sentiment que Ballestra comprend parfaitement tandis que sa propre foi se lézarde et que son esprit vacille comme un mât dans la tempête.

— Dieu est en Enfer. Il commande aux démons. Il commande aux âmes damnées. Il commande aux spectres qui errent dans les ténèbres. Tout est faux. Oh, Seigneur ! Tout ce qu'on nous a dit est faux !

Ballestra frémit en entendant sa propre voix chuchoter ces paroles. Les mêmes que Robert de Sablé avait murmurées en perdant la raison dans les soubassements de Saint-Jean-d'Acre. Quatre jours plus tard, il recevait le courrier expédié depuis les grottes du mont Hermon par Hubertin de Clairvaux. De ce triste récit, il ne reste que quelques lignes estompées par le temps dont Ballestra achève la lecture.

Clairvaux écrit qu'au moment où les membres de l'expédition ont voulu emporter les ossements de Janus les parois de la caverne se sont mises à vomir des myriades de scorpions et d'araignées venimeuses qui se sont jetées sur les profanateurs. Il décrit les abominables hurlements des Templiers, qui ont longtemps retenti dans les profondeurs de la terre tandis que lui remontait vers le jour en sentant le poison corrompre son sang.

Parvenu à l'air libre, il avait trouvé la force de griffonner ces quelques lignes qu'il avait glissées dans les fontes de sa monture avant d'en cogner les flancs en espérant qu'elle retrouverait le chemin d'Acre. Puis, désespéré par ce qu'il venait de voir, Clairvaux avait calé la pointe de son épée contre son sternum et s'était embroché dessus.

C'est dans cette position que les Templiers d'Acre avaient retrouvé son cadavre. Sur l'ordre de Sablé, ils avaient provoqué un éboulement pour combler l'entrée de la caverne où sommeillait la dépouille de Janus. Après cela, le Temple avait survécu à un siècle de croisades et de massacres, un siècle de misère et de sang durant lequel sa seule obsession avait été d'amasser suffisamment de trésors pour soudoyer les cardinaux des conclaves et placer un pape à la tête de l'Église. Un pape antéchrist pour abattre la chrétienté et remplacer le règne du Christ par celui de la Bête. L'ambassadeur de Janus.

124

Ballestra vérifie les piles de son enregistreur numérique puis se met à chuchoter dans le micro tout en passant en revue les mandats d'arrêt et les actes de mise en accusation à l'encontre des Templiers signés de la main de Clément V.

Ce 13 octobre 1307, à l'aube, pendant que trois mille archers enfoncent les portes des demeures templières dispersées à travers le royaume, les espions du roi de France infiltrés au Vatican égorgent les cardinaux qui se sont convertis à la règle maudite de l'ordre, à l'exception d'une poignée dont l'appartenance au Temple est demeurée inconnue. Basculant dans la clandestinité, ces cardinaux fondent alors une confrérie secrète qu'ils baptisent la Fumée Noire de Satan. Les papes ayant à l'époque déserté Rome pour Avignon, cette confrérie continue à se répandre au Vatican.

Ballestra déroule ensuite un parchemin de Bergame sur lequel un enlumineur de Clément V a reproduit le blason de la Fumée Noire : une croix rouge sang encerclée par des flammes dont les extrémités s'entrelacent pour former les quatre lettres du *titulus* maudit de Janus. Le symbole araméen de la damnation éternelle, l'emblème des Voleurs d'Âmes.

Il prélève deux autres rouleaux dans les archives secrètes du Temple et les lit à voix basse contre son micro.

Le 18 mars 1314. Au terme d'un procès dont la sentence était écrite d'avance, Jacques de Molay, dernier Grand Maître de l'ordre du Temple, est condamné au bûcher purificateur pour être revenu sur ses aveux. Immobile au milieu des flammes, il maudit le roi et le pape qu'il appelle à comparaître avant un an devant le tribunal de Dieu. Nul ne prend cette menace au sérieux, hormis Clément V, auquel on doit la première lettre de mise en garde adressée à ses successeurs par la procédure du sceau pontifical. C'est cette lettre, datée du 11 avril 1314, que Ballestra vient de retrouver dans l'alcôve du pape Innocent VI. L'illustre prédécesseur de ce dernier y affirme qu'une loge secrète s'est mise à grossir au Vatican et que des cardinaux convertis au culte de Satan complotent contre le Saint-Siège. Dans son courrier, Clément V relate l'arrestation des Templiers, l'évangile maudit retrouvé dans un de leurs repaires et la malédiction que le dernier des Grands Maîtres de l'ordre a hurlée sur le bûcher. Clément avertit aussi que la Fumée Noire de Satan gagne en puissance au Vatican et que les papes à venir doivent surveiller les signes annonciateurs du retour de la Bête. En guise de conclusion, il décrète le déclenchement d'une enquête interne qui durera plusieurs siècles, chaque pape recevant la charge d'épaissir le dossier de ses propres investigations avant d'en transmettre le contenu à son successeur par le biais du sceau pontifical.

Parchemin suivant. Le 20 avril 1314, neuf jours après avoir ordonné cette enquête, Clément V s'éteint à Roquemare au terme d'une agonie aussi étrange que foudroyante. Les notes du camerlingue de l'époque prétendent qu'on a retrouvé Sa Sainteté inanimée sur sa couche, les yeux grands ouverts et les narines encombrées d'un mystérieux enduit ressemblant étrangement à de la cendre.

— Seigneur Jésus...

Terrifié par ce qu'il vient de lire, Ballestra brise les cachets de cire d'une dizaine de parchemins prélevés au hasard dans la masse des archives du sceau pontifical. Il découvre, dans un document datant du 11 avril 1835, une liste de papes morts dans les mêmes circonstances étranges que Clément V : vingt-huit papes retrouvés inanimés sur leur lit, les yeux exorbités et les narines recouvertes d'une croûte de cendre.

Outre cette liste mortuaire, un document rédigé par Grégoire XVI expose les symptômes silencieux de ce mal étrange qui semble se répéter à travers les siècles : la peau tiède, les yeux écarquillés du « défunt » et l'impression qu'ont eue tous ceux venus lui rendre un dernier hommage que son âme était encore présente.

— Oh Seigneur, je vous en supplie, faites que ce ne soit pas ça...

Trois jours après la rédaction de ce parchemin, le

camerlingue de Grégoire XVI retrouve Sa Sainteté inanimée à son tour, les yeux grands ouverts et les narines encombrées de cendre. Il a alors l'idée de prélever un échantillon de cet enduit nasal qu'il enferme dans un pot hermétique, lequel traverse les siècles dans l'obscurité des archives de la Chambre des Mystères.

Essuyant la sueur qui perle sur son visage, Ballestra fracture les dernières alcôves et déroule des parchemins qui s'éparpillent sur le sol à mesure qu'il les jette rageusement par-dessus son épaule. Il trouve enfin celui qu'il cherche : dans une enveloppe brune cachetée du sceau de Pie X, trois feuillets qu'il déplie soigneusement.

Juillet 1908. Le souverain pontife reprend l'enquête diligentée par Clément V et ajoute à la liste des papes assassinés un rapport établi dans le plus grand secret par un cabinet de médecins suisses à partir du dépôt cendré prélevé un siècle plus tôt par le camerlingue de Grégoire XVI. Le rapport affirme qu'il s'agit d'un dépôt résultant de la propagation d'un poison lent ayant la propriété de plonger la victime dans un état de léthargie consciente assimilable à un coma profond. Si profond que quiconque ausculte le malheureux est forcé de conclure à son trépas. Un poison cataleptique. C'est de cette manière que les cardinaux de la Fumée Noire assassinent les souverains pontifes depuis des siècles. Ballestra sent sa raison vaciller. Combien de papes enterrés vivants sont ainsi morts de faim et de soif, les yeux grands ouverts dans les ténèbres ? Et, le poison se dissipant, combien de spectres se sont réveillés en hurlant pour griffer la lourde dalle de granit qui les recouvrait ? Pis encore, combien de malheureux encore vivants ont été vidés de leurs entrailles depuis que l'embaumement a été institué dans le rite funéraire des papes ?

Ballestra laisse tomber sa lampe et recule de plusieurs pas dans l'obscurité de la Chambre des Mystères. Il faut à tout prix qu'il sorte d'ici pour alerter le camerlingue que la Fumée Noire de Satan s'apprête à prendre le contrôle du conclave. Non. Pas le camerlingue, plutôt le rédacteur en chef de l'*Osservatore romano*. Mieux, le *Corriere della Sera* ou *La Stampa*, ou n'importe quel grand quotidien américain, le *Washington Post* ou le *New York Times*. Oui, voilà ce qu'il faut faire, quitte à faire exploser au grand jour un secret qui risque de signer la mise à mort de l'Église. Tout plutôt que de laisser les membres de la Fumée Noire désigner un des leurs à la succession du trône de saint Pierre.

Ballestra se penche pour ramasser son enregistreur de poche lorsqu'il sent un courant d'air sur sa nuque. Il veut se retourner, il n'en a pas le temps. Un bras doté d'une force surhumaine se referme autour de son cou. La lame d'un poignard mord son dos et un éclair de lumière blanche l'éblouit. Tandis que la lame ressort de ses chairs pour le frapper de nouveau, Ballestra cherche une prière à adresser à ce Dieu dans lequel il a tant cru. Mais, constatant avec une peine immense que sa foi est morte aussi certainement que lui-même est en train de mourir, le vieil homme émet un son rauque dont l'écho se perd sous les voûtes de la Chambre des Mystères.

125

Les souterrains de Bolzano. Le père Carzo vient de lâcher la main de Marie. Il continue à courir. Elle hurle son nom, tend la main vers lui. Il s'éloigne. Elle court de toutes ses forces, mais ses jambes lui font mal, elle n'en peut plus, elle ralentit. Derrière elle, le souffle de mère Abigaïl se rapproche.

Marie pousse un hurlement de terreur lorsque les mains de la religieuse se referment autour de son cou. Ses doigts se plantent dans sa chair. Marie tombe à genoux. Elle sent l'haleine de la Recluse sur son visage, et ses crocs dans sa gorge. Un liquide chaud dégouline sur le menton de la vieille folle. Marie essaie de hurler à nouveau mais le sang qui se répand dans ses poumons noie son cri. Les autres Recluses se jettent sur elle. Elles grognent, aboient, mordent. Elles vont la dévorer. Marie tend la main en direction de la sortie du tunnel. Au loin, le père Carzo vient d'atteindre la lumière. Il se retourne. Il sourit.

Parks se réveille en sursaut et se raccroche au chuintement des réacteurs. Elle contemple son reflet dans le hublot. Loin au-dessous de l'appareil, les eaux gelées de l'Atlantique nord luisent sous la pleine lune. Elle consulte sa montre. Cela fait un peu plus de sept heures qu'ils sont en vol et l'horizon blanchit déjà – un filament rose épousant la courbure de la Terre. Elle se tourne vers le père Carzo dont les yeux grands ouverts semblent scruter l'obscurité. On dirait qu'il n'a pas bougé d'un millimètre depuis le décollage. Parks se mord la lèvre en repensant à son cauchemar dont le souvenir se désagrège lentement. Elle s'étire.

— À présent, mon père, ou vous m'expliquez exactement ce que nous allons faire en Suisse ou je saute en vol.

Carzo sursaute légèrement, comme si la question de Parks venait de l'arracher à une réflexion profonde.

— Que voulez-vous savoir ?

— Tout.

Il se retourne et examine attentivement la cabine. Affalés dans leur fauteuil, les passagers dorment. Le prêtre se détend.

— Comme je l'ai déjà dit, j'ai été expédié d'un bout à l'autre de la planète pour enquêter sur des cas de possessions multiples qui semblaient accompagner les meurtres de Recluses.

— Des cas de quoi ?

— De possessions multiples : des possédés éparpillés à travers le monde qui présentaient tous les mêmes symptômes et proféraient exactement les mêmes paroles au même moment sans jamais s'être rencontrés.

— Vous voulez dire : comme si un même démon les possédait en même temps dans plusieurs pays à la fois ?

— Quelque chose comme ça. À cette différence près qu'il s'agissait de démons de la septième hiérarchie : la garde rapprochée de Satan. Ce sont des cas de possessions extrêmement rares, surtout si l'on ajoute à cela qu'à chacune de ces possessions démoniaques répondaient d'autres cas où la personne semblait au contraire être habitée par un ange, un esprit de Dieu s'exprimant par ses lèvres tandis que son corps semblait profondément endormi. Ces cas de possessions bénéfiques présentaient tous les stigmates de la Passion du Christ : des plaies aux mains, aux pieds et au côté, ainsi que les blessures de la couronne d'épines sur le front, le crâne et l'arcade sourcilière. Des manifestations que nous, les exorcistes, appelons des cas de présence.

— C'est fréquent ?

— La dernière fois que l'Église a recensé un tel phénomène, c'était en janvier 1348 à Venise. Le corps d'une petite fille appelée Toscana s'était brusquement recouvert des stigmates de la Croix. D'une voix grave et pleine de larmes, Toscana annonçait l'arrivée imminente de la peste noire. On prétend qu'une odeur de rose s'échappait de son corps martyrisé. C'est aussi à cela que l'on différencie ces manifestations : les êtres aux prises à un cas de présence, embaument la rose, alors que l'haleine des possédés empeste la violette.

Après un silence. Parks reprend :

— Et ce sont ces cas de possession qui vous font croire à l'accomplissement imminent d'une prophétie de l'Église ?

— En fait, nous savons que cette prophétie est en train de se réaliser et nous devons à tout prix l'empêcher d'aboutir. Mais, pour pouvoir la stopper, nous devons d'abord essayer de la comprendre. C'est pour cela qu'il faut retrouver l'évangile selon Satan.

— Et moi, qu'est-ce que je viens faire là-dedans ?

— Vous êtes tombée sur des secrets que vous n'auriez jamais dû découvrir, agent spécial Marie Parks. Peu de gens à travers les siècles ont survécu plus d'une heure en sachant ce que vous savez.

— Sans votre intervention, j'étais morte.

— Peut-être pas. De toute façon, vous auriez dû mourir bien avant d'atteindre le couvent des Recluses. Une prouesse à mettre sur le compte de votre entêtement. De votre don aussi.

— Pardon ?

— Vous voyez des choses que les autres ne peuvent pas voir, Marie Parks. C'est pour cela que vous avez réussi à remonter aussi loin la piste des Voleurs d'Âmes. C'est aussi pour cela que Caleb ne vous a pas tuée quand il vous tenait à sa merci dans les ténèbres de la crypte.

Parks se concentre pour ne rien laisser paraître de son trouble, tandis que l'exorciste lit en elle à livre ouvert.

— Comment savez-vous toutes ces choses sur moi ?

— L'Église est une institution particulièrement bien renseignée.

— Que savez-vous d'autre ?

— Presque tout.

— C'est-à-dire ?

— Je sais que vous travaillez à la division des profils du FBI, département des cross-killers. Je sais que vous êtes la meilleure pour traquer les assassins voyageurs. Vous entrez dans leur peau, vous vous appropriez leur raisonnement, vous devenez eux.

La jeune femme avale une gorgée d'eau pour desserrer la boule d'angoisse dans sa gorge.

— Quoi d'autre ?

— Je sais que vous voyez des morts et que vous prenez des somnifères pour essayer de dormir. Je sais aussi que vous avez eu un accident grave qui vous a plongée pendant plusieurs mois dans un coma profond. C'est à la suite de ce choc que vos visions ont commencé.

— Le syndrome médiumnique réactionnel. C'est tout ?

— C'est suffisant pour retrouver l'évangile avant les cardinaux de la Fumée Noire.

— Je ne vois toujours pas en quoi je peux vous aider.

— Nous allons reprendre l'enquête de Thomas Landegaard pour découvrir ce qui s'est passé ce jour de février 1348 où l'évangile a disparu.

— L'Inquisiteur expédié par le pape pour enquêter sur le massacre des Recluses du Cervin ?

— C'est là que tout a commencé. C'est donc de là que nous devons repartir à zéro.

— Et vous comptez vous y prendre comment ?

— En utilisant votre don et le mien. Je vais vous

placer sous hypnose pour vous faire entrer dans la peau de Landegaard.

Un silence. Parks cherche le fil conducteur pour relier entre elles les informations qui lui parviennent.

— Vous avez dit que c'est grâce à ce que vous appelez mon don que Caleb ne m'a pas tuée dans la crypte.

— C'est évident, sinon vous ne seriez plus là pour vous en souvenir.

— Oui, mais alors, s'il ne me voulait que du bien, pourquoi diable a-t-il pris la peine de me crucifier ?

— C'était une mise en scène. Caleb a massacré votre amie Rachel dans le seul but de vous faire sortir du bois, ou plutôt de vous y faire entrer. Sinon, il n'aurait jamais pris le risque de répondre à l'annonce que cette malheureuse avait fait passer la veille de sa mort dans le journal de Hattiesburg.

— Vous voulez dire que Caleb savait que la police était sur ses traces ?

— Ce sont des notions qui n'ont pas cours dans son esprit. Disons plutôt qu'il avait senti votre présence et qu'il savait que vous alliez vous lancer à sa poursuite.

— Ce sont des conneries !

— Malheureusement non, Marie. Caleb savait que vous et vous seule aviez le pouvoir de le retrouver en quelques heures là où des flics conventionnels auraient battu la forêt durant des semaines. Voilà pourquoi il ne vous a pas tuée. Pour vous forcer à remonter la piste des Recluses jusqu'à l'évangile selon Satan. Vous seule avez le pouvoir de retrouver ce manuscrit. Et Caleb le sait.

— Vous voulez dire que c'est la seule raison de ma présence dans cet avion ? Retrouver un manuscrit maléfique que l'Église aurait perdu dans les ténèbres du Moyen Âge ? Enfin, mon père, je ne sais même plus avec quelle main on fait le signe de croix !

— Savez-vous qu'à l'origine les Rois mages avaient été payés par Hérode pour assassiner le Christ ?

— Et alors ?

— Alors, Dieu les a guidés Lui-même jusqu'à la mangeoire où Son fils venait de naître afin qu'ils se convertissent. Il aurait pu les laisser mourir de soif dans le désert ou les faire dévorer par des chiens errants. Mais non, Il les a conduits jusqu'au Christ pour qu'ils se repentent et trahissent Hérode.

— Tout cela pour en venir où ?

— Au fait que les voies de Dieu sont impénétrables, mon enfant. Et que se servir des mécréants pour parvenir à ses fins est un art que ce vieillard étrange affectionne par-dessus tout.

126

Cité du Vatican, 7 heures.

Agenouillés dans la basilique, les cardinaux contemplent en silence le cadavre de monseigneur Ballestra, crucifié entre les piliers de marbre du tombeau de saint Pierre sur une croix de chêne que l'assassin a dressée avec des cordages. Les mains et les pieds de l'Archiviste ont été transpercés par de larges clous. Des rigoles de sang s'échappent encore de ses plaies et de sa gorge béante, signe que le meurtre remonte à peu de temps.

C'est la relève qui a découvert le malheureux en tombant sur la mare de sang répandue au pied de l'autel. Le commandant des gardes suisses a fait réveiller le cardinal camerlingue Campini. Puis, celui-ci ayant à son tour réveillé Camano, les téléphones se sont mis à bourdonner de bureau en bureau pour battre le rappel des préfets des neuf congrégations.

Les gardes suisses ayant décloué le supplicié, le cercle des prélats se resserre autour de la dépouille de Ballestra étendue sur le marbre. Posant un genou à terre, Camano se penche au-dessus du cadavre et s'adresse directement au commandant de la garde, un colosse à gueule de dogue et aux yeux froids.

— A-t-il été tué ici ?

— Nous n'avons découvert aucune trace de sang, hormis la flaque retrouvée sous la victime. Tout ce que nous savons, c'est que la garde à la herse des Archives a vu monseigneur Ballestra entrer aux alentours de 1 h 30 du matin, et qu'il n'en est jamais ressorti.

— C'est donc là-bas qu'il a été tué ?

— C'est ce que nous pensions, mais nous n'avons relevé aucun indice dans la salle des Archives. Pas de sang ni la moindre trace de lutte.

Perplexe, Camano palpe du bout des doigts les paupières de Ballestra. Les trouvant étrangement flasques, il les écarte délicatement entre le pouce et l'index. De minces filets de sang dégoulinent sur les tempes blanches du cadavre. Tandis que les cardinaux laissent échapper des murmures horrifiés, Camano se penche pour examiner les orbites vides. C'est de cette façon que l'Inquisition punissait au Moyen Âge ceux qui avaient commis le crime de lire des livres interdits.

Posant une main sur le menton de Ballestra, le cardinal Camano pèse pour écarter les mâchoires crispées par la rigidité cadavérique. La gorge de l'Archiviste est remplie de sang coagulé. Camano braque sa lampe au fond de la bouche et repère un tronçon de langue coupé à ras. Ballestra était encore en vie lorsque le tueur lui a tranché cet appendice – un supplice que l'on infligeait autrefois à ceux qui avaient surpris un secret, afin de s'assurer qu'ils ne parleraient pas. Tout cela indique que le mode opératoire de l'assassin suit le rite de la Très Sainte Inquisition. Il ne peut donc s'agir que d'un ecclésiastique ou d'un historien spécialisé. Sans doute les deux à la fois. Le cardinal essuie ses doigts sur la soutane de Ballestra et laisse échapper un soupir.

— Alors où a-t-il été tué ?

— Impossible à savoir, Votre Éminence : il semble que le cadavre ait été transporté, et non traîné depuis le lieu du crime.

— Sans que le tueur laisse la moindre trace de sang derrière lui ni ne se fasse attraper par vos gardes en traversant la place Saint-Pierre avec sa victime sur le dos ?

Le commandant des gardes suisses écarte les mains en signe d'impuissance. Camano inspecte à présent les sandales de Ballestra. De la terre humide et de minuscules cailloux remplissent les sillons des semelles.

— Est-ce que quelqu'un sait s'il a plu cette nuit ?

Le commandant de la garde fait non de la tête. Poursuivant son inspection, Camano remarque que des filaments de poussière sont restés accrochés à la soutane de l'Archiviste. Il passe une main dans les cheveux du cadavre et contemple ses doigts à la lueur de la lampe : du plâtre et des vieilles toiles d'araignée, comme si Ballestra avait cheminé dans des souterrains avant de trouver la mort. Camano se penche et note l'étrange odeur de viande brûlée qui flotte autour du cadavre. Le cercle des cardinaux frémit tandis qu'il écarte la soutane de Ballestra. Le torse de l'Archiviste n'est plus qu'un amas de chairs carbonisées sur lequel son assassin a gravé quatre lettres au fer rouge : INRI. Le commandant des gardes suisses traduit à voix haute dans l'obscurité de la basilique :

— Celui-ci est Jésus, le Roi des Juifs.

— Non. Celui-ci est Janus, le Roi des Enfers.

Se redressant et fixant tour à tour les cardinaux, Camano ajoute :

— Ce qui signifie, chères Éminences, que la Fumée Noire de Satan se répand à nouveau sur le monde et que ses membres vont tout tenter pour s'emparer du conclave. Et vous voulez savoir le plus savoureux ?

Des murmures montent des rangs des prélats.

— Le plus savoureux, c'est que les cardinaux les plus puissants du Vatican étant réunis ici au moment où je vous parle, il y a fort à parier qu'au moins un membre de cette Fumée Noire est en train d'écouter mes paroles.

— Que proposez-vous ?

— Les cardinaux conciliaires étant déjà sur place, je propose d'annuler le délai de bienséance et de convoquer le conclave immédiatement après l'enterrement du pape.

— Ne risquez-vous pas de faire le jeu de nos ennemis ?

— Je pense au contraire que notre seule chance de reprendre le contrôle du conclave est de forcer les membres de la Fumée Noire à abattre leurs cartes plus vite que prévu. Ce qui pourrait les conduire à commettre une erreur et à se dévoiler. Après cela, si nous unissons nos votes et que nous élisons en quelques heures un pape de confiance, la Fumée Noire aura perdu la partie.

Après une pause, le cardinal camerlingue Campini demande d'un ton hésitant :

— Et pour le cadavre de Ballestra, faut-il prévenir les carabiniers ?

— La police romaine ? Et pourquoi pas le FBI pendant que vous y êtes ? Le conclave va débuter et les portes du Vatican vont fermer. Nous allons donc être

416

obligés de régler cela en interne. Me suis-je bien fait comprendre, messieurs ? Pas un mot sur tout ceci. Quant à vous, commandant, tenez vos gardes suisses ou je fais ouvrir une ambassade à Téhéran juste pour le plaisir de vous expédier là-bas.

— Le genre de secrets qui sèment beaucoup de cadavres derrière eux, Votre Éminence.

Les cardinaux sursautent en entendant la voix féminine qui vient de retentir. Furieux, Camano braque sa lampe vers la forme qui remonte l'allée centrale en faisant claquer ses talons. Le faisceau de la torche accroche une longue femme brune, vêtue d'un tailleur noir et d'un imperméable blanc. Derrière elle, quatre carabiniers et des policiers en civil se déploient dans la basilique.

— Qui êtes-vous et que voulez-vous ?

— Commissaire Valentina Graziano, Votre Éminence. J'ai été chargée par mes supérieurs d'assurer la protection de vos brebis. Vous aurez compris, j'imagine, que ces meurtres que vous tentez de camoufler ne vont malheureusement pas s'arrêter là.

— Hélas, mon enfant, toute Romaine et commissaire que vous soyez, le Vatican est un État indépendant et vous n'avez en aucun cas le droit d'y pénétrer sans une autorisation écrite de Sa Sainteté.

— Un document bien difficile à obtenir en cette période de deuil. Nous allons donc être obligés de nous en passer.

S'approchant de la jeune femme pour masquer le cadavre de Ballestra, Camano respire le parfum troublant qui s'échappe de sa personne.

— Vous m'avez mal compris, madame. Ce crime est une affaire interne relevant de la seule juridiction de l'État souverain du Vatican. Je vais donc vous demander de quitter immédiatement ces lieux.

— C'est vous qui m'avez mal comprise, Votre Éminence. Vos tribunaux solennels sont habilités à traiter des cas d'annulations de mariage ou de dérogations aux dogmes, mais en aucun cas des affaires criminelles. Voici ce que je vous propose : si vous acceptez de collaborer avec les autorités civiles de Rome, je vous garantis ma discrétion la plus totale.

— Et si je refuse ?

Une pluie de flashes crépite tandis que les légistes de la police prennent des clichés rapprochés du cadavre.

— Si vous refusez, les photos du cadavre de monseigneur Ballestra feront demain la une des grands quotidiens de la planète. Le monde entier apprendra la liste impressionnante des Recluses assassinées que le Vatican étouffe depuis des semaines.

— Ce chantage est odieux, madame Graziano. Soyez sûre que j'en référerai à vos supérieurs.

La jeune femme laisse échapper un soupir.

— Faites-moi plaisir, Votre Éminence, appelez-moi Valentina.

127

Le visage contre le hublot, Parks contemple l'océan dont les vagues se découpent dans la pénombre. Des plaques de banquise et de gigantesques icebergs s'entrechoquent au milieu des eaux grises. Puis la crête des vagues semble se figer sous l'effet du froid et Marie distingue au loin les côtes déchiquetées du Groenland. Elle consulte sa montre. Encore quatre heures de vol. Commencera ensuite l'inconnu, la balade vers l'Enfer sur les traces d'une Recluse morte au Moyen Âge.

Parks sursaute douloureusement. Songeant à cette route froide et sans retour qui l'attend, elle vient de se rappeler un dîner au restaurant avec des amis où elle avait accepté qu'une Tzigane lui prédise l'avenir. Un épisode qu'elle croyait avoir totalement oublié. C'était un mois avant son accident. Un frisson de dégoût avait parcouru sa peau lorsque les doigts râpeux de la voyante s'étaient refermés sur sa main. Ses amis avaient plaisanté un moment puis le sourire de Marie s'était figé en sentant les mains de la Tzigane serrer la sienne de plus en plus fort. Levant les yeux, elle avait décelé une flamme de terreur dans le regard de la voyante. Aussitôt, les rires des convives s'étaient éteints et un silence de mort s'était abattu sur eux.

Puis les yeux de la Tzigane s'étaient révulsés et ses dents avaient commencé à émettre de drôles de bruits.

Mon Dieu, elle est en train de faire une crise d'épilepsie. C'est cela que la jeune femme avait pensé tandis que la voyante s'effondrait sur le sol.

Parks contemple la nuit à travers le hublot. Une semaine plus tard, la Tzigane avait réussi à lui téléphoner en déjouant la surveillance du service de psychiatrie où elle avait été admise. Marie lui avait demandé ce qu'elle avait vu ce soir-là. Après une longue hésitation, la femme lui avait répondu qu'elle avait aperçu cinq corps crucifiés dans une crypte. Il y avait eu un autre silence. Puis la voix de la Tzigane s'était à nouveau élevée dans l'appareil, terrorisée :

— Écoutez-moi attentivement, il me reste peu de temps. Les Voleurs d'Âmes approchent. Ils vous cherchent. Quatre femmes vont disparaître. C'est vous qui allez être chargée de l'enquête. Vous ne devez pas vous enfoncer dans la forêt. Vous m'entendez ? Ne vous enfoncez surtout pas dans la forêt !

— Pourquoi ?

— Parce que la cinquième crucifiée, c'est vous.

Parks écrase une larme. Quelques jours plus tard, la malheureuse s'était suicidée, laissant des carnets remplis de dessins et d'esquisses de sa vision : des vieilles femmes crucifiées, des tombes éventrées et des forêts de croix. Ça, et plusieurs croquis d'une forteresse au sommet d'une montagne, un couvent. Celui des Recluses du Cervin.

Marie ferme les yeux. Le père Carzo avait raison : en enlevant les quatre disparues de Hattiesburg et en abandonnant leurs vêtements à la lisière de la forêt, Caleb savait que c'était elle que le shérif Bannerman allait appeler cette nuit-là. Voilà pourquoi il avait tué Rachel.

Épuisée par ces souvenirs, Parks s'est endormie. Lorsqu'elle se réveille quelques heures plus tard, l'appareil amorce sa descente vers les Alpes.

HUITIÈME PARTIE

128

Venise, 13 heures.

Vêtus d'une cape et le visage dissimulé sous un masque en argent, ils appontent le long du débarcadère du palazzo Canistro à bord de vedettes dont les vitres teintées reflètent l'eau trouble de la lagune. Pour ne pas attirer l'attention, ils arrivent à intervalles irréguliers et dans des embarcations différentes. Ils ne se connaissent pas, n'ont jamais vu leurs homologues ni entendu le son de leur voix.

Ils ont choisi Venise parce que le carnaval y bat son plein et que nul ne s'étonnera d'apercevoir sept capes noires parmi cette foule de robes et de loups qui a envahi les ruelles et les ponts et qui dansera jusqu'à l'aube dans divers bals privés.

Tandis qu'ils avancent sur le débarcadère dans leurs costumes d'autrefois, nul ne se doute que ce sont sept cardinaux parmi les plus puissants de la chrétienté que les majordomes accueillent. À l'annonce du concile, ils ont quitté leurs évêchés du bout du monde en Australie, au Brésil, en Afrique du Sud et au Canada. Des plus grands palaces de la planète jusqu'aux cottages les plus discrets où ils se réunissent une fois par an, nul ne doit soupçonner la raison de leur présence en ces lieux choisis au dernier moment. C'est pour cela qu'ils se déplacent toujours incognito et arrivent masqués et équipés de brouilleurs vocaux aux réunions secrètes de l'ordre. Pour cela enfin qu'ils ne se connaissent pas et ne cherchent pas à se connaître. Il en va de la survie de la Fumée Noire de Satan.

Les majordomes les conduisent dans les salons privés où une collation leur est servie en attendant l'heure de la réunion. Là, sans échanger le moindre mot, les prélats s'enfoncent dans de larges fauteuils que frôle le tourbillon silencieux des serviteurs.

Une heure plus tard, le Grand Maître de la Fumée Noire arrive à bord d'une vedette rapide qui ne coupe même pas son moteur. Quatre gardes suisses en costume d'arlequin déplient la passerelle et surveillent les environs tandis qu'il disparaît dans le palazzo. Les chambellans l'escortent jusqu'à la salle des oubliettes où les cardinaux ont été conduits à l'annonce de son arrivée. Le murmure des prélats s'éteint. Ils se lèvent et s'inclinent devant le nouveau venu puis ils prennent place autour d'une table rectangulaire que les serviteurs ont dressée pour le dîner. Là, ils dégustent en silence les cailles au vin et les pâtisseries qu'on dispose sous leurs yeux. Lorsque le Grand Maître juge qu'ils ont assez mangé, il agite une clochette d'argent. Les coupes de vin sont abandonnées sur la table et le tintement des couverts s'estompe.

Le Grand Maître s'éclaircit la gorge et parle dans le brouilleur électronique qui équipe son masque et déforme sa voix avant de la restituer à l'assistance.

— Mes bien chers frères, l'heure approche où un pape de la Fumée Noire va enfin s'asseoir sur le trône de saint Pierre.

Des murmures s'élèvent dans l'assemblée tandis que les masques échangent des hochements de satisfaction.

— Mais, avant cela, nous devons prendre le contrôle du conclave qui débute ce soir, manœuvre à laquelle nous nous préparons depuis longtemps en multipliant les nominations utiles et les présents somptueux. Des flatteries auxquelles la plupart des cardinaux sont demeurés insensibles. Ces vieilles robes fidèles au trône de l'usurpateur ne doivent en aucun cas faire basculer le vote. Vous trouverez les adresses de leurs familles et de leurs proches dans vos chambres d'hôtel. Transmettez-les de toute urgence à vos contacts afin qu'ils puissent exercer les pressions nécessaires. Nous nous chargerons de faire savoir aux conclavistes concernés que le destin des leurs dépend de leur vote.

— Et pour ceux qui n'ont pas de famille ? demande un cardinal d'une voix nasillarde.

— Ils ne sont pas plus de trois ou quatre. À nous de nous arranger pour qu'ils ne puissent pas siéger au conclave.

— Est-ce qu'autant de crises cardiaques ne risquent pas d'attirer l'attention ?

— Nos ennemis savent que nous existons, mais ils ignorent qui nous sommes. Nous exploiterons donc leur peur et leur chagrin pour faire aboutir notre cause.

Les cardinaux réfléchissent à ce qui vient d'être dit. Puis le Grand Maître reprend.

— Autre chose. Cette nuit, le préfet des Archives secrètes du Vatican est parvenu à s'introduire dans la Chambre des Mystères. Nous craignons qu'il nous ait percés à jour et nous avons été obligés de le faire assassiner puis de crucifier son cadavre dans la basilique.

— Pourquoi ne pas l'avoir plutôt fait disparaître ?

— À cause de la peur, mes bien chers frères. La peur qui est notre alliée la plus précieuse et que la découverte de cet imbécile vidé de son sang a laissé entrer dans le cœur de nos ennemis. Ils savent à présent que nous avons le pouvoir de frapper au cœur du Vatican. Reste le problème numéro un, celui de notre évangile que nous devons absolument retrouver avant nos ennemis. Nous savons qu'un exorciste de la congrégation des Miracles vient d'atterrir en Europe. Il est accompagné de cet agent du FBI... Comment s'appelle-t-elle déjà ?

— Marie Parks, Grand Maître. Elle a découvert bien des secrets dans le couvent des Recluses de Denver. Un autre risque considérable pour notre ordre.

— Un mal nécessaire. Souvenez-vous qu'elle est désormais notre seule chance de retrouver l'évangile. C'est donc sur le père Carzo et sur cette Parks que nous devons concentrer nos efforts. Veillez à ce qu'il ne leur arrive rien jusqu'à ce qu'ils aient retrouvé l'évangile.

— Et ensuite ?

— Ensuite il sera trop tard.

Un silence.

— Une dernière chose avant de nous séparer. L'une des coupes dans lesquelles vous avez bu ce soir contenait une dose foudroyante de ce poison qui a fait la réputation de notre confrérie à travers les siècles. La coupe de Judas.

Un concert d'exclamations horrifiées accompagne cette dernière remarque tandis que, à l'autre bout de la table, un des cardinaux vient de porter les mains à sa gorge et respire difficilement.

— Armondo Valdez, cardinal-archevêque de São Paulo, je vous accuse de haute trahison envers la Fumée Noire. C'est vous qui avez révélé au père jésuite Jacomino l'existence de la Chambre des Mystères. Ce faisant, vous avez non seulement agi comme un traître mais aussi comme un imbécile : à cause de vous, là où nous aurions pu nous imposer par la ruse, nous allons à présent devoir agir par la force.

Le cardinal Valdez parvient à se redresser et à arracher son masque, dévoilant son visage crispé de douleur. Puis, sa bouche laissant échapper un bouillon de sang noir, il s'effondre par terre, les jambes agitées de soubresauts alors que son cerveau est déjà mort.

129

Parks et le père Carzo ont loué un 4×4 à bord duquel ils roulent à tombeau ouvert en direction de Zermatt. À mesure que le véhicule avale les virages, la jeune femme a l'impression que la masse imposante et froide du Cervin écrase l'horizon. Elle se tourne vers le prêtre, qui semble soucieux et triste. En débarquant une heure plus tôt à l'aéroport de Genève, il s'était isolé dans une cabine téléphonique du terminal, en disant qu'un contact au Vatican devait lui fournir des informations de la plus haute importance. Parks l'avait regardé composer un numéro et tapoter contre la vitre en attendant que son contact décroche. Puis elle avait vu son visage se décomposer et, lorsqu'il était ressorti de la cabine, elle avait compris qu'il venait de perdre un ami.

Zermatt. Ayant abandonné leur voiture sur un parking désert au pied des pistes, Parks et Carzo s'engagent sur les sentiers de mules qui progressent le long des contreforts du Cervin. Le temps est maussade et les sommets disparaissent peu à peu sous un épais manteau de brume. Les bottes des marcheurs crissent dans la poudreuse. Hors d'haleine, Parks ouvre la bouche pour annoncer qu'elle ne fera pas un mètre de plus, lorsque le prêtre s'arrête et désigne un point perdu dans la brume.

— C'est là-haut.

Elle lève les yeux. Elle a beau scruter la paroi, elle ne distingue rien que de la roche grise et gelée.

— Vous en êtes sûr ?

Carzo acquiesce. Plissant les yeux, Marie finit par remarquer un très vieux rempart dont la masse grise se découpe. Laissant glisser son regard le long de la paroi, elle constate qu'aucune prise n'apparaît dans la roche verglacée. Elle laisse échapper un soupir, qui gèle instantanément.

— Le couvent est désert depuis quand ?

— Il n'a plus jamais été habité depuis le massacre des Recluses. Hormis par une congrégation de sœurs trappistes qui s'y est réfugiée au début de la Seconde Guerre mondiale.

— Elles ne sont pas restées ?

— À la fin de la guerre, un détachement de l'armée américaine a fait sauter les verrous du couvent. À l'intérieur, ils ont retrouvé les corps des religieuses, des cadavres mutilés et d'autres pendus. On pense que les malheureuses se sont entre-tuées et que, prises de folie, les survivantes ont dévoré les cadavres de leurs victimes avant de mettre fin à leur jour.

— Vous voulez dire comme les Recluses de Sainte-Croix ?

Le prêtre ne répond pas.

— OK, merci de m'avoir remonté le moral. Comment on fait pour monter ?

— C'est par là.

Longeant la falaise, ils aperçoivent des barreaux d'acier fixés dans la paroi, dont le contact mord leurs paumes à mesure qu'ils progressent vers le sommet.

130

Franchissant un pont de glace qui surplombe une crevasse vertigineuse, Carzo et Parks progressent en frôlant la muraille jusqu'à une brèche, juste assez large pour laisser passer un homme de profil. Lorsque Parks s'y faufile à la suite du prêtre, le vent qui mugit au-dehors semble s'éloigner. À l'intérieur, l'air glacé est immobile.

Écoutant le bruit de ses pas sur le ciment, Parks ferme les yeux et aspire les odeurs de terre mouillée et de poussière qui flottent dans les couloirs. De cuir aussi. Oui, c'est bien une odeur de cuir qui domine, comme si les manuscrits interdits dissimulés durant des siècles dans ce couvent en avaient imprégné les murs. La mémoire des pierres. Parks fixe son attention sur la torche que le père Carzo vient d'allumer. La flamme grésille dans les courants d'air, comme si une porte venait de s'ouvrir dans les étages supérieurs.

Ils avancent désormais dans un large couloir, dont le sol s'élève en pente douce. Scrutant le plafond, Parks aperçoit d'innombrables petites boules orangées que la torche semble allumer sur leur passage. Un froissement d'ailes. Un cri aigu se propage dans le tunnel. Des ultrasons.

— Nom de Dieu, Carzo, éteignez immédiatement cette saloperie de torche !

Instinctivement, le prêtre s'immobilise et lève son flambeau. Au début, la lumière semble se perdre dans une sorte d'épais feuillage qui recouvre le plafond et les murs, puis le rideau de feuillage se met à battre furieusement l'air, telle une forêt d'ailes et de gueules hérissées de crocs.

— Seigneur Jésus tout-puissant miséricordieux, couvrez votre visage et courez de toutes vos forces !

Le plafond et les murs semblent s'effondrer lorsque les chauves-souris se détachent de la paroi. Le père Carzo brasse l'air de son flambeau pour se frayer un passage. Les sens engourdis par l'odeur de chair brûlée qui envahit le tunnel, Parks agrippe la bure de l'exorciste en sentant des griffes s'empêtrer dans ses cheveux. Horrifiée, elle fait sauter la sûreté de son arme et tire trois balles à bout portant dans la gueule de la bestiole – trois détonations brèves qui éclatent à son oreille tandis que les matières molles de l'animal dégoulinent le long de sa nuque.

— Ne vous arrêtez pas ou nous sommes perdus !

Parks sent la colère éclater au fond de son ventre. Hors de question de finir dévorée vivante par des vampires qui rongeraient son cadavre jusqu'aux os. Obéissant au cri de Carzo, elle laisse échapper un hurlement de rage et pousse le prêtre en avant de toutes ses forces.

131

Rome, 14 heures.

La commissaire Valentina Graziano referme la porte de la chambre de monseigneur Ballestra. Un parfum de vieux monsieur flotte dans l'air. Pour ce qu'elle peut en juger dans la pénombre, la pièce se résume à un grand lit tendu de rouge que surmonte un crucifix orné de rameaux séchés. À droite, une lourde armoire en merisier massif, une table basse taillée dans le même bois et un cabinet de toilette protégé par un rideau. Sur un bureau, une pile de dossiers, un ordinateur et une imprimante.

D'après le rapport des gardes de nuit, monseigneur Ballestra avait franchi la herse des Archives vers 1 h 30 du matin. Une heure étrange pour aller travailler. « Pas tant que ça », lui avait rétorqué le cardinal Camano dans la basilique, ajoutant que Ballestra était insomniaque et qu'il lui arrivait souvent d'utiliser ses heures de veille pour rattraper des travaux en retard. Valentina avait hoché la tête pour laisser croire au cardinal qu'elle était dupe. Une fois hors de la basilique, elle avait appelé le commissariat central pour qu'on lui transmette la liste des appels téléphoniques que l'Archiviste avait reçus et de ceux qu'il avait passés entre 21 heures et 1 heure du matin. À l'autre bout du fil, le divisionnaire Pazzi avait failli s'étrangler.

— Tu es sûre que tu ne préfères pas que je mette carrément la Maison Blanche sur écoute ?

— J'ai juste besoin de savoir si la victime a reçu des coups de fil dans les heures qui ont précédé son assassinat. Qu'il soit cardinal, astronaute ou bûcheron canadien, je m'en tamponne.

— Valentina, je t'ai envoyée là-bas pour assurer la protection des conclavistes, pas pour mettre la merde comme tu l'as fait à Milan ou à Trévise.

— Guido, si tu avais réellement voulu que ça se passe sans faire de vagues, tu aurais envoyé n'importe qui, mais pas moi.

— Fais quand même gaffe à ton cul. Cette fois-ci tu n'enquêtes pas sur des juges ou des hommes politiques corrompus. Là, c'est le Vatican, bordel de merde ! Alors tu restes polie avec les prêtres et tu te signes quand tu passes sous une statue ou je te fais muter à la

Scorta de Palerme pour assurer la protection rapprochée des parrains repentis.

— Arrête de dire des gros mots et envoie-moi ce que je te demande.

— Tu m'emmerdes, Valentina. Et d'abord, qu'est-ce qui te dit que c'en est un ?

— Un quoi ?

— Un crime.

— Il faudrait être singulièrement désespéré pour se clouer tout seul à douze mètres du sol après s'être égorgé et crevé les yeux, tu ne crois pas ?

— OK, je t'envoie ça mais tu me promets d'être sage.

Dix minutes plus tard, Valentina recevait par SMS la liste des appels que monseigneur Ballestra avait reçus quelques heures avant de mourir. Les premiers, de loin les plus nombreux, s'étalaient entre 21 et 22 heures. Des appels internes au Vatican pour la plupart, quelques-uns en provenance de Rome et de plusieurs villes italiennes ou européennes. Une affluence normale en ces heures agitées qui avaient suivi le décès du pape. Six appels entre 22 heures et 23 heures. Puis plus rien jusqu'à 1 h 02 du matin. Cet appel, en provenance de l'aéroport international de Denver, avait réveillé l'Archiviste au milieu de la nuit. Valentina s'en assure en interrogeant l'heure sur laquelle Ballestra avait réglé son réveil : 5 heures. Le vieil homme était matinal, pas insomniaque.

La commissaire inspecte les indices que Ballestra a laissés en quittant sa chambre. Ses draps sont en désordre et ses effets de nuit traînent à côté des pantoufles qu'il a ôtées en toute hâte. Il a juste pris le temps d'enfiler une soutane et de chausser ses sandales. Elle passe la main à l'intérieur du lavabo. Aucune trace d'humidité. Même chose pour le bec du robinet et pour la brosse à dents, dont elle inspecte les poils avec le pouce.

Elle soulève un lourd flacon de verre et hume le parfum qui s'en échappe : une eau de Cologne ambrée et puissante dont les effluves flottent dans la pièce. Monseigneur Ballestra a tout de même pris une seconde pour s'asperger le visage de son parfum favori. Puis il est sorti en oubliant de reboucher le flacon.

Elle aperçoit un téléphone sans fil posé sur la table basse. S'asseyant au le bord du lit, elle appuie sur la touche *bis* et considère le numéro qui s'affiche : 789-907. Le dernier de la liste que lui a transmise le divisionnaire Pazzi. Cet appel, interne au Vatican, avait été passé à 5 heures et demie du matin, soit plus de quatre heures après que Ballestra eut disparu dans les Archives. Valentina écoute la tonalité retentir dans le vide, puis quelqu'un décroche :

— Les Archives, j'écoute.

Un accent suisse à couper au couteau. La commissaire coupe la communication et repose le combiné sur la table basse avec un soupir. De deux choses l'une : ou Ballestra était rentré passer un coup de fil avant de mourir et, dans ce cas comment se faisait-il que personne ne l'ait vu ressortir vivant des Archives ? Ou quelqu'un d'autre avait utilisé le téléphone de sa chambre, quelqu'un qui savait que Ballestra était mort. Son assassin, par exemple.

132

Au moment où ils désespèrent d'atteindre l'extrémité du tunnel, Parks et le père Carzo butent enfin contre une porte en chêne qui ferme l'ancien réfectoire du couvent. Luttant sous les morsures et les griffures, ils parviennent à s'y faufiler et à refermer le battant derrière eux sur la masse hurlante des chauves-souris. Pourtant, une dizaine d'animaux sont entrés en s'accrochant au dos des fuyards. Deux d'entre eux ont planté leurs crocs dans les bras et la gorge de Carzo et Marie doit les abattre pour leur faire lâcher prise. Les autres s'envolent dans un bruissement d'ailes. Parks les met en joue comme à l'entraînement et leur loge deux balles de 9 mm dans l'abdomen. Le silence retombe sur le réfectoire.

Tandis que le prêtre allume quelques flambeaux, Parks tombe à genoux et inspecte la pièce du regard. Le réfectoire des Recluses a été creusé dans la masse de la montagne sur plus de deux cents pas de long et une soixantaine de large. Quatre rangées de lourdes tables occupent la longueur de la salle. C'est là que les Recluses du Moyen Âge se retrouvaient pour partager en silence le brouet de lentilles qui composait leur ordinaire.

Tout au bout de la salle, une estrade tendue de rouge soutient encore un vieux fauteuil en bois que les siècles ont mystérieusement épargné. À droite, un pupitre et un tabouret recouvert d'un drap trônent dans la poussière et les chiures de rats. La Recluse désignée s'y asseyait pour marmonner la lecture du jour, des épîtres terrifiantes et des extraits d'Évangiles, dans le brouhaha des écuelles et des bouches pleines de brouet.

Fermant les yeux, Parks sent ces vieilles odeurs envahir peu à peu ses narines et ces bruits oubliés s'imprimer dans ses oreilles. Les pas du prêtre se diluent à mesure que son esprit s'engourdit.

Lorsqu'elle rouvre les yeux, le père Carzo a disparu et une lumière blafarde a envahi le réfectoire. Une forte odeur de cire et de lampe à huile flotte dans l'air glacial. Elle réprime un cri de stupeur en apercevant les Recluses attablées. Elle entend leurs sabots racler le sol, elle voit leurs mains porter à leur bouche le brouet qu'elles aspirent dans un bruit de succion. Parks tourne les yeux vers le fauteuil où se tient une religieuse sans âge. Les yeux clos, elle semble dormir. À côté de l'estrade, la préposée aux épîtres ânonne sa lecture. Sans doute dérangée par la proximité de ses consœurs, une religieuse pousse un grognement de bête auquel les autres bouches pleines répondent par un concert de ricanements – des rires de folles que la cravache ne parvient pas à faire taire. Ça glapit, ça grogne et ça gargouille sous les yeux de Marie, dont le sang se fige tandis que les cloches sonnent l'alarme retentissent dans la tourelle. Elle sursaute. La porte du réfectoire vient de s'ouvrir à la volée sur une Recluse qui déboule. Les mangeuses laissent tomber leur cuillère et se tournent vers la mère supérieure qui vient d'ouvrir les yeux. Alors, Parks comprend que c'est cette nuit-là que le couvent a été attaqué : le 14 janvier 1348, juste après le premier office du soir.

Parks se couvre le visage tandis que les Recluses s'échappent du réfectoire en hurlant. Elle sent tous ces corps et toutes ces odeurs qui la frôlent. Elle se raidit. Une main vient de se refermer sur son épaule.

133

Valentina braque sa lampe vers le bureau de monseigneur Ballestra. Une lueur rouge clignote sous des papiers. Elle déplace une pile de feuilles et tombe sur un répondeur dont l'écran indique deux messages enregistrés. Le premier à 1 h 02 du matin, le second à 5 h 30 – l'appel sortant en direction des Archives. Valentina sent l'excitation la gagner. Dérangé au milieu de la nuit, Ballestra avait dû tarder à répondre, si bien que le répondeur s'était enclenché avant qu'il ne décroche. Reste à savoir pourquoi le répondeur avait aussi enregistré l'appel sortant de 5 h 30 du matin. Sans doute une erreur de manipulation. À moins que le vieil Archiviste n'ait pris l'habitude d'enregistrer toutes ses conversations. Des coups de fil qu'il réécoutait ou des rendez-vous qu'il notait après avoir raccroché. Ou bien encore il se méfiait peut-être de quelque chose.

Valentina décroche le téléphone et compose le numéro du commissariat central. Un fonctionnaire décroche.

— Allô ?

Valentina sourit en entendant le répondeur s'enclencher automatiquement pour enregistrer la conversation.

— Commissaire Graziano. Des messages ?

— Non, commissaire, mais le divisionnaire Pazzi demande que vous le rappeliez de toute urgence.

Valentina raccroche. L'écran du répondeur indique à présent trois messages enregistrés. Elle efface le sien et appuie sur la touche lecture pour lancer le message de 1 heure du matin, en provenance de Denver. Une série de bips. La voix métallique de l'Archiviste s'élève de l'appareil.

Elle suit la conversation jusqu'à ce que la voix de Carzo s'éteigne dans les grésillements. Puis elle reste un moment, les yeux fermés, à écouter les battements de son cœur. Si ce qu'elle vient d'entendre n'est pas le fruit de son imagination, elle vient de passer d'une simple affaire criminelle à un complot orchestré par une conspiration au sein du Vatican. Un aller simple pour le poste de divisionnaire. Ou pour la morgue.

La jeune femme examine le télécopieur. Avec un peu de chance, l'Archiviste ignorait que les fax modernes conservent en mémoire les derniers messages reçus. Valentina appuie sur la touche de réimpression. L'imprimante crache une nouvelle feuille que la commissaire récupère dans le bac. Bingo. Sept citations pour sept manuscrits à déplacer dans la salle des Archives. Elle empoche la liste et appuie sur une autre touche pour passer à l'enregistrement automatique de l'appel sortant de 5 h 30. Le répondeur s'enclenche.

Une sonnerie dans le vide. Un bruit de souffle dans l'appareil entre chaque tonalité. Fugitivement, Valentina espère que la voix qu'elle va entendre sera celle de Ballestra, puis elle se souvient de son cadavre massacré sous les flashes des légistes dans la basilique. Une dernière sonnerie. Quelqu'un décroche.

— Les Archives du Vatican, j'écoute.

Valentina sursaute. Le même accent suisse à couper au couteau et la même voix que celle qui lui avait répondu lorsqu'elle avait appuyé sur la touche *bis* du téléphone. La voix de l'inconnu de 5 h 30 du matin répond :

— C'est fait.

Un silence.

— Qui est à l'appareil ?

— Moi.

— Vous ?

— Oui.

— Vous m'appelez d'où ?

— De sa chambre.

— Est-ce que vous êtes devenu fou ? Raccrochez immédiatement et effacez toutes les traces de votre passage. Avez-vous récupéré la liste des citations ?

— Je la cherche.

— Trouvez-la nom de Dieu et foutez-moi le camp avant qu'on vous repère.

Un clic. La voix des Archives a raccroché. Valentina déguste la délicieuse sensation de vertige qui s'empare de son esprit. Ballestra était tombé dans un piège, mais avant cela il avait découvert quelque chose qui avait signé son arrêt de mort. Reste à découvrir ce que c'était. Pour cela, elle va devoir s'aventurer dans les Archives du Vatican.

134

— Réveillez-vous, Marie.

Lorsqu'elle rouvre les yeux, Parks aperçoit le visage du père Carzo penché au-dessus d'elle.

— Ne fermez plus les yeux avant que je vous le dise.

— Pourquoi ?

— Parce que c'est dans cette salle que les Recluses ont été torturées à mort cette nuit-là et que ces lieux ne sont pas sûrs pour ceux qui savent les faire revivre.

— Ça ressemblait à un rêve.

— Ça n'en était pas un.

— Pardon ?

— Marie, il est très important que vous compreniez le danger mortel que vous courez pendant vos transes. À cause de votre don, vous n'êtes pas seulement là-bas en pensée, vous y êtes tout entière. Vous risquez à tout instant de rester bloquée dans vos visions ou de prendre un mauvais coup.

Parks se souvient de l'épouvantable douleur qu'elle éprouve chaque fois qu'elle revit le supplice des victimes des tueurs en série sur lesquels elle enquête. Le père Carzo a raison : elle ne fait pas qu'assister à sa vision, elle en fait partie.

Guidée par le prêtre, elle marche jusqu'à l'estrade et s'installe sur le fauteuil dont l'armature vermoulue gémit sous son poids. Le père Carzo ouvre une petite sacoche et remplit une seringue d'un liquide transparent.

— Qu'est-ce que c'est ?

Le prêtre noue un garrot autour du bras de Marie et pousse sur le piston de la seringue pour chasser les bulles d'air.

— Une drogue chamanique qui sert de relaxant musculaire. C'est de ce produit que les sorciers Yanomani se servent pour entrer en contact avec les esprits de la forêt. Ça va vous aider à vous détendre et limiter l'impact que vos visions pourraient avoir sur votre mental.

Elle grimace en sentant l'aiguille percer sa peau. Le liquide qui se propage dans ses veines est si brûlant qu'elle parvient presque à en suivre la progression tandis qu'il se dilue dans son organisme. Puis la brûlure s'estompe et son esprit se met à flotter. Elle contemple le père Carzo dont le visage semble à présent auréolé d'une étrange lueur bleutée. La gorge pâteuse, elle demande :

— Et maintenant ?

— La vieille Recluse qui s'est enfuie cette nuit-là en emportant l'évangile selon Satan s'appelait mère Gabriella. D'après les archives que nous avons pu retrouver, c'est elle qui avait pris le commandement de la congrégation après le suicide de mère Mahaud de Blois.

— Celle qui s'est jetée du haut des remparts après avoir pris connaissance du contenu de l'évangile ?

— Oui. Il y a fort à parier que mère Gabriella était

assise dans ce fauteuil-ci le soir où les Voleurs d'Âmes ont attaqué le couvent.

— Je l'ai vue.

— Pardon ?

— Tout à l'heure, pendant cette vision. Elle était là.

— Ça va nous aider à entrer en contact avec elle.

— Avec elle ?

— Je veux dire avec son esprit. Ou plutôt avec son souvenir.

— Je ne comprends pas.

— Il existe à la surface de la terre bien des lieux étranges qui demeurent profondément imprégnés par les drames dont ils ont été les témoins : des maisons hantées, des forêts maudites et des couvents, comme celui-ci, dont les murs se souviennent encore des événements terribles que les hommes ont oubliés.

— La mémoire des pierres ?

— Quelque chose comme ça.

— Je croyais que vous vouliez entrer en contact avec l'Inquisiteur Landegaard ?

— Plus tard. J'ai d'abord besoin de savoir ce qui s'est exactement passé ce jour-là. Mais il est très important que vous vous souveniez que toutes les Recluses du Cervin sont mortes dans la nuit du 14 janvier 1348, à l'exception de mère Gabriella. Vous ne devez donc en aucun cas intervenir sur le cours des événements auxquels vous allez assister. Vous devez vous concentrer uniquement sur elle. Si vous modifiez quoi que ce soit dans ce qui s'est produit, mère Gabriella risque de mourir. Et vous mourrez avec elle.

Silence de Parks.

— Vous êtes prête ?

Une boule d'angoisse dans la gorge, elle fait oui de la tête.

— Fermez les yeux. Je veux que vous vidiez votre

esprit. Je veux que vous en chassiez toute peur et toute colère.

La jeune femme s'efforce de relâcher la tension accumulée dans ses muscles.

— À présent, je veux que vous n'écoutiez plus que ma voix. Rien d'autre ne compte désormais. C'est ma voix seule qui va vous guider dans les méandres de votre vision. À mesure que vous allez entrer en hypnose de plus en plus profonde, vous aurez l'impression de ne plus entendre cette voix. Pourtant, chacun de mes mots continuera à s'imprimer dans votre subconscient. Aussi est-il très important que vous vous endormiez en écoutant ma voix. Car c'est elle et elle seule qui aura le pouvoir de vous ramener si notre expérience tourne mal.

Luttant de plus en plus faiblement contre l'engourdissement qui l'envahit, Marie parvient à articuler les quelques mots qui flottent encore à la surface de son esprit.

— Que dois-je faire si je suis en danger ?

— Chut. Vous ne devez plus parler. Si vous êtes en danger, vous n'aurez qu'à serrer les poings et je vous ramènerai. À présent, je veux que vous fixiez votre attention sur mère Gabriella. Elle est assise là où vous êtes. Ses mains sont posées là où vous avez posé les vôtres. Vous y êtes ?

Le vent s'est levé. La voix du père Carzo s'estompant, Parks sent son ventre s'alourdir et ses seins se relâcher dans son soutien-gorge, ses cuisses se ramollir et la chair de ses bras pendre dans ses vêtements. Le tissu rêche d'une robe remplace le contact de son jean et de son anorak. Ses reins s'épaississent et son sexe se resserre. Elle sent ses dents se disjoindre et se carier dans sa bouche. Une odeur acide envahit ses sinus. La même odeur vinaigrée qui l'avait réveillée au couvent de Sainte-Croix.

À mesure qu'elle prend possession du corps de mère Gabriella, Marie Parks entend à nouveau le raclement des cuillères, le frottement des sabots et le gloussement des Recluses attablées. Elle ouvre les yeux dans la pâle lueur des flambeaux. Le 14 janvier 1348, année de la grande peste noire... Ce soir-là, bercée par la voix chevrotante de la Recluse qui récitait à son pupitre la litanie des démons, mère Gabriella s'était assoupie. Durant ces quelques secondes de relâchement, elle avait rêvé de gargouilles dégoulinantes de pluie, de cadavres abandonnés dans les ruisseaux et de chiens errants dont les meutes hantaient les villes dévastées par la peste. Elle avait aussi aperçu d'étranges cavaliers vêtus de bure et de cagoule de moine, qui portaient des torches et chevauchaient à bride abattue vers le couvent. C'est la porte du réfectoire qui l'avait réveillée en sursaut. La religieuse qui venait d'entrer gesticulait en désignant les ténèbres. Ce soir-là, mère Gabriella avait compris que les cavaliers approchaient.

135

Les cardinaux ayant été avertis que le conclave allait débuter de façon imminente, le cardinal camerlingue fait fermer les lourdes portes du Vatican, isolant les prélats silencieux de la foule des fidèles qui continue à envahir la place Saint-Pierre. Puis il dispose la garde suisse à l'entrée de la basilique pour canaliser la file des pèlerins venus s'agenouiller devant la dépouille du pape, une file interminable qui s'étire depuis le pont Saint-Ange et dont le flot, malgré le crachin romain, ne se tarira pas avant plusieurs jours.

Se frayant un passage à travers la foule, la commissaire Valentina Graziano vient d'atteindre le bâtiment des Archives. Elle brandit son laissez-passer et franchit le cordon des gardes dont les hallebardes ruissellent sous la pluie.

À l'intérieur, les bibliothèques et les statues sont tendues de noir, Valentina a l'impression d'avancer dans un cimetière. La regardant approcher, l'officier en poste à la herse des Archives réservées fait croiser les hallebardes. Puis il tend la main pour prendre le laissez-passer qu'elle lui tend.

Pendant que l'officier examine le document, la commissaire se demande où elle a déjà croisé cette gueule de bouledogue. Elle se raidit : ce colosse en pourpoint qui tourne et retourne le sauf-conduit, c'est le commandant de la garde suisse du Vatican en personne, dont elle avait aperçu l'imposante silhouette au côté du cardinal Camano lorsqu'elle avait fait son entrée remarquée dans la basilique. Elle s'en souvient d'autant mieux qu'elle avait trouvé curieux le mouvement de recul que le commandant avait eu, dans l'ombre, à son approche. Comme s'il ne voulait pas qu'elle mémorise son visage. Étrange aussi qu'un officier de cette importance perde son temps à la herse des Archives alors que les cérémonies de recueillement ont commencé dans la basilique.

Le commandant de la garde dévisage Valentina qui parvient de justesse à soutenir son regard. Des yeux froids et dépourvus d'humanité. Il lui fait signe de rester là où elle est puis il décroche un téléphone dans lequel il chuchote. La jeune femme dépiaute l'emballage d'une tablette de chewing-gum qu'elle glisse entre ses lèvres pour dissimuler son impatience. Le colosse sait pertinemment que le laissez-passer est authentique dans la mesure où il l'a lui-même contresigné. Ce qui signifie qu'il cherche à gagner du temps, et que ses gars sont peut-être déjà en train de faire le ménage dans les Archives secrètes.

Mâchouillant son chewing-gum, Valentina patiente sous le regard distant des hallebardiers. Le téléphone sonne. Le commandant de la garde décroche et écoute la réponse. Valentina serre les poings dans les poches de son imperméable. Ce n'est pas la secrétairerie d'État qui rappelle, mais plutôt son complice qui l'informe que le nettoyage des preuves est terminé. *Arrête de délirer, Valentina, ce grand connard en tutu fait son boulot, rien de plus.*

Le commandant raccroche et tend le laissez-passer à la commissaire.

— Faites attention, mademoiselle, les marches sont glissantes et je ne voudrais pas que vous brisiez votre jolie nuque en dérapant dans le noir.

Valentina sursaute en entendant l'accent valaisan du colosse. C'est lui qui a décroché quand elle a appuyé sur la touche *bis* du téléphone de Ballestra, et lorsque l'assassin de l'Archiviste l'a appelé depuis la chambre de sa victime.

— Un problème ?

— Pardon ?

Valentina manque de défaillir tandis que les yeux du colosse plongent à nouveau dans les siens.

— Vous êtes toute pâle.

— Juste un peu de fièvre. Je dois couver une grippe.

— Alors, vous devriez rentrer chez vous pendant qu'il en est encore temps, articule-t-il avec son accent valaisan à couper au couteau.

Une flamme d'ironie s'allume dans son regard. Valentina jurerait qu'il y a autre chose, un éclat de méchanceté pure. Non, de la démence même. Ce type est fou. Dingue, raide barré, complètement à l'ouest.

Nom de Dieu, Valentina, tu vois bien qu'il sait et qu'il a dû poster des gardes en bas de l'escalier. Mais merde, qu'est-ce que tu crois ? Qu'il va te laisser remonter les traces de Ballestra jusqu'à lui ?

Valentina est sur le point de renoncer lorsque le bonhomme détourne brusquement son regard et fait signe aux gardes de relever la herse. La jeune femme sent ses genoux se dérober. Elle devrait foutre le camp. Prétexter n'importe quel imprévu et foncer alerter les carabiniers pour arrêter ces salauds. *Passer les bracelets au commandant de la garde suisse du Vatican en pleine célébration de recueillement ? Et avec quelles preuves ? Une voix avec un accent valaisan enregistrée sur un putain de répondeur ? Nom de Dieu, Valentina ! Ils sont suisses, ils parlent tous avec un accent suisse. Arrête de déconner !* N'empêche, si elle écoutait ce que lui hurle son instinct, elle planterait son talon dans les couilles du type et prendrait ses jambes à son cou. Au lieu de cela, à mesure que la herse des Archives se relève dans un criaillement d'acier, elle sent ses pieds se mettre en mouvement vers la gueule béante de l'escalier.

136

Agenouillé face à Parks qui se tortille dans son fauteuil, le père Carzo est inquiet. La transe a pourtant bien débuté et la jeune femme avait eu l'air de dormir paisiblement. Mais des grimaces de terreur viennent d'apparaître sur son visage tandis que les muscles de ses bras se crispent sous les sangles. Surtout, même si son esprit refuse de l'admettre, l'exorciste vient de se rendre compte que Parks est en train de vieillir. Ça a commencé par ses traits, qui se sont relâchés, et sa peau qui s'est creusée de rides. À présent, son cou se flétrit et son visage semble s'affaisser tout entier comme s'il était en train de fondre.

Carzo tente de placer cette vision sur le compte de la lueur incertaine des flambeaux mais lorsque les cheveux de la jeune femme commencent à grisonner, le prêtre est bien obligé d'admettre que Parks est en train de se transformer. Elle se met soudainement à hurler d'une voix forte qui n'est pas la sienne :

— Arrière, maudits ! Vous ne pouvez pas entrer ici !

Ce sont ces mots que mère Gabriella vient de hurler du haut des remparts aux cavaliers qui se rassemblent pour monter à l'assaut du couvent. Des moines errants sans dieu ni maître, des brigands et des hérétiques revenus à l'état sauvage en ces temps de peste où la loi du glaive a remplacé celle de Dieu.

Crachant des flammes qui lèchent les toits et dévorent les poutres des maisons, le brasier qui consume le village de Zermatt illumine les montagnes. Les cavaliers ont massacré les habitants et incendié les fermes sur leur passage afin de ne laisser aucun témoin de ce qui va se passer plus haut.

Piaffant et raclant des sabots, une centaine de chevaux viennent de s'immobiliser au pied de la falaise lorsque mère Gabriella leur répète son avertissement. Les moines lèvent la tête en entendant le cri qui dévale la paroi. Leurs yeux brillent comme des gemmes sous la lune. Une forêt de lucioles que Parks contemple tandis que mère Gabriella se penche au sommet des remparts. Puis elle entend une voix s'élever de la troupe. Une voix qui semble morte :

— Envoyez-nous les cordages afin que nous puissions monter ! Envoyez-nous les cordages ou nous dévorerons vos âmes !

Des cris parcourent les Recluses agglutinées sur les remparts et mère Gabriella doit donner de la voix pour les faire taire. Puis elle hurle à nouveau à l'adresse des cavaliers :

— Que venez-vous chercher en ces lieux, vous qui pillez et incendiez comme des chiens errants ?

— Nous sommes à la recherche d'un évangile qui nous a été volé et que vous conservez indûment en ces murs.

Mère Gabriella tressaille. Elle vient de comprendre qui sont ces moines et quel manuscrit ils prétendent récupérer.

— Les ouvrages que renferme ce couvent n'appartiennent qu'à l'Église et sont tous frappés du sceau de la Bête. Alors passez votre chemin si vous n'êtes pas porteurs d'un ordre de réquisition de Sa Sainteté le pape Clément VI régnant en Avignon.

— J'ai mieux que ça, femelle. J'ai un ordre de marche signé de la main même de Satan. Envoyez les cordages ou, par les démons qui nous guident, vous nous supplierez de vous tuer !

— Retournez donc au Diable puisque vous en venez et allez-lui dire que je n'obéis qu'à Dieu !

Le hurlement des Voleurs d'Âmes s'élève le long des murailles. On dirait qu'ils sont des milliers et que leurs voix s'entrechoquent à l'infini. Puis, tandis que le silence retombe, la religieuse se penche à nouveau et ce qu'elle aperçoit la glace jusqu'aux os : plantant leurs ongles dans les jointures du granit, les Voleurs d'Âmes sont en train d'escalader la paroi gelée du couvent aussi facilement que s'ils avaient rampé dessus.

— Marie, il faut vous réveiller à présent.

Le père Carzo secoue la jeune femme. Sa respiration est saccadée et sifflante.

Mère Gabriella court. Elle entraîne ses Recluses vers les soubassements du couvent. Juste avant de disparaître dans les passages secrets, elle se retourne. Pétrifiées de terreur, plusieurs de ses sœurs sont restées en arrière. Certaines se jettent dans le vide pour échapper à leur destin. Celles qui s'agenouillent, en larmes, pendant que les ombres enjambent le parapet, les Voleurs d'Âmes leur brisent le cou avant de les projeter dans le précipice.

Carzo soulève les paupières de Parks. Les yeux de la jeune femme ont changé de couleur. La drogue a dilaté ses pupilles et son regard paraît mort, comme si sa conscience s'était entièrement dissoute dans celle de la Recluse. Une fusion mentale extrêmement rare que Carzo n'a observée jusque-là que chez certains possédés au stade ultime du Mal. Il secoue Parks de toutes ses forces. Il faut à tout prix qu'il trouve le moyen de l'arracher à sa transe, sinon elle risque de se retrouver sanglée sur un lit dans un hôpital psychiatrique, son esprit à jamais coincé dans celui d'une vieille religieuse morte depuis plus de six siècles.

— Marie Parks, est-ce que vous m'entendez ? Vous devez vous réveiller à présent !

L'exorciste se redresse lorsque la main de Parks bondit de l'accoudoir et agrippe la sienne avec une force surprenante. Il tente de libérer ses doigts de cette étreinte qui les broie. Puis il se raidit en entendant la voix terreuse qui s'échappe des lèvres immobiles de la jeune femme.

— Oh, mon Dieu, ils arrivent...

137

Mère Gabriella et ses Recluses ont trouvé refuge dans la bibliothèque interdite de la forteresse. Là, entre les rayonnages poussiéreux et les cheminées où elles viennent d'enflammer des empilements de fagots, les religieuses font la chaîne pour se passer les manuscrits, la dernière de la file jetant dans l'âtre les pages maudites que nul ne doit lire.

Les abandonnant à cette tâche, mère Gabriella actionne une porte dérobée et se faufile dans une autre salle secrète. Le passage une fois refermé, la mère supérieure s'agenouille et descelle un bloc de granit qui dissimule une cache. À l'intérieur, plusieurs coffrets qu'elle pose à terre avant d'en faire sauter les serrures. Elle en exhume des ballots de toile cirée et des draps de lin qu'elle déroule, dévoilant une collection d'ossements ainsi qu'un crâne couronné d'épines. Les mains de mère Gabriella se mettent à trembler. Elle se souvient... C'était il y a quarante ans. C'est elle qui avait retrouvé le cadavre de mère Mahaud de Blois au pied des remparts. Elle qui avait nettoyé l'inscription que la suicidée avait tracée de son sang sur les murs de sa cellule. Ayant découvert la raison de ce terrible geste dans les pages de l'évangile selon Satan, mère Gabriella avait alerté le pape, qui avait dépêché une équipée secrète en Terre sainte occupée par les armées musulmanes. Des Dominicains et des Chevaliers Archivistes avaient retrouvé l'entrée des cavernes du mont Hermon. Ayant emporté de quoi s'immuniser contre les araignées et les scorpions qui grouillaient dans le sanctuaire, ils en avaient exhumé le cadavre de Janus et s'étaient réparti ses ossements avant de se séparer pour les rapatrier chacun de leur côté. Des restes que la garde noble avait ensuite convoyés jusqu'au Cervin, pour les confier aux Recluses. C'était il y a quarante ans...

Ayant rangé le crâne dans un balluchon de cuir, mère Gabriella empile les ossements dans le revers de son habit et rejoint ses Recluses qui continuent à nourrir les feux de cheminée avec le contenu des bibliothèques.

Une puanteur de cuir brûlé emplit l'atmosphère. Les religieuses regardent leur supérieure jeter les ossements dans le feu. Elles ont compris que tout était perdu. Alors, elles répriment leurs larmes et se remettent à l'ouvrage. Elles sont sur le point de se passer le manuscrit le plus précieux de la bibliothèque lorsque des coups retentissent à la porte de la salle.

— Oh, mon Dieu, ils arrivent...

Le visage rougi par les flammes, mère Gabriella serre contre elle l'évangile selon Satan dont les filigranes rouges luisent dans la pénombre. Elle considère tristement le foyer tandis que les portes commencent à se fendre sous le bélier des Voleurs d'Âmes. Les flammes n'auront pas le temps de consumer le manuscrit, elle le sait. Aussi le glisse-t-elle dans un étui de toile qu'elle jette avec le crâne de Janus dans la trappe à ordures du couvent. Elle écoute les paquets filer le long du toboggan de pierre qui débouche deux cents mètres plus bas dans une fosse creusée à même la montagne. Puis elle se fige en entendant les hurlements des Recluses : les portes viennent de céder.

Mère Gabriella se retourne. Le chef des Voleurs d'Âmes marche vers elle. Il tient un poignard taché de sang avec lequel il vient d'éventrer une Recluse qui tentait de lui barrer la route. La supérieure du couvent sent sa puanteur. Ses pieds sont chaussés de lourdes bottes de cavalier, son visage disparaît sous une large cagoule et seuls ses yeux brillent dans les ténèbres. Ses yeux et un lourd médaillon d'argent qui bat sur son torse, représentant une étoile à cinq branches encadrant un démon à tête de bouc. L'emblème des adorateurs de la Bête. Tandis qu'il approche, mère Gabriella voit que ses poignets et la chair de ses bras ont été scarifiés jusqu'aux coudes à l'aide d'une lame tranchante. Une croix rouge sang cernée de flammes dont les extrémités se tordent pour former le *titulus* du Christ.

— Seigneur, qui êtes-vous ?

Une voix caverneuse s'échappe de la cagoule du moine.

— Mon nom est Caleb. Je suis le Voyageur.

La Recluse sent une formidable terreur s'emparer de son esprit. Elle sait qu'elle n'a aucune pitié à attendre d'un démon de cette espèce. Alors elle se jette sur le poignard du Voleur d'Âmes qui abaisse sa lame de justesse. Un cri de douleur. Mère Gabriella s'est blessée. Le poing de Caleb la frappe à la gorge. Les lumières vacillent autour de la vieille religieuse qui s'écroule. Elle sent l'haleine de Caleb sur ses lèvres.

— Ne vous inquiétez pas, mère Gabriella, vous allez bientôt mourir. Mais avant cela, vous allez me dire où se trouve l'évangile.

138

— Marie, est-ce que vous m'entendez ?

Carzo se mord les lèvres pour ne pas hurler tandis que les doigts de Parks se resserrent encore autour des siens. Baissant les yeux, il constate qu'une large estafilade vient d'apparaître sur l'avant-bras de la jeune femme, des gouttes de sang tombent sur le sol. La fusion est en train de devenir irréversible.

— Où nous emmènent-ils ? Oh, Seigneur, où nous emmènent-ils ?

L'exorciste plante ses ongles de toutes ses forces dans le poignet de Marie pour la faire lâcher prise. La main de la jeune femme s'ouvre. Le prêtre masse ses doigts endoloris, puis il déchire l'emballage d'une seringue stérile dans laquelle il pompe le contenu d'un autre flacon. Un antidote destiné à créer un choc nerveux pour forcer Parks à revenir. Au milieu des chairs amaigries de Marie, les veines battent et roulent sous la peau. Carzo sangle fermement son bras à l'aide du garrot et pique au jugé. Les veines sont si dures qu'il doit s'y reprendre à deux fois avant de parvenir à en toucher une. Il injecte la moitié de la seringue. Au même moment, Parks se remet à hurler comme une démente tout en gesticulant comme si elle se débattait contre une force invisible.

Ayant dispersé les feux et fouillé les braises à la recherche des restes de l'évangile, les Voleurs d'Âmes traînent les Recluses survivantes jusqu'au réfectoire où ils les ligotent sur les tables. Ils attachent mère Gabriella sur son fauteuil pour qu'elle ne perde rien du spectacle, puis ils profanent les religieuses avec des tisons et les écorchent avec des lames rougies à blanc. N'obtenant aucune réponse, ils leur crèvent les yeux et leur brisent les doigts avec des pinces. Puis ils leur martèlent les orteils à coups de masse et leur enfoncent de larges clous rouillés dans les bras et les jambes.

— Marie, réveillez-vous, je vous en supplie !

La plupart des Recluses ont succombé à ces tortures. Devenues folles, les autres hurlent si fort que les Voleurs d'Âmes sont obligés de les égorger pour étouffer leurs cris. Ensuite ils se déchaînent sur mère Gabriella, puis ils l'abandonnent sur sa table et quittent le réfectoire pour fouiller le couvent. Le silence. Le crépitement des flambeaux. Le couinement des rats qui galopent dans le noir pour lécher les flaques de sang.

Coincée dans le corps de la vieille Recluse, Parks a mal. Les chairs à vif, mère Gabriella essaie de retenir sa respiration pour mourir plus vite. Elle n'y arrive pas. Alors elle se met à tirer sur ses liens et se fige. Un nœud mal serré vient de lâcher. Elle tire dessus et parvient à extraire un bras couvert de sang. Encore quelques minutes à se tortiller sur la table en serrant les dents pour ne pas hurler, et la vieille religieuse se redresse et pose ses pieds mutilés sur les dalles du réfectoire. Elle traverse la salle. Une porte. Mère Gabriella s'aventure dans les couloirs et boite sur une centaine de mètres jusqu'à une gigantesque tapisserie de Mortlake qu'elle soulève en abandonnant une traînée de sang sur le mur. Un claquement. Un passage secret vient de s'ouvrir. La vieille Recluse s'y engouffre. Le pan de mur se referme.

— Marie, est-ce que vous m'entendez ?

Un escalier de pierre en colimaçon descend dans le ventre de la falaise. Longeant les salles interdites, la Recluse s'arrête un moment pour écouter à travers les murs les cris lointains des Voleurs d'Âmes qui s'interpellent de pièce en pièce. Ils ont découvert quelque chose : des ossements calcinés dans l'âtre des cheminées. Ils vont devoir fouiller les rayonnages et sonder les murs pendant des heures avant de constater que l'évangile n'est plus là. Puis ils remonteront pour torturer leur prisonnière.

Mère Gabriella s'est remise en marche. Grimaçante de douleur, Parks titube avec elle dans les ténèbres en se retenant de hurler à chaque pas.

Parvenue en bas de l'escalier, la vieille religieuse bifurque dans une galerie étroite jusqu'au puits aux ordures où elle fouille fébrilement les immondices. Elle sent ses vieilles mains se refermer sur l'étui de toile et sur le balluchon de cuir. Puis elle rampe à reculons dans le conduit et rejoint le passage qui descend en pente douce vers la vallée. C'est à ce moment que Parks sent son esprit se détacher d'elle. À ce moment que les douleurs qui meurtrissent son corps commencent à s'estomper. Demeurée seule, Marie contemple la vieille Recluse qui s'éloigne en boitant vers le bout du tunnel. Elle sursaute. Une voix lointaine l'appelle dans les ténèbres :

— Parks, réveillez-vous, nom de Dieu !

À mesure que l'antidote se répand dans ses veines, le corps de Marie s'est mis à rajeunir sous les yeux de Carzo. La peau de son visage se raffermit et ses cheveux noircissent. Puis le prêtre voit la poitrine de la jeune femme se creuser tandis qu'elle se redresse en cherchant son air comme une noyée. *Seigneur, elle étouffe...*

Carzo la pousse en avant et lui tape de toutes ses forces dans le dos pour la forcer à respirer. Un hoquet. Tandis que sa poitrine se soulève, Parks laisse échapper un long hurlement de terreur.

139

Parvenue dans les Archives secrètes du Vatican, Valentina ôte ses talons aiguilles pour ne pas brouiller les indices et savoure un moment la tiédeur du parquet. Puis elle enfile une paire de gants en latex et s'avance au milieu des rayonnages de cèdre soutenant des alignements de dossiers et de parchemins classés par date. Troublée par le silence des lieux, elle a l'impression de parcourir les rayons déserts d'un grand magasin dans lequel elle se serait laissée enfermer en pleine nuit. D'après ce qu'elle a entendu dire, c'est dans cette salle que se trouvent archivés les procès de Galilée et de Giordano Bruno, ainsi que le discours de Colomb devant les savants de l'université de Salamanque qui refusaient de croire que la Terre était ronde.

S'immobilisant au milieu de la salle, elle laisse échapper un soupir de découragement. S'il s'agit vraiment de retrouver les sept ouvrages de Carzo parmi les milliers de manuscrits qui encombrent les rayonnages, elle en a pour des années. Elle doit donc commencer par découvrir dans quelle partie de la salle ils sont rangés. D'après ses souvenirs, le père Carzo a précisé à Ballestra que ces manuscrits se trouvaient dans la *grande* bibliothèque des Archives. Valentina fait un tour sur elle-même et en dénombre pas moins de six, dont une, immense, couvre la totalité du mur au fond.

La torche entre les dents, elle passe un doigt au pied des premières bibliothèques. Pas le plus petit grain de poussière. Elle se dirige vers la sixième, si haute qu'on l'a équipée de quatre échelles montées sur roulettes. Jusque-là le parquet réfléchissait le rayon de la lampe aussi fidèlement que l'aurait fait un miroir. Mais, plus la commissaire s'avance vers la bibliothèque, plus le reflet lumineux semble perdre en intensité, comme si la nature du plancher était en train de changer – ou, plutôt, comme si ceux qui l'avaient vitrifié s'étaient arrêtés là. Une pellicule de poussière recouvre le sol, de plus en plus épaisse à mesure que le pinceau lumineux se rapproche du pied de la bibliothèque.

Valentina s'accroupit et passe un doigt sur le parquet. Des particules noires et des filaments de toiles d'araignée s'accrochent à son gant. On dirait qu'un passage très ancien s'est ouvert à cet endroit en recouvrant le parquet de la saleté qu'il contenait.

Au moyen de sa lampe, elle repère bientôt des traces de sandales imprimées dans la poussière. Les remontant une à une, le rayon de lumière s'immobilise sur la plus éloignée : une demi-trace, le reste de la sandale disparaissant sous la bibliothèque. Quelqu'un s'est tenu debout au milieu du nuage de poussière au moment où le passage s'est ouvert.

140

— Vous êtes sûre de vouloir y retourner ?

Parks hoche lentement la tête. La terreur qu'elle a éprouvée durant sa première séance d'hypnose fait encore battre le sang dans ses tempes. Carzo soupire.

— Ce qui m'inquiète, ce sont vos stigmates.

— Mes quoi ?

Le prêtre désigne le bras de Parks. La plaie qu'elle a rapportée de sa transe se résume à présent à une fine cicatrice en croissant de lune.

— Qu'est-ce que c'est ?

— Une blessure qui est apparue au moment où Caleb frappait mère Gabriella avec sa lame. Elle s'est mise à cicatriser à la seconde où vous vous êtes réveillée. Cela signifie que votre don est encore plus puissant que je ne l'avais imaginé et que vos transes s'apparentent à un cas extrême de possession. Si je l'avais su plus tôt, je ne vous aurais jamais envoyée au-devant des Voleurs d'Âmes. C'est pourquoi je vous demande si vous êtes vraiment sûre de vouloir entrer en contact avec l'Inquisiteur général Landegaard. Cela pourrait être dangereux.

— Pas tant qu'il ne sera pas arrivé au couvent de Bolzano. J'ai lu ses rapports secrets chez les Recluses de Denver.

— Une partie seulement de ses rapports. Dieu seul sait si nos charmantes bibliothécaires n'en ont pas détruit de larges extraits.

— C'est pour ça que vous vouliez m'envoyer là-bas, non ?

— Oui.

— Alors allons-y. Mais sans drogue cette fois.

Le père Carzo sort de sa sacoche quatre lanières munies de larges boucles et de fermoirs sécurisés.

— Qu'est-ce que vous faites ?

— Ce sont des lanières de contention qu'on utilise dans les asiles d'aliénés.

— J'aurais préféré un bracelet.

— Je ne plaisante pas, Marie. Lorsque vous étiez en contact avec mère Gabriella, vous avez failli me broyer la main alors que ce n'était qu'une vieillarde inoffensive. Là vous allez pénétrer l'esprit d'un Inquisiteur général dans la force de l'âge, un gaillard d'une trentaine d'années capable d'assommer un bœuf avec le poing.

L'exorciste passe les lanières autour des bras et des chevilles de Parks et les serre à la dernière boucle sans que la jeune femme ait un instant la sensation d'être attachée. Pourtant, elle ne parvient pas à bouger les membres d'un millimètre.

— C'est dingue, votre truc.

— C'est étudié pour que les agités n'aient pas l'impression d'être retenus à leur lit. Ça leur évite un surcroît de stress. J'utilise ces lanières pour mes patients au stade ultime de la possession. Aucun ne s'en est plaint pour le moment.

Parks essaie de sourire mais elle est trop morte de peur pour y parvenir.

— Et cette fois-ci, comment allez-vous me ramener si les choses tournent mal ?

— Je ne sais pas encore mais je trouverai.

Un silence.

— Vous êtes prête ?

Elle ferme les yeux et fait oui de la tête.

— OK. Je vous envoie à présent à la date du 11 juillet 1348. C'est le jour où Landegaard a atteint le couvent après avoir été expédié par Sa Sainteté le pape Clément VI pour enquêter sur le silence des Recluses du Cervin.

— Plutôt long à la détente, le Clément.

— Chut, ne parlez plus. À l'époque où vous allez vous réveiller, cela fait près d'un an que la peste noire ravage l'Europe. En quittant l'Italie et la Suisse, le fléau a laissé derrière lui des centaines de milliers de morts, des cités désertes et des campagnes où ne retentissent plus que le coassement des corbeaux et le hurlement des loups.

Les mots de Carzo s'insinuant dans son esprit comme une brume, Parks sent sa conscience se dissoudre peu à peu. Elle a l'impression que son corps est en train de s'allonger, comme si elle écartait démesurément les bras et les jambes.

141

— 1348. C'est au printemps de cette année de tristesse et de désolation que Landegaard quitte Avignon avec ses notaires, ses chariots-cellules et sa garde pour recenser les couvents et les monastères ayant survécu au grand mal. Sa mission est double et cruelle : il doit non seulement vérifier que ces communautés existent toujours, mais aussi s'assurer que le désespoir et la solitude ne les ont pas fait basculer dans le commerce avec le Démon. Il a donc tous pouvoirs pour instruire et condamner au bûcher les moines et les religieuses qui se seraient rendus coupables d'égarement.

À mesure que la voix de Carzo s'éloigne, Parks a la sensation que son corps cesse de s'allonger. Ses bras à présent commencent à se remplir de muscles durs comme des cordages. Ses épaules se mettent à enfler dans un craquement de cartilages et de tendons. Son cou et son visage s'épaississent et, tandis que ce qui lui reste de conscience se déchire, elle a la certitude très nette que ses jambes se mettent à grossir à leur tour. Puis son bassin se resserre et son ventre devient dur comme la pierre. Un sexe s'est mis à pousser entre ses cuisses. La voix de Carzo fredonne encore à la surface de son esprit :

— Une dernière chose avant que vous vous endormiez : afin que vous puissiez entrer en pleine possession de l'esprit de Landegaard, il est très important que vous compreniez ce qu'est un Inquisiteur en ces temps tourmentés. En 1348, ces serviteurs du pape sont avant tout des enquêteurs, des chercheurs de vérité. Contrairement à la légende, ils torturent rarement et ne brûlent qu'en dernier recours. Leur tâche consiste avant tout à recueillir les témoignages et à conduire les enquêtes à charge et à décharge, exactement comme un juge d'instruction de notre époque. À ce titre, lorsqu'ils sont chargés d'instruire un dossier particulièrement brûlant au sein d'une confrérie contaminée par le Démon, ils ont pour habitude de se présenter sous les oripeaux d'un voyageur égaré. Une technique d'infiltration qui leur permet d'assister en personne aux turpitudes dont on accuse la communauté en question.

La voix de Carzo se diluant progressivement, Marie sent un bouquet de senteurs assaillir ses narines. Des effluves de sueur et de crasse que ni la pierre d'alun ni la poudre de sable ne sont parvenues à chasser. Des odeurs de vêtements ensuite. Un tissu rêche et grossier dont le fil irrite sa peau et qui sent l'humidité et le feu de bois.

— Ces missions peuvent durer de quelques jours à plusieurs semaines, et il n'est pas rare qu'un Inquisiteur démasqué se fasse massacrer par les membres de la congrégation qu'il a infiltrée. Le plus souvent, les assassins dépècent son cadavre et en dispersent les morceaux. Ainsi, lorsqu'un autre Inquisiteur se présente quelques jours plus tard avec ses chariots et ses gardes, les criminels pensent qu'ils parviendront à échapper à leur juste châtiment. Mais ils ignorent un point important des usages de cette étrange police de Dieu : chaque fois qu'un Inquisiteur infiltré se sent menacé de mort ou qu'il fait une découverte importante, il grave un message sur un rocher à la sortie du monastère ou sur le douzième pilier du cloître en usant d'un code que seuls les autres Inquisiteurs savent décrypter.

L'univers s'élargissant de nouveau autour de Parks à mesure qu'elle passe de l'autre côté, d'autres odeurs se mettent à flotter. Certaines savoureuses parmi les plus vives et les plus puissantes qu'il lui ait été donné de respirer. Des odeurs de pierre chaude et d'herbe mouillée. Des parfums de champignons, de menthe et de conifères. Il avait plu ce jour-là et la terre gorgée d'eau restituait toutes les fragrances qu'elle contenait. Marie tend l'oreille pour capter la voix de Carzo, qui murmure dans la brise :

— L'Inquisiteur dispose pour cela d'un étui dans lequel sont rangés vingt-cinq petits marteaux dont les têtes, forgées en forme de lettres de l'alphabet, lui permettent de composer son message en l'imprimant directement dans la pierre. Le vingt-cinquième marteau sert à signer le message en imprimant le blason de l'Inquisiteur dans le pilier. Or nous savons que, en raison de la nature secrète de leur mission, les Recluses avaient elles aussi reçu l'autorisation d'utiliser ce procédé en cas de danger. Le cloître de Notre-Dame-du-Cervin n'ayant pas résisté aux siècles et au froid, ce sont ces marques que vous devez rechercher en priorité. Celles que mère Gabriella a sûrement laissées derrière elle en prenant la fuite et celles que Landegaard a gravées sur son passage pour alerter les gens de son ordre qu'il remontait sa piste à travers les montagnes. Et n'oubliez pas que le temps joue contre nous et que vous devez impérativement revenir avant que Landegaard quitte le couvent...

Le silence. Puis le chuintement de la brise. Le claquement des gouttes tombant des arbres sur les feuilles mortes. Le tonnerre gronde dans le lointain. Les chevaux piaffent et renâclent dans la pente. À mesure que la voix de Carzo s'éteint, ce qui reste de la conscience de Parks détecte de nouvelles sensations : un bruit de sabots, le frottement des rênes dans ses mains velues et pleines de cals, ses avant-bras noueux et puissants, ses cuisses musclées contre les flancs de la monture.

S'il avait plu ce jour-là, ni les gouttes sur sa bure détrempée ni le grondement du tonnerre n'étaient parvenus à troubler le repos de l'Inquisiteur général qui sommeillait, la tête et le dos courbés sur sa monture. Thomas Landegaard ouvre les yeux dans les rougeurs du couchant, se redresse et aspire une large gorgée d'air chargée de pins et de fougères. Au loin les crêtes dominant le village de Zermatt se découpent dans la brume. Landegaard esquisse un sourire. Si Dieu le veut, il couchera ce soir dans un vrai lit, la panse remplie par un cuissot de ce cabri qu'un de ses arbalétriers a abattu quelques heures plus tôt. En songeant à ces bonheurs simples, l'Inquisiteur ne se doute pas un instant de ce qui l'attend.

142

Agenouillée sur le parquet de la salle des Archives secrètes, Valentina agite une bombe de laque dont elle pulvérise une bruine continue sur les traces que les sandales de Ballestra ont laissées dans la poussière. Une fois le produit solidifié à la surface des empreintes, elle dispose devant chacune des petits panneaux numérotés de un à sept pour indiquer la direction dans laquelle l'Archiviste s'est déplacé. Puis elle dégaine son appareil photo numérique dont le flash se met à déchirer l'obscurité à mesure que la jeune femme multiplie les plans serrés.

Elle passe ensuite un doigt sur les premières traces, nettes et profondes, qui se dessinent côte à côte dans le pinceau de sa torche. Le reflet de la lampe rebondit sur le parquet lustré, signe qu'il n'y a pas la moindre particule de poussière : c'est là que l'Archiviste s'est tenu immobile pendant que le passage s'ouvrait.

Les traces suivantes sont davantage creusées au talon et à la pointe. La forme d'un pied en mouvement. Valentina passe le pinceau de sa lampe : le reflet a disparu, ce qui signifie que la poussière du passage avait déjà recouvert cet endroit lorsque Ballestra y avait posé le pied.

À quelques centimètres de la bibliothèque, deuxième groupe de traces profondes côte à côte, poussière tassée au fond de l'empreinte, parquet terne. Juste avant de s'aventurer dans le passage, le prélat s'est à nouveau immobilisé à cet endroit – quelques secondes d'hésitation tandis qu'il scrute les ténèbres. Le flash de Valentina crépite. Puis la pointe de la dernière trace disparaît sous la bibliothèque : Ballestra s'est engagé dans le passage avant que les rayonnages ne se referment derrière lui.

La jeune femme déplie la liste des citations et parcourt la bibliothèque des yeux. Quatorze mètres de long pour six de haut, soit une contenance d'au moins soixante mille manuscrits. Elle se livre à un calcul rapide. Sept livres à choisir dans une bibliothèque qui en contient soixante mille cela fait, à chaque tentative, ... 1 chance sur 8 752 de tirer le bon numéro. Une fois ces sept livres trouvés, encore faut-il découvrir l'ordre dans lequel ces ouvrages doivent être retirés des rayonnages, soit 823 853 possibilités. Ce qui signifie que le risque de tomber accidentellement sur la bonne combinaison en déplaçant des livres au hasard dans la bibliothèque est de 1 chance sur... 700 milliards. Pas un seul coffre-fort à travers la planète n'offre une sécurité comparable à ce procédé inventé au Moyen Âge, pas même dans les banques suisses les mieux protégées, ni dans les sous-sols blindés de la réserve fédérale américaine ou dans les silos de béton de la Banque mondiale. Sans compter qu'il suffit, pour modifier la combinaison, de remplacer les livres par sept autres ouvrages désignés par une nouvelle liste de sept citations. Valentina sent un goût de terre envahir sa bouche. Jour après jour pendant des siècles, des milliers d'Archivistes avaient déplacé et reposé plusieurs fois ces milliers d'ouvrages sans qu'aucun de ces mouvements ait eu la moindre chance d'actionner le mécanisme.

La commissaire fouille des yeux la salle des Archives secrètes. Comme dans toutes les bibliothèques du monde, la liste complète des titres doit forcément être enregistrée quelque part. À force d'avancer entre les rayonnages, elle finit par apercevoir la lueur d'un ordinateur dont l'écran est placé en mode veille. Une phrase y défile en continu : *Salve Regina, Mater Misericordiae* – les premières paroles du *Je vous salue Marie* en latin. Valentina interrompt le message en appuyant sur une touche. L'écran tressaute puis affiche une demande de mot de passe.

— Merde, c'est pas possible ! Pour qui ils se prennent ces cons ? Pour des espions ?

Elle passe les doigts sous la table à la recherche d'un double du code. Rien. Elle tente alors plusieurs combinaisons au hasard. Des dates, des chiffres romains et des termes religieux qui lui viennent à l'esprit. À chaque tentative, l'écran annonce une fenêtre d'échec. La jeune femme se décourage lorsqu'un sourire se dessine sur ses lèvres.

— Mon Dieu, faites que ce soit aussi bête que ça.

Pianotant à toute vitesse sur le clavier, elle entre le message de veille. *Salve Regina, Mater Misericordiae.* Puis elle enfonce la touche fléchée et sent son cœur s'accélérer en entendant crépiter le disque dur.

— *Grazie, signore...*

L'écran affiche à présent le bureau de l'ordinateur. Valentina clique sur l'icône de la banque de données. Des milliers de titres en latin et en grec défilent. Au-dessus de cette liste, un champ de recherche. Valentina entre la première citation. L'ordinateur se met à ronronner tandis que le processeur fouille le disque dur à la recherche des ouvrages contenant cette phrase. Un signal sonore. L'écran affiche douze manuscrits correspondant à la demande. Valentina examine les réponses. Deux ouvrages contiennent exactement la phrase, les autres ne faisant que la reprendre sous forme de citation : un manuscrit en latin et sa traduction grecque. La citation expédiée par Carzo ayant été rédigée en latin, Valentina clique sur le lien correspondant. L'écran affiche la réponse : la *Prima Secundae*, deuxième volume de la *Somme*, de saint Thomas d'Aquin. D'après la banque de données des Archivistes, les quatre tomes de cette œuvre considérable se trouvent effectivement dans la bibliothèque. L'emplacement exact du volume en question clignote en face du titre : rangée 12, troisième niveau, rayonnage 6.

Valentina entre la citation suivante dont la traduction apparaît automatiquement à l'écran. « En ce temps-là, des provisions de manne tomberont d'en haut. » Un extrait de *l'Apocalypse syriaque*, de Baruch, un recueil apocalyptique du bas-judaïsme rédigé cent ans avant la naissance du Christ. Rangée 50, onzième niveau, rayonnage 4. Valentina répète la même manœuvre pour toutes les citations et note les résultats qui s'affichent. Ses yeux s'écarquillent à mesure qu'elle déchiffre la dernière sur l'écran : « Alors je vis la Bête surgir des eaux et corrompre la terre. Dans son ventre palpitait l'être suprême, l'homme d'iniquité, le fils de perdition. Celui que les Écritures appellent Antéchrist et qui resurgira du néant pour tourmenter le monde. »

Un extrait de l'Apocalypse selon saint Jean. Rangée 62, premier niveau, rayonnage 2. C'est le dernier ouvrage de la liste, celui qui actionne l'ouverture du passage après que les autres en ont débloqué le mécanisme.

Revenant vers la bibliothèque, Valentina pousse la

lourde échelle devant la douzième rangée et escalade les marches jusqu'au troisième niveau. Sa torche fichée entre ses dents, elle a tôt fait de repérer les volumes rehaussés de cuir noir qui composent la *Somme théologique* de Thomas d'Aquin. Elle serre les doigts autour du volume et l'attire lentement à elle. Tendant l'oreille, elle capte un bruit lointain qui ressemble aux craquements d'une amarre de navire tendue à se rompre.

Laissant le manuscrit dépasser du rayonnage, elle redescend et pousse l'échelle de cran en cran, chaque ouvrage qu'elle extrait de la bibliothèque libérant le même claquement caractéristique des vieux mécanismes à rouages. Puis elle repousse l'échelle sur le côté et contemple l'Apocalypse selon saint Jean rangée à hauteur d'homme. Puis, retenant sa respiration, elle extrait lentement le manuscrit, libérant le dernier mécanisme dont les secousses se propagent à l'ensemble des rayonnages. Elle recule de quelques pas tandis qu'un interminable grincement de poulies et de moyeux s'élève des profondeurs du mur. La lourde bibliothèque s'ouvre alors dans un nuage de poussière, laissant échapper un courant d'air tiède qui enveloppe Valentina.

143

Cela fait plus d'un mois que l'Inquisiteur général Landegaard a quitté Avignon avec ses carrosses, sa garde noble et ses notaires. Il est remonté plein nord jusqu'à Grenoble, puis à Genève où il a prévu de regagner l'Italie en coupant par les cols alpins. Pliée dans une poche de son habit, la liste des congrégations qu'il est chargé d'inspecter depuis les bords du lac de Serre-Ponçon jusqu'aux lointaines Dolomites. Quatorze couvents et monastères qui ne répondent plus aux injonctions de Sa Sainteté.

Le Cervin est la sixième étape de ce périple à travers les Alpes. La plus périlleuse aussi : s'il connaît personnellement mère Gabriella et s'il avoue un faible pour cet ordre silencieux qui sert les desseins les plus hauts de l'Église, Landegaard sait aussi que ces murs abritent l'évangile selon Satan et les ossements de Janus, deux reliques qui en font une cible de choix pour les innombrables ennemis de la foi. Le silence des Recluses après le passage du fléau n'en est que plus préoccupant, voilà pourquoi c'est cette sixième étape qui canalise l'attention de l'Inquisiteur. Il avait plaidé auprès de Sa Sainteté de s'y rendre sans détour. Mais Clément avait objecté que chevaucher jusqu'au Cervin sans faire halte dans les autres congrégations qui se trouvaient sur la route aurait pu attirer l'attention sur la véritable mission des Recluses.

Quelques heures après son départ de la cité des Papes, l'Inquisiteur et son escorte avaient croisé les dernières fosses ouvertes dans la terre de Provence où des terrassiers épuisés recouvraient de chaux les cadavres. Depuis, traversant des villages désertés et des campagnes vides, ils n'avaient plus rencontré âme qui vive.

Le même silence et la même impression de solitude se sont abattus peu à peu sur la petite troupe qui approche du village de Zermatt : depuis quelques lieues déjà, une étrange odeur de charpentes noircies et de feu froid s'est mise à flotter dans l'air, arrondissant les narines des cavaliers qui en cherchent la provenance.

C'est Landegaard qui aperçoit le premier les ruines carbonisées du village. Quatre gardes qui plaisantent à l'arrière de la colonne se taisent d'un seul coup en découvrant le spectacle : des corps de fermes éventrés par le feu et des granges effondrées sur des familles entières dont l'Inquisiteur retrouve les squelettes carbonisés au milieu des décombres. Il lève les yeux vers le couvent dont les remparts se découpent au loin dans les rougeurs du crépuscule. Une nuée de corbeaux trace des cercles au sommet des tourelles. Alors, sans prononcer un mot, Landegaard remonte à cheval et engage sa monture sur le sentier de mules qui escalade les contreforts du Cervin.

144

Immobilisant son cheval à portée de flèche du couvent, Landegaard lève les yeux vers le sommet de la falaise et les remparts déserts. Il porte sa trompe à ses lèvres et souffle quatre signaux longs dont les échos font s'élever les corbeaux dans le ciel laiteux. Il épie le silence en espérant capter un couinement de poulie. Mais il ne perçoit que le coassement des oiseaux et le sifflement du vent. Ainsi qu'il s'y attendait, aucun cordage n'émerge de la brume pour hisser la troupe au sommet.

Landegaard scrute les meurtrières. Personne. En se retournant vers ses notaires pour leur faire consigner dans les registres que le Cervin ne répond plus, son regard distingue des formes sombres étendues un peu plus loin au pied de la falaise. Il donne un coup d'éperons dans les flancs de sa monture qui se met en route en piaffant.

À mesure qu'il approche, Landegaard se crispe sur

sa selle en découvrant que les formes recroquevillées portent l'habit des Recluses. Onze cadavres fracassés sur le sol. D'après la disposition des corps, les religieuses sont tombées les unes sur les autres en se jetant du même endroit de la muraille. Landegaard lève les yeux et aperçoit un parapet, très loin au-dessus dans la masse des remparts. Impossible de basculer avec un tel garde-fou, à moins de l'escalader, ou de s'y faire précipiter dans le vide.

Sa monture piaffant de nervosité, Landegaard se penche vers les cadavres. À en juger par la noirceur de leur peau, les malheureuses ont gelé ici tout l'hiver, leurs sang se figeant sous l'effet du froid. Lorsque la neige a commencé à se ramollir, leurs cadavres se sont momifiés. D'où le fumet rance qui flotte dans la brise et le relatif état de conservation dans lequel ils se trouvent.

L'Inquisiteur général descend de cheval et se penche au-dessus d'une religieuse dont les yeux vitreux sont demeurés arrondis comme sous le coup d'une terreur extrême. Sans doute le vertige de la chute. Non, il s'agit d'autre chose. Landegaard écarte le col de la Recluse. Le cou de la malheureuse a été dévoré jusqu'aux tendons par quelque puissante mâchoire. Il examine la plaie du bout de ses doigts gantés. Trop large pour un loup et trop étroite pour un ours. Le gel aurait interdit une telle morsure après la mort et aucune autre partie des corps n'a été profanée. Ce qui signifie que les religieuses ont été mordues par quelque chose qui s'est jeté sur elles au sommet des remparts, quelque chose qui leur a arraché la gorge avant de les précipiter dans l'abîme. Landegaard voit un objet briller dans les chairs ramollies par le dégel. Il attrape une pince dans sa poche, fouille la plaie et ressort l'instrument qu'il élève dans la lumière. Son regard se fige alors. Cet objet qui luit sous ses yeux dans les rayons du couchant, c'est une dent humaine.

145

La commissaire Valentina Graziano progresse dans le passage secret qui serpente sous le Vatican. Il fait si noir qu'elle a la sensation de nager dans une piscine remplie d'encre. C'est dans ces ténèbres que Ballestra a marché quelques heures plus tôt vers son destin. Pour mieux remonter sa trace, elle a chaussé une paire de lunettes à vision nocturne, dont les lentilles confèrent une teinte bleutée à l'obscurité du tunnel. Ainsi peut-elle suivre à la fois les empreintes que l'Archiviste a imprimées sur le sol et les marques thermiques que ses mains ont laissées sur les murs.

La jeune femme respire les odeurs qui encombrent le passage. Un parfum de vieilles pierres et de terre humide. Un sillage de cannelle et de tabac flotte encore à la surface de ces vieilles senteurs immobiles : l'eau de toilette de Ballestra. À en juger par les traces profondes qui ponctuent par endroits le pas lent et mesuré de l'Archiviste, celui-ci s'est arrêté à plusieurs reprises pour examiner l'architecture du souterrain.

Lorsque l'écho de ses pas semble s'éloigner et les parois du souterrain s'écarter, Valentina règle ses lunettes de nuit sur pleine puissance. Elle interroge le plan millimétré des sous-sols du Vatican qu'elle a emporté avec elle. Les fondations de la cité sont truffées de catacombes creusées au temps des Romains.

Certaines galeries très anciennes datent de Néron et rejoignent plusieurs points du centre-ville, dont les vestiges du Sénat impérial et du palais des empereurs. D'autres souterrains, le plus souvent éboulés, relient les sept collines de Rome. Les dernières galeries, plus récentes, raccordent les différentes dépendances du Vatican ainsi que les bâtiments de l'Église qui se dressent hors des murs de la cité.

La commissaire cherche en vain sur le plan le passage qu'elle vient d'emprunter et dont le pointillé devrait apparaître sous les pavés de la place Saint-Pierre. Son doigt glisse sur la carte. Au nombre de pas qu'elle a comptés dans les ténèbres et aux deux virages que le souterrain comporte, la Chambre des Mystères doit se trouver quelque part à la verticale de la basilique. Or pour rejoindre la basilique à partir des Archives en si peu de pas et en si peu de virages, le souterrain ne peut avoir été creusé que sous les pavés de la place. Pourtant, le sol, à cet endroit de la carte, est désespérément plein.

Plus étrange encore, cette gigantesque ouverture pratiquée dans les fondations de la basilique n'apparaît nulle part, alors que les grottes vaticanes dans lesquelles on inhume les papes dessinent de larges taches claires sur le plan en coupe que Valentina déplie à présent. Ce qui signifie que la Chambre des Mystères et le souterrain qui y conduit ont été creusés dans le plus grand secret. Un secret qui a traversé les siècles et pour lequel un vieil homme est mort.

La jeune femme avance vers le centre de la salle. Si ses calculs sont exacts, elle se trouve à présent à la verticale du tombeau de saint Pierre, à quelques mètres de l'endroit où le pape repose à présent sur le catafalque que l'on a dressé pour exposer sa dépouille devant la foule des fidèles. La commissaire colle son oreille contre le pilier central de la Chambre des Mystères et perçoit les notes lointaines du grand orgue qui se propagent à travers les fondations. Elle imagine, loin au-dessus d'elle, les frottements de ces semelles qui convergent lentement vers le catafalque. Une marée d'âmes en peine avançant au milieu du *Stabat Mater* de Pergolèse, dont les notes en suspension dans les brumes d'encens ressemblent à des larmes.

Rouvrant les yeux, Valentina inspecte la pièce du regard. À perte de vue entre les piliers, des tabernacles tendus de velours rouge semblent avoir été fouillés. Les noms des différents papes de la chrétienté sont gravés dans le marbre au-dessus des alcôves. Elle soulève quelques tentures. Les alcôves ont été vidées de leur contenu. D'après ce que Carzo a dit à Ballestra, c'est ici que les secrets les plus brûlants de l'Église sont entreposés depuis la nuit des temps. C'est ici aussi que l'Archiviste a été rattrapé par le tueur, à en juger par l'extraordinaire quantité de sang répandue au pied de l'alcôve de saint Pie X. Quatre litres au bas mot. C'est ici que l'Archiviste a été torturé et égorgé avant que son assassin ne se mette en tête de déplacer sa dépouille. Valentina suit des yeux les traînées de sang qui s'éloignent en direction du fond de la salle. Ses lunettes de nuit perçoivent un reflet sous l'alcôve. Elle se penche et esquisse un sourire dans l'obscurité. Trop occupé à vider la Chambre des Mystères, l'assassin de Ballestra n'a pas remarqué l'enregistreur numérique que sa victime a posé dans la poussière. Elle le ramasse et appuie sur la touche lecture. L'appareil émet un signal sonore. Puis le chuchotement terrifié de Ballestra retentit dans les ténèbres.

146

— Marie ?

Accompagnant son souffle saccadé, une épaisse buée s'échappe des lèvres entrouvertes de la jeune femme. Carzo grelotte. Depuis plusieurs minutes, la température du réfectoire s'est mise à chuter comme si une vague de froid était en train d'envelopper le couvent. Non, c'est autre chose, une chose que Carzo s'efforce de nier avec la même force qu'il refuse d'admettre que la couleur des murs est en train de changer et que les odeurs se transforment. Des odeurs de laine et de fumier commencent à réapparaître. Des odeurs humaines aussi se reconstituent dans les courants d'air avec le souvenir des Recluses. Le couvent se réveille. Carzo se raidit en entendant les chuchotements qui emplissent à présent le silence, des clameurs assourdies, des éclats de voix et des cantiques. Des bruits de semelles aussi, des sons de cloches et des claquements de portes. Le couvent se souvient. Comme si la transe de Parks était en train de projeter le prêtre dans le passé avec les murs, les odeurs et le reste.

— Marie, est-ce que vous m'entendez ?

Toujours la même respiration rapide. Toujours la même buée qui s'échappe des lèvres de la jeune femme. Il voit une veine battre sur le front de Parks endormie. Elle lutte contre quelque chose.

Carzo entend craquer les lanières qui retiennent les bras de la jeune femme. Il baisse les yeux et se fige. Les avant-bras de Parks sont en train de se couvrir d'ecchymoses sous la pression que ses muscles exercent sur le cuir. Il essaie de secouer les épaules de

Parks mais ses articulations sont tellement nouées qu'il ne parvient pas à la remuer d'un millimètre.

— Marie, ça va trop loin ! Il faut vous réveiller !

Parks ouvre les yeux. Ses pupilles sont dilatées à l'extrême. Sa voix vibre dans le silence.

— Il approche. Oh, Seigneur, il approche...

147

— Je m'appelle monseigneur Ricardo Pietro Maria Ballestra. Je suis né le 14 août 1932 en Toscane. Ma mère s'appelait Carmen Campieri et mon père Marcello Ballestra. Mon nom secret d'Archiviste est frère Benedetto de Messine. Ces éléments visant à démontrer que je suis bien l'auteur de cet enregistrement.

La commissaire Valentina Graziano colle l'enregistreur numérique contre son oreille pour mieux capter les chuchotements de Ballestra.

— Cette nuit, à 1 heure du matin, j'ai été réveillé par le père Alfonso Carzo qui m'appelait après avoir quitté l'Amazonie où il avait été expédié pour enquêter sur des cas de possessions extrêmes. Il prétendait avoir découvert des fresques très anciennes dans les vestiges d'un temple aztèque. Des bas-reliefs décrivant des scènes bibliques. Ce qui semble corroborer les témoignages des conquistadores lorsque ceux-ci débarquèrent après Colomb sur les rivages de l'Amérique. Les indigènes qui se portèrent à leur rencontre les accueillirent comme des dieux. Les témoignages rapportent que des hommes blancs étaient déjà venus il y avait très longtemps et que ces indigènes attendaient leur retour. Ce qui semble accréditer la thèse de nombreuses études scientifiques affirmant que des missionnaires catholiques ont abordé l'Amérique bien avant les Espagnols. À cette différence près toutefois que les fresques aperçues par Carzo dans la jungle amazonienne ne représentaient pas le Christ des Écritures mais plutôt son double satanique : une bête féroce que les ancêtres des Aztèques avaient clouée au sommet d'une de leurs pyramides, quelque chose qui avait provoqué l'anéantissement de leur civilisation. Janus, le fils de Satan. Le fléau des Olmèques.

Valentina force le volume pour couvrir le froissement des documents que l'Archiviste consulte en parlant.

— Juste après le coup de fil du père Carzo, j'ai découvert dans les soubassements de la basilique la Chambre des Mystères que tant de mes prédécesseurs ont recherchée avant moi. Ici se trouvent entreposées les correspondances secrètes que les papes se transmettent depuis des siècles par la procédure du sceau pontifical. C'est en rompant ces scellés que j'ai découvert l'existence d'une gigantesque enquête interne visant à lever le voile sur les œuvres de la Fumée Noire, une conspiration de cardinaux dont le pouvoir se répand depuis des siècles au sein du Vatican. Cela fait plus de six cents ans que cette confrérie tente de retrouver l'évangile selon Satan, un manuscrit qui contiendrait la preuve d'un mensonge si énorme que l'Église s'effondrerait s'il venait à être révélé. D'après ce que j'ai pu en découvrir, la Fumée Noire intriguerait et assassinerait dans le but de récupérer aussi un crâne humain dont les blessures apporteraient la preuve que les évangélistes ont menti.

Valentina ferme les yeux. C'est encore plus grave qu'elle ne l'avait imaginé.

— S'il faut en croire ce manuscrit, après le reniement du Christ sur la croix, des disciples auraient emporté le cadavre de Janus dans des grottes au nord de la Galilée. Là, ils auraient rédigé leur évangile avant d'expédier des missionnaires vers le nord pour répandre la parole de l'Antéchrist. On sait à présent aux traces d'évangélisation qu'ils ont laissées derrière eux que ces missionnaires ont traversé la Mongolie et la Sibérie. De là, ils ont franchi les glaces du détroit de Béring pour redescendre à travers le continent américain en longeant les côtes du Pacifique. C'est ainsi qu'ils ont atteint les rivages du Mexique, de la Colombie et du Venezuela. C'est une thèse que des chercheurs américains avaient avancée pour expliquer la présence du Déluge et des mythes de la Création dans des civilisations qui ne s'étaient jamais rencontrées. À l'époque, l'Église avait balayé cette théorie du revers de la main. Et pourtant, elle savait... Oh, mon Dieu...

Froissement de papier : Ballestra déroule d'autres parchemins.

— Je viens de retrouver dans l'alcôve du pape Adrien VI de vieux carnets de cuir qui ressemblent à ces livres de bord où les explorateurs du Nouveau Monde consignaient leurs découvertes... La *Valladolid*, le navire amiral d'Hernán Cortés... Un des carnets contient une très vieille carte maritime, recouverte d'une épaisse couche de cire, dont les caps semblent suivre les vents et la route des étoiles. Dans la doublure du second carnet, une autre carte, terrestre celle-ci, est recouverte de symboles aztèques et mayas ainsi que de croix rouge sang qui semblent indiquer autant d'emplacements mystérieux dispersés dans la cordillère des Andes et les hauts plateaux du Mexique.

Craquements du papier. Ballestra murmure pour lui-même en déchiffrant les documents. Puis sa voix retentit à nouveau dans l'enregistreur :

— Je viens de découvrir dans la même alcôve des lettres de Cortés adressées à l'Inquisition espagnole et aux ecclésiastiques de l'université de Salamanque. Au moment où il expédie ces courriers, Cortés et ses conquistadores ont atteint le cœur de l'empire aztèque, qu'ils ont ordre de soumettre par la traîtrise. Cortés explique que l'empereur Moctezuma les prend pour des dieux qui avaient promis de revenir. C'est ainsi qu'il reçoit l'hospitalité de ses ennemis et que ceux-ci l'autorisent à assister à une étrange cérémonie religieuse. Le temple aztèque dans lequel se déroule ce culte est orné d'une lourde croix de marbre surmontée d'une couronne d'épines sanglante, et la cérémonie est une réplique de la sainte messe : un prêtre à la robe couverte de plumes officie devant un autel en prononçant des paroles sacrées dans un mélange de plusieurs dialectes. Du turc et du latin. Mais ce n'est pas tout : alors que la cérémonie touche à sa fin, Cortés voit le prêtre aztèque disposer dans deux coupes d'or des morceaux de viande humaine ainsi qu'un liquide rouge qui ressemble à du sang. Puis, sous les yeux du conquistador, les fidèles se rassemblent sur deux files et s'agenouillent devant le prêtre pour recevoir la communion.

Une pause. Puis la voix de Ballestra rompt à nouveau le silence. Il semble épuisé.

— Oh, Seigneur, cela démontre que les Aztèques ont effectivement été évangélisés par des missionnaires hérétiques bien avant l'arrivée des caravelles de Colomb. Cela explique aussi les découvertes du père Carzo dans le temple amazonien et prouve que les disciples du reniement sont bien descendus jusqu'aux côtes du Mexique après avoir franchi le détroit de Béring. Ce sont eux qui ont fait croire aux Aztèques que Janus était le fléau des Olmèques et qu'ils devaient le vénérer s'ils ne voulaient pas connaître le même sort que leurs ancêtres. Voilà ce que l'Église tente de dissimuler depuis des siècles. Le grand mensonge.

Valentina commence à prendre conscience du pétrin dans lequel elle s'est fourrée. Elle entend Ballestra fouiller les autres alcôves.

— Oh, mon Dieu, je vous en supplie, faites que ce ne soit pas ça...

Froissement de papier. La voix de l'Archiviste se brise.

— Je détiens la preuve que, pour dissimuler ce mensonge et récupérer l'évangile selon Satan par tous les moyens, les cardinaux de la Fumée Noire assassinent les papes depuis le XIVᵉ siècle. Leur première victime a été Sa Sainteté le pape Clément V, mort empoisonné à Roquemare le 20 avril 1314. D'après les documents que je découvre encore dans les dernières alcôves, la liste des meurtres perpétrés par la Fumée Noire s'élèverait en tout à vingt-huit souverains pontifes assassinés en un peu moins de cinq siècles.

Un claquement. L'Archiviste vient de déposer l'enregistreur sur le sol pour avoir les mains libres. Sa voix est couverte un moment par le bruit des parchemins qu'il déroule à la volée. Il vient de retrouver un rapport d'expertise datant de 1908 qu'il commente à mesure qu'il le lit.

— Le poison utilisé par cette confrérie est un neuroleptique puissant qui plonge la victime dans un état de catalepsie proche de la mort. Mais ce produit indécelable aux analyses laisse au moins une trace facilement identifiable pour celui qui sait ce qu'il cherche. Une sorte de dépôt charbonneux qui se forme à l'intérieur des narines de la victime. Exactement comme celui dont j'ai constaté la présence sur le cadavre du pape qui vient de décéder.

Valentina entend le claquement de la torche que l'Archiviste vient de laisser tomber.

— Oh, Seigneur, il faut à tout prix faire éclater le mensonge avant que la Fumée Noire ne s'empare du Vatican...

Ses pas s'éloignent. On l'entend murmurer de loin, puis il se rapproche de l'enregistreur. Froissement de soutane : il se penche. Un choc. Un cri étranglé. Des bruits humides et métalliques, comme des coups de poignard. Une dernière plainte résonne sous la voûte. Le silence. Valentina décolle l'enregistreur de son oreille. Ici s'achève la route de Ballestra. Elle se penche pour examiner de plus près les traces de son agonie lorsque ses lunettes à vision nocturne perçoivent une forme bleutée qui se faufile entre les piliers de la Chambre des Mystères.

148

Ayant empoché sa macabre découverte, Landegaard ordonne à son escorte d'ouvrir une route dans la falaise avec des cordages et des pitons afin de hisser les notaires et leurs malles de registres. Refusant lui-même de se laisser tirer comme une mule, il s'encorde à la taille et effectue l'ascension seul.

— Hardi, les gars, nous ne sommes plus très loin.

L'Inquisiteur vient d'atteindre le sommet des remparts et enjambe le parapet en saisissant la main que lui tend un de ses gardes. Puis il se penche au-dessus du vide pour guider à la voix les notaires terrifiés, que l'escorte hisse à la force des bras. En contrebas, les cadavres des Recluses semblent contempler le ciel.

Sa troupe rassemblée sur l'esplanade, Landegaard se dirige vers la lourde porte de fer qui communique avec le couvent. Il colle son œil contre le guichet resté ouvert. De l'autre côté, une vaste salle aux murs blanchis à la chaux. Pas le moindre mouvement dans les couloirs, pas le moindre bruit, hormis les sifflements de la brise qui circule entre les vitraux que les Recluses ont oublié de refermer.

Ayant crocheté la serrure avec son passe d'Inquisiteur, Landegaard et ses hommes se répartissent les lieux : pendant qu'une poignée se réserve les étages supérieurs, l'Inquisiteur et sa garde empruntent les escaliers qui descendent vers les salles secrètes du couvent. Là, découvrant les portes défoncées et les bibliothèques renversées, Landegaard comprend que l'irréparable s'est produit.

Agenouillé au pied de la cheminée, il considère les épais tas de cendres que les courants d'air font tourbillonner dans l'âtre. À en juger par les cristaux de glace dans le conduit, les foyers sont restés éteints durant de longs mois. Dispersant soigneusement les cendres à l'aide d'un tisonnier, la main gantée de Landegaard en exhume des fragments de papier roussi et des morceaux de reliure. Il passe un doigt sur la couche de suie qui colle aux chenets. Un dépôt poisseux que ses narines identifient sans mal : l'odeur du cuir dont on recouvre les manuscrits. L'Inquisiteur se tourne vers les rayonnages renversés. Prises au piège, les Recluses ont appliqué à la lettre la règle des bibliothèques interdites : détruire les ouvrages plutôt que de laisser l'ennemi s'en emparer.

Landegaard continue à remuer les cendres. Des éclats durs et blancs ont glissé au fond du foyer. Il les ramasse et les examine en silence. On dirait des os. Puis il découvre un échantillon beaucoup plus gros qu'il prélève au moyen d'une pince : un morceau de tibia humain sec et friable que le feu a dévoré en quelques minutes. Il glisse sa prise dans un étui de velours et retourne examiner le plancher. Des empreintes de bottes apparaissent au-dessus des traces de sandales ; des bottes de cavaliers dont les semelles pleines de boue ont souillé ces lieux préservés. D'autres traces de sandales s'arrêtent au pied d'un mur où l'œil exercé de l'Inquisiteur décèle le léger renfoncement d'une porte dérobée. Effleurant la cloison, il a tôt fait de repérer le mécanisme à balancier qui en commande l'ouverture. La cloison pivote dans un grincement de charnières. Une pièce secrète. Les mêmes traces de sandales dans la poussière. Une cache ouverte dans le mur. Au centre de la pièce, Landegaard aperçoit des coffres ouverts et des pans de toile cirée. Il comprend alors que les ossements qu'il vient de retrouver dans le foyer proviennent du squelette de Janus. Mais, l'Inquisiteur est formel, il n'y avait ni dents ni articulation de mâchoires au milieu des cendres, et il se raccroche à cet espoir. Avec un peu de chance, la Recluse qui a récupéré les ossements a peut-être réussi à sauver le crâne de Janus. À moins qu'elle ne soit finalement morte au cours de l'assaut et que les deux reliques aient fini par tomber entre les mains de l'ennemi. Ce qui serait une catastrophe sans précédent dans l'histoire de l'Église. Car, si les secrets contenus dans l'évangile venaient à être révélés en ces temps de peste et de chaos, c'est la chrétienté tout entière qui s'effondrerait en quelques semaines. Des villes et des continents à feu et à sang, la fin des royaumes et des empires, des armées de gueux incendiant les églises et pendant les ecclésiastiques aux branches avant de marcher sur Rome pour destituer le pape. Mille ans de ténèbres s'abattant sur le monde. Le règne de la Bête.

Landegaard s'apprête à quitter la pièce secrète pour rejoindre ses hommes lorsqu'un long coup de corne retitit dans les étages supérieurs du couvent. Le détachement envoyé dans cette partie du bâtiment vient de trouver quelque chose.

149

Le tueur qui avance dans la Chambre des Mystères semble se déplacer en effleurant le sol. Il porte une bure et une capuche de moine qui dissimule son visage tout entier.

Valentina se réfugie derrière un pilier et dégaine son Beretta. Elle engage une balle dans la culasse et fait sauter le cran de sécurité. Puis elle tend l'oreille. Le moine ne fait aucun bruit en marchant.

Lorsqu'elle estime que le tueur se trouve à moins de cinquante mètres d'elle, elle surgit du pilier et vise la forme qui avance dans la lueur bleutée de ses lunettes :

— Halte ! Police !

Le moine réagit à peine à cette sommation. Valentina sent son estomac se contracter. Ou ce gars est sourd, ou il est très con. Elle relève le chien de son arme.

— Dernier avertissement : arrêtez-vous immédiatement ou je tire !

Elle voit l'éclair d'une lame briller dans l'obscurité tandis que le moine écarte les bras. Une puissante vague de colère mêlée de terreur l'envahit.

— Écoute-moi attentivement, espèce d'enculé : ou tu lâches ton arme maintenant, ou je t'abats comme un chien.

Le moine relève la tête. Elle voit ses yeux briller

dans l'ombre de sa capuche. Elle sent sa vessie se contracter. Le tueur sourit.

La commissaire tire quatre balles rapprochées dont les sillages luminescents frappent le moine à l'épaule. Le premier impact le stoppe net. Les autres le font reculer de plusieurs pas. Valentina entend les douilles rebondir sur le sol. Lorsqu'elle relève les yeux à travers la fumée qui s'échappe de la culasse, elle se rend compte que le moine avance toujours. Elle s'efforce de calmer les battements désordonnés de son cœur et pointe à présent son arme sur le thorax de l'homme. Puis, un pied en arrière, comme à l'entraînement, elle tire neuf balles blindées qui déchiquettent la poitrine du moine en projetant de longues giclées de sang à chaque impact. Il tombe à genoux. Neuf douilles fumantes s'immobilisent dans la poussière. Lorsqu'elle rouvre les yeux, l'odeur de la poudre lui brûle les narines. Elle tressaille en voyant le moine se redresser lentement. Il titube un instant puis se remet en marche en pressant la main contre ses blessures.

Seigneur, c'est impossible...

Le pouce de la jeune femme libère le chargeur vide qui rebondit par terre. Le moine n'est plus qu'à dix mètres. Elle enclenche un nouveau chargeur, qu'elle vide en hurlant de toutes ses forces :

— Mais nom de Dieu de merde, est-ce que tu vas crever, espèce de charogne !

La capuche semble s'effondrer sous la rafale de projectiles qui font éclater le visage du moine. Il titube et lâche son poignard, puis il tombe à genoux et s'écroule.

Valentina éjecte le deuxième chargeur, vide, enclenche son dernier magasin et fait claquer la culasse pour engager une balle dans la chambre. Hors d'haleine, elle progresse lentement vers le tueur. Visant la cagoule pleine de sang, elle tire encore quatre coups de feu qui tonnent dans le silence. Puis, lorsqu'elle est sûre que le moine ne se relèvera plus, elle éclate en sanglots.

150

Il fait de plus en plus froid. Le père Carzo contemple les marques violacées que les lanières de cuir dessinent sur les avant-bras de Parks. La respiration de la jeune femme siffle toujours. À ce détail près que le rythme auquel sa poitrine se soulève ne correspond pas du tout à celui de cette respiration, comme si quelque chose respirait à travers elle, quelque chose qui s'empare progressivement de son corps. Ou plutôt comme si, prenant peu à peu le contrôle de Parks, cette chose devenait de plus en plus... *présente*. Oui, c'est cela qui glace le sang de Carzo tandis que le visage de la jeune femme se contracte : la chose qui grandit en Parks est en train de prendre le dessus.

— Marie ?

Un sifflement rauque et profond. Les lanières de cuir s'étirent sous la pression des avant-bras. Carzo se retourne. Les couleurs du réfectoire sont en train de changer et les vieilles tapisseries qui l'ornaient au Moyen Âge réapparaissent. Leurs motifs recouvrent à présent les taches claires qu'elles ont laissées sur les murs. De lourdes tentures de poussière et de souvenirs. Carzo sursaute en entendant la plainte d'une corne au loin. Il se retourne vers Parks et se rend compte qu'elle l'observe fixement.

— Marie ?

Le prêtre plonge son regard dans celui de la jeune femme. Ce ne sont pas ses yeux.

— Nom de Dieu, Marie ! Il faut vous réveiller maintenant ! Je suis à nouveau en train de vous perdre !

Le silence. Puis un son de corne dans les ténèbres. Carzo se raidit en entendant des bruits de bottes dans les escaliers de la forteresse.

— Marie ?

Une voix grave et mélodieuse fait vibrer la gorge de Parks :

— Mon nom est Thomas Landegaard, Inquisiteur général des marches d'Aragon, de Catalogne, de Provence et de Milan.

— Soyez sympa, Marie, réveillez-vous.

Les lanières cèdent dans un claquement tandis que la jeune femme se redresse et se dirige vers les tables du réfectoire.

151

Abandonnant le cadavre du moine dans la Chambre des Mystères, Valentina suit les traces de sang qu'il a laissées sur le sol en traînant la dépouille de Ballestra. Au bout de la salle, elle emprunte un passage secret demeuré ouvert dans le mur.

De plus en plus fortes à mesure que la commissaire gravit les marches, les grandes orgues font vibrer le silence. Au sommet de l'escalier, elle sort du passage et examine le tunnel étroit et voûté dans lequel elle vient de déboucher. Elle reconnaît l'alcôve illuminée où reposent les restes de saint Pierre. Elle se trouve donc dans la galerie ouverte au public qui passe sous le tombeau de la basilique. Rengainant son automatique, Valentina grimpe les quelques marches qui la séparent de la surface.

L'orgue attaque les premières mesures de la *Passion* de Bach lorsqu'elle sort au milieu de la foule des pèlerins. Elle s'appuie contre un pilier : après l'atmosphère recluse de la Chambre, les vapeurs d'encens et les notes assourdissantes de la musique sacrée ont failli la faire tourner de l'œil. Exposée devant l'autel, la dépouille du pape est encadrée par un cordon de gardes suisses en tenue d'apparat. Quatre rangées de cardinaux en soutane pourpre sont agenouillés au pied du cercueil, véritable armée de prélats que la foule longe en contournant le catafalque avant de redescendre lentement vers la sortie.

Adossée au pilier, Valentina songe à ce que ferait cette foule recueillie et attristée si elle se mettait brusquement à hurler qu'elle détient la preuve que le pape a été assassiné et que ce sont des cardinaux qui ont fait le coup. Elle ferme les yeux pour ne plus apercevoir ces fantômes qui la frôlent. Si elle criait cela à travers les clameurs de l'orgue, des milliers de visages anonymes se retourneraient sans doute vers elle, ils lui souriraient, la prenant pour une folle, puis tandis qu'ils reprendraient leur procession silencieuse, les gardes suisses viendraient la cueillir en douceur pour la livrer à leur commandant. *Non. Ils se jetteraient sur moi pour me dévorer vivante.*

Valentina tressaille. C'est pour cette raison qu'elle ne dit rien et qu'elle se laisse emporter par le flot de la foule vers la sortie. Elle jette néanmoins un coup d'œil par-dessus son épaule et voit le commandant de la garde murmurer quelque chose à l'oreille du camerlingue Campini, agenouillé sur un prie-Dieu. Le vieillard écoute tête baissée. Puis il chuchote à son tour quelques mots à l'oreille du commandant. Il semble furieux. Le colosse se redresse et fait signe à un détachement de sa garde qui disparaît sur ses talons par une porte dérobée.

La jeune femme essaie de jouer des coudes pour atteindre plus vite la sortie mais l'affluence est si dense qu'elle ne parvient qu'à s'attirer des regards noirs et des murmures de réprobation. Dix minutes plus tard, lorsqu'elle débouche enfin sur le parvis battu par la pluie, le détachement des gardes suisses y a déjà pris position. Posté au sommet des escaliers, le commandant regarde passer la multitude. Non, il scrute les visages. Valentina frissonne dans le vent qui balaie la place. Elle voudrait reculer mais la foule l'en empêche. Alors elle se réfugie sous un parapluie, adresse un sourire au pèlerin qui lui prête assistance et en profite pour se serrer contre lui tandis que la procession passe devant les gardes. Elle sent le regard du colosse s'attarder sur le parapluie. Tout en prenant garde à ne pas serrer trop fort le bras du pèlerin, elle avance. Ça y est, elle vient d'atteindre le bas de l'escalier. Se perdant dans la foule, elle jette un coup d'œil rapide par-dessus son épaule. Le colosse regarde ailleurs. Alors elle lâche son pèlerin et se faufile entre les colonnes qui longent la place. Puis elle se met à courir sur les pavés humides du Borgo Santo Spirito et atteint en quelques enjambées le pont qui franchit le Tibre. Là, claquant des dents sous la pluie battante, elle allume son portable et compose le numéro personnel de Mario Canale, le rédacteur en chef du *Corriere della Sera*.

152

Tandis que l'alarme mugit dans les ténèbres, l'Inquisiteur et ses gardes se précipitent dans les escaliers qui mènent aux salles supérieures du couvent. Là, il débouche sur un large couloir dont le sol s'élève en pente douce. Au bout, une porte donnant sur le réfectoire qu'il arrache presque de ses gonds en l'ouvrant d'un coup d'épaule.

Le sonneur de corne est agenouillé dans la poussière. Les autres gardes du détachement sont livides. Les Recluses assassinées ont été ficelées sur les tables du réfectoire avec des cordes de chanvre. Les cadavres boursouflés ayant commencé à se décomposer avec le dégel, des rigoles de liquides corporels s'échappent de leurs vêtements et se mêlent au sang séché qui recouvre le bois. Les odeurs se mêlent à celle de la soupe moisie encore collée au fond des gamelles.

Passant de table en table, Landegaard examine longuement les corps, son estomac se contractant à mesure qu'il découvre l'épouvantable supplice que les Recluses ont subi : les yeux crevés, les langues arrachées, leurs sexes profanés et les membres écorchés. Des sévices extrêmes pratiqués parfois par la Très Sainte Inquisition. À cette différence près que ces tortures ont fait ici l'objet d'un tel déchaînement de haine et de fureur qu'elles ne peuvent avoir été commises que par des suppôts de Satan ou des soudards. Ceux qui ont tourmenté les religieuses ne cherchaient pas seulement à les faire avouer, ils voulaient aussi se venger de quelque chose, comme s'ils avaient été eux-mêmes questionnés de semblable façon en d'autres temps. Landegaard fouille sa mémoire. La dernière fois que l'Inquisition avait infligé pareils tourments, c'était quarante plus tôt dans les geôles du roi de France, lorsque les Templiers avaient été torturés des mois durant avant d'avouer enfin leurs crimes.

L'Inquisiteur se tourne vers l'un de ses gardes qui s'approche en lui tendant un médaillon retrouvé dans la poussière. Enroulant la chaîne autour de son gant, Landegaard en examine les ornements. Une croix à cinq branches encadrant un démon à tête de bouc. Le symbole des Voleurs d'Âmes.

Landegaard examine les autres cadavres du réfectoire. Des visages en bouillie et des corps martyrisés parmi lesquels il s'efforce en vain d'identifier celui de mère Gabriella. Quatorze dépouilles. Avec les sept malheureuses que les Voleurs d'Âmes ont précipitées vivantes du haut des remparts, vingt et une servantes de Dieu ont perdu la vie cette nuit-là. Landegaard s'approche d'un de ses notaires qui vient de retrouver le registre du couvent. À part une Recluse décédée de la grippe au début de l'hiver, seule manque la mère supérieure dont les gardes n'ont trouvé aucune trace.

L'inquisiteur s'approche de la dernière table. Elle est vide et recouverte de sang séché. Il se penche pour ramasser des morceaux de chanvre qui ont glissé sur le sol. C'est sur cette table que mère Gabriella a été tourmentée en même temps que ses Recluses. N'obtenant aucune réponse, les Voleurs d'Âmes ont dû s'absenter pour fouiller la forteresse. Et la religieuse en a profité pour s'enfuir.

Landegaard suit du regard les traces de sang séché par terre. La vieille Recluse a trouvé la force de se lever et de traverser le réfectoire jusqu'à une autre porte donnant sur le cloître.

Remontant cette piste le long du couloir, Landegaard s'immobilise devant une gigantesque tapisserie de Mortlake. Les empreintes s'arrêtent là. L'Inquisiteur soulève la tapisserie et repère les empreintes sanglantes que la Recluse a laissées en tâtonnant le long du mur. Il pose ses doigts aux mêmes emplacements. Un claquement. Un courant d'air glacial s'échappe de la brèche qui s'ouvre dans la paroi. Au-delà, un escalier descend dans les ténèbres – un passage dérobé qui équipe tous les couvents et les abbayes forteresses de la chrétienté et que les architectes des monastères désignent sous le terme de chemin de fuite. C'est par cet itinéraire de secours que les congrégations ont ordre de s'enfuir en cas de danger mortel. Ce chemin secret doit déboucher à plusieurs kilomètres du couvent. C'est par là que mère Gabriella s'est échappée.

153

Avançant sur le pont qui franchit le Tibre, Valentina écoute la sonnerie de son portable retentir plusieurs fois dans le vide. Puis Mario décroche enfin. Sentant que quelque chose ne va pas dans la voix de la jeune femme, le rédacteur en chef du *Corriere* coupe au plus court :

— Je suppose que tu ne m'appelles pas pour me parler de la pluie ?

— Je suis dans la merde, Mario.

— Je t'écoute.

La commissaire résume la situation. Lorsqu'elle a terminé, Mario reste un moment silencieux.

— OK, j'appelle immédiatement le journal pour stopper les rotatives et modifier la une.

— Et moi, qu'est-ce que je fais ?

— Tu me retrouves dans dix minutes à la terrasse de l'hôtel Abruzzi devant le Panthéon. Apporte l'enregistrement de Ballestra.

— Pourquoi pas directement au journal ?

— Tu m'as dit que tu pensais que les hommes de la Fumée Noire étaient sur tes talons ?

— Oui.

— Alors c'est trop dangereux. Si le camerlingue fait partie de la conspiration, il va faire surveiller les allées et venues dans les immeubles des quotidiens de Rome. Donc tu te fais plus petite qu'une souris, tu restes planquée au milieu de la foule et tu me rejoins fissa au Panthéon.

Un silence.

— Valentina ?

— Oui ?

— Si le pape a effectivement été assassiné par la Fumée Noire, tu es en danger de mort. Alors fais gaffe à tes fesses et marche loin des lampadaires.

Un déclic. Valentina tressaille en entendant des pas derrière elle. Elle se retourne. Personne. Au loin, une marée de cierges progresse et converge vers les dômes de Saint-Pierre. La ville tout entière est en deuil. À voir ainsi les pèlerins serrés les uns contre les autres, Valentina prend soudain conscience que n'importe quel tueur aurait tôt fait de l'abattre dans la multitude. Un coup de poignard dans le dos, son corps qui bascule par-dessus la rambarde et disparaît dans les eaux boueuses du Tibre... On meurt si facilement au milieu d'une foule.

— Marie ?

Le père Carzo suit des yeux la jeune femme qui avance dans le réfectoire en examinant les tables. Elle se penche. Elle a trouvé quelque chose par terre. Sa main, lorsqu'elle se redresse, est vide. Pourtant, Marie la contemple. Puis elle se remet à avancer en scrutant le sol, comme si elle suivait des traces effacées depuis longtemps. Devant une porte vermoulue qui donne sur le cloître, elle hume l'air. Carzo la suit. Elle vient de s'immobiliser près d'un mur qu'elle effleure à présent du bout des doigts. Un claquement. Le mur coulisse. Parks prend le flambeau que lui tend Carzo et éclaire un très vieil escalier qui descend dans l'obscurité.

— Où conduit ce passage, Marie ?

Brandissant la torche qu'un de ses gardes vient de lui tendre, Landegaard s'engage dans le passage et suit les traces de la Recluse sur les marches. Plus bas, la vieille religieuse s'est appuyée contre un mur. À en juger par la quantité de sang répandu à cet endroit, mère Gabriella y est restée longtemps immobile. Sans doute a-t-elle cherché au fond d'elle-même la force de continuer.

La flamme de sa torche chuintant tandis qu'il balaie l'espace pour repérer les traces suivantes, Landegaard continue à descendre dans le ventre de la falaise. Les parois sont couvertes de givre. Il a l'impression d'avancer depuis des heures lorsqu'il sent la dernière marche. Les murs du passage s'incurvent. L'Inquisiteur progresse à présent dans une sorte de goulet. Il repère un conduit plus étroit qui quitte le souterrain principal et respire les odeurs de détritus qui s'en échappent. Le puits à ordures du couvent. Tendant le bras, il en éclaire les parois. Des traces de sang gelé. Mère Gabriella a rampé dans cette direction. L'Inquisiteur esquisse un sourire. Il se souvient d'avoir aperçu une trappe à ordures dans les salles secrètes du couvent, une trappe par laquelle la Recluse a dû jeter l'évangile et le crâne de Janus avant de tomber entre les mains des Voleurs d'Âmes.

Landegaard avance de quelques pas dans le passage principal et retrouve les traces que la Recluse y a laissées en revenant du conduit à ordures. La flamme de sa torche se courbant de plus en plus dans les courants d'air, il marche encore un kilomètre en regardant grossir le point blanc que la sortie dessine au loin. La Recluse a perdu tellement de sang que l'Inquisiteur s'attend à chaque instant à buter contre son cadavre. Mais non. Mue par Dieu sait quelle force, elle a tenu bon.

Landegaard n'a bientôt plus besoin de sa torche. Il étouffe la flamme sous son talon, jette le brandon par-dessus son épaule et atteint en quelques enjambées la lourde grille qui condamne l'entrée du tunnel. Un peu de sang sur les barreaux rouillés, un peu de sang aussi sur la serrure tandis qu'elle tâtonnait pour y introduire la clé. Armé de son passe, il fait claquer le verrou et pousse la grille. Face à lui, les Alpes déroulent leurs sommets.

Ses yeux se remplissant de larmes face à la lumière aveuglante qui fait scintiller la neige, Landegaard passe la main sur une roche plate dressée à l'entrée. S'il avait eu à s'enfuir par là, c'est cet emplacement qu'il aurait choisi pour adresser un message aux Inquisiteurs.

Sans cesser de contempler les falaises blanches des Alpes, il passe les doigts sur les nervures de la roche, là où le poinçon de la Recluse a effectivement indiqué l'endroit où elle se rend. L'abbaye-forteresse de Maccagno Superiore, une congrégation de Trappistes dont le monastère surplombe les eaux glaciales du lac Majeur. Des moines écorcheurs qui exercent l'art silencieux des peaussiers. C'est à eux que les Recluses avaient apporté le manuscrit pour qu'ils le recouvrent de plusieurs épaisseurs de peaux avant d'en verrouiller la couverture à l'aide d'une serrure empoisonnée. Puis les saintes femmes avaient coulé dans le cuir ces étranges filigranes rouges qui ne luisaient qu'à la faveur des ténèbres.

Un sourire recourbant ses lèvres bleues de froid, l'Inquisiteur lève la trompe qui pend à son ceinturon et souffle dedans de toutes ses forces. Pendant que l'écho de ses appels rebondit contre les cimes, Landegaard suit des yeux le chemin des crêtes. Quarante lieues d'une route glaciale et périlleuse qui serpente jusqu'aux lointaines frontières de la Hongrie. L'itinéraire le plus dangereux. C'est dans cette direction que la Recluse s'était enfuie six mois plus tôt en emportant avec elle un crâne desséché et un vieux livre.

156

Il fait nuit. La lune et les étoiles illuminent les sommets d'une étrange lueur bleutée. À bout de forces, Parks vient de s'effondrer sur la stèle où la vieille

Recluse avait inscrit sa destination. De cette dalle plate que Landegaard avait effleurée des doigts, il ne reste plus qu'un vieux rocher couvert de mousse.

— Marie, est-ce que ça va ?

Claquant des dents dans le courant d'air, la jeune femme sent la main du père Carzo se refermer sur son épaule. Elle se raccroche à ce contact. La vision qui vient de s'achever fait encore battre ses tempes. L'odeur de Landegaard erre dans son esprit Marie se penche et vomit. Pas seulement à cause de son odeur, mais aussi du souvenir de son corps. Comme si ses bras et ses jambes à elle ne parvenaient pas encore à retrouver leur taille habituelle. Marie Landegaard. Un nouveau spasme la courbe en deux. Lorsqu'elle se redresse, le prêtre la regarde avec inquiétude.

— Ne vous en faites pas, Carzo, je suis de retour.

Marie sursaute : sa voix ne vaut pas mieux que son corps.

157

Valentina se fraie un passage à travers la masse compacte des fidèles et oblique à gauche vers les ruelles désertes de Rome.

Il lui faut moins de dix minutes pour atteindre la Piazza Navona où elle se fait happer par une autre procession. Elle progresse à travers l'océan de cierges dont les flammes éclairent fugitivement des visages en larmes et des enfants endormis. Elle vient de dépasser la foule et s'arrête pour respirer un moment l'odeur de pain chaud qui s'échappe de l'étal d'un marchand de gaufres. Au moment où la mer de bougies se referme derrière elle, Valentina se retourne et se fige. Deux moines viennent d'apparaître de l'autre côté de la place et avancent sans peine parmi les fidèles. Ils portent de larges capuches sous lesquelles leurs yeux brillent faiblement à la lueur des cierges. Valentina parcourt quelques mètres et se retourne à nouveau. Les moines ont atteint le milieu de la foule. On dirait qu'ils avancent en glissant sur le sol et que la cohue ne se rend même pas compte de leur présence. *Seigneur, ce sont eux...*

Folle de terreur à présent, Valentina accélère le pas et s'engage dans une ruelle étroite qui remonte vers le Panthéon. Elle étouffe un juron de douleur en se tordant les chevilles entre les pavés. Elle ôte ses chaussures puis se remet à courir sans se soucier de l'eau glacée qui traverse ses bas. Hors d'haleine, elle se dirige vers les lampadaires qui scintillent dans le lointain. Des chiens aboient sur son passage comme s'ils cherchaient à alerter les Voleurs d'Âmes. *Arrête de déconner, Valentina, et cours !*

Juste avant d'atteindre le Panthéon, la jeune femme se retourne et scrute l'obscurité à travers les bourrasques de pluie. Personne. Elle se faufile dans l'ombre d'une statue pour examiner la place. Elle aperçoit Mario qui descend d'un taxi à quelques mètres de l'hôtel Abruzzi. Elle se fige. Les deux moines viennent d'apparaître de l'autre côté du Panthéon et se dirigent vers lui. Au lieu de regarder devant lui, le rédacteur en chef est en train de composer un numéro sur le clavier de son portable. *Mario, je t'en supplie, lève les yeux...*

Les moines ne sont plus qu'à trente mètres. Valentina voit l'un d'eux dégainer une lame courbe qui étincelle sous un réverbère.

— Mario ! Nom de Dieu, fous le camp !

Son hurlement se perd dans les bourrasques. Les

moines ne sont plus qu'à dix mètres. Mario s'est arrêté sous la pluie et refait le numéro qu'il a dû rater à la première tentative. Puis, sans relever la tête, le Romain colle son téléphone à son oreille et se remet en marche. Valentina s'apprête à s'élancer sous la pluie lorsque son portable bourdonne à sa ceinture. Elle décroche et sent un flot de larmes envahir ses yeux en entendant la voix de Mario dans l'écouteur.

— Valentina, qu'est-ce que tu fous ?

— Mario ! Attention ! Devant toi !

Le rédacteur en chef s'immobilise.

— Quoi ? Qu'est-ce que tu dis ?

— Nom de Dieu, Mario ! Les moines ! Ils vont te tuer !

Elle voit le journaliste lever les yeux au moment où le poignard du moine l'embroche au-dessus du nombril. Il lâche son portable et tourne la tête vers Valentina qui s'élance pour lui porter secours. Elle n'en a pas le temps : retirant sa lame qu'il essuie sur le costume de Mario, le moine se retourne vers elle.

Neuvième partie

158

Lac Majeur, Italie, 21 heures.

Parks et le père Carzo n'avaient pas échangé un seul mot tandis que le 4×4 fendait la nuit pour rattraper le temps. Trois heures de route par la Suisse et le col du Saint-Gothard là où, sept siècles plus tôt, Landegaard et son escorte avaient mis plus de dix jours pour traverser les Alpes.

Ils s'étaient garés sur les rives du lac Majeur puis ils avaient rejoint les ruines calcinées de l'abbaye-forteresse de Maccagno Superiore. De cette place-forte trappiste du Moyen Âge qui avait longtemps défendu le Milanais contre les Barbares, il ne restait que quatre corps de bâtiment éboulés et quelques mètres de remparts envahis par les ronces. Un morceau du cloître aussi, où les enfants des environs allumaient des feux de camp et se racontaient des histoires terrifiantes.

Carzo s'était retourné vers Parks. Les yeux dans le vague, la jeune femme avait désigné une vieille chapelle dont les murs effrités jouxtaient les vestiges du cloître. C'est là qu'ils étaient entrés. Parks s'était assise sur un ancien fauteuil de célébrant dont les pieds rongés par le temps s'étaient mis à craquer sous son poids. Les mêmes craquements que le fauteuil de la Recluse dans le réfectoire de Notre-Dame-du-Cervin. Le même tissu aussi, ce velours rouge et poussiéreux qui sentait les siècles morts.

— Vous êtes prête ?

— Oui.

Parks tourne la tête vers les meurtrières qui percent les murailles de Maccagno. À travers une fente étroite, la lune se reflète à la surface du lac Majeur.

— Fermez les yeux à présent.

Marie regarde une dernière fois les murs crépis et les bancs de prière renversés. Puis elle ferme les yeux et ouvre son esprit à la voix de Carzo.

— Je vous renvoie ici dix jours après le massacre du Cervin. D'après les registres de marche, l'Inquisiteur Landegaard et sa troupe ont atteint la forteresse de Maccagno à l'aube du 21 juillet 1348. Nous savons qu'il s'est passé quelque chose ici. Quelque chose que Landegaard n'avait pas prévu. Mais nous ne savons pas quoi. Or ce qui est arrivé ce jour-là est sans doute la clé qui conduit à l'évangile. Alors soyez particulièrement prudente, Marie, car nous savons que Landegaard n'était pas le bienvenu en ces lieux et qu'il a bien failli y laisser la vie. C'est pour cette raison que nous avons absolument besoin de savoir ce que les Trappistes de Maccagno sont devenus après le passage de l'Inquisiteur et pourquoi...

À mesure que la voix du prêtre s'estompe, la jeune femme sent à nouveau son corps se distendre, ses mains s'élargir sous sa peau et ses jambes s'allonger. Son torse se couvre de poils et ses muscles s'épaississent. Elle capte enfin l'odeur lointaine de crasse qui remonte de ses aisselles et de son ventre. Comme au Cervin, d'autres odeurs se mettent à flotter dans l'air chaud. Des parfums qui s'assemblent peu à peu comme les touches d'un tableau. Des odeurs savoureuses de pierre chaude, de miel et de buissons d'orties. Des bruits aussi – bruissement d'une ruche, clapotis de l'eau sur les galets, claquement des sabots sur les cailloux du chemin, bourdonnement des insectes et piaffement des chevaux renâclant dans la pente. Puis ce qui reste de la conscience de Parks détecte les mêmes sensations que celles qu'elle avait ressenties en entrant pour la première fois dans la peau de Landegaard. Elle reconnaît le frottement des rênes dans ses mains et le frémissement des flancs de sa monture contre ses cuisses.

Il avait fait atrocement chaud ce jour-là mais ni les ardeurs du soleil ni les moustiques assoiffés de sang n'étaient parvenus à troubler le repos de l'Inquisiteur général qui s'était à nouveau endormi sur son cheval, le dos courbé et le menton sur sa poitrine. Lorsqu'il se redresse, Thomas Landegaard ouvre les yeux et contemple les eaux profondes du lac Majeur. Au loin, les tours de Maccagno Superiore se découpent dans les rougeurs du couchant.

159

La peau du visage roussie par le soleil et le grand air des sommets, Landegaard et son escorte avaient cheminé durant dix jours le long des crêtes reliant le Cervin au relief abrupt des monts du Tessin. À l'aube du sixième jour, le carrosse d'un notaire avait basculé dans le précipice. Debout sur ses étriers, Landegaard s'était penché au-dessus de l'abîme tandis que la carriole disloquée rebondissait le long des parois. Sans un regard pour les survivants de son escorte, il avait fait signe de se remettre en marche.

À la tombée de ce jour, alors que leurs yeux cherchaient depuis des heures le couvent des Mariales de Ponte Leone dont les tours auraient dû poindre à l'horizon, ils en avaient atteint les murailles calcinées et y avaient établi un triste campement. Landegaard avait inspecté les piliers du cloître où il avait fini par retrouver les inscriptions qu'il cherchait. La Recluse avait fait halte en ces lieux, elle y était restée quelques heures, le temps de panser ses plaies. Puis, les Mariales ayant découvert les reliques qu'elle transportait, la malheureuse avait dû reprendre sa route solitaire vers Maccagno. La suite, Landegaard l'avait devinée sans peine en découvrant les restes des Mariales crucifiées contre les portes du couvent. Ce qui signifiait que les Voleurs d'Âmes s'étaient lancés à la poursuite de la Recluse.

Les hommes de Landegaard s'étaient remis en route aux premières lueurs de l'aube. Ils étaient descendus des hauteurs en direction du lac Majeur, là-bas, au loin, dans la vallée. Il faisait de plus en plus chaud. Pressés par leur maître, ils n'avaient plus observé que de courtes pauses jusqu'aux murailles de Maccagno.

Parks gémit dans son sommeil. Ce sont ces dix jours de tristesse qu'elle vient de découvrir dans la mémoire de l'Inquisiteur lorsque celui-ci se réveille en approchant de l'abbaye-forteresse.

160

Parvenu au pied des remparts, l'Inquisiteur serre la bride de sa monture et lève une main gantée. Derrière lui, les carrosses s'immobilisent dans un crissement de roues. Landegaard interroge le silence. Pas un souffle, pas le moindre coassement de corbeaux. Se dressant sur ses étriers, il hurle par trois fois le qui-vive aux murailles. Son cri se répercute le long de la paroi et se perd dans l'air bourdonnant d'insectes. Landegaard tend l'oreille. Rien. Alors il désigne le mécanisme du pont-levis à travers les barreaux de la herse. Ses arbalétriers épaulent leur arme et s'apprêtent à tirer lorsqu'une petite voix venue des remparts demande qui va là en ces temps de peste. Surpris, Landegaard fait claquer le mors dans la gueule de sa monture, qui se cabre en soulevant un nuage de poussière. L'Inquisiteur lève les yeux et voit un crâne tonsuré qui dépasse des créneaux. Et, mettant ses mains en porte-voix :

— Holà aux remparts ! Mon nom est Thomas Landegaard, Inquisiteur général des marches d'Aragon, de Catalogne, de Provence et de Milan. J'ai pour mission d'inspecter les congrégations montagnardes pour m'assurer qu'il n'est rien advenu de fâcheux aux citadelles de Dieu. Et je te signale, messire moine, que la peste est à présent au nord et que rien ne justifie plus qu'il faille que je m'égosille comme un corbeau pour que tu daignes abaisser ton levis afin d'accueillir l'ambassadeur d'Avignon.

D'autres tonsures viennent d'apparaître aux côtés de la première. La brise apporte aux oreilles de Landegaard le conciliabule qui agite les Trappistes. Il est sur le point de s'en agacer lorsque la première tonsure se dresse à nouveau au-dessus des créneaux.

— Grâce à Dieu, Votre Excellence, notre congrégation a échappé au fléau. Mais on me fait dire que vous devriez pousser sans tarder jusqu'à l'abbaye de Santa Madonna di Carvagna, au-dessus du lac de Côme. Des rôdeurs nous ont crié il y a une lune que le grand mal y aurait semé mort et désolation dans les rangs de nos frères Cisterciens.

Landegaard se tourne vers ses hommes qui lui rendent son sourire, puis :

— Voici un contre-feu qui me semble pour le moins suspect, frère trappiste. Vous apprendrez qu'un Inquisiteur de mon rang se moque de l'avis des rôdeurs sur la direction qu'il doit prendre pour remplir sa mission. Abattez votre levis sur-le-champ que je m'assure de mes yeux que le mal vous a épargnés. Abattez-le maintenant ou, par ma foi, ce sont mes béliers qui s'en chargeront !

Les tonsures grouillent à présent aux créneaux. L'inquisiteur en dénombre seize et une douzaine de plus qui vont et viennent en agitant les bras. Un grincement de chaînes se fait entendre tandis que des mains invisibles relèvent la herse. Ayant disposé ses arbalétriers devant lui, Landegaard éperonne sa monture.

Suivi des carrosses, l'Inquisiteur pénètre dans la forteresse et contemple les Trappistes qui se sont regroupés dans la cour. Quarante vieux moines sales et craintifs qui ont miraculeusement survécu au fléau en se nourrissant de corbeaux et de viande de chien, ainsi qu'en attestent les carcasses et les crânes qui jonchent le sol. Des squelettes de chats et des queues de rats achèvent de se décomposer dans la poussière. Des débris de chouettes aussi, dont les vieillards ont rongé les os pour tromper leur faim. Ainsi, c'est à ces extrémités inavouables que la peste avait réduit les fiers peaussiers de Maccagno. Pour autant, si les Trappistes semblent avoir maigri, un reste de panse tend toujours leur bure. Ça ne colle pas. Ça et cette lueur étrange qui brille au fond de leur regard.

161

Les arbalétriers se répartissent les axes de tir tandis que Landegaard se penche vers un de ses gardes qui lui murmure quelques mots à l'oreille. Il se redresse sur sa selle et se tourne vers les moines.

— On m'apprend que la source qui alimente votre monastère aurait été corrompue par le cadavre d'un pestiféré. J'attends vos explications.

Un silence de mort accueille sa remarque. Puis une voix éraillée s'élève enfin des rangs :

— Monseigneur, nous avons fait fondre la neige et bu les eaux de pluie.

Un notaire ouvre un épais livre de cuir qu'il pose sur les genoux de Landegaard. L'Inquisiteur consulte quelques pages.

— Je peux admettre cette explication pour les neiges de cet hiver mais d'après les relevés de pluie enregistrés par les baillis de Côme et de Carvagna, il n'y a eu que quatre orages au cours du printemps.

Nouveau silence.

— Veuillez relever vos manches et présenter vos bras à mes notaires.

Les moines s'exécutent, découvrant les nombreuses entailles qui parsèment leurs bras crasseux : desséchés par le manque d'eau, les Trappistes en ont été réduits à se taillader les chairs et à sucer leur sang. Les gardes manœuvrant la manivelle de leurs arbalètes pour en bander le cuir, les moines tombent à genoux dans la poussière en suppliant l'Inquisiteur de les épargner. Landegaard les fait taire d'un claquement de bride.

— Laissons ces choses au jugement de Dieu qui aura sans doute pitié de ce que nous aurons fait subir à nos âmes en ces temps de perdition. Ce ne sont pas vos égarements qui m'ont conduit en vos murs. Je suis à la recherche d'une vieille Recluse qui a fui son couvent du Cervin en plein cœur de l'hiver. Je sais qu'elle est passée ici et j'attends que vous m'en donniez des nouvelles.

Un silence. Landegaard s'impatiente.

— Auriez-vous aussi dévoré votre langue ? D'après mes registres, le supérieur de votre congrégation est le père Alfredo de Tolède. Qu'il avance et se fasse connaître.

Un murmure parcourt la congrégation agenouillée. Un vieux moine s'approche en courbant l'échine. Landegaard lui fait relever la tête du bout de sa cravache. Les yeux du bonhomme sont fuyants.

— Je vous ai bien connu autrefois au séminaire de Pise, dom Alfredo. Si ma mémoire ne me fait pas défaut, à cette époque vous dissimuliez sous une couche de poudre une vilaine balafre que le couteau d'un brigand avait taillée dans votre joue. La faim et la soif l'auraient-elles gommée de votre face ?

— Le temps, Votre Excellence, c'est le temps qui l'a effacée.

La cravache de Landegaard siffle dans l'air et déchire la peau du moine dont le sang gicle dans la poussière. Le malheureux hurle en plaquant ses mains sur son visage.

— La voici donc de retour, votre vilaine blessure, frère menteur.

S'adressant aux autres moines dont les genoux s'entrechoquent, il ajoute en grondant :

— Tas de porcs, je vous accorde le temps d'une pierre quittant ma main vers le sol pour me dire ce qu'est devenu le père Alfredo. Passé ce délai, je me verrai dans l'obligation de vous faire questionner par mes bourreaux.

Une voix chevrotante s'élève de la file des age-nouillés.

— Votre Excellence, père Alfredo nous a été enlevé il y a une lune.

— Et de quoi est-il mort, je vous prie ?

— Du seul bon vouloir de Dieu. Il s'est éteint et nous l'avons veillé avant de le porter en terre.

Landegaard interroge ses notaires du regard. Le vieil Ambrosio, qui connaît bien les noirceurs de l'âme humaine, lisse sa barbe. L'Inquisiteur non plus ne croit pas un mot de ce qui vient d'être dit.

— Alors conduisez-moi au cimetière et désignez-moi sa tombe.

Un éclair jaillit au pied de Landegaard. Le moine blessé vient de dégainer un poignard et se jette sur l'Inquisiteur, qui cabre sa monture. Déviée par ce geste, la lame s'enfonce dans l'encolure de l'animal. Un carreau d'arbalète siffle dans l'air et frappe le Trappiste à la gorge. Sautant de son cheval qui s'effondre dans la poussière, Landegaard fait encercler les autres moines. Puis, les laissant sous bonne garde, il fait ouvrir la tombe de père Alfredo et constate sans surprise que celle-ci est vide. Il ordonne alors à ses hommes de fouiller le monastère de fond en comble.

Quelques minutes se sont écoulées lorsqu'une corne se fait entendre dans les soubassements. Landegaard rejoint ses hommes qui viennent de retrouver le supérieur dépouillé de ses membres dans le cellier du monastère. Il pose un mouchoir sur son nez et sa bouche et examine le cadavre. Les entailles pratiquées sur la carcasse du malheureux ont été frottées au gros sel, pour que les chairs amputées ne se gâtent pas : jour après jour, les moines ont prélevé des morceaux de viande dans les flancs et les parties grasses du père Alfredo. Landegaard frémit en imaginant ces vieilles bouches édentées en train de mastiquer cette carne.

L'Inquisiteur fait torturer les moines toute la nuit pour leur arracher des aveux sur le sort infâme qu'ils ont réservé à la Recluse. Au milieu des hurlements, il finit par apprendre que la vieille religieuse s'est présentée à la porte du monastère au treizième jour de sa fuite. Elle a hurlé aux remparts qu'elle venait du Cervin et qu'elle réclamait asile pour la nuit. Mais les Trappistes ne l'ont pas laissée entrer et ils se sont contentés de lui jeter quelques morceaux de pain et des insultes. Quelques crachats aussi.

Hurlant comme un damné tandis que le pressoir lui fend les os, le plus jeune de cette misérable congrégation avoue qu'il a entendu la Recluse marteler quelque chose sur une roche dressée près du pont-levis. Puis il l'a vue s'éloigner en direction de l'est.

— Et ensuite ? Que s'est-il passé ?

Le Trappiste laisse échapper un cri de douleur lorsque l'Inquisiteur saupoudre ses plaies de gros sel.

— Parle, maudit !

— Deux jours plus tard, des cavaliers ont hurlé à la porte qu'ils cherchaient une Recluse échappée du Cervin. Nous leur avons répondu de passer leur chemin mais ils se sont mis à escalader les murailles comme si leurs pieds étaient aussi fourchus que les sabots des boucs.

— Ne t'arrête pas, espèce de chien ! Est-ce qu'ils ont appris par où la Recluse s'en était allée après que vous l'avez chassée ?

— Par Dieu, Votre Excellence ! Ils nous ont forcés à le leur dire !

— Comment se fait-il alors qu'ils vous aient épargnés ?

Éclatant d'un rire dément, le Trappiste se redresse et crache au visage de l'Inquisiteur.

— Qu'est-ce que tu crois, sale avorton de Dieu ?

Nous avons abjuré la Vierge et adoré le Diable pour qu'ils nous laissent la vie !

Tandis que les bourreaux continuent de malmener les damnés, Landegaard se précipite à la herse. Il a tôt fait de repérer la roche où la Recluse a inscrit la prochaine étape de son itinéraire. Ses doigts parcourent fébrilement la pierre. Soudain, il se fige.

— Seigneur tout-puissant miséricordieux, l'abbaye cistercienne de Santa Madonna di Carvagna.

162

— Réveillez-vous, Marie !

— La malheureuse. Elle s'est jetée tout droit dans la gueule de la peste.

La voix grave qui s'échappe des lèvres de Parks répète cette phrase en boucle. La jeune femme a les yeux révulsés et la tête renversée sur le fauteuil. Cela fait plusieurs minutes que Carzo ausculte les battements de son pouls. Une petite veine bleue se met à palpiter de plus en plus fort à mesure que Parks se retrouve coincée quelque part au fond de sa transe. Elle se met brusquement à convulser et Carzo doit lui faire une injection d'adrénaline pour soutenir son cœur dont le rythme vient de franchir les cent soixante-quinze pulsations par minute.

— Accrochez-vous, Marie, je suis en train de vous ramener.

L'adrénaline brûlant ses artères, Parks pousse un hurlement en émergeant enfin de sa vision. Elle ouvre les yeux et inspire l'air comme si elle avait risqué la noyade. Elle est en nage. Carzo la serre maladroitement contre lui et la berce pour la réchauffer. La jeune femme est terrorisée.

— Que s'est-il passé, Marie ? Qu'avez-vous vu ?

La voix encore brisée par le timbre de Landegaard, Marie raconte la fin de sa vision au père Carzo dont les yeux s'arrondissent de stupeur. Insensible aux larmes des mangeurs d'homme, Landegaard les avait fait enterrer vivants. L'Inquisiteur et son escorte avaient ensuite incendié le monastère puis ils s'étaient éloignés par le chemin de crêtes que la Recluse avait emprunté quelques mois plus tôt en direction des Dolomites.

Sentant les larmes de Parks glisser le long de sa joue, Carzo la serre plus fort dans ses bras. Elle avait assisté aux déchaînements de l'Inquisition et il allait falloir quelque temps pour que son esprit digère ce qu'elle avait vu.

— Vous avez dit que la Recluse se dirigeait vers l'abbaye cistercienne de Santa Madonna di Carvagna. C'est bien ça ?

— Oui.

— OK, maintenant ça suffit. Il faut s'arrêter là, sinon vos transes finiront par vous tuer.

— Alors on laisse tomber ?

— Impossible. Mais je sais à présent que la Recluse n'a confié le manuscrit à aucune des communautés auxquelles elle a demandé asile au cours de sa fuite.

— Peut-être est-elle parvenue à le remettre aux Cisterciens de Carvagna ?

— Je pense que ce n'était pas son intention. Et puis, les Trappistes de Maccagno Superiore ont dit la vérité à Landegaard au moins sur un point.

— Lequel ?

— L'abbaye de Carvagna a effectivement été décimée par la peste cette année-là. On sait, d'après nos

512

archives, qu'ils ont laissé entrer une femme pleine sans savoir qu'elle portait le mal. Si la Recluse a frappé aux portes de cette abbaye, personne ne lui a ouvert car il ne restait plus que des cadavres. Nous allons donc couper directement jusqu'au couvent de Bolzano, où Landegaard et ses hommes ont trouvé la mort et où l'Église a définitivement perdu la trace du manuscrit. C'est là que la piste de la Recluse s'arrête.

Parks repense au dernier courrier de l'Inquisiteur qu'elle avait lu dans la bibliothèque des Recluses de Denver. Celui où il annonçait au pape que les fantômes de ses gardes étaient en train d'enfoncer la porte du donjon où il avait trouvé refuge.

— Je... je n'aurai pas la force de revivre ça.

— N'ayez pas peur, Marie, je ne suis pas assez fou pour vous envoyer vers Landegaard juste avant sa mort. Vous ne le supporteriez pas.

Serrée contre le prêtre, Parks écoute les battements de leurs deux cœurs se confondre dans le silence. Elle sait qu'il ment. De nouvelles larmes jaillissent de ses yeux.

— Pourtant, je serai bien obligée d'entrer dans la peau de la Recluse pour retrouver l'évangile.

— Je serai avec vous.

— Non, Alfonso, je serai seule à gratter la terre du cimetière avec mes ongles quand les Augustines auront enseveli son cadavre. Je serai seule et tu le sais.

Carzo sent le souffle de Parks sur sa joue. Il se noie dans son regard terrifié. Les lèvres de la jeune femme se referment sur les siennes.

— Marie...

Il tente de résister encore un peu. Puis il ferme les yeux et lui rend son baiser.

163

Rome, 22 heures.

Assis à l'arrière de la limousine qui vient de le récupérer dans le quartier du Colisée, le cardinal Patrizio Giovanni est inquiet. Il règne au Vatican un silence étrange, une sensation de vide et d'attente, comme si l'Église retenait son souffle. Même la foule des pèlerins qui converge toujours sur la place Saint-Pierre semble ne pas faire plus de bruit qu'une armée de fantômes. Mais, ce qui inquiète surtout le cardinal Giovanni tandis que la limousine se fraie péniblement un passage à travers les processions, c'est que rien ne se passe normalement depuis la mort du pape. En tout cas, rien de ce que prévoient les conventions et les règles sacrées de l'Église. Quelques heures plus tôt, le cardinal camerlingue Campini a même annoncé la mise en terre imminente de Sa Sainteté et l'annulation du délai de décence avant le conclave. Du jamais vu depuis des siècles.

C'est en milieu d'après-midi que le vieux camerlingue était monté à la tribune du concile pour annoncer la nouvelle au collège des cardinaux, justifiant sa décision par les troubles qui agitaient la chrétienté et rendaient urgente la désignation d'un nouveau pape. Giovanni se souvient des murmures qui avaient parcouru les rangs des prélats. Puis, après avoir prononcé la dissolution du concile en vertu du canon 34 de la constitution apostolique *Universi Dominici Gregis*, Campini avait convoqué les cardinaux au conclave qui s'ouvrirait immédiatement après la mise en terre. Depuis, un silence de mort s'était abattu sur Rome.

Comme si quelque chose était entré au Vatican. Quelque chose qui était en train d'en prendre le contrôle.

Le cardinal Giovanni contemple les rues humides de la vieille ville à travers les vitres de la limousine. L'habitacle sent le cuir et le vieux malt. Une Bentley de collection qui appartient au cardinal Angelo Mendoza, secrétaire d'État du Vatican et premier ministre de l'Église. Juste après l'intervention du camerlingue et tandis que les conciliaires commentaient son annonce dans un bruissement de voix, la main ridée de Mendoza avait déposé une enveloppe sur le pupitre de Giovanni. Ce dernier l'avait recouverte en faisant mine de continuer à rassembler ses documents. Puis il avait regardé le vieux prélat qui s'éloignait dans un bruissement de soutane avant d'ouvrir l'enveloppe à l'abri des regards. À l'intérieur, un simple feuillet sur lequel Mendoza avait griffonné quelques mots en latin qui signifiaient : « L'insensé a les yeux ouverts mais le sage marche dans les ténèbres. »

Giovanni avait souri en lisant cette nouvelle version de la citation de l'Ecclésiaste que le vieux Mendoza avait recopiée en inversant les sujets. « Le sage a les yeux ouverts mais l'insensé marche dans les ténèbres », telle était la version originale de cette maxime. À présent qu'il déplie à nouveau le feuillet comme il l'a déjà fait dans sa chambre d'hôtel aussitôt après avoir quitté le concile, Giovanni ne sourit plus du tout en contemplant les phrases à l'encre rouge qui dansent devant ses yeux. De l'encre luminescente qui n'apparaît que dans le noir, alors que le texte original a disparu. La signature des chevaliers de l'ordre des Archivistes qui utilisent toujours cet art de Recluses lorsqu'ils veulent s'échanger des secrets. Giovanni relit encore une fois les lignes rouges qui semblent flotter dans la chair du papier :

Ma limousine passera vous prendre à 22 heures
au 12, Via di San Gregorio.
Ne parlez à personne.
Vous êtes en danger.

Giovanni replie le document et le range dans la poche de sa soutane. Le cardinal Mendoza est le numéro deux dans l'ordre des puissants du Vatican, un ami fidèle du pape qui vient de s'éteindre, un membre de la vieille garde. C'est lui qui a recommandé six mois plus tôt à Sa Sainteté d'élever Giovanni au rang de cardinal, le jour de ses cinquante et un ans, faisant de lui le plus jeune prince de l'Église. Le plus naïf aussi. Mais pour inexpérimenté qu'il soit au milieu de ces vieux crabes pleins de malice, Giovanni a vite appris qu'il vaut mieux faire confiance à un seul homme que se méfier de tous. Il a donc placé sa confiance en celui qui a fait de lui ce qu'il est devenu. C'est pour cela que le message de Mendoza l'inquiète. Ça, et le silence qui a envahi le Vatican.

Le prélat ouvre les yeux. La limousine vient de s'immobiliser devant une impasse au fond de laquelle luisent les néons d'une trattoria. Un maître d'hôtel abrité sous un parapluie attend devant l'entrée de service.

— C'est ici.

Le prélat sursaute légèrement en entendant par l'interphone la voix métallique du chauffeur. Il se tourne vers la vitre de séparation. L'homme ne s'est même pas retourné. Giovanni ouvre la portière et regarde la semelle de son mocassin qui disparaît dans une flaque d'eau. Il descend de la limousine, qui démarre souplement et s'éloigne.

Le cardinal s'engage dans l'impasse. Le maître d'hôtel se porte à sa rencontre et murmure :

— Êtes-vous l'Ecclésiaste ?

— Pardon ?

Giovanni contemple les yeux froids de l'homme, qui attend une réponse. Le cardinal va la lui donner lorsqu'il remarque des ombres dissimulées dans l'impasse. Quatre hommes. Il a un mouvement de recul en reconnaissant le plus proche dont le visage vient d'apparaître sous un néon : le capitaine Silvio Cerentino, chef de la garde rapprochée du défunt pape.

— Mais nom d'un chien, que se passe-t-il ici et que font des gardes suisses hors des murs du Vatican ?

— Monsieur, je vous ai posé une question. Êtes-vous l'Ecclésiaste ?

La voix du maître d'hôtel est glaciale. Giovanni tressaille en remarquant que l'homme a glissé la main sous sa veste et qu'il tient une arme. Alors, il répond :

— L'insensé a les yeux ouverts mais le sage marche dans les ténèbres.

Le visage du maître d'hôtel se détend. Sa main lâche la crosse de son arme. Il avance son parapluie pour abriter le cardinal.

— Le cardinal Mendoza vous attend, Votre Éminence.

Giovanni jette un coup d'œil vers le fond de l'impasse. Les gardes suisses ont disparu.

164

Sur la place Saint-Pierre, la foule des pèlerins a encore grossi. Ils sont à présent si nombreux que leurs murmures ressemblent à un grondement. Des centaines de milliers de lèvres qui prient au milieu d'une forêt de cierges. On dirait une sorte de monstre, une hydre composée de milliers de visages tristes et de corps immobiles.

Depuis le sommet des escaliers de la basilique, le cardinal camerlingue Campini contemple cette marée humaine qui approche. Il a l'impression que toute la chrétienté est en train de converger vers le cœur de Rome, comme si les fidèles pressentaient ce qui est en train de se jouer à l'intérieur du Vatican.

Campini sent l'imposante silhouette du commandant de la garde qui s'immobilise à ses côtés.

— Je vous écoute.

— Trois cardinaux manquent à l'appel, Votre Éminence.

Campini se raidit.

— Lesquels ?

— Le cardinal secrétaire d'État Mendoza, le cardinal Giacomo de la congrégation pour les Évêques et le cardinal Giovanni.

— Les deux premiers sont atteints par la limite d'âge et ne peuvent pas siéger au conclave.

— Tout de même, Votre Éminence, le cardinal secrétaire d'État et le patron de la congrégation pour les Évêques, numéros deux et six du Vatican...

— Je vous rappelle que le numéro un étant mort, le numéro deux et le numéro six n'ont pas plus de pouvoir que leur équivalent dans un jeu de cartes. Seul le camerlingue commande quand le Siège est vacant. Et le camerlingue, c'est moi.

— Vous pensez qu'ils savent ?

— Je pense qu'ils croient savoir. Mais de toute façon, quoi qu'ils manigancent, il est déjà trop tard.

Un silence.

— Des nouvelles du père Carzo et de cette Marie Parks qui voit des choses ?

— Ils ont quitté l'abbaye-forteresse de Maccagno

Superiore. Ils se dirigent à présent vers le couvent de Bolzano.

— Il est impératif que l'évangile soit retrouvé pour la messe solennelle qui se tiendra juste après l'élection du Grand Maître.

— Peut-être serait-il préférable d'intervenir ?

— Ne vous occupez pas de choses qui vous dépassent, commandant. Personne ne doit toucher au père Carzo avant que l'heure ne soit venue.

— Et pour les cardinaux qui manquent à l'appel ?

— Je m'en charge.

Campini jette un dernier regard vers la foule.

— Faites doubler les cordons de sécurité et fermez la basilique.

Le commandant fait signe à ses gardes de resserrer les rangs. Puis il pousse les lourdes portes derrière le camerlingue qui disparaît à l'intérieur de l'édifice.

165

Le maître d'hôtel conduit le cardinal jusqu'aux salons privés de la trattoria. Il ouvre la porte et s'écarte pour le laisser passer. À l'intérieur, Giovanni découvre une pièce à l'atmosphère feutrée, aux murs tapissés de tentures et au vieux parquet dont les lattes craquent sous ses semelles. Assis à la seule table circulaire dressée au centre de la pièce, le cardinal Mendoza, le cardinal Giacomo, préfet de la congrégation pour les Évêques, et un vieillard en costume sombre et chapeau de feutre, dont le visage est si ridé qu'il semble sourire en permanence.

Giovanni respire les odeurs de cigare et de liqueurs

qui flottent dans la pièce. C'est dans ces petites salles de Rome que les prélats se retrouvent à l'écart des oreilles indiscrètes lorsqu'ils ont besoin d'évoquer des secrets. Ceux que l'on n'ose pas murmurer dans l'enceinte du Vatican et que l'on se confie à voix basse entre deux gorgées de barolo et deux cuillerées de moka. C'est là aussi qu'on intrigue en préparant la chute des ambitieux, la disgrâce des puissants et la mise au ban des prétentieux.

Giovanni s'assied en face du cardinal Mendoza. Un serveur remplit son verre et dispose devant lui une part de pâtisserie. Puis il demande à voix basse s'ils ont l'intention de dîner. Le vieux cardinal fait non de la main. Le serveur s'éclipse et referme la porte.

— Je me suis permis de commander une part de ce délicieux tiramisu ainsi qu'une carafe de cette grappa des Abruzzes dont Notre Seigneur aurait raffolé, intervient Mendoza.

— Et si vous me disiez plutôt ce qui se passe ici, Votre Éminence ?

— Mangez d'abord, nous parlerons ensuite.

Giovanni s'exécute. Le mélange de chocolat et d'alcool lui brûle la gorge. Puis il lève les yeux vers Mendoza qui l'observe toujours à travers la fumée de son cigare. Le vieillard au chapeau a à peine touché à son dessert. Il roule une cigarette qu'il colle entre ses lèvres avant de l'allumer avec un briquet à mèche. Puis il se retourne vers un homme en civil qui vient d'entrer dans le salon et qui tient une enveloppe épaisse sous le bras. S'inclinant devant le vieillard au chapeau, il lui murmure quelque chose à l'oreille. Giovanni se raidit. Des Siciliens. Le messager remet le pli au vieillard avant de se retirer. Le vieux Sicilien tend l'enveloppe à Mendoza.

— Je vous écoute, Votre Éminence, commence Giovanni. Pourquoi m'avez-vous fait venir ici et qui sont ces gens ?

Mendoza pose son cigare dans le cendrier.

— Patrizio, nous avons de bonnes raisons de croire que le Vatican s'apprête à passer dans d'autres mains que les nôtres. Le concile n'était qu'un prétexte et le conclave qui s'annonce ne sera qu'une formalité.

— La Fumée Noire de Satan ?

— Nous savons que ce sont eux qui ont fait assassiner monseigneur Ballestra. Nous savons aussi que notre vieil ami avait découvert quelque chose dans les sous-sols du Vatican.

— Quoi donc ?

— Des preuves du complot patiemment rassemblées au cours des siècles.

— Et alors ?

— Après la mort de Ballestra et celle présumée suspecte du pape, nous avons exhumé de nos propres archives les certificats de décès des souverains pontifes depuis le XIVe siècle, et nous avons découvert que vingt-huit autres papes ont succombé au même mal étrange et foudroyant.

— Êtes-vous en train de me dire que Sa Sainteté aurait été assassinée ?

— Je le crains.

— Alors, qu'attendez-vous pour stopper cette mascarade et faire éclater la vérité au grand jour ?

— Ce n'est pas aussi simple, Patrizio.

— Pas aussi simple ? Votre Éminence, vous envoyez votre limousine me récupérer au Colisée après m'avoir adressé un message en passant par le code des Archivistes, vous me faites accueillir comme un voleur par un maître d'hôtel armé qui me demande un mot de passe au fond d'une ruelle protégée par des gardes suisses en civil, puis vous m'offrez un verre de grappa avant de m'annoncer que le pape a été assassiné et que la Fumée Noire s'apprête à prendre le contrôle du Vatican. Figurez-vous que j'avais compris ! Ce que je saisis moins, c'est ce que vous attendez de moi et pourquoi nous parlons devant un inconnu qui vous murmure des choses à l'oreille en sicilien.

Un sourire s'élargit sur les lèvres du vieillard au chapeau. Mendoza sirote une gorgée de grappa puis repose son verre.

— Laissez-moi vous présenter dom Gabriel.

— La Mafia ? Vous êtes devenu fou ?

— La Mafia, comme vous dites, est une grande famille avec ses cousins, ses oncles et ses traîtres. Dom Gabriel représente la branche palermitaine de Cosa Nostra, la Mafia historique avec laquelle l'Église entretient depuis près d'un siècle des relations aussi précieuses qu'inévitables. Mais rien de définitivement répréhensible, rassurez-vous. Dom Gabriel est un ami et il est croyant. Il est venu me trouver car il a des révélations importantes à nous faire.

— Quel genre de révélations ?

Le vieillard laisse échapper un nuage de fumée. Lorsqu'il se met à parler, Giovanni a l'impression d'entendre un personnage de film.

— Cette nuit, nos familles alliées de Trapani, d'Agrigente et de Messine nous ont alertés à propos d'une tractation en cours entre les branches traîtresses de la Camorra et de Cosa Nostra. Ceux que nous appelons les fruits pourris tombés de l'arbre.

— J'ai déjà du mal à vous suivre.

— La Mafia, comme disent ceux qui ne savent pas se taire, est composée de cinq organisations principales. Camorra et Cosa Nostra sont les plus anciennes. Nous nous détestons mais nous le faisons avec honneur. Derrière vient la 'Ndrangheta, les Calabrais. De vrais méchants ceux-là, très cruels. Ensuite, il y a la Stidda, qui signifie *étoile* en sicilien. Ce sont des transfuges de Cosa Nostra. On les reconnaît facilement car ces imbéciles portent une étoile à cinq points tatouée entre le pouce et l'index. Ils font dans la drogue asiatique et dans la pute de l'Est. C'est mal. Enfin, les pires, ceux de la Sacra Corona Unita, sont originaires de la région des Pouilles. Eux, ce sont des chiens fous. Ils prostituent les enfants et assassinent les vieilles dames. Ou l'inverse, je ne sais plus.

Excédé, Giovanni se retourne vers le cardinal Mendoza.

— On est vraiment obligés d'entendre tout ça ?

— Venez-en au fait, dom Gabriel, je vous en prie.

Le vieillard tire sur son mégot et récupère quelques brins de tabac collés au bout de sa langue.

— La tractation en cours dont Cosa Nostra a entendu parler implique plusieurs clans de la Stidda et de la Sacra Corona Unita. On murmure que, cette nuit, beaucoup d'argent est passé d'une main sale à une autre. Des messieurs en costume sont venus demander à ces organisations de galeux une mission un peu spéciale en échange de valises de billets. Un sacrilège que jamais la Camorra ou nous autres, de Cosa Nostra, n'aurions accepté de commettre pour tout l'or du monde.

— Quel sacrilège ?

— Cette nuit, à 1 heure du matin, plusieurs groupes armés appartenant à la Stidda et à la Sacra Corona Unita ont pris en otages une centaine de familles un peu partout en Italie et dans le reste de l'Europe. Des familles de cardinaux siégeant au conclave, sans doute pour obtenir d'eux le bon vote au bon moment.

Giovanni se raidit sur son fauteuil.

— Je refuse de croire les allégations d'un coupeur de gorges.

— Vous avez tort, Votre Éminence, car il se pourrait que le coupeur de gorges, comme vous dites, sauve bientôt la vôtre.

— Je pense en avoir assez entendu pour ce soir.

— Asseyez-vous, Patrizio.

Giovanni retombe sur son fauteuil.

— Enfin, Votre Éminence, vous n'allez tout de même pas me dire que vous croyez un parrain de la Mafia lorsque celui-ci affirme que des responsables du Vatican auraient envoyé des hommes de main faire pression sur des cardinaux et orienter les votes du conclave !

Sur un signe de tête de Mendoza, dom Gabriel tend à Giovanni l'épaisse enveloppe qu'un de ses hommes lui a remise quelques minutes plus tôt.

— Ouvrez.

Giovanni en extrait une dizaine de clichés. Il reconnaît l'allée d'oliviers qui mène à la maison de ses parents sur les hauteurs de Germagnano, dans les monts Apennins, et les massifs de fleurs ornant la vieille bâtisse du XVIIIe siècle, ainsi que le porche d'entrée en bois massif. Sur les photos suivantes, ses parents sont assis sur le canapé du salon, sa mère porte son éternelle robe à fleurs et ses chaussons de laine, son père sa vieille veste de chasse et un pantalon de velours côtelé de couleur rouille. On leur a lié les mains dans le dos et un épais morceau de ruban adhésif leur barre les lèvres. Sur le dernier cliché, un homme de la Sacra Corona Unita appuie le canon d'un pistolet-mitrailleur contre la tempe de sa mère qui sanglote. Le jeune cardinal lève des yeux pleins de haine vers dom Gabriel.

— Comment vous êtes-vous procuré ces photos ?

— J'ai payé ce qu'il fallait.

— Qu'est-ce qui me dit que ce ne sont pas vos hommes à vous qu'on aperçoit sur ces photos ?

— Mes hommes ne sont jamais masqués.

— OK, ça suffit à présent !

Giovanni repousse son fauteuil et enfile son manteau.

— Vous allez où ?

— Je vais remettre ce dossier aux carabiniers.

— Pour quoi faire ?

— À votre avis ?

— Cardinal Giovanni, les équipes de la Stidda et de la Sacra Unita communiquent entre elles tous les quarts d'heure par talkie-walkie et messages codés. Si les carabiniers procèdent à une intervention contre l'une ou l'autre, toutes les familles seront exécutées dans l'instant. C'est ce que vous voulez ?

— Je n'ai pas de leçons à recevoir d'un parrain !

— Vous ne ferez pas trente mètres hors de cette pièce.

— C'est une menace ?

Le vieillard souffle un nouveau nuage de fumée. Il ne sourit plus. Le cardinal Mendoza intervient :

— Patrizio, le conclave va commencer et nous n'avons plus une seconde à perdre. Nous avons peut-être encore un moyen d'arrêter la Fumée Noire mais il faut faire vite. Accordez-moi quelques minutes pour vous en convaincre. Après cela, vous déciderez en votre âme et conscience de ce qu'il convient de faire.

À court d'arguments, Giovanni se rassied et attrape son verre de grappa qu'il vide en deux gorgées. L'alcool descend dans sa gorge comme une coulée de lave. Puis il repose son verre et plonge son regard dans celui de Mendoza.

— Je vous écoute.

166

— Avez-vous entendu parler du réseau Novus Ordo ?

— Non.

— Novus Ordo est une loge ultra-secrète créée à la fin du Moyen Âge. Elle existe toujours et est composée des quarante hommes et femmes les plus puissants de la planète. C'est une sorte de club de dirigeants, de riches industriels et de banquiers qui président en secret aux destinées de l'humanité. Personne ne sait qui ils sont ni à quoi ils ressemblent.

— Vous n'allez tout de même pas nous resservir la théorie des Maîtres du monde ?

— Cardinal Giovanni, si vous voulez faire croire que quelque chose n'existe pas, arrangez-vous pour faire circuler la rumeur que cette chose existe bel et bien, puis allumez des contre-feux pour persuader les gens que tout ceci n'est finalement qu'une rumeur. Ainsi, tout ce qui ressemblera à une preuve sera immédiatement dénoncé comme un nouvel élément de la rumeur et viendra renforcer la certitude que cette chose n'existe pas. C'est ainsi que Novus Ordo a pu se développer tranquillement à travers les siècles. Tout le monde a entendu parler de ce réseau mais tout le monde pense comme vous que cette croyance n'est qu'une rumeur sans fondement.

— Novus Ordo se serait donc inventé une légende pour mieux se dissimuler derrière elle ?

— Oui, celle des Illuminati, cette prétendue loge toute-puissante qui aurait été créée en 1776 par un ancien Jésuite à Weinberg. L'élite de l'élite. Novus Ordo a même donné un symbole à ce mythe : une pyramide dont le sommet, séparé de la base, est illuminé par l'œil de la connaissance suprême. L'élite révélée et la masse des peuples aveugles. Ils ont aussi fait imprimer ce symbole et la devise des Illuminati sur les billets de un dollar américain pour que tout le monde les ait sous les yeux. Ensuite, ils ont fait courir le bruit que les Illuminati étaient responsables de tout. Pendant ce temps-là, Novus Ordo a pu continuer à se développer sans être dérangé.

— OK, admettons. Quel rapport avec la Fumée Noire ?

— Novus Ordo a été créé par la Fumée Noire dès la fin du Moyen Âge et nous pensons que ses cardinaux, ou en tout cas leur Grand Maître, font partie de cette élite dirigeante.

— Vous voulez dire que la Fumée Noire ne serait que la branche vaticane de Novus Ordo ?

— C'est ce qu'elle a fini par devenir au fil des siècles : une partie d'un gigantesque ensemble créé par elle-même. Mais pas n'importe quelle partie, car la Fumée Noire a entre les mains la mission la plus importante aux yeux de Novus Ordo.

— Laquelle ?

— Abattre l'Église de l'intérieur. Ce n'est qu'à cette condition que Novus Ordo pourra contrôler l'ensemble de la planète.

— C'est totalement absurde !

— Non, Patrizio, ce ne sont que des rumeurs.

Un silence.

— Comment cela a-t-il commencé ?

— Le 13 octobre 1307, jour de l'arrestation des Templiers, des agents du roi de France infiltrés au Vatican assassinèrent la plupart des cardinaux qui s'étaient convertis à la cause de l'ordre. Sept de ces prélats parmi les plus puissants en réchappèrent et créèrent la Fumée Noire de Satan. Dans le même temps, les hauts dignitaires de l'ordre du Temple qui avaient été arrêtés en France furent enfermés dans les cachots de Paris, de Gisors et de Chinon, en attendant l'heure de mourir sous la torture ou sur le bûcher. Juste avant le déclenchement des opérations, ces dignitaires avaient confié à des frères de leur ordre le soin d'emporter et de cacher huit croix renfermant le code des Templiers. Les huit croix des huit Béatitudes.

Un autre silence.

— Une fois emprisonnés, ces mêmes dignitaires gravèrent chacun dans la paroi de leur cachot l'endroit où se trouvait la croix qui lui appartenait. Huit lieux secrets qui se transmirent de Templiers en Templiers et parvinrent jusqu'aux oreilles des cardinaux de la Fumée Noire, dont les émissaires récupérèrent peu à peu les croix dispersées.

Après une interruption, le cardinal Mendoza reprend :

— Grâce aux huit croix des Béatitudes, les cardinaux de la Fumée Noire purent retrouver l'emplacement où le Temple avait dissimulé son trésor à la fin des croisades. C'est cet endroit que l'assemblage des huit croix désignait.

— Où ça ?

— On pense qu'il se trouvait quelque part dans des cavernes sous-marines au large de l'île de Hierro, dans l'archipel des Canaries encore vierge et inexploré.

— On sait quelle somme ce trésor représentait ?

— À l'apogée de sa suprématie bancaire, l'ordre brassait l'équivalent de 15 milliards de dollars par an. Créanciers des rois et des puissants, financiers et armateurs des croisades, les Templiers possédaient leurs propres navires avec lesquels ils faisaient commerce. Ils ont inventé la banque, la lettre de change, les agios et le crédit. Sachant qu'ils ont fonctionné à plein rendement pendant près de quarante-sept ans, on pense que ce ne sont pas loin de 780 milliards de dollars actuels qui sont passés entre leurs mains pendant cette période. Bien sûr, tout cet argent ne leur appartenait pas mais, si l'on tient compte de ce que leur rapportaient leurs neuf mille commanderies, leurs terres, leurs châteaux, le commerce ainsi que les intérêts et les agios qu'ils pratiquaient sur les seigneurs sans le sou et les rois ruinés par les guerres qu'ils organisaient eux-mêmes, on peut raisonnablement estimer qu'au moment de la mise à mort du Temple le trésor de l'ordre avoisinait les 173 milliards de dollars en pièces d'or et en pierres précieuses. On pense donc qu'ils se sont servis de leurs navires de commerce pour transporter leur trésor jusqu'à Hierro.

Un silence.

— Et ensuite ?

— Au cours de cette lente et discrète récupération du trésor, les cardinaux du Temple sont demeurés silencieux. On pense qu'ils ont mis à profit cette période pour structurer leur confrérie et commencer à nouer des contacts avec les grands banquiers du Moyen Âge : les Lombards, les Génois, les Vénitiens et les Florentins, de puissantes familles qui reçurent chacune une partie du trésor avec ordre de le faire fructifier et d'ouvrir d'autres banques un peu partout en Europe. C'est grâce à ces sommes fabuleuses que les banquiers de Novus Ordo devinrent à leur tour les créanciers des rois et des puissants, qu'ils armèrent pour la guerre de Cent Ans avant de les ruiner en prenant le contrôle de leurs finances.

— Vous voulez dire comme le Temple à son apogée ?

Mendoza hoche la tête.

— Dès le milieu du xve siècle, on sait que Novus Ordo était composé de onze familles dont la puissance rayonnait sur l'Italie et l'Europe. Mais la Méditerranée ne suffisant plus à leur appétit dévorant, il leur fallait ouvrir d'autres routes maritimes. Grâce aux fabuleuses richesses qu'ils avaient amassées, les banquiers de Novus Ordo se lancèrent alors dans la construction de navires toujours plus gros et perfectionnés. Ce sont eux qui armèrent les caravelles de Colomb, de Cortés et de Pizarro. Eux qui financèrent les expéditions de Cabral et de Magellan, dont les navires bouclèrent le premier tour du monde en 1522. L'or des Incas, les épices des Indes et le gigantesque marché des esclaves. C'est ainsi que Novus Ordo a traversé les siècles en bâtissant un immense empire. Les familles qui lui étaient assujetties ont renversé les rois et fomenté les révolutions, puis elles ont financé la guerre d'indépendance américaine avant de traverser l'Atlantique pour créer les grandes dynasties du Nouveau Monde. Enfin, ces banquiers ont déclenché la révolution industrielle, l'expansion du chemin de fer et du transport aérien, l'exploitation pétrolière et le commerce international. Derrière tous ces empires et ces multinationales, il y a le trésor du Temple. Des siècles de commerce, d'intérêts et de dividendes. Ces puissantes familles se sont transmis le flambeau et l'élite compose toujours la tête pensante de Novus Ordo, qui contrôle désormais la plupart des places boursières, les grosses multinationales et la quasi-totalité des grandes banques de la planète. Novus Ordo installe les démocraties et défait les dictatures. Il finance les révolutions et déstabilise les gouvernements dont la politique est jugée contraire à ses intérêts. Comme dans les anciennes républiques de Gênes, de Florence et de Venise, son propos est de contrôler les richesses du monde et d'exploiter les peuples pour s'enrichir toujours plus. Mais son enrichissement n'est qu'une conséquence, en aucun cas une fin. Car ce qu'il recherche avant tout, c'est l'anéantissement des religions et la libération des esprits pour mieux les asservir. Le pouvoir suprême.

Giovanni reste un moment silencieux à contempler son verre vide. Puis il lève à nouveau les yeux et croise le regard du cardinal Mendoza.

— Juste une question, Votre Éminence ?

— Laquelle ?

— Comment savez-vous tout cela si vous ne faites pas vous-même partie de la Fumée Noire ?

167

Mendoza échange un regard avec le cardinal Giacomo qui n'a pas ouvert la bouche depuis le début de l'entretien. Le vieux prélat de la congrégation pour les Évêques hoche la tête et poursuit :

— Au début des années soixante, alors qu'allait s'ouvrir le concile Vatican II, nous avons réussi à infiltrer un agent au sein de la Fumée Noire. Ce n'était pas la première fois que le Vatican tentait cette opération. Au fil des siècles, onze agents en tout avaient été retrouvés massacrés après avoir échoué dans leur tentative. L'erreur de nos prédécesseurs était d'avoir sous-estimé l'ennemi. Comment pourrait-on le leur reprocher dans la mesure où aujourd'hui encore nous ignorons à quel ennemi exactement nous avons affaire.

Un silence.

— Forts de ces tentatives avortées, nous avons

épluché les dossiers des futurs évêques pour n'en retenir qu'un : un jeune protonotaire apostolique nommé Armondo Valdez, dont le parcours exemplaire démontrait qu'il était d'une honnêteté et d'une dévotion sans faille. Nous l'avons donc convoqué pour lui révéler l'existence de la Fumée Noire et lui proposer d'infiltrer cette confrérie. Nous ne lui avons rien caché des dangers mortels qu'une telle mission impliquait. Il a accepté, et nous avons achevé sa formation en l'envoyant à l'Académie pontificale et dans plusieurs nonciatures sensibles à travers le monde. Dans le même temps, nos exorcistes se sont chargés de l'initier aux forces du Mal et au culte de l'innommable.

Un silence. Le cardinal Mendoza prend le relais.

— Quatre années se sont écoulées durant lesquelles Valdez est devenu évêque puis cardinal. Une ascension fulgurante qui ne pouvait être imputable qu'à l'influence de la Fumée Noire. Quelques semaines après cette nomination, un message codé par ses soins nous a appris qu'il avait été admis dans la confrérie. Une infiltration qui nous aura demandé près de sept ans de patience et de nuits blanches.

Un autre silence.

— Ainsi que nous le lui avions ordonné, le cardinal Valdez est demeuré inactif pendant trois autres années afin de s'implanter le plus profondément possible au sein de la Fumée Noire. Puis, lorsqu'il nous a fait savoir qu'il faisait désormais partie du cercle très fermé des huit cardinaux à la tête de la confrérie, nous l'avons réactivé. Il a alors commencé à enquêter sur les arcanes de la Fumée Noire en faisant transiter ses rapports par des missions qui avaient ordre de nous les transmettre par des canaux sécurisés.

— Quels genres de canaux ?

— Le plus souvent par l'intermédiaire de simples

missionnaires qui étaient chargés de récupérer les rapports de notre agent dans des consignes d'aéroport avant de nous les remettre en main propre.

— Qu'est-ce qu'il y avait dans ces rapports ?

— La mission du cardinal Valdez était double : identifier les ramifications de Novus Ordo à travers le monde et percer, dans la mesure du possible, l'identité des sept autres cardinaux à la tête de la Fumée Noire. En particulier celle du Grand Maître. La difficulté réside dans le fait que les dignitaires de la Fumée ne se connaissent pas et qu'ils se rendent masqués et équipés de brouilleurs vocaux aux réunions de la confrérie. On ne trahit pas ceux qu'on ne connaît pas. Si bien que seuls le Grand Maître et son cardinal le plus fidèle connaissent les autres membres, mais qu'aucun de ces derniers n'a jamais vu le visage de ses condisciples. Or il y a une semaine, nous savons que le cardinal Valdez a réussi à prendre en photo l'un d'eux dans un petit cottage situé au nord de l'Écosse. Il a expédié en direction de plusieurs missions à travers le monde un parchemin usant du code templier et les clichés en question.

— Le Grand Maître ?

— Non. Le cardinal camerlingue Campini, le numéro deux de la Fumée Noire.

Un silence.

— Et qui est le numéro un ?

— La seule chose que nous savons, c'est que c'est lui qui a été désigné par la confrérie pour succéder au pape si la Fumée Noire parvient à renverser les votes au conclave. Ce qui semble se confirmer avec ce que dom Gabriel vient de nous apprendre, et avec la disparition tragique du successeur officiel du pape lors de l'accident du vol Cathay Pacific au-dessus de l'océan.

— Le cardinal Centenario ? Seigneur, vous ne pensez tout de même pas que...

— C'est cela aussi que le cardinal Valdez avait découvert : les préparatifs de l'attentat et sa mise à exécution la veille de la dernière réunion de la Fumée Noire.

— Le Grand Maître serait donc un des cardinaux en poste au Vatican ?

— C'est possible. En tout cas, c'est quelqu'un que nous connaissons bien.

— Et le cardinal Valdez dans tout ça ? Ne peut-il rien tenter pour arrêter le processus de l'intérieur ?

Mendoza et Giacomo échangent un regard. Puis le vieux secrétaire d'État reprend d'une voix lasse.

— Il a toujours été convenu avec le cardinal Valdez que, s'il devait lui arriver quelque chose, nous recevrions un pli scellé dans lequel serait indiqué l'endroit où nous pourrions retrouver les dossiers complets de ses trente ans d'enquête au sein du réseau de Novus Ordo.

— Et alors ?

Mendoza sort une enveloppe de sa soutane. Giovanni ferme les yeux.

— Ce document, nous l'avons reçu cette nuit par courrier spécial. Il provient de la Lazio Bank de Malte.

— Alors tout est fini.

— Peut-être pas.

— Enfin, Votre Éminence, Valdez est mort, Centenario et dix prélats ont disparu en plein océan, la moitié des conclavistes vont apprendre que leur famille est menacée de mort s'ils ne votent pas pour le bon candidat, le camerlingue contrôle le Vatican en attendant l'issue du conclave et nous ne connaissons même pas l'identité du Grand Maître de la Fumée Noire !

— C'est ici que j'interviens, Votre Éminence.

Giovanni se tourne vers dom Gabriel qui a recommencé à sourire.

— Je serais curieux de savoir comment vous allez vous y prendre.

— Mes hommes vont vous conduire jusqu'à l'aéroport où un hélicoptère vous déposera à Marina di Ragusa, à la pointe sud de la Sicile. De là, vous embarquerez à bord d'un chalutier jusqu'à Malte. En vous mettant en route tout de suite, vous pouvez être à La Valette pour l'ouverture de la Lazio Bank.

— Et pourquoi pas le tout en hélicoptère ?

— Parce que mon territoire s'arrête à Marina di Ragusa et que les hélicoptères, ça fait du bruit et ça peut tomber.

— Et les bateaux, ça ne coule pas ?

— Pas les miens.

Giovanni se tourne vers le cardinal Mendoza.

— Vous oubliez un détail important.

— Lequel ?

— Je suis attendu au conclave où je dois siéger. On doit même commencer à s'inquiéter de mon absence.

Le vieux cardinal tend à Giovanni une chemise cartonnée contenant une série de photos prises par les carabiniers sur les lieux d'un carambolage qui s'était produit en fin d'après-midi à l'extérieur de Rome. Sur un des clichés, le jeune cardinal aperçoit une Jaguar écrasée entre un poids lourd et une camionnette.

— Seigneur, c'est ma voiture ! Je l'avais prêtée à un de mes amis évêque qui avait un aller-retour à faire à Florence. Il devait me la rendre ce soir.

— Monseigneur Gardano. Il est mort dans le carambolage. Un décès providentiel.

— Pardon ?

— Officiellement, vous êtes décédé dans l'ambulance qui vous transportait à la clinique Gemelli de Rome. Le chirurgien du défunt pape le confirmera aux agents de la Fumée Noire qui ne manqueront pas de s'étonner de votre absence au conclave. Le cadavre de Gardano était dans un tel état que la supercherie devrait tenir quelques heures. Ce qui vous laisse jusqu'à l'aube pour atteindre Malte et rapporter les dossiers du cardinal Valdez.

— Et s'ils se rendent compte que le cadavre à la morgue de Gemelli n'est pas le mien ?

— Alors vous aurez au moins raison sur un point.

— Lequel ?

— Tout sera fini.

168

Tandis que les dernières notes de l'orgue se perdent dans les vapeurs d'encens, les fossoyeurs descendent le cercueil du pape dans les grottes où reposent les souverains pontifes de la chrétienté. La boîte tape contre les parois du cratère à mesure que les cordages filent entre les mains gantées. Les cardinaux se penchent pour respirer le parfum d'éternité qui s'échappe des catacombes du Vatican. Un dernier courant d'air glacé, et les fossoyeurs replacent la lourde dalle. Le cardinal Camano écoute le bruit sourd que cette tonne de marbre produit en retombant sur son socle. Puis il redresse la tête et contemple les autres prélats.

Sans quitter la dalle des yeux, le camerlingue s'entretient à voix basse avec le cardinal Grand Pénitencier, le vicaire général du diocèse de Rome et l'archiprêtre de la basilique vaticane. Ce dernier a l'air furieux. Camano devine pourquoi. D'après les lois de l'Église, les funérailles du pape auraient dû être célébrées durant neuf jours d'affilée. Puis le délai de décence prévoyait un minimum de six autres jours après la mise en terre, durant lesquels les congrégations auraient dû se réunir dans le Palais apostolique pour préparer le conclave. Soit un minimum de deux semaines et un maximum de vingt jours pleins entre le décès du pape et le début de l'élection. Au lieu de cela, on enterrait le pontife comme un lépreux et on appelait au conclave le soir même comme à une assemblée de conspirateurs.

Face à cet assaut de chuchotements courroucés, Campini demeure de marbre. Il rappelle à voix basse les heures particulièrement graves que l'Église traverse et l'obligation faite au camerlingue de redonner au plus vite un capitaine au navire. L'archiprêtre de la basilique s'apprête à insister lorsque Campini se retourne d'un bloc et feule dans la pénombre que ce n'est ni le lieu ni l'heure pour ce genre de conciliabules. Blêmissant sous l'affront, l'archiprêtre recule de quelques pas.

Examinant à la dérobée les autres prélats de la curie, Camano se rend compte que tous s'observent du coin de l'œil comme s'ils cherchaient à savoir quels cardinaux font partie de la Fumée Noire. C'est l'ennui avec cette confrérie : aucune marque distinctive, pas de tatouage, pas de symbole satanique ni aucun signe de reconnaissance. Voilà pourquoi la Fumée Noire a pu traverser les siècles sans encombre : jamais plus de huit cardinaux à sa tête et jamais la moindre signature de leurs activités.

Camano se raidit tandis que son protonotaire vient lui murmurer à l'oreille qu'Armondo Valdez, cardinal-archevêque de São Paulo, vient d'être retrouvé mort dans une lagune de Venise.

— Quand ?

— Ce soir. Il faut tout arrêter, Votre Éminence. Il faut annuler le conclave et alerter les médias. Ça devient trop grave.

Sans daigner répondre, le cardinal Camano sort de sa soutane une enveloppe qu'il tend discrètement à son interlocuteur. Elle contient trois clichés des environs de Pérouse : une vieille bâtisse entourée de vignes, une jeune femme et trois enfants menottes et bâillonnés, trois tueurs cagoulés les mettent en joue. Le protonotaire chuchote à l'oreille de Camano :

— Seigneur, qui sont ces gens ?

— Ma nièce et ses enfants. Les tueurs sont sûrement des hommes de main de la Fumée Noire. La plupart des conclavistes ont reçu le même genre d'enveloppe avec un message annonçant que les consignes de vote leur seront données après le début du conclave.

— Vous vous rendez compte de ce que ça signifie ?

— Oui. Ça signifie que si quelqu'un alerte les médias ou les autorités, nos familles seront exécutées sur-le-champ.

— Que faire alors ?

— Attendons le conclave. Là nous serons tous enfermés et le candidat de la Fumée Noire sera bien obligé de se faire connaître. Nous verrons à ce moment-là ce qu'il sera possible de tenter.

Soudain, le glas retentit au clocher de Saint-Pierre. Les cardinaux de la curie remontent vers la basilique. Dehors, les cloches font trembler les pavés de la place et le cœur des milliers de pèlerins immobiles sous la bruine. Puis la foule s'écarte pour laisser passer la double file des cardinaux électeurs en route vers le conclave, cent dix-huit princes de l'Église en robe rouge qui franchissent en silence les portes du Vatican, que les gardes vont bientôt verrouiller, pour gagner la chapelle Sixtine où l'élection du prochain pape va bientôt débuter.

Un cahot. Le 4×4 vient de s'engager sur un chemin qui conduit au cœur d'une forêt de pins noirs. Parks ouvre les yeux et regarde la lune disparaître à mesure que la voiture s'enfonce sous les arbres. Elle s'étire.

— Où sommes-nous ?

— On approche.

Un œil sur l'écran du GPS et l'autre sur le chemin défoncé dans la lueur des phares, le prêtre roule à tombeau ouvert au milieu des ornières. Il freine de temps en temps pour lire les panneaux de bois dans la pénombre puis il écrase l'accélérateur et redémarre dans une gerbe de boue en attaquant, pied au plancher, les lignes droites.

Trois kilomètres plus loin, il immobilise la voiture devant un enchevêtrement de ronces. Il coupe le contact et désigne un sentier.

— C'est par là.

Parks descend. Les arbres sentent le moisi et la mousse. Emboîtant le pas à Carzo, elle avance au milieu des ronces. Pas un souffle de vent. Pas un bruit. Elle a l'impression que l'air est plus pur, plus frais.

La forêt s'éclaircit et la pleine lune illumine à nouveau les marcheurs. Le sol, qui s'était incliné sous leurs semelles, redevient plat. Ils viennent d'atteindre une sorte de promontoire où les arbres ont renoncé à pousser, une clairière naturelle. C'est là que se dressent les murailles du couvent des Augustines de Bolzano. Une forteresse tout en rondeur dont les remparts, ébréchés par le lierre qui les recouvre, laissent entrevoir une cour circulaire et quelques bâtiments lépreux.

— C'est là.

— Je sais.

— Le pape assassiné par un complot de cardinaux satanistes ? Tu as fumé ou quoi ?

Valentina Graziano trempe les lèvres dans la tasse de café que Pazzi vient de lui servir. Elle en avale une gorgée et suit en pensée le breuvage brûlant qui se répand dans son estomac. Puis elle dépose l'enregistreur de Ballestra sur le bureau du divisionnaire et appuie sur la touche lecture. Tandis que Pazzi se cale dans son fauteuil pour écouter, Valentina ferme les yeux et repense à ces dernières heures où elle a failli mourir...

Pétrifiée de terreur tandis que les assassins de Mario se dirigeaient vers elle, la jeune femme a trouvé la force de s'enfuir. La place du Panthéon était déserte. Elle a obliqué en direction de la fontaine de Trevi où elle espérait rejoindre une procession dans laquelle elle parviendrait plus facilement à semer ses poursuivants. Mais, à l'exception de quelques lampions abandonnés, l'esplanade de la fontaine était vide. Hors d'haleine, Valentina a poussé un cri en apercevant les moines, toujours à moins de cinquante mètres derrière elle, bien qu'ils n'aient pas couru un seul instant.

Épuisée, elle est tentée de s'arrêter. Ce serait tellement plus simple de s'agenouiller et de se laisser aller. Puis, brusquement, elle se souvient du poignard du moine frappant Mario au ventre. Elle se souvient de son regard. Alors elle pousse un hurlement de colère et se remet à courir droit devant elle en balançant les bras pour accélérer la cadence. Pas besoin de se retourner pour savoir que les moines marchent toujours. Il ne faut surtout pas qu'elle regarde derrière elle. Si elle le fait, la terreur lui coupera les jambes.

Ses pieds nus soulevant des gerbes d'eau glacée dans les flaques, elle gravit la colline du Quirinal vers le centre et passe devant le palais de la Présidence. Elle cherche des yeux les gardes qui devraient se trouver en faction devant les grilles. Les guérites sont vides. Elle continue à courir. Les murs du Palazzo Barberini se dressent dans le lointain lorsque Valentina voit deux autres moines à cent mètres devant elle. Elle s'engouffre dans une ruelle encombrée de poubelles. Elle distingue les cierges d'une procession sur la Via Nazionale. Derrière elle, les quatre moines sont maintenant tout proches. Des lueurs bleues : gyrophares allumés, quatre voitures de carabiniers encadrent la progression des fidèles. Un dernier effort, une dernière accélération.

Juste avant de débouler dans le flot de la procession, Valentina dégaine son arme et vide son chargeur vers le ciel. Les douilles brûlantes atterrissent sur l'asphalte. La foule se disperse en hurlant. Sans cesser de courir vers les carabiniers qui la mettent en joue, Valentina lève les mains en brandissant sa plaque et en hurlant son matricule. Puis elle s'effondre dans les bras d'un caporal. Un dernier coup d'œil par-dessus son épaule tandis que le carabinier l'enveloppe dans une couverture de laine. Les moines ne sont plus là.

171

Dans l'ancien cimetière du couvent de Bolzano où ils se tiennent à présent côte à côte, Parks et Carzo viennent de retrouver la tombe de la Recluse. La dalle moisie ne présente plus la moindre inscription et seule une croix potencée au dessin usé par le temps apparaît encore. C'est là que les Augustines avaient enterré la vieille religieuse un jour de février 1348. Le jour où la Bête était entrée dans le couvent.

Écartant un buisson de genêts, Marie découvre une autre dalle recouverte de mousse. Ses doigts effleurant les aspérités de la pierre, elle déchiffre à voix haute les épitaphes que le temps et le gel ont presque effacées.

— Ci-gît Thomas Landegaard, Inquisiteur des marches d'Aragon et de Catalogne, de Provence et de Milan.

C'est donc ici que repose celui dont elle a partagé quelques instants de vie. Marie se sent étrangement triste, comme si c'était un bout d'elle-même qu'on avait enterré là. Ou plutôt comme si l'Inquisiteur se souvenait des événements terribles qui s'étaient déroulés cette année-là. Parks se demande quelles avaient pu être les dernières pensées de Landegaard au moment où ses gardes morts enfonçaient la porte du donjon. Avait-il songé aux Mariales de Ponte Leone crucifiées par les Voleurs d'Âmes ? Avait-il entendu une dernière fois les hurlements des Trappistes enterrés vivants ? Ou avait-il plutôt songé à ce parfum si féminin et si troublant qui avait effleuré ses narines tandis qu'il se réveillait sur sa monture et aspirait l'air gelé du Cervin ? Une larme brille dans les yeux de Marie. Oui, c'est à elle que Landegaard avait pensé tandis que les fantômes de ses propres hommes l'éventraient et qu'il succombait, comme si la transe lui avait vraiment fait traverser le temps et qu'elle eût laissé quelque chose au fond du cœur de Landegaard. Quelque chose qui n'était pas mort. Quelque chose qui ne mourrait jamais.

Parks rabat le buisson de genêts et essuie ses yeux en sentant la main de Carzo se refermer sur son épaule.

— Venez, Marie. Nous y sommes presque.

172

Valentina rouvre les yeux au moment où l'enregistreur retransmet les dernières paroles de Ballestra. Le visage de Pazzi reste impassible tandis que l'assassin poignarde l'Archiviste. Le doigt du divisionnaire coupe l'enregistrement.

— Tu fais chier, Valentina.

— Pardon ?

— Je t'avais expédié au Vatican pour organiser la sécurité du concile et voilà que tu reviens avec des ossements à la con, un évangile du Moyen Âge et une prétendue conspiration de cardinaux.

— Tu oublies les meurtres de Recluses et le mensonge de l'Église.

— Et toi, bordel de merde, au lieu de rappliquer à la maison, tu appelles le rédacteur en chef du *Corriere della Sera* ? Et avec ton portable en plus !

Valentina sent un nuage de tristesse l'envahir.

— Vous avez récupéré son cadavre ?

— Il n'y a pas de cadavre.

— Quoi ?

— Pas plus qu'il n'y a de traces de sang sur le trottoir ou de moines dans les rues.

— Et les employés de l'hôtel Abruzzi devant lequel Mario a été assassiné. Ils ont forcément vu quelque chose.

— On les a interrogés. Ils n'ont rien vu.

Un silence.

— Et toi, Valentina ?

— Quoi moi ?

— Qu'est-ce que tu as vu exactement ?

— Tu me prends pour une conne ?

— Valentina, tu es flic, je suis flic. Nous savons donc tous les deux comment ça fonctionne. Tu t'es retrouvée coincée dans un passage secret sous le Vatican, tu as pété les plombs et tu t'es mise à imaginer des salles pleines de coffres-forts et des tueurs déguisés en moines. Je me trompe ?

Valentina arrache l'enregistreur des mains de Pazzi.

— Et ça, bordel de merde, c'est moi qui l'ai enregistré en studio peut-être ?

— Les délires d'un vieil Archiviste dépressif et alcoolique ? Ah, ça va faire fureur dans les journaux à scandales ! J'imagine les titres : *Règlement de comptes au Vatican : un prélat évincé de la curie invente un complot pour se venger d'une ribambelle de cardinaux.* Réveille-toi, Valentina. Sans les documents qui vont avec, ton enregistrement a autant de valeur qu'un spot de pub pour une marque de préservatifs.

— Donc, si je te suis bien, ils vont s'en tirer comme ça. Ils vont enterrer le pape et ils vont manœuvrer le conclave pour élire un des leurs à la tête de l'Église.

— Qu'est-ce que tu croyais ? Que j'allais envoyer un régiment de parachutistes sur le Vatican ? Tu t'attendais à ce que je passe les menottes à une centaine de cardinaux ou que je leur interdise d'inhumer le pape ? Merde ! Et pourquoi je n'appellerais pas carrément la base aérienne de Latina pour faire tirer un missile à tête nucléaire sur la basilique ?

Braquant une télécommande, Pazzi allume le téléviseur encastré dans la bibliothèque. Plan large de la basilique. La voix du présentateur accompagne le lent travelling des onze autres caméras que la Rai Uno maintient braquées en permanence sur le Vatican. Le journaliste explique que le pape vient tout juste d'être inhumé et que, en raison des troubles qui agitent la chrétienté, le conclave va débuter. La foule compacte des pèlerins qui bat le pavé sur la place Saint-Pierre s'écarte pour laisser passer la file des cardinaux en route pour la chapelle Sixtine. Les portes du Vatican se referment derrière la procession et un imposant détachement de gardes suisses se déploie le long des grilles. Le commentateur de la Rai fait part de son étonnement aux millions de téléspectateurs qui l'écoutent à travers la planète. D'après lui, jamais l'Église ne s'est précipitée de cette façon pour élire un de ses papes. C'est d'autant plus étrange que le service de presse du Vatican reste muet et qu'aucune information ne filtre. Pazzi coupe le son.

— Qu'est-ce que je te disais, Guido ! Tu vois bien qu'ils sont en train de prendre le contrôle du Vatican !

— C'est qui, « ils » ? Les Martiens ? Les Russes ? Tu as des noms à me donner ? Des preuves, des empreintes digitales, des relevés ADN ou n'importe quoi que je pourrais coller dans un dossier pour réveiller un juge et essayer d'obtenir un mandat ?

— Et le cadavre de Ballestra ?

— Le cadavre de Ballestra ne prouve qu'une seule chose.

— Laquelle ?

— Que Ballestra est mort.

— Guido, tout ce que je te demande c'est vingt-quatre heures pour boucler mon enquête.

Pazzi se sert un whisky qu'il allonge avec de la glace pilée. Puis il plonge son regard dans celui de Valentina.

— Ce délai que tu réclames c'est le conclave qui va te le donner. S'il dure trois jours, tu auras trois jours.

S'il dure trois heures, comme cela semble s'annoncer, tu n'auras pas une minute de plus.

— Merde, c'est beaucoup trop court et tu le sais.

— Valentina, à la seconde où un nouveau pape sera élu, aucun juge italien ne me signera le moindre mandat et tes cardinaux de la Fumée Noire n'auront plus rien à craindre de nous. Après ça, tu pourras toujours passer ton enregistrement en boucle dans les haut-parleurs de Rome, ils s'en foutront comme de leur première soutane. Mais d'ici là, si ce que tu dis est vrai, tu es en danger de mort.

Le téléphone bourdonne. Pazzi décroche et écoute sa secrétaire lui annoncer que quelqu'un désire lui parler. Le divisionnaire s'enquiert du nom de l'emmerdeur en question. Il se raidit. La porte s'ouvre sur un homme de taille moyenne au teint pâle et au regard perçant. Derrière lui se tiennent deux gorilles en costume noir. L'homme tend à Pazzi une liasse de documents émanant du département d'État américain et du ministère de la Justice italien. Un laissez-passer avec autorisation d'enquêter sur tout le territoire de la péninsule. Tandis que Pazzi découvre les documents, l'homme au regard d'aigle récupère l'enregistreur de Ballestra et tend une main glaciale à Valentina.

— Madame Graziano ? Stuart Crossman, directeur du FBI. J'arrive de Denver et je vais avoir besoin de vos services pour coincer les cardinaux de la Fumée Noire.

— C'est tout ?

— Non. J'ai aussi perdu un de mes agents. Elle s'appelle Marie Parks. Elle a votre âge et votre sourire. Et si nous ne faisons rien dans les heures qui viennent, elle va mourir.

173

Carzo s'engage dans l'escalier qui descend vers les soubassements de la forteresse. Un passage obscur d'où s'échappe une odeur de lierre et de salpêtre. L'haleine du temps.

Parvenu au bas de l'escalier, il brandit sa torche et éclaire les murs poussiéreux. C'est dans ces salles souterraines que Landegaard avait retrouvé les cadavres des Augustines, treize squelettes dont les ongles avaient griffé les fondations avant de retomber d'épuisement.

Tout en avançant, Parks repense à l'avant-dernière lettre que Landegaard avait adressée au pape Clément VI :

J'emploie le terme « retomber » à dessein car les religieuses étaient toutes revêtues de linceuls comme si on les avait d'abord mises en terre dans les treize tombes du cimetière et qu'elles s'étaient ensuite relevées d'entre les morts pour hanter ces lieux sans lumière.

Parks s'installe sur le banc de pierre que Carzo lui désigne. Elle ferme les yeux.

— OK, Marie écoute-moi attentivement, c'est très important. Je te renvoie à présent ici même au soir du 11 février 1348, soit treize jours après la mort de la Recluse. C'est cette date que nous avons retrouvée sur la dernière page des registres du couvent, quelques lignes gribouillées à la hâte par mère Yseult de Trente, la supérieure des Augustines de Bolzano. Elle affirme que le soleil décline et que la chose qui a massacré ses religieuses va de nouveau se réveiller d'entre les morts.

Elle dit qu'il faut en finir, qu'elle n'a pas le choix. Elle demande à Dieu de lui pardonner ce qu'elle s'apprête à faire pour échapper à la Bête. C'est tout. Nous avons fouillé les cimetières et les registres des autres congrégations à des dizaines de kilomètres à la ronde. Aucune trace de mère Yseult. C'est donc avec elle qu'il nous faut à présent entrer en contact.

— Et si elle est morte ce jour-là ?

Marie sent les lèvres de Carzo qui se posent sur les siennes tandis qu'elle s'enfonce dans le noir. Elle sent le tissu rêche de sa bure, son souffle tiède sur ses paupières et sa main sur ses cheveux. Puis ses seins se flétrissent et ses chairs se relâchent. Ses muscles deviennent durs comme des branches. Elle a l'impression de flotter dans une robe dont le tissu grossier porte l'odeur de la terre et du feu de bois. Une étrange sensation de brûlure envahit sa gorge, comme si on avait essayé de l'étrangler. Les souvenirs de mère Yseult.

174

La lueur tremblotante d'une bougie. Des gouttes d'eau résonnent dans le silence. Le vent s'acharne au loin sur les remparts. Mère Yseult se tient courbée dans le réduit où elle s'est emmurée. Pas assez haut pour se tenir droite, pas assez large pour s'asseoir. Son vieux corps tremblant de fièvre est trempé de sueur, chaque parcelle de son être lui arrache des sanglots de douleur. La vieille religieuse récite ses prières en attendant la mort. Elle supplie Dieu à voix basse de la rappeler à lui. Elle murmure pour soulager la peur qui ne la quitte plus, pour ne plus penser, pour oublier.

Les souvenirs de mère Yseult emplissent peu à peu la mémoire de Marie. Un cavalier surgit de la brume et crie en direction des remparts. Une carriole franchit les portes et s'immobilise dans la cour du couvent. Mère Yseult se penche : elle vient d'apercevoir une silhouette allongée au milieu des victuailles. La Recluse. C'est de cette manière qu'elle a atteint le couvent de Bolzano. À bout de forces, elle s'est effondrée à quelques lieues des murailles, au milieu de la forêt où le paysan l'a ramassée. Mère Yseult a peur. Un balluchon de peau et une housse de toile sont tombés de l'habit de la Recluse tandis que les religieuses soulèvent son corps décharné pour la transporter à l'abri du froid.

Répétant les gestes de mère Yseult, Marie s'agenouille dans la poussière et sent les doigts de la vieille religieuse qui dénouent le cordon de velours fermant le balluchon. Le crâne de Janus. La vision d'Yseult explose dans l'esprit de Marie.

La chaleur, le sable brûlant, ces coups de marteau contre le bois et ces hurlements de bête dans le silence. Marie ouvre les yeux dans la lumière blanche qui emplit le ciel. Le Golgotha. Les trois croix dressées côte à côte. Les deux larrons sont morts. Le Christ hurle, des larmes de sang glissent sur ses joues. La quinzième heure du jour. D'étranges nuages noirs s'amoncellent au-dessus de la croix, il fait presque nuit. Il a peur. Il a froid. Il est seul. Il vient de perdre la vision béatifique qui le reliait à Dieu. C'est à cet instant qu'il lève les yeux vers la foule et qu'il la voit telle qu'elle est : un ramassis d'âmes tristes, de corps crasseux et de lèvres tordues. Il comprend que c'est pour ces assassins, ces violeurs et ces lâches qu'il va mourir. Pour cette humanité condamnée d'avance. Il sent la colère de Dieu. Il entend le tonnerre qui gronde et la grêle qui frappe ses épaules trempées de sueur. Alors, tandis qu'il hurle de désespoir, sa foi le quitte comme le souffle d'un mourant. Marie se mord les lèvres. L'agonie et la mort de Dieu. C'étaient les ténèbres qui avaient gagné ce jour-là, le jour où le Christ était devenu Janus.

Yseult referme le balluchon et se saisit de la housse de toile. Marie sent quelque chose de lourd dans les mains de la mère supérieure : un manuscrit très ancien, un ouvrage recouvert de cuir noir et fermé par une lourde serrure en acier. L'évangile des Voleurs d'Âmes. Le cuir est chaud comme de la peau.

Des hurlements sortent de la cellule où les Augustines ont transporté la Recluse. Yseult court dans les couloirs. Elle a peur. Elle se penche au-dessus de la religieuse agonisante qui murmure dans une langue inconnue. Puis son râle s'éteint et ses yeux deviennent vitreux. Mère Yseult se redresse lorsque les mains de la morte jaillissent des draps et agrippent sa gorge. Elle étouffe, ses doigts se referment sur le manche d'une dague. Un flot de sang noir se répand sur les draps lorsque la lame s'enfonce dans le cou de la Recluse. Un courant d'air glacial balaie alors la cellule.

Des empreintes de bottes. Les souvenirs de mère Yseult s'accélèrent. Elle revoit le cadavre de sœur Sonia cloué sur le mur, celui de sœur Clémence qui se relève de sa tombe et lui sourit dans les ténèbres. Les traces de ses pieds dans la glaise et le bruit de ses pas dans l'escalier menant au donjon où elle et sa plus jeune novice se sont réfugiées. Treize nuits, treize meurtres. C'est ainsi que la Bête s'y prend pour massacrer les religieuses : chaque victime se relève de sa tombe pour assassiner la suivante. Les Voleurs d'Âmes.

Les souvenirs du dernier jour. Marie voit les mains de mère Yseult ensevelir sa dernière novice dans la terre molle du cimetière. Elle a récupéré l'évangile et le crâne de Janus. Elle se tord les chevilles en descendant l'escalier pour rejoindre les fondations du couvent. C'est là qu'elle s'emmure. Du mortier et des briques pour combler la brèche dans le mur de soutènement derrière lequel elle a trouvé refuge, avec quelques chandelles et ses pauvres effets. Ça y est, mère Yseult vient de sceller la dernière pierre. Elle n'a plus qu'à attendre la mort. Elle s'efforce de retenir son souffle pour mourir plus vite.

Elle ouvre les yeux et relit l'avertissement qu'elle vient de graver dans la paroi. Marie tremble. Le moine qui s'est introduit dans le couvent pour massacrer les Augustines, c'est Caleb.

175

Stuart Crossman reste silencieux en écoutant l'enregistrement de Ballestra. Certains passages retenant son attention, il fait signe à Valentina de revenir en arrière pour réécouter les chuchotements de l'Archiviste. Son visage pâlit lorsque le disparu énumère la liste des papes assassinés par la Fumée Noire. L'enregistrement prend fin. Crossman laisse échapper un soupir.

— C'est encore plus grave que je ne le pensais.
— Il nous suffirait de tout révéler dans la presse.
— L'*Osservatore romano* et les organes officiels du

Vatican auraient tôt fait de publier des démentis formels. Et puis...

— Et puis ?

— Que se passera-t-il si un milliard et demi de fidèles apprennent que l'Église leur a menti pendant des siècles et que des cardinaux d'une conspiration secrète s'apprêtent à prendre le contrôle du Vatican ? Imaginez un instant l'impact qu'une telle nouvelle aurait sur les centaines de milliers de pèlerins qui convergent vers la place Saint-Pierre. Vingt siècles de croyance s'effondrant d'un seul coup ! Ce serait une émeute sans précédent.

— Il nous reste à espérer que le conclave basculera en faveur des cardinaux fidèles au Saint-Siège.

— Ça m'étonnerait.

Crossman tend une feuille à Valentina.

— Qu'est-ce que c'est ?

— C'est la liste des onze évêques et cardinaux morts la semaine dernière dans un accident aérien au-dessus de l'Atlantique. Parmi eux se trouvait le cardinal Centenario, successeur pressenti du défunt pape. Une précaution qui assure désormais à la Fumée Noire la majorité absolue au conclave.

Sur l'écran, une marée humaine a envahi la place Saint-Pierre. Relayés en vingt langues par toutes les télévisions du monde, les commentaires des journalistes succèdent aux interventions des spécialistes déroutés par la tournure des événements. Les caméras se braquent sur la cheminée de la chapelle Sixtine où la fumée apparaîtra lors de l'incinération des bulletins de vote. Une fumée blanche si le pape est désigné à l'issue du premier scrutin. Une fumée noire si les cardinaux réclament plus de temps pour réfléchir.

Valentina se tourne vers Crossman :

— Et Parks, quelle était sa mission ?

— Retrouver l'évangile selon Satan avant les tueurs de la Fumée Noire. Nous savons que la confrérie a l'intention d'utiliser ce manuscrit pour révéler au monde le mensonge de l'Église dès l'élection du prochain pape.

— Vous savez où elle est en ce moment ?

— La dernière fois que je l'ai vue, c'était à l'aéroport de Denver où elle s'apprêtait à embarquer avec le père Carzo sur un vol à destination de Genève.

— Et ensuite ?

— Plus rien.

— Ne vous inquiétez pas. Le père Carzo est exorciste. Il saura défendre Parks contre les Voleurs d'Âmes.

— J'ai peur que ce ne soit plus compliqué que ça.

— Pourquoi ?

— Juste avant de décoller pour l'Europe, le père Carzo m'a dit qu'il revenait d'un périple en Amazonie où il avait été chargé par sa congrégation d'enquêter sur un cas de possession suprême en plein territoire des Indiens Yanomani. Il m'a dit aussi qu'un mal étrange avait frappé les chamans de la tribu. Quelque chose qui se propageait à travers la jungle et qui semblait anéantir toute vie sur son passage. J'ai donc appelé nos contacts au Brésil, qui ont envoyé une équipe en hélico pour s'assurer que le mal en question n'était pas un virus mortel que les Indiens auraient réveillé. L'équipe m'a appelé il y a quelques heures par téléphone satellite pour me signaler qu'elle avait atteint le territoire des Yanomani et qu'elle venait de retrouver un carnet appartenant au père Carzo dans les ruines d'un vieux temple aztèque. Un carnet sur lequel il avait reproduit des fresques anciennes et des bas-reliefs. On pense que c'est là qu'il avait rendez-vous avec la possession suprême car les pages suivantes sont recouvertes de formules maléfiques et de propos incohérents. De dessins sataniques aussi : une créature monstrueuse se tient au milieu d'un cercle de bougies, des âmes tourmentées et des champs de croix. Comme si la possession suprême avait gagné la partie et qu'une force mystérieuse s'était emparée de son esprit. Mais le dernier dessin représente autre chose : un événement tragique qui s'est produit il y a quelques jours à Hattiesburg et que Carzo ne pouvait pas connaître.

— Quoi donc ?

Crossman tend à Valentina le document provenant d'Amazonie. Le père Carzo y avait dessiné quatre religieuses crucifiées dans une crypte et une cinquième croix, au centre, sur laquelle était clouée une jeune femme nue. Au bas de la page, le prêtre avait inscrit en lettres rouges :

Marie Parks doit mourir.

176

L'esprit de Marie se détache peu à peu de la vieille religieuse emmurée. L'odeur de cire est en train de se dissiper. Elle reconnaît les senteurs de salpêtre et de moisi qui ont accompagné le début de sa transe, elle entend le flambeau de Carzo crépiter dans les ténèbres. Elle reprend doucement conscience dans les souterrains de Bolzano. Pourtant, elle a l'impression que ses mains continuent à effleurer la paroi du réduit, comme si elle était toujours emmurée avec mère Yseult, et en même temps, assise, sur ce banc de pierre où elle est en train de se réveiller. Les yeux fermés, elle racle sa gorge desséchée.

— Alfonso, je sais où est l'évangile.

— Moi aussi.

Marie sursaute en entendant la voix de Carzo. Elle est plus profonde, plus grave, plus mélodieuse, plus froide aussi. Quelque chose a changé. Marie perçoit une autre odeur, une odeur de crypte. Elle ouvre les yeux. Le père Carzo se tient debout, il a relevé sa capuche pour masquer son visage, et ses yeux luisent faiblement dans l'obscurité.

— Je vous salue Marie.

Parks sent son corps se glacer en reconnaissant la voix de Caleb. Elle tente de dégainer son arme mais se rend compte qu'elle ne peut pas bouger. Ses paupières se referment. Quelque part au fond de son esprit, les mains de mère Yseult effleurent les parois du réduit.

DIXIÈME PARTIE

177

Assis à la terrasse d'un restaurant en bord de mer à Castellammare di Stabia, Stuart Crossman contemple la baie de Naples. Deux heures plus tôt, après son entretien avec Valentina Graziano, le concierge de son hôtel l'avait prévenu qu'un message urgent l'attendait à la réception. Le message rédigé en anglais disait ceci :

La Fumée Noire a un point faible.
Si vous voulez savoir lequel,
soyez dans une heure
à la terrasse du restaurant *Frascati*
à Castellammare di Stabia.
N'alertez pas la police.
Ne perdez pas de temps.
Venez seul.

Crossman n'avait pas hésité plus de quelques secondes avant de donner l'ordre d'affréter le jet privé qui l'attendait sur l'aéroport de Ciampino. Quarante-cinq minutes plus tard, il débarquait à Naples et grimpait à bord d'une limousine pour rejoindre Castellam-mare di Stabia.

Il avait fait disposer une quinzaine de ses hommes autour du restaurant *Frascati*, demeuré ouvert à une heure où les autres établissements du bord de mer avaient baissé le rideau depuis longtemps. Personne à l'intérieur. Crossman s'était installé à une table en ter-rasse et, depuis, il attendait.

Un bip dans son oreillette. Un de ses hommes lui annonce qu'un Zodiac vient d'accoster sur la plage.

— Cinq hommes à bord, dont un vieillard. Ils sont armés. Qu'est-ce qu'on fait ?

— On laisse faire.

Nouveau signal sonore.

— Attention, ils approchent.

Crossman aperçoit cinq silhouettes dans la lueur des réverbères. Quatre hommes, robustes. Tassée et cour-bée, la cinquième silhouette boite et avance, soutenue par les costauds.

— Leader, ici sniper 1. J'ai les cibles en visuel.

Crossman tourne les yeux vers le toit d'un autre res-taurant où le sniper 1 s'est posté. Le vieillard et ses gardes du corps ne sont plus qu'à trente mètres. Le directeur du FBI ôte la sécurité de son arme, qu'il dégaine sous la table.

— Leader, ici sniper 1. J'attends vos instructions.

Crossman fronce les sourcils tandis que les sil-houettes passent sous un lampadaire. La flaque de lumière découpe les traits du vieillard.

— Sniper 1, ne tirez pas.

— Confirmez, leader.

— Je confirme : surtout ne tirez pas.

Le vieil homme est tout proche. Ses gardes du corps restent sur le quai tandis qu'il s'aide de sa canne pour grimper les marches jusqu'à la terrasse du restaurant. Il sourit en s'asseyant à la table de Crossman.

— Bonsoir, Stuart.

— Bonsoir, dom Gabriel.

178

Détroit de Malte, 4 heures.

Debout à la proue du chalutier qui progresse dans un vacarme de moteur fatigué, le cardinal Giovanni lève les yeux vers le ciel étoilé. La lune est si pleine qu'elle illumine la nuit d'une étrange lueur dorée. Le jeune cardinal contemple les côtes de Malte au loin. Encore une heure de traversée et le vieux chalutier atteindra le port de La Valette. Avant cela, il devra mouiller ses filets à quelques kilomètres des côtes pour donner le change. Ensuite seulement, les hommes de dom Gabriel pourront débarquer leur cargaison humaine.

Giovanni glisse une main dans la poche de sa soutane et palpe l'enveloppe de la Lazio Bank. Elle contient une carte en plastique transparent munie d'une puce sécurisée avec un code à onze chiffres pour pénétrer dans la banque, ainsi qu'un mot de passe chromonumérique destiné à l'identification du compte. Un dernier code, alphabétique celui-ci, sert à ouvrir le coffre-fort de Valdez : c'est l'inscription gravée au verso de la croix des Pauvres que le cardinal de la Fumée Noire a jointe à cet envoi, une lourde croix sertie de rubis et retenue par une chaîne d'argent que Giovanni a passée autour de son cou. Reste à espérer que les dossiers valent la perte du seul agent que le Vatican eût réussi à infiltrer au sein de la Fumée Noire.

Giovanni sent une présence approcher dans son dos. Le capitaine des gardes suisses Cerentino. L'officier avait insisté pour assurer sa protection rapprochée et Mendoza avait accepté. Cerentino se penche à l'oreille du cardinal pour couvrir le bruit du moteur.

— Votre Éminence, nous devons descendre dans la cale car l'aube approche et les Siciliens ne veulent pas risquer qu'on vous repère à la jumelle pendant qu'ils jettent les filets.

Sans répondre, le cardinal allume le téléphone portable que dom Gabriel lui a confié à Rome. Lorsque l'ecclésiastique lui avait fait remarquer qu'il en avait déjà un, le parrain lui avait répondu que les cellulaires de Cosa Nostra fonctionnaient grâce à un réseau privé composé d'antennes relais dissimulées dans les régions les plus reculées de la péninsule. Les mafieux réservaient aux réseaux publics italiens les communications destinées à donner de fausses informations aux flics.

Giovanni entre le code d'identification fourni avec le téléphone portable. L'écran clignote. Il appuie sur le bouton de rappel pour faire apparaître le dernier numéro composé. Dom Gabriel lui avait dit que le correspondant de ce numéro attendait son appel à 4 h 30 précises. Giovanni consulte sa montre. 4 h 29. Sous ses pieds, les vibrations qui agitent le pont s'espacent puis s'arrêtent. Les Siciliens viennent de couper les machines et commencent à dérouler les filets tandis que le chalutier glisse silencieusement sur son erre. La nuit devient bleue. Le cardinal contemple un moment les lumières de Malte. Puis il appuie sur le bouton de rappel. Le téléphone compose automatiquement le numéro en mémoire.

179

Dom Gabriel roule une cigarette qu'il glisse entre ses lèvres. Crossman la lui allume. Le vieillard toussote.

— Alors, Stuart, comme ça, tu m'as reconnu ? C'était il y a si longtemps...

— Comment vous oublier ? Vous étiez l'un des plus dangereux parrains de Cosa Nostra exilé aux États-Unis à cause d'une querelle avec la Camorra. Vous nous avez donné du fil à retordre.

— Et toi tu étais déjà responsable du bureau fédéral de Baltimore. Je me souviens... C'est toi qui as failli me coincer pour des broutilles.

— Une tonne de broutilles en poudre blanche conditionnée en sachets d'un kilo.

— Enfin, ça m'a tout de même forcé à rentrer pour remettre de l'ordre au pays.

— Et maintenant ?

— Maintenant je suis le parrain des cent vingt familles. Ils me craignent et je les protège. Et toi, tu es devenu le directeur du FBI. C'est bien.

— Pourquoi vouliez-vous me voir, dom Gabriel ?

— Toujours aussi impatient, n'est-ce pas ? Comme ton tireur, là-haut, qui se demande encore s'il doit ou non tirer sur un vieil homme.

— Il ne le fera pas tant que je lui dirai de ne pas le faire.

— C'est mal, Stuart. Je t'avais dit de venir seul.

— Je ne savais pas que c'était vous, dom Gabriel.

— Et si tu l'avais su ?

— Je serais venu avec quatre fois plus d'hommes.

Le vieillard sourit.

— Je suis poursuivi par tellement de policiers à travers le monde qu'on ne parviendrait même pas à les faire tenir dans un stade de foot. Alors, quelques-uns de plus ou de moins...

— Votre message disait que la Fumée Noire a un point faible. Lequel ?

— Quelqu'un est en route pour récupérer des documents sur cette confrérie. Tu as rendez-vous avec lui bientôt.

— Quel genre de documents ?

— Le genre que la Fumée Noire aimerait récupérer à tout prix si elle en connaissait l'existence.

— Et ce quelqu'un, qui est-ce ?

Le téléphone portable de Crossman bourdonne sous sa veste. Adressant un regard interrogateur à dom Gabriel, il décroche.

— Stuart Crossman, j'écoute.

— Cardinal Patrizio Giovanni à l'appareil. Un ami commun m'a procuré votre numéro. Il m'a dit que vous seriez au courant d'une affaire qui exige que nous nous rencontrions dans les plus brefs délais.

— Qu'est-ce que vous proposez ?

— La Valette. Le Gozo. Un bar sur une petite place près de l'église Saint-Paul. 6 h 30. C'est possible ?

Crossman interroge dom Gabriel du regard. Le vieillard acquiesce.

180

Un silence de mort s'est abattu sur la chapelle Sixtine. Les cent dix-huit cardinaux électeurs ont pris place dans des fauteuils qui se font face de part et d'autre de deux rangées de tables recouvertes de lourdes nappes blanches et rouges. Au-dessus des prélats silencieux, les fresques de la Création du monde, de Michel-Ange, contemplent l'assemblée. Surplombant l'autel, la scène du Jugement dernier semble rappeler aux cardinaux la gravité de leur mission.

Le conclave avait officiellement commencé deux heures plus tôt par une messe solennelle au cours de laquelle on avait invoqué l'Esprit-Saint. Puis les cardinaux s'étaient réunis dans la chapelle Pauline du Palais apostolique. En habit de chœur et au son du *Veni Creator*, ils avaient ensuite rejoint la chapelle Sixtine. Enfin, la procession se divisant en deux files, ils avaient pris place sous le regard des fresques.

À présent, le cardinal doyen se lève et prononce en latin la formule du serment rituelle avant chaque élection. C'est elle qui scellera les lèvres des cardinaux électeurs, les enjoignant de ne jamais rien révéler du conclave ni de communiquer avec l'extérieur sous peine d'excommunication immédiate.

Les cardinaux écoutent attentivement la voix chevrotante du doyen. Lorsque le silence retombe enfin, les pères électeurs posent la main sur l'exemplaire des Évangiles qu'on a disposé devant eux et complètent l'engagement collectif du conclave en prononçant un serment personnel : cent dix-huit formules courtes et identiques égrenées sous les voûtes colorées de la chapelle.

Le silence à nouveau. Le vote va commencer. Le maître des célébrations liturgiques pontificales prononce l'*Extra omnes*, intimant l'ordre à tous ceux qui ne sont pas électeurs de quitter la chapelle. Puis il quitte lui-même les lieux et laisse les cardinaux face à leur conscience. Tous se regardent. Presque tous savent. Avant d'entrer en conclave, la plupart d'entre eux ont reçu une curieuse enveloppe contenant des photos de leur famille prise en otage par des hommes masqués. Un message glissé dans le pli précisait que les consignes de vote leur seraient données au deuxième tour de l'élection. À ce moment, l'élu sortirait de sa manche un mouchoir rouge qu'il disposerait devant lui. La fin du message leur ordonnait de réduire en cendres l'enveloppe et son contenu avant d'entrer en conclave. Ils étaient ainsi prévenus que si quiconque venait à découvrir une seule de ces enveloppes, toutes les familles seraient exécutées sur-le-champ.

Les cardinaux savent à présent que le Vatican est en train de changer de mains. De tels agissements suffiraient amplement à annuler le conclave et à déclencher une crise profonde au sein de l'Église – il suffirait d'un mot, d'une main qui se lève. Pourtant, personne ne dit rien, comme si chacun attendait qu'un autre se jette à l'eau et dénonce le complot. Ou, plutôt, comme si chacun priait en silence pour que personne ne parle. Alors, chaque fois que leurs regards se croisent, les cardinaux baissent les yeux. Ils ont honte. Ils ont peur.

Le cardinal doyen se lève à nouveau. Il demande si chacun se sent prêt à procéder au vote ou s'il convient de tirer au clair quelques doutes qui pourraient encore obscurcir les consciences. Camano se surprend à sourire. Cette phrase toute faite ressemble à celle que prononce le prêtre juste avant de sceller un mariage. *Si quelqu'un a quelque chose à dire contre cette union, qu'il parle maintenant ou se taise à jamais.* Les cardinaux se regardent. C'est maintenant qu'il faudrait parler. Puis ils remarquent les gouttes de sueur qui perlent aux tempes du doyen. Ils comprennent alors que lui aussi a reçu son enveloppe. Lui aussi a peur. Lui non plus ne dira rien. Les visages se baissent. Le cardinal doyen demande à ceux qui sont prêts à voter de lever la main. Cent dix-huit bras se lèvent lentement vers les fresques.

181

Le médecin chef de la clinique Gemelli lève les yeux de ses dossiers en entendant les portes vitrées s'ouvrir dans un chuintement. Un prélat en soutane noire vient d'entrer. Il porte des lunettes à verres épais et, à la main une sacoche. Le médecin chef s'efforce de rester impassible. Il sait pourquoi l'homme vient, il l'a attendu toute la soirée. Il s'est même étonné de ne pas l'avoir vu plus tôt. Puis il s'est mis à espérer qu'il ne viendrait pas. Mais, à présent, il est là. Le médecin jette un coup d'œil rapide à sa montre : 4 h 45. Le cardinal Giovanni a encore besoin d'au moins une heure pour récupérer les documents de Valdez. Il va falloir jouer serré.

Les semelles du prélat ne font aucun bruit sur la moquette. Il s'immobilise devant l'accueil et s'éclaircit la voix pour attirer l'attention du médecin qui s'est replongé dans ses dossiers d'admission. Chaque seconde va compter : il fait signe au nouveau venu de patienter quelques instants et annote de temps à autre les pages qu'il fait semblant de lire. Enfin il lève les yeux vers l'homme et sent sa gorge se serrer en croisant son regard froid.

— Vous désirez ?

— Je me présente : monseigneur Aloïs Mankel, congrégation pour la Doctrine de la Foi.

Le médecin se raidit imperceptiblement. La congrégation pour la Doctrine de la Foi, le nom moderne de la Très Sainte Inquisition. L'homme qui se tient devant lui est donc un Inquisiteur. Un habitué des dossiers volumineux et des secrets. De plus, c'est un protonotaire apostolique portant le titre de monseigneur – l'équivalent des Inquisiteurs généraux du Moyen Âge. Pas le genre à bavarder inutilement ni à passer à côté de ce qu'il cherche. Le médecin chef de Gemelli s'attendait à un haut prélat ou, au pire, à un autre médecin, mais pas à un Inquisiteur. La présence d'un tel personnage signifie qu'au moins une partie de la congrégation pour la Doctrine de la Foi a basculé dans le camp de la Fumée Noire. La partie s'annonce difficile.

— Vous m'en voyez désolé, monseigneur, mais les visites ne commencent pas avant 8 heures.

Un sourire froid courbe les lèvres du prélat.

— C'est un mort que je viens voir. Il n'y a pas d'heure pour les morts.

— Son nom ?

— Je ne vous l'ai pas dit ?

— Je m'en souviendrais.

Un silence. Le regard glacial de l'Inquisiteur fouille celui du médecin jusqu'au fond de l'âme. Le piège grossier n'a pas fonctionné. Ce qui a l'air de le rendre furieux.

— Je viens examiner la dépouille de Son Éminence le cardinal Patrizio Giovanni.

— Dans quel but je vous prie ?

— Dans le but de m'assurer qu'il s'agit bien de Son Éminence, afin d'organiser son rapatriement dans sa région natale des Abruzzes.

Encore un piège grossier. Giovanni est originaire de Germagnano, dans les monts Apennins. Le protonotaire le sait. Il cherche à savoir si le médecin le sait aussi. Ce ne serait pas forcément une preuve, mais une présomption. Or c'est comme cela que fonctionnent les Inquisiteurs, avec des faisceaux de présomptions qu'ils recoupent jusqu'à se forger une conviction. Pour le moment, le prélat soupçonne que le médecin ment. Dans les minutes qui suivent, il va falloir tout faire pour l'empêcher d'en acquérir la conviction.

— Vous avez chaud ? interroge l'ecclésiastique.

— Pardon ?

— Vous transpirez.

Le médecin voit le regard du prélat se fixer sur son front où des gouttes de transpiration sont en train de se former. Il l'essuie avec sa paume. Une présomption de plus.

— Je sors de quatre heures d'opération. Je suis crevé.

— Je vois.

Encore un silence. Les quatre heures d'opération en question, le médecin les a passées à maquiller le cadavre de l'évêque mort dans la voiture du cardinal Giovanni. À son arrivée à l'hôpital, le malheureux avait le visage en bouillie et le corps en morceaux. Comme Gardano et Giovanni étaient *grosso modo* du même âge et de la même stature, le médecin chef avait téléphoné au cardinal Mendoza pour lui soumettre son idée. Le vieux secrétaire d'État avait approuvé. Puis il avait convoqué Giovanni dans une trattoria pour l'envoyer récupérer les documents de Valdez. Une heure plus tard, le portable du médecin avait sonné. Le cardinal Mendoza lui annonçait que Giovanni était d'accord. Le médecin avait raccroché et, aidé du dossier médical de Giovanni, il avait passé quatre heures à en reproduire les signes distinctifs sur ce qui restait du cadavre de l'évêque : des taches de naissance, deux prothèses dentaires en céramique, une dernière en or au fond de ce qui restait de la bouche.

— On y va ?

Le médecin sursaute. La question que vient de poser l'Inquisiteur n'en est pas une.

182

Le vote commence. On a distribué à chaque électeur trois bulletins rectangulaires revêtus de la mention « *Eligo in summum pontificem* [1] » avec un espace en pointillé en dessous où il indiquera le patronyme du cardinal sur lequel se porte son vote. Camano regarde les électeurs écrire lisiblement le nom de leur favori. En attendant le deuxième tour, la plupart vont voter pour eux-mêmes. Mais Camano sait aussi que certains voient en sa personne une porte de sortie possible à la crise qui secoue l'Église. Il est l'un des prélats les plus puissants et les plus introduits du Vatican. Il contrôle la Légion du Christ et la congrégation des Miracles. Il avait, de plus, les faveurs et l'affection du défunt pape. Après la mort du cardinal Centenario, c'est donc logiquement sur lui que vont se reporter la plupart des votes du premier tour.

Chose d'autant plus logique, pensent les cardinaux, que, si une portion suffisamment importante des scrutins se reporte sur sa personne, il pourra peut-être renverser le candidat de la Fumée Noire au deuxième tour. À moins que presque tous les cardinaux n'aient reçu leur enveloppe. Auquel cas la Fumée Noire a d'ores et déjà gagné. Mais comment est-il possible que plus de cent familles aient été prises en otages en une seule

---

1. « J'élis comme souverain pontife. »

nuit ? Voilà ce que certains cardinaux se demandent en levant les yeux vers Camano, ignorant que lui aussi a reçu son enveloppe.

Les consignes de la Fumée Noire ne devant intervenir qu'au deuxième tour, c'est pour lui-même que Camano vote. Puis il plie son bulletin en deux et le pose devant lui en attendant d'aller le déposer dans l'urne.

Les cardinaux ont reposé leur stylo et replié leur bulletin. À tour de rôle, ils vont voter et rejoignent leur place. Camano est le dernier. Lorsque arrive son tour, il se lève et avance lentement vers l'autel en tenant son bras levé afin que les autres puissent constater qu'il ne tient qu'un seul bulletin. Parvenu au pied de l'autel près duquel se tiennent les scrutateurs, il prononce à haute voix l'ultime serment des électeurs :

— Moi, cardinal Oscar Camano, je prends à témoin le Christ Seigneur que je donne ma voix à celui que, selon Dieu, je juge devoir être élu.

Puis il s'approche de l'autel. L'urne est composée d'une patène à hostie recouvrant un vaste calice. Camano dépose son bulletin sur le plateau, qu'il incline lentement pour faire tomber le papier dans le calice. Puis il repose la patène et, reculant de quelques pas, s'incline devant l'autel.

Tandis qu'il regagne sa place, le premier scrutateur soulève le calice plein qu'il secoue vivement pour en mélanger le contenu. Ensuite, le troisième scrutateur pioche ostensiblement les bulletins et les dépose l'un après l'autre dans un vase transparent. Ce faisant, il les compte à haute voix pour s'assurer qu'aucun cardinal n'a effectué de double vote. Cent dix-huit bulletins atterrissent dans le vase que l'on porte alors jusqu'à une table dressée devant l'autel où les scrutateurs ont pris place pour le dépouillement.

Le premier scrutateur prend le premier bulletin dans le vase, le déplie et le lit sans prononcer un mot. Puis il le tend au deuxième scrutateur, qui le lit à son tour mais à voix haute, avant de le tendre au troisième et dernier scrutateur, qui contrôle en silence que le nom qui vient d'être prononcé est bien celui qui figure sur le bulletin. Ensuite, il pique le document avec une aiguille reliée à un fil. À l'issue du dépouillement, le chapelet de papier de tous les bulletins de vote sera brûlé jusqu'aux cendres dans la cheminée de la chapelle.

Le dépouillement se poursuit. Onze bulletins viennent d'être lus. Six également répartis entre autant de cardinaux, deux en faveur du cardinal Camano et trois pour le cardinal camerlingue Campini vers qui convergent à présent tous les regards.

183

Le médecin précède en silence monseigneur Mankel le long des couloirs déserts de la clinique. Ils empruntent un escalier qui descend à la morgue. Le médecin pousse une porte à double battant qui se referme en claquant derrière l'Inquisiteur. Puis ils traversent plusieurs salles contenant des alignements de coffres réfrigérés où sont stockés les morts en attente d'autopsie. Les climatiseurs ronronnent.

Le médecin entre dans la dernière pièce. Un cadavre enveloppé dans une housse en caoutchouc est étendu sur la table d'opération. Un infirmier nettoie le sol. L'Inquisiteur ne lui prête aucune attention. Il fait signe au médecin d'ouvrir la housse. Il n'a pas un mouvement de recul en découvrant ce qui reste du défunt, pas même un battement de paupières.

— C'est tout ?

— Le cardinal Giovanni s'est encastré sous un trente tonnes à cent quarante kilomètres à l'heure, puis il s'est fait percuter par une camionnette qui roulait à la même vitesse. Alors oui, c'est tout.

— Vous avez procédé à l'identification dentaire ?

— Pour quoi faire ? C'est le véhicule du cardinal Giovanni. C'est donc forcément le cardinal Giovanni.

— Il a pu prêter sa voiture à quelqu'un d'autre.

— Et dans ce cas, où serait-il, s'il ne siège pas au conclave ?

— C'est une bonne question.

Monseigneur Mankel ouvre sa sacoche et en sort un épais dossier dont il extrait plusieurs clichés du cardinal Giovanni. Une bonne nouvelle : l'Inquisiteur a dû croiser le jeune prélat une ou deux fois dans les couloirs du Vatican mais il ne le connaît pas personnellement. C'est aussi pour cette raison que le cardinal Mendoza l'a choisi. Parce que Giovanni vient tout juste d'être élevé au rang de prince de l'Église et que peu de prélats romains le connaissent intimement. C'est d'autant plus un soulagement que le visage de l'évêque a été presque entièrement détruit et que les photos que brandit l'Inquisiteur ne vont pas lui être d'une grande utilité.

— Vous avez effectué des prélèvements sanguins ?

Perdu dans ses pensées, le médecin sursaute légèrement.

— Pardon ?

— Je vous demandais si vous aviez effectué des prélèvements sanguins.

— La loi nous y oblige. Pour l'alcoolémie.

— Alors ?

— Alors, je suis formel. Le cardinal Giovanni n'avait pas bu une goutte d'alcool.

Sans cesser de tourner autour du cadavre, l'Inquisiteur insiste :

— Ce n'est pas ce que je vous demandais. Je voulais savoir si les résultats sanguins confirment ou non qu'il s'agit bien du cardinal Giovanni.

— Notre laboratoire de génétique est fermé, monseigneur. Je n'aurai les résultats qu'à 9 heures.

— C'est fâcheux.

— Pourquoi ?

Sans prendre la peine de répondre, l'Inquisiteur contrôle à présent les taches de naissance et les cicatrices du cadavre pour les comparer à celles qui sont consignées dans le dossier médical de Giovanni. Le médecin chef commence à se détendre. Mankel n'a sûrement pas un dossier aussi complet que celui dont la clinique dispose depuis qu'elle suit le jeune cardinal. La preuve, il ne recherche pas toutes les cicatrices que le médecin a retravaillées dans le bloc opératoire, pas plus qu'il ne passe en revue les différentes taches de naissance. En fait, une seule semble l'intéresser : un nævus grumeleux que Giovanni présente à la nuque, comme un gros grain de beauté aplati qu'il avait fallu dessiner sur ce qui restait du corps de monseigneur Gardano. C'est ce nævus qui avait demandé le plus de travail, par ajouts successifs de fines couches de latex qu'il avait ensuite fallu modeler et teindre. Ça et la couleur des cheveux – les reflets roux de monseigneur Gardano qu'il avait fallu transformer en chevelure noire. Pour l'auriculaire qui manquait à la main droite du cardinal, un simple coup de scalpel avait suffi. Ensuite, il avait fallu suturer la peau autour du moignon et s'arranger pour que cette intervention n'ait pas l'air trop récente. Un véritable travail de plasticien dont le médecin chef n'était pas mécontent. Cela fait plusieurs secondes que l'Inquisiteur passe un doigt sur le nævus et sur le doigt amputé sans que rien, dans ce contact, ne lui semble suspect. Lui-même a l'air de commencer à croire que c'est effectivement le cadavre de Giovanni qu'il est en train d'examiner. Il pose une dernière question, pour la forme :

— Et ses effets sacerdotaux ?

— Vous voulez dire son anneau de cardinal ?

— Et la lourde croix pectorale que les prélats de son rang portent d'ordinaire sur la poitrine.

— Il n'avait que son anneau. J'ai dû le scier pour l'enlever. Il est dans l'enveloppe sur la tablette.

L'Inquisiteur avise le pli posé près de la table mortuaire. Il l'ouvre et considère les débris d'anneau qu'elle contient. Il s'apprête à la reposer sur la tablette lorsqu'il remarque d'étranges taches noires sur l'enveloppe, comme de l'encre. Non. Pas des taches, des empreintes. Plus précisément des empreintes de doigt, à en juger par les sillons concentriques qui parsèment le papier. L'Inquisiteur examine ses mains. Les extrémités de ses doigts sont noires là où il les a passées dans les cheveux du cadavre. Il se retourne vers le médecin. Lui aussi a compris : les cheveux des morts n'impriment pas la coloration comme ceux des vivants. On peut les teindre mais la teinture met beaucoup plus longtemps à sécher.

— Félicitations, docteur, vous avez bien failli m'avoir.

Mankel compose un numéro sur son téléphone portable. Relevant les yeux vers le médecin, l'Inquisiteur se fige en croisant la gueule noire du pistolet automatique que l'infirmier vient de dégainer et qu'il pointe à présent sur son front. Derrière les fines moustaches et les lunettes à verres fumés, le prélat vient de reconnaître un lieutenant de la garde rapprochée du défunt pape.

— Est-ce que vous êtes devenu fou ?

Posant l'index sur ses lèvres, le lieutenant fait signe à l'Inquisiteur de se taire. Encore une sonnerie. Puis quelqu'un décroche à l'autre bout et l'écho d'une voix lointaine envahit la salle d'autopsie.

— Le camerlingue, j'écoute.

L'Inquisiteur ferme les yeux.

— C'est moi Votre Éminence.

— Qui ça, moi ?

— Monseigneur Mankel.

Un silence.

— Alors ?

L'Inquisiteur sursaute en sentant le canon de l'arme se poser contre son front. Le lieutenant des gardes suisses lui fait non de la tête. Mankel se racle la gorge.

— Alors c'est bien le cardinal Giovanni, Votre Éminence.

— Vous en êtes absolument sûr ?

Le lieutenant des gardes suisses relève la queue de détente de son arme et fait oui de la tête.

— Oui, Votre Éminence. J'en suis tout à fait sûr.

Un autre silence.

— Que se passe-t-il, Mankel ?

— Je ne suis pas sûr de comprendre le sens de votre question, Votre Éminence.

— Votre voix : quelque chose ne va pas dans votre voix.

— C'est...

L'Inquisiteur contemple l'index du garde suisse qui s'incurve autour de la queue de détente.

— C'est quoi, Mankel ?

— Le cadavre. Il est dans un sale état et...

— Ça vous a retourné, c'est ça ?

— Oui, Votre Éminence, c'est ça.

— Allons, reprenez-vous, Mankel. L'heure n'est pas à la faiblesse.

Un déclic. La communication s'interrompt. L'Inquisiteur sursaute en sentant une aiguille s'enfoncer dans sa carotide. Un liquide brûlant se répand dans ses veines. Il grimace. À travers la brume qui envahit son esprit, le visage du médecin chef se brouille.

184

Seul dans sa chambre de la Maison Sainte-Marthe, le cardinal camerlingue Campini referme sans bruit le clapet de son téléphone portable. Il écoute le silence. Située à proximité immédiate de la chapelle Sixtine, la Maison Sainte-Marthe est un lieu de prière et de recueillement où l'on murmure sans jamais élever la voix. C'est là que les cardinaux viennent se restaurer et se reposer entre deux votes. D'après les lois sacrées de l'Église, les cardinaux électeurs entrés en conclave n'ont plus le droit de communiquer avec l'extérieur. Pas de journaux, pas de messages, pas de radios, pas d'enregistreurs, pas de télévision. Et surtout pas de téléphone portable.

S'assurer du strict respect de ce règlement fait partie de la charge du camerlingue. C'est pourquoi Campini sait qu'il a pris un risque particulièrement important en faisant passer clandestinement son propre téléphone dans ses affaires. Mais mieux vaut courir ce risque plutôt que de laisser un faux cardinal Giovanni à la morgue. C'est pour cette raison que le camerlingue a profité de la pause, après le premier vote, pour rejoindre sa chambre à la Maison Sainte-Marthe et y attendre le coup de fil de monseigneur Mankel.

Il avait expédié Mankel parce que personne ne savait percer les mensonges mieux que lui. C'est la discussion que le cardinal Mendoza avait eue avec le commandant de la garde, sur le perron de la basilique, qui avait attisé la méfiance de Campini. Qu'est-ce que ce vieux crabe de secrétaire d'État était en train de mijoter ? Aux dernières nouvelles, Mendoza avait rejoint sa villa des environs de Rome en attendant l'issue du conclave. Campini l'avait fait placer sous surveillance discrète. D'après le dernier rapport, depuis qu'il était rentré d'un dîner en ville, le vieux cardinal n'avait pas bougé.

Autre problème réglé : celui de Giovanni, dont le cadavre se trouvait effectivement à la morgue de la clinique Gemelli. Restait la voix étrangement tendue de Mankel au téléphone. Obligé de chuchoter comme un collégien dans la pénombre de sa chambre, Campini n'avait pas eu le temps de lui poser plus de questions. Pourtant, il en était sûr à présent, Mankel avait l'air... terrorisé.

Le prélat tente de se raisonner. Allons, c'était la vue du cadavre de Giovanni qui avait secoué le vieil Inquisiteur. Oui, c'était sûrement ça. Et pourtant... Depuis quelques secondes, le camerlingue est en train de peser le pour et le contre. Il se demande s'il doit ou non prendre le risque de rappeler Mankel pour en avoir le cœur net. C'est une option terriblement dangereuse, et il le sait. Car si on le surprend à téléphoner dans les murs de la Maison Sainte-Marthe, tout camerlingue qu'il est, il sait qu'il sera immédiatement exclu du conclave et excommunié. La deuxième sanction, le camerlingue s'en moque au point d'en sourire. C'est la première qui pose problème dans la mesure où elle aurait pour conséquence la dissolution de l'assemblée et la convocation ultérieure d'un autre conclave. Inacceptable.

Brûlant malgré tout de savoir, le vieux camerlingue sent ses doigts qui ouvrent le clapet du téléphone portable. Sans s'en rendre compte, il a déjà composé les premiers chiffres du numéro de Mankel. Il appuie sur la touche d'appel lorsqu'un bruit le fait sursauter : quelqu'un passe dans les couloirs en frappant trois coups aux portes des chambres pour alerter les cardinaux de la reprise du conclave. Campini referme le clapet de son téléphone. La communication s'interrompt. Les pas s'éloignent. Fébrile, le vieux camerlingue enveloppe l'appareil dans un chiffon et le dépose sur le sol avant de le piétiner à coups de talon. Le grincement des portes et les craquements de pas dans le couloir couvrent les bruits étouffés du téléphone qui se brise sous la semelle du camerlingue. Puis le vieil homme ramasse le linge qu'il range tout au fond de sa valise, là où personne ne viendra le chercher.

Juste avant de quitter sa chambre pour rejoindre la chapelle Sixtine, il éprouve un pincement de regret. Désormais, il ne pourra plus communiquer avec ses hommes pour les diriger de l'intérieur. Peu importe : vu les résultats du premier vote, le conclave sera bientôt terminé.

185

L'aube. Hormis le crissement des mocassins de Giovanni et des semelles en caoutchouc de Cerentino, pas un bruit ne vient troubler le silence des ruelles endormies de La Valette. Le capitaine des gardes suisses marche à quelques mètres derrière le cardinal. Il a dégainé son arme de service qu'il tient prête à faire feu sous sa veste.

Protégés à distance par les hommes de la Crucia Malta, la branche maltaise de Cosa Nostra, les deux hommes s'engagent sur Republic Street, un raidillon bordé d'immeubles qui monte à l'assaut de la vieille ville. L'air salé du port a laissé la place à un filet de brise tiède. Les persiennes sont closes. Pas un chien n'aboie. Pas un bruit de voiture.

Numéro 79. Le cardinal Giovanni s'arrête. Sur le trottoir d'en face, un immeuble baroque et un porche en bois massif gardé par des caméras et un digicode à carte magnétique. Une plaque de cuivre est vissée sur le montant droit : deux lettres entrelacées et surmontées d'une couronne, LB pour Lazio Bank, la succursale anonyme réservée aux grands comptes et aux coffres-forts numérisés.

— Attendez-moi ici.

Le capitaine Cerentino acquiesce après avoir jeté un rapide coup d'œil alentour. À cinquante mètres sur la gauche, une camionnette verte, avec quatre hommes de Cosa Nostra à l'intérieur. À quarante mètres à droite : deux autres tueurs déguisés en agents de la voirie balaient les caniveaux.

Giovanni traverse la rue et s'immobilise devant le porche. Les caméras pivotent sur leur socle tandis qu'il introduit la carte magnétique et entre la combinaison à onze chiffres sur le clavier du digicode. Quelques secondes s'écoulent puis un claquement sec retentit. Le porche s'entrouvre et se referme derrière le cardinal.

À l'intérieur, un hall de marbre, des fauteuils et une volée de marches en demi-cercle qui mènent à un long comptoir équipé de vitres pare-balles. Une jeune femme est assise devant une rangée d'écrans. Giovanni s'approche. Elle lève la tête. Elle désigne au cardinal un clavier à touches multicolores. Sa voix est glaciale, professionnelle, sans vie.

— Votre identifiant, je vous prie.

Giovanni entre le code chromonumérique contenu dans l'enveloppe que lui a remise le cardinal Mendoza, puis il appuie sur la touche envoi. La jeune femme surveille ses écrans, attendant la réponse. Giovanni lève les yeux vers les tableaux qui ornent le mur au-dessus du comptoir : des visages de vieillards, les portraits les plus anciens à gauche, les toiles les plus récentes à droite. Une dynastie.

— Qui sont ces gens ?

— La lignée des fondateurs jusqu'à Giancarlo Bardi, notre directeur actuel.

Giovanni tressaille. Les Bardi. C'est ce nom que Mendoza avait prononcé en désignant les plus puissantes familles du réseau Novus Ordo, propriétaires de la Lazio Bank et de dizaines d'autres établissements à travers le monde. La sueur perle sur le front du cardinal. C'est ici que Valdez a caché ses dossiers, directement dans la gueule du loup.

Un signal sonore. La ride soucieuse qui barrait le front de la jeune femme s'efface. Elle appuie sur un bouton, et une porte coulisse dans le mur de droite. Une porte si parfaitement imbriquée dans la pierre que personne n'en soupçonnerait l'existence. Au-delà, un escalier recouvert de moquette mène aux sous-sols de la banque. La jeune femme lève à nouveau les yeux vers le cardinal. Sa voix métallique se fait plus douce :

— Vous pouvez y aller, Votre Éminence.

Giovanni s'engage dans l'escalier. La porte dérobée se referme derrière lui.

186

Au bas de l'escalier, une grille en acier s'ouvre automatiquement à l'approche du cardinal. Un souffle d'air climatisé. Il entre dans une immense salle éclairée par un faux plafond lumineux.

Il avance au milieu des allées de coffres-forts. Chaque compartiment est séparé des autres par une épaisse cloison d'acier munie d'un ordinateur. Les coffres sont des modèles très anciens et robustes, dont le mécanisme d'ouverture a été perfectionné au fil du temps. Sur certains, on voit encore la trace de doubles serrures et de molettes à combinaisons – des précautions inutiles puisque tous les coffres-forts de la Lazio Bank fonctionnent désormais avec un digicode électronique.

Allée 12, bloc 213. Giovanni s'immobilise devant le coffre du cardinal Valdez. Il mesure près de deux mètres de haut sur un de large. Giovanni entre les inscriptions gravées au verso de la croix des Pauvres. L'écran clignote puis, après une série de claquements sourds, les barres d'acier se rétractent et la lourde porte s'ouvre.

La lumière s'allume automatiquement à l'intérieur du coffre. Giovanni sent une pointe d'angoisse en constatant qu'il comporte une douzaine d'étagères poussiéreuses... et vides. Il se hisse sur la pointe des pieds et passe la main sur les étagères les plus hautes. Son geste s'arrête sur un mince boîtier en plastique, avec l'inscription NO au feutre noir, qu'il extrait du coffre : un disque informatique à haute capacité. Un gigantesque coffre-fort renfermant un disque de quelques centimètres rempli de données sur le réseau Novus Ordo. Trente ans d'enquête sur les arcanes de la Fumée Noire concentrés sur un simple morceau de plastique ! Giovanni sourit. Jusqu'à la fin des années 1980, Valdez avait dû amasser des montagnes de documents sur le réseau. L'informatique se développant, il avait ensuite enregistré ces renseignements sur des piles de disquettes puis sur des cd-roms en nombre de plus en plus réduit et, enfin, sur ce seul disque à haute capacité pouvant contenir l'équivalent de cent mille pages. Giovanni comprend à présent pourquoi les cloisons de séparation sont équipées d'un ordinateur : les tonnes de paperasses contenues depuis des siècles dans les imposants coffres-forts de la Lazio Bank avaient dû fondre au fil du temps pour se retrouver compressées sur des disques informatiques.

Giovanni insère le disque de Valdez dans l'ordinateur. Le processeur crépite et affiche un sommaire détaillé du contenu. Des pages archivées, des textes, des feuilles de comptes et des registres en nombre incalculable, dont les plus anciens, rédigés en latin, semblent remonter aux établissements bancaires du Moyen Âge.

Les premières pages résument les trente ans d'enquête de Valdez en présentant les principaux organigrammes du réseau Novus Ordo dont la toile, patiemment tissée au fil des siècles, emprisonnait désormais le monde : des banques, des multinationales parmi les plus puissantes de la planète, des entreprises sous-traitantes, des Bourses, des fonds d'investissement, des compagnies aériennes et de transport maritime, des entreprises d'armement, des laboratoires pharmaceutiques, des géants des logiciels et de l'informatique... Des ramifications innombrables dans les milieux de la finance, du pétrole et de l'industrie lourde. Des chambres de compensation aussi, des paradis fiscaux et tout un maillage de banques offshore qui continuaient à faire fructifier le trésor du Temple.

Mais Novus Ordo n'était pas seulement un gigantesque conglomérat financier. Après avoir financé les hérésies du Moyen Âge, l'organisation avait créé les grandes sectes adversaires du catholicisme dont les banques du réseau brassaient à présent les milliards. Derrière toutes ces organisations, derrière toutes ces ramifications, il y avait le trésor du Temple et les cardinaux de la Fumée Noire.

187

Un sursaut. Le dormeur se réveille. Ça remue et ça grince autour de lui. Bruits et vibrations. Quelque chose tape sous ses pieds. *Des roues*. Saisissant ce concept qui vient de traverser son esprit, le dormeur se concentre. Le crissement des wagons et le bruit du vent. *Un train*.

Le père Carzo ouvre les yeux. Ses mains effleurent la banquette. Il fait nuit. Des lumières jaunes zèbrent la vitre. Le compartiment est désert. Carzo contemple la mosaïque de souvenirs en suspension dans sa mémoire. Des morceaux d'images et des éclats de sons.

Il était en train de caresser les cheveux de Marie dans les souterrains de Bolzano lorsque c'était arrivé. Une sensation de flottement, un vertige, sa vue qui se brouille et ses jambes qui flageolent. Ensuite, son cœur s'était mis à ralentir dans sa poitrine. Soixante pulsations par minute. Vingt. Deux. Carzo était tombé à genoux lorsque son cœur s'était arrêté. Plus rien ne battait sous sa peau et pourtant il n'était pas mort. Ensuite, il avait eu l'impression que son cœur se remettait en marche. Des pulsations profondes et puissantes. Carzo avait tâté son pouls. Rien. Il avait alors inspecté sa gorge mais il n'avait rien détecté d'autre que sa peau glacée. Une peau de mort. Ce n'était pas son cœur qui s'était remis à battre dans sa poitrine. Non, ce sang gelé qui gorgeait à présent ses veines, c'était celui de la chose qui s'était emparée de son âme. Elle était entrée en lui dans les souterrains du temple aztèque et était restée tapie au fond de son esprit en attendant l'heure d'en prendre le contrôle.

Carzo avait rouvert les yeux. Les couleurs avaient changé. Les odeurs aussi. Et ce fourmillement au bout de ses doigts, tandis que ses mains se refermaient sur la gorge de Marie... Seigneur, comme il avait eu envie d'enfoncer ses dents dans ces chairs pleines et de sentir le sang de la jeune femme se répandre sur ses lèvres. Le parfum de Marie. Une eau de gingembre. Le prêtre s'était débattu pour repousser cette tentation. La chose avait sursauté en détectant sa présence. Une voix grave et mélodieuse :

— C'est toi, Carzo ?

Un silence.

— Elle est à moi maintenant. Alors laisse-moi la mordre ou je dévore son âme.

C'est à ce moment-là que Marie avait ouvert les yeux. Elle avait dit qu'elle savait où était l'évangile. La chose avait répondu :

— Moi aussi.

Puis Carzo avait lâché prise.

Les ténèbres.

Le silence.

188

Carzo cligne des yeux dans la pénombre. La porte du compartiment bat sur son chambranle. Par terre, une cannette de bière vide roule sur le sol au gré des virages. Carzo sursaute en entendant un froissement de métal : il regarde son pied qui vient d'écraser la boîte. La voix de la chose retentit dans le compartiment. Elle semble étonnée.

— Tu es encore là, Carzo ?

La voix du prêtre répond à travers les lèvres immobiles de la chose.

— Qu'est-ce que tu as fait à Marie ?

— À ton avis ?

— Je te connais ?

— Je te connais mieux que tu ne me connais, Ekenlat.

Carzo sursaute. *Ekenlat.* Ça signifie *âme morte* dans la langue des Voleurs d'Âmes. Le prêtre vient enfin de mettre un nom sur la voix de la chose : un démon qu'il a combattu à plusieurs reprises au cours de sa carrière d'exorciste. Calcutta, Belém, Bangkok, Singapour, Melbourne et Abidjan. C'est toujours la chose qui avait gagné, Caleb, le prince des Voleurs d'Âmes. Un esprit aussi vieux que le monde, dont le patronyme démoniaque était Baphomet, le plus puissant des chevaliers du Mal, l'archange de Satan. Comme dans le temple aztèque où il avait tenté d'exorciser la possession suprême, Carzo vient de comprendre que sa foi ne peut rien contre une telle noirceur. *La possession suprême.* Il sent la terreur se répandre dans son esprit. Il revoit le cercle de bougies et la chose qui sourit en le regardant approcher dans les ténèbres. Caleb. C'est lui qui avait déclenché les possessions à travers le monde. À cause de lui que les possédés répétaient tous le nom de Carzo. La litanie des morts. C'est ainsi que Caleb l'avait forcé à se jeter sur les traces de la possession suprême. Une piste qui s'achevait au cœur du territoire des Indiens Yanomani où le prince des Voleurs d'Âmes avait réveillé le grand mal avant de prendre possession de Maluna. *Oh, mon Dieu...*

Ce jour-là, en entrant dans le cercle de bougies, Carzo était tombé à genoux au pied de Caleb et s'était mis à l'adorer. C'est alors que le démon l'avait touché et qu'il était entré en lui.

Caleb se met à rire.

— Je vois que tu as enfin compris, Carzo. À présent, il est temps de mourir.

189

À travers les yeux de Caleb, Carzo aperçoit le manuscrit que ses propres mains sont en train de déballer d'une housse de toile. L'évangile selon Satan, que le Voleur d'Âmes a exhumé des fondations de Bolzano et qu'il rapporte à présent au Vatican.

— Pourquoi ?

La Bête sourit dans les ténèbres.

— Pourquoi quoi, Carzo ?

— Pourquoi moi ?

— Parce que tu es le meilleur. Tu sens la puanteur des saints et le parfum des démons. Je te suis depuis ta naissance, Carzo. J'oriente tes pensées. Je murmure à ton esprit. J'étais tapi dans le placard de ta chambre quand tu t'endormais le soir. J'étais assis derrière toi en classe. Je jouais avec toi dans la cour. Partout où tu étais, j'étais.

— C'est faux.

— Et ces odeurs étranges que tu sentais en croisant les gens. Le parfum de la haine, la puanteur de la bonté et le fumet des pulsions. Rien qu'en effleurant une personne, tu savais si elle était bonne ou absolument mauvaise. Tu savais si elle avait déjà tué ou si elle était bénévole dans une association humanitaire. Ou les deux. Comme Martha Jennings. Tu te souviens d'elle, Carzo ? Cette grosse femme laide et si gentille à laquelle ta maman te confiait parfois quand tu étais petit... Celle qui sentait le mimosa et le sac-poubelle abandonné en plein soleil. Un peu de mimosa et beaucoup du reste. Tu veux savoir pourquoi elle sentait ces deux odeurs si opposées ?

— Tais-toi.

— Elle avait adopté deux handicapés mentaux. Des petits mômes dont personne ne voulait. Ça, c'est pour le mimosa. Pour mériter ses odeurs de poubelle, quand son mari rentrait le soir et qu'il puait l'alcool, la mère Jennings mettait le son de la télé à fond pour ne pas entendre ce qu'il faisait à la petite dernière dans la chambre du fond.

— Mais, nom de Dieu, est-ce que tu vas fermer ta gueule !

Un silence.

— Et Ron Calbert, tu te souviens de cette vieille ordure ? Non, bien sûr, tu ne peux pas t'en souvenir, tu n'avais que huit ans. Et pourtant. Un type grand et maigre avec des lunettes rondes et des cheveux longs. Tu l'avais effleuré dans la file d'attente du cinéma au moment où il passait devant ton père et toi pour grappiller quelques places. Tu avais failli tomber dans les pommes tellement il puait l'ammoniaque. L'odeur des massacreurs d'enfants. Quatorze gamins violés et enterrés vivants en deux ans.

Carzo ferme les yeux. Il se souvient. Ce jour-là, quand il avait touché le bras de Ron Calbert et que son odeur avait envahi ses sinus, il était devenu si pâle que son père l'avait sorti de la file et l'avait forcé à s'asseoir sur un banc.

— Oui, tu te souviens maintenant. Sacré Ron Calbert. Lui aussi a senti que tu avais repéré quelque chose ce jour-là. Il t'a regardé fixement pendant que ton papa s'occupait de toi. Il a même songé à faire de toi sa quinzième victime. Mais il a changé d'avis en te voyant grimper dans le pick-up de ton père pour rentrer chez toi. Tu l'as regardé à travers la vitre tandis que la voiture s'éloignait. Tu te rappelles ?

Oui. Carzo s'en souvient. Il avait regardé Calbert. Et l'assassin l'avait regardé en lui faisant un signe de la main.

— Tu veux savoir pourquoi il a décidé de ne pas te tuer ce jour-là ?

— Non.

— Je vais te le dire quand même. Parce que, dans la file d'attente, juste devant ton père et toi, il y avait une petite fille qui s'appelait Melissa. Une petite fille blonde avec des tresses. Tout à fait le genre de Calbert. C'est pour ça qu'il s'était rapproché en passant devant vous. Pour sentir le parfum des cheveux de Melissa. Ensuite, il a attendu que la salle s'éteigne. Puis il a endormi Melissa et sa maman avec du chloroforme. Tu veux savoir combien d'autres enfants il a tués avant de se faire arrêter ? C'est dommage que tu n'aies rien dit ce jour-là.

— Personne ne m'aurait cru.

— Sans doute.

Nouveau silence.

— Et puis il y a eu Barney.

— Qui ?

— Barney Clifford. Ton ami d'enfance. Celui chez qui tu étais fourré tous les soirs et les week-ends. Vous vous aimiez comme des frères tous les deux. Vous avez fait les quatre cents coups ensemble et vous avez tout partagé. Les bons comme les mauvais moments. Les filles aussi... Eh, dis donc, mon père, pas seulement les filles. Je me trompe ?

— Tais-toi.

Caleb siffle entre ses lèvres.

— Par tous les démons de l'enfer, Carzo, tu étais amoureux de Clifford ? Merde quel scoop ! C'est allé jusqu'où ?

— Ta gueule.

— Désolé. Souvenir douloureux. C'est à cause de ça que tu es devenu prêtre, non ?

— Barney est mort dans un accident de voiture. Il avait vingt ans. Et, oui, j'étais amoureux de lui. Ensuite je suis entré au séminaire.

— C'est moi qui ai tué Barney. C'était nécessaire. Au fait, il est là avec nous. Tu veux lui parler ?

— Va te faire foutre.

Le père Carzo serre les poings en entendant la voix de son ami s'échapper des lèvres de la Bête.

— Salut, mec, ça gaze ?

— Arrête de me faire perdre mon temps, Caleb, tu sais bien que ce n'est pas Barney.

Caleb soupire.

— OK, reprenons. Tu es donc entré au séminaire et tu es devenu prêtre. Ensuite tu as appris à reconnaître les odeurs et tu es devenu exorciste à la congrégation des Miracles. Le meilleur d'entre tous. Pas un seul démon capable de te résister. À part moi. Enfin... presque. Tu te souviens de notre dernière rencontre à

Abidjan ? Tu m'as donné un mal de chien, tu as même failli m'avoir. C'est là que j'ai su que tu étais prêt. Alors j'ai déclenché des possessions beaucoup plus ciblées pour t'attirer jusqu'en Amazonie.

— Et Manaus ?

— Quoi Manaus ?

— Je t'avais enfermé dans le cadavre du père Jacomino. Comment tu as fait pour t'en échapper ?

— J'ai attendu qu'il meure. Puis j'ai laissé son âme s'échapper pour qu'elle comparaisse devant l'autre.

— L'autre ?

— Le vieillard plein de morgue qui se moque de vous depuis des siècles.

— Dieu ?

— Oui. Je n'ai pas le droit de prononcer son nom.

— Et alors ?

— Alors ton Jacomino devait avoir l'âme plus noire qu'une veine de charbon.

— Il a été damné ?

— Sans appel. Ce qui annulé ton sacrement de réconciliation, et c'est comme ça que j'ai pu me libérer de son cadavre.

— Tu veux dire que Dieu ne remet pas les péchés que les prêtres pardonnent sur terre ?

— Ta naïveté m'ennuie, Carzo. Le vieillard vous hait et vous n'en savez rien. En expédiant Son fils sur terre, il avait un projet pour les hommes. Mais Il a perdu. Depuis, Il se soucie de vous autant que l'océan des gouttes d'eau qui le composent. Veux-tu que je te dise ce qu'il y a après la mort ?

— Dis toujours.

— Après la mort, ça recommence.

— Qu'est-ce qui recommence ?

— Les morts sont là autour de vous. Ils sont tous là. Ils vivent sans vous voir. Ils ne se souviennent pas de vous. Ils vivent une autre vie, c'est tout. C'est ça, la damnation. La non-mort, l'éternel recommencement. Tu veux parler à ta maman ? Dans sa nouvelle vie, elle est une petite fille déficiente mentale. La petite fille adoptive de Martha Jennings.

— Va te faire foutre, Caleb.

190

Le train fonce dans la nuit. Ça gigote. Ça grince.

— Alors, Carzo, comment s'y prend un exorciste pour s'exorciser lui-même ?

— Je vous salue Marie pleine de grâce, le Seigneur est avec vous...

— Et Janus le fruit de vos entrailles est maudit. Arrête, Carzo, ça pique !

Caleb éclate de rire.

— Tu penses sérieusement que tu vas réussir à me chasser avec des mots ?

— *Credo in unum deum Patrem omnipotentem...*

— Je crois en l'Abîme éternel, matrice de toute chose et de toute non-chose, l'unique créateur des univers visibles et invisibles.

— *Pater Noster qui es in cœlis...*

— Dieu est en Enfer, Carzo, il commande aux démons, il commande aux âmes damnées, il commande aux spectres qui errent dans les ténèbres.

Le père Carzo sent ses forces l'abandonner et sa conscience se diluer. Il sait que, s'il lâche prise maintenant, il aura perdu la partie. Voilà précisément ce que veut Caleb : que Carzo abandonne pour pouvoir prendre à jamais le contrôle de son esprit. Un esprit immortel dans un corps mort. Un cadavre, que Caleb abandonnera dans un terrain vague ou au fond d'un puits lorsqu'il n'aura plus besoin de son apparence. Alors, le prêtre tourne en pensée les pages du rite des Ténèbres qu'il avait feuilleté dans la crypte de la cathédrale de Manaus. Pas d'autre solution contre un esprit aussi puissant que Caleb.

— Ça ne te sera d'aucune utilité, Carzo.

Le prêtre sursaute. Le Voleur d'Âmes lit dans ses pensées. Non, il pense en même temps que lui.

— Tu veux que je te dise pourquoi ?

— Non.

— Parce que ta foi est morte, Carzo.

— Tu mens.

— Elle est morte quand tu as contemplé les fresques dans le temple aztèque. Elle est morte au moment où tu t'es agenouillé devant moi et que tu as adoré le nom de Satan. Elle est morte quand tu as abandonné Marie dans les ténèbres.

— Marie...

— Renonce, tu n'y peux rien.

Si. Il y peut encore quelque chose. Il peut au moins essayer. Fermant les yeux, il se concentre de toutes ses forces. Caleb sursaute.

— Qu'est-ce que tu fais encore, Carzo ?

À force de fouiller les ténèbres qui remplissent l'esprit de Caleb, le prêtre vient de repérer une petite lueur, au loin, une bougie qui tremblote dans le noir. Plus il se concentre, plus la lueur se met à grossir. Elle éclaire les parois d'un réduit condamné par un mur, où le visage de Marie semble dormir. Elle a fermé les yeux et ses larmes brillent à la lueur de la bougie.

191

Un grésillement de cire. La flamme de la bougie est à présent si faible que son éclat n'est plus qu'un point orange dans l'obscurité. Marie entend la voix de mère Yseult : cela fait des heures qu'elle supplie Dieu d'apaiser ses souffrances. Mais mère Yseult ne parvient pas à mourir.

La vieille religieuse est sur le point de s'assoupir lorsqu'elle entend des pas résonner dans l'escalier. Elle tend l'oreille. La voix de sœur Bragance l'appelle. Les souliers de la morte raclent la pierre en descendant les marches, elle renifle. Elle vient de s'arrêter au bas de l'escalier. Elle ne pleure plus. Le silence. Marie suffoque. La lueur orangée vient de s'éteindre. La nuit enveloppe la religieuse, qui sanglote sans bruit.

Un frottement. Sa main frôlant les murs, Bragance chuchote comme une enfant qui joue à cache-cache :

— Cessez de fuir, ma mère. Venez avec nous. Nous sommes toutes là.

D'autres chuchotements répondent à ceux de Bragance. Marie tend l'oreille. Douze paires de mains mortes tâtent les murs en même temps que Bragance. Les treize mortes des treize tombes.

Lorsque les frottements s'arrêtent à sa hauteur, Marie retient sa respiration pour ne pas trahir sa présence. Un silence. Un reniflement de l'autre côté de la paroi. Ses lèvres collées contre le mur, sœur Bragance a recommencé à chuchoter :

— Je te sens.

Nouveau reniflement, plus appuyé.

— Tu m'entends, vieille truie ? Je sens ton odeur.

Marie s'empêche de crier. Non, la Bête qui s'est

emparée du corps de Bragance ne la sent pas. Sinon, pourquoi se donnerait-elle la peine de l'appeler ? Elle se cramponne de toutes ses forces à cette certitude. Puis elle se rend compte qu'elle retient toujours sa respiration et qu'un râle d'asphyxie se fraie un chemin à travers sa poitrine. Elle ne parviendra pas à le contenir. Alors, de grosses larmes de regret traçant des sillons blancs dans la crasse qui recouvre ses joues, elle sent les mains glaciales de mère Yseult se refermer autour de son cou. Elle tente de se débattre pour échapper à la poigne de la vieille religieuse qui enfonce ses ongles dans sa trachée pour s'étrangler plus vite. Elle sent le sang qui dégouline le long de sa gorge. Elle est en train de mourir. Elle ferme les yeux. De l'autre côté de la paroi, sœur Bragance et ses sœurs mortes chuchotent de colère.

192

La porte dérobée qui donne sur le hall de la banque s'ouvre automatiquement lorsque Giovanni atteint les plus hautes marches de l'escalier. Il est resté un peu moins d'une heure dans la salle des coffres. Il salue la jeune femme derrière son comptoir. Le disque dans la poche de sa soutane, il franchit le porche. Le soleil s'est levé et une lumière de couleur paille a envahi les ruelles. Il commence déjà à faire chaud.

Giovanni adresse un regard au capitaine des gardes suisses et se fige : Cerentino fait non de la tête. Giovanni regarde à droite. Une limousine remonte lentement la rue et passe à sa hauteur. Derrière les vitres, il reconnaît Giancarlo Bardi, le directeur de la Lazio

Bank. Le vieillard encadré par trois gardes du corps, est assis à l'arrière à consulter des papiers. Levant la tête, il aperçoit Giovanni et lâche ses documents qui tombent en vrac sur ses genoux. À mesure que la limousine avance, il tourne la tête pour conserver le cardinal dans son champ de vision. Brusquement Giovanni comprend son erreur : dans les sous-sols de la banque, après avoir entré le code sur le clavier du coffre de Valdez, il a oublié de remettre la croix des Pauvres sous sa soutane. La croix des Pauvres qui remue à l'air libre au bout de sa chaîne, c'est elle que le vieux Bardi a reconnue.

Coup d'œil à gauche. La limousine vient de s'immobiliser quelques mètres plus loin. Un portail de parking s'ouvre. Giovanni regarde Cerentino. Le capitaine des gardes suisses lui fait à nouveau non de la tête. Ce qui signifie : « Surtout ne bougez pas. » Puis le capitaine se baisse pour avancer à l'abri des voitures en stationnement.

Sans attendre que son chauffeur lui tienne la portière, le vieux Bardi s'extirpe de la limousine. Appuyé sur sa canne au milieu de ses gardes du corps, il marche à présent vers Giovanni. Les hommes avec oreillettes en costume noir ne voient pas Cerentino traverser la rue dans leur dos. Ils sont concentrés sur la camionnette verte qui vient de quitter son stationnement et remonte la rue au ralenti. Écumant de rage, Bardi, lui, ne voit que Giovanni et la croix du Pauvre qui bat sur sa soutane.

Quatre coups de feu claquent dans l'air tiède. Les deux premiers gardes du corps s'effondrent, touchés dans le dos par le capitaine des gardes suisses. Déconcentré, le troisième pousse le vieux Bardi contre le mur tandis que le chauffeur se retourne et tire quatre balles rapprochées sur Cerentino. Blessé à la gorge et à la poitrine, le jeune capitaine a encore le temps de tirer une balle qui atteint l'autre au milieu du front. Bardi s'écrie :

— La croix, nom de Dieu ! Récupérez la croix !

Le garde du corps, qui protège le vieux monsieur en le maintenant contre le mur, dégaine son arme et vise le cardinal. Pétrifié, Giovanni contemple la gueule noire du canon braqué sur son visage. L'homme n'est qu'à une dizaine de mètres, aucune chance qu'il rate sa cible. Mais dans un crissement de pneus, la camionnette verte dérape et vient se placer entre Giovanni et le garde du corps. La porte arrière s'ouvre sur deux tueurs de Cosa Nostra armés de pistolets-mitrailleurs. Ils ouvrent le feu sur Bardi et son garde du corps, qui s'écroulent dans une mare de sang.

Des sirènes au loin. Tandis que les tueurs descendent pour achever le vieillard qui rampe sur le sol, le conducteur de la camionnette interpelle Giovanni.

— Allez-y, Votre Éminence. Ne courez pas, marchez normalement. Prenez la ruelle juste en face de vous puis tournez une fois à droite vers le port et une fois à gauche vers les clochers de l'église Saint-Paul. Votre rendez-vous vous attend. On se charge du reste.

Giovanni traverse Republic Street. Coup d'œil à droite. Des gyrophares dans le lointain. Avant de s'engager dans la ruelle, il se retourne vers le cadavre du capitaine Cerentino que les hommes de Cosa Nostra chargent dans la camionnette. Il a le temps de voir la jeune réceptionniste émerger du porche de la Lazio Bank. Elle porte les mains à son visage et hurle en apercevant le corps sans vie de Giancarlo Bardi. Un des tueurs s'approche dans son dos et colle le canon de son arme contre ses cheveux. Une détonation. Une giclée de sang atterrit sur le trottoir. La jeune femme tombe à genoux.

Giovanni détourne les yeux et s'engage dans la ruelle qui descend vers le port. Il entend la camionnette de Cosa Nostra démarrer dans un crissement de pneus. Les sirènes approchent. Au loin se découpent les clochers de l'église Saint-Paul. Il force le pas.

193

Échappé des encensoirs qu'on vient de rallumer, un épais brouillard odorant s'étire vers le plafond de la chapelle Sixtine. Le cardinal camerlingue s'approche de son confrère, que le conclave vient de désigner à l'issue du deuxième scrutin. Se hissant sur la pointe des pieds, il demande à l'élu s'il accepte le poids de cette charge. Le nouveau pape répond que sa volonté rejoint celle de Dieu. Le camerlingue le conduit alors jusqu'à une chambre dérobée où la tradition veut que l'élu verse une larme en contemplant les épreuves qui l'attendent. Mais les yeux du nouveau pape restent secs. Campini lui demande alors de quel nom il souhaite être appelé. L'élu se penche et murmure son choix à l'oreille du camerlingue, qui se fend d'un large sourire. Il débarrasse le nouveau pontife de son vieil habit de cardinal et l'aide à boutonner la robe blanche. Puis, tandis que le notaire suprême du conclave incendie les bulletins, le cardinal camerlingue ordonne de faire ouvrir la porte-fenêtre du balcon de Saint-Pierre.

Le nouveau pape et le vieux cardinal quittent la chapelle et avancent ensemble dans le dédale d'escaliers et de couloirs menant au premier étage de la basilique. Les parquets grincent sous les semelles de ceux qui les suivent. En chemin, l'élu se penche à nouveau à l'oreille du camerlingue.

— Vous ferez ouvrir les portes de la basilique sitôt après l'annonce, pour que commence immédiatement la dernière messe.

Le vieux camerlingue hoche la tête. Au bout du couloir, les fenêtres du balcon de Saint-Pierre sont ouvertes. Au-delà, on entend le grondement lointain de la foule.

— Une dernière chose. Un moine va bientôt se présenter aux portes du Vatican. Il sera porteur de l'évangile. Dites à la garde de le laisser passer sans encombre ni retard.

— Ce sera fait, Grand Maître.

194

Les sirènes se sont tues. Giovanni tourne à gauche en direction des clochers de Saint-Paul. Sa soutane est trempée de sueur. Il longe à présent deux rangées de vieilles bâtisses dont les volets s'entrouvrent sur son passage. Un vieillard le regarde sur le pas de sa porte. Giovanni se fige. Il vient de repérer sous un porche, un homme en costume et lunettes noirs, qui se porte à sa rencontre. Il glisse sa main dans la poche de sa veste et en sort un étui en cuir qu'il ouvre pour le présenter au cardinal. Une plaque du FBI.

— Agent spécial Dannunzo, Votre Éminence. Continuez à marcher tout droit. Stuart Crossman vous attend.

Giovanni se retourne et examine la rue.

— Ne vous inquiétez pas. Personne ne passera tant

que je serai là. Avancez à présent, nous n'avons pas une seconde à perdre.

Giovanni s'exécute. Quelques pas plus loin, il se retourne à nouveau. L'agent spécial Dannunzo a regagné l'ombre du porche. Le cardinal avance. Il résiste à la tentation de se mettre à courir. Un autre agent lui indique un escalier qui descend en direction du port. Il s'y engouffre. L'air est plus frais. En bas, une petite place bordée de tilleuls. Des tables et des chaises sont disposées autour d'une fontaine. Assis à une table en fer, à l'ombre, un homme en costume et lunettes rondes. Le cardinal s'approche.

— Stuart Crossman ?

L'homme lève la tête. Il a les yeux perçants et le teint pâle.

— Je vous attendais, Votre Éminence.

195

Avançant à pleine vitesse à travers la Toscane, l'express Trente-Rome a roulé jusqu'à l'aube. La fin du voyage. Debout dans le couloir, le père Carzo regarde la campagne romaine qui émerge lentement de la brume. Il avait lutté contre Caleb en s'accrochant au souvenir de Marie, à ce baiser qu'ils avaient échangé dans les ruines de la forteresse de Maccagno Superiore, à l'odeur de sa peau et à ses mains qui avaient serré les siennes quand ils s'étaient aimés dans la poussière de la chapelle.

À mesure que le Voleur d'Âmes lâchait prise, Carzo avait senti un peu de chaleur revenir dans son corps. Son sang s'était remis à couler dans ses veines et son cœur avait recommencé à battre. De la douleur et du chagrin. C'est à ce moment-là qu'il avait perdu le contact avec Marie. Marie, emmurée dans son réduit, Marie, dont la flamme s'était éteinte avec celle de la bougie.

En gare de Florence où le train s'était arrêté quelques minutes, Carzo avait hésité devant la portière ouverte. Il pouvait descendre et attendre le prochain convoi en partance pour le nord et essayer de sauver Marie. Ou bien il pouvait poursuivre jusqu'à Rome et faire arrêter le conclave avant qu'il ne soit trop tard. Sentant l'évangile peser sous son bras, il avait fermé les yeux tandis que le coup de sifflet retentissait et que la portière se refermait en claquant. Sa décision était prise. Depuis, le père Carzo contemplait par la vitre la campagne qui défilait.

Rome. Le train ralentit. Le bout de la route. Carzo soupèse l'arme de Marie qu'il vient de sortir de la poche de sa bure. Un Glock 9 mm à crosse céramique. Comme il a vu la jeune femme le faire, il ramène la culasse en arrière pour introduire une balle dans le canon. Puis il vérifie la sécurité et range l'arme dans sa poche. Il est prêt.

Le train s'immobilise dans un grincement d'essieux. À la gare de Roma Termini, le père Carzo ouvre la portière et aspire l'air tiède qui s'engouffre dans le wagon. Ça sent la pluie. Un parfum de gingembre caresse son visage tandis qu'il descend du train et se perd dans le flot des voyageurs : l'odeur de la peau de Marie.

196

Les agents du FBI encerclent discrètement la placette ensoleillée où Crossman et Giovanni se sont installés. La fontaine chante. Quelques oiseaux gazouillent dans les tilleuls. Des cigales se répondent dans les buissons de thym. Crossman est en train de lire le contenu du disque de Valdez sur un ordinateur portable. Giovanni essuie son front trempé de sueur.

— Détendez-vous, Votre Éminence. Ici, vous ne risquez rien.

— Et les Bardi, vous y avez pensé ?

— Quoi les Bardi ?

— C'est une famille puissante. Ils vont ratisser l'île de fond en comble pour retrouver ceux qui ont tué le vieux Giancarlo.

— Ne les surestimez pas inutilement. Ce sont avant tout des banquiers, bien qu'ils aient passé des accords avec certains clans de la Mafia. Le fait que Cosa Nostra et sa branche maltaise vous aient aidé à récupérer les documents démontre qu'ils avaient intérêt à le faire et qu'ils vont continuer à vous protéger tant que ces documents sont en votre possession. Peut-être même au-delà.

— Je ne vous suis pas.

Sans lever les yeux de l'écran où il fait défiler les données de Valdez, Crossman enchaîne :

— Dom Gabriel n'est ni un mécène ni un enfant de chœur. C'est le parrain des parrains de Cosa Nostra. Un intouchable, sacré comme une relique. Emiliano Cazano, le patron de la Camorra, est son cousin. Ils fédèrent à eux deux quatre-vingts pour cent des clans siciliens, napolitains et calabrais. Je pense que vos banquiers de Novus Ordo ont commencé à marcher sur leurs plates-bandes et que c'est pour cette raison que dom Gabriel vous a aidé. Sinon, vous n'auriez pas fait plus de trente mètres en débarquant à Malte.

Crossman achève de déchiffrer les ramifications du réseau. Il relève la tête et contemple un instant la place. On dirait qu'il a pris dix ans en dix minutes.

— Alors ?

— Alors, Votre Éminence, moins vous en saurez et mieux cela vaudra pour votre sécurité.

— Monsieur Crossman, je suis cardinal et prince de l'Église à une heure où l'Église est sans doute en train de basculer entre les mains de la Fumée Noire. Je pense au contraire que moins je vais en savoir, plus je vais être en danger.

— Vous l'aurez voulu.

Un silence.

— En résumé, Votre Éminence, Novus Ordo version moderne est un réseau si grand que ses contours en deviennent flous. Une constellation de loges, de groupes de pression, de clubs de milliardaires et de cercles d'influence.

— Ils ont bien des cellules identifiables, tout de même ?

— Bien sûr.

— Lesquelles ?

— Le Millenium, par exemple. Ils sont chargés de la sphère financière de Novus Ordo. Ce sont eux qui s'occupent des placements, des banques offshore, des fonds de pension, des investissements à long terme et des OPA pour prendre discrètement le contrôle des entreprises qui échappent encore au réseau. Ils sont infiltrés dans la plupart des grandes institutions internationales. Ce sont de gros banquiers, des hommes d'affaires, des financiers, des ministres. Ils se réunissent tous les quatre ans dans les grands hôtels de la planète. Un ballet de limousines aux vitres teintées et d'hélicoptères qui se posent et qui redécollent sans arrêt dans le parc du palace en question. La dernière fois que le Millenium s'est réuni, c'était au château de Versailles, en plein jour et devant tout le monde. Bien sûr, le château était fermé et gardé par une armée de vigiles, mais des tas de photographes ont pu leur tirer le portrait tandis qu'ils arrivaient dans leurs limousines.

— Vous voulez dire qu'on connaît leurs visages ?

— Pour certains d'entre eux, oui. D'abord parce qu'il ne s'agit pas des têtes pensantes de Novus Ordo, ensuite parce qu'ils savent que plus ils vont essayer de se cacher, plus on va tenter de les trouver. Alors, ils font ça en plein jour et, bien sûr, rien ne filtre sur le contenu de leur réunion. C'est cette pseudotransparence qui permet aux véritables cerveaux de Novus Ordo d'agir dans l'ombre. Eux, personne ne les a jamais vus et personne ne les verra jamais.

— Les fameux Illuminati ?

— À cette différence près que les têtes pensantes de Novus Ordo existent réellement, mais que personne ne cherche à savoir qui elles sont puisque personne ne croit à leur existence.

— Quoi d'autre ?

— Des cercles beaucoup plus fermés à mesure qu'on s'élève dans la hiérarchie. Comme le Syrius Group, le Nuclear Atomic Consortium ou le Condor. Eux forment la sphère militaro-scientifique de Novus Ordo. Les industries d'armement, les centrales atomiques, certains grands laboratoires pharmaceutiques et les sites top secret spécialisés dans la technologie nucléaire, bactériologique et chimique.

— Seigneur, c'est à peine croyable.

Crossman se fend d'un sourire.

— C'est précisément là qu'est le problème, Votre Éminence. Et c'est pour ça que personne ne croit à l'existence de Novus Ordo.

— Et ensuite ?

— Ensuite on passe un cran de plus dans la hiérarchie avec les sociétés secrètes comme le Cercle de Bettany, le Goliath Club, les disciples d'Andromède qui se chargent de la sélection et du recrutement de l'élite. C'est la branche ésotérique de Novus Ordo, celle qui verse dans le satanisme, l'occultisme et le mystique. Sans doute les plus dangereux. En tout cas, les plus fanatiques.

— Et puis ?

— Encore au-dessus, il y a les Sentinelles, les Veilleurs et les Guetteurs, qui forment le troisième cercle autour des cerveaux de Novus Ordo. Ils brouillent les pistes et s'occupent de la communication du réseau. Ou plutôt de son absence de communication. Ils intoxiquent les médias, répandent des rumeurs, créent des légendes et font courir des bruits – des écrans de fumée destinés à rendre le premier cercle indétectable. D'après les organigrammes de Valdez, les Sentinelles contrôlent indirectement quatre-vingts pour cent des journaux, des radios et des télévisions de la planète.

Le cardinal Giovanni s'éponge le front.

— Il y a encore les cardinaux de la Fumée Noire. C'est le deuxième cercle. Ils contrôlent les sectes internationales, les églises parallèles sud-américaines et asiatiques, les organisations satanistes et les groupes néonazis à travers le monde, Neue Reich, le Chaos, le réseau Armaggedon. Eux ont pour mission de déstabiliser les religions, de les infiltrer et de les métastaser exactement comme le feraient des cellules cancéreuses. Enfin juste au-dessus, on trouve les cerveaux de Novus Ordo, dont le Grand Maître de la Fumée Noire fait certainement partie. On pense qu'ils sont une quarantaine au maximum et qu'ils se réunissent une fois tous les six ans dans le plus grand secret pour décider de la stratégie générale du réseau. On ne sait rien sur eux, et même Valdez n'est jamais parvenu à récolter autre chose que des rumeurs et des fausses pistes.

— Et pourquoi diable s'en prennent-ils à l'Église ?

— Parce qu'abattre l'Église provoquera de grands troubles et que Novus Ordo s'est toujours nourri du chaos.

197

Valentina avait passé le reste de la nuit à chercher le visage du père Carzo dans la multitude anonyme des pèlerins, au milieu d'innombrables visages aux traits tirés, aux yeux brillants et aux joues pâles, sur lesquelles la pluie se mêlait aux larmes.

Avec l'aube, les cantiques s'étaient tus. À présent, plus un mouvement n'agite la foule. Pas un oiseau dans le ciel. Pas un bruit. Valentina appuie sur son oreillette. Perdu dans la masse, un des hommes de Crossman débite son rapport. Elle se tourne et l'aperçoit à travers la forêt de capuches. Il est adossé à un pilier. Sans le quitter des yeux, elle lève son émetteur et lui annonce qu'elle n'a rien à signaler non plus.

Soudain, tandis que les cloches de la basilique se mettent à grincer sur leur socle, un épais panache de fumée blanche s'échappe du conduit de la chapelle Sixtine et se disperse dans le ciel romain. Une clameur assourdissante monte alors de l'affluence des pèlerins et des milliers de bras se tendent vers la porte-fenêtre qui vient de s'ouvrir au balcon de Saint-Pierre. La clameur retombe d'un coup. Puis le cardinal camerlingue annonce dans les haut-parleurs que l'Église a un nouveau pape.

— *Annuntio vobis gaudium magnum ! Habemus Papam !*

Une courte pause tandis que l'écho de cette première

phrase retombe sur la place. Puis la voix du camerlingue déchire à nouveau le silence pour donner en latin son nom de cardinal et de chef de l'Église à celui qui sort lentement de la pénombre.

— *Eminentissimum ac reverendissimum Dominum, Dominum Oscar Sanctae Romanae Ecclesiae Cardinalem Camano, qui sibi nomen imposuit Petrus Secundus !*

Petrus Secundus. Pierre II. Le sacrilège suprême souillant la mémoire du premier pape de la chrétienté. Alors, pendant que le visage du cardinal Camano apparaît dans la lumière et qu'il étend les mains au-dessus des pèlerins, la clameur assourdissante qui s'était élevée de la foule à l'annonce du camerlingue retombe d'un seul coup. Les hurlements et les applaudissements se dispersent. Seules quelques mains battent encore, puis cessent.

Le nouveau pape contemple la masse silencieuse de son regard froid tandis que les caméras des grandes chaînes retransmettent au monde entier la stupeur qui a envahi la place. Les commentateurs et les spécialistes se perdent en digressions sur le terrible choix que le nouveau pape a fait en prenant ce nom. Les haut-parleurs craquent et sifflent tandis que le camerlingue règle la hauteur du micro. Un autre silence. Puis la voix glaciale du nouveau pape annonce qu'une page se tourne dans l'histoire de l'Église et que l'heure approche où de grands mystères vont être révélés. Un grondement de murmures s'élève de la foule en voyant qu'il se retire déjà du balcon. Le silence. Le vent.

Une clameur d'orgue envahit les lieux à mesure que les portes de la basilique s'ouvrent. De gigantesques écrans sont déployés sur le parvis pour retransmettre la messe aux fidèles qui ne pourront pas entrer. Le silence à nouveau. Valentina compose un numéro sur son portable.

198

Crossman laisse échapper un soupir en refermant son ordinateur. Giovanni le regarde :

— Et maintenant ?

— Quoi maintenant ?

— Qu'est-ce que vous comptez faire ?

— Qu'est-ce qu'une goutte d'eau peut faire au milieu de l'océan ? Novus Ordo est un réseau tellement immense, que si ça se trouve, j'en fais moi-même partie sans le savoir.

— Alors c'est tout ?

— Qu'est-ce que vous voulez que je fasse ? Des arrestations ciblées au petit matin contre les responsables des sphères satellites de Novus Ordo ? OK, on peut faire ça.

— Mais ?

— Mais ils seront remplacés deux heures plus tard par d'autres membres du réseau que nous ne connaissons pas, et les trente ans d'enquête de Valdez seront réduits à néant. Même si vous parveniez par miracle à serrer quelques-uns des véritables cerveaux de l'organisation, eux ne sont que des hommes et des femmes et les arrêter ne changera rien. Ce genre de réseau, c'est exactement comme la Mafia avec ses parrains aussitôt remplacés par d'autres parrains. Mais c'est une Mafia à la puissance mille. Comme l'hydre de Jason : vous coupez une tête, il en repousse cent.

— On pourrait tout révéler aux journaux.

— Lesquels ? Les feuilles de chou locales, les quotidiens gratuits ou les journaux de petites annonces ?

— Pourquoi pas les grands quotidiens ?

— Parce que la plupart appartiennent plus ou moins directement aux actionnaires de Novus Ordo. Qu'est-ce que ça apportera, de toute façon ? Une rumeur de plus ?

— Nous avons tout de même les organigrammes de Valdez ! Ça, c'est une preuve !

— Non, Votre Éminence, ce n'est pas une preuve, c'est une présomption. Nous pouvons toujours semer un brin de panique dans le réseau en diffusant ces informations sur Internet mais ne vous faites aucune illusion, ça ne servira à rien.

Crossman s'apprête à ajouter quelque chose lorsque son portable bourdonne sous sa veste. Il colle l'écouteur contre son oreille. Des bruits, des murmures. Les rumeurs d'une foule.

— Monsieur Crossman, Valentina Graziano à l'appareil.

— Valentina ? Que se passe-t-il ?

— Rien de bon, monsieur. Le conclave est terminé. Le nouveau pape vient d'être élu.

— Qui est-ce ?

Crossman écoute la réponse. Un silence. Puis la voix de Valentina couvre de nouveau les rumeurs de la foule :

— Une messe solennelle est sur le point de commencer à l'intérieur de la basilique. Je pense que c'est là que la Fumée Noire va révéler l'existence de l'évangile. Vous m'entendez ?

— Oui. Je vous entends. Ne quittez pas une seconde, j'ai un double appel.

Crossman appuie sur une touche et bascule sur l'appel en attente. Il écoute attentivement puis, sans prononcer un mot, il rebascule sur Valentina.

— OK, Valentina, voilà ce que vous allez faire.

Vous allez vous faufiler dans la basilique avec vos hommes et me tenir au courant de tout ce qui va se passer. Je veux tout savoir dans les moindres détails.

— Mais pour quoi faire, nom de Dieu ! Vous voyez bien que c'est trop tard !

— Calmez-vous, Valentina. Ce n'est pas terminé. Je ne peux pas vous en dire plus pour le moment. J'ai un jet qui attend à l'aéroport de Malte. Je vous appelle en vol.

Crossman raccroche et lève les yeux vers Giovanni.

— Que se passe-t-il ?

— Il se passe, Votre Éminence, que le Grand Maître de la Fumée Noire a pris le contrôle de l'Église.

— Qui ?

— Le cardinal Oscar Camano.

Un silence.

— Qu'a-t-il choisi comme nom de pape ?

— *Petrus Secundus*.

— Le nom de l'Antéchrist ? Alors tout est fini.

— Peut-être pas.

— Que voulez-vous dire ?

— Le double appel que j'ai reçu provenait d'un de mes agents posté à la gare de Rome. Il y a cinq minutes, un moine répondant au signalement du père Carzo est descendu d'un train de nuit en provenance de Trente.

— Et alors ?

— Alors, d'après mon agent, il portait un manuscrit sous le bras.

199

La basilique est pleine à craquer de fidèles. Les plus nombreux, ceux qui n'ont pas pu entrer et qui piétinent toujours dehors, se contentent de suivre les derniers préparatifs de la grand-messe sur les écrans géants que les techniciens du Vatican ont fini d'installer. Un épais cordon de gardes suisses bloque à présent les portes.

Dans les cars-régies des grandes chaînes dispersés autour de la place Saint-Pierre, les journalistes se demandent avec impatience ce que le nouveau pape a prévu de révéler lors de cette messe. Rien ne se passe selon les usages et les convenances. Aucune dépêche n'a filtré. Pas un mot du responsable de la communication du Vatican. Comme si le nouveau pape procédait déjà à des remaniements profonds.

À l'intérieur de l'édifice, plusieurs axes ont été préservés pour permettre aux caméras du monde entier de filmer la messe en direct. Une largesse qui étonne encore plus les journalistes, habitués à se contenter des images que leur remettent les services de presse du Vatican. La Rai et CNN ont même obtenu de pouvoir installer leurs caméras rotatives en contre-plongée, de sorte qu'elles peuvent balayer l'ensemble de la foule et zoomer à loisir sur le gigantesque autel situé sous les colonnes du tombeau de saint Pierre.

Mais, ce qui stupéfie le plus les journalistes et les fidèles eux-mêmes, c'est le silence de mort qui continue de flotter sur le Vatican.

Valentina Graziano s'est frayé un passage jusqu'au milieu de la basilique. Un autre cordon de gardes suisses délimite un arc de cercle à dix mètres des colonnes. Tout autour de la commissaire, les fidèles se pressent, ne laissant de l'allée centrale qu'un étroit sentier de marbre. Les mêmes visages. Les mêmes pèlerins hébétés et épuisés par une nuit de veille. La même impression de morts vivants qu'elle avait eue en quittant la basilique après avoir échappé au tueur dans la Chambre des Mystères.

Valentina contemple les rangées de cardinaux agenouillés sur les prie-Dieu. Des servants de messe viennent d'allumer des encensoirs qu'ils promènent tout autour des colonnes. Une épaisse fumée grise et odorante enveloppe peu à peu l'autel et se répand tel un brouillard dans le reste de la basilique.

Surgis des escaliers circulaires qui remontent des profondeurs de la basilique, les cardinaux de la curie en habit rouge viennent se ranger derrière l'autel. Il ne reste pratiquement aucun des prélats qui entouraient l'ancien pape. Ceux-ci viennent tout juste d'être désignés : des inconnus pour la plupart, hormis le camerlingue et deux prélats de l'ancienne curie. Valentina a sous les yeux l'état-major au complet de la Fumée Noire de Satan, des cardinaux héritiers du Temple qui viennent enfin de prendre le contrôle du Vatican et peuvent à présent sortir de l'ombre. On dirait qu'eux-mêmes se découvrent et s'observent à la dérobée. Ne manque plus que l'élu, le Grand Maître.

Le souffle puissant de l'orgue fait sursauter Valentina. Vêtu de blanc et appuyé sur sa crosse de berger, le cardinal Camano émerge à son tour des profondeurs de la basilique. Il grimpe lentement les marches menant à l'autel. Puis il se retourne et promène son regard froid sur la foule. Valentina serre les poings en songeant qu'elle avait ce vieux salaud à portée de main lorsqu'il avait fait semblant de découvrir le cadavre de Ballestra dans la basilique. Le nouveau pape est impassible. Il a gagné. Il prend place dans son fauteuil aux côtés des cardinaux de sa nouvelle curie. La messe commence.

200

Le jet de Crossman vient de décoller de l'aéroport de Malte. Le patron du FBI exige du contrôle aérien de Rome la libération d'un couloir d'approche à faible altitude. Puis il ordonne à son pilote d'afficher plein gaz. Les vagues défilent à toute vitesse sous le ventre de l'appareil.

Confortablement installé dans un fauteuil de cuir, le cardinal Giovanni contemple par le hublot les côtes de la Sicile que le jet vient d'atteindre. L'appareil survole à présent les collines arides de la province de San Cataldo. Face au cardinal, Crossman et ses hommes préparent une synthèse des organigrammes de Valdez : un dossier le plus détaillé possible qu'il va faire traduire en une centaine de langues avant de le répandre sur le Net *via* les gros sites de téléchargement libres. Avec un peu de chance, le temps que les responsables de Novus Ordo réagissent, le dossier aura été téléchargé plusieurs millions de fois et les internautes continueront à se le transmettre à travers le monde. Juste de quoi déstabiliser le réseau et provoquer quelques arrestations, quelques suicides, des faillites et des regrets.

Crossman lève les yeux de ses notes et regarde à travers le hublot. Le jet survole à présent Palerme et la pointe nord de la Sicile. Au-delà, les flots bleus de la mer Tyrrhénienne, puis Rome. Selon les lois canoniques, depuis que le nouveau pape a accepté le vote du conclave, les portes du Vatican se sont définitivement refermées. Ce qui signifie que, coup d'État ou pas, aucun juge n'a le moindre pouvoir sur cette enclave. C'est désormais une affaire de diplomatie et de pressions internationales. À ceci près que la Fumée Noire n'a pas prévu de régner sur l'Église, mais de l'abattre de l'intérieur pour provoquer le chaos des religions. C'est ce qu'il faut empêcher à tout prix. Et pour cela, nous devons d'abord récupérer l'évangile selon Satan.

Crossman interroge sa montre. L'agent spécial Woomak, qui avait repéré Carzo à la gare de Rome, aurait déjà dû rappeler. C'est long, beaucoup trop long. Le téléphone du jet sonne enfin. Crossman décroche. Giovanni voit son visage se défaire.

— Comment ça vous avez perdu le père Carzo ? Vous vous foutez de ma gueule ou quoi ? Je vous laisse dix minutes pour le retrouver et récupérer l'évangile. Vous m'entendez, Woomak ?

— Bien reçu, monsieur. J'avance en ce moment dans un dédale de ruelles proches du palais du Quirinal et je descends vers la fontaine de Trevi et la Piazza Navona.

— Bordel, Woomak, ne me dites pas que vous vous êtes écarté des grands axes de circulation !

— Bien obligé, monsieur. Le père Carzo a coupé par le Palazzo Barberini. C'est là que je l'ai perdu. Il est entré dans un palais de la Via Vinimal et il n'en est jamais ressorti. Quand j'y suis entré à mon tour il n'était plus là. Je pense qu'il est passé par une sortie dérobée et qu'il a poursuivi vers le Vatican.

— Vous avez du monde autour de vous ?

— Négatif, monsieur, on dirait que toute la ville est massée sur la place Saint-Pierre.

— Retournez-vous, Woomak, et dites-moi ce que vous voyez.

Un silence, puis :

— Rien.

— Rien ou personne ?

Woomak se retourne à nouveau.

— Mon Dieu...

— Qu'est-ce qui se passe ? Qu'est-ce que vous voyez ?

La respiration de Woomak accélère. Il vient de se mettre à courir.

— Deux moines, monsieur. Deux moines viennent d'apparaître à l'angle du Quirinal. Je crois que je les ai au cul.

— Calmez-vous, Woomak. Vous êtes en train de descendre vers le Vatican ?

— Oui, monsieur.

— Alors prenez immédiatement n'importe quelle ruelle sur la gauche afin de rejoindre au plus vite les grands boulevards.

— Négatif, monsieur.

— Pourquoi ?

— Parce que ça fait à présent deux cents mètres que je cours comme un sprinteur et je les ai toujours au cul.

— Qu'est-ce que vous racontez, Woomak ?

— La stricte vérité, monsieur. Moi je cours, eux ils marchent. Et je les ai toujours au cul.

Crossman entend le claquement d'une culasse.

— Qu'est-ce que vous faites ?

— Je vais m'arrêter pour les flinguer, monsieur.

— Ne faites pas ça, Woomak.

Woomak n'entend pas. Il a glissé son téléphone dans sa poche avant de pivoter sur place. Crossman l'imagine en train d'ajuster les moines. Woomak est un pro, le meilleur tireur de sa promotion, un tueur à sang froid. Si quelqu'un peut les stopper, c'est lui. Deux coups de feu claquent dans l'écouteur, immédiatement suivis par neuf autres détonations rapprochées. Tintement des douilles sur le sol. Grésillements. Voix lointaine de Woomak :

— Merde, c'est impossible...

— Woomak ?

Des claquements de semelles. Woomak s'est remis à courir. Il récupère son téléphone dans sa poche. Il éjecte son chargeur vide et enclenche un nouveau magasin.

— Woomak, vous m'entendez ?

Le souffle de Woomak est de nouveau dans l'écouteur. Il paraît calme.

— C'est pas bon, monsieur. Je leur ai vidé un chargeur dans les boyaux et ça ne les a même pas arrêtés. Ils doivent être drogués jusqu'aux yeux.

— Dépêchez-vous d'enquiller n'importe quelle ruelle à gauche, nom de Dieu !

— Bien reçu, chef. Je m'engage Via della Consula, vers le Corso.

— C'est bien, vous allez y arriver.

Woomak a compris. Il s'accroche à la voix de son chef, rythme sa respiration pour ne pas paniquer et allonge sa foulée. Puis son souffle se remet brusquement à accélérer.

— Merde...

— Non, Woomak, ne vous retournez surtout pas !

— Oh, Seigneur, ils sont en train de me rattraper. Je leur ai collé au moins cinq balles à chacun et ils sont juste derrière moi. Je crois que c'est cuit, monsieur. Je ne vais pas pouvoir tenir longtemps. Je...

Un choc. Une exclamation de stupeur. Woomak vient de tomber. Des claquements de sandales qui se rapprochent. Un hurlement inhumain retentit dans l'appareil. Crossman éloigne un instant l'écouteur de son oreille puis l'y colle à nouveau.

— Allô ? Woomak ?

Le silence.

— Woomak, est-ce que vous m'entendez ?

Un frottement. Un souffle. Une voix glaciale.

— *Renuntiate*.

Un clic. Communication interrompue. Crossman lève les yeux vers Giovanni qui contemple la mer à travers le hublot.

— *Renuntiate ?*

Le cardinal se tourne vers Crossman.

— Ça veut dire « renoncez ».

Comme il l'a fait des dizaines de fois en compagnie de son vieil ami le cardinal Camano, Carzo laisse ses pas s'égarer à travers les ruelles qui descendent vers le pont Saint-Ange. Les tours de la forteresse des papes se découpent dans le ciel gris. Les anges de pierre semblent lui sourire en le regardant passer. L'évangile selon Satan sous le bras, il sent le poids de l'arme de Parks au fond de sa poche. Ayant relevé sa capuche de moine, il oblique à gauche, Via della Conciliazione, et se dirige vers les dômes du Vatican que cerne la foule.

À mesure qu'il approche, il distingue les écrans géants installés sur le parvis de la basilique. Une musique d'orgue s'échappe des haut-parleurs. La messe a commencé. Parvenu à proximité des chaînes qui ceignent la place, il reconnaît les officiers des gardes suisses. L'un d'eux avance à sa rencontre tandis que d'autres se sont immobilisés à quelques mètres de lui. Il a l'air terrifié.

— Vous l'avez ?

Le visage plongé dans l'ombre de sa capuche, Carzo acquiesce. L'officier pousse une grille pour lui ouvrir un passage sous les arcades. La foule gronde et murmure pendant qu'il avance à l'abri des voûtes jusqu'à l'escalier de la basilique. Les haut-parleurs relaient à présent la voix du camerlingue qui annonce la lecture de l'évangile. Encadré par quatre gardes suisses, Carzo franchit le porche. Il est calme. Il n'a pas peur.

— Valentina, vous me recevez ?

Valentina colle discrètement son doigt contre son oreillette pour entendre la voix de Crossman malgré le vacarme de l'orgue. Autour d'elle, la foule immobile forme un mur.

— Je suis là, monsieur. Je vous reçois deux sur cinq.

— Nous venons juste de nous poser à l'aéroport de Roma Ciampino. Nous serons là dans un quart d'heure. Et de votre côté, ça en est où ?

Valentina observe le ballet des cardinaux qui se succèdent devant l'autel pour s'incliner devant le nouveau pape. Elle chuchote :

— La messe est largement entamée mais elle ne respecte aucune des convenances. Pas de lecture des épîtres, aucune bénédiction ni signe de croix. Pas de communion non plus apparemment. Pas de calice ni d'hosties en vue. J'ai l'impression qu'ils accélèrent la cadence.

Le silence retombe sur la basilique. Les orgues viennent de se taire. L'écho des dernières notes se perd sous la voûte. Voix de Crossman :

— OK, Valentina. J'ai une mauvaise nouvelle.

— Laquelle ?

— Notre agent a perdu la trace du père Carzo dans les ruelles de Rome. Ça signifie que l'évangile est toujours dans la nature et qu'il approche du Vatican.

Valentina s'apprête à répondre lorsque le tonnerre des orgues reprend et que le pape se lève et s'approche de l'autel. Son regard tourné vers le fond de la basilique s'illumine. Valentina fait volte-face et aperçoit le moine qui vient d'entrer, encadré par quatre gardes suisses. D'autres hallebardiers repoussent la foule sur les côtés pour élargir l'allée centrale. Le moine porte un manuscrit épais et ancien. La voix de Crossman emplit à nouveau l'oreillette de Valentina :

— Nous fonçons actuellement sur l'autoroute en direction du centre de Rome. Nous serons sur place dans dix minutes.

— Trop tard, monsieur. Il est là.

Valentina regarde le moine passer à sa hauteur et tente d'apercevoir son visage dissimulé sous sa capuche. Elle croise seulement deux yeux qui luisent dans la pénombre. Voix de Crossman :

— Il a l'évangile ?

— Oui.

— Vous pouvez l'arrêter ?

— Non.

— Nous disposons de combien d'hommes à l'intérieur de la basilique ?

— Quatre de vos agents. Onze carabiniers en civil. Les renforts attendent dans les ruelles à l'extérieur du Vatican.

— Sous les ordres de qui ?

— Du divisionnaire Pazzi.

Crossman réfléchit à toute vitesse.

— Valentina, c'est maintenant qu'il faut agir.

L'escorte vient de s'arrêter. Les hallebardes claquent sur le sol de la basilique. Le cordon des gardes suisses encadrant l'autel s'entrouvre pour laisser passer le moine.

— C'est trop tard, monsieur.

203

Les notes furieuses de l'orgue font vibrer l'air chargé d'encens. Les caméras braquées sur l'autel ne perdent rien de la scène. Dans les camionnettes rangées à l'extérieur, des journalistes équipés de casques relaient les images jusqu'aux régies des grandes chaînes. Les spécialistes rassemblés sur les plateaux de télévision se sont tus pour regarder les images sans chercher à les commenter. C'est à peine si l'un d'eux hasarde que la musique elle-même n'a rien de sacré. On dirait une cacophonie de notes sans suite. Pourtant, cette symphonie discordante a quelque chose de troublant et de presque beau, qui semble envoûter la foule.

Le moine s'immobilise au pied des marches de l'autel. Il fait face au pape qui le regarde et remet l'évangile selon Satan à un protonotaire qui gravit à présent les degrés et dépose le manuscrit ouvert sur l'autel. Le pape tourne religieusement quelques pages de l'ouvrage. Puis il relève les yeux vers la foule. Sa voix retentit dans le micro :

— Frères bien-aimés, l'Église dissimule depuis des siècles un grand mensonge qu'il est temps à présent de révéler afin que chacun puisse faire le choix de sa croyance. Car, en vérité, je vous le dis, le Christ n'est jamais ressuscité d'entre les morts et la vie éternelle n'existe pas.

Une vague de murmures horrifiés parcourt l'assemblée. Les pèlerins se regardent, des familles dispersées se cherchent des yeux, des religieuses tombent à genoux et des vieilles femmes se signent en sanglotant. Les cardinaux-électeurs, massés sur les côtés de la basilique, sont d'une pâleur mortelle qu'accentue encore le rouge de leur habit.

Pivotant sur leur socle, les caméras balaient la foule et zoomen sur les visages. Puis les objectifs se tournent d'un bloc vers le pape qui lève lentement les bras, paumes tendues vers le ciel. Au pied des marches, le moine demeure rigoureusement immobile. Il a conservé sa capuche et croisé les mains dans les manches de sa bure. Le pape baisse les yeux vers le manuscrit. Sa voix s'élève à nouveau des haut-parleurs. Il annonce haut et fort en latin les références de l'évangile qu'il s'apprête à lire :

— *Initium libri Evangelii secundum Satanam.*

204

L'affolement gagne les cars-régies et les plateaux de télévision. Des dizaines de voix se mélangent dans les casques des journalistes.

— Nom de Dieu, qu'est-ce qu'il vient de dire ?

Sur un des plateaux de la Rai, un spécialiste abasourdi chuchote dans son micro :

— Je crois que ça veut dire : « Commencement du premier livre de l'Évangile selon Satan. »

Les producteurs se précipitent sur les téléphones et réclament des estimations d'audience. Les curseurs grimpent en flèche. Toutes chaînes confondues, ce sont un peu moins de quatre cents millions de téléspectateurs qui sont accrochés aux lèvres du nouveau pape. Les réalisateurs de CBS et de la Rai sont au téléphone avec les patrons de chaînes.

— Alors, qu'est-ce qu'on fait ? On coupe la transmission ou on continue ?

Le patron de la Rai réfléchit un instant. Celui de CBS, en communication transatlantique, allume un cigare. C'est lui qui tranche le premier pour sa chaîne :

— On continue.

De son côté, le patron de la chaîne italienne vient de donner le même ordre à ses réalisateurs qui le répercutent aux cars-régies et aux caméramans en poste dans la basilique.

La voix du pape retentit à nouveau sous la voûte. Il commence la lecture de l'évangile.

— Sixième oracle du Livre des Maléfices.

Un silence. Une caméra de la Rai zoome sur les lèvres du pontife.

— Au commencement, l'Abîme éternel, le Dieu des dieux, le gouffre d'où avait surgi toute chose, cet Abîme créa six milliards d'univers pour repousser le néant. Puis, à ces six milliards d'univers, il donna des systèmes, des soleils et des planètes, des touts et des riens, du plein et du vide, de la lumière et des ténèbres. Ensuite il leur insuffla l'équilibre suprême selon lequel chaque chose ne peut exister que si sa non-chose coexiste avec elle. Ainsi, toutes choses sortirent du néant de l'Abîme éternel. Et chaque chose s'articulant avec sa non-chose, les six milliards d'univers entrèrent en harmonie.

Des sanglots retentissent dans la basilique. Près de l'autel, une religieuse s'effondre. Un remue-ménage près des portes. Des gardes suisses et des infirmiers évacuent des femmes évanouies et des pèlerins hébétés. Les caméras reviennent sur le pape dont les yeux brillants contemplent un moment la foule. Il reprend sa lecture.

— Mais, pour que ces innombrables choses engendrent à leur tour les multitudes de choses qui allaient donner la vie, il leur fallait un vecteur d'équilibre absolu, le contraire des contraires, la matrice de toutes choses et de toutes non-choses. Le Bien et le Mal. L'Abîme éternel créa alors l'ultra-chose, le Bien suprême, et l'ultra-non-chose, le Mal absolu. À l'ultra-chose il donna le nom de Dieu. À l'ultra-non-chose il donna le nom de Satan. Et il donna à ces esprits des grands contraires la volonté de se combattre éternellement pour maintenir les six milliards d'univers à l'équilibre. Puis, lorsque toutes choses s'articulèrent enfin sans que le déséquilibre ne vienne plus jamais rompre l'équilibre qui le soutenait, l'Abîme éternel vit que cela était bon et il se referma. Mille siècles s'écoulèrent alors dans le silence des univers qui grandissaient.

Les pages que le pape tourne lentement craquent dans les haut-parleurs. Il reprend :

— Vint hélas un jour où, demeurés seuls à orchestrer ces six milliards d'univers, Dieu et Satan parvinrent à un niveau si élevé de connaissance et d'ennui qu'au mépris de ce que l'Abîme éternel leur avait interdit, le premier entreprit de créer un univers de plus en son nom propre. Un univers imparfait que le second s'évertua à détruire pour que ce six milliard et unième univers ne vienne pas, par l'absence de son contraire, détruire l'ordonnancement de tous les autres. Alors, la lutte entre Dieu et Satan ne s'exerçant plus qu'à l'intérieur de cet univers que l'Abîme éternel n'avait pas prévu, l'équilibre des autres univers commença à se rompre.

Un des caméramans de CBS, qui a fait un plan large sur la foule, revient en plan serré sur le pape lorsqu'il remarque que le moine qui se tient devant l'autel vient d'enlever sa capuche. Quelque chose brille dans sa main.

— Le premier jour, lorsque Dieu créa le ciel et la terre ainsi que le soleil pour illuminer son univers, Satan créa le vide entre la terre et les étoiles puis il plongea le monde dans les ténèbres.

Un silence.

— Le deuxième jour, lorsque Dieu créa les océans et les rivières, Satan leur donna le pouvoir de se soulever pour engloutir la création de Dieu.

Un silence.

— Le troisième jour, lorsque Dieu créa les arbres et les forêts, Satan créa le vent pour les abattre, et lorsque Dieu créa les plantes qui guérissent et qui apaisent, Satan en créa d'autres vénéneuses et armées de piquants.

Un silence.

— Le quatrième jour, Dieu créa l'oiseau et Satan créa le serpent. Puis Dieu créa l'abeille et Satan le frelon. Et, pour chaque espèce que Dieu créa, Satan créa un prédateur pour anéantir cette espèce. Puis, lorsque Dieu dispersa ses animaux à la surface du ciel et de la terre pour qu'ils s'y multiplient, Satan donna des griffes et des dents à ses créatures et il leur ordonna de tuer les animaux de Dieu.

Le visage dissimulé sous sa capuche, le père Carzo écoute la voix de l'Antéchrist résonner dans la basilique. Depuis que le nouveau pape a entamé la lecture de l'évangile, l'exorciste sent quelque chose se réveiller au fond de lui et comprend que Caleb n'a pas complètement abandonné la partie : il tente de revenir, de reprendre possession de ce qui lui appartient. Carzo le sent à son cœur qui ralentit, à son sang qui se glace à nouveau dans ses veines et à ses jambes qui faiblissent. La voix du pape pénètre de plus en plus profondément dans son esprit, comme si l'esprit de Caleb s'en nourrissait. Carzo sait qu'il doit réagir avant que ses forces ne l'abandonnent. La peur commence à le submerger, le doute aussi, et les remords. L'haleine de Caleb.

Carzo soupèse l'arme de Parks qu'il tient dissimulée dans les manches de sa bure. Il sent le froid de l'acier dans sa paume. Sans quitter des yeux le pape, il lève un bras et fait lentement glisser sa capuche. Il sourit. Il n'a plus peur.

207

Tandis que le pape poursuit sa litanie, Valentina Graziano se fraie lentement un chemin dans la foule pour s'approcher du cordon des gardes suisses devant l'autel. Frappés de stupeur, obnubilés par ce qu'ils entendent, les pèlerins ne lui prêtent aucune attention. Des larmes glissent sur leurs joues, leurs mains se crispent et leurs lèvres tremblent. Mais ils ne font pas attention à Valentina qui se faufile en s'excusant du bout des lèvres.

La jeune femme s'immobilise. Elle vient d'atteindre le côté droit de la basilique et aperçoit à présent le père Carzo de profil. Agacée, elle pose un doigt sur son oreillette. Voix de Crossman :

— Valentina, nous sommes à trois minutes de la place Saint-Pierre. J'ai avec moi le cardinal Giovanni et le cardinal secrétaire d'État Mendoza. Ce dernier nous donne son feu vert pour agir sur le territoire du Vatican au cas où les choses dégénèrent. Je viens de transmettre l'information au divisionnaire Pazzi qui se tient prêt à intervenir avec ses renforts.

Valentina est sur le point de répondre lorsqu'elle voit Carzo ôter sa capuche. Un éclat métallique scintille entre ses doigts.

208

— Le sixième jour, lorsque Dieu décida que son univers était prêt à engendrer la vie, il créa deux esprits à l'image du sien qu'il appela homme et femme. En réponse à ce crime des crimes contre l'ordonnancement des univers, Satan jeta alors un sortilège sur ces âmes immortelles. Puis il sema le doute et le désespoir dans leur cœur, et, volant à Dieu la destinée de sa création, il condamna à mort l'humanité qui allait naître de leur union.

Le pape a les yeux fixés sur l'évangile. Les bras toujours levés, paumes tournées vers le ciel, il ne voit pas le père Carzo ôter sa capuche et ne remarque pas l'arme que le moine braque à présent dans sa direction. Il achève la lecture de la Genèse.

— Alors, comprenant que la lutte contre son contraire était vaine, le septième jour Dieu livra les hommes aux animaux de la terre pour que les animaux les dévorent. Puis, ayant emprisonné Satan dans les profondeurs de cet univers chaotique que l'Abîme éternel n'avait pas prévu, il se détourna de sa création et Satan demeura seul pour tourmenter les hommes.

— Valentina, vous m'entendez ?

Valentina lève son émetteur pour répondre à Crossman. Sa phrase meurt sur ses lèvres. Voyant le Glock 9 mm que le père Carzo pointe en direction du pape, elle appuie machinalement sur le bouton de son talkie-walkie :

— Nom de Dieu, à tous, il a un flingue !

Les grondements de la foule noient le hurlement de Valentina tandis que le commandant de la garde tente de mettre en joue le tireur. Depuis les nefs latérales de la basilique, d'autres gardes suisses en civil cherchent un angle de tir sur Carzo. Le cordon des hallebardiers qui garde l'autel se retourne. Le pape lève les yeux. Un flottement se lit dans son regard. Valentina vient de comprendre qu'il est trop tard.

210

Le père Carzo contemple l'Antéchrist qui lève les yeux de l'évangile. Comment pourrait-il le manquer à cette distance ? L'encens lui brûle les sinus. Dehors, les cloches se sont remises à battre à la volée pour accompagner la révélation. Le prêtre centre le visage du pape dans son viseur. Il aperçoit à peine le commandant de la garde suisse. Il ne prête plus attention à cette jeune femme brune et si belle sur sa droite qui tente de se frayer un passage à travers la foule. Tout au plus pense-t-il un instant qu'elle ressemble étrangement à Marie. Oui, c'est à cela que le père Carzo songe en vidant son chargeur sur le pape. Ce faisant, il sent à peine les projectiles des gardes suisses qui le touchent au côté et au ventre.

211

Un silence de mort enveloppe la basilique juste avant que les coups de feu ne retentissent. Les bras toujours levés, le pape baisse les yeux vers l'arme que le moine braque dans sa direction. Il voit le commandant de la garde bondir pour essayer d'atteindre le tireur et le cardinal camerlingue Campini se rapprocher de lui pour faire rempart de son corps. Au bord de son champ de vision, il aperçoit des gardes suisses en civil qui dégainent leur arme. Il voit enfin une jeune femme brune fendre la foule en hurlant. Mais il voit surtout les yeux du tueur qui le regardent : il vient de comprendre que ce n'est pas Caleb qui est là. Coup d'œil à gauche. Le camerlingue n'est plus qu'à un mètre lorsqu'une série de détonations retentit dans la basilique. Ses yeux s'arrondissant de surprise tandis que la grêle de balles le frappe en pleine poitrine, le pape voit Carzo sourire à travers la fumée qui s'échappe de l'arme et se noie dans le brouillard d'encens.

212

Le pape s'écroule près de l'autel en même temps que le camerlingue, qu'une balle a atteint à la gorge. Allongé dans une mare de sang sur le marbre de la basilique, le père Carzo sourit toujours. Il n'a pas mal. Loin au-dessus de lui, les cloches se sont tues.

Comme en rêve, il entend des cris lointains, des ordres qui retentissent et des semelles qui claquent, tout cela au ralenti. Il sent les grondements de la foule qui s'approchent et s'éloignent comme les rouleaux d'un océan furieux. Il aperçoit des uniformes de carabiniers dans la basilique. Un courant d'air, un éclat de lumière, on a ouvert les portes en grand pour laisser sortir la foule qui se rue au-dehors.

Carzo aperçoit le visage furieux du commandant de la garde qui vient de se faire arrêter par un officier de police. Des ordres claquent en italien. Le colosse sait qu'il a perdu. Lentement, il pose son arme sur le sol, met les mains derrière la nuque et s'agenouille.

Un mouvement. Un sillage parfumé. Une haleine essoufflée sur la joue du père Carzo. Il contemple le beau visage cerné de boucles brunes qui se penche à présent sur lui. Puis il ferme les yeux et prend conscience de la mare de sang qui s'élargit sous son dos. Il a l'impression que c'est lui-même qui s'écoule de son corps : sa vie, son énergie, ses souvenirs et son âme. Des mains le secouent. Il a tellement sommeil. Il rouvre les yeux et voit les lèvres de la jeune femme s'ouvrir et se refermer tandis qu'une voix grave et mélodieuse descend jusqu'à lui en une cascade d'échos lointains. La voix lui demande où est Marie. Carzo se concentre. Un éclat de souvenir flotte à la surface de sa mémoire. Un réduit obscur, un visage blanc, des larmes qui brillent dans la lueur d'une bougie. Le prêtre sent ses propres lèvres qui articulent la réponse. La jeune femme lui sourit. Elle a l'air heureuse. Il ferme les yeux. Marie lui manque.

213

Les unités anti-émeute tentent de canaliser la foule qui dévale les escaliers de la basilique et bouscule les fidèles restés sur la place Saint-Pierre. On a jeté à bas les grilles pour que les pèlerins se dispersent plus facilement. Des haut-parleurs appellent au calme. La Via della Conciliazione est noire de monde. Une marée humaine se répand dans les ruelles, suivie par les équipes de journalistes, caméra sur l'épaule. Grâce aux autres caméras qui continuent à filmer, des millions de téléspectateurs assistent à l'intervention des carabiniers à l'intérieur de la basilique.

Accompagné du cardinal Giovanni et du secrétaire d'État Mendoza, Crossman et ses hommes remontent l'allée centrale sur les talons de Pazzi qui aboie des ordres brefs dans son talkie-walkie. Dès les premiers coups de feu, les carabiniers en civil dispersés dans la basilique ont mis en joue les gardes suisses. Il y a eu un bref échange de tirs puis, voyant leur commandant rendre les armes et capituler, les derniers nœuds de résistance ont fait de même.

Crossman s'approche de Valentina, toujours agenouillée au pied du père Carzo dont elle caresse les cheveux, sans se rendre compte que la mare de sang a atteint ses genoux et imprègne à présent la toile de son jean. Des infirmiers s'affairent autour du prêtre. Ils chargent plusieurs perfusions de plasma et de glucose et préparent son évacuation. Dehors un hélicoptère approche. Valentina sursaute légèrement lorsqu'une main se pose sur son épaule.

— Il va s'en sortir ? demande Crossman.

Elle hausse les épaules en signe d'ignorance. Le

patron du FBI regarde vers l'autel. Le pape est effondré sur le sol. Sept impacts rouge sang ont déchiré son aube blanche. Assis à côté, le camerlingue agonise, les yeux grands ouverts. Giovanni gravit les marches et s'agenouille près du vieil homme. Crossman se rend brusquement compte que les fauteuils derrière l'autel sont vides.

— Valentina, où sont passés les cardinaux de la Fumée Noire ?

Sans quitter des yeux le père Carzo, que les infirmiers sanglent sur un brancard, la jeune femme indique les escaliers qui descendent dans les profondeurs de la basilique.

— Ils se sont enfuis par là ?

Elle fait oui de la tête.

— Nom de Dieu, Valentina, ressaisissez-vous, je vais avoir besoin de vous pour me guider dans les souterrains.

Elle se redresse lentement et regarde les brancardiers s'éloigner. Puis elle se tourne vers Crossman. Ses yeux sont glacés.

— Je sais où est Marie.

— Où ?

Valentina fait claquer la culasse de son Beretta.

— Les cardinaux d'abord.

214

Au pied de l'autel, le camerlingue, qu'une balle a touché à la gorge, sent une mousse de sang s'échapper de ses lèvres. Il sait qu'il ne s'en sortira pas. Il contemple le cadavre du pape effondré sur le marbre.

Agenouillé à côté de lui, le cardinal Giovanni murmure :

— Votre Éminence, voulez-vous que je vous entende en confession ?

Le vieillard semble soudain prendre conscience de sa présence. Il tourne lentement son regard vers lui. Ses yeux brillent de haine. Un râle remonte le long de sa gorge.

— Je crois en Satan le Père tout-puissant, Créateur du ciel et de la terre. Je crois en Janus, son fils unique, qui est mort en abjurant Dieu sur la croix.

Une immense tristesse envahit le cœur de Giovanni. Si proche de la mort, le camerlingue est en train d'assassiner son âme. Le jeune cardinal l'envie presque d'un tel courage.

— Et s'Il existe vraiment ? Y avez-vous pensé ?

— Qui ?

— Dieu.

Le vieux camerlingue s'essouffle.

— Dieu... Dieu est en Enfer. Il commande aux démons. Il commande aux âmes damnées et aux spectres qui errent dans les ténèbres. Tout est faux, Giovanni. On nous a menti. À vous comme à moi.

— Non, Votre Éminence. Le Christ est vraiment mort sur la croix pour nous sauver. Puis il est monté aux cieux et s'est assis à la droite du Père, d'où il reviendra juger les vivants et les morts.

— Ce sont des mensonges.

— Non, ce sont des croyances. Et c'est pour ça que l'Église n'a pas menti. Elle a aidé les hommes à croire en ce qu'ils avaient besoin de croire. Elle a bâti des cathédrales, elle a construit des villages et des villes, elle a donné de la lumière à des siècles de ténèbres et un sens à ce qui n'en avait pas. Que restait-il d'autre à l'humanité que la certitude de ne jamais mourir ?

— C'est trop tard à présent. Ils connaissent la vérité. Ils ne l'oublieront pas.

— Allons, Votre Éminence, c'est l'invisible qui nourrit la foi, jamais la vérité.

Une quinte de rire secoue la poitrine du camerlingue.

— Vous êtes tellement naïf, mon pauvre Giovanni.

Il tente de dire autre chose, mais il s'étouffe, se noie dans son propre sang. Sa poitrine se bloque, son corps retombe et ses pupilles se voilent. Giovanni ferme les yeux du vieillard. Puis il se retourne et voit Crossman et une jeune femme brune emprunter avec un détachement de carabiniers les escaliers qui mènent dans les sous-sols de la basilique. Il se lève lorsqu'il sent une main glaciale se refermer avec une force surhumaine sur son poignet. Il sursaute violemment et s'efforce de se dégager. Les yeux grands ouverts, le camerlingue lui souffle :

— Vous êtes le prochain.

— Qu'est-ce que vous dites ?

— Ça n'est pas terminé, Giovanni. Tu m'entends ? Ça ne fait que commencer.

Le cardinal ferme les yeux et lutte contre la chose qui tente d'entrer en lui, d'une noirceur si profonde que sa foi se met à vaciller comme une chandelle au vent. Puis la main du vieillard retombe sur le sol. Il rouvre les yeux. Le camerlingue n'a pas bougé d'un millimètre. Il a dû s'endormir quelques secondes et faire un mauvais rêve. Il en est presque persuadé lorsqu'il sent son poignet endolori. Giovanni baisse les yeux. Son articulation a bleui. *Ça ne fait que commencer...*

Le jeune cardinal se redresse et contemple l'évangile ouvert sur l'autel. Il le referme et le serre dans ses bras. Sous le tissu de la soutane, la croix des Pauvres bat contre sa peau.

215

Lorsque le passage secret que Valentina avait emprunté pour remonter de la Chambre des Mystères s'ouvre, une bouffée d'air vicié s'échappe de l'embrasure. Les pas résonnent dans le silence, les pistolets-mitrailleurs s'entrechoquent. Marchant à la suite des carabiniers, Crossman et Valentina progressent dans les souterrains. Les torches frontales balaient les murs poussiéreux. La paume de Valentina effleure la pierre, d'où une étrange chaleur semble s'élever.

La tête du détachement vient d'atteindre l'escalier en colimaçon qui s'enfonce dans les fondations de la basilique. Il fait de plus en plus chaud. Des bouffées d'air brûlant s'élèvent, entraînant avec elles des tourbillons d'étincelles. Des craquements, des crépitements. Le ronronnement des flammes. Quelque chose flambe dans la Chambre des Mystères.

Valentina et Crossman se fraient un passage à travers le détachement des carabiniers. Ceux qui viennent d'entrer dans la Chambre reculent, livides. Valentina entre à son tour. Elle contemple les bûchers de papier que les cardinaux de la Fumée Noire ont allumés un peu partout. Les flammes sont si hautes qu'elles lèchent les voûtes et noircissent les arceaux des piliers. Ce sont les archives du Vatican qui brûlent, pas seulement la correspondance privée des papes et les rapports de l'enquête interne déclenchée par Clément V, mais aussi les rayons entiers des archives secrètes de la chrétienté que les cardinaux ont fait transporter dans la Chambre après l'élection du pape. Ils détruisent toutes les preuves. Vingt siècles d'histoire et de tourments qui se consument dans un tourbillon de flammes.

L'air devient irrespirable. Les carabiniers tentent de couvrir Valentina qui s'avance dans le brasier en tenant son Beretta à bout de bras. Dans son dos, Crossman balaie l'espace de son 45. Valentina se fige. Elle vient de repérer cinq cardinaux en habit rouge qui finissent d'empiler un chargement de manuscrits et de parchemins contre un des piliers de la crypte et arrosent la pyramide d'essence.

Elle tire deux coups de feu en l'air. Le vacarme de l'incendie couvre le bruit des détonations. Un sourire délirant aux lèvres, l'un des cardinaux ne sent pas ses cheveux qui se consument sous l'effet de la chaleur. Les quatre autres se sont agenouillés près d'un énorme tas de papiers ; à force de jeter les manuscrits dans le feu, leurs doigts ne sont plus que des moignons carbonisés. Le cardinal ne s'est même pas rendu compte que la manche de sa soutane est imbibée d'essence. Et voilà qu'il frotte une allumette pour embraser le bûcher...

Valentina hurle. L'allumette prend feu. La flamme lèche la manche de la soutane et se répand le long du bras du prélat. Les carabiniers, horrifiés, se sont arrêtés. Regardant droit en face Valentina qui le supplie de renoncer, le cardinal plonge la torche qu'est devenu son bras dans le tas de parchemins et s'immole. Les vapeurs d'essence s'embrasent et forment une seule et gigantesque flamme, qui dévore la montagne de papiers. Les reliures de cuir fondent, les rouleaux vieux de plusieurs siècles s'enflamment comme de l'étoupe. Valentina recule de plusieurs pas tandis que le feu engloutit les cardinaux agenouillés, dont les visages fondent comme des masques de cire. Des lambeaux d'aube rouge tourbillonnent dans l'air brûlant. Une main agrippe le bras de Valentina, la voix de Crossman résonne à son oreille.

— Nom de Dieu, Valentina, il faut se barrer avant que le feu nous coupe la route !

— Les croix des Béatitudes ! Il faut récupérer les croix !

Il fait à présent si chaud que des flammèches se propagent de foyer en foyer. Dans peu de temps, c'est toute la salle qui va se mettre à flamber. L'air empeste la chair brûlée. Valentina contemple une dernière fois le brasier et croit distinguer cinq formes racornies au milieu des parchemins. Mais elle sent la main de Crossman la tirer de toutes ses forces en arrière. Elle recule. Elle se laisse faire. Elle renonce.

216

Le hurlement des sirènes. Un cortège de camions de pompiers se fraie péniblement un passage par les artères et les ponts de Rome envahis par la foule. Personne ne comprend ce qui se passe.

Sur la place, les caméras de CBS et de la Rai filment en continu l'armée de carabiniers qui a pris position autour du Vatican. Une épaisse fumée noire s'échappe des soupiraux de la basilique et du bâtiment des Archives secrètes. Les commentateurs prétendent qu'un gigantesque incendie a pris dans les fondations et qu'il progresse le long des galeries souterraines qui serpentent sous la place Saint-Pierre. Les archives qui brûlent. Deux mille ans d'histoire partent en fumée, et une pluie de cendres retombe sur les coupoles du Vatican. La fumée est si noire qu'elle cache le soleil. On dirait que la nuit va tomber.

Les camions freinent, les pompiers déroulent les

lances et enfilent leur masque à gaz avant de disparaître dans les bâtiments pour attaquer l'incendie par les souterrains. Absorbé par la manœuvre, aucun caméraman ne remarque le cortège de gardes suisses qui progresse sur la passerelle reliant le Palais apostolique au château Saint-Ange : un chemin de ronde au sommet d'un rempart qui suit le tracé de la Via dei Corridori, soit huit cents mètres en ligne droite au-dessus de la foule. C'est par là que les papes s'enfuyaient lorsque le Vatican était menacé. Le chemin de ronde n'avait pas servi depuis plusieurs siècles, mais les pontifes avaient assuré son entretien au cas où. Ils avaient bien eu raison.

Le cardinal Mendoza et le cardinal Giovanni avancent en silence au milieu du détachement. Mendoza s'appuie sur sa canne. Giovanni porte l'évangile selon Satan qu'il a enveloppé dans un épais linge rouge.

217

L'hélicoptère de l'armée italienne fonce à pleine vitesse vers le nord. Assis à l'arrière, Crossman et Valentina contemplent le cours sinueux du Tibre qui serpente dans les vallées de l'Ombrie. L'appareil vient de dépasser Pérouse. Il fend l'air glacé vers la chaîne des monts Apennins dont les contreforts se découpent au loin. Crossman ferme les yeux. Il pense à Marie. Il s'en veut de l'avoir sortie de l'hôpital de Boston pour la coller dans ce maudit vol à destination de Denver. Il savait qu'elle irait jusqu'au bout, et qu'elle avait cette faculté de voir les morts et de prendre la place des victimes sur lesquelles elle enquêtait. Marie avait retrouvé l'évangile, et cela lui avait sans doute coûté la vie. Tout ça à cause de ce foutu don dont Crossman avait feint d'oublier l'existence.

En six ans de carrière commune, ils n'en avaient parlé qu'une seule fois, au cours d'un dîner de gala à la Maison Blanche et encore, à voix basse pour que personne d'autre n'entende. Crossman avait un coup dans le nez ce soir-là. Juste pour la taquiner, il avait demandé à Marie qui se tenait à l'écart si elle apercevait des morts au milieu des vivants dans ces gigantesques salons où le gratin de Washington sirotait du champagne à mille dollars la bouteille. Elle avait sursauté.

— Qu'est-ce que vous dites ?

— Des morts, Marie. Vous savez, les généraux de la guerre de Sécession, Sherman, Grant ou Sheridan. Ou alors ce cher vieux Lincoln. Ou, mieux, cette vieille pute de Hoover. On ne sait jamais, il traîne peut-être encore ses guêtres dans le coin.

— Vous avez bu, Stuart.

— Putain, oui j'ai bu. Alors, est-ce que vous voyez des morts au milieu de tous ces cons ?

Marie avait fait oui de la tête. Il avait d'abord cru qu'elle plaisantait, puis il avait croisé son regard bleu et triste.

— Il n'y en a qu'un ce soir. C'est une femme, avait-elle répondu.

Crossman avait encore essayé de plaisanter, mais le cœur n'y était plus.

— Elle est belle au moins ?

— Très belle. Elle se tient juste à côté de vous. Elle vous regarde. Elle porte une robe bleue et un bracelet d'agate.

Un parfum de lavande avait envahi les narines de Crossman et les larmes lui étaient montées aux yeux.

Il y avait dans sa vie, une plaie grande ouverte qui ne se refermerait jamais. Douze ans plus tôt, sa femme Sarah s'était tuée en voiture avec leurs trois enfants. Quatre corps carbonisés dans une Buick tellement pliée par le choc qu'on aurait pu la faire tenir dans une baignoire. Peu avant qu'elle ne meure, il lui avait offert un bracelet d'agate. Et ça, personne ne le savait.

Après la mort de Sarah, Crossman s'était noyé dans le travail comme d'autres dans l'alcool. C'est ainsi qu'il avait gravi aussi vite les échelons du FBI.

Devant l'émotion de son chef, Marie avait posé sa main dans la sienne. Crossman avait balbutié quelques mots stupides s'agissant d'une morte :

— Est-ce que... Est-ce qu'elle va bien ?

— Oui.

Il y avait eu un silence, durant lequel Crossman avait serré la main de Marie. Puis il avait murmuré d'un filet de voix tremblante :

— Elle a besoin de quelque chose ?

— Non. C'est vous qui avez besoin d'elle. Elle essaie de vous parler mais vous ne l'entendez pas. Elle essaie de vous dire que ça fait douze ans qu'elle est là auprès de vous. Pas toujours, mais de temps en temps. Elle revient. Elle reste un moment, puis elle s'en va.

Sentant ses larmes déborder, Crossman s'était souvenu de tous ces instants où il avait senti d'étranges bouffées de lavande flotter dans l'air. Comme là, dans ce gigantesque salon de la Maison Blanche où l'alcool coulait à flots.

— Et qu'est-ce qu'elle dit ?

— Elle dit qu'elle est heureuse où elle est et qu'elle veut que vous le soyez aussi. Elle dit qu'elle n'a pas souffert quand elle est morte. Les enfants non plus. Elle dit qu'il faut l'oublier maintenant et que vous devez recommencer à vivre.

Crossman avait ravalé un sanglot.

— Oh, mon Dieu, elle me manque tellement.

Un silence.

— Est-ce que... Est-ce que vous pouvez lui dire que je vais essayer ?

— C'est à vous de le lui dire. Elle est là. Elle vous écoute.

— Et ensuite ?

— Quoi ensuite ?

— Est-ce qu'elle reviendra ?

— Chaque fois que vous en aurez besoin, elle sera là. Et puis, un jour, quand votre douleur sera passée, elle s'en ira.

— Alors dites-lui que je refuse de l'oublier.

— Il le faut, Stuart. Il faut la laisser s'en aller maintenant.

— Et là, elle est où ?

— Juste devant vous.

Levant doucement la main, Crossman avait murmuré quelque chose au milieu du vacarme des convives. Il avait dit à Sarah qu'il s'excusait de ne pas lui avoir dit au revoir ce matin-là, qu'il regrettait de ne pas avoir pu l'embrasser une dernière fois. Après un silence, laissant retomber sa main, il avait demandé :

— Elle est encore là ?

— Elle s'en va.

Crossman avait humé l'air un moment pour tenter de retenir le parfum de lavande qui se dissipait. Ayant chaussé ses lunettes noires pour dissimuler ses yeux, il avait dit :

— On n'en parlera plus jamais, OK ?

Marie avait acquiescé, et ils n'en avaient plus jamais reparlé. Ce qui n'avait pas empêché Crossman de l'envoyer en mission à l'autre bout du monde pour prendre la place d'une vieille religieuse emmurée.

Il sursaute en sentant la main de Valentina se poser sur son bras. Dissimulé derrière ses lunettes noires, il se tourne vers elle et trouve qu'elle ressemble à Marie. Il déglutit péniblement, une boule de tristesse obstrue sa gorge. Au loin, par le hublot, se dessinent les vertes vallées du Pô et les contreforts des Dolomites. Marie est là-bas, quelque part dans les montagnes. Une bouffée de lavande envahit les narines de Crossman. Il ferme les yeux.

218

La fumée noire au-dessus du Vatican se dissipe peu à peu à mesure que les lances à incendie attaquent les flammes dans les souterrains. Remplissant les avenues, la foule contemple la scène, les caméras tournent. Personne ne lève les yeux, personne n'aperçoit le détachement des gardes suisses et les deux cardinaux qui avancent sur le chemin de ronde. Ils ont pratiquement atteint les remparts de la forteresse Saint-Ange, à quelques mètres de là, lorsque le cardinal Giovanni se retourne et soupire.

— Tout est perdu à présent.

— Quoi donc ?

— Les archives, les parchemins, la correspondance des papes.

Le vieux Mendoza sourit.

— Le Vatican en a vu d'autres au long de son histoire et il renaîtra vite de ses cendres. Et puis, l'essentiel n'est pas là. Ce qui brûle dans notre dos n'est que du papier. Quelques vieux livres et des parchemins usés.

— Où est l'essentiel alors ?

— Vous en tenez une partie entre vos bras.

Giovanni baisse les yeux vers le volume enveloppé dans le linge rouge.

— Ne vaudrait-il pas mieux le détruire ?

— Plus tard, sans doute.

— Quand ?

— Lorsque nous l'aurons étudié et que nous en aurons percé les secrets. C'est un trésor inestimable, il est le seul à pouvoir nous renseigner sur la véritable nature de nos ennemis.

— En quoi cela peut-il nous être utile, maintenant que les derniers cardinaux de la Fumée Noire sont morts ?

— Morts ? En êtes-vous sûr ?

— Que voulez dire ?

— Que les hérésies ne meurent jamais sur le bûcher. Les hérétiques, oui, mais pas les hérésies. Ils reviendront. D'une façon ou d'une autre, ils reviendront. Ce jour-là, il faudra que nous soyons prêts.

Un silence. Le détachement vient d'atteindre la tour ouest du château Saint-Ange. La grille se referme en grinçant derrière eux. Ils s'engagent dans un escalier de pierre en colimaçon qui s'enfonce dans les entrailles de la terre. L'air fraîchit.

— Où m'emmenez-vous ?

— Je vous conduis dans l'endroit le plus secret du Vatican. Là où, depuis des siècles, se trouve enfermé l'essentiel. Les véritables trésors de la chrétienté. Comme je vous l'ai dit, le reste n'est que du papier.

Giovanni a perdu la notion du temps. Dans ses bras, l'évangile semble peser des tonnes, comme s'il savait qu'il était en route pour sa toute dernière demeure et qu'il allait retourner définitivement à la nuit.

Le détachement a atteint les dernières marches. Les

gardes se sont arrêtés au pied d'une lourde herse d'acier gardée en permanence par des hallebardiers, qui se relève lentement dans un grincement de poulies. Mendoza explique à Giovanni que personne n'a le droit de franchir cette limite, hormis le pape et le cardinal secrétaire d'État.

— Nous étions les seuls à connaître l'existence de cet endroit. Le pape étant mort et la curie désorganisée, je vous fais entrer dans ce secret que vous devrez emporter dans votre tombe. M'avez-vous compris ?

Giovanni hoche la tête. Quatre lourds crochets d'acier claquent pour immobiliser la herse qui a disparu dans son logement de pierre, et dont seules les pointes sont encore visibles. Un courant d'air glacé rabaisse la flamme que tient Giovanni. Il suit Mendoza le long d'un étroit corridor taillé dans la roche. La pente est douce sous leurs pieds, le sol recouvert de mosaïques brille à la lueur des flambeaux. Giovanni marche ainsi durant plusieurs minutes qui lui semblent des heures. Ce faisant, il écoute le raclement de la canne de Mendoza qui résonne dans le silence.

Le vieux cardinal vient de s'immobiliser. Levant sa torche, il éclaire une porte moyenâgeuse dont les madriers, épais comme un mur, ont été jointés pour résister à tous les coups de bélier. Gravée dans le bois, on peut lire cette inscription :

ICI COMMENCE LA FIN
ICI S'ACHÈVE LE COMMENCEMENT
ICI SOMMEILLE LE SECRET DE LA PUISSANCE DE DIEU
MAUDITS PAR LE FEU SOIENT LES YEUX QUI S'Y POSENT.

Les yeux de Giovanni s'arrondissent de surprise.
— C'est la même inscription que sur l'évangile !
— C'est la devise des Recluses, l'avertissement

643

suprême lancé à travers les siècles aux fous et aux insensés qui seraient tentés de profaner les secrets de la foi. C'est pour cela que l'Inquisition crevait les yeux de ceux qui avaient contemplé de tels mystères.

— Qu'y a-t-il derrière cette porte ?

Effleurant un verrou florentin à balanciers qui commande un assemblage de lourdes barres coulées dans le cœur des madriers, le cardinal y enfonce à demi la clé, avant de la tourner d'un quart de tour à droite. Un claquement. Il enfonce alors la clé tout entière, qu'il tourne deux fois à gauche puis encore une fois à droite. Un cliquetis de rouages crantés se mettant à tourner ensemble, une série de claquements sourds : les barres sortent de leur logement, et la lourde porte s'ouvre en grinçant.

— Attendez-moi ici.

Giovanni regarde Mendoza s'éloigner. Ses pas se perdent dans ce qui semble être une salle si vaste que, au loin, sa torche ressemble à une allumette se consumant dans les ténèbres.

Le vieil homme vient d'atteindre l'extrémité droite de la salle. Giovanni a l'impression d'être seul. Il voit la torche s'incliner et transmettre sa flamme à une autre torche, puis, sans que Mendoza ait besoin de bouger, le feu se propage le long des murs, un chapelet de torches s'embrasant les unes les autres grâce à un ingénieux système de mèches recouvertes de cire.

Giovanni regarde autour de lui : la salle est plus grande encore qu'il ne l'avait pressenti.

Le jeune cardinal aperçoit d'interminables alignements de tables en pierre sur lesquelles sont disposés des objets de toutes sortes recouverts de lourdes tentures rouges. L'air poussiéreux se charge d'une épaisse odeur de cire. Ça sent la pierre, la mousse et le temps. Giovanni rejoint Mendoza, qui se tient à présent au centre de la pièce. Le vieux cardinal lui prend le manuscrit des mains et le glisse sous un pan de tissu. Giovanni a juste le temps d'apercevoir d'autres livres usés que l'évangile va rejoindre. Puis la tenture retombe dans un voile de poussière.

— Cardinal Mendoza, qu'y a-t-il au juste dans cette salle ?

— Des souvenirs. Des vieilles pierres. Des morceaux de la vraie Croix. Des vestiges archéologiques de civilisations disparues et des traces d'une religion très ancienne retrouvées dans des grottes préhistoriques. Les créateurs de Dieu.

Un silence.

— Quoi d'autre ?

— Des manuscrits. Des évangiles apocryphes que l'Église a maintenus secrets durant des siècles. L'évangile de Marie. Celui de Matthias, le treizième apôtre. Celui de Joseph et celui de Jésus.

— Celui de Jésus ? Qu'est-ce qu'il contient ?

— Vous le saurez bientôt puisque vous êtes le prochain.

Giovanni tressaille en entendant ces mots que le camerlingue agonisant a déjà chuchotés dans la basilique.

— Le prochain quoi ?

— Le prochain pape.

— Cela, hélas ! nul ne peut le prédire.

— Bien sûr que si. Vous êtes si jeune et moi je suis si vieux ! Les cardinaux de la curie sont tellement terrorisés qu'ils seront faciles à convaincre. Vous verrez. Ils feront de vous le prochain. Et alors vous saurez... Vous saurez tout.

— Et je serai le pape qui régnera sur des cendres, c'est ça ?

— C'est ce qu'ils ont tous fait, Patrizio.

Le cardinal Mendoza actionne le levier qui commande l'extinction des lumières. Les capuchons de cuivre qui coiffent les torches s'abaissent simultanément dans un grincement de poulies. Giovanni entend la canne de Mendoza racler le sol tandis qu'il s'éloigne. Il effleure une dernière fois l'évangile selon Satan, avec l'impression que la reliure bat faiblement sous le tissu et qu'une étrange chaleur se propage sur ses doigts.

— Vous venez ?

Le jeune cardinal se tourne vers Mendoza qui se tient à l'entrée de la salle. Le vieillard ressemble à une statue. Giovanni le rejoint, puis la lourde porte se referme en grinçant derrière eux.

219

Les ténèbres. Mère Yseult est morte depuis long-temps. Parks l'a senti aux doigts qui se sont relâchés autour de sa gorge, à cette enveloppe ridée qui s'est lentement détachée de son corps. Un cocon de chairs mortes abandonné dans la poussière : c'est tout ce qui restait de la vieille religieuse qui s'était étranglée sept siècles plus tôt.

À présent, coincée dans la transe qui la tient prisonnière dans ce réduit, Marie est seule. Les yeux dans le vague, elle est assise quelque part sur un banc de pierre de l'autre côté du mur, et, en même temps, elle est ici, emprisonnée dans cette tombe. Cela fait longtemps que le réduit ne contient plus la moindre molécule d'oxygène et, pourtant, Marie ne parvient pas à mourir.

Prostrée dans l'obscurité, elle se souvient de la puanteur qui avait envahi les souterrains lorsqu'elle avait rouvert les yeux. Caleb aurait pu la tuer. Il n'en avait rien fait. Il avait préféré le lent supplice de l'emmurement mental : la vision et le mur, une double prison d'où Marie n'avait aucune chance de s'échapper. Seul Carzo pouvait la faire sortir de sa transe en lui murmurant à l'oreille les mots qu'il fallait. Caleb le savait.

Elle avait suivi le prêtre en pensée à mesure qu'il s'éloignait de Bolzano. La lutte entre lui et Caleb s'était poursuivie dans un compartiment bruyant et avait duré toute la nuit. À l'aube, Caleb avait perdu. Marie en avait eu la certitude en entendant mentalement la voix de Carzo. Il venait d'atteindre la gare de Rome, il avait encore quelque chose à faire. Le bout de la route.

Coincée dans son réduit mental, Marie avait entendu des cloches, des cris et des coups de feu. Elle s'était mise à pleurer lorsque le prêtre s'était effondré sur le sol de la basilique, avait suffoqué avec lui pendant que son sang se répandait par terre et que les battements de son cœur ralentissaient. C'est alors que leurs pensées s'étaient rejointes une dernière fois. Puis elle avait perdu le contact. Pourtant, elle en était persuadée, le cœur de Carzo battait encore comme un écho lointain. À son tour, il était enfermé quelque part au fond de lui-même et, comme elle, il attendait la mort.

Un bruit de pas. Marie sent ses ongles griffer les parois du réduit. Elle essaie de remuer les lèvres pour appeler au secours. Espérant un instant que c'est Carzo qui revient la chercher, elle murmure son prénom.

220

— Elle est là !

Balayant les ténèbres à l'aide de sa lampe-torche, Valentina vient d'éclairer un corps assis sur un banc de pierre. Une jeune femme. Crossman se précipite tandis que les carabiniers investissent les souterrains de Bolzano.

— Marie ?

Pas de réponse. Crossman braque sa lampe sur les yeux grands ouverts qui contemplent le vide. Il avance la main et se raidit en sentant la peau glacée de Marie sous ses doigts. Il pose son oreille contre la poitrine de la jeune femme. Il se redresse.

— C'est trop tard.

— Peut-être pas.

Valentina repousse Crossman et cherche dans ses souvenirs la phrase que le père Carzo a articulée juste avant de s'évanouir. Puis elle se penche à l'oreille de la jeune femme et murmure :

— Marie, il faut vous réveiller à présent.

Sous les doigts de Valentina, la petite veine qui trace un sillon bleu au creux du poignet de Parks se gonfle imperceptiblement. Puis elle retombe et se gonfle à nouveau. Valentina la scrute. Les cernes noirs qui assombrissent le regard de Marie sont en train de s'éclaircir. Ses traits se détendent et ses narines recommencent à frémir. Un peu de rose trouble le blanc de ses joues. Un filet d'air s'échappe de ses lèvres. La poitrine de la jeune femme se soulève. Elle ferme les yeux et les rouvre. Puis elle se blottit dans les bras de Valentina et éclate en sanglots.

UN MOIS PLUS TARD...

221

5 heures. L'agent spécial Marie Parks dort à poings fermés. Elle a pris trois somnifères pour essayer d'oublier les hurlements de Rachel et les doigts de mère Yseult se refermant autour de son cou. Depuis, elle dort d'un sommeil brumeux et incolore où rien ne lui parvient du monde qui l'entoure. Elle ne rêve pas encore. Pourtant, les remous de son subconscient essaient déjà de franchir le barrage chimique des somnifères. Des bribes d'images.

Soudain, la gorge de Marie se serre. Quelques gouttes d'adrénaline se répandent dans son sang et dilatent ses artères. Son pouls s'accélère, ses narines frémissent et sur ses tempes les veines bleues se gonflent. Les images s'articulent et s'animent.

Des cierges illuminent les ténèbres. Des myriades de mouches bourdonnent. Une odeur de cire et de chairs mortes. La crypte. Marie ouvre les yeux. Elle est nue, écartelée sur la croix. Les clous qui transpercent ses poignets et ses chevilles sont solidement enfoncés dans le bois. Elle tremble de douleur. Au pied de la croix,

Caleb la regarde. Ses yeux luisent faiblement sous sa capuche.

Marie a froid. Les cadavres ont disparu. À leur place, des dizaines de Recluses sont agenouillées sur les prie-Dieu. Elles prient en contemplant Marie. Caleb lève les bras et répète les gestes de la messe – ceux du prêtre élevant le calice et le ciboire qui contiennent le corps et le sang du Christ. Les Recluses se mettent en rang, dans l'allée centrale, pour la communion. Caleb vient de dégainer un poignard. Marie grelotte. Ce corps que les Recluses vont recevoir en bouche, ce sang qu'elles vont boire agenouillées au pied de l'autel, c'est le sien. Elle se tord sur la croix. Caleb s'approche. Il ôte lentement sa capuche. Marie se met à hurler. Car ce visage qui la contemple, c'est celui du père Carzo.

222

5 h 10. La sonnerie du téléphone déchire le silence. Marie sursaute. Sa bouche est sèche, pâteuse. Un mauvais goût d'alcool et de cigarettes emplit sa gorge. Au loin la sirène d'une ambulance. Elle ouvre les yeux et perçoit les lueurs de l'aube par la fenêtre de sa chambre d'hôtel. Le voilage remue doucement dans la brise. Les néons rouges d'une enseigne clignotent dans la pénombre : le *Sam Wong Hotel*, quartier de Chinatown, San Francisco. Marie respire à pleins poumons les odeurs de la ville. Les rais de lumière couleur paille qui pénètrent à présent dans la pièce achèvent de chasser son cauchemar. Une corne dans le lointain, un cargo passe sous le Golden Gate Bridge. À la sixième

sonnerie, Marie décroche. C'est la voix du père Carzo dans l'écouteur.

— Vous dormiez ?

— Et vous ?

— J'ai assez dormi comme ça.

— Moi aussi.

Marie tend le bras pour attraper ses cigarettes sur la table de nuit.

— Vous êtes là ?

Elle aspire une gorgée de fumée.

— Oui.

— Je vous attends.

— J'arrive.

Elle raccroche, écrase sa cigarette et gagne la salle de bains. Elle règle la douche sur brûlant. Puis elle se déshabille et frissonne sous le jet qui cuit sa peau. Elle ferme les yeux pour tenter de rassembler ses esprits. Saletés de somnifères...

223

La cité du Vatican.

La foule massée sur la place Saint-Pierre est moins nombreuse que lors de la dernière élection. Moins silencieuse aussi. Certains chantent, d'autres prient, d'autres encore jouent d'un instrument. Tous essaient d'oublier ce qu'ils ont vécu. Le traumatisme de ces dernières semaines a été trop fort. Si fort, en fait, que si l'on demandait aux pèlerins ce qu'ils ont gardé de ces jours funestes, la plupart répondraient sans doute qu'ils ont l'impression que l'assassinat du pape s'est produit plusieurs années auparavant. Pour le reste, ils n'ont conservé que des flashes en noir et blanc, des images privées de couleurs. Ça et les colonnes de fumée noire qui se sont échappées des soupiraux de la basilique tandis que les archives brûlaient.

Les nettoyeurs s'étaient donné un mal de chien pour faire disparaître la couche de cendres sur les coupoles du Vatican. On avait repeint plusieurs bâtiments en toute hâte, fait tendre la place de rouge et de blanc et organisé des festivités et des veillées de prières pour redonner courage aux fidèles et les aider à oublier. Curieusement, pas un seul pèlerin ne se rappelait l'évangile que ce moine surgi de nulle part avait porté jusqu'à l'autel. Pas un seul fidèle ne se souvenait non plus, du moins avec précision, du texte que le pape de la Fumée Noire avait lu. Ils savaient qu'il était vaguement question d'un grand mensonge et que le Christ n'était jamais ressuscité d'entre les morts, mais le souvenir de ces paroles ne tarderait pas à se diluer dans l'oubli : des mots vides de sens, des vérités si inacceptables qu'il avait suffi d'un discours du cardinal secrétaire d'État Mendoza pour les occulter.

Peu à peu, les choses avaient repris leur cours. Depuis deux semaines, des conciliabules de cardinaux se tenaient dans les salles du Palais apostolique afin de préparer le conclave qui avait commencé deux jours plus tôt. On en était déjà à six scrutins sans élu, six panaches de fumée noire par la cheminée. Mais, depuis le milieu de la journée, il se murmurait qu'une majorité se dégageait enfin et que l'élection était pour ce soir. Alors la foule s'était à nouveau rassemblée sur la place Saint-Pierre pour prier, tandis qu'une forêt de caméras demeurait braquée sur la cheminée de la chapelle Sixtine

Un murmure parcourt la foule. Des bras se tendent, des larmes coulent. Les caméras zooment sur la cheminée d'où s'échappe à présent une épaisse fumée blanche. Les commentateurs annoncent que le conclave est terminé. Les cloches battent à la volée. La foule se tourne vers le balcon de Saint-Pierre dont les portes-fenêtres ne vont pas tarder à s'ouvrir. Ils ont tout oublié. Ils n'y pensent même plus.

224

En sortant du *Sam Wong Hotel*, Marie respire les odeurs de citronnelle qui flottent dans les ruelles du quartier chinois. Malgré l'heure matinale, Chinatown grouille déjà de monde. Les échoppes ouvrent et déballent leurs cartons d'épices sur les trottoirs. Marie traverse California Street et s'arrête devant un distributeur de journaux. La une de *USA Today* annonce en gros caractères :

SUICIDES ET ARRESTATIONS EN CHAÎNE
DANS LES MILIEUX DE LA FINANCE.
LE GRAND NETTOYAGE SE POURSUIT.

Elle glisse un dollar dans la fente et soulève le capot vitré. Puis elle allume une cigarette et se reporte en page 2 du journal.

Plusieurs magnats de la finance et des directeurs de multinationales ont été écroués ces jours-ci à la suite de la parution d'un dossier explosif sur les sites de téléchargement gratuits du Net. Le dossier en question présentait les organigrammes d'un gigantesque réseau de malversations financières, dont les ramifications auraient atteint la plupart des grandes entreprises cotées en Bourse. Avant que les sociétés en question aient eu le temps de réagir, des millions d'internautes avaient téléchargé le document que des communautés entières continuent à se transmettre à travers la planète. Il semble donc que le séisme qui a gagné les places financières à la suite de la faillite en chaîne de plusieurs grandes banques internationales ne soit pas près de retomber. On ne compte déjà plus les arrestations ni les suicides de banquiers et de chefs d'entreprise impliqués dans cette affaire. Un sale coup porté par le FBI contre ce qui semble être le plus grand réseau de blanchiment du siècle et qui alimentait, d'après nos sources, le crime organisé et les organisations terroristes internationales.

Marie chiffonne le journal qu'elle jette dans une poubelle. Les fameuses organisations terroristes internationales... C'est comme ça que Crossman avait obtenu du Département d'État qu'il déclenche des arrestations ciblées contre le réseau. Rien de définitif. Il faudrait tout juste quelques mois ou quelques années avant que Novus Ordo ne se réorganise en profondeur et ne repasse à l'offensive.

Marie écrase sa cigarette sous son talon et se tourne vers le soleil. Dans la lumière rasante, elle cligne des yeux et contemple au loin les piliers du Golden Gate Bridge à demi noyé dans la brume. Il va faire chaud.

Elle se remet en marche vers le centre. À l'embranchement de Hyde, elle grimpe dans un vieux tramway à câbles qui escalade Market Street en direction des hauteurs de San Francisco. Accrochée au barreau extérieur, elle observe les vieux immeubles et les maisons victoriennes colorées qui défilent devant ses yeux. Le vieux Noir qui conduit le tramway secoue sa cloche et jure comme un diable. La jeune femme sourit. Le vent tiède et salé souffle dans ses cheveux. Elle se sent bien.

225

Le silence est retombé sur la chapelle Sixtine. On rallume les encensoirs tandis que les cardinaux électeurs s'inclinent devant le cardinal Giovanni qui vient d'être élu. Le doyen lui demande s'il accepte l'issue du vote. Giovanni acquiesce. Puis le doyen lui demande son nom de pape. Giovanni répond qu'il a choisi celui de Matthias Ier, en souvenir du treizième apôtre. Un nom original qui marquera sans doute la rupture avec les événements terribles ayant frappé le Vatican.

Le nouveau pape a revêtu ses habits sacerdotaux et avance à présent aux côtés du doyen et du nouveau camerlingue dans le dédale de couloirs qui conduit au balcon de Saint-Pierre. Tenant sa crosse de berger, Matthias Ier marche derrière la lourde croix pontificale qu'un protonotaire porte à bout de bras. À mesure que la procession approche du balcon, le pape entend les grondements de la foule. Il a l'impression d'avancer vers le sable brûlant d'une arène remplie de fauves. Près de lui marche le cardinal secrétaire d'État Mendoza, un sourire aux lèvres. Matthias Ier a le temps de se pencher à son oreille pour lui faire part d'un détail que le conclave a reporté dans l'ordre de ses préoccupations.

— À propos, Votre Éminence, vous ne m'avez pas

dit si les équipes de secours avaient finalement retrouvé les croix des Béatitudes dans les restes du brasier.

Le sourire du vieux cardinal faiblit. La question semble le prendre au dépourvu.

— L'incendie a ravagé la Chambre des Mystères durant des heures. Nous n'avons malheureusement rien retrouvé des cadavres, et les croix ont eu cent fois le temps de fondre dans le brasier.

— En êtes-vous sûr ?

— Qui peut raisonnablement l'être, Votre Sainteté ?

Sentant la croix des Pauvres battre sous son habit, Matthias Ier ne trouve rien à répondre à cette phrase énigmatique..

Le pape et sa suite s'immobilisent au balcon tandis que la voix du cardinal doyen retentit dans le micro pour présenter le nouveau chef de l'Église à la foule. La croix pontificale est déjà sur le balcon. Lorsque ses noms de baptême et de pape sont enfin prononcés dans les haut-parleurs, Matthias Ier entre à son tour dans la lumière. Les cris de la foule en liesse l'enveloppent. Il se penche et considère la marée humaine qui a envahi la place et les avenues et qui attend un geste, un sourire, une parole d'espoir. Alors, lentement, Matthias Ier lève le bras et trace dans l'air un large signe de croix. Ce faisant, il entend tout au fond de lui les mots que le vieux camerlingue avait chuchotés dans la basilique : *Ça n'est pas terminé, Giovanni. Tu m'entends ? Ça ne fait que commencer.*

Un sourire étire les lèvres de Matthias Ier lorsqu'il lève les bras pour saluer la foule. Campini avait raison. Ça ne fait que commencer.

226

Marie a atteint le couvent de Notre-Dame-du-Sinaï. Elle se laisse guider dans les couloirs par une vieille sœur silencieuse. En passant devant diverses portes, elle entend des rumeurs de téléviseurs, des cris de foule et des sons de cloche. Le nouveau pape vient d'être élu.

— C'est ici.

Marie sursaute en entendant la voix de la vieille religieuse – on dirait celle de la Recluse qui l'avait conduite à sa cellule, dans le couvent de Denver. Elle désigne une porte. Marie entre.

La chambre est plongée dans la pénombre. La lueur d'un téléviseur illumine le visage du père Carzo, allongé sur son lit. Il est resté trois semaines dans le coma, trois semaines durant lesquelles Marie l'a veillé sans relâche.

Il adresse un signe de la main à la jeune femme qui s'approche. Il est au téléphone et parle en italien. Marie se tourne vers le téléviseur et contemple la place Saint-Pierre noire de monde. Au balcon, le nouveau pape lève les bras et bénit la foule. Carzo raccroche. Sans se retourner, Marie demande :

— Qui est-ce ?

— Matthias Ier, ex-cardinal Patrizio Giovanni. Ce sera un grand pape.

Marie se retourne vers Carzo. Il est très pâle.

— Et le coup de fil, c'était qui ?

— Le Vatican. Pour m'annoncer que je suis pressenti comme le prochain secrétaire particulier de Sa Sainteté.

— Pour services rendus à la patrie ?

— En quelque sorte.

Un silence. Marie se penche pour embrasser le père

Carzo. Elle aperçoit un éclat fugace dans l'encolure de son pyjama, une chaîne soutenant un bijou en forme de croix. Elle se raidit imperceptiblement tandis que ses lèvres effleurent la joue du prêtre. Sa peau est glacée. Marie scrute son visage. Il a l'air épuisé.

— Je vais vous laisser à présent.

— Déjà ?

— Je reviendrai.

Le père Carzo ferme les yeux. Marie s'éloigne à reculons. En passant, elle éteint le téléviseur. L'écran dispense une étrange lueur phosphorescente dans la pièce. Marie s'immobilise devant la porte.

— Au fait, Alfonso. Ce bijou que vous portez autour du cou, qu'est-ce que c'est ?

Pas de réponse. Marie tend l'oreille. Le père Carzo s'est endormi. Elle pose la main sur la poignée de la porte.

— Au revoir, Alfonso.

— Je vous salue Marie.

Elle se fige en entendant la voix grave qui vient de prononcer ces mots et pose la main sur la crosse de son arme.

— Qu'est-ce que vous venez de dire ?

Elle se retourne lentement vers le père Carzo qui s'est redressé sur son lit. Ses yeux brillent faiblement dans la pénombre. Il sourit.

Collection Thriller

Des livres pour serial lecteurs

Profilers, détectives ou héros ordinaires, ils ont décidé de traquer le crime et d'explorer les facettes les plus sombres de notre société. Attention, certains de ces visages peuvent revêtir les traits les plus inattendus... notamment les nôtres.

Vos enquêteurs favoris vous donnent rendez-vous sur www.pocket.fr

Jean-Michel TRUONG ▶
Le successeur de Pierre

2032. La Grande Peste a décimé le tiers de l'humanité. La politique Zéro Contact oblige les survivants – les Larves – à vivre dans des cocons aseptisés et connectés au Web. Mais certains, les NoPlugs, se sont échappés et vivent hors des cocons en attendant qu'une prophétie se réalise : un jour une Larve se libérera et aidera les NoPlugs à vaincre l'oppression. Justement, Calvin, qui a vingt ans et a toujours vécu dans un cocon, intercepte sur le Web un fichier contenant un secret millénaire : son destin va basculer.

Pocket n° 10969

◀ David GIBBINS
Atlantis

Selon Platon, la fabuleuse cité d'Atlantis se dressait au milieu de l'Atlantique il y a plus de 9 000 ans lorsqu'elle fut engloutie par les flots lors d'un mystérieux cataclysme.
De nos jours, au large de la Grèce, l'archéologue Jack Howard trouve un disque en or massif qui donnerait la clé de la cité perdue. Au même moment, en Égypte, le professeur Hiebermeyer découvre un papyrus qui mentionne Atlantis et révèle son emplacement. L'Atlandide n'est peut-être pas un mythe…

Pocket n° 13057

Pour en savoir plus : www.pocket.fr

Dan BROWN ▶
Anges et démons

ILLUMINATI… Robert Langdon n'en croit pas ses yeux. Pourtant l'inscription s'étale bien devant lui, marquée au fer rouge sur le cadavre de Leonardo Vetra, éminent chercheur du Conseil européen pour la recherche nucléaire en Suisse. Pour le célèbre symbologue, ce crime est signé : la société secrète tant redoutée est de retour après quatre siècles de silence. Son but ? Anéantir l'Église catholique et son symbole, le Vatican.

Pocket n° 12266

◀ Alice BLANCHARD
Le tueur des tornades

Oklahoma. Après une violente tempête, une famille est retrouvée morte dans les ruines de sa maison. Mais il ne s'agit pas d'un accident : les corps sont tous empalés sur des débris très aiguisés, et dans la bouche de chacun une dent a été arrachée et remplacée par une autre. Quand il apprend que des meurtres similaires ont été commis lors d'autres tempêtes, le chef de la police Charlie Grover demande de l'aide aux chasseurs de tornades, ces passionnés assez fous pour se jeter au cœur des cyclones…

Pocket n° 12915

◀ Thierry CARMES
Le chant des arcanes

Une carte, un meurtre. Une puissance secrète et maléfique choisit ses victimes en fonction des arcanes majeurs du tarot de Marseille : sept morts sont annoncées. Quand Matthias quitte Paris, il ne se doute pas qu'il a été choisi comme atout majeur pour contrer l'ennemi, qu'il sera initié à des rites mystérieux et magiques et qu'il devra parcourir le monde en quête d'une solution pour éviter l'apocalypse…

Pocket n° 13185

John GRISHAM ▶
Le clandestin

Joel Backman a été condamné à vingt ans de prison pour avoir vendu à une puissance étrangère un logiciel contrôlant un réseau de satellites espions. Le président des États-Unis se laisse convaincre par la CIA de lui accorder sa grâce. Exfiltré en Italie, Joel Backman, devenu Marco Lezzari, mène une vie normale en apparence. Mais, en réalité, pour le fugitif le plus recherché de la planète, la question n'est plus de savoir s'il va être tué, mais *qui* va le tuer.

Pocket n° 13223

Pour en savoir plus : www.pocket.fr

Composition et mise en page par NORD COMPO

Impression réalisée sur Presse Offset par

C P I
Brodard & Taupin

45909 – La Flèche (Sarthe), le 18-02-2008
Dépôt légal : janvier 2008
Suite du premier tirage : février 2008

POCKET – 12, avenue d'Italie - 75627 Paris cedex 13

Imprimé en France